THEMIS
女神蒙上眼

上

金牙太太

著

天地出版社 | TIANDI PRESS

图书在版编目（CIP）数据

女神蒙上眼 / 金牙太太著. — 成都：天地出版社，
2021.1
ISBN 978-7-5455-5942-2

Ⅰ.①女… Ⅱ.①金… Ⅲ.①长篇小说—中国—当
代 Ⅳ.①I247.5

中国版本图书馆CIP数据核字（2020）第171921号

NVSHEN MENG SHANG YAN

女神蒙上眼

出 品 人	杨　政	
作　　者	金牙太太	
责任编辑	王筠竹	
封面设计	丁　丁	
内文排版	四川最近文化传播有限公司	
责任印制	王学锋	

出版发行　天地出版社
（成都市槐树街2号　邮政编码：610014）
（北京市方庄芳群园3区3号　邮政编码：100078）
网　　址　http://www.tiandiph.com
电子邮箱　tianditg@163.com
经　　销　新华文轩出版传媒股份有限公司

印　　刷　北京文昌阁彩色印刷有限责任公司
版　　次　2021年1月第1版
印　　次　2021年1月第1次印刷
开　　本　710mm×1000mm　1/16
印　　张　39
字　　数　674千字
定　　价　76.00元（全二册）
书　　号　ISBN 978-7-5455-5942-2

咨询电话：（028）87734639（总编室）
购书热线：（010）67693207（营销中心）

如有印装错误，请与本社联系调换。

目录
CONTENTS

上

第1章	"婚闹"触犯了刑事罪	001
第2章	比勇敢再勇敢一点	029
第3章	律政精英的日常	059
第4章	"狸猫"换"太子"	091
第5章	儿子，儿子，生儿子！	122
第6章	Debra离婚了	148
第7章	齐人之福不好享	174
第8章	大难临头各自飞	199
第9章	战斗值爆表的妈妈们	227
第10章	蝴蝶破茧重生	251
第11章	前女友的妹妹	281

下

第12章　闹事情也有委屈　　　　　307

第13章　卢埃林的诗　　　　　　330

第14章　林小云去相亲　　　　　351

第15章　情感陪护机器人　　　　373

第16章　土地上的中国人　　　　404

第17章　婚姻中的阴暗面　　　　428

第18章　Rowan的悔意　　　　　456

第19章　斩断人情盘剥　　　　　482

第20章　吃一堑，长一智　　　　508

第21章　资本背后的阴谋　　　　525

第22章　大富之家的隐痛　　　　550

第23章　金融不是游戏　　　　　579

尾　声　　　　　　　　　　　608

本法所称律师，是指依法取得律师执业证书，接受委托或者指定，为当事人提供法律服务的执业人员。

　　律师应当维护当事人合法权益，维护法律正确实施，维护社会公平和正义。

——《中华人民共和国律师法》

第1章

"婚闹"触犯了刑事罪

　　唐盈盈在三十一岁的时候，从授薪律师晋级为独立律师。律所主任陈君很看好这位毕业后即在所里一路成长起来的律坛新秀，下班后专门请她去日料店吃饭，当作庆祝。席上酒酣之余，陈君捏着酒杯，带着几分慈父的神情看着唐盈盈，慢悠悠地说道："独立律师是个坎，一旦跨过来了，这一辈子别人对你的职业评价便不会太低了。换句话说，从今天开始，你可以改一改从前高歌猛进式的工作作风，踏实做好每一桩案子，然后，集中精力解决个人问题。"

　　听到最后一句，唐盈盈端着酒杯的胳膊突然觉得无力，若不是斜倚在桌子上，那只薄胎青瓷的酒杯几乎就要摔地上了。"身为老板，不想着怎么盘剥员工的剩余价值，却来说这样的话，听着总觉得有些违和。"论辈分，唐盈盈比陈君低了两辈，但陈君脾气极好，唐盈盈跟他关系也近，说话向来都很随意。

　　陈君开怀大笑，微醺的他向来是个话痨，又爱追忆自己的奋斗史："有什么违和的？实话跟你说，我当初办这个律所的时候，除了想赚钱，就没别的了。可做着做着，见到的糟心事多了，接触的可怜当事人多了，我就想要正义，想为每个当事人讨回属于他们的正义。然后，就经历了我人生中最惨的三年，一面是入不敷出的财政状况，一面是被熊熊正义感燃烧的心脏，毕竟通过法律途径实现正义是需要承担高额成本的。再然后，我自己年纪大一点了，心也硬一点了，也就想明白了，能力有限，能顾好自己人就不错了，所里这么多姑娘小伙跟着我讨生活，再怎么样，得给大伙儿按时发放的工资，还有值得被期待的未来。人这辈子，工作是为了生活，生活是为了快乐。而快乐是怎么来的呢？舒适的感情生活、健康的家庭关系，良好的经济状况，还有性。拥有了这些，你可以获得至少一半的快乐，但这一半是基础。剩下的一半，就看自己的选择了。有人喜欢做事业，事业上获得成功，个人价值被社会认可，有人呢，可能喜欢教育培养孩子，欣赏自己的骨肉一天一天变得优秀，展翅高飞。也有些喜欢做公益的，大爱无疆，成为社会中温热的血液。都很好，都很快乐。"陈君一面说着，一面想起了两年前因病英年早逝的合伙人、唐盈盈的师父李睿，语气便染上了三分伤感，"在我这里，你不用太去理会什么家庭与工作的平衡，家庭和工作，都得有、都得好。只有活着的人活得快乐，天上的人才能安息。"

陈君最后一句话，几乎要将唐盈盈的眼泪惹下来了。过去整整两年了，李睿的模样在她心里几乎已经快淡成了一个影子。工作忙起来的时候，她甚至不记得有这么一个人曾在自己的生命中出现过、驻留过。可一旦安静了，李睿总能占据她所有的情感入口。这样没有任何希望的感情，她不敢对任何人说，怕说了，招来旁人的一顿苦心劝慰。可劝慰要是有用，她早就能忘记这个人了。在这个功利的社会，长情本就是件奢侈品，因逝去的人而长情则更添上了几分作茧自缚的愚笨。这个道理唐盈盈当然知道，可是若是感情能被轻易放下，世间又哪来这么多生生死死相爱相恋的故事？"知道了。今天要不是被您拖出来喝酒，这个时候我该在相亲呢。"唐盈盈面上显出虚浮的笑容，又玩笑道，"您真是越来越唠叨了，叨起这些家长里短，颇有几分街道大妈的做派，实在有损陈大律师的形象，我还是不要听了。"唐盈盈一面说，一面双手捂住耳朵。

陈君一愣，伸出厚厚的手掌，在唐盈盈的后脑勺上轻轻一拍，故作生气道："现在嫌我唠叨，很快想听我唠叨都听不到了。到时候你落得耳根清净，我落个眼前不烦。"

唐盈盈微微一想，赶紧问道："难道传言是真的？所里要来新boss？"

陈君瞥了一眼唐盈盈，有些兴奋地说道："早就该来了，李睿走了以后，我这把老骨头又扛了两年，终于找到合适的人来接班。明天先来所里跟大伙儿见见面，下周正式交班。"想了想，又简单介绍了一下，"新来的合伙人叫康俊，Bert，哈佛法学博士，毕业后回国一直在北京，内所、外所都待过，是诉讼领域的专家，今年来深圳发展，还没站稳脚跟，就被我挖过来了。"说到这里，陈君又想起自己下手的及时，不由得意地笑了。

唐盈盈则把酒杯往桌上轻轻一放，有些失望地说道："果然是空降了一个精英，我们还以为您会把棒子交到Debra手里呢。"Debra是律所三位创始合伙人之一，老公是香港投行教父齐元德的独子齐开，妥妥的豪门媳妇，生完两个女儿之后重返职场，负责所里的非讼业务。能力强、要求高、赚钱多，百分百的职场女魔头属性，让所里的小律师们对她是又爱又恨。

　　"Debra？怎么会这么想？"陈君一怔，略作思索，继而笑道，"Debra是很能干，但管理的事情太琐碎，以她的家庭背景，可未必愿意太过劳心劳力。"

　　听陈君这么说，唐盈盈一琢磨，倒也是。Debra眼下便已忙得不可开交，脾气也越发吓人，唐盈盈在所里几乎每天都能遇到被Debra骂到痛哭的小律师。而她家里的菲佣则每天上午下午两趟，准时将煲好的汤或糖水送到办公室，令大家羡慕不已。若是再加担子，那宠妻狂魔齐少爷还不得打上门来。这么一想，唐盈盈便对陈君的决定称赞不已。

　　吃完饭，时间还不到八点。晚高峰刚刚过去，城市夜间的道路由密密麻麻的红屁股车灯变成了明亮细条的汇集。唐盈盈与陈君告别后，又赶去见一个委托人，绕了个弯去将助理林小云接上。林小云去年刚毕业，经法双学位，算是唐盈盈的嫡系小师妹，原本额前留着一排齐刘海，却在上班的第一天正面迎上了Debra，被嫌弃地置了一句"幼稚园发型"的评价。之后，林小云强行将半长的齐刘海用发夹牢牢地别在两侧，露出了光洁的额头，以及满满当当胶原蛋白的圆脸，很是讨喜。她看人的时候，眼睛水汪汪地转溜，透着一股与她年纪相符的青涩；嘴巴也是没停的，成天叽叽喳喳，像只小麻雀。不过律师里话痨本来就多，唐盈盈倒也不觉得这算什么大不了的缺点，到哪儿都愿意带着这个小助理。

　　"盈盈姐，这委托人不愿意白天来所里谈事，偏要挑在大晚上去喝咖啡，是什么心理呀？"林小云怀里抱着一个橡皮粉色的公文包，好奇地问道。

　　"很多委托人都有这种心理，特别是人身伤害类犯罪，受害人通常羞于开口，去律所这几公里的道路对她们而言已经是高得跨不过去的门槛了。选择一个让她们觉得舒服的地方，她们也能更好地叙述案情，对我们的后续工作来说，也是更加有利的。"唐盈盈解释道，她看了一眼小云，还是淡淡地说了一句，"今天倒是有些晚了，辛苦你了。"

　　"我不怕辛苦，在家也是看书看案例，还不如跟着姐出来多学习学习。"林小云连忙解释。想了想，她又从包里拿出一个一次性食品盒跟一个保温杯，笑着对唐盈盈说："我是怕姐没赶得及吃晚饭，就给您带了点吃的，是我自己做的包子，大葱虾米鲜肉的，还热乎着呢。杯子里是炖的莲子银耳汤，比不上燕窝昂贵，但也是滋补的好东西，我在家的时候我妈天天给我炖。"

唐盈盈扭头看了一眼，心想，今天没加班，准点下班到接上她，不过两个小时的时间，她怎么就做了这么多吃的，有这时间还不如多做点事。这念头一出来，倒把自己吓了一跳：什么时候起自己竟也变成Debra那样的职场女魔头了？于是，她笑了笑，和善地说："我晚上吃过了，你放后座上吧，等我晚上当夜宵，尝尝你的手艺。"

林小云见唐盈盈接了，兴奋不已，十根手指相互摩挲了片刻，才将怀里的公文包打开，取出厚厚一沓的打印材料，有些不好意思地说道："盈盈姐，我自己有个事想拜托您。钱鹏想搞一个项目，这是他做的融资计划书，我虽然念书的时候见过这些东西，但没经验，实在吃不准。您能不能帮我给Debra瞧瞧，让她给提提意见？"钱鹏是林小云的男朋友，在南山科技园的一家IT公司做程序员，唐盈盈匆匆见过一次，倒没什么特别的印象。

"为什么你不自己拿给Debra呢？"唐盈盈疑惑道。

林小云眼睛睁得大大的，真诚地说："我跟Debra说不上话，她……她可能都不太认识我。贸然拿着自己的私事去请教她，一来我担心她会拒绝我，您跟她向来关系好，她肯定会给您这个面子的；二来就是如果我直接找她，万一这个东西做得不好，她碍着面子，不好直接跟我说，反而坏事。所以，我想了半天，还是来拜托您，要是您愿意帮我转手一下就好了。"

唐盈盈这时候想起她方才赠送的食物，心里便有几分硌硬，本不想接这事，临头瞥了一眼，见那份材料有三四公分厚，装订得整整齐齐，想必也是花了心思的，倒有了几分犹豫："钱鹏做IT不是挺好的吗，怎么想到创业了？"

林小云的脸红红的，显得有些扭捏，蚊声说道："我们想结婚，可结婚总得有自己的房子。钱鹏的父母现在还住在窑洞里，老两口一辈子就没买过房子，家里负担又重，半点都指望不上的。从首付到月供都得我们自己想办法。可您看这房价，一天高过一天，手里只拽着这点死工资怎么能不发慌。现在创业的大环境这么好，想着得趁年轻拼一把。万一成了，就什么都有了；万一没成，也死了心，再回去踏踏实实地上班就好。"

唐盈盈见她说得实在，也觉得此事不过举手之劳，便点点头，让她把计划书也放到后座上，等明天有空时，跟Debra提一下。林小云自然感恩戴德，一路上谢了又谢。唐盈盈虽然素来看不惯人阿谀奉承，但林小云毕竟年轻，为着自己的未来动用身边一切可能动用的资源，即便动作笨拙，却也无可厚非。

夜风闲闲吹来，唐盈盈索性开了窗，夜里城市的喧嚣热闹一下扑了进来。她一面开车一面在想，自己像林小云这么大的时候，全副身心都在应付每天的工作上，哪有精力为未来考虑。看来"单身狗"的属性不仅影响生活方式，还影响思维路径。或者陈君说得没错，自己的确得认认真真地对待个人问题了。

委托人叫张怡，是深圳一所重点中学的英语老师，今年二十七岁，未婚，家就在深圳，算是个深二代。父母前几年办了离婚，她自己又在国外留学过两年，最近遇到一件很麻烦的事情，在朋友的推荐下找到了唐盈盈。

张怡选的咖啡馆在文化创意园的深处，白墙黑瓦，浅灰色的地砖，彻头彻尾的中式装修风格，在这样的地方不喝茶反而喝咖啡，也算是一件稀奇事。张怡长得文文静静，一身绛红色的长裙，颈上戴着极细的银质项链点缀。一张椭圆形的脸像是仕女图上拓下来的，细长的眉眼，微微上翘的鼻头，嘴唇薄薄的，涂着温柔的豆沙色唇膏，不说话的时候抿成一段倔强上扬的弧线，一说话则有无尽的委屈流出：上周末是她表姐的婚礼，她受邀去做伴娘，婚礼上倒是没什么，依照流程走完了。结束后，她和另一个伴娘陪着新娘去了设在酒店的新房。新郎的几个朋友突然喧闹着冲进来要闹洞房，说是闹洞房，其实就是闹伴娘。开始还只是一些常规的游戏，什么接黄段子啦，跳个舞转个圈什么的，后来不知道谁在房间里点燃了一串鞭炮，噼啪乱炸，大团大团刺鼻的硝烟漫过来，张怡吓坏了，混乱中，她的双手被人牢牢抓住，反扭在身后，眼睛被烟火刺得生痛，可男人们还在兴奋地呼叫嬉笑，张怡气坏了，抬起腿就踢向眼前的人影。"我抬起脚的那一刻，大腿同时被几只手抓住，刺啦一声，落地的长裙被人撕开，有一只手悄悄地伸到裙子底下，将一个球状的东西用力塞进了我的身体，接着那个东西发出脉冲式的电流。我恶心极了，拼了命跟人撕扯。一直闹，一直叫，直到警察过来了。"张怡回忆起当天的情景，仍然觉得跟沾染上了什么恶心疾病一般难受，浑身跟打摆子似的发颤。

她刚讲述完，一旁的林小云眼睛睁得老大，脱口骂道："这群人太过分了啊，畜生啊！"唐盈盈还比较镇定，微微蹙眉，看了她一眼，又扭头问张怡道："你报警了？"

"报了。我也知道在人家婚礼上报警挺触霉头的，可我当时脑子里一片空白，谁来劝都听不进去，只想把那几个混蛋枪毙了才好。"张怡说话时，仍气愤难消，"警察来了以后，从我身体里取出一个跳蛋，你知道吗，就是那种成人玩具，我一看差点气晕过去。还验了伤，倒只是一些轻微擦伤，没什么关系。我说我要告他们，唐律师，您说这算什么罪？凭什么大庭广众之下这样对我？"

唐盈盈沉思片刻，道："根据你所描述的情形，应该涉嫌触犯猥亵罪了。"

"对，对。我也是这么跟警察说的。可警察跟我说，让我回去再跟家里人商量商量，毕竟都是亲戚朋友，是不是真要走到上法庭这一步？根据他们的经验，婚闹这个事情可大可小，许多当时气得不行的女士，后来在家人的劝说下都和解了事了。当然，由于他们在酒店里放鞭炮，扰乱公众秩序，派出所已经将他们行政拘留了。"

唐盈盈想了想，警察的说法也在理。猥亵妇女是刑事罪，走的是公诉流程，本来不干受害人太多事。可由于有太多的受害人及其家长顾虑贞洁名声、经济赔偿等因素，导致许多侵犯妇女性权利的案件在审理过程中出现了受害人改口供，甚至直接找不到人的情况。警方的担忧唐盈盈同样有，于是她问道："那你跟家人商量过了吗？是打算继续告，还是可以跟对方谈一谈？两者的区别在于，先进行和谈的话，可以争取到更多的经济赔偿。如果走诉讼途径，法院判完刑事责任后，再判附带民事赔偿，一般金额都不高。"

听到她这样说，张怡嘴角轻蔑地笑了笑，道："能赔我多少钱，一个亿还是两个亿？赔不了改变我下半辈子社会阶层的数额，都只算是零花钱，我自己也能赚到。不谈，没什么好谈的，他们做出这种事情之前也没跟我商量什么，我干吗要这么礼仪周到。"

唐盈盈心想，这张怡看着温顺文静的模样，性格倒是火暴刚强，有些出乎意料。她又接着问："那你跟你家人商量了吗？"

提起家人，张怡的神色倒有一些为难，她想了想，道："我成年了，我的身体是我自己的，我的感受也是我自己的。这事我不想麻烦家人，他们也不能做我的主。"

唐盈盈见她这样说，还是不厌其烦地解释道："虽然话是这么说，但毕竟这事情牵扯到你表姐和表姐夫，亲戚间的评论和指点有可能对你之后的诉讼产生一些阻力。我也是提醒的意思，如果可以，最好先做好他们的沟通工作。"

听唐盈盈这么说，张怡也点点头赞成。双方的第一次沟通就这么结束。

林小云有些不明白，在回去的路上问道："这事看起来并不太复杂，警方在现场取了证，人也都拘了起来，直接立案起诉就行了，怎么您和警方都还这么小心翼翼的呢？"

唐盈盈看了看林小云，笑道："中国社会，人情大过天。许多官司到后来挨不下去了，并不是因为证据不足，或者是嫌疑人逃脱。反而是在重重叠叠的人情压力下，受害人自己心生了退意。"

林小云想了想，头往右侧一偏，圆圆的脸上浮出了可爱的笑容："我看这个张怡心志坚强，不像是个会退缩的。"

唐盈盈没有接话，沉思了一会儿，方才道："心志坚不坚强，总得经了事才知道。"

第二天一早，天清气爽，平素里穿着随意的陈君竟破天荒地西装革履起来，与他那副老顽童似的笑脸总有些格格不入的感觉。陈君一面嘱咐律所秘书一会儿开个全员大会，一面大步地往办公室走去，跟在他身后的则是一位衣着讲究、三十多岁模样的男士。他们快步经过唐盈盈身边的时候，唐盈盈隐约闻到了那男士身上飘来一股清淡却很甜腻的果香。这莫非就是那个康俊，传说中的接班人？怎么竟是这种派头，精致到有点……娘。

当日的晨会，隆重严肃。陈君律师事务所第一代掌门人陈君向所有人介绍了康俊，也同时宣布了自己的退休计划。他感谢了所有人此前工作的努力，也希望大家能够尽快地适应所里的变化，配合新主任做好各项工作。最后，陈君玩笑道："也许，很快陈君所将会更名为陈康所。等再过两年，康律把工作全盘接过去了，我也不再担着这份责任，就直接更名为康俊律师事务所。这是法律人之间的一种传承，我也非常高兴。"

康俊连忙站起身来，双手合十放在胸前，对着陈君深深作揖，又冲着众人谦逊地笑道："陈主任的厚爱让人既惶恐又兴奋，惶恐是为了提醒自己，在接下来的工作中必须小心谨慎，不要让前辈的厚爱变成错爱。兴奋则是因为有幸有机会与在座这么多名优秀的同僚共事，相互学习，共同进步。"他一面说，腰背渐渐挺直，温和的目光轻轻落在在座每一个人身上，像三月里的激滟春光，让人从骨头里生出一股酥麻的感觉。他的声音温和且极富磁性："对于未来的工作安排，我今天只说三点，这也是我最看重的三点。一是正义。作为法律从业人员，我希望大家永远不要触犯法律，不要做试探法律底线的事。律师界讲究大道之行，邪不压正是不变的规律。案子有输赢，正义却永胜。不要因为一时之胜负就心生怨怼，更不能因此激起无谓的斗志而走错了路。我们知道无论民事、刑事还是非讼业务，确实会有很多钻空子的机会，你看得见，对方律师看得见，法官也看得见。但我希望诸位能对这些所谓的捷径闭上眼睛，心存一念，维护好自己的尊严，走正道，走最长远的路。第二是认真，这个认真除了工作上的谨慎和细心，我更想提醒大家的是在接每个案子前，都要认真评估自己的能力，绝不要把当事人的案件当作自己能力的试验田，有能力办则办理，没有能力的案件绝对不要染指。因为每个案件对于诸位来说只是来来往往案件中的一个，但对于当事人来说，这个案件就是他身家性命之依托，是天大的事情，一着不慎，都将可能带来无穷无尽的麻烦。第三则是未来。一家优秀、成功的律所，靠的从来不是一两个明星律师，而是众人聚集，将每个人身上的一点星火集成一把足以照亮黑暗的火炬。我希望在这里，每个人都能拥有自己闪耀的机会，每一个岗位都是极其重要的。所以在接下来的一段时间里，我将制定更加灵活的晋升机制。能者上，弱者退，让优秀的人才飞速上，能力将成为比资历更加重要的考核指标。"说完，康俊轻轻一笑，最后说了一句，"愿与诸位共勉。"

康俊慷慨激昂的演讲让唐盈盈生起一阵又一阵的鸡皮疙瘩，她低下头，悄声跟旁边的Debra说道："明大义、讲情怀、强调安全，再画个饼，领导的套路很熟练呀。业务能力怎样暂且不说，光看就职演讲，这就是妥妥的管理人才呀。我估摸着要比你强一点！陈老板还是很有眼光的。"

Debra明媚的笑容里噙着一丝冷淡，徐徐道："这个康俊，我在美国的时候就听说过，他比我高一届，学生时代就是学校辩论队里的主力，模拟法庭就没输过。有颜值有能力还能赚钱，国内国外收割了一大群粉丝迷妹。这样的人，除了在言情小说里，现实生活中还真不常见。你瞧老陈乐得跟挖着了宝似的。"

唐盈盈点点头，指着对面坐着的几个正满脸崇拜地看着康俊的年轻律师，低声道："看那几位就知道了。真没出息。"其中模样最花痴的便属唐盈盈的助理林小云。

Debra平静地看着前方，面上始终噙着一缕柔柔的笑意，冷冷道："不过呢，名草有主了。老婆孩子都在北京，他这次独身过来，可能是打前站，也可能是为了离家远点不妨碍自己风流。"说完这句话，Debra恰到好处地停了下来，站起身，轻轻鼓掌，笑滋滋地对着康俊亦是对着在场所有人说道，"Bert算是我读书时期的男神，真没有想到有机会可以跟你共事，陈主任之前跟我说的时候，我都以为自己在做梦。今天见到真人了，就算是二十多年前的梦变成真的了。"这句话说完，等众人的笑意微微平息，她又换了一副真诚的态度，微微张开胳膊，与康俊虚拥了一下，诚恳地说道，"Whatever, welcome!"

康俊亦是满脸笑容，礼貌地轻轻握了一下Debra的手，真诚地道："合作愉快！"

接下来两天的工作还算顺利，新领导上任，最重要的是稳定局面和人心，什么动作也没看出来，所有的一切都还照着之前的流程操作。唐盈盈倒也没着急在新领导跟前露脸，只踏踏实实把手上正跟着的几个案子办妥。

这一天临近下班的时候，唐盈盈将整理好的几个文件发给林小云，让她打印出来准备明天一早开会用。两人一边说着，一边走到前台接待处，恰巧遇到一名陌生的中年大妈，五十多岁的模样，打扮得很精神。玫红色大碎花的T恤，每一片花瓣上都零碎地镶着几粒小水钻。下面穿着一条跳舞时穿的黑色绣花紧身裤，头发染得红彤彤的，嘴唇上却涂着绛色唇膏。

"你就是唐盈盈唐律师？"大妈突然伸出手拦了拦，来意不善地问道。唐盈盈微微一怔，头偏了偏，目光瞟向了前台行政小妹。大妈一个闪移，继续道："别看了，刚才我听见别人这么叫你的。"

唐盈盈眉心微微蹙了一下，很快笑道："是的，我是唐盈盈。有什么可以帮您的吗？"

"我是张怡她妈，你说话用不着这么客气。你什么都别帮我，只求你一件事，能离我女儿远点吗？"张妈妈一下便聚上了火气，冲着唐盈盈大声嚷嚷道，"有你心眼这么坏的人吗？为了赚点律师费，怂恿我女儿去打这么见不得人的官司，你是想怎么样？毁了她表姐的婚姻不够，还想害死张怡，想让她嫁不出去，让所有人知道她遇到过这种丑事啊？"

张妈妈的声音像用搪瓷的喇叭扩了音，震得唐盈盈只觉得自己的头一个有两个大，脑子里嗡嗡直响。她大概明白了张妈妈的意图，便试图解释道："阿姨，您可能对这个事情有些误会。这样好了，您到我办公室坐坐，我跟您把事情的详细情况讲一讲。"

"不去！我今天哪儿也不去，就是让你亲身感受一下被人找上门骂是什么滋味。"张妈妈果真是多年的戏精，见唐盈盈软声细语，她便一面挥手一面带着哭腔号叫，引来了不少办事谈业务的人围观，"我把阿怡养这么大容易吗，她相貌好、学历好、工作也好，对象也稳定，今年就准备领证办事了。吃个喜酒回来，闹出这档子事，也没伤着没碰着，没少胳膊没少腿的，结果就是你这个无良律师啊，为了赚点黑心钱，怂恿我家阿怡去打官司。打什么官司啊，亲戚都没得做了，对方还跑到阿怡男朋友家里去闹事，说阿怡从前读书的时候当过车模，生来就是被人摸的。婚礼上热闹热闹怎么了？怎么就闹上法庭了？人家父母也是要脸的啊，这下全完蛋了，逼着自家儿子分手。她老大不小了，找个条件好的男朋友结婚也不容易。女人什么最重要？名声啊，没有好的名声怎么嫁进好的人家啊。唐律师，你放过阿怡吧，我了解她，她向来很乖的，要不是你在背后怂恿她，她是没有勇气去打这个官司的。这官司有什么好打的，打到底也就是亲戚朋友进班房，自己毁后半辈子。"

唐盈盈站在原地，只觉得自己的胸口像被人堵上了大团大团的棉花一般闷得难受，连呼吸都有些艰难。她事先想到过张怡的案子会有来自家庭的阻力，但她却实在没想到对方家长居然会闹到自己这儿来。一旁的林小云见状，同样大声地说道："阿姨，您先别急。这案子是张小姐主动委托给我们的，出了什么问题我们慢慢商量办法。是不是有人在闹事？如果对方有诋毁张怡名誉的言行，我们可以起诉他们侵害名誉权。"

张妈妈听她这么一说，就更加着急了，气势汹汹地逼向唐盈盈，怒道："你们究竟有没有听我说话？我说不打官司了，什么官司都不要打了，怎么又来一个？

你们这律所看着挺气派的呀，这么缺钱吗？整天见一个人就忽悠别人来打官司！"

唐盈盈被对方的怒气逼退了两步，心里像烧着一堆炭火一般燥热，她把林小云往身后拉了拉，耐心地解释道："我们是想说，如果遇到了什么问题或者麻烦，我们可以坐下来商量办法，您先别激动。何况即便需要解除委托关系，也得尊重张怡本人的意思。"

张妈妈被她这句话彻底激怒了，她步步逼近，伸手就要去抓唐盈盈的衣服："我是她妈，我得对她后半生的幸福负责，我说……"张妈妈的话说到一半，手即将碰到唐盈盈时，围观人群中一个健硕的男人几步向前，呼啦一下拎起张妈妈的后衣领，顺手一甩，便看见张妈妈那略微肥硕的身躯在空中划出一道平缓的弧线，又准确无误地跌落进三米外的沙发里。

众人惊呆了，一时间鸦雀无声，张妈妈更是过了足足一刻才回过神来，正要哭号撒泼，那男人斜斜瞪了她一眼，声音如金石裂玉般："有事就好好说话，你有空，别人还得做事呢，闹得跟杀猪似的干什么？"

旁边几个人捂着嘴偷笑，张妈妈还想撒泼，偷瞧眼前这人个头虽然一般，站在那里却如尊门神一般，只好怯怯地将头垂了下去，之前的战斗力在这一刻荡然无存，嘴里嘀咕了几句，也只好由林小云搀着进了会谈间。

唐盈盈见出手帮忙的是个生面孔，看着还挺和善的样子，便道谢了两句，紧跟着也走进了会谈间。

会谈间隐秘又舒适，窗外明澈如水的阳光细细洒进来，将玻璃杯中那半杯新沏的茶水映得流光四溢。张怡得到消息，不到二十分钟便赶了过来。一进门，眼圈红红的，冲着闷坐在那里的张妈妈都快哭出来了："妈，你在干什么呀，跑到唐律师这里来闹什么，还嫌事情不够乱吗？"

张妈妈见女儿怪自己，手里的杯子往桌上一放，辩驳道："你也知道这下事情麻烦了啊，你要是不打这个官司，现在不就什么事情都没有了？你表姐两口子就不会吵架，你舅舅和舅妈也不会来家里骂人，把你姥姥气得心脏病都要发作了，这两天直呼胸口疼。还有，你表姐夫家的人也不会去阿峰家里闹事，把你当年做车模的事也翻出来，搞得阿峰一家人都接受不了你，觉得你不检点，还丧气，现在闹得要退婚。"

张妈妈连珠炮似的话，犹如严霜一般迅速刮过张怡原本温润可亲的脸，她的面色立刻沉了下去，怒气代替了原本的焦急："妈，你别听他们胡说八道。我做车模怎么了？没偷没抢，每天站十几个小时，赚的是干干净净的辛苦钱。我跟凌峰本来就存在很多问题，不止这一件，他们家借题发挥，拿着这个说事，分了便分了，有什么大不了的。"

"有什么大不了？"张妈妈的怒火一下子便涌了上来，绕过桌子一面用手指戳张怡的脑门，一面骂道，"你以为你几岁啊，还十几二十有得挑拣呀？你二十七了！阿峰家的条件多好啊，父母都是公务员，自己在事业单位，你们处得好好的，能有什么问题？我看就是你的脑子有问题吧。错过了他，你还能找到更好的？还有更好的要你？"

张怡忍着一口气，逼开了张妈妈戳戳指指的手，转到桌子的另一边："妈，你有没有搞错，现在是我被人欺负了，你站哪边的呀？那帮人胡说八道是他们害怕，想用这些龌龊的招数逼我们不告了，你还真听话，转身就来这儿闹事了。你这么能泼，骂他们去呀，欺负自己女儿算什么本事？"

张妈妈愣了愣，面上原本气愤不已的模样也泄了，语气和缓了一些，道："阿怡，你听妈一句劝，这种官司打不得。你要是心里别扭，我去跟他们说，让对方跟你赔礼道歉。你放心，我就是豁出这张老脸不要了，也一定让他们多赔些钱。这就行了，好不好？真的没有必要把这种小事情闹到法庭上，让旁人看我们家的笑话。"

"道歉？"张怡的嘴角逸出一丝轻蔑的笑意，"当时我就要求他们道歉，他们怎么说的？让我别扫兴，还说这就是风俗，闹得越响亮，新人以后的日子才越红火。舅妈还笑嘻嘻地把我手机拿走了，说我会触了她家的霉头。妈，你知道吗，我咬着牙让那个东西一直留在我身体里，从十六楼下来，一直走到酒店大堂才打的电话，目的就是要让警察当场取证，把那几个混蛋送进大牢。我心里的这份屈辱，轻飘飘的一句对不起有用吗？"

说到此处，张怡满脸都是泪，精心描绘的双唇也斑驳成了几道色块，原本的唇色上留着两道深刻的咬印，看着便让人心惊。张妈妈愣了半晌，空气凝滞成浓胶，带走了母女间温和的亲情，仅剩下尴尬的对峙。

唐盈盈初见张怡时，只觉得她长相娇弱，一副标准文静乖乖女的模样，倒不知骨子里竟是这般通透，不由得暗自赞叹，一面也帮着劝道："阿姨，张怡说得没错，这种事情其实并不罕见，对方心虚了，才使出这种招数来，企图污名化受害人，甚至挑起一些事端，目的就是让我们主动退缩，放弃诉讼。"

张妈妈此时也冷静了一些，她拉着唐盈盈说道："唐律师，你说的我明白，可你也说了，他们现在就是在往阿怡身上泼脏水呀，这女孩家的名声比什么都重要呀。就算这次阿峰不成了，以后呢，别人一打听，还是会知道这些事情的。男方家里会嫌弃的呀。"

张怡气得简直呼吸不畅，她怒道："嫌弃什么？我干什么了？我做错什么了吗？做过车模很丢人吗，那你以后写到我的征婚简历里去好了，在意这个的第一轮就筛掉。打过猥亵官司很丢人吗？那你也写进去好了。"

"那你这辈子就别想嫁人了！"张妈妈拍着桌子喊道。

"不嫁就不嫁呗，我找老公是为了跟我共担风雨的，不是事情一来，扭头就站对面去了。这种渣男要来干吗？你看凌峰说要跟我分手的这两天，我哭了吗，我闹了吗，我难过吗？没有，我庆幸得很。简直逃过一劫，没跟这么个软骨头的东西走进婚姻。"张怡说得头头是道，不耐烦地对张妈妈说，"行了，妈，你有这精神就去陪陪姥姥吧，或者带她出去旅游一趟，等官司打完了再回来，省得舅舅、舅妈在她面前瞎逼逼。"

话说到这个份上，张妈妈再是哭闹也没法子，又折腾了一会儿，林小云终于把她搀起来送走了。

临近黄昏，阳光依旧浓烈。大片大片绯红流金的光影，在会议室浮雕提花的丝绒窗帘上打了个回旋，便令屋内漫起令人窒息的闷热。唐盈盈把空调又调低了几度，大股的凉风猛地吹出来，带来了肌肤上的一些凉意。张怡抬头看了看唐盈盈，新理的短发整齐地码在肩上，刀剪的痕迹清晰醒目。她面上浮起无力的笑容，语气诚恳地说道："唐律师，今天实在不好意思，我实在不知道我妈怎么会找到您这里来的，给您带来麻烦了。"

唐盈盈将一杯茶递给张怡，笑道："没关系，麻烦倒没有，就是刚才阿姨在前台闹了闹，有人出手拉了她一下，你回去让阿姨检查一下，要是磕着碰着哪儿了，我负责带她去医院。"

张怡微微颔首，继而又叹道："我妈这个人，分不清楚大是大非，遇到事情除了怨天尤人和瞎闹腾，别的什么也不行。"

唐盈盈笑容淡淡，带着一分懂得的无奈："父母大多都是这样，一是关心则乱，二来他们也并不熟悉现代社会处理这类问题的途径和方式。不过话又说回来，你倒是真的非常勇敢，大大出乎我的意料。通常这类案件的受害人在受到旁人非议和家庭压力时，大多都会选择屈从。能站起来跟母亲拍桌子正面刚的，我今天才算是第一次见到。"

张怡轻悠悠地一笑，苦涩地说："我以前大概也是你说的这种人，听父母的话，做着稳妥安逸的工作，找男友的标准也是把工作稳定放在第一位，仿佛这样就能保证自己一辈子的安全和幸福了。可你看，我不过是去吃了一趟亲戚的喜酒，就被人这样侮辱猥亵。偏偏被欺负了，所有人还硬要跟我说这是闹喜，是祝福新人的传统仪式，让我别小题大做。我他妈见鬼了。"张怡猛地爆了一句粗口，方才觉得胸口的闷气消散了一些。她又轻轻呼了一口气，缓缓说道："这几天我其实也想了挺多的。你说我这些亲戚、我男朋友，还有我妈，为什么要阻止我打官司？当真是为了我的名声和未来考虑吗？我觉得不是，至少不全是。他们都是在为自己考虑。那种屈辱和对身体的伤害没有发生在他们身上，他们不能感同身受。但是，施暴者的谩骂却招呼在了他们身上，让他们觉得疼了。那个带头的伴郎史力，是我表姐夫的发小，出事之后，他家人跑去骂表姐夫一家，说他们不懂规矩，结婚找了这么个刺头做伴娘，谁家不闹喜，就他儿子闹喜弄进局里去了。要是有个什么意外，就要表姐夫家里红事变白事。表姐夫家受到了威胁和压力，自然都泄愤到我表姐身上，表姐受不住，就找我舅舅哭诉，怨来怨去的，最后都怪到我身上了。"

唐盈盈敛起了笑意，愤懑道："有些是非不分、善恶不明的亲戚也只是挂个名衔，他们怎么想、怎么说不要紧，大不了日后少走动，不往来就是了。"

张怡点点头，继而又轻蔑地一笑，道："何止亲戚，我那个未婚夫凌峰又怎样呢。表姐夫一家人找到凌家，说当初请我来做伴娘，也是考虑到我在大学的时候就干过车模，想必是个思想比较开放的女孩，能够应付婚礼上的场面，没想到我这么矫情，竟然招呼也没打一声就让警察来抓人了，现在还要闹上法院。闹上法院的都是些什么人什么事呀，这本来也没什么事的，诉讼走一遍，针眼也被捅成西瓜大小了。凌家一听，这未来媳妇还有这种黑历史，又爱折腾，肯定不是个安分守己的女人，慌不迭地就让阿峰跟我分手。你说这还是差点成为一家人的人，面对这么明显的报复中伤和恶意挑衅，他们为我说一句话了吗，凌峰起来骂人撑回去了吗？都没有，他们第一时间想的就是离我这个麻烦远点，千万不要闹大了，不能让左邻右舍、亲戚朋友知道凌家的准媳妇是个事儿精。这种渣男，我妈还让我想办法去挽回，挽回什么呀，早分手早安生。"

唐盈盈赞许道："你说得很对。虽然分手是件不好的事，但跟不合适的软脚男分手，只能算是人生幸事。"

张怡眨了眨眼睛，乌黑的瞳孔由于湿润而折出了如星芒般的璀璨："我不后悔，这些人即使伤害了我，程度也相当有限。我只是不明白，生我养我的妈妈为什么不能跟我站在一起，为我受过的苦讨个公道？唐律师，你知道吗，我妈说我没少胳膊没少腿，不是什么大伤害，我知道她是怎么想的，舅妈天天在姥姥面前闹腾，我妈怕替我背上不孝的名声，又怕我日后嫁不出去，她被人指指点点。这些伤害对她来说，是直接的，是有痛感的。而在我身上发生的一切，她可以，他们都可以轻飘飘地一句话带过。这些所谓的亲人永远不知道我心里有多恨多屈辱，不知道噩梦是怎么折磨我的。我今天早上就是被噩梦惊醒的。我躺在床上闭上眼睛，觉得黑暗里有一双冰凉的手，摁住我的脚，顺着大腿往上摸，摸到胸口的位置，那双手就生出了又尖又利的指甲，直直剖开胸膛，插在我心脏上。那种挣脱不开的无力感，让我心悸得厉害，事实上，从事情发生到现在，我没一天睡得安稳。"张怡呵呵冷笑，双唇像经不住寒意一般微微张合，"都让我谅解，让我宽恕，不就是觉得我起诉给他们带来了麻烦吗。那他们还给我带来了伤害和痛苦呢，我为什么要放过他们？他们放过我了吗？"

唐盈盈将手轻轻放在张怡的肩头，静静听着，心里生出一股凄凉的悲伤来。这个柔弱又坚定的女子，在自己眼前讲述着她鲜活的痛苦。她生本柔软，坚定并不是天生而成的，只是在这几日的苦痛折磨中，将无尽的恨与辱磋磨进自己的骨髓里，让它生长，长成这般倔强执着的模样。所以，唐盈盈的目光也带了悲悯的色彩："你可以不放过他们，不原谅任何人，但你必须放过自己。猥亵罪、强奸罪说到底都是伤害女性的身体而已，就像好端端的人在路上走着，莫名其妙地被狗咬了一口，处理完伤口，包扎打针，该前行就继续前行，犯不着在意那只狗究竟喧嚣吵闹什么。屈辱感、名誉受损或者是贞洁被污，这些更多的是畸形的性别文化强加在受害者身上的负担，摒除这些，你未来才会走得更远更轻松。"

张怡的脸上露出一丝疲惫的笑意，面容渐渐沉静如水，她的声音像从地底深处的冰窖里透出来的一般："唐律师，你说的我都懂，但需要时间吧，以后我应该会更强大。我之前从来不敢这样跟我妈说话的，但我今天不假思索地就做了。其实我并不想这样，我不想像个战士一样，去跟周围的亲人厮杀搏命，明明我才是受到伤害的那个人呀。"唐盈盈默然无语，只觉得心里揪着难受。但也仅有一瞬的犹豫，张怡抬手将落至额前的发丝捋到耳后，自嘲地笑了笑，又道："不过，自从想明白了人性自私的道理，心里也不那么难受了。无论怎样，你放心，这官司我肯定要打下去，已经有这么多人对不起我了，我就一定得对得起自己。"

天色渐晚，在黑丝绒般的夜将整个世界吞没之前，楼宇里或明或暗的灯光便一盏接着一盏渐次亮起，将整座城市重新笼进一片灯火辉煌中。唐盈盈的心像坠上了沉重的担子，脑子里迷迷糊糊地想着，每一个罪行打破的都是受害人原本平稳安逸的生活，像是一把粗糙的刀在一匹光滑秀美的丝布上划拉出一道丑陋的裂口，大家出于道德去谴责这把刀的暴行，同时也出于人性暗自去鄙夷这匹被损丝布的丑陋。若是刀尖隐隐然指向自己，他们则会毫无忌惮地耻笑丝布的华美不再。恃强凌弱是人性的豁口，而补上这个漏洞不就正好是实现法律正义的意义吗？

将张怡送出门，唐盈盈看到方才出手阻止张妈妈撒泼的那个男人竟然还在，正满脸笑意地朝着她笑。唐盈盈犹豫了一刻，还是走了过去，对方才他仗义出手的行为赞谢不已。那人倒显得毫不在意，轻轻说道："她敢闹不过就是仗着你不屑跟她对吵，更不敢跟她动手，讲道理是文明人的游戏，面对撒泼打滚的野蛮人可就没用了。"

唐盈盈有些不好意思，微微一笑，道："是，当事人没跟家里沟通好，闹到这里来了。"

那人温和一笑，麦色的皮肤上顷刻绽出两个笑旋："其实我今天本来就是来找你的，正巧遇到这事。看你现在应该忙完了吧，要不我们找个地方坐下来聊聊？"

"找我？"唐盈盈仔细看了看眼前的这个人，深米色的中袖衬衫熨帖地收在靛青色的休闲长裤里，一米七左右的个头并不高挑，却因身姿格外挺拔而让人有种赏心悦目的感觉。只是样貌无论如何也觉得陌生。

"请问，您是？"

对方仍是那副笑容，郑重地向唐盈盈伸出手，礼貌地说道："我叫方惟安，初次见面，请多指教。"

方惟安这个名字唐盈盈自然是知道的。前两天她因为跟陈君吃饭而放了鸽子的那个相亲对象，就叫这个名字。只是，她完全没有料想到对方竟然直接找上门来了，而且又是这样一个孔武有力的硬汉子。这年头，耽误别人时间简直比抢钱还恶劣，何况自己那天只比约定时间提前了一个多小时通知改约，故而对方什么行程都被耽误了吧。

唐盈盈很是不好意思，连声道歉："方先生，真是不好意思，那天老领导找我谈事，实在推托不了，才临时跟您改期的。倒不是有意要放您鸽子，耽误您时间。"

方惟安倒并不在意，大度地摆摆手，微笑道："这事你上次已经解释过了，我也没在意。只是你当时说过两天再约时间，一直也没约我。我猜你大概是个对相亲不怎么上心的女人，很巧，我刚好是个对相亲非常认真的人，就想着自己跑来看看，这究竟是个什么样的人，结果正好遇上有人找你麻烦。既然打过照面了，那索性就在这里等等你吧，看有没有机会把上次那顿饭给补上。"

他言语中有几分责备的意思，但话说得直接，倒并不令人反感。唐盈盈想了想，笑道："好，只是我待会儿还有工作得回来加班，您上次定的法式大餐怕是来不及去了。要不咱们就在附近吃个便饭吧，我请，算是抱歉，也算是对您今天仗义的谢意。"

方惟安耸耸肩，笑道："我OK，只是你能别再用'您'来称呼我吗？这都已经下班了，个人时间，您来您去的害得我很紧张。"

唐盈盈笑着点点头，道："没问题，我这也是职业病了。"

方惟安有着难得的绅士风度和耐心，脸上时刻能漾出令人温暖的笑意，让人觉得他对眼下的一切都有着十二分的满意。唐盈盈坐在他对面，完全不能把眼前这个笑意满满的人跟方才出手果断、以暴制暴的男人联系起来。"方先生似乎练过功夫，或者当过兵？刚才出手很漂亮，惊艳了在场所有人。"唐盈盈真心地称赞道。

方惟安从菜单上抬起头，眼眸中露出几分讶异，继而又像是在预料之中一般，笑道："我果然没说错，你对相亲还真是不上心。我的情况是介绍人没跟你说清楚呢，还是你完全没在意听？"

他这么一说，唐盈盈脸皮便有些微微发涨，当然是自己没听，关于方惟安的基本情况，介绍人足足发了二三十条语音过来，她压根就没点开。方惟安见她这副模样，也没计较，笑了笑，继续道："不过也没关系，按照流程，我还是先自我介绍一下吧，以免以讹传讹，以后你觉得货不对版。我比你大四岁，今年三十五岁，老家是福建的，家里有个弟弟，现在还在上大学。我的个人经历比较崎岖，父亲是做生意的，我小时候家里经济条件还不错，童年过得比较安逸。我的成绩一直不太好，但高考的时候超常发挥，上了个省内二本。大二的时候，父亲生意破产，房子车子都卖了，还欠下几百万的债，走投无路跳楼了。债主逼上门，要把刚上小学的弟弟卖了还钱。母亲疯了一般跟他们厮打，大姨家拿二十万出来救下了母亲和弟弟。我当月就退了学，通过亲戚介绍，跑去国外当兵，就是大家知道的雇佣兵。在伊拉克待了八年，也算是八字比较硬，我那队十二个队友，最后活下来两个。雇佣合同到期后，我没有续约，靠这几年捏着死神的脖子赚的钱还清了家里的债务。回国后开了一家安保公司，给明星和有钱人提供安保服务，去年又开了一家贸易公司，往中亚那片地方做些快消品的出口，生意还不错。前两年决定在深圳稳定下来，便在南山买了一套房子，面积目前看着还可以，要是以后有孩子就不确定够不够。结婚的时候可以再买一套，我尽量全款，要是生意上周转不开，就贷一点，以后也是我还。孩子我想要两个，一个也可以，男女都行。只是我妈现在老家，好像有了心仪的老伴，不一定愿意来深圳带孩子，以后可能要请阿姨，要是外婆能来帮忙，就请钟点工，家里老人都得照顾好。"

方惟安说这些话的时候，目光平平的，没有一丝波澜起伏，像是拿着一本写好的课本在朗诵，又像是在说旁人的事。唐盈盈算是见过世面的，竟也愣了半晌，方才呆呆地道："你……跟所有人相亲前都会把相同的话说一遍吗？"

方惟安想了想，微微颔首，道："差不多吧。相亲本身就是一种讲究效率的婚恋手段，我认为开诚布公地将自己的情况告诉对方，是对自己和对方基本的一种尊重。"

唐盈盈尴尬地笑了笑，道："这就奇怪了，你的条件算是不错，一般女孩子听完都会愿意跟你接触下去吧，为什么你还在相亲呢？"

方惟安笑了笑，说道："这几年在经济上还算过得去，要找一个肯结婚的女人倒也不算太难。可我还是有些不甘心，毕竟自己年纪还不算太大，三十出头就为了进入婚姻而放弃遇见爱情的机会，我怕我未来几十年都会埋怨自己太过心急。"

这句话像一把小锤子一般在唐盈盈的心上轻轻一击，她摆弄着饮料杯里的吸管，双眼望着方惟安，对眼前这个陌生男人涌出了一丝探究的好奇心，问道："那你中意的女人是什么样子的呢？"

"这个很难有量化的描述。人有的时候很难明确地知道自己想要什么，反而比较容易确定自己不想要的是什么。我这两年相了三四十次亲，越来越觉得，其实像我这种人，想找到合适的另一半恐怕要比一般人更难一些。"他停了停，将两只手重叠起来放在膝盖上，目光轻悠悠地飘向了远方，"中国是全世界最安全的地方，与我同龄的女生从出生到长大，很难遭遇什么大的危险，这让她们对生死失去了起码的敬畏，目光和话题永远都是在房子面积、车子牌子还有包包的款式上，很难想象我未来跟她们能生长出怎样的共同话题来。"

唐盈盈哑然失笑："照着你这个逻辑，你得先想清楚自己究竟是在相对象还是在找战友呀！"

方惟安亦笑道："夫妻可不就是需要并肩作战一辈子的战友吗？现在都提倡婚前双方要把金钱的问题讲清楚，金钱的问题在我这里很简单，我的就是夫妻共有的，女方的要添进来也行，愿意自己留着花，我半点意见没有。但是，敌友关系却是大问题。"方惟安想了一刻，又说道，"就比如说今天在你那儿闹事的阿姨吧，她哭了半天，我也听了个大概，大约是说她女儿被人欺负上门了，她却来闹着让你收手不追究吧。这种不向敌人开火，反而冲着友军捅刀的女人，解决问题的思路就是，只想解决眼前的麻烦，完全不管根源在哪里。想象一下，万一是我老婆，你说我该被气成什么样呀。"

唐盈盈被他生动的例子逗乐了，开心地笑道："不是所有人都有你这样的好身手，轻轻一拉，就把人给丢沙发上去了。"

方惟安的眉心轻轻一动，笑意便漾在了唇边，他的声音温和得犹如阳春三月里的微风："那么，现在问题来了，我的价值观与唐小姐是否合适呢？"

气氛一时凝住，唐盈盈微微垂下双眼，拨弄着饮品里的吸管，笑道："方先生，你是个很有趣的人，对异性来说也很有吸引力，在婚恋市场上应该是属于永远站在挑拣地位的那一类人。我就是一个比较平庸的人，身上没有什么闪光和耀眼的地方。如果没有和你势均力敌的能力，这种交往从长远来看，我是不是会太吃亏？"

方惟安爽朗地大笑，半晌才平静下来，道："我们当真是一类人，理智大于情感。在这儿相个亲，搞得跟谈判做生意一样。"

唐盈盈想了想，也笑道："估计也是到了这个岁数，对每一份感情的开始都变得谨小慎微，对婚姻更是慎之又慎。"

方惟安闻言微微赞叹道："这也没什么问题，谨慎并不是一个坏的开始。"他顿了顿，看向唐盈盈的目光里绽起了一星点儿轻甜的笑意："其实我今天特意来找你也不是偶然。那天你爽约没来，我反正也闲着没事，就自己去了那家餐厅。从前菜吃到甜点，两个多小时，我翻看了你在社交网络上的所有文字，你流露出来的线索不多，只在只字片语间，我大概可以感受到一个女孩子对离世之人的思念。我猜这也是你不把相亲活动放在心上的原因吧。"

唐盈盈想不起自己哪条信息暴露了情愫，却在被戳破心事的一瞬，回到了那年冰雪纷飞的圣诞节，想起了耸立在街角的那一棵饰品挂得琳琅满目的圣诞树。还有，因患渐冻症而一点一点失去知觉的挚爱——李睿。这种痛楚的感觉像冰水一般浸漫过心头，唐盈盈别过头，不豫道："方先生，你名下两间公司都不够你忙的吗？"

方惟安微微一愣，连忙道歉："对不起，唐小姐，我没有别的意思，更不是有意要窥探你的隐私，我说这些只是想给自己争取一个机会。……我的青春期都是在战火里度过的，文明世界的规则对我来说有些遥远，即便现在回国了，我心里遵循的还是那套争取即获得的基本道理。我去翻查你的网络痕迹，本来只是想多了解你一点，到后来，就很想跟你认识。哪怕我们相亲不能成功，或许可以成为朋友。因为，我的初恋女友是在战场上去世的，我能明白那种恋人离去后，无论怎么思念，也永远无法触碰的感觉。"

方惟安说话的语气很平静，平静到几乎没有情绪的起伏。唐盈盈看了看他。自己最恐惧触碰的话题，竟被这样明目张胆地拿出来说，让她觉得有些别扭，但别扭之后，又似乎有了一点安慰。她默了许久，终于微微笑道："朋友？这个关系听起来比相亲对象要轻松得多了。"

　　跟方惟安吃过饭，唐盈盈回到办公室的时候，已将近十点。所里的同事们大多早已经下班回家了，只有东面Debra的屋子仍然灯火通明。唐盈盈曾做过Debra的助手，两人关系素来亲近，想了想，便敲门进去："还没走？待会儿要过不了关了。"Debra家在香港，每天过关两次，很是辛苦。

　　Debra从办公桌后面抬起头，一整天的忙碌让她脸上呈现出无法掩饰的疲惫。不过女神就是女神，忙了一天，她脸上的妆容仍然没有明显的斑驳，甚至连那层浅褐金色的腮红都还老老实实地显在两颊上。她往椅子上一靠，手指在眉心处按了按："今天不回去了，Rowan去新加坡出差，我打算在酒店凑合一个晚上。"

　　唐盈盈把椅子拉了过来，笑着说："其实，Rowan的工作也不少是在深圳，你们为什么不在这边买个房，省得两口子两头跑？"

　　Debra端起桌上的凉咖啡一口饮尽，无奈地笑道："房子早就买了，放在那里落灰呢。Rowan的父母观念很传统，始终认为父母在，儿孙们就得整整齐齐地在跟前，说什么也不让我们搬出去住，搬到深圳来更是没得商量。"

　　唐盈盈有些讶异："Rowan的父亲是金融大鳄，我还以为观念会更偏西化呢。"

　　Debra用手指敲敲太阳穴，笑道："脑子里的东西都是后天装进去的，骨子里的理念那才是老祖宗几千年传下来的。"

　　唐盈盈颔首微笑，见Debra又去拿咖啡，不由道："这么晚了，你还喝这些凉的东西，也不怕伤胃。"说罢，便起身帮她接了杯热茶，转眼又见办公桌一侧放着她家人送来的一盅煲汤，唐盈盈伸手试了试，笑道，"要不我帮你把这个热了，营养又暖身。"

　　Debra手里把玩着一支细长的墨水笔，面上的笑意如琉璃般疏离且薄脆："这是炖燕窝，马来西亚金丝燕的5A级燕盏，价格相当不菲。每天一盅，清早家里的菲佣便起来泡发挑毛，再文火细炖，炖好之后再坐港铁送到我办公室里。这人力物力成本算下来，一盅补品的价值不止千元了吧。"

唐盈盈点点头，赞叹道："说明Rowan家很疼你啊，羡慕死人了。"

Debra轻轻地摇了摇手中的笔，想要说什么，临到嘴边却又怔了一刻，凝成了扑哧而出的笑骂："幼稚。"她默了半刻，转过身拿出一本资料，道，"不说我了，说点正事吧。上次你托我看的东西我看完了，现在还给你。"

唐盈盈接过一看，正是林小云拜托她帮忙的那一沓创业计划书，便连忙赔笑道："这才几天工夫，就看完了呀，怎么样？"

Debra面色沉静，眼中蕴含着一缕似笑非笑的神色，有种令人难以捉摸的神秘。她抿了一口半凉的咖啡，斟酌了片刻，道："一个数字货币的项目。自从比特币火爆全球之后，各路人马都想从这里头挖金。这个名字取得还可以，鹏币生辉，鹏币的'鹏'，既是项目负责人钱鹏的名字，也是深圳的简称，从吸引人眼球的角度来看，算是还过得去吧。"

唐盈盈顺手翻开第一页，微软雅黑加粗的标题赫然写着"'鹏币生辉'ICO（首次代币发行）计划书"，便也跟着点点头，道："还是有些创意的。"

Debra浅浅笑了笑，话锋一转，道："这就是整本计划书除装帧之外的唯一可取之处了。其他的内容都是抄的。从网上下载资料，简单地查询替换后就成稿了。我原本还翻着看了看，直到看到有一处，原先文档的名字前多了个空格，查询替换时没有被识别出来，就留在了原地。这也证明他们完稿后，连最基础的校对工作也没做，就急匆匆地拿出来打算捞钱了。"

唐盈盈像被人掴了一个耳光一般，脸上火辣辣地发烫。林小云平时工作还算仔细，这事托办得又着急，所以她也没先检查一遍，就直接递到Debra这里了。现在被当场指出这么低级的错误，实在难堪。唐盈盈连忙解释："实在抱歉，这事也怨我，我应该先检查一遍再拜托你的。"

Debra的眼神在唐盈盈身上凝了一刻，接着又摆摆手，用罕见的宽容语气说道："这也不能全怪你。数字货币这种无本万利的项目，拖一天，在设立者眼里简直就相当于哗哗的钞票流失，急躁是难免的，毕竟一夜暴富的梦对谁都是诱惑力极大的。"Debra斟酌了一刻，又道，"只是作为新兴事物，代币这个东西是泡沫还是未来科技的发展方向，我们今天是没有办法知道的。在ICO这个近似股票交易的虚拟市场里，没有规则制定人，没有监管部门，更没有惩罚制度，这意味着代币发行人几乎不用承担任何后果。选择在这个时候冲进去豪赌一把的人比普通的赌徒还更疯狂。"

Debra言简意赅，也鲜明地表达了自己的态度和立场。唐盈盈沉默了一刻，又道："所以你并不看好这个项目？"

见她这么问，Debra却没有立刻作答，身体微微往后靠了靠，十根白皙纤长的手指指尖相对，想了一会儿，终于还是摇了摇头，说道："不是不看好，而是看不清。这其中的利益是众所周知的，但风险就像是月球背面，所有人都知道它一定存在，但都看不见究竟在什么地方。"

唐盈盈点点头表示赞同，笑道："我明白你的意思了。我回头也提醒一下小云，还是脚踏实地一步一步来。"

Debra看了看唐盈盈，嘴角抿出一丝玩味的笑意："要我说你这个提醒可得讲究点，这个林小云做事情一般，但脑子不笨，心思很多。我记得她是经法双学位毕业的吧，你当初还在我跟前炫耀来着。这样一份计划书，就算她自己吃不准，拜托你来审阅把关已经足够了，你说她为什么要费尽周折让你来拜托我？"

唐盈盈完全没想过这个问题，如今被Debra一提醒，方才如梦初醒。被自己手下的助理摆了这么一道，她只觉得两块薄薄的脸皮就要挂不住了："这是一个抛饵，她一定要把计划书递到你面前，其实是看中了你身后的资本关系，希望你能帮她的项目搭搭桥拉拉线。但她又不好明说，于是就找我迂回了一道。"

Debra轻轻笑道："所以，这既然是她势在必得的项目，你的提醒又有什么用？只不过是白白得罪人罢了。"

唐盈盈的心像坠进了一片冰凉之中，手指捏住眉心的穴位，语气不悦道："现在小姑娘旁的心思怎么这么多？我做助理那会儿，每天能把事情做完，就高兴得要磕头了。"

Debra的目光往上抬了抬，像两道抛物线一样落在了唐盈盈的身上，哼了一声，道："这只能证明两点，一是你让手下太闲了，二是你给他们的利益不够。钱没给够，精力也占不满，这意味着什么？眼下吃不饱，未来也没什么好期待的，换作任何一个有野心的年轻人，都得想着另谋出路。"

唐盈盈的笑容比苦瓜还苦，道："你当谁都跟你一样，一个项目下来，都是七位数的收费。我们代理一个案子跑断了腿，讲干了舌头，也就是小几万的收费。云泥之别呀。"

从Debra那儿出来，唐盈盈回到自己的办公室，只觉得心里像堵了一团棉花似的。平日读起来顺畅流利的材料，此刻也觉得晦涩得要命。调整了几次坐姿，越来越烦躁，好像有一股闲气憋在自己身体里到处乱闯，浑身哪里都不舒服，只恨不得找把大斧头来，把自己全身上下细细剁上一遍才舒坦。苦熬了半天，工作没半点进展，一看时间，也才过去半个小时。她站在落地窗前，夜像一块深蓝色的厚布，让城市灯光变得暗淡朦胧，像将五颜六色的线捣碎后又揉捏成一团，落进唐盈盈的眼中，竟呈现出一种超出色彩的融化状态。她轻轻地甩了甩脑袋，难以计算的疲惫感扑面而来。

　　唐盈盈决定今天早些回去休息，她收拾好东西，还是念念不忘将一厚本资料放进了背包里，打算睡前翻看几页。刚走出门，只见一个男人的身影在空无一人的门禁外面踱来踱去，唐盈盈吓了一大跳，稳定心神一看，竟是方惟安，她惊讶不已，吞吐着问道："……方先生，你怎么在这里？"

　　方惟安见她出来，脸上的笑容透了一点尴尬，走近了几步，笑道："我在等你。"见唐盈盈一脸迷茫，他解释道："我回家的路上一直在想，我们是不是搞错了，真把谈恋爱搞成了谈生意，经济条件、人生经历、价值观都谈了一遍。这些过去的和未来的事情或许很重要，但在我心底，我始终认为，男人跟女人之间更重要的似乎是眼前和当下。"

　　唐盈盈像是被人撬开的铁盒子，有一点风从缝隙里透了进来，一时之间，她不确定这种感觉是不是真的存在。但她笑了笑，道："你之前几十次的相亲不都是这样做的吗？"

　　"是，但是它们都失败了。"方惟安又往前走了几步，走进了唐盈盈的安全范围，缓缓说道，"我不会说情话，我也不知道这是不是一见钟情，但活到我这个岁数，自己的真实想法是不会说谎的，所以我知道，这一次我特别不想失败。"

　　唐盈盈的脸顿时变得火烫，身体往后倾了倾，勉力笑道："方先生，我们认识还不到五个小时，基本还算是两个陌生人。"

　　方惟安笑了起来，他的声音带动了胸腔的振动，一股成熟男人特有的气息将唐盈盈劈头遮脸地裹挟住："从陌生人到认识花费两个小时，从认识到熟识花费三天到半个月不等，从熟悉到喜欢需要两个月到半年，确认喜欢之后，我们才会有身体接触。这种按部就班的恋爱流程是用大脑在谈恋爱，用理智卸下对陌生人的防备后，下令让自己的身体接受对方。其实，我们的身体没有这么笨，它们自己就能判断对面前这个人是喜欢还是厌恶。"

唐盈盈微微仰头，视线就可与方惟安平视，她看见自己的影子落在对方深棕色的眼眸里，成了小小的两个点，很安全很舒服的样子。她的手接触到方惟安掌心肌肤的时候，方才浑身的难受和别扭顷刻间就变成了一个一个火柴头，噌的一声燃起了无数火焰，她喉间一紧，咽下一口口水，发出了"唔"的一声。唐盈盈突然明白，自己太需要一个男人了，哪怕感情上不需要，身体也在渴望。

仿佛只消春风轻轻一扭腰，万物便有了新生的喜悦。唐盈盈在深褐色的缎织床单上醒过来，揉了揉睡意迷蒙的双眼，眼前的景物方才渐渐清晰起来。方惟安的房间很大，初升的阳光映在黑白灰工业风格的硬装上，漾起一阵温腻，就像方惟安肩部硬直的肌肉线条上腻起的那一层薄汗。唐盈盈觉得自己累得要虚脱一般，但躯干加上四肢却有一种通透的舒服，大脑像重启的电脑一般，运行流畅。她似乎不记得跟方惟安有什么言语的沟通，言语来自高等智慧生物的理智，而他们缺的却是最原始的生物本能。第一天见面就上床这类事，换作从前的唐盈盈是万万不能接受的，还会不由自主地跟堕落挂上钩，可自己一旦经历了，却也觉得没什么。不仅没什么，感觉还很好。高效、利索地解决问题，与这个讲究效率的开放时代正好契合。

只是之后两人会怎样，唐盈盈就不知道了。这个念头只在她脑子里闪现了一瞬，就被她摁了下去，过好眼前最重要，管他什么将来。唐盈盈用沾着粉底的海绵在脸上迅速点过，荷尔蒙滋养过的皮肤今天看起来格外通透明媚，连粉底都特别服帖。为了不辜负这样的好气色，唐盈盈特意选了一支明亮色号的唇膏。

唐盈盈满脸春风地去上班，椅子还没坐稳，康俊便将她唤了过去。这个新主任一身藏青色的西服，配着酱紫色的领带，走近了，仍是那股甜腻的果香味扑鼻。他上任没几天，每天换洗的领带已集齐七种颜色，足以召唤出神龙。见唐盈盈进来，康俊轻轻理了理领带，笑着说："唐律今天格外明艳，真是让人眼睛一亮。"

唐盈盈被说中心事，微微一笑，道："康主任今天的领带也抢眼呀，酱紫色很衬您。"

康俊低下头瞧了瞧，客气道谢，又笑吟吟地说："之前陈主任三番五次向我提到唐律，说是所里自己培养起来的顶梁柱，年纪轻轻就做到了独立律师，办了好几件漂亮的官司，前途不可限量。我也一直想找机会跟你坐下来好好聊聊，前几天忙东忙西的，今天总算是有空了。希望没有打乱你的工作安排。"

唐盈盈心里嘀咕，你是领导，我有什么工作安排还不得排在你后面，这客套过头简直有些虚伪了；面上却仍是笑意满满道："不妨碍，不妨碍，我还想着有时间得跟您汇报一下工作，您这就给机会了。"

康俊笑道："也没这么严肃，谈不上汇报。我厚着脸皮装个嫩，跟你也能算是一辈人。律所不像机关单位那么等级森严，我们坐下来随意聊聊，也是对彼此多一些了解，日后工作上的合作和配合也方便一些。"

唐盈盈端正了身体，翻开手中的笔记本，笑道："那您说，我记着。"

康俊面上怔了怔，漾起温和的笑意，指着唐盈盈，说道："我说放松些，你反而记上了，真的只是随意聊聊。我这个人在国外读书工作的时间有点长了，作风比较西式，说话也直接。你不用叫我主任，康律也太见外了，就称呼我Bert吧。随意一些。"

唐盈盈心里仍持着十二分的警惕，暗自思忖道，管你中式还是西式，领导越是跟你说随意，证明下面的话越是严肃。他们有意做出亲近的态度，只是为了将难以启齿的话裹上糖浆送出来罢了，当真了可就傻了；嘴上却笑着说："行，那我先记在脑子里，回去再好好消化吸收。"

康俊笑了笑，双眸微微合着，像是思索了半晌，才缓缓道："所里目前大大小小的律师、助理，还有实习生，再加上行政和技术人员，有接近二百人。这些人有一半人以上纯粹属于成本支出，剩下能带来业务的一半人里又有三分之二的业务量常年挣扎在养活自己的生死线上，也就是说，全所要靠不到六分之一的人像老牛一般做出成果、带来业绩，拖着拽着所有人往前走。当然啦，这个比例在传统的律所里并不算太差，但说毫无压力也是假话。现在其他律所都在向公司化模式转型，追求更加简明高效的组织结构，最简单的就是把后台部门划分出来，把能打能拼的律师放到前面，以全所之力支持业务工作。我也有意向做一些这方面的调整，当然也想先问问你的意见。"

唐盈盈点点头，实心赞道："这确实是现在各所发展的一种趋势，有很多现成的经验可以学习，我们也不是第一个吃螃蟹的人了。如果您要在所里做这方面的变革，我没问题，肯定全力支持您。"

康俊笑了笑，道："很好。陈律的推荐果然没错。"说完，他顿了顿，看了唐盈盈一眼，仿佛是闲来一语，道："我昨天在外头开了一整天的会，听说有人来闹事？"

唐盈盈微微一愣，连忙解释道："是，一个当事人的家属，对诉讼有些情绪，家里也没沟通好，搞得场面有些难堪。好在现在事情已经解决了，以后保证不会有类似的事情发生。"

康俊不以为意地摆摆手，道："别人来闹事，你可保证不了什么。"他顿了顿，又道："听说是个性骚扰的案子？"

唐盈盈想了想，道："婚礼上闹喜失了分寸，当事人心志坚定地报了案，要把瞎闹的那几个人告上法庭。"

康俊双眼微微合起，笑道："我听说唐律从前跟Debra一起做过不少非讼业务，还亲手办过天扬公司的重组项目，这两年接手的却全是一些诉讼官司，看来还是立志于此呀。"

提到往事，唐盈盈不免又想起了李睿，心里泛起一阵微微的痛楚，道："是，从前接触非讼业务也是为了拓宽自己的眼界，弥补专业不足，就个人兴趣而言，还是更中意处理诉讼业务。"

康俊笑道："一个诉讼官司从咨询到结案，跟下来少说两三个月，多则半年，收费从几千到几万不等，跟重组业务的利润相差岂止十倍，唐律师的兴趣不得不说是相当昂贵的。当然啦，我也没有别的意思，不可能所有律师都盯着赚钱的业务去做，剩下的诉讼官司就没人管了。但有一个问题我得强调，律师最大的成本就是时间，一天二十四个小时，无论是实习生还是合伙人，这个量都是相等的。但用这二十四个小时去做什么，高阶的律师就必须好好规划。"康俊顿了顿，又继续道，"从你成为独立律师的那一刻开始，从前的生产车间思维就得转化成销售思维，个人能做多少活儿不再是最重要的，单位时间内产出多少效益更应该是你花心思的关注点，尽量调整方向，多接一些产出高的官司。像昨天这种类型的官司，费时费力费心，就应该让别的年轻律师直接接触。既是对他们的一种磨砺，也可以把你的宝贵时间解放出来。"

康俊说的这番话听在唐盈盈耳朵里，让她心里有些不是滋味，却也明白他说得没错，既然选择在这里做事而不是自己出去单干，那所里自然也指望你能带来更多的利润。唐盈盈想到了林小云，又暗暗思忖，自己做事或许还可以，但就领导能力来说，真是太差了，主要问题是不放心也放不开手，便笑着说："我知道了。以后我会多注意工作上的安排和调整，谢谢您的提醒。"

康俊温和地笑了笑，从面前的桌子上拿起一张名片，递给唐盈盈，道："这是我在北京时认识的一个客户，家里开矿的，很有钱。老公前几年得了绝症，拖到现在，已接近弥留了，才想起来要立遗嘱。昨天给我打电话，我答应会让人过去做好遗嘱公证的事，你辛苦一趟，出个差。"

唐盈盈想着自己手头还跟着好几件事，为这么简单的一个遗嘱公证，把所有的工作都丢下跑一趟北京，似乎有些不划算，便有些犹豫。康俊看出了她的心思，笑着说："他们家里资产多，家庭关系也复杂，我猜他们家日后的幺蛾子肯定也少不了。所以，虽然公证遗嘱的事情谁都能办，但我还是希望你能亲自跑一趟，跟他们直接对接上。"

唐盈盈见他这般说，哪里好再多说什么，接了名片，恭恭敬敬地道了个谢，才走出门去。

第2章

比勇敢再勇敢一点

　　回到办公室，唐盈盈急忙拿出名片跟对方联系。接电话的人是胡总的妻子蓝姐，说话斯斯文文的，一听是康俊的属下，语气便越发客气了。蓝姐告诉唐盈盈，他们夫妻俩正在美国，最快要下周才能回到北京，但希望她最好能够这两天先去一趟北京，与另一位合作律师碰个面，等他们回国后，再谈遗嘱的事情。蓝姐焦急却不失条理的表述，大改唐盈盈对矿老板粗鄙野蛮的刻板印象。唐盈盈虽想着这次过去的意义不大，但既然对方提出了这个要求，她便也订了机票。

　　唐盈盈整理好出差用的东西，又把林小云叫进来，吩咐了今天的工作，特意叮嘱要跟进张怡的案子，林小云都一一记下，很是乖觉。工作布置完，林小云又主动问起需不需要帮订机票和北京的酒店，唐盈盈摇摇头，说对方都已经安排好了。林小云又提醒北京比深圳要冷不少，要是没带够外套，自己可以帮她回去取。

　　对于林小云的过度殷勤，唐盈盈心里像明镜似的，却又难免有几分别扭的感觉。她将出差用的各类东西一一放置好，想了想，便转身从身后的书柜里将林小云拜托Debra审阅的计划书拿出来，递了过去。唐盈盈看了一眼林小云，斟酌了语句，静静地说道："这本计划书我拿去找了Debra，她忙项目忙疯了，没时间搭理我，只让我自己审一下其中的风险问题。我也抽空看了看，里面的技术指标和利润回报率我不太懂，光就法律风险来说，最大的风险是政策风险。目前没有明确的政策对数字货币的交易流通进行定义以及规范，法律适用也不明确，当然，这种状态既可以理解成机会窗口，也可以理解成台风前的宁静。我的建议是，作为项目的发起人，你们要充分考虑到未来可能遇到的风险，哪怕牺牲一些利润，也应当设置好预防以及对冲机制，这是对投资人负责，也是对你们自己负责。"

林小云圆润的脸上迅速掠过一丝显而易见的失望，她撇了撇嘴，神色黯淡地说道："哪里敢做利润上的让步呀，现在都说是资本在疯抢项目，只要有项目就不缺钱。可现实是，对我们这种没有背景没有人脉的草根来说，资本永远是爸爸。大家只看预期的回报率，你比别人低一个点，甚至零点零一个点，别人就没理由投你。高收益高风险，能拿出钱来玩的人还会连这个道理都不明白？都是赌一把的心态呢。"

唐盈盈看着林小云，她圆鼓鼓的脸在光线下漾起一层柔光，是皮肤上轻柔的白色绒毛所致。这是她青涩的标志，也是年轻的资本。唐盈盈想了想，又说道："其实，钱鹏做程序员，每个月收入也两万有余，你现在是助理，过两年做到授薪律师，收入也不会太少，两人齐心协力在这个城市立足没有什么太大的问题。为什么总想着用高风险去冲高利润呢？"

林小云拼命摇头，道："盈盈姐，你看过网上有一篇帖子叫《你90后的同龄人正在抛弃你》吗？我和钱鹏正好都是90后，对这个问题有很深的感触。我出生在一个十八线的小城市，爸妈都是工人。钱鹏家更差些，父母都是农民，当真是面朝黄土背朝天地干了一辈子。我们俩一毕业，就像被抛进大城市的两个孤儿，每天早上醒来，遇到的所有问题，都没有人教过我们该怎么去应对，怎么去处理。啃老是肯定啃不上的，想结婚想买房，想过点好日子，哪怕想去环境好一点的餐厅吃一餐饭，都得靠自己赚的一分一厘。现在看着每个月收入还可以，但七七八八一扣，到手就那么一点，按照深圳现在的房价，存一年的钱，能存出两个平方米来都得省吃俭用，不敢有什么额外花销。何况房价还在涨，以后有了孩子，还得考虑学位房，父母年纪大了，还有养老问题。现在不趁着年轻搏一把，那就不是被同龄人抛弃了，压根就是自己把这辈子的生活给抛弃了。"

听了这话，唐盈盈突然觉得，自己的年轻时光虽然懵懂，但至少不这么焦虑，也算是幸运了，便笑道："你想得还挺远的，我比你大六岁，都没你想得多。"

林小云眉毛微微一动，连忙说："盈盈姐你不一样，你是属于那种少数的有天分的律师，能在这个年纪就成为独立律师，职业前景一片光明，经济上自然没什么大压力。我就是一个平凡的普通人，资质一般，想过上好一点的生活，除了卖力苦干，总想试试运气。我妈说我走在路上都一直低着头，好像一直都想找寻路边的金鸡蛋呢。"

唐盈盈笑道："行了，别瞎奉承了，大家都是一样的，只不过我比你早出生，早走了几步路而已。你要去尝试做什么项目，我都不拦你。就是有一点，不能耽误了本职工作，分内事情得扎扎实实地做好了。"

林小云连连点头，道："这是自然。这个项目是钱鹏的事，我就是前期搭个手，等真正运作起来了，我就是想搭手也搭不上了。"说完，她又偷偷打量了一下唐盈盈的脸色，虔诚道，"要是没别的事，我就出去忙了。"

送走了林小云，唐盈盈见离出发还有十来分钟的时间，竟有点不知道该干什么，便点开介绍人的语音，一条一条将方惟安的情况介绍听了个遍，倒也没什么新鲜的信息。介绍人一直在夸赞方惟安的经济状况，尤其是房产信息，描述得简直比房产广告还浮夸，什么核心地段一线大三房的海景景观、坐在客厅里就可以直接看到香港景观之类的。

唐盈盈笑了笑，仔细回想了一下，客厅没去过，主卧窗户倒确实正对着一条不错的海边景观带，早上起来的时候，恰好看到林卫工人正在收拾前段时间被台风刮倒的树木残枝。一眼望去，隔壁那栋楼房里还有几户人家缺了几扇玻璃窗的。这又有什么值得这么夸张地大肆吹捧。唐盈盈转念又想了想，现在结婚必谈房子，当然也没错，鸟类求偶还得搭个窝呢，何况在现代社会房产正是经济实力最重要的象征。对于焦虑的恨嫁女青年来说，一间好房子，通常意味着婚后物质生活上的优渥，至于房子里的人，只要忍得下，一辈子也不算长。这真是典型的用脑子在计算婚姻得失，真有所得也就罢了，倘若失败了，那可就是输得精光，连一点感情上的慰藉都没有。反而不如张开手，大大方方去爱一场。

想到这里，唐盈盈被自己吓了一跳，莫非真是对方惟安动了心，才认识一天，就在这里想爱不爱的问题了？然而过了一会儿，她又觉得自己创造了一个伪命题：方惟安是有房子的，经济条件也非常不错，这都是她事先就知道的；如果对方真是个没房没车没事业的男人，她当真敢张开手，谈一次纯粹、不掺杂物质的恋爱吗？扪心自问，自然是不敢。既然如此，方才她对林小云蓦然生出的那一丝优越感便没有道理，毕竟人家还愿意扛着风险去拼个未来的好日子，而自己则躲在保温杯里衡量过所有风险之后，才敢小心翼翼地做出最安全的选择。

到了北京，与对方一位姓余的律师接上头，双方就胡总可能涉及遗嘱划分的财产简单核对了一下，公务便算完成了。夕阳的余晖还未收尽，唐盈盈便闲了下来。她大学是在北京念的，对这座古城有着天然的亲近感。在炊烟袅袅的小巷子里随意转转，三两碗街边小吃最适合此时的心境。人一放松，便又想起了方惟安，刚发了一条信息过去，对方的电话便打了过来。

"文字冷冰冰的，我还是习惯听声音，才有热乎的感觉。"方惟安笑着说，"京城逛得怎样？什么时候回来？"

也是许久没有人这样关心自己生活中的琐碎了，唐盈盈心头一暖，笑道："北京真好，温和宽广，小街小巷里都是生活的味道。比起深圳来，仿佛在这里才能住一辈子。在深圳，人们都像过客，好像努力打拼，赚了钱之后，就该收拾包袱走人。"

"我没有真正近距离地接触过北京，每次都是公务出差，行程紧张得上厕所都得用跑的。不过我对北京机场很熟，徒手就能画地形图。"方惟安笑着说。

听他这么一说，唐盈盈突然冒出了一个念头，她斟酌了片刻，道："那你现在能飞过来吗？晚饭估计赶不上了，我带你去吃夜宵，明天早上吃了豆汁大饼再回去。"

方惟安想了一刻，笑道："行，我马上买票，你到机场来接我吧，我想第一时间见到你。"

唐盈盈实在没想到自己三十多岁的人了，还能有这种浪漫的冲动，迅速找到的热恋感让她觉得很新奇。她找了个车，早早地便往机场赶。深圳到北京要飞三个多小时，换作平时，这段时间足以看完一百页的资料，但在这个时候，她却意外地很享受浪费时间去等一个人的感觉。

刚到机场，唐盈盈买了一杯咖啡，手机便响了，林小云焦急的声音在那头响起："盈盈姐，张怡自杀了！"

唐盈盈咽到一半的咖啡猛地喷溅了出来，手上和身上一片狼藉。她顾不得整理，急忙问道："怎么回事？什么情况？！"

林小云急得带了哭腔，道："具体情况我还不知道，我在往医院赶的路上呢。张怡妈妈刚才给我打的电话，说张怡吞了半瓶安眠药，现在被送去洗胃了。你说是不是因为打官司的压力太大了，她受不了了呀？"

唐盈盈想了想，道："我看不至于吧。她昨天在我那儿一切都很正常，对这个事情似乎想得很透彻了，不像会寻短见的样子。"唐盈盈说到这里，一个不祥的念头冒了出来，顿时只觉得脊背发凉，连声音都有些不稳，"你先报警，赶紧报警。让警察尽快介入这个事情，她是刑事案件的受害人，究竟是不是自杀让警方来判断。"

林小云愣了愣，显然慌了神，用力咽下一口口水，道："盈盈姐，你的意思，是说……张怡可能是被她妈妈逼的……"

"不要乱说话。"唐盈盈烦躁地打断道，"你除了报警，不要轻举妄动。我现在立刻赶回来，你把地址发给我。"

吩咐完毕，唐盈盈急忙去买票。往返京深两地的航班极多，唐盈盈轻易便买到了半小时后起飞的班次，她一面往安检口走，一面给还在飞机上的方惟安发信息，说明事情原委。她真心抱歉极了，好端端地将人从深圳招过来，还没下飞机，她自己倒先回去了。她试图想象方惟安落地开机后看到信息的模样，会生气？还是暴怒？她想象不出来，他们之间太不熟悉了。这令她又多了几分惶恐，生怕自己此次冒失的举动搞砸了两人原本进展还算顺利的关系。但是这个时候又有什么办法呢？自己的当事人都进了医院，难道自己还能踏踏实实地跟方惟安在篦街上撕小龙虾吗？

气流颠簸了几次，唐盈盈迷迷糊糊打了一个盹，睁开眼睛已经到了深圳。手机里躺着方惟安发来的两条短信，一条表示惊讶，另一条则说他打算自己一个人去吃街边烧烤，还问唐盈盈有什么好的推荐。这般彬彬有礼的客套恰好说明了两人的陌生以及小心翼翼。唐盈盈赶紧打电话回去，再三抱歉，诅咒发誓等方惟安回到深圳，自己一定赔偿一顿大餐。

方惟安的心情听起来还不算太差，他笑道："大餐的事一定得记下，赖不掉。不过也不用太抱歉，我们这个年纪的人，在大都市里打拼，工作忙得自己都快见不着自己了。谁都是从工作的缝隙里挤点时间出来谈恋爱。就像高三课表上的体育课，一个不留神，这点时间就被工作抢回去了，这很正常。毕竟现在我们正在追求的感情是一种令双方都舒适的体验，而良好体验的前提正是彼此对对方的体谅。”

他的解释让唐盈盈感到心安，但细细一琢磨，这话里何尝不透着一丝疏离。唐盈盈有些灰心，却也顾不上品味自己的情绪，急切地催促司机往张怡家里赶。

到了张怡家的小区，林小云正等在大门口，原本熨帖的衬衣下摆有些许褶皱，模样看起来并不比风尘仆仆的唐盈盈得体多少。“洗了胃，医生说没什么事了，张怡死活闹着不肯待在医院，这不，刚回到家。”林小云递给唐盈盈一瓶矿泉水，一面走一面说，“警察也来问过了，确定是她自己一时没想开，吞了药。究竟是什么原因就不知道了。我试图跟她谈谈，她也不理会我。待会儿您试试。她妈妈也不闹了，说一切都让张怡自己做主，想告就告，不想告就不告，只是不要再做傻事就行。”

唐盈盈点点头，拧开瓶盖，猛灌了一口水，平息了一下呼吸，道：“行，我去跟她谈谈。是在这儿吗？”

“十五楼。”林小云指指上面，又提醒道，“她男朋友……那个凌峰也来了，也在上头呢，不过是被张怡妈妈押过来的。”

唐盈盈冷笑道：“还不错，这时候没做缩头乌龟的都还算是个人。”两人上了楼，刚敲开门，便见里面吵成一锅粥似的。

张怡妈妈手里拿着一只拖鞋，正指着一个年轻男子骂道：“你再说一遍！你把我们家阿怡都逼成这样了，你还说退婚的事，你们家有没有良心，有没有人性啊！当真要看见一条人命没了才高兴吗？”

凌峰长得相貌堂堂，标准的国字脸，头发理得整整齐齐，面对张怡妈妈的咒骂，仍然不失礼貌：“阿姨，您小声一点。张怡现在需要休息，我见她这个样子，我也心疼得不得了。遇到这个事情，我知道不能怪她，她是受害者。但她也确实有问题，她没有告诉过我她之前去做过车模呀。现在别人直接跑到我家里去说，您想想我父母是什么感觉？被家里的亲戚朋友知道了，以后大家会怎么看她。就算我想护着她，实在也没有机会啊。今天您让我过来，我立刻就跟单位请假跑过来了，但张怡为什么会寻短见，我真的不知道，我只能以朋友的身份劝劝她，让她想开点，我们毕竟也没有领证，就算是一场没有结果的恋情好了。礼金我也说过了，我父母的意思是，十六万的现金，你们退一半，也就是八万，就行了。之前送给张怡的项链和戒指什么的，我也不要了，大家毕竟相识一场，我真的很喜欢她，也希望她以后可以幸福。"

张怡妈妈气得浑身发颤，对着唐盈盈道："唐律师，你来得正好。你给我们说说，他逼得阿怡自杀，算不算谋财害命，要怎么赔钱？当初提亲的是他家，现在反悔的也是他，还要我们退礼金，凭什么？"

唐盈盈本不愿意理会这些事，她更在意令张怡生了寻死念头的原因，但被张妈妈拦着，也只好敷衍几句："张阿姨，法律上确实有规定，婚姻是个人的自由选择，任何一方退婚都不会对另一方的名誉造成损害，他们是可以要求返还之前支付的礼金的。"见律师支持自己，凌峰的表情也放松了不少，然而唐盈盈瞥了他一眼，继续道："只是选择在自己未婚妻最艰难的时候提出退婚，我也不得不把'落井下石'四个字送给你。"

凌峰的脸色刹那间变得尴尬无比，道："唐律师，你不明白，我认识张怡两年多了，是真心喜欢她的。你看我连婚纱照的套餐都买好了。没有人会拿自己的婚姻开玩笑，可结婚毕竟不只是两个人之间的事情，家里父母反对成这个样子，我要不是没办法，我是真的舍不得跟张怡分手啊。"

凌峰的声音里带着嘶哑，配上他痛苦的面部表情，几乎让人相信他是真的很难过，也很受伤。或许当真有几分吧，从一个更宏观的角度来看，凌峰又何尝不是一个受害者。只是选择在此时将趋利避害的本性表现出来，实在有些令人不齿。唐盈盈正想着，只听见里屋的房门呼的一声被拉开，张怡站在那里，宽松的睡衣垮垮地套在身上，原本服帖整齐的头发此刻左一簇右一簇地伸张着，漆黑的瞳孔中失散了此前的光彩，毫无生机地嵌在满是红血丝的眼中，透着无穷无尽的空虚与绝望。她站在那里，一动不动地看着凌峰，嘴角凝成了一缕凄厉的冷笑，缓缓道："凌峰，别再说这一套冠冕堂皇的鬼话了。我知道最近这半年，你搭上了你们单位新来的那个小姑娘，只不过她条件没我好，你做了个聪明的选择罢了。现在我出了事，正好给你借口退婚。也不要在这里假惺惺地说什么惋惜，你的惋惜说到底也是对自己退而求其次的可惜吧。"

被当众揭穿心事的凌峰脸上的尴尬神情显而易见，他把两撇眉毛紧紧地蹙挤在一起，做出异常痛苦的模样，双脚稳稳地站在地上，伸出胳膊，对着张怡道："张怡，你别听人胡说八道。我不是这种人，我实在是被我爸妈闹得没办法了。要不你看这样好了，咱们先假装把婚给退了，我把我爸妈那关给过了，等你这事的风头过去了，咱们再和好，再重新谈结婚的事情，好不好？"

张怡冷冷地看着他，声音像是从冰窖里传出来的一样："等过去？要我等多久？"

凌峰愣了片刻，脑子像是在飞速旋转一般，想了想，说道："半年，哦，不，三四个月吧，我一定能说服我爸妈。你相信我，要是到时候他们不听我的，我就天天跟他们闹，我就'死'给他们看。"

最后这句话像是一股锋利的冰锥，直直戳向了张怡的心口，她的脸在一瞬间被严霜冻结住，仿佛这辈子再也不会迎来春天，声音像是从一块撕裂的破布中发出来的："用不着，也别总惦记着一只脚踏两条船的美梦。我再帮帮你，给你加个码吧，我得了梅毒，是会跟着我一辈子的病。够了吗，现在再看你那新欢是不是比我强多了？"

满屋骇然。

张怡的房间干净整齐，地面和桌子收拾得一尘不染，靠墙的书柜上满满地摆放着中英文各种书籍，透着浅浅的松木香，也彰显着屋子主人对生活的热情、对知识的用心。她抱着一个浅色的大枕头，坐在飘窗上，屋外如虹的灯光忽明忽暗地闪烁着，映在她的侧脸上，更显出一股厌世的气息。

唐盈盈拘谨地拉出一张椅子，坐到张怡面前，轻声说道："其实，梅毒不难治，几针青霉素就可以完全治愈。"

张怡叹了一口气，哑着声音道："我知道。但你知道梅毒意味着什么吗？一旦确诊，需要实名在免疫部门登记，并且终生验血中都有TPHA（梅毒螺旋体血凝试验）呈阳性，以后体检、婚检、产检都会被当作特殊人群对待。也就是说，以后我的老公以及婆家所有人都会知道我得过梅毒，你说他们会怎么看我，怎么想我？"她虚浮地笑了笑，那笑容凝在脸上，片刻之后竟毫无声息地变成了满目欲落的泪，"我是个洁身自好的女孩，为什么会得这种脏病？我想不通，真的不可能。"

唐盈盈将手轻轻放在她的肩膀上，脑子里念头一动，便道："你别急，我记得婚闹的时候，史力将一个跳蛋塞进了你的体内，会不会是通过这个传染的？我明天就去申请检验证物，并将这个情况反映给警方。即使证物上查不出问题，也要求对来源进行追查。这已经对你造成了极大的伤害，是可以向法院请求加重处罚的。"

张怡费力地咽下喉中涌起的愤怒和恨意，道："我也想过这个，甚至在拿到医院检查报告的时候，我确信只有这一种可能让我染上这个病。但转念一想，即使证明了是，又怎样呢？杀了他就能把清白还给我吗？"

唐盈盈心下一沉，急忙道："什么清白不清白？张怡，你没有不清白，你听听自己在说什么。你不是已经想明白这个事情了吗，怎么又糊涂了？"

张怡别过头，道："我知道我清白，但别人会这么想吗？他们只会看到我得过脏病，哦，对了，还做过车模，足够被人臆想出一段风尘堕落的历史了。唐律师，我之前是想明白了，也只是我以为我自己想明白了。我以为我可以像书里那些大勇无畏的女主角一样，跟这些肮脏龌龊叫板，把史力送进监狱，不在乎其他人的说法，潇潇洒洒活出下半生的精彩。可是我错了，我的勇气没有那么多，我或许可以撑过这场官司，但要我撑过一辈子，我真的没有这么勇敢。你知道我拿到单子后第一个想法是什么吗？我在想下个月学校组织的体检我怎么办，还能不能去？然后我又想，就算我这次不去，下次呢？我们是公办学校，一旦学校知道这事，家长们能允许一个得过梅毒的老师来教他们的孩子吗？我的事业算完蛋了，婚姻也不可能好了。你敢想象吗，我去吃了一顿喜酒，就把这辈子都给毁了？"

唐盈盈叹气道："你有些过激了，这个病是可以完全治好的，即使有抗体存在，也不会影响你以后结婚和生育，至少为了这个放弃生命，太不值得了。"

张怡沉默了一刻，声音像是被蒙上几层棉被后低低的闷响："如果未来有希望，眼前的困难都是暂时的，可如果没有希望，眼下的一切就是你的未来。唐律师，我父亲是大学教授，有知识有文化，很年轻的时候在家里的安排下娶了我母亲，两人不在一个知识层次，吵闹了半辈子，在我上大学的时候终于离婚了。我特别高兴我爸能摆脱我妈，再也用不着每天都活在我妈愚昧的指指点点下。我从小就很努力读书，我厌恶不明是非的指责，尽量做一个讲道理、明善恶的人。所以，这个事情一发生，我知道它是错的，便不顾家人的反对要去告他，我也是想借这件事情证明我妈那一套世俗逻辑错了。但是，自从知道我得了这个病，心理防线一下子就垮了。世俗看法的能量突然变得很强，强过我的想象。我想过，以后我可以跟别人解释，是这次伤害导致的意外，运气好的话，我可能还能找到一些检验的单据来证明，可是我能每次都解释吗？梅毒在绝大多数中国人印象里就是跟滥交挂钩的，我凭什么去跟这套逻辑对抗？我之前太幼稚了，傻极了。"

唐盈盈静静地看着眼前这个女人，她的眼睛里有深沉的恨意，有无力的绝望，更多的竟是一股冰冷的自嘲，嘲笑自己之前的不自量力，妄想以蚁力撼树，这种感觉如暗沉的黑夜，将她整个人都浸了进去。唐盈盈敛起眉头，道："我知道现在这个事情对你的伤害很大，生理上是一个方面，主要还在心理上。但问题未必就到了这个地步。短视的念头不要再有了，生死不是儿戏，走过这一步再回头看，肯定要后悔。你现在要做些具体的事，一是尽快去医院打针，积极治疗，我一会儿也会跟你妈妈讲通这个问题；二是我会通知公安那边，对病毒携带的问题进行检测，一旦落实了，就尽快起诉，并要求附带民事赔偿。至于未来，"唐盈盈深吸了一口气，道，"只要人活着就一定有希望。相信我，一场官司，哪怕所有流程走完，花了两年三年的时间，也足够了。这都是暂时的困难，困不住你一辈子的。"

张怡依旧像一尊雕塑一般静静地盯着窗外，屋外闪烁不定的霓虹灯光在她毫无表情的脸上蜿蜒流转，越发令人看得心惊。眼前这个人似乎已经耗尽了所有的生气，呆呆木木的模样，看不到未来。唐盈盈在原地站了许久，也不知道她听没听见自己的话，只好又嘱咐几句，便出去做张怡妈妈的工作。

凌峰早就走了，剩下林小云陪张妈妈絮叨了不少时间。看起来，张妈妈已经有些疲倦，声音也不再那么铿锵有力了，反反复复只念叨一件事："怎么会这样？阿怡怎么会得这种病？这可怎么办呀，以后是会被男方家里嫌弃的呀。"

唐盈盈皱了皱眉头，耐下性子道："阿姨，您要是不想张怡再出什么意外，这句话就千万不能再说了。梅毒在旧社会是绝症，但在现代医疗技术下，只是一种很简单就能治愈的传染病，四针青霉素打完，治愈率高达百分之九十九。您不能直接将它定义为花柳病，除了性交、母婴的途径，共用器具也可以传染。我们现在怀疑是在婚礼上，史力用来侵犯张怡的那个器具携带有病毒，才导致张怡得病。这就跟品性的问题更加挂不上钩了。"

张妈妈听完，欲哭无泪，只好狠狠唾道："天杀的史力啊，这样害我们家阿怡。唐律师，你有办法把他弄进监狱吧，最好让他挨枪子。"

唐盈盈摇摇头，道："您现在终于想要起诉他们了，不看到什么实质性的恶果，您始终不相信张怡受到了伤害。"

　　张妈妈的脸皮红了红，道："我之前也是被张怡舅舅吵昏了头，老是说大伙儿都这么闹，唉，我们那儿的风俗是不太好，不文明。"

　　唐盈盈顺着她的话说道："昏头昏一次就够了，以后千万要保持清醒，也得盯着张怡不能犯糊涂。她之前装作不太在意，我们都以为她没事了，其实这个事情对她的伤害有多大，别人看不到也体会不了。我们现在可以看到的是，她对梅毒患者这个身份异常的敏感，主要来自舆论的压力，认为自己以后要背着不洁的名声过一辈子，被人指指点点一辈子。所以，至少在您这里，不能再流露出这样的想法。她是您女儿，这个时候，您不护着她，就没有人能帮她了。"

　　张妈妈脸上露出严肃的神色，沉默了一刻，点点头，道："唐律师，你的意思我明白，我知道你是为了我们家阿怡好。我这个人命不好，什么都不太懂，出了事就慌神，除了咋咋呼呼，都不知道该做什么。那天去你那里闹事，实在对不起，我给你道歉。这个时候，你得帮着我们阿怡。我真的不能白发人送黑发人啊。"说罢，又呜呜地哭了起来。

　　唐盈盈只觉得自己的脑袋又在迅速膨胀长大，她最怕跟这种脑子里只有情绪没有理智的阿姨交涉，两三下就能把你所有的逻辑搅乱。她想了想，只好道："没有命苦，张怡只是遇到一次骚扰，案结事了之后这事就完了。她也没有得绝症，去医院打几针就能好。您别再用您这种悲观的情绪去刺激她了。这样吧，您把张怡父亲的联系方式给我，我明天去找他谈谈。您这几天就守着张怡，明天一定要带她去医院，没什么可害怕的，也没什么可觉得羞耻的。这就跟走在路上被狗咬了是一样的。"唐盈盈苦口婆心地说完，只觉得自己恨不得当场呕出一口鲜血来。

　　张妈妈这次算是明白了，急忙翻出张怡父亲的联系方式交给唐盈盈。唐盈盈接了过去，又叮嘱了几遍，才跟林小云一起告辞离去。

　　离开张家已经过了午夜，街上的车辆很少，路灯却依旧明亮。唐盈盈吩咐林小云做好明天向警方提出送检的准备后，扶着额头，疲惫猛然袭来。林小云递给她一粒薄荷糖，道："盈盈姐，我有些不明白，这些事超出我们的职责范围了吧。您还打算去找她父亲，您会不会太辛苦了。"

　　唐盈盈按了按头两侧的太阳穴，道："小云，工作里面收钱的部分叫本分活儿，是彼此有约束，应当做的事。不收钱的部分叫良心活儿，没有约束，也没有人要求。只是你不做，就总会觉得于心有愧。张怡现在处在人生的低谷，我们当然可以公事公办，甚至跟她说一声，让她自己考虑清楚之后做决定。但怎么说呢，也许有一天你遇到难处了，才会明白，这时候就是差一口气，特别希望有个热心过头的人推着你往前走这么一步。一步也许就足够走出一辈子的阴霾了。"

林小云似懂非懂地点点头，笑道："盈盈姐，您真的是个好人。"

唐盈盈笑了笑，道："不是好人不好人的问题，只是在这条路上走的时间长了，陪着各种当事人经过了他们的人生大难，所以有些经验罢了。"

"您还是心善的。我听说很多律师做的年头久了，心肠就硬了，当事人说什么他们都觉得没什么大不了的。我希望我以后能像您这样，磨炼出一副慈悲心肠，而不是铁石心肠。"林小云认真地说道。

唐盈盈笑道："那你努力吧。守住初心可非常不容易。当然，我也还不够老，没准过两年，见了更多的苦难，我也变成你说的那种铁血老律师了。"

林小云嘻嘻笑道："我看您不会，您千万要守住初心，不能辜负了我作为一个小粉丝的期待。"

唐盈盈笑骂道："鬼扯你比谁都会。"

第二天一早，唐盈盈向警方提交了检测证物的书面申请，一脸严肃的王警官接过申请书，意味深长地说了一句："梅毒？这个病有些蹊跷。有没有查过别的途径？"唐盈盈漠然忍住一口怒气，赔笑道："都查了，事主是教师，平日很爱干净。恰巧这时候发病，实在让人疑心，要真是嫌疑人导致的，是可以要求加刑的。"

王警官看了唐盈盈一眼，随手将申请往文件夹里一放，道："行了，我知道了，你回去等结果吧。"

唐盈盈想了想，堆起了满脸谄媚的笑，又道："最好能再问问史力，那个东西他之前有没有在别的什么地方或者什么人身上用过。"

王警官笑了一声，又看了唐盈盈一眼，轻飘飘地说道："看起来你办案子的经验很丰富嘛，要不你来给我们详细讲讲？"

这态度对唐盈盈来说并不陌生，她赶紧拿好话哄了哄，死乞白赖地要了个限期，方才离去。出来见时间不早了，赶紧开了导航，开车往张怡父亲的学校赶。

午后阳光静静的，一扇一扇从云边洒落，像浅金色的轻纱，温和地耀在大学校园里赶向课堂的一张张充满朝气的脸上，生趣盎然。张怡的父亲张孟德在深圳一所高校任教，是化学系教授，兼任学院副院长。办公室就在一楼，从大门进去，楼里还有个室内花园，里面开满了瓷白浅黄相间的栀子花，风轻轻一吹，便摇出了满室馨香。唐盈盈将那个青花骨瓷的茶杯端在手里，缓缓地向张孟德说明了来意。张孟德坐在靠窗的沙发上，头发胡须打理得干净整洁，浅灰色的衣领整齐地翻在颈边，圆圆的脸因上了年纪而略显丰腴，两道撇向两旁的八字眉渐渐向眉心收紧，蹙成了一个"川"字。

"张怡这个事，我听说过一点。她母亲的弟弟，就是她舅舅，上个礼拜还闹到我这里来了。我问了一下张怡怎么回事，她当时讲得挺轻松，说已经在走诉讼程序了，我就没放在心上。怎么才几天，又闹到自杀的地步了。"张孟德一边说话一边思索，给人一种很稳定的感觉。

唐盈盈解释道："吃了大约三倍剂量的安眠药，不算特别多，洗胃的时候她只是说自己想好好休息一下，太累了才搞错了剂量。医生认为她平时没有服用安眠药的习惯，这些药是临时从黑市渠道买来的，又见她精神状态不好，所以特意提醒家人她可能有自杀的倾向。"唐盈盈想了想，又补充道，"我猜测是患了梅毒这个事，一下子对她造成了很大的心理打击，之前受到的心理伤害一下被释放出来，才导致了这种过激的行为。"

张孟德面上猛地一悸，像是被人用皮鞭在心头狠命一抽，缓了半晌才道："所以你认为她之前都是装作若无其事，故作勇敢？"

唐盈盈愣了一刻，道："她是您的女儿，您应该比我更了解她。我跟她接触的时间不长，在我看来，她是一个非常开朗、积极且勇敢的女生，所以听说她寻短见，我实在惊讶得很。"

张孟德听到唐盈盈对张怡的评价，眼眶微微发涨，感怀道："说起来有些惭愧，我们这一代的父母，脑子里理所应当地认为教育子女是母亲的责任，父亲只要做好自己的事，像灯塔一样指明孩子前行的方向就足够了。所以我跟她母亲离婚以后，她愿意跟她母亲生活，我也没说什么。在我的印象里，张怡一直是一个很懂事的女孩，从来没有很出格的行为，做到了我们对她要求的一切。至于她为什么会有这样极端的行为，我真是不清楚。"

唐盈盈看着张孟德："我明白您的心情，只是能不能理解其实都无所谓了，现在我们能够做些什么才更要紧。"

张孟德仿佛缓过神来，点点头，将随身携带的大笔记本翻到一页空白页上，用手掌将它抚摸平整，说道："是的，现在再来追究这些也无济于事，不如看看有什么实际能做的。"他想了想，在纸上画了两个小圆，一个旁边写上了"诉讼"两个字，另一个旁边写了个"梅"字，又迅速涂掉，改成了一个"病"字。他的语气变得严肃而冷静："事情的核心起源是两个，一是诉讼，我的态度是，官司一定要打，而且要打到底。人都被欺负到这个地步了，还拿着风俗和人情来说事，岂不是搞笑。"说罢，他在这个小圆的外围画上了一个大圆，写了"风俗"两个字，又接着说，"二是病。以现在的医疗技术，这都算不上什么疑难杂症，积极治疗很快便能痊愈。更重要的是由这个病引起的心理压力。"他一面说，一面又在"病"字的前面加了一个"心"字，接着在这个小圆的旁边画了三个大圈，一边写一边说，"退婚、工作、声誉，这三个问题由她的病引起，也直接对她造成了伤害。工作方面，我想等警方的检测报告出来，或者是法院的判决书出来以后，去找她们学校领导说明情况。这是飞来横祸，也属于个人隐私，单位应当给予保护，我跟她学校毕竟在同一个系统，我们先拿出态度来，这个后续的影响应该不会很大。"

唐盈盈点点头，心想张怡父亲跟母亲还真像是两个星球的人，一个理性务实，一个感性糊涂，便道："能顺利自然最好，警方那边如果有关系最好也能催促一下，我昨天晚上临时做了一下功课，梅毒螺旋杆菌在人体外存活的时间通常只有数小时，现在去检验证物恐怕很难有收获。主要还是得从接触源上入手，彻底询问一下嫌疑人，在此之前用那个东西接触过什么人，这条线索要是断了，以后就当真很难讲清楚了。"

张孟德满脸严肃，想了想，道："我从前有个学生，现在在法检系统，我可以跟他联系一下，打个招呼，也不是干扰公证，只算是敦促一下。"张孟德说完，手中的笔尖在纸上有一刻的停滞，继而又恢复神色，继续道，"至于凌峰的退婚，我会跟张怡的母亲商量怎么解决。人呀，只有在遇到事情以后，才能知道选定的女婿是佳婿还是人渣。这也没什么可惜的，只是两家人要把话说清楚，谁是谁非的问题是大事。不讲清楚这个，那订婚的礼金，咱们一分也不退。"

唐盈盈暗自赞叹，这个父亲，既肯为女儿出头，不觉得丢人，也愿意为女儿争辩个是非曲直，不嫌麻烦，算是个十足的好爸爸了。这世上，以为自己能为子女付出一切的父亲很多，但当真能亲力亲为、弯下腰去做一件两件小事的父母，恐怕十之无二三。大多只是像张怡母亲那样，吵吵嚷嚷一阵子便算了。于是她笑了笑，赞叹道："这样一来，张怡面对的问题和困难便少了不少，更重要的是，可以让她看到父亲正在积极努力地解决问题，没有什么是跨不过去的。"

张孟德仿佛仍在思索，抬起头来，苦笑道："人都溺水了，难道还只像一座灯塔，站在那儿一动不动地发光吗？赶紧游过去救人啊。"说笑完，他在"声誉"旁边加了一个问号，又在整张纸上画了一个大大的圈，将所有内容都圈在了里面，写了"舆论"两个字，"方才的都是一些细枝末节，阿怡面临的最大压力在于舆论压力，这既来自对她强行提起诉讼有悖风俗的批评，也有部分是对于她个人名誉的指摘。我的想法是，她并不是什么公众人物，所以不存在大众舆论的压力，更多的评价来自身边的亲友，直白来说，就是张怡妈妈家那些浑不吝的亲戚们，把他们的嘴给堵上了，这事也就解决了一大半。"

"您说得对，但据张怡和她妈妈的描述，亲戚们坚定地认为自己没有错，跟他们说道理怕是不容易。"

"唔。"张孟德应了一声，十指交错托在下巴上，似乎在认真思索唐盈盈说的话。

唐盈盈又看了一眼纸上的草图，笑道："遇到问题，能这样条理清晰地做分析，并逐一想出解决办法，张教授，我今天也算是来您这儿上了一堂课，收获丰富。"

张孟德回过神来，笑道："哪里。张怡能请到唐律师这样能干又热心的律师帮忙，才真算是幸运。我这个做父亲的，这二十多年来，不算失职，也算渎职。对女儿的情绪一直没有太在意，离婚以后，更是疏远了很多。这次也算是一个机会，让我可以踏踏实实地帮她做些事情。当然，我始终认为，面对生活困难的勇气，还得靠她自己去寻找，旁人能帮的始终还是有限。"张孟德说完，目光依旧在那张画得满满的纸上来回逡巡，那一个一个的圆圈，一条一条加粗的黑线，像铁索一般横七纵八地把一张雪白的纸分裂得凌乱。张孟德明白，这些线，这些圈，都是眼下轧在女儿心头的重负，层层叠叠，便成了蛛网一般的困境。他竭力去体会张怡现在的心境，可无论怎么想，也无法代入，或许他与女儿生疏太久了。一阵和风拂过面上，终于勾起了他的记忆，记忆里有这样一双柔软的小手，时常抚过他的脸，脆生生地喊着"爸爸、爸爸，快来"。这么一想，泪光便在眼底如星芒一闪。张孟德迅速仰了仰头，几乎喷涌的泪水倒流回泪腺，他的声音也如寒冰一般坚硬："人活一口气，总不能这么平白教人欺负了。"

送走了唐盈盈，张孟德越想越觉得难受，觉得自己视若珍宝的女儿好端端遭人猥亵了不说，还平白受了这么多委屈，便索性向系里请了假，推了晚上的一个讲座，又喊上几个身材魁梧的研究生，气势汹汹地便向张怡舅舅家赶去。

恰巧是晚饭的时间，舅舅一家正围着桌子吃饭，开门见了张孟德满脸怒气的模样，很是吃惊，忙不迭地迎了进来，加上他身后五六个壮势的学生，将不大的客厅占得满满当当的，连过道都站了人。

"老张，你这是做什么？"舅舅疑惑地问道。

"你紧张什么？我听说你们家最近办喜事，没给我发帖子，我只好自己上门来瞅瞅你家的乘龙快婿。"张孟德眼风向四处瞄了瞄，见到一个陌生面孔跟张怡的表姐站在一起，便用手指了指，道，"就是你吧，你叫什么名字？"

表姐夫抬了抬眉，笑了笑，道："张教授，您好，我姓曹，叫曹奇胜。"

"名字不错。"张孟德轻笑，又问，"婚礼那天那几个伴郎是你的朋友？"

见张孟德提到这事，舅妈像被引爆的爆竹，立刻往前一步，带着嘶吼的腔调喊道："张孟德，你干吗？你女儿找完我家的晦气，现在轮到你上场了是吗？婚礼那天的事你心里没个数吗，人家随礼都是包红包，只有你家随礼把警察都随来了呀。搞砸了燕燕的婚礼也就算了，还要告法院，把小曹的几个朋友都关到局子里去了。你们想怎么样，见不得我家燕燕嫁得好吗？我告诉你，你家张怡嫁不出去，都是你们做父母的没教好，犯不着眼红别人。"

张孟德素来知道这个前妻弟媳是个市井妇人，倒没想到她颠倒黑白的能力这么厉害，索性在沙发上坐下，压着胸腔里的一口气，饶有兴致地看他们胡闹："你这么说，倒是我们张怡不懂事了？"

"那当然。闹洞房呀，谁家结婚不是这样闹的，年轻人开开玩笑有什么大不了的。你当初结婚的时候，还不是被人灌了一大杯兑了水的尿，你报警了吗？这是老祖宗五千年传下来的文化习俗，每一代人都是这么过来的，就你家的娇贵，开不得玩笑。开不得玩笑就别来做伴娘呀，就别图那伴娘红包呀。"

被提及陈年往事，张孟德的脸上微微动了动，有些难堪。表姐见自己母亲说话太过火，连忙拦道："妈，你别胡说。张怡不是这种人。姑父，那天您不在现场，可能有些细节您不太清楚，确实只是想跟张怡开个玩笑，大家玩疯了，有些过火，张怡当场就发火了，大家也就停手了。我正协调着让史力他们道个歉，没想到她听也不听，直接把警察叫来了，当场就带走了三个人，后来又说要起诉。我和奇胜都慌了，这毕竟是我们俩的婚礼，连着两家人的面子呢。史力他们又是跟奇胜从小玩到大的死党，家里人都熟悉，这么一闹，马上就闹到奇胜父母那里去了。当天我公婆就没让我进门，我爸妈又说出了嫁的女儿不许在家里睡，我结婚后在酒店住了两天，我妈才让我回来住。到现在，我的婚假都要结束了，还没敬上一杯公婆茶。我是新娘子，我也委屈呀。"表姐一边说着，一边眼泪簌簌地往下掉。

张孟德面无表情，问道："所以，你就跟他们说张怡以前做过车模，是不检点的女孩子，让他们去凌峰家里闹事？"

表姐被这么一问，顿时有些哑然，求助地看了曹奇胜一眼，又结结巴巴地解释道："我……我没这个意思，只是他们问我，怎么找了这么个放不开的人来做伴娘，我就随口说了一句，说张怡以前好像做过车模兼职，我以为她思想还比较开放。我也没想到他们会去凌峰家闹，会搞到退婚，我……我还能怎么办，我自己的婚姻都要保不住了。定的蜜月旅行都没有去，不都是为了这个事吗。"

在张孟德看来，女儿表姐其实跟她母亲是一样的，在涉及自己利益的时候，斤斤计较、铢毫不让，但对于其他人，只要不是杀人放火，她们都不认为是在行恶。若说她母亲是源于少时未能接受更好的教育才形成了这般粗鄙的思维逻辑，那么明明接受过高等教育的表姐也如此不堪，倒让张孟德有些惊讶。他想了想，又问道："凌峰家的地址是你给的吧，那你认为他们去找凌峰的父母是要干什么呢？"

表姐哑了哑，一时间也不知如何回答。舅舅在一旁，满脸不悦道："老张，你今天是什么意思？上门兴师问罪了？别以为你带了几个人来我就怕你了，说到天上去，也是你家张怡毁了燕燕的人生大事啊，是非黑白，你是个大学教授，高级知识分子，还不明白吗？"

张孟德冷冷地瞥了他一眼，只盯着曹奇胜问道："你也跟着一起去了凌峰家里吧？你们是怎么诋毁张怡的，说来给我听听。"

曹奇胜倒也不惧，条理分明地说："我是跟着去了，但不是去助威的，我也是怕他们闹出事来。毕竟人家家人被抓了，慌乱也是难免的。"他微微想了想，又继续道，"我认为也谈不上有什么诋毁的，大家谁都不是混社会的江湖人士，说到最后也得讲个理字，更不是为了打击报复去告状的，那个时候谁也没这个心思。他们只是想让张怡未来的婆家出面，给她一点压力，希望能她自己把案子撤了。"

张孟德笑了笑，道："你们要真是想找长辈出面，张怡又没过门，你们偏偏要去找凌峰家，不来找我，这不是很奇怪吗？"

曹奇胜似乎早料到他会这么问，答道："你们是张怡的父母，肯定会护短，倒不如局外人更辨得清楚是非。"曹奇胜表现得很坦然。

"呵呵呵呵，"张孟德喉间关节处发出一阵奇怪的声响，像是两块骨头用力摩擦出的，犹如夜枭啼哭般，令在场所有人毛骨悚然，"你说得真好。你们说得都很好，从你们的角度看，你们都没做错什么，甚至都是受害者。有被扰乱了婚礼的，有被兄弟指责的，有被亲戚嘲笑的，都很有道理，不错不错。"张孟德点点头，目光像寒刃一般刮过每个人的脸，又道，"都是成年人了，道理其实每个人都很清楚，我再替张怡诉苦喊冤也没用了，对吧？所以，你刚才说父母会护短，对，我今天就是来护短的。"他说完这句，猛地从衣服口袋里掏出一个棕色的容器瓶，重重往茶几上一放。

跟着来的几个学生见那瓶子又厚又重，深色的外观，塞紧的瓶口，怕是什么危险试剂，各个脸色变得惨白，一阵慌乱，纷纷失声叫道："老师，你不要冲动啊！"

被他们这么一叫，舅舅家几个人也纷纷往后退了一步。屋里人太多，曹奇胜一时挤不出去，只得紧紧贴在墙边，又不敢再刺激张孟德，只好软下身段道："张……叔叔，我们真的没有想到凌家直接退婚了，这个……怎么说，就算是我们对不住张怡吧。"

张孟德神色甚是轻松，淡淡道："其实你们怎么会不知道张怡受了多少委屈，只是掂量了一下张怡和她妈妈两个女流之辈，好欺负，才这般肆无忌惮地胡来。"张孟德眼光如刀剑一般扎在曹奇胜面上，"史力是你朋友，他做错了事，不想被追究责任，他家里给你压力，你就转嫁到自己老婆身上。你老婆跟你一条战线，一致对付张怡这个软柿子，既是做给史力的家人看，又是给自己减轻责任，心里的算盘打的是，即便日后史力真被判了刑，你也尽力了，对不对？"

曹奇胜见张孟德只针对自己，紧张得手心冒汗，眼睛死死地盯着桌上那瓶不知名的溶液，生怕张孟德一个冲动就泼在了自己身上，或是逼自己喝下去，那他这辈子可就算是交待了。这么一想，他哪里还有半点沉着，上下的牙齿不停地互相敲击，声音也带着颤意："张叔叔，您说得没错，我真的知道错了。我……回头就去骂史力那个王八蛋，都是他惹的祸。"

张孟德轻轻笑了笑，道："我今天不是来教你黑白是非的，这些东西过段时间，法院自然会有判断。你们这种人，良心和利益放在一起，让你选一百次，你也是选利益，所以，教也是白教。"他说完，指着那个瓶子，话语像从齿缝中刮出的寒风，"中学化学还记得吗？硫酸、盐酸、硝酸按比例混合，就成了王水。我一个老头子，拿着这个东西跟你们拼命也没什么难的。"

舅舅一家都吓傻了，目瞪口呆地看着张孟德，实在想不明白平日里温文尔雅的一个大学教授怎么就能说出这样的话。舅舅打着结巴道："老张，你看你这是在干什么呢，大家好歹亲戚一场，你也是个有身份的，唉，这又是何必呢？"

"亲戚？"张孟德冷笑道，"互相照应、讲究情分的叫作亲戚，没有情分只有称呼的人，跟路边的野狗又有什么区别。"

舅舅的脸白了白，道："你这话说得就过头了吧。我们也是看着张怡长大的，怎么会不想她好呢。"

"我的话说得是过分，但跟你们干出来的事一比，就不知道好了多少。当着我的面，你们一个个的多少道理，多少委屈呀，你们的道理和委屈不就是一把一把扎在张怡身上的刀吗。我今天就把话撂在这儿，你们这帮人，有胶布的用胶布，有胶水的用胶水，都给我封上你们的嘴。再让我听到一句对张怡的诽谤，我一个搞化学的，有的是办法让你们尸骨无存。"

舅舅一家面面相觑，方才叽叽喳喳的嚣张气焰，在此刻已荡然无存。舅舅勉力挤出了一个笑容，道："老张，没必要把事情弄到这个地步，你看你还带着这么多学生，当着他们的面，这样威胁人，传出去多不好啊。"

张孟德回头看了一眼自己带来的几个人，扭头对舅舅道："我不带几个人过来，你们家早把我打出门去了吧。撒泼耍横我可玩不过你们，但你们也要清楚，张怡的爹还没死，轮不到你们肆意作践。"

舅舅与舅母相视一眼，连忙道："行了行了，越说越难听了，孩子的事情，就让孩子自己去解决，我们掺和什么。不是已经报法院了吗，我们什么也不多说，等着看怎么判就行了。"

张孟德见他们这么说，也不愿在此多逗留，又告诫了一番，便起身告辞。临走时，其中一个学生还不忘在脸色难堪的曹奇胜面前展示了一下自己强壮的肌肉。

出了门，其中一个学生凑上前，问张孟德："张老师，你真把王水给带出来了呀？"

张孟德看了他一眼，笑道："你说呢？实验室管得这么严，还王水呢，氯化钠都带不出。就是一瓶矿泉水，吓唬吓唬他们。"

几个学生听了一阵哄笑，纷纷道："但您刚才那气势，还真像。我们几个都吓了一跳。"

张孟德也跟着笑了笑，抬头往远处看了看，只见一树紫荆姹紫嫣红地开着，微微卷曲的花瓣如锦帛般秀美，在灯光下尤显温润，树丫将夜空分割成了一块一块，每一小块中都有星光熠熠。张孟德猛地吸了一口气，夜风中凉爽的味道沁入心脾，让他有种浑身酥透的感觉。

唐盈盈是在几日之后才听说张孟德亲自教训了舅舅一家的事。一个温文尔雅的大学教授，竟然选择了这么简单粗暴的方法来解决问题，颇有梁山好汉的感觉，着实让她有几分意外。但意外之余，心底又生出了一些温暖的感动。所以在晚饭的时候，她兴致勃勃地跟方惟安把这个案子讲了个大概，特意提到张孟德出手教训熊亲戚的细节，并且评论道："世上的恶行，只有少部分被写进了法条里，更多的都藏在看似无害的日常行为之中。对这些恶，一般人还真是无可奈何，只好由得它们杀人诛心。所以虽然不提倡私力救济，但在法律无法顾及的地方，自己必须有保护自己的能力。"

　　方惟安正兴致勃勃地吃着肯德基的烤翅，见唐盈盈停了下来，他转了转眼珠，笑道："我很长一段时间生活在战乱地带，那是法外之国，无法无天，能保护自己的只有胸前挂着的一把AK，所以其实我的经验并不太适合发生在国内的事。不过，从我的角度来看，这个父亲还是很不错的，遇到问题有想法也有行动力。他一动，女儿至少觉得自己有了同盟者，活下去又不是什么难事。"说罢，方惟安将一盒汉堡推到唐盈盈面前，催促道，"赶紧吃吧，吃饭的时候别老谈工作。你和我拼命挤呀挤，行程表都对了三四次，好不容易才挤出这么一点吃饭的时间来培养感情，还没时间去吃好吃的，唯有快餐最合适，经济实惠又迅速。"

　　唐盈盈看了一眼面前这个大大的红色包装，苦笑道："这么大一个汉堡吃下去，该长多少肉？"

　　"大约四百五十卡，再加上这杯可乐，我待会儿陪你跑六公里，基本可以消耗掉。"方惟安含着笑意看着她，冷静地说道。

　　唐盈盈讶异道："你知道得这么清楚？"

　　方惟安笑了笑，道："这就基本算是我的生活本能了。不过我可不是为了控制体重，而是计算每天该吃多少东西才能保证一天的体能消耗。"

　　唐盈盈嘴角咧了咧，将那汉堡打开，从中抽了几片生菜叶出来，放在嘴里嚼了嚼，道："那我今天都在办公室接电话写文件，消耗不高，晚上可以不用吃东西，吃点蔬菜就挺好。"

　　方惟安看着她，轻轻皱了皱眉头，道："节食是最愚蠢的减肥方法，不吃肉类，你身体的肌肉将会大面积流失，不到四十岁，由于没有肌肉的支撑，面部、臀部以及四肢的皮肤会出现明显的下坠，你会变成一个显而易见的小老太太。"他说完，便伸手拿起那个汉堡，几乎是塞在唐盈盈嘴里，又道，"你现在三十多了，比起二十几岁的时候，新陈代谢的速度已经慢了五分之一，要是还抗拒运动，大量的多余物质排泄不出去，都会堆积在腹部，你的身材也将逐渐向这个汉堡进化。"

　　唐盈盈无力地呜咽道："显而易见和进化，这两个词都不是这么用的。"

　　两人还在角力，旁边一对身穿校服的高中生情侣嬉嬉笑笑地朝他们看了一眼，窃窃私语道："你看你看，那边那个，哈哈哈。"唐盈盈的脸一下变得通红，立刻抓起汉堡就往嘴里塞，到了这个年纪，已经不能在大庭广众下坦然地秀恩爱了。那对小情侣见唐盈盈已经不再纠结，也自顾自地吃起了自己的食物，男生递给女生一对鸡翅，道："你喜欢这个，你先吃。"

女生一只手拿着鸡翅，一只手拿了一根薯条蘸上番茄酱去喂男生，却趁机将番茄酱抹了他一嘴。男生宠溺地看着女孩笑道："我们的钱够，今天带了公交卡，待会儿我送你回家。"

女生则满脸满眼的甜蜜，笑着说："你今天可要算仔细哦，刚才说好的，吃完饭，还要去那边排队买抹茶布丁奶茶，最近可火了，没半小时都买不上。我们俩买一杯就行了，分着吃。"说罢，女生腾出一只手，迅速在手机屏幕上点了几下，说道，"我给你发了个红包，待会买奶茶的钱也算我一份。"

男生好像有些不高兴，说道："我有钱，你的钱自己存好了。不就是一杯奶茶吗，其实我自己都会做，过两天我弄点我爸的好茶叶出来，咱们再买点牛奶一兑，包管比外头卖的好喝。"

唐盈盈在一旁听着这些简单的嬉笑对话，心里泛起一阵一阵的羡慕。这仿佛才是她心底最向往的爱情模样，纯粹、明媚、自然，两个人的世界里只有你喜欢我和我喜欢你。只是一旦过了那个年纪，当袋里的钱足够在肯德基里挥霍时，这番感情的模样便永远可望而不可即了。唐盈盈迅速吃掉手里的汉堡，没有去拿可乐，而是拿起了一杯咖啡，润了润喉咙，杯底尽是些沉淀的咖啡残渣，有一股说不出的苦涩。她向来觉得自己还年轻，还生机勃勃，可这生机在感情面前竟猥琐得无处遁形。掂量经济条件、追求相处的舒适区，像安排工作一样协商约会的时间，交出身体比交出感情容易一万倍，成熟的都市生物们都这么"相爱"着，爱得虚伪、空旷，爱得不堪一击。

方惟安可没唐盈盈这么多的心思，他依旧按部就班地进行着约会的流程。吃过饭，两人又去看了一场电影。接着，在他强势的催促下，唐盈盈换了衣服和鞋子，被拖到附近的公园夜跑。公园的面积不小，但山路挺多，跑一圈正好六公里。唐盈盈速度不快，方惟安在旁边几乎是用走的，还一边打着拍子似的叫唤着"呼气、吸气，呼气、吸气"。

唐盈盈一边喘一边说："我们不是说好了，彼此要以最舒适的方式相处吗，怎么能反悔呢？我最……最不喜欢的运动就是跑步。"

方惟安不动声色地说："跑几次之后，你就会发现这是一项让人身体非常舒服的运动。何况，舒适圈也不是一成不变的，我现在觉得我们可以稍微扩大一下彼此的舒适圈。"

唐盈盈继续喘着气说："扩大……我同意，但我们可以向别的方向扩大吗？"

方惟安笑道："那你有什么其他的建议吗？"

唐盈盈想了想，苦笑道："让我想想，让我停下来想想我才知道呀。"

方惟安严肃道："既然没有，就先按我的来，注意呼吸，呼吸配合脚步的节奏，很好，可以再快一点。"

六公里跑完，唐盈盈觉得自己整个人都要废了，方惟安却跟散了个步似的，连汗都没出。唐盈盈沮丧极了，道："你不能用特种兵的标准来训练我，我平时也就是做点瑜伽，快跑死我了。"

方惟安面上露出不可思议的惊奇，笑道："唐小姐，六公里跑了一个多小时，还特种兵呢，这在中学体育课里都不达标吧？"

唐盈盈脱力地蹲了下去，道："达不达标都随便吧，反正我得休息一下了。"

方惟安伸手将她拉了起来，一面帮她将四肢扯平放松，一面道："待会儿再休息，先把肌肉拉伸一下，不然你明天浑身都得疼。"这种肢体上的接触让唐盈盈感觉很舒服，她索性全身放松了，由他摆布。方惟安的力气很大，但在帮她拉伸的时候，力度却掌握得很好，肌肤相触的地方有暖暖的热度传来，这种力量的感觉让人感到很安心，身体果然有自己的喜恶，唐盈盈的身体对方惟安就很喜欢。

这一夜，夜色如轻纱般漫漫落下，拱形的天空上星光灿灿，低低地压在香江两岸，笼着万家灯火，也笼着万家的喜与愁。在上沙村一间收拾得干净整齐的出租屋里，林小云在锅里烧好宽油，哧溜一声，一条跟锅同样长的草鱼迅速被倒了进去，不到半分钟，狭窄的厨房里便飘起了浓浓的油烟和鱼皮微焦的香气。林小云半闭着眼，身体拼命往后倾倒着，一面躲着飞溅而起的热油和油烟，一面在猛烈的油爆声中对着钱鹏喊道："于总回了吗？他怎么说的呀？"

钱鹏靠在厨房门外，捏着手机，手指快速地在键盘上敲击着。这个位置既能躲开厨房里面的烟熏火燎，又能清楚地听到林小云的声音："刚回了，说他们今天回去开了会，同意第一轮投两百万在鹏币的项目上，如果运作得好，下一轮的资金可以追加到五百万以上。等等，你看啊，于总又发了一条过来，他说如果我觉得没问题,明天就可以去他们公司把合同给签了。"

林小云举着锅铲便冲了出来,不可置信地看着男友,探着头去看他的手机屏幕,声音也因为激动而有些变音:"真的吗?真的吗?你再说一遍,不,我自己看看他怎么说的,这么快就决定了?不会是骗我们的吧?"

"骗我们?怎么可能?这是好项目,现在没有什么项目比数字货币来钱更快的了。他们今天不赶紧决定投,明天说不定就投不上了。"钱鹏推了推鼻梁上的眼镜,嘴角浮出一丝笑意,他突然猛地把林小云搂进怀里,双臂牢牢地箍住林小云纤细的腰,兴奋地说道,"你想过没有,我们就要发达了,马上就能有钱!我明天就辞职去。"

"你别激动,不管怎样也要先签完合同再辞职啊,得确定资金什么时候到位了再跟公司提辞职呀。"林小云牢牢地记着落袋为安的原则。

"知道啦。担心这个干吗?还不如想想你想买些什么吧。"钱鹏笑嘻嘻地说。

林小云从钱鹏的怀里钻出来,又回到了灶台前,继续弄那条鱼:"先买个抽油烟机,房东的这个用了十几年了,现在基本就是个摆设,一点用都没有,熏死我了。"

"行,咱们买个进口的。"钱鹏又黏了上来,从后背抱住了林小云,"周末去逛逛街,你不是想买件风衣吗,还是包包什么的。"

林小云的思路还沉浸在油烟机里,便道:"算了,还是别买油烟机了。这房子又不是我们的,给他换了新机子,咱们也用不了多久。还是把钱存下来,先买房吧。衣服也不用,买房之前都得省着。"

钱鹏宠溺地用手指往林小云头上一戳,笑道:"你这工薪阶层的思路什么时候能改,我这是创业,创业获得的钱可不是发一笔两笔年终奖的概念,是分分钟就能财务自由了。"

林小云的脸被热气熏得红扑扑的,映出她的笑容越发灿烂:"你这创业不是还没成功吗,人家这是投在你项目上的钱,又不是给你个人的。"

"这项目准行。我其实认真研究过,数字货币,这就等于用代码制作一台印钞机,一旦开始转了,钱就跟滚雪球一样,呼啸着朝着我们的银行账户奔来。"

林小云看着钱鹏志在必得的样子,嘴角笑意盎然,又想起了唐盈盈的提醒,便道:"盈盈姐说这事得特别注意政策风险,宁求稳莫贪快。"

钱鹏对唐盈盈上次不愿出力心里还有些疙瘩，他原本指望能从Debra那里拿到些大风投的资源，没料到被人软绵绵地挡了回来，后来幸亏自己同学出力，才搭上了这个于总，便有些不耐烦，道："你整天把她挂在嘴边，关键时候也没见她对你多好。盈盈姐，她又不是魔教圣姑任盈盈，犯不着对她的话这么在意吧。"

林小云有些委屈，辩解道："盈盈姐平时对我挺好的，但让她去求别人帮忙，想动用Debra的资源，这个就难了，就算没成，也没什么好说的。"

钱鹏翻了个白眼，道："行了，行了，也没真怪她。不过你以后上班也用不着这么拼了。等我的项目上了轨道，你就辞职，想在家里玩也行，要不就来帮我一起弄，做个法务总监，有你把关，总不用担心什么风险不风险的了。"

在林小云朴素的观念里，这种所有鸡蛋放在一个篮子里的事是绝对不能做的，连连摆手道："不行不行，我现在做的都是诉讼业务，公司法我也不太熟。那是Debra的专长，唉，要是能跟着Debra做事就好了。她那边的活儿都特别高大上，组里的人穿的衣服，同样是西装，那料子都是不一样的，在灯光下看，都是哑光的。不像我们这种，一条一条的发着塑料假光。"

钱鹏不屑一顾，道："有这么夸张吗？衣服不都差不多，无非就是贵一些咯，以后你可以买。"

林小云笑了笑，道："是，以后我也去定制一套。不对，还是先买房子，买一套大一点的我们自己住，再投资两套小的公寓，每个月收租金。这样以后就稳妥了，我就可以买些奢侈品了。"林小云一边将锅里的鱼盛出来，一边又哗啦倒下去一篮子青菜，阵阵水雾油烟漫起。

钱鹏接过鱼盘子，踮着脚逃似的奔到了饭厅，放好菜，用手指沾了一点鱼汤尝了尝。林小云的手艺向来不错，钱鹏感到很满意，便从旁边放筷子的篮子里抽了一双筷子出来，扭过头冲着厨房笑骂了一句："你这就是典型的穷人思维。"

"什么？"林小云没听清楚，把脑袋伸出厨房问道。

"我说我饿死了，先吃了啊，你快点。"钱鹏夹起鱼往嘴里放。

"行，我还有个青菜，马上就来了。你把饭先盛上吧。"林小云说完，又钻回了那个满是油烟的厨房。

三天后，警方传来消息，在证物上未检验出梅毒螺旋体病菌，但在对嫌疑人史力的问讯中，他承认在婚礼前一天曾与一个网友发生了性关系，并在其过程中使用过这个跳蛋玩具。警方顺势找到了那个女网友，证实她确实感染了梅毒。不知是不是张孟德找人打过招呼的缘故，王警官的语气也不再如上次那般倨傲，反而带上了一些愤怒和痛惜："这个混蛋，也没有做清洗，就直接带到了婚礼上，这不是害了人家姑娘一辈子嘛。"

唐盈盈连忙接道："他肯承认就算不错，不然这事还就真说不清楚了。这次辛苦你了，改天我跟家属说一声，让他们送一面锦旗去所里，算是简单表达一下谢意。"

见唐盈盈这么上道，王警官的话便越发客气了："哪里哪里，这都是我们应该做的。唐律师，这个情况我们已经告诉检方了。同时，也让法检那边对这个问题出一份情况报告，可能需要张怡配合一下工作。"

唐盈盈自然赶紧表态，记下了细节，又跟张怡联系。张怡声音淡淡的，比起上次的灰心绝望已经好了很多。唐盈盈交代了一些注意事项，想了想，又问道："你现在身体怎么样，好些了吗？"

"还在治疗中，但指标已经下降很多了。医生说情况很乐观。"张怡顿了顿，又道，"我爸前两天来了家里，跟我谈了很久，说他很抱歉在我成长过程中的缺位，也谈了他跟妈妈的关系，以及很多我小时候的事。然后，他又去跟我妈好好地聊了聊凌峰的事，两人一致决定要跟凌家讨个说法。其实，凌峰家怎么看怎么办对我来说也没什么关系。只是，我从小到大都没见我爸妈这么齐心过，还是齐心协力来支持我，这让我很开心。"

唐盈盈笑了笑，道："你有一个好父亲，特别令人羡慕。还有，你妈妈也很爱你。"

一个月后，法院开庭审理此案。开庭当天，暴雨如瀑，迟迟不能入冬的深圳在这一场暴雨中陡然降温。由于案件涉及个人隐私，法院未公开审理此案，只有案件的直接关系人可以到场旁听。张怡穿了一件浅灰色的薄羽绒，下面配着深色的长裤，浅浅的妆容令整个人都显得格外利索。张怡父母陪在她身边，一左一右，像是两面挡风的高墙。

检方对史力等三名被告人的行为提出指控，认为他们违反受害人张怡的意志，采用暴力手段强制侵害受害人身体，并直接造成受害人感染梅毒病菌，伤害了其健康权。要求判定史力等人强制猥亵妇女罪，并加重处罚。张怡同时提出附带民事赔偿，要求赔偿人民币十万元。史力等人对案发过程没有异议，但称只是在闹洞房，是善意的玩笑，并没有故意要伤害受害人的意图，不存在主观故意。控辩双方唇枪舌剑地就此辩论了一番。

法庭审理的流程很烦琐，徒耗了一整个上午。临近中午，法院宣布将择日宣判。唐盈盈陪着张怡走到门口，在前廊下竟遇到了表姐。

表姐冲着张怡笑了笑，上前道："我知道今天开庭，特意过来看看。怎么样，判了吗？"

张怡对她仍心存芥蒂，只撇过头，浅浅道："没有。"

表姐并不介意她的冷漠，又走近了一步，说道："其实我之前已经跟检方联系过，说如果有需要，我可以出庭为当天发生的事情做证。都是他们的错，坐牢也是活该受的。曹奇胜这个神经病哪里找来这么几个人渣做伴郎，我已经骂过他了。你别生气了好吗？我之前也是脑子有病才会怨你。"

张怡有一点心动，转过头来看着表姐，正要说什么，只见斜刺里冲出一个女人，手里拿着一桶泡好的方便面，冲着张怡就劈头一淋。那女人嗓门也是出奇的大，指骂道："臭婊子，自己那天穿得这么骚，又露胸又露大腿地去勾引我儿子，还好意思闹上法庭！我儿子又没把你怎么了，你竟然想让他坐牢！大伙儿都来看看啊，这个女人，就是这个女人，身上有脏病的！还告别人！我呸，你也不嫌丢人。你把我儿子弄进去了，我就天天去你单位门口唱你的丑事。"

方便面浓厚的油脂裹着一些酸菜、牛肉粒之类的东西，淅淅沥沥地挂在张怡的脑袋和头发上，天气冷，湿漉漉地泛着一阵气味独特的水雾。这突来的变故让张怡的母亲气疯了，冲上去便要与那女人厮打，张怡的父亲也心疼不已，碍着身份不好与那泼妇对骂，只好护着张怡，一张脸憋得通红。唐盈盈拿出纸巾帮她清理，表姐见张怡母亲有些吃亏，也上去一边拉架一边喊道："你是史力的妈妈吧，你怎么能这么说话？张怡那天的衣服是我准备的，哪里就露了？"

那女人此时也不分人了，扯上表姐，骂道："曹家媳妇呀，你也是个扫把星啊。我史力跟奇胜两兄弟好了十几年，就是去吃了你嫁进来的这喜酒就闹出了这么个祸事。你们一家子都是白虎精啊。我回头让奇胜跟你离了，省得你再祸害曹家。"

　　三个人在廊下又拉扯了几下，雨丝斜斜打进来，淋在几个人头上，很快她们头发便湿了大半，随动作而甩起的发丝溅出一串一串的水珠，场面一片狼藉。法警很快注意到这边的动静，快速跑过来，扯开了众人。史力母亲还要再闹，被法警训斥再闹就押起来，于是也不敢再动手，一双满布血丝的眼恶狠狠地盯着张怡，骂道："你要是让我儿子坐了牢，我不会放过你的。你这个骚货！臭婊子！"

　　张怡拿纸巾擦了擦被油脂糊住的双眼，眨了几下，视线恢复了正常。她看了看混乱不堪的场面，还有面前这个如疯狗一般的女人，想到她那些疯狂咒骂的话，脸色便沉了下来，片刻之后，端然又浮起一丝轻蔑的笑意，像是在肃杀秋日里汩汩冒出的一股清泉，冷冷却亦不乏生机。她一步一步走到史力母亲面前，神色笃定地看着她，道："我告诉你，我骚？对，我很骚。可我再骚也犯不着任何人的事，你儿子淫，就被抓起来了。你想到我单位闹事是吗，请你先看看这里有多少个警察，三个四个？我告诉你，我单位光大门口就有六个，你来闹一次我保证你就能进一次派出所，来两次就进两次。这里是深圳，做任何事情都有规章法度，不是你们老家山疙瘩里，谁泼谁强势，谁弱谁有理的地方。你这套行不通，趁早收起来吧。你儿子以身试法都在前头了，你要不信，想再试试，谁也拦不住你。"

　　史力妈妈哪里见过这样的女人，她从农村来到城市，在深圳生活了八年，活得一直卑微，有身份的体面人不屑与她计较。现代社会的大多数规则，她未必不了解，只是当野蛮总能给她带来便利的时候，她惯用此招罢了，可真要硬碰硬时，她首先就颓了下去。张怡的话她听得明白，辱骂和威胁对这个女人都不起作用，别的招数她也实在不会，憋了半晌，她只好用双手捂住脸，号啕大哭起来。

　　张怡伸出手，扯开史力妈妈的手，呵斥道："哭什么哭，要哭回去哭。你弄脏了我的衣服还没赔钱呢，拿钱！"

　　史力妈妈怔了怔，嘴唇嚅动，怯怯道："……赔……赔什么钱？"

　　张怡指了指身上深一块浅一块的污渍，道："你弄了我一身的汤水，洗这件羽绒服的洗衣费。"

史力妈妈瘪了瘪嘴，道："我……我没钱，我一个月才三千多的工资。我儿子又被抓走了，他原本一个月可以赚一万多呀。"说罢，她又想哭。

张怡却不依不饶，道："三千多也够了，六十块钱，快拿。"

旁边两个法警看这情形也觉得有意思，便怂恿道："大妈，你快赔吧。这可是法庭，你弄脏了人家的衣服，总是要赔钱的。要是告你，可就得赔一件衣服的钱了，现在衣服多少钱一件，你心里有数吧。"

史力妈妈哭丧着脸，从裤带里摸出一个钱包，哆哆嗦嗦地拿了一张一百块的钞票出来。张怡接过去，扭头问："谁有零钱？帮我找一下。"

表姐忍着笑，翻了两张二十的给她。张怡又转手交给史力妈妈，道："行了，我们的事情结了。跟你儿子的官司，过几天法庭自然会宣判，你们想上诉就尽管上诉，打到高院我也奉陪。"说罢，抄起一把伞便走进了雨中。

张怡父母赶紧追了上去，唐盈盈在一旁看着，只觉得心里欣慰极了。

两周后，法院作出判决，判史力强制猥亵妇女罪并造成严重后果，有期徒刑五年零一个月，刑事附带民事赔偿人民币两万元。其余两名为从犯，各判了有期徒刑一年缓一年和八个月。接到判决后，史力等人放弃了上诉，乖乖服刑去了。

唐盈盈将判决书交到张怡手上的时候，正是一个暖日当头的午后。张怡神色淡漠地接过那张印着大红色章子的文件，徐徐道："判了五年多？挺好，这么长的时间，足够他想想自己都干了些什么吧。我不再告了，这事就这样吧。"

唐盈盈点点头，看着张怡恢复了神采的面庞，笑着说："法律人都信奉一个词，叫作'案结事了'。这桩官司结束了，意味着这件事也到此为止了。我把这个词送给你，希望这件事情在你这里，真正案结事了了。"

张怡微微一笑，道："其实在庭审那一天，我发觉自己敢直面史力妈妈的时候，这件事对我来说就已经结束了。我不再怕别人骂我淫荡，也不怕别人说我得了脏病。我知道自己没有错，我也知道自己不是孤零零的一个人，实在就没什么好害怕的。"

唐盈盈的眸色微微一亮，道："很多恶言暴行真的就是纸老虎，放在那里，看着挺唬人的，好像张张嘴就能把我们给吞了。但其实每个人心里面都藏着一只真老虎，用勇气把它唤出来，外面的一切也就没有什么可怕的了。"

张怡点点头，又有些羞愧道："现在想想，那时候差点以为自己过不去了，还吃了药、洗胃，好大一场折腾。真不好意思呀。"她笑了笑，又正色道，"总之，谢谢你，唐律师。"

　　唐盈盈心底的高兴像暖阳下的屋檐，耀着明晃晃的光。人们有时候觉得自己看通了世事，可以足够勇敢地经历一切挫折与苦难，其实不过是难还不够难，挫折还不够大。有时候又觉得自己对一切都无能为力，其实只是感到孤单，仿佛世间一切都在与自己为敌。只要比勇敢更勇敢一点，总能够让人遇到未来的美好。而能亲眼看着眼前的这个女人一步一步褪去怯意，重新找到温暖与勇气，对唐盈盈来说，远远要比赢得一场官司更让人高兴。

第3章

律政精英的日常

康俊整日里笑嘻嘻的，好像没有什么烦心事能够打扰到他，从律所走廊另一头远远看见他，他整个人就像嗑药了一般飘忽在云端。其实，怎么可能没有烦心事呢，自从接手了这间律所，他几乎是花足了力气去进行改革。律师事务所与一般公司制的企业不同，在组织架构上它是合伙经营的模式。每个独立律师与律所都存在着一种微妙而神奇的关系，彼此之间既相互独立又相互依靠，独立律师根据自己的需求组建团队，创收按照事先约定的比例交给所里后，律所为他们提供一些共享性质的服务。从这个意义上说，律所其实是个松散的架构，更像是个房东，只要这个律师每年能够按照约定交足钱，你就很难把他扫地出门。

前一任律所主任陈君是有传统江湖情结的人物，当年跟着他一起干事业的律师，无论水平高低，如今都在所里占着一间独立的办公室，享用着从前积累下来的资源和人脉，吆五喝六地指使所里的小年轻干他们的私事。这些人不仅办案子的理念陈旧，而且懒得要命，将能推给别人的事情都推给了自己的助理，自己只负责在最终的文件上签字，顺便拿走属于自己的大份额酬劳。年轻能干的律师被这样的人压着，干着极其沉重的工作，很难有晋升的机会，每个月能够拿到手的钱也寥寥无几。时间一长，有能力的人留不住，没能力的赶不走。

康俊将所里的通讯录从头看到尾，一个一个的名字都变成了一个一个的色块，红的是赤字，代表这个人为所里带来的利润还不如他拿走的薪酬，绿的是跌幅，表示这个人未来的走势看跌，长期来看就是赔本买卖。这么看来，满是红绿斑点的一张纸，侵占的是真正有能力的人的利益，这是陈年的积弊，是日后发展的绊脚石。可真要真刀真枪地改革，又岂是一个念想这么简单的事情。康俊用手指轻轻在眼眶周围揉了揉，忽然生出了不耐烦的神色，站起身来便往茶水间走去。

康俊站在咖啡机跟前，看着机器顶上那个透明的圆形容器里深褐色的咖啡豆在迅速旋转，不到半分钟，便变成了香气扑鼻的咖啡，一点一点地滴落在他那个大号马克杯里。林小云也过来接咖啡，她排在康俊后面，看着前面杯子里深色的液体，便笑嘻嘻地玩笑道："康主任，您不加奶也不加糖，不会觉得特别苦吗？"

康俊浮出满脸的笑意，看着林小云，缓缓说道："我这个年纪了，抗糖化是抗衰老的第一步，对所有带糖字的食品都得严防死守，不然皮肤衰老的速度就得以分钟来计算了。"

林小云惊讶道："您居然连抗糖防衰老都知道，天哪，我男朋友连防晒霜是什么都搞不明白。人跟人的差距也太大了吧。"

康俊看着眼前这个活泼的小姑娘，想起方才给她标记的好像是浅粉色，总算不是太令人沮丧的颜色。不过林小云今天穿着一件青白色的连衣裙，倒是令人眼前一亮。康俊眉目灼灼，笑语道："你这身衣服很好看，特别是颜色，让人有种在江南遇到杏花春雨的感觉。我觉得咱们所里的窗帘都该换了，就换成这个颜色挺好，整个办公区域都能亮堂起来。"

林小云脸上滚烫滚烫的，话都有些说不利索了，扭头看了一眼挂着的深红色丝绒窗帘，又低头看了看自己的裙子，实在觉得两者相差有点大，便迟疑道："这窗帘也是有点旧了，但真换成这个颜色吗？会不会有点浅了呀？"

康俊毫不在意，笑着说："不会，正是要这种清新的感觉。你这两天要是有空，也帮着办公室找一找厂家。咱们所的位置好，是上风上水的楼王，南风微微吹来，应该正好能撩起窗帘的一角。再多摆些绿植，让工作环境多些生机，也能让同事们少点抑郁。"康俊一面笑意盈盈地说着，一面向后摆了摆手，扬长而去。

换窗帘，这几乎算是他上任后在明面上做的最大张旗鼓的一件事了。当沉闷老气的窗帘被轻软透亮的纱质窗帘换下时，整个律所像是长长地呼出了一口气，剔透的阳光被浅色的纱一过滤，变成轻巧灵动的光彩，如精灵一般飞散在律所各处。角落里也摆上了大盆大盆的四季海棠、金莲花、千日红以及纷飞起舞的蝴蝶兰，每个带着沉重心事走进办公室的当事人，多少都能在这番莹莹妙曼的景象下，将原本紧张到窒息的心情放松一点。当人们还在耻笑康俊心细得像个女人，志向只在这些花花草草、装饰装潢上的时候，康俊便已经走出了几步改革的棋子。最阴险的一招是反田忌赛马，他将所里最懒的几个高阶律师和能力最弱的助理律师忽悠了一通，配成了对，是十足的劣马，成了上头傻、下面呆的组合。这些组合里，有的出去丢了几个案子，又搞砸了几个案子后，被康俊一顿大义凛然地数落，愤而离职。有的稍微好点，没闯下什么大祸，只是创收变得极低，想调组也调不动，只是这么半死不活地拖着，师父看徒弟来气，徒弟看师父更来气，双双耗着，也各自在另寻出路了。

第二步，也是康俊之前跟唐盈盈提过的，就是把所里做支持性工作的人划出来，组成了几个后台部门，把做业务的律师放到前面，直接面对客户，根据项目需求组成项目组，项目组负责人可以调动后台部门的工作，也正是他说的，要以全所之力支持业务工作。在这个业务融合性发展的时代，这无疑是适应市场形势发展的结构，很少再有什么案子只凭借一己之力、一方知识便可以顺利完成，更多的是需要群策群力，各方面知识的融合、把关和交流。而交流最直接的形式便是案件讨论会，不定期召开，每当有疑难案件需要多方支持时，便可以申请召开，参会人员由发起方提出请求，有空的律师也会自愿参加。而康俊和Debra只要有空，会亲自主持。这也算是所里常规性的业务讨论方式了。

今天的讨论会唐盈盈外出了没来，林小云闲着没事，便坐着旁听。讲的是一个跨境兼并的项目，负责人是罗律师以及他的助理小杨律师。两人说了很久，这个项目的内容对林小云来说有点太难了，里面很多专业词汇都只有英语的表达，小杨律师的语速很快，Debra发问的语速更快，就像两个外国人，不，像是两个外星人在她跟前交流。林小云勉强记下了price、risk、maximize shareholder wealth几个单词和词组，一瞬间没跟上他们的节奏，后头就完全不知道两人在说什么了。又听了几句，只觉得头昏脑涨的，那些英语单词好像都要从自己喉咙里呕出来一般难受，便索性关上了耳朵，仔细端详起自己的手来。

她昨天下班后刚去美甲店修了个手，又没扛住修手小妹的忽悠，顺带做了个什么韩式光疗指甲，选的是当季最热的墨绿色，花了三百多块钱，几乎算是她今年以来最奢侈的一次消费了，还特意做成了磨砂质感。她悄悄地将手背转了转方向，迎着阳光，这个颜色果然很显手白。她换了几次拿笔做记录的姿势，又偷偷摸出手机，对着自己的手打开美颜相机，拍了几张照片。挑了一张最好的，打算发朋友圈，刚配好文字"忙碌的一天，开会做记录写得手指都要断了"，想到唐盈盈和别的同事能看到这条朋友圈，又舍不得把他们屏蔽在外面，于是决定还是等下班以后再发。

林小云重新摊开笔记本，挺直了身体，右手半握着托在下巴处，做出非常认真听讨论的姿势。她的小手指高高地翘起，余光正好瞥见尖尖的指甲。"今年最流行的就是墨绿色，我是时代的弄潮儿。"林小云心里美滋滋地想着。她又直了直身子，眼光不由自主地落在了Debra的手指上。Debra的手指很细很长，每一根都犹如玉葱一般柔美无瑕，她的掌心和手背是同样的白皙，指尖留着一点点圆尖形的指甲，涂着最自然的浅粉色，通透明亮，指甲上的半月形像一小片白玉一般，每一个动作都带起了一阵剔透明亮的光泽。林小云的脸忽地就红了，她再低头去看自己的手，每一个手指都像剥了过多的青蒜才被染上了肮脏的菜青色。"这个颜色怎么这么脏。"林小云自卑地将手紧紧握成拳头，藏起了那显眼的色彩。她的心像被一双筷子搅得乱七八糟的面疙瘩，既心疼花出去的那几百块钱，又觉得自己这烧火丫头似的手怎么也拿不上台面。

这厢林小云在暗自菲薄，那边讨论也进入了尾声。罗律师不住地点头，对Debra称赞道："还是Debra你厉害，这里头的关系我跟小杨弄了半天也没整明白，今天这么一说，心里便有数了。"他顿了顿，又继续道，"不过还有一件小事情，有点难处理，怎么说呢，这样，还是小杨律师你自己说吧。"

小杨律师跟林小云年纪相仿，性格却要更爽利一些，此时不知什么缘故，倒显得有几分不好意思："其实真的也不算是什么大事，是这样的，这个项目因为涉及中外两方，每次的会谈记录和相关材料都是对方做的，出的是英文版本。中方这边的领导不会英语，所以每次都要将材料再翻译成中文。他本身其实也是配有翻译秘书的，之前也有材料外发给翻译公司做。可这个领导觉得自己的秘书做口译已经够辛苦了，再加上笔译的活儿，工作量一大就容易出错。而项目的很多内容又涉及商业机密，外发出去他不放心，便在会上提了一次，希望我们能同时提供中英两种版本的签署文件。开头量小，我们也没太在意，现在随着项目的推进，这个翻译量逐渐上来了，每天都有好几个件需要翻，加上之前已经翻译的，我们做了近十万字的翻译工作了。"

小杨律师汇报到这里，停了下来，罗律师接着说："这些翻译的工作原本没签在合同里，也都是小杨下班后加班给他们做出来的，他们当然觉得好，觉得律师用词严谨，现在都用上瘾了。我跟小杨商量了一下，如果他们继续要求我们提供翻译文件，那我们也应该收取一定的费用。我也了解了一下，外面好一点的翻译公司是千字三百的收费标准，咱们小杨业务精湛得多，收千字五百应该没问题吧。不知道这么做，对方会不会有意见。"

Debra的眼皮抬了抬，细长的墨水笔在手指之间迅速转了一个圈，轻轻地点在桌子上，她曼声道："老罗，你疯了吗？千字五百？我们是开翻译公司吗？律师的收费怎么能按照字数来算，应该按照时间来算。而且什么叫作以后要求收费，之前翻译的不算了？十万字的翻译工作就白干了吗？"

Debra的声音又柔又干脆，被一连串反问攻击的罗律师没有一点不高兴，反而笑笑道："我这千字五百都不好意思开口，你倒厉害，这一下得要多少钱？"

"付出了劳动当然就要收钱了，每一分钟时间和每一份的付出都是有价值的，不是拿来给你不好意思做人情的。"Debra一点也不留面子，继续说道。

小杨律师连忙打圆场，道："不不不，罗律也没有拿我的劳动去做人情的意思，这事当初是对方点名要我做的，我也是下班后自己在家里加班赶出来的，不方便算工作时间吧。"

"你加班也是律所的时间资源。"Debra直接说道，语气果决，却并不惹人反感，"我照我的速度算英翻中的话，大约每小时是两千字，那十万字就是五十个小时的工作量。小杨律师，你现在的咨询时费是两千五一小时，那这十万字的翻译折合下来就是十二万五千元，明天就把账单发给他们。如果他们以后还想在翻译上蹭便宜，就按照这个标准收费。"

罗律师和小杨律师两人又惊又喜，一时间竟不知道说什么。康俊见状，笑了笑，缓缓道："我同意Debra的处理办法。不是说我们所跟客户斤斤计较，如果只是一两个文件，咱们顺手做了也就做了。但现在的情况是，对方明明自己有翻译人员，却找各种借口不用，一定要求我们翻译。我也给他们做了十万字的翻译工作了，他们收得倒是心安理得。可以看出，客户的心理一来是想省点人力，蹭点便宜，二来也是觉得经过律师手的文件，出了任何差错，咱们都得自担责任。这小算盘打得太精了，我们也用不着客气，该是怎样就怎样。如果对方有什么不满，可以让他们来找我。"

听康俊这么一解释，又肯在后头撑腰，两个律师自然高兴得很。康俊看了他们一眼，脸上浮出浅浅的笑意，又对Debra说笑道："你刚才那句，加班也是所里的资源，可别把人给吓坏了，以为我们这里是什么血汗工厂。是这样啊，我来解释一下，每个人每天都只有二十四个小时的时间资源，理论上多做多得。但其实每个人不可能真正做到，我们总是需要休息、调整和学习。加班是每个律师的必修课，世上不加班的律师我还没见过。但时间只有这么多，都分配给手头已有的工作了，通常会带来两个后果：一是休息不够，你很可能在不久的将来因为体力透支而生病，病得无法工作；二是丧失了学习和再投资自己的机会。没有时间学习和提升的人非常可怕，他会像仓鼠跑圈一样，看着在不停地努力，不断地奔跑，但由于他并没有提供单位时间的价值，所以其实他所有的工作都只是在原地踏步而已。"他顿了一下，又环视了一番在座众人，朗朗说道，"所以我对在座各位的希望是，不要把自己珍贵的时间浪费在不必要的工作和加班上，有空闲的时间，就去睡觉，养好身体，去学习，充实见识，眼望高处，手足砥砺，奋勇向前。"

这番言语像一碗滚烫又舒适的鸡汤，令所有人无端便有了热血沸腾的激动。林小云也在这一刻忘记了指甲的事，眼睛直直地看着康俊的嘴，只觉得他口中的美好与未来，正是属于自己的明天。

钱鹏的项目进展很顺利，他辞职后，在车公庙租了一间三房两厅的居民楼当作公司的办公室，又招了几个毕业生一起做。这儿离他跟林小云租住的地方很近，走路也不过十几分钟的路程。但前期开发的工作特别繁重，钱鹏时常就直接睡在了公司里，一周也回不了几次家。林小云觉得他辛苦，时常在下班之后做一些好吃的给他送过去。

这天傍晚，林小云正挤在公交车上，犹如沙丁鱼罐头里的一条鱼，接到了钱鹏的点菜电话。"想吃酸菜鱼。"钱鹏在电话里说道，"公司里好几个人，今晚估计得通宵了。你买一条大点的鱼，给大伙儿做个酸菜鱼吧，多放点花椒，麻麻的好吃。"

林小云抬起手看了一下时间，有些焦虑地说道："现在快六点了，我回去买菜、准备，弄完再送到你那儿估计得八点了，会不会太晚了呀？"

"没关系，下午刚吃过下午茶，大伙儿现在都还不饿。"钱鹏压低了声音，道，"光点下午茶就花了快四百块钱了，晚上要是再叫外卖，又是几百的支出，这一天光吃饭就得上千了。所以我想，搞个酸菜鱼吧，多放点酸菜，这玩意儿下饭，一盆能顶好几个菜了。"

这么一听，林小云马上应承下来，说道："行，那我一回去就弄，做好之后再跟你们一起吃饭。"她想了想，又道，"家里好像没装酸菜鱼的盆子啊，这得很大的盆子才够吧。"

"你想想办法，不行就买一个吧，以后也用得上。"钱鹏自从变成钱总以后，说话很是大气，对细枝末节的事情总习惯挥手让人自己解决。

林小云还想说什么，对方已经挂断了电话。紧赶慢赶回到住处，林小云急忙去菜场选鱼，杀鱼，买配料，买酸菜，忙得满头是汗。当面对一个需要七十五块钱的不锈钢汤盆时，林小云犹豫了许久，最终还是没舍得花钱买，转身到楼下一家专营酸菜鱼的饭馆，觍着脸说了许久，终于借到了一个大鱼盆。回到家里，又是好一阵忙活，煮汤煮鱼，等那一大锅香气腾腾的酸菜鱼做好，已经是晚上七点半了。

林小云扯了一张保鲜膜，简单盖在上面，不锈钢的汤盆导热性很好，端起来的时候，只觉得手指像是直接接触到了滚烫的汤汁一般灼热。林小云想了想，又从柜子里翻出一双隔热手套戴上，再端起来便觉得妥帖得多了。

一锅汤菜，端着比看着沉多了。林小云瘦瘦小小的个子，这么端着走个一百来米，便要放下休息一阵。她抬抬头，正是凤凰花开的季节，紫红色的花瓣在树梢上轻轻弯起，映在暖黄色的路灯下，像是牵住了一褶光阴的温柔，这是深圳独有的景致。林小云微微出神了片刻，又咬紧牙，端着那一大盆酸菜鱼继续往前走。

钱鹏所在的那栋楼，楼龄已经很老了，两梯十六户的奇葩格局让人们上下楼的速度奇慢。一楼电梯间又小又昏暗，排队等电梯的人很多，拥挤不堪。林小云小心避让着人流，低着头，把那一盆鱼靠在自己的身体上，所有力气都聚在双手上，用以保持那盆鱼的稳定。等了十来分钟，好不容易挤进了电梯，只能容纳十三人的小电梯由于她抱着的那个大盆子，生生少上了一个人。邻居们有些不满，在一旁小声地咒骂道："之前不是跟物业反映过吗，早晚高峰期就不要让送餐和快递的人进来了，怎么还有？"

林小云低着头，尽量去漠视这些抱怨的声音。她在心里默默想着，我跟你们可不一样，我男朋友在创业，很快我们就可以买上自己的房子了，到时候我一定要买个全新的小区，两梯两户的那种，再不要跟着挤这种老破的电梯了。这么想着，电梯已显示到了八楼。林小云整理了一下脸上的笑容，换了换姿势，用胳膊敲开了门。

来开门的正好是钱鹏，他已经三天没回去了，头发乱乱的，向周边膨胀着，身上套着的一件深蓝色的衬衣也皱皱巴巴，颇有几分科学怪人的味道。钱鹏见到林小云，勉强挤出一个笑容，伸手便将那一盆酸菜鱼接了过去，手指似在不经意间摸了摸盆底，眉头一瞬便皱了起来："怎么是冷的？"钱鹏的声音不大不小，却犹如三九天的一阵烈风，准确地捆耳光似的扇在了林小云的脸上。只在一刻之间，她整颗心都被委屈漫了过去。

"我走过来的，这个太重了，我走得有点慢。可能面上被风吹凉了吧。"林小云见这场合也不好吵架，便忍了忍，嘴里像含了一颗极酸的话梅。

旁边一个程序员正好经过，听到两人的对话，连忙圆场道："不冷不冷，温温的，正好入口。嫂子一路拿过来，辛苦了，咱们刚用大电饭锅煮了米饭，热饭加酸菜鱼，正好下饭呢。赶紧开饭吧，都要饿扁了。"

钱鹏也不再说什么，招呼了一圈，还有三两个同样杂乱造型的人从房间里走出来，拿碗的拿碗，盛饭的盛饭，很快一双双的筷子便伸向了那盆不温不凉的酸菜鱼。林小云却一点胃口也没有了，她推说自己已经吃过了，便躲进了最大的那个房间里休息。这是钱鹏用来当作自己办公室的屋子，满屋子横拉竖扯的电源线和插线板，北面靠墙的位置堆着几个纸箱子，下面放了一张折叠床，床的前头是一面土黄色的布帘，拉上便隔成了一个还算不错的小隔间。只是这张折叠床也不知被多少人睡过，深蓝色的罩布上泛着亮黑的光，透着一股馊汗的酸臭味。林小云也顾不得许多，脱下外套垫在上面，忙碌了一整天的疲惫、委屈齐齐袭来，不一会儿，她便睡着了。

她醒过来的时候，也不知是几点，钱鹏的声音在布帘外头沉沉响起，像是在跟一个刚入职的新人做思想工作："……你怎么能这么想，我们这是在创业，一切都在草创阶段，制度什么的肯定不完善。拿咱们去跟华为、腾讯这种成熟了的大企业比福利体系有什么意思，我们应该去跟几十年前刚刚创办微软和苹果的比尔·盖茨和乔布斯比。你知道他们现在身价多少亿吗？当初他们两个就是靠一副键盘，一些数字和代码，改变了整个人类社会。这么伟大的创举，我们现在也在进行，未来的时代肯定是属于数字货币的。这根本就不需要质疑。"钱鹏似乎越说越来劲了，声音也慷慨了起来："十年前，大家连智能手机是什么都没有概念，随便一个名牌的皮夹子可以卖到好几千块钱，可你看看今天，还有谁上街带皮夹子？还有谁在使用纸币？买个葱都可以用微信支付了，一个二维码就可以完成全球的交易。纸币的功能一定会被数字替代的。现在就能拿到鹏币的人，就像拥有微软的原始股一样，就像几年前随便弄弄就能收获上千上万的比特币一样。你想想，这是怎样的价值？可以在前海买多少套房？有了房，你还用得着去上班吗？三十几岁就可以退休了，还有足够的力气去环游世界，去看看世界另一端的风景。为了这个理想，这几年怎么着也能咬咬牙过去吧，对不对？"

那个新人仿佛有一点被说动，却又有更多的迷茫，他想了想，问道："钱总，您的意思我明白，当初要不是看好这个项目，我也不至于连华为的offer都放弃了，过来这里跟着您干。只是，我就是觉得吧，这中秋节，大家也都熬了好几个月了，弄点月饼什么的发一发，也是一种精神上的鼓励。这月饼，怎么着也得发一盒吧，一盒也就四个。您就买这么三两盒，让每个人拿一个尝尝，这也太没意思了。"他的声音又低了几分，像是嘀咕，又像是抱怨，道，"这年头了，谁也不缺这口月饼吃，不就图个面子嘛。一大个漂亮的纸盒提回家去，好看，证明自己工作好嘛。"

钱鹏沉默了一会儿，继而用力拍了拍那个新人的肩膀，朗声笑道："原来你在说月饼的事，直接说不就完了嘛。没问题，明天我就让小田给大伙儿一个人来一盒，就弄深圳最贵的那个月饼牌子，让每个人回家都有面子。"

这么一说，那新人也不好再说什么，谢了几声，便出去继续干活儿了。

白晃晃的日光灯在天花板上打出一圈光晕，林小云抱着膝盖坐在那里，细细品较着钱鹏的言语。他是在给下属鼓劲、画饼，或者说是在洗脑。这很正常，如今工作压力这么大，非常容易使人陷入疲惫和对工作前景的倦怠，消除这种负面的情绪，给下属提供源源不断的正能量，这几乎成了领导者的日常工作。康俊白天不就正好做了一番示范吗？只是相较于康俊，钱鹏这方面的功力就显得稚嫩了。林小云在心底把两个人的思路认真地比较了一番，康俊的话像是四月里的春风，润物无声，先把实际的问题干脆利索地解决掉，再从下属的角度出发，温热整颗心脏。直到现在，林小云想起康俊说话时的神情，还忍不住会激动，像是有满身的力量要去做事，要去奋斗。而钱鹏，基本还停留在传销的洗脑模式上，避开具体的问题不谈，强行打鸡血，勾画宏伟蓝图。当然不能说这种做法完全没效，只是一相比较，高下立判而已。

林小云自嘲地咧嘴笑了笑。钱鹏又怎么能跟康俊相提并论？康俊是留美博士，父母那一辈就是留过学的知识分子，横看竖看都是社会精英。而钱鹏，一个农民的孩子，怀揣着对金钱的渴望来创业，如今勉强被冠上了"钱总"这个让人分不清楚身价的称呼，却连买块月饼还抠抠搜搜的。人情世故上，如果没有前辈的引导，自己总是要摔过许多许多跟头之后，才能明白其中的关窍。

林小云拉开布帘，见桌上放着那个借来的大不锈钢盆子，里面的鱼和菜早已经被众人一扫而光，只在底部留着一小摊菜汤，洗也没洗，在灯光下绽放着星星点点油腻的光泽。钱鹏指了指盆子，对林小云说道："快十点了，你赶紧回去吧，这个东西拿回去洗吧，我们这儿也没洗洁精。"

睡了一觉，原本已经消失大半的愤怒和委屈，被他这句话又迅速勾了起来。"我自己还饿着肚子！我也上了一整天的班！我下了班累死累活忙了这么久给你们做吃的，吃完竟然连个碗都不知道洗！"林小云有一肚子的怨气正要发作，扭过头却见钱鹏对着笔记本电脑的屏幕点了点，头也没抬地说："我从网上转了两万块钱给你，你去找房东把这个季度的房租都交了吧，省得每个月来要，烦都烦死了。还省下一点，你自己留着花。"

叮咚一声，握在掌心的手机微微振了一下，想必是银行的动账信息。神奇的是，林小云涌到一半的火气竟随着这个轻轻的声响烟消云散了。她呆了呆，竟然忘记自己方才想说什么了。一伸手拿起那个大盆子，转眼又看见钱鹏头顶溢出了两根新生的白发，心里便有些疼，腾出一只手来便去帮他拔："我先回去了，你也别太累，要不跟我一起回去洗个澡再过来弄吧。你看你浑身都是臭的。"

钱鹏仍然紧紧地盯着电脑，摇了摇头，道："没那个时间了，臭就臭一点吧。后天就要拿第一期产品去见于总了，明天会回去的。"说完，他看了一眼林小云，像是想起了什么东西，伸手从旁边的抽屉里摸出一包皱巴巴的方便面，塞进了林小云的手里，说道，"你猜你晚上什么东西都没吃吧，饿太久对胃可不好。"

林小云接过那一袋老坛酸菜口味的方便面，心里头就像是一场骤雨落在了未经修葺的崎岖泥土地上，高高低低，一块接着一块潮湿无比的水洼遍布。

初冬的夜已渐渐拉长，凌晨五点的空气有种凛冽的甘甜。黎明前的夜色从玻璃窗的缝隙中浓浓浅浅地漫进屋里，却显出了一番静谧。唐盈盈轻轻地上了楼，经过二楼转角办公室门前的时候，她下意识地看了一眼。这曾经是李睿的办公室，现在属于康俊。深色木质的门，门上的标牌都与原先一模一样。她与李睿曾在这里蹉跎过三年的时光，直至他溘然离世。过去的每一分每一秒，拖着无尽的哀思漫上唐盈盈的心头，屋子可以随便更换主人，可是想将心里头的那个人换掉，怎么这么难，这么困难。这般想着，唐盈盈不自觉地又停下了脚步，斜靠在楼梯扶栏上，脑子里昏昏沉沉的，恍惚间又带她回到了几年前，那个满天飘漫着人工雪花的圣诞夜。她像卖火柴的小女孩一样，小心翼翼地擦亮了第一根火柴，对李睿讲出了自己的心思。李睿那张清隽的脸上满是犹豫，但终于还是开口了，他告诉她，爱情是一种植物，不知道什么时候开始，它就在心里发芽生长，你拼尽一生的理智去阻止，也挡不住它的蓬勃成长。即使生命短暂，他愿意变成小小的一团火，温暖住她心中的一小片天地。再后来，再后来，记忆中的风雪越来越大，白到刺眼的云雪成为记忆中画面的主色彩，积雪漫过脚背，逐渐将两人都淹了进去。李睿因渐冻症而离世，唐盈盈一直不敢去想，在他生命的最后几个月里，犹如被凌迟一般，一点一点失去对身体的控制，那究竟是怎样的一种绝望，会不会比她现在这样的相思更疼、更痛、更加令人窒息。

这么恍恍惚惚中，突然听见噔噔几声脚步，唐盈盈倏然清醒，惊落了眼角悬垂的那一滴泪，抬起眼，却见Debra上身包着一条大格子毛绒围巾，满脸惊愕地看着她："天哪，我还以为进贼了呢，你怎么来得这么早？"Debra皱了皱眉头。

唐盈盈举了举手里的旅行包，苦笑道："红眼航班刚回来，想着早上还有个会，反正也来不及回去收拾了，索性直接过来。你呢？又通宵了？"唐盈盈见她一脸缺觉的模样，心疼地说道，"我可不是吓你啊，不好好睡觉真的会老的。"

Debra眼风瞥见唐盈盈脸上的泪痕，又看了一眼康俊的办公室，心下了然，面上却不动声色，淡淡笑道："说得好像你好好睡了觉一样。我这些年已经把每天睡足五个小时当作日常功课在做了，不过昨晚算是个时间管理失败的特例，临近下班了才发现今天有个发言，稿子一点都还没准备，一弄就弄了个通宵。"Debra向上伸了伸双手，舒展开疲劳过度的身体，又转了转有些僵硬的脖子，柔柔的笑意浮在面上，"走。Morning needs his best friend, coffee."

Debra的办公室占据着这间大别墅二楼东边的整个转角，圆弧形的落地窗，旁边是整面墙的书柜与半高的置物柜，跟一个小型的咖啡展览馆似的。唐盈盈在窗边的沙发上坐定，眼睛看着窗外，只见东边的天际裂开了一道微白的口子，一下子四周的星辰便黯淡了下去，紧接着，一丝一丝的金线从远处遥遥投来，越过窗台，洒落在了浅灰色的地毯上。新生的朝阳迅速将昨夜的清辉替换下，树枝上的小鸟也跟着叫唤了起来。Debra将一杯香浓扑鼻的Ristretto递给唐盈盈，自己在另一侧的沙发上坐下，笑着说："尝尝吧，虽然是胶囊咖啡，但那股犹如威士忌一般的口感还是十分到位的。"

唐盈盈浅浅抿了一口，只觉得又咸又干涩，恨不得将满口的苦涩全都吐出来，一面瞅着Debra，一面咂舌道："你好端端一女神般的人物，怎么好上这口？"

Debra斜靠在沙发上，手指撑开一张轻薄透明的面膜，贴在脸上，也不再看她，浅浅笑道："这才是咖啡的真味呀。人们穷尽各种咖啡豆的种植方法和烘焙手法，却从来不是为了消除这种苦涩感，而是希望在苦涩经过舌根之后，留下浓郁的回香。这种苦后反甘的体验，我也认为正应该是人对待所历经的苦难应该持有的态度，不是忽略，不是遗忘，更不是一味地沉浸。"

Debra的声音又轻又柔，落在耳里，又像是直直落进了心里。唐盈盈那份似浮萍一般的感情突然像是看到了大陆，她的手指摩挲着咖啡杯的外壁，似蚊吟一般低声道："嗯，我明白。可怀念，就像是一个大水池子，我明明是一步一步地往外游，偏偏有时候会在原地打转，有时候又有点分不清方向。但我相信，总会有那么一刻，突然发现自己是能走出来的。"

她的话带着令人心碎的哀伤和不知所措的绝望，Debra半合的双眼忽地睁开，目光烁烁地看着唐盈盈，快速地说道："在这之前，你自己得相信你一定可以走出来。若是你这么执着，只顾着怀念故人，那你要让李睿怎么想？他该有多后悔当初明明知道自己病情严重，却还是接受了你的感情，使你至今感情上一片荒芜。"

唐盈盈惊了惊，小心嗫嚅道："我、我其实也有在接触别人，只是……"话说了半截，唐盈盈突然发觉自己有些不知道该怎么讲述自己与方惟安目前的这段关系，她想了想，又问道，"Debra，你说怎样的男女关系才算得上是美好的、有希望的呢？"

Debra换了个姿势，想了片刻，又笑道："我也说不上来，我大二的时候遇到了Rowan，一直到现在，没有去细想过怎样的关系会更好，反正好不好都是他。"Debra笑了笑，又想了一刻，说道，"硬要说的话，我倒觉得有句话虽然文艺了一点，却是挺中肯的——待在tā的身边，变成更好的自己，应该就算是健康美好的关系了吧。"

唐盈盈点点头，脸上绽开了一个会心的笑容，道："我同意你说的。我有时候也在想，李睿究竟是哪里让我这样难以忘却？你知道，我们这一代的女人，已经是一个完满的个体，早就不再依靠男人给钱吃饭，经济独立、生活独立、精神独立、职场拼杀也全靠自己，并不指望男人为我们承包一个鱼塘，也不会因为他们丢一张信用卡给我们随意买买买就感动得以身相许。那么，这个时代里，我们的感情究竟会从什么地方生长出来？又以什么为土壤扎根生长？我想了很久，最后想到了一个可能性，或许就是为了相处时候的这份自在吧。"唐盈盈用手支着下巴，像是在浅浅思索，嘴角含着一丝轻笑，那笑意犹如早春二月里含苞欲放的花蕾，饱满而张扬，"我毕业后就到了所里，也是从助理律师做起，跟在李睿后头打杂、装订、检查文件格式，然后一步一步到了今天。这里面自然有李睿的指点，但更多的是我靠着一夜一夜的加班，一份一份的文件熬出来的积累。李睿就像一棵树一样，默默地守在身边，他为我撑出的天地，仍有风暴雷雪，仍有寒暑四季，却足够精彩，也足以让我生长。所以，有的时候我想，两个人在一起，师徒也罢，情侣也罢，你总希望对方能帮助你、提携你，甚至是拎着你一下实现阶层跨越，但那都是不可能，或者是相当困难的。我们最能期待的，无非是在对方身边可以享有一份自我生长的自由，是体内内生力量的成长，而且对方能真心为你的每一分成长而高兴，这样就足够了。相依相偎、相濡以沫的纯爱，在这个时代，在我这个年纪的女人身上，就跟童话一样美好而不可得。"

唐盈盈的语速不缓不急，这样的话她从未对人说过，更从未想过会跟Debra将自己剖析到这个程度。她只是一边思考，一边说着，不觉中便将话推进到了这个位置。Debra侧着头想了想，轻轻地问："那你现在接触的这个对象是什么样的呢？在他身边你觉得自在吗？"

提到方惟安，唐盈盈的思路便迟滞了下来，她低下头，看那朝生的阳光隔着纱帘飘逸进来，在室内扬起一阵暖意，光影激滟。她很慢很慢地说道："其实什么都还谈不上，都还在彼此的感情舒适区里小心试探着。所以目前相处得倒还挺自在的。不过肯担着这份小心，至少能说明对对方还是比较在意的，对吧。"唐盈盈又想了想，浅笑道，"不管怎样，说起来都还是羡慕你，跟Rowan年少相逢，便是一生挚爱，太美好了，简直恨不得去嫉妒你。"

Debra一言不发，面膜上自带的半圆形眼膜轻轻地搭在她合着的双眼上，不知什么时候，她已经在沙发上沉沉地睡了过去。唐盈盈抬头看了看，无奈地一笑，放下手中的杯子，蹑手蹑脚地将一旁的大围巾覆在她身上，又尽量小心地走出门去。

外面的走廊依旧很安静，康俊新换上的纱制窗帘被晨风微微牵起一角，下方沿着墙壁高高低低放置了一整排的多肉植物，没有横逸生长的大叶子，不至于令原本就不宽敞的走廊更加狭小，却给人以勃勃生机。唐盈盈深深地吸了一口气，大量清新的空气进入大脑，昏昏沉沉的神志清醒了许多，她又回望了一眼那间办公室，轻轻叹了一声，方才转身向自己的办公室走去。

第二天有场金融界的大活动，也是深圳律界进行社交活动的好日子——由本地一家综合媒体发起，数十家机构参办的"国际金融合法合规论坛"在观澜湖酒店举行。论坛的规模不算太大，规格却很高，邀请函只发了两百张，大半给了金融行业，银行、证券、基金、期货公司等等，五分之一给了有能力做资本运作业务的律所，剩下的几十张，听说当门票给售出了，价格高达四位数。凡是手上有项目，又希望能跟资本搭上线的人，都挤破了头想进来，希望在这里能遇到未来合作的机会。

康俊上周就通知了唐盈盈，让她准备好得体的衣服，跟他一起出席这个论坛。唐盈盈皱着眉头，实在想不明白自己一个做刑事诉讼的律师，去这种金融法的论坛有什么意思，还冠着"国际"这种大得吓人的头衔。"这样的好事应该让业务对口的同事去参加嘛，认认人，哪怕换一些名片回来，也是值得的。"唐盈盈笑嘻嘻地跟康俊说道。

康俊眼风轻轻地飘起，含着一缕狡黠的笑意，道："老罗带着他的人去上海蹲点了，剩下几个都是五大三粗的汉子，跟我一起出席，别人会以为我架子太大，出门还带保镖。"

"那Debra呢？"唐盈盈问道。

"Debra当然要去，她是论坛邀请的演讲嘉宾，所以不占咱们所的名额。"康俊摇了摇手里两张泛着金属光泽的硬卡片，引诱式地笑着说，"主办方给了两张，论坛结束后是围桌晚宴，听说餐标是人均五千，不想去试试吗？"

唐盈盈迟疑了一会儿，她总觉得康俊心里打着另一副小算盘，比如把她重新忽悠去做创收更高的非讼业务之类的。不过，这样的论坛去参加一下也没什么坏处，她笑了笑，接过那张精致的小卡片，顺着台阶便下了，笑着说："您说得没错，冲着这餐标我也得去试试。"

观澜湖酒店在观澜湖高尔夫球场东侧，离市区很远，开车足足花了一个半小时，人移景换，从现代都市变成了鸟语花香的乡村田野。一进入会场，唐盈盈倒实在觉得惊喜。原本以为这种行业内的专业论坛，布景不是哑光灰，便是被市场钟爱的商务蓝。可今天的会场却完全不一样，从入口处开始便颇有设计感地摆放了花瓣妖娆的鹤望兰、引人瞩目的美人蕉、色彩明快的鸢尾花等各种鲜花和绿植，布置得大气又令人耳目一新。唐盈盈觉得新鲜，看着签到桌上那一大束清明如玻璃的蓝玫瑰，笑着说："今天这主办方还真是挺有创意的，在会场里摆了这么多鲜花和绿植，天然的供氧机啊，是怕待会儿的演讲把嘉宾们都给说睡着了吗？"

康俊轻轻一笑，看了唐盈盈一眼，道："私密性越高的聚会，往往就越讲究特色。赞助今天论坛的是欧洲的一家鲜花公司，摆上这么多的植物，估计也是他们用来给自己做广告的吧。"

唐盈盈往四周看了看，果不其然，在不到五十米的地方便看到了这家鲜花公司的广告展示板，笑道："鲜花公司居然这么有钱，能够在这种金融论坛上成为主赞助商。"

康俊也笑着说："你以为鲜花公司就是租个花园养几盆花随便卖卖的园丁吗，他们的利润是你想都不敢想象的。国外的那些大型鲜花企业，早都已经把基因技术引进到花朵的培养里了，通过复制基因，申请专利，研发新植物种子，在全球各地开出色彩各异的花朵。做得好的年收入可高达十几亿美金，跟印钞票的速度差不多，赞助这么一个论坛算什么。"

唐盈盈缩了缩脑袋，笑道："我就是想不明白，这做鲜花的跟做金融的又有什么关系呢？"

康俊的目光淡淡，坏坏地轻笑道："具体为什么会赞助今天的论坛，我就不知道了。不过鲜花跟金融的关系紧密是有历史传承的，你想想当年荷兰郁金香事件吧。"

当年荷兰多少人炒郁金香花球导致一夜破产，后来蝴蝶效应引发全球金融地震，甚至催生了现代金融信贷体系，这几乎已经成为金融安全运行课的经典案例，唐盈盈当然听说过。这么想来，这一屋子的植物清香扑鼻，她也不再觉得那么突兀了。

走进会场，撞了满眼的姹紫嫣红，椭圆形的会场天花板被紫白相间的垂丝紫藤布满，倒吊钟形的花朵一串一串累坠下垂，层层叠叠，巍巍壮观，又像是到了山林深处的精灵小屋。亚麻色的地毯，二十几张圆形围桌，每一桌中央都摆着满满一盆嫣红或粉红的大朵牡丹。康俊见到这场面，一个忍不住，低低咳嗽了两声，道："这就有点用力过猛了吧，搞不好找的这家公关公司是做婚庆礼仪出身的。"

唐盈盈心里也觉得这会场更像是大型婚礼现场，正想附和两声，却见康俊迅速给了她一个眼神，冲着她身后一个中式打扮的男士堆起了满脸的笑意："文总，好久不见。我一收到邀请函，看到你们公司是承办单位，就想着不管论坛讲些什么内容，我也得来见识见识。办会辛苦，非常漂亮，美不胜收。"

那文总便是今天论坛的承办人，听康俊这么称赞，面上便有几分得意，走近了搂住康俊的肩膀，笑道："你是不知道这里头花了我多少心血。赞助商的市场总监是个五十多岁的欧洲女人，第一天开会就扔了几百张鲜花的照片给我，说一定全部得用在现场，还得切题，不能让人觉得突兀，要最大程度宣传他们的产品。喏，一整个集装箱的花我堆出了这么个效果。切不切题，我就不知道了，我一个搞艺术的，金融和法律的题，我听都听不懂。她自己去解读吧。"

康俊满脸笑容地环视四周，一面点头一面不动声色地将自己的肩膀转了出来，淡淡地说道："切不切题，就看怎么解读咯。现在大家的日子都不太好过，寒夜将至，全球的资本都在准备过冬，文总用这么多鲜花来帮大家召唤春天，这个立意就非常新颖。"

听他这么一说，那文总的眼睛里迅速闪过一星亮光，笑道："果然是大律师，随随便便一句话，把事都给说活了。"

唐盈盈只觉得自己的头皮有些发麻，等那文总走后，皮笑肉不笑地问道："您是跟这个文总很熟吗？但我怎么觉得您不太喜欢他呀。"

"谈不上喜不喜欢，以前在北京，时不时就会遇到。他表面上一副文人傲骨，艺术家做派，内心对资本却谄媚得很。"康俊笑得云淡风轻，又停了停，歪了歪脑袋道，"这也不算是什么贬低性的评价，大家出来卖艺赚钱，谁又不是这样呢。"

唐盈盈想了想，也没再说什么。康俊也不着急去找位子，带着唐盈盈在会场内四处瞎逛，一路上便有不少人来与他们寒暄。康俊应对得体，还时不时把唐盈盈推出来，赞她前途无量，是所里的未来之星。唐盈盈心里一阵恶寒，面上不得已保持着谦逊的微笑，心里早就开始怨骂康俊，把鬼话说得跟真的一样，她一个诉讼律师，在金融圈里算什么未来之星？

如此应酬了近一个小时，主持人终于宣布会议开始。唐盈盈找到自己的位子坐下，也顾不上跟旁边的人客套寒暄，咕咚咕咚昂起头便将面前的一小瓶矿泉水喝了个精光，方才觉得冒烟的嗓子舒服了很多，看得康俊在一旁满脸的嫌弃。

Debra的发言安排在会议中间，她也是整个论坛中唯一的女性演讲嘉宾。她一身月白色西服套装，九分吸烟裤配上同色系的鞋子，将她原本就纤长的双腿在视觉上几乎拉出了逆天的长度。她讲的是跨国逆向并购中的法律风险防范，从虚拟的案例讲起，先讲了国际金融大环境对跨国资本运作的影响，再对比各国法律原则，最后再落到实操层面，讲了几个容易被忽略的技术点。满满的干货，全是在实际运作中总结和沉淀下来的经验。加上她温柔的声线，娓娓讲述，明明是演讲台上的灯光打在她身上，却给人一种她整个人自己在发光的错觉。

康俊静静地捏着一支笔芯削得尖尖的会务铅笔，认真地听完了Debra的演讲，从心底发出一阵赞叹："这几年，Debra在一个接一个的项目中奔波，我还以为她放松了对学术理论的钻研。没想到，从实操到宏观理论，她就像是没有短板一样，美玉无瑕啊。"

唐盈盈心里激动不已，看了一眼康俊，半是嘲讽半是虚伪地笑道："Debra是我的女神，双商都足以碾压众人。不过，女神却说主任您才是真正的大学霸，是当年学校里的传说。"

康俊的神色动了动，面上却如平时一般，一双长长的美目眯成了笑眼，还跟嗑多了大麻似的，轻飘飘地哈哈道："我跟Debra封神的方向不一样，她喜欢钻研制度、吃透法条，我却喜欢透视人心。我们俩各持胜场，哈哈。"

"哈哈你个头。给个梯子就要去摘月亮。"唐盈盈心里翻了老大一个白眼，比起康俊这种擅长政治权术的小狐狸，当然还是专业型、实力派的Debra更能让她钦佩。她面上不露声色地假笑着，又仔细一想，他说的却也是实话。接手律所几个月的时间，他不动声色地就理顺了机制，调整了激励方案，将那些无能又无赖的老油子清理出去，又给予了年轻的新人奋斗的希望和动力。因此也不能说他无能，只是这种能耐，相当不讨喜吧。

论坛演讲结束后，直到冷盘都上齐了，Debra方才出现，坐在了唐盈盈身边的位子上。她仪态万千地坐下来，向后甩了一下到肩胛骨位置的长鬈发，双腿伸直蹬了两下，把那双又高又尖的鞋子踢在了桌布底下，方才长长地舒了一口气出来："困死了，方才在台上讲得我眼皮都要抬不起了，果然一个通宵就受不了。"Debra咻咻地笑了笑，拈起小块卤水牛肉放在嘴里嚼了嚼，对着唐盈盈低声道，"刚才在台上，我远远瞧见门口蹲着好几个准备问问题的，就直接从后门钻去休息室，眯了一小觉，看见上菜了才过来。"

唐盈盈又伸手帮她倒了一杯百香果汁，赞道："别人是自己演讲得慷慨激昂，听众昏昏欲睡。你倒好，全场被你说得聚精会神，忙不停地做笔记，你自己倒困得不得了。这是想气死别人啊。"

Debra接过杯子，轻抿了一口，笑了笑，玩笑道："行了，我现在基本清醒了，我是充电五分钟，工作二十小时的超强待机王。"话刚说完，身后一个男声猛地响起，"这可不行，这样会熬坏身体的。Bert，你是不是把我们Debra当苦力使了？有没有超过法定工作时长？小心我去投诉你。"

Debra扭过头，见丈夫Rowan一身藏青色窄领小西服站在自己身后，目光灼灼，正一副故作严肃的模样"投诉"着康俊。Debra又惊又喜，道："Rowan，你怎么来了？你不是去新加坡了吗？"

"刚回来，在那边见了一个投资人，他说今天要过来参加这个聚会，就约我一道。我本来想给你个惊喜的，没想到那边机场下雨，晚了一点到，错过了我老婆的精彩演讲。"Rowan满脸宠爱地看着Debra，眼睛里都是冒着光的爱意。

康俊一本正经地胡说八道："那可真是不划算，你不知道方才Debra讲得多棒，下面全是听入迷的粉丝和小迷弟，送的花比这一天花板的花还多。"

Rowan眉毛挑了挑，很配合地把Debra往身后挡了挡，略微带着港式发音夸张地说道："居然有这样的事，所以我说嘛，老婆，别出来工作了，辞职在家里多好，外面好危险的。"

Debra笑意满满，伸手轻轻拍打了一下Rowan，却对着康俊怪道："看你再胡说八道，我就听老公的话，回去做少奶奶了，把所里的事全扔给你。"

康俊连忙告饶，几个人又玩笑了几句，康俊像是不经意地问道："Rowan，知道这家鲜花公司什么想法吗？搞这么大阵仗？"

这时候台下的灯光已经暗了下来，只有前方小小的舞台上一片光亮，一个国外的女子清唱乐团正在演出。Rowan不知从什么地方拖来一把椅子，紧挨着Debra坐着，轻轻笑道："我略微听过一点。是欧洲一个寡头，在欧洲雄霸了大半的鲜花市场，公司几个做决策的总裁很聪明，除了借助基因技术开发了许多另类的花种，拓宽主营业务，还借着种花，拿了许多地，有了土地，又开展了多元化经营，赚钱的速度就跟印钞票一样。"Rowan轻轻扶了扶鼻梁上的眼镜，又继续说，"前几年，他们公司从美国新挖了一个CFO过来，雄心勃勃地做鲜花期货，除了对冲掉种植风险，更希望能实现套利。弄了两年，欧洲毕竟市场有限，这不就奔着欣欣向荣的中国来了。听说这次推了不少基金和衍生品产品，正大力邀请国内资本参投呢。"

康俊的目光闪了闪，笑了笑，说道："我就觉得，这国际资本运作安全机制的探讨，冠冕堂皇的名头，其实咱们都成了放在台面上用来点缀资本交易的鲜花了。Rowan，这些项目你看过了吗，有感兴趣的吗？"

Rowan摇摇头，笑着说："离我太远的项目，我向来是不伸手的。欧洲的鲜花，看看就好，何况这还是隔了不知多少层的鲜花期货的衍生品呢，拿在手里，你都不知道自己对冲的是什么风险，还是拎着风险本身。"

他说完，康俊也点点头，笑着说："刚才跟人交谈了一圈下来，十个里头有八个是纯粹的投机分子，还有两个正在互相玩空手套白狼的戏码。原来是这局本身的气场就有问题。不过呢，我的想法倒正好相反，他们的招数越虚空，需要防范的法律风险就越多，我找到目标客户的概率自然也就高了。"两人相视一笑，颇有了然心底的英雄相惜。

　　女子乐团的嗓音清亮，犹如月下溪水，蜿蜒流进人们的心里，康俊的话落在唐盈盈的耳朵里，换来她的眉头狠狠地皱了皱。Debra方才那么精彩的演讲，在这些资本家眼里也不过是登台唱戏，他们并不真正关心怎样能更好地维护国际资本市场合规经营和稳定运行，他们更关心如何才能在各国法规之下钻空子，以便获得更高的利益。这么一想，再看这满屋的花团锦簇，便有些扎眼。唐盈盈对这种桌子底下的资本运作仿佛有种天生的厌恶，不知是不是中学政治课学得太好了，只一心觉得资本的每一个毛孔里都流着罪恶。她抬了抬头，见Debra和Rowan正在低声说笑，狠狠地被塞了一口狗粮，又去看康俊，只见他正认认真真地摆弄着自己盘子里的那块肉眼牛排，还时不时与Rowan交谈几句，似乎很享受这个场合。唐盈盈无趣得很，假笑了笑，道："主任，就算您有这份为虎作伥的心思，现在也来不及去公关了，搞不好要空手而归了。"

　　"不至于，不至于空手而归。"康俊摇了摇手中的刀叉，脸上隐现微笑，瞥了一眼放在桌上的节目流程，愉快地说道，"能遇到客户当然是好，但除此之外，还可以有个更现实的目标。你看看啊，在这个节目之后，有个互动活动，大奖是双人北极光之旅，这就是我眼下的目标。"

　　果不其然，在几位女子曼妙的歌声结束后，一位满头珠翠的主持人走上台，先引了两位重磅嘉宾和主办方领导致辞，然后便进入了晚宴的核心游戏环节——"谁是凶手"。主持人配合着后方屏幕上的PPT，用她那副经过专业训练的播音腔，颇带感情地讲述着："在一个月黑风高的夜晚，大明星万丽丽被人杀害在了城郊别墅的花房里，市里刑侦队长老陆接到报案，迅速来了现场，经过几天的侦查，老陆将犯罪嫌疑人锁定在了三个人身上。可这三个人对罪行都矢口否认，在法医推断的死亡时间内，三个嫌疑人都提出了自己的不在场证明。究竟谁才是真正的凶手？在座各位，或是聪明绝顶的金融高管，或是思维缜密的律界精英，老陆现在需要您的帮助。请注意，所有关于案件的线索都会在下面的短片中展现，谁能最快破案，谁就能拿走今天的大奖，双人北欧北极光豪华之旅。请放片。"

主持人的话音落下，会场的灯光也随之暗了下来，大大的投影屏幕上开始播放事先拍摄的一个剧情短片。这算是时下非常流行的侦探游戏，主办方设计一点小逻辑陷阱，让获胜者除了获得物质上的奖励，还有精神上的满足，非常适合今天这样的场合。剧情短片的制作倒也达到了一般网剧的水平：

一个圆形的玻璃阳光房里，沿着玻璃幕墙种植着各种高大的树木，从地面到房顶，郁郁葱葱的模样，像一个小型的植物园，房顶有个小小的圆形天窗，将外头的光聚了进来。花房里，高高低低地摆放着各种鲜花和绿植，万丽丽上身穿着一件丝质吊带，下面是同款的短裤，倒在一排绿植的下面，浑身是血，四肢蜷缩着，怀里紧紧抱着几束呈佛焰苞状的绿色花苞，这几束花显然是从旁边的盆栽上摘下来的。陆队长一身风衣，带着一个年轻小警探模样的人在看现场。

老陆问道："鉴定那边锁定了死亡时间吗？"

小警探拿着笔记本认真地说："锁定了，昨天下午四点到今天凌晨四点。"

"什么？！十二个小时，这也叫锁定时间？"老陆大怒道。

小警探缩了缩脑袋，害怕地答道："是……是这样的，您看，这是个花房，里面有控制温度的装置，现在外头的温度大概是三四度，这里面最高可以调到三十几度，尸体在三四度和三十几度下的腐坏速度是完全不一样的。我们今天接到报案后，到达的时候，发现这个控温装置被人给破坏了，冷飕飕的。可您看死者还穿得这么轻薄，可见在她遇害之前，室内是很温暖的，但温控装置被破坏的具体时间不详。综上所述，鉴定科也很难确定死亡时间，只能给个大概的范围。"

老陆皱了皱眉头，不再说什么，环顾了四周，又问道："你说你们到达的时候，这个房间是密封的？是密室杀人案吗？"

小警探迟疑了一会儿，道："这个，不好说。"

"是就是，不是就不是，有什么不好说的？"老陆怒道。

小警探看了看自己的笔记本，小心翼翼地说："陆队，我的理解是这样的，密室杀人呢，一般来说是指凶手在行凶之后，为了伪装成死者自杀，从室内把门给锁上了，然后不知从什么地方逃出去，这个密闭的空间就像是一个密室一样。"

"我知道什么是密室杀人，你别给我解释了，快说这案子是怎么回事吧。"老陆好像脾气不太好，每个镜头不是在骂人就是在怒吼。

小警探搔了搔头，指了指不远处的那扇玻璃门，说道："那扇门是这个房子唯一的出入口，内外都被人给上了锁。嘿嘿，陆队，您说这是什么原因呢？"

老陆听了这话，也是一脸茫然，故作沉稳地说道："嗯，这是一个重要的线索，你记一下，待会儿要重点查。"他蹲下来看了看死者怀里抱着的花苞，问道，"这是什么？为什么要抱着这东西？"

小警探也一脸茫然，连连解释道："这个叫什么喜林芋，我也不知道她为什么要抱着这个植物，而且从流血的痕迹来看，死者在被刺之后并没有要爬向门外的念头，反而是直接爬向了这一丛植物，从上面把这些花苞扯下来抱在了怀里。"

"死亡遗言？"老陆疑惑地说道，"死者是想用这种植物来暗示凶手是谁？你快说说几个犯罪嫌疑人的情况。"

小警探点点头，道："一共有三个嫌疑人，第一个，我们认为嫌疑最大，他的名字就叫林喜，是死者的整容医生，之前由于给死者做了一场失败的隆胸手术，双方起了纠纷。死者扬言要将医生告上法院，昨天下午五点，在附近路口拍到了医生的车辆驶入死者的家中，离去的时间不详。"

画面切换成一个文静的男子，戴着一副金丝边框眼镜，温文尔雅的模样："我没有杀人，我这双手只有救死扶伤和赐予女人美的功能，怎么可能去杀人呢？昨天是万小姐主动约我过去谈的，嗯，谈的效果不算很理想吧。她提出要我赔偿两百万。这个女人，太贪心了。我只是把她的胸隆大了两个号而已，她被人骂是妖怪，这能怪我吗？我也不会为此去杀人的。嗯？没谈拢我就走了啊，大概是六点多吧，或者是七点。我不认识那是什么植物，我的名字是家父取的，也是一个很普通的名字，你们总不能因为我跟一个植物重了名，就把我列为犯罪嫌疑人吧。我爸三十多年前给我取名字的时候，世上还没有这种植物啊。然后我就回诊所了啊，晚上还有一台手术呢，九点半开始的，做到十一点多。我不能告诉你是给谁做手术，这有保密协议的。"

小警探的声音再次响起："由于林喜医生拒不提供接受手术者的信息，导致我们没有办法查验他的不在场证明。目前他是第一号嫌疑人。第二个，是死者的司机，喜欢喝酒，性格又很暴躁。上个月开着死者的车撞了别人的豪车，害得死者为他赔了不少钱，两人因此发生口角，死者打算解雇他，他却扬言死者要是敢炒了他，他就公开死者的隐私。"

画面切换成一个粗壮的男人，满脸的络腮胡子，一看便是不好惹的凶样，他的声音又响又糙："什么玩笑，老子怎么会杀人？吵架？吵两句架有什么奇怪的，谁不跟老板闹闹情绪什么的，何况我那都是喝多了说的昏话。丽丽姐已经原谅我了，还说明年可以给我再涨点工资，我怎么可能杀了她呢？不在场证明？我昨天晚上跟朋友去喝酒了，十点开始，一直喝到凌晨，找了代驾帮我把车子开回家的。到家时间大概是凌晨三点吧。"

小警探的声音又响了起来："经过查验，司机的不在场证明成立，但他的杀人嫌疑不能排除。最后一个是死者的保姆，今年四十五岁，在死者家里做全职保姆已经两年了。没有不在场证明，跟死者也没有什么冲突，本来没有留意她的，不过在花房门的外把手上找到了她的指纹。何况，我们注意到死者临死前只穿了轻薄内衣，应该是在关系很亲近的人面前才会有的穿着打扮。所以，保姆的嫌疑仍然存在。"

伴随着小警探的讲述，画面又变成了一个慌张的中年妇女，她惊慌失措，连说话都不甚流利："我不知道啊，我什么都不知道。万小姐怎么就这样死了呢？我晚上睡觉前，大概九点多吧，看到花房的门没关，怕猫进去弄坏了里面的花植，就顺手把门给锁上了，我不知道里面有什么啊。什么动静都没有听到。你们别再问我了。"

保姆的脸渐渐淡出了屏幕，只留下四个大字："谁是凶手？"主持人再次登台，用那副富有感染力的声音说道："下面就请在座的各位大侦探开动智力，从VCR提供的线索中，抽丝剥茧，寻找出真正的杀人凶手，并阐述作案手法。我们给您提供二十分钟的思考时间，在这段时间里，您可以跟您的同伴一起讨论，但请注意，所有跟案件谜底有关的信息都已经通过短片提供了，请留意每一个细节。我，等着各位大侦探的答案。"

这个案件的线索不少，不知是主办方对到场嘉宾的智商有足够的信心，还是实在吝啬那一套大奖，这案情的复杂程度早已超过了一般游戏的烧脑程度，下面议论纷纷，不少人饶有兴致地做着各种假设和推理。Rowan也很感兴趣，凑在Debra旁边，亲昵地问道："老婆，你觉得凶手是谁？"

Debra歪了歪脑袋，思索了一会儿，笑着说："我没办过刑事案子，这道题对我来说，比一摞财务报表还复杂一万倍。不过，我觉得那小警探有一句话挺奇怪的，他说，死者临死前只穿了一套轻薄的内衣，所以认为凶手应该是死者熟悉的人。那这样不是就可以把另外两个人给排除掉吗？一个女明星，该不会穿成这个样子去见整容医生和自己的司机吧？"

Rowan连忙点点头，说道："去见整容医生也能说过去，毕竟这是给她做隆胸手术的医生，说不定她是故意要展示一下这个医生的手术成果究竟有多失败。"Rowan一本正经地说道，"照这个疑点推理的话，只有那个司机能够被排除嫌疑。"

"司机也不能。"唐盈盈拿出自己方才做记录的纸，在几个关键词上画了圈，分析道，"方才小警探说，司机喜欢喝酒，性格又非常暴躁，你们想象一下，一个司机具有这两点性格特征，还能跟雇主时不时吵吵架，居然还会获得加薪的机会，这意味着什么？我认为这个司机应该是死者的情人，才说得通。而如果两人是情人关系，死者穿成这样见司机也是说得过去的。"

唐盈盈的分析获得了Rowan的称赞："果然是李睿的高徒，办刑事案件的律师，观察得这么仔细，连一点小细节都不放过。"

Debra轻轻看了丈夫一眼，又道："这么说来，这三个人都不能排除嫌疑了。OK，我放弃，我真不适合玩这种推理游戏，脑子转一会儿就发晕。"

Rowan心疼地看着妻子，显然对这个游戏还很感兴趣，便去问康俊："Bert，你有什么思路？"

康俊在看手机，抬了抬眼睛，道："唐律刚才说得对，司机也有可能。不过，我们可以先不在意这些小的线索，解决一下密室杀人和死亡信息的问题，看看这两个大头上有没有什么突破。"

唐盈盈平日也是个推理小说迷，她想了想，点头道："这是一个典型密室杀人案，后面保姆的叙述解开了一半，外面的门锁是她锁上的。死者遇刺后，没有向门口的方向前进过，门附近没有留下血迹，所以里面的门锁或者是死者在遇刺前就锁上了，或者是凶手在行凶后锁上的。这都涉及凶手怎么逃出去的问题。"

"是呢，杀完人，又怎么从密封的花房里逃出去呢？"Rowan也跟着唐盈盈一起苦思冥想。Debra像是彻底不在乎了，正在仔细地从一碟果盘里把自己喜欢吃的水果挑出来，细细品尝。

"天窗？"唐盈盈和Rowan异口同声地说道。唐盈盈笑了笑，解释道："我先说我的想法，我猜应该是这样的，凶手在行凶之后，又在案发现场停留了一会儿，这时候，不知情的保姆过来从外面把门给锁上了。凶手出不去，发现花房的屋顶上有个自动天窗，索性顺着树干攀过去，从天窗爬了出来。这么高的高度肯定是用遥控开关，这导致凶手爬出来了之后，没办法把天窗给关上。室内和室外的温差很大，为了掩盖这个问题，凶手弄坏了花房的温控设备，使得室内室外的温度一样。"

Rowan听完之后，点点头，道："没错，这也正好解释了为什么凶手要弄坏花房的温控系统。根据这个推理，保姆的嫌疑可以被排除。凶手就在司机和医生两个人当中。你猜是哪一个？五十比五十的概率。"

唐盈盈又思索了一会儿，道："这我就不知道了。从他们两人中最后选择一个的关键点，我猜应该在死者临死前抱着的那束花上。喜林芋？确实跟那个整容医生林喜的名字重合度很高啊。可真是这样，那这个暗示是不是太简单了，不需要其他的推理就可以直接锁定医生是嫌疑人了。要不我选司机吧，反其道而行之。"

Rowan眉开眼笑，道："说不定出题人就专治你这种心理呢，故意套路操作，凶手就是跟这束花同名的医生呢。"

唐盈盈摊摊手，皱了皱眉头，道："那我也没法子了，反正都是猜的，看谁不顺眼就点谁咯。"

话说到这里，主持人的声音再次响起："亲爱的大侦探们，你们找到答案了吗？要记住哦，单单指认凶手是没有用的，毕竟谁都有百分之三十三的机会猜中。除了指认凶手，还需要阐述和分析案发经过，合情合理的推理才是有效的最终答案。下面，请开始你们的推理。有答案的嘉宾请举手示意我，我会将话筒传递给您的。"

主持人一宣布开始，便有很多人举手示意，气氛异常热烈。唐盈盈仔细听了十来个分析，有些颇有道理，有些细节层面是自己没有想到的，也有一些基本是在胡乱猜测，搞笑博出位。这么你来我往地进行了半个多小时，渐渐举手的人越来越少，主持人脸上掺杂着神秘和失望的笑意也越来越明显。唐盈盈看了看康俊，他正端着一杯新泡的绿茶在细细品味："主任，您的目标就要飞走了，想出答案了吗？"

康俊一脸严肃，点点头道："想出来了，主办方作弊，这题目超纲了。说好是逻辑推理题的，结果解题的关键点根本就跟逻辑没有关系嘛。"

唐盈盈瞪大了眼睛，说道："那您怎么还不举手去答题？"

"急什么？"康俊一副悠然自得的模样，缓缓道，"要是真是一道逻辑题，我就得赶紧上去把大奖领了再说，省得被人占了先机。后来我发现这题目考得非常生僻，这个知识点估计在场的嘉宾都没有在意的，我就不着急了。等答完一圈，我再上去，不是更显得我高人一筹吗？"

唐盈盈快要被他这副欠揍的嘚瑟样气笑了。Rowan则高高举起了手，大声说道："We got the answer. 这里这里，有请康律师。"

众人的目光果然迅速被吸引了过来，康俊缓缓站起身，接过话筒，却先来了一番推销式的自我介绍："我是陈君律师事务所的主任康俊，我们所承接各类诉讼及非讼业务。陈君所经营了十几年，在业内留下了良好的口碑，今天论坛的演讲嘉宾Debra女士正是我们所的合伙人，在场各位有我们熟悉的老朋友好伙伴，也有未来可能合作的新客户新朋友，相信只要您有需要，陈君所一定能满足您的需求，为您提供专业踏实的法律服务。"

在这种场合，所有人谈生意都习惯拿乔作势，再不济也会隔着一层所谓合作共赢的面纱，敢这么直白地推销自己的，唐盈盈还是第一次看到。她手扶额头，低声对Debra说道："待会儿他要是说错了，咱们所的面子可就彻底丢大了，你以后也会受到牵连的。"

Debra正拈着一小枚提子，缓缓放进嘴里，笑意盈盈地说道："这个时候了，除了无条件地相信他，还有什么更好的办法吗。不过，Bert虽然喜欢高调，却不是个鲁莽自大的人，我对他还是很有信心的。"

唐盈盈听她这么说，心里却仍然没有底，只好默了声，静静听康俊的讲述。

康俊走到台上，与主持人低语了几句，将身后的大屏幕调到花房的全景镜头，然后不缓不急地开始了他的讲述。前面的推理基本上借鉴了唐盈盈和Rowan的分析，凶手顺着树干从天窗爬了出来，他又补充了几个细节，排除了保姆作案的可能，将犯罪嫌疑锁定在了司机和医生两个人身上。这时候，台下所有人都聚精会神地听着，偌大的会场上，竟然没有多余的噪音。康俊按了按手中的遥控器，将画面放大，拉到死者的特写镜头，用激光笔在死者怀抱的那一束花上画了画，娓娓说道："刚才小警探已经告诉我们，这种植物叫作喜林芋，所有人都会认为这是死者留下的讯息，是在指与这种植物名称重合的整容医生林喜。但你们真正了解这种植物吗？这种植物的学名叫作裂叶喜林芋，原产自巴西，二十世纪八十年代被我国引入。种植范围很广，常被当作室内绿植。园艺不行的人很难将它种至开花，因为它的花苞有一种特别的功能，就是会制造热量。喜林芋的雄性小花在温度低于三十七度的环境里，会通过吸收空气中的氧气和养分来制造热量，使得整个花苞的温度达到四五十摄氏度。所以，在本案中，死者怀抱喜林芋的花苞，并不是为了留下凶手的线索，而仅仅是为了取暖。我们可以推想，死者被凶手刺中后，并没有马上死去，而是陷入了昏厥。凶手爬出天窗并弄坏了花房的温控系统，令花房里的温度骤降，也使得穿着如此清凉的死者在寒冷中醒过来。由于失血，她没有力气爬去求救，她只想获得一些温暖，希望能够坚持到被人发现。于是她爬到附近，扯下了这些温度高达四五十度的花苞，像抱着暖水袋一般，将它们搂在了怀里，直至死亡。这种花从日落之后开始升温，温度在晚上八点到十点达到高峰。因此，借此可以推算出，死者的死亡时间应该就是在前一天夜里八九点，而这段时间没有不在场证明的司机正是杀人凶手。"康俊像名侦探柯南一样，在大段的述说之后指出了案件的凶手，现场的音效师也恰到好处地给他配上了"噔噔噔"的音乐，十分带节奏，也将场上欢乐的气氛推到了高潮。

他，把这里变成了自己的舞台。

主持人在一旁听康俊讲完，不失时机地出来宣布他的答案正确，还风姿百媚地玩笑道："康律师好口才，主办方提供给我的答案是干巴巴的几行字，哪里有康律师讲的这般生动精彩。我一定要冒昧地要一下康律师的微信。"

康俊很配合地将手机拿出来，打开了二维码页面，对着全场高高举起，笑着说："一点都不冒昧，我的微信对所有人都开放。"会场内顿时笑乐成了一片，不少人起立鼓掌，像是真心为他的推理所折服，更有一些年轻的女参会者悄悄地瞥向了唐盈盈这一桌，目光里多少带着几分并非善意的揣测。

唐盈盈还有些蒙神，结结巴巴地问Debra道："他怎么，连这么生僻的知识都知道？"

　　Debra对康俊的表现仿佛都在意料之中，轻轻笑了笑，道："你居然还在纠结这个问题，我猜他可能是刚才用手机现查的。不过搜索这种植物的资料，看似举手之劳，又有几个人会动这几下手指呢。"

　　唐盈盈点点头，承认道："是的，所有人都认为文章是做在了这种植物的名字上，忽略了重要的线索。"

　　Debra像个精灵一般，呵呵呵地笑了起来，愉快地看着智商受挫的唐盈盈："我之前跟你说Bert是校内耀眼的明星，现在相信了吧？他特别善于制造属于自己的高光时刻，并在这个时刻里，将自己想传达的信息传达出去。你看着吧，今天这场活动，谁的收获都没他的大。"

　　对于这点，唐盈盈倒是不否认的。能迅速抓住机会营销自己的人，在如今的社会里，无论怎样都算得上是稀缺性人才了。唐盈盈低着头，又默默想了想康俊做事的风格，总结成两句话，那就是台前高调，内里持稳。在所内部做机制变革、人员调整的时候，他小心谨慎、亦步亦趋，足足像一名老成持重的政客，先做好每一个人的思想工作，再悄无声息地通过人员组合，完成团队换血，进而达到更新工作机制的目的。而在今天这种需要展现优势、竭力推销自己的场合里，他又能迅速抓住着力点，巧妙地用近乎直白的方式将律所进行推销，用一句"有勇有谋"来评价他今天的表现，也不算过分。唐盈盈抬了抬头，会场中央那个上上下下足足七层的大水晶吊灯，将康俊的笑脸映照得非常浮夸，他本就白皙的脸上泛着一层粉粉的红润，嘴角微微翘起，盖着一股"精英""高智商"式的胜利假笑。唐盈盈在这一刻突然确定了两点：一是老主任陈君给所里找来这么一个接班人，是非常成功的；二是唐盈盈自己，也是十足十地不喜欢这个叫康俊的人。

　　这么一想，唐盈盈自己也吓了一跳。在职场里历练了近十年，她早以为自己已经能够很冷漠地对待工作关系，不掺杂喜厌的情感。只是如今这厌恶的感觉竟来得如此真实，倒令她有了一刻的犹豫。是因为康俊的虚伪吗？狡猾？还是为达目的不择手段？抑或是他对资本谄媚的态度？唐盈盈不知道，好像每一个原因都是，却每一个原因都不全是。她企图继续思索这个问题的答案，却有一种自身体深处蔓延上来的真实疼痛感制止了她的念头。她又被自己吓了一跳。只好坐在位子上，目光呆滞地看着满脸荣光的康俊拿了大奖，又致谢，亲热地与主办方搂在一起，低头交谈了一些什么，然后接过了一个大得夸张的信封，里面装的正是这次活动的大奖——北极光之旅。

宴会结束的时候已将近晚上八点。Debra与Rowan同乘一辆车走了，唐盈盈也没脸去当灯泡，只好搭康俊的顺风车。

康俊开了一辆珠光白的斯巴鲁傲虎，从观澜湖到市区，走了一小段高速，转进市内道路的时候，塞车塞得纹丝不动。唐盈盈昨天晚上就没休息好，今天折腾了一整天，再被车上微微的暖气一熏，眼皮就止不住地要合上。她坐在副驾上，右手暗暗用力，死命去掐自己的大腿。尝试了几次，效果不大，一阵暖风从空调口迎面吹过来，就像三月里的春风一般熏得她头脑晕眩，白色的仪表盘氛围灯更营造出了一种轻暖的气氛，坚持了不到一分钟，唐盈盈的脑门便直直撞向了前格栅。

这么一个猛烈的动作，总算把她自己给惊醒了。唐盈盈霍然睁开眼，模糊的视线里，前方仍然是一大片闪烁着红色尾灯的车屁股。而自己的左手边，康俊一只胳膊搭在方向盘上，另一只手摸出一小瓶矿泉水，伸到了她面前："喝点凉水吧，有助于驱赶瞌睡。"

唐盈盈谢了谢，接过水瓶，却并不拧开，而是往自己困倦的眼皮上压了压，冰凉的触感暗暗刺激着神经，混沌的大脑好像稍微得到了一些清醒。康俊看着她，一脸好笑地说："我发现你的警惕性真是异常的高，在我的车上，不敢喝水，也不敢踏踏实实地睡一会儿，是担心我会有什么不轨的举动吗？"

唐盈盈被这么一说，面上便有了一些尴尬，急忙否认道："没有，没有，您想多了。"她笑了一下，用手指了指导航地图上那条长长的红线，嗫嚅着，像是极不好意思说出来，"您看，这条路堵成这样了，估计没一个小时都到不了，喝水这么危险的动作，还是先不要干了。"

康俊看着她，评价道："说得煞有介事，很用心地找了个体贴的理由。"

唐盈盈的脸皮红了红，转过头去看窗外，黑蒙蒙的一大片，一些林立在道路两旁的路灯照着人们因塞车而骤生的烦闷情绪，百无聊赖。堵车，真是现代城市人不可避免的社交困境。两个人就这么在车里干待着，不说点什么吧，实在很尴尬。可又能聊些什么呢？对于康俊这样的人，唐盈盈心底那根防线始终绷得紧紧的。

"你猜，刚才主办方，就是那个一张长长脸的总监Oliya跟我说了什么？"车里的另一个人果然也憋不住了，开始没话找话地说。

唐盈盈转过头，看见他一脸得意的笑容，便没好气地说："这还用猜吗，您今天表现得这么出众，再加上前面Debra的专业加持，那个什么Oliya八成会说'Oh, Mr. Kang, you impressed me. I think we need an in–depth talk. Tomorrow or next week?'。"唐盈盈怪腔怪调地模仿着那个欧洲女人说话。

康俊噗的一声笑喷了出来："简直是原版刻制，要不是我是当事人，简直以为你偷听了。"

唐盈盈皮笑肉不笑地咧了咧嘴，道："压根就没有偷听的必要，您今晚这么卖力地博出位，目的不就是要钓着这条大鱼吗？要是这都看不明白，那不成傻子了。"她说完，转过头看了看康俊，他理着利索的短发，发色微微呈褐色，高耸的鼻梁，光洁的皮肤，过分精致的下颌曲线甚至有几分韩式美男的特征，与李睿坚毅清癯的面容大不相同。呵，本来就是完全不同的两个人嘛。唐盈盈转回视线，从胸腔里长长地吐出了一口气，道，"康主任，Rowan都觉得他们的项目风险很大，根本就没什么实体项目支撑资金运作，您为什么就这么想插一脚进去呢？"

康俊笑道："对啊，风险大，看不清法律的礁石在什么地方，这正是我收他们高价的正当理由。要拿下这么一个大客户，机会可不容易遇到。"康俊好像还很兴奋，说话也不像平时那样语气浮在半空中，反而运用上了腹式呼吸，讲话时中音十足。唐盈盈有种鸡同鸭讲的感觉，索性扭过了头，默不作声。康俊像是有意似的，又去挑她，"怎么不说话了？唐律师，我觉得……你好像不是很喜欢我。当然，我也不是很在乎这个问题，上班干活儿，拿钱走人，多的是看不顺眼的上司和客户。不过，我就是有点好奇，我是不是有什么地方得罪了你，以至于你对我的反感和警惕到了这个程度？"

唐盈盈还没开口，康俊一个人自说自话地就把问题的严重程度推上了一个新台阶。这下倒让唐盈盈有点不知该否认哪个观点了，她低下头想了想，说道："并不是您说的这个样子，反感、厌恶这都是比较严重的情绪了，我对您还没有到这个程度，至多算是有些不适应您做事的风格吧。"唐盈盈找了一个较为准确的词来形容，"所里之前两任领导，无论是陈君老主任，还是李睿，他们都是磊落光明，行必有正的君子作风，您好像不大一样。"具体怎么不一样，唐盈盈一时语塞。把前人形容得太过美好，对应的词汇就很容易得罪人了，唐盈盈也说不出口。

"我就比较龌龊卑鄙，汲汲为名为利？"康俊眉头微微皱了一下，自己说出了最难听的两个词。

车内空气中紧张的气氛噼里啪啦地作响，倒逗得唐盈盈一下笑了出来，她连忙解释道："这可不是我说的，也没这么恶劣。最多不过是有些善用谋略、求名求利吧。"

康俊的眉头挑了挑，也笑着说："这在我看来完全不是负面的评价。"

"确实不是负面的评价，甚至应该是获得巨大社会成功的潜质。可是，康主任，您过于张扬自己的智慧，法律在您手里已经变成一件纯粹彻底的赚钱工具，正义女神忒弥斯身上的白袍都要变色了。"

康俊耐心地听完唐盈盈一本正经的道德批判，完全不生气，只笑了笑，道："法律本来就是一件赚钱的工具。它替有钱人看家护院，守护财产，比任何看家狗都忠心。律师呢，大抵上就相当于驯养员吧，毕竟你不能指望所有人都能掌握驯犬的技巧。"

唐盈盈觉得康俊无赖极了，一会儿装傻充愣，一会儿又故意挑衅，这般玩弄话术，目的不就是为了逼她说出自己真实的感想吗，好，成全他。唐盈盈憋了一口气，义正词严地说道："我不这么认为。您或许会觉我幼稚，会觉得我心里激荡着不合时宜的正义，但在我的观念里，法律本身有属于自己的尊严，有与别的东西不一样的正义使命，将它变成强权者的工具，这是在耍流氓。"

康俊点点头，深深地看了她一眼，幽深的眸子里有更深一步探究她内心的企图。但只过了片刻，他还是将目光移开了，注视着前方，语意淡淡地说道："你说得没错，那是法律的使命，不过咱们是律师，我们最大的职业道德和使命是维护客户的利益。"

"是，我同意。"唐盈盈的声音没有半点低沉，"但对于这种不靠谱的资本项目，我们本可以敬而远之。"

康俊仍是那副闲闲的姿态："对财神爷敬而远之？Why？"

唐盈盈的脸沉了下来，她肚子里有一串批评指责康俊的说辞，却见他这副模样，知道他也正等着来耻笑她的正义感。现实主义和理想主义针对一个问题本就可以争论不休。这么一想，唐盈盈只好咬了咬嘴唇，将自己的话又咽了回去，默了半响，才说道："算了，我跟您的职业追求和理想不一样。"

康俊的神色在前方刹车灯的照耀下变得有些迷蒙，他抬头看了一眼天空，黑漆漆的夜空被城市的灯火映得微微泛红，一颗星都看不见，只剩下一轮混沌不明的月亮。康俊将眼神缓缓收回到唐盈盈身上，微不可闻地叹了一声："在这个世上，事情的发展和生长总有一套内在的运行逻辑，不要在新生事物刚刚出现的时候就急于去否定。你对正义的认识，有着过于朴素的热情，时时刻刻维护法律的尊严与正义，变成了你判断是非的底线。唐律师，天底下并不是所有人都能像你这般幸运的，大家的目光只是偶尔有空才看看天上的这轮月亮，更多时候，还是脚下的六个便士更要紧。"

康俊的话音尾声长长地默在了这无边的夜色里，唐盈盈这次没有再开口，她恹恹地靠在座椅上，已经进入了半睡眠的状态。

第4章

"狸猫"换"太子"

不管是月亮还是六便士，第二天的工作还得加油干。

早上七点，唐盈盈在深圳机场打了登机牌，一边走去安检门口排队，一边掏出手机给方惟安发了个消息，道："今天得飞去北京，之前有个遗嘱公证的案子，事主回国了，我得赶过去见个面。中午约好的日本料理得延期了。"唐盈盈想了想，又补充了一句，"你跟北京究竟是有什么孽缘，我去一趟北京，就得放你一次鸽子。哈哈。"

到了北京，上次见过面的余律师亲自来接的唐盈盈，两人一道在一间美资医院的单人病房里见到了胡总和蓝姐。胡总看起来精神尚好，人精瘦干练，脸上颧骨突出，一双眼睛烁烁有神，坐在病床上大口大口吃着油腻的红烧肉，喝着冻冰啤，完全不像个病入膏肓的人。蓝姐文文静静的，一身素色的改良唐装，手里捏着一串玲珑通透的佛珠，四十出头的模样，保养得极好，女儿已经十几岁了，一直跟在妈妈身边，很懂事的模样。病房里还有几个人。一个二十多岁的年轻女子，穿着入时，大大的眼睛、尖尖的下巴，很符合当下主流的审美标准。她一双眼睛微微涨红，显然是哭过又补了浓妆，低着头坐在病床床头，看起来跟胡总的关系相当亲密，旁边站着一个保姆模样的人，抱着一个几个月大的男孩。

"准确来说，这次是为了修改遗嘱。老胡十年前出过一次车祸，九死一生地捡回一条命，回头就把遗嘱立了，企业和财产全部留给了我们母女俩。"蓝姐平静地叙述道，"当然，那时候家里的钱不多，企业效益也不能跟现在相比。如今老胡这个样子，医生说也就是这一两个月的事了。为后头的麻烦提前做好准备总是没错的，也省得家里叔伯兄弟来折腾闹事。余律师跟我们老胡做事已经有十几二十年了，还有唐律师，特意从深圳飞过来，希望你们两人一起做个见证，务必将老胡的遗愿执行好。"

唐盈盈和余律师相视一眼，赶紧表态让蓝姐放心。两人不约而同地拿出录音笔，开始记录胡总的意思。

胡总在一旁很是感动，手轻轻地和蓝姐的手握在一起，目光却欣慰地落在那个宝宝身上："我胡天明很小的时候爸妈就去世了，是在几个叔伯家里轮流吃饭才长大的，吃了大苦头，累死累活半辈子才挣下这份家业。老天爷前半辈子对我不公，后半辈子补给了我一个好老婆，一个乖女儿，还在我快完蛋的时候，将儿子也送来了。这辈子我就算对得起天地祖宗了。这样，我的遗嘱要修改的地方其实也很简单，家里的房子、车子还有存款，绝大部分还是留给我老婆和女儿。西郊有一套别墅、三环的一个小公寓，还有五百万的现金留给美媛，感谢她辛苦为我生下一个宝贝儿子，日后如果她不带着儿子嫁人改姓，这些财产都是她的。家里的企业，都算是我和我老婆的婚后财产，我们也商量过了，公司姓胡，肯定是要留给儿子的，儿子现在还小，公司的运营先维持原样，董事长由蓝姐出任。我手里的股权转到孩子手上，等孩子成年后，再把公司交给他。这个法律上怎么弄更精确，两个律师都在，商量着办，我也不懂，反正得保证我的企业最终传到我儿子手上。"

唐盈盈原先对这个事情听说了一点，今天听当事人这么一说，觉得事情倒也不算复杂，无非是一个土豪老来跟小三生了一个儿子，想把家产留给儿子继承。既担心小三年轻会带着儿子嫁人，又担心正房日后不放手，防这防那的，把简单的事情搞得有些绕。

蓝姐在旁边浅浅笑道："老胡，我跟你二十多年夫妻了，我是什么样的人你也清楚。我没什么野心，当初把美媛介绍给你，也就是想让她给你们胡家添个男丁。现在是她争气，也是胡家大幸，生了耀祖这么个孩子，我也算没白费功夫。我现在就想跟着上师念经诵佛，俗世间的事早就厌烦了。以后你去了，女儿也大了，我的心性只会更淡。"

胡总还没开口，那美媛在一旁早已哭得梨花带泪："胡总，你这话说得太扎人心了，我怎么可能带着孩子嫁人？这个孩子是我痛了三天，后来被拉去剖了才生下来的肉疙瘩，我身子都生坏了，谁还会要我？这辈子就算没名没分，我也是你胡家的人了。耀祖还这么小，你就要扔下我们娘儿俩，你扔下了我们娘儿俩，还要这么猜忌我，你让我以后怎么跟儿子说？我不同意，我不管，这句话不许写进遗嘱里。"

胡总神色微微一动，仿佛受不了美媛在耳边的撒泼吵闹，又像是被她说得心念一动。旁人都沉默无语，余律师面上尴尬极了，只好低着头装作是在认真斟酌字句。唐盈盈想了想，还是开口提醒道："胡总、蓝姐，冒昧地打断一下，其实这句话写与不写都一样。婚姻自由是我国宪法规定的一项公民基本权利。每个人都有权在法律规定的范围内，自主自愿地决定本人婚姻，不受其他任何人的强迫和干涉。您设置的这个继承条件，恐怕很难成为对继承人的约束。即使日后美媛小姐再嫁，想凭借这个条件收回已赠予的财产，都相当困难。"

胡总的眉头蹙起，问道："那我怎么保证我儿子以后还姓胡？"

唐盈盈尴尬地沉默了一刻，轻轻道："这恐怕也很难。美媛小姐作为令公子的法定监护人，倘若在孩子成年前，要给他更改姓名，法律上并没有障碍。"

胡总看了一眼余律师，余律师连忙道："确实是这样，唐律师说得没错。法律防不住人心。"

美媛在一旁又要哭："我这么年轻就跟了你，什么都没要，什么都没有，现在你要走了，还要防着我，对得住我吗？"

蓝姐冷冷地瞥了她一眼，忽而轻轻一笑，保养得当的脸像被春雨洗净的柳叶一般干净："老胡，这我就得帮美媛说一句话了，儿子是你的，公司是儿子的，你在遗嘱里放这么一句硌硬人的话，以后怎么让人好好过日子？你是想清明、冬至，每年两次被人骂到坟头上去吗？"

胡总的面庞微微扭曲，无奈地挥挥手，道："行了行了，就按你们的意思写，反正等我双腿一蹬，这些东西就都不是我的了。"末了，又强调一遍，"只要能保证是我儿子的就行。"

从医院出来，风带着入骨的凉意，轻抚在唐盈盈的脸上。余律师从后头跟上来，对唐盈盈道："胡总这个人疑心重，人又自负，方才也就是你，敢当面指出他的问题。"

唐盈盈愣了愣，道："这个案子虽然我接手有一段时间了，但今天还是第一次跟胡总面对面地打交道，他什么脾气我完全不知，所以才放肆直言的。"

余律师将唐盈盈上下打量了一番，笑道："是了，在这个节骨眼上，找个完全没接触过胡家生意的律师共同见证遗嘱，才能让胡总放心。蓝姐确实想得周到。"

唐盈盈对这个余律师的印象不错，便也愿意多聊几句："这种豪门遗产官司我还是第一次遇到，蓝姐跟电视剧里演的正房太太不太一样，不仅对胡总有情有义，对美媛也很有善意。我还以为要见证一场争夺遗产的厮杀呢，没想到场面竟然这么和谐。"

余律师目光闪了闪，笑道："这怎么说呢，蓝姐现在是心性淡薄了，年轻的时候也是跟胡总一起打天下的狠角色。胡总前两年就确诊是绝症了，那时候只有一个女儿，家里的叔叔伯伯还有侄子什么的，天天在胡家转悠，念叨的就是那一套，这么大的家业要是传给了女儿就等于便宜了外人，倒不如留给胡家子孙。几个侄子在公司里也是针锋相对，天天搞得跟康熙九子夺嫡一样。那时候，我看胡总也动了心，还找过我商量修改遗嘱的事情。然后，蓝姐就给胡总推荐了美媛。"说到这里，余律师意味深长地笑了笑，"真不用怀疑，美媛确实就是蓝姐推荐的，也是算命的先生说美媛有宜男相，肯定能生个儿子。跟了胡总大半年，真的就怀上了，前几个月生出来，果然是个男孩。这可不把胡总高兴坏了，胡家那些兄弟也不敢再吱声，所以才有今天这和谐的场面。"

唐盈盈微微摇头，直言道："这听着挺惊心动魄的，还透着一股子陈年迂腐的味道。"

余律师不好意思地笑了笑："没办法，有些男人嘛，就这点出息。"

唐盈盈也笑了笑，忽而想起一事，便问道："胡总年纪也不小了，癌症末期了还能怀上孩子，这概率也是够低的。"

余律师笑道："我知道你担心什么，胡总比你还怕。孩子出世后，特意验了DNA，确定了是自己的骨肉，才放下心来，要不然也不至于拖到孩子四五个月了才来改遗嘱。"

唐盈盈一想也是，像胡总这么多疑的人，又怎会在这样重大的关节上犯糊涂，便也放下心来。

接下来几天，唐盈盈跟余律师一道，将拟好的遗嘱交给胡总，又改了稿，附上财产清单，签字录音、拿去做好公证，仪式感做了十足。

拿到公证件后不到一周，或许是觉得大事已了，胡天明的病情急转直下，在病床上苦熬了三天多，最终没等到宝贝儿子满周岁，便撒手人寰。远在深圳的唐盈盈在一个深夜接到了蓝姐的电话，对方泣不成声："熬了这么久，早知道他就要不行了，反反复复安慰了自己多少次，可真见他闭了眼，还是觉得天都塌了。"

唐盈盈连忙安慰了几句，又跟余律师确认了消息，约定遗嘱公布的日期。唐盈盈想了想，第二天还是去跟康俊汇报了一下。康俊似乎早就得到了消息，双手捏着一支细细的钢笔轻轻旋转，细长的眼半合着，沉吟了许久，方才道："胡总的家业不少，当年从东北到北京闯天下，有一帮子本家兄弟跟着，企业也是大家伙儿一起做起来的。现在他突然走了，蓝姐一个人未必把持得住局面。你也别等明天了，今天就赶紧过去，万一有个什么变动，至少提前能心里有数。"

唐盈盈惊了惊，心想这遗嘱说得清清楚楚，房产怎么分，股权怎么分，两位律师都在场见证，还能有什么变故。她想仔细询问，却被康俊搪塞了回来，只打发她买了最近的航班，当天就赶往北京。

飞机随着气旋攀上云端，唐盈盈将座椅靠背调整到一个舒适的角度，慢慢合上了双眼，脑子里又将那日在病房的情形过了一遍，确认自己并没有什么疏忽，方才放了心，浅浅地睡去。

胡家别墅位于北京西山，靠近北京植物园，一路上古树参天，即便在严寒的深冬时节，也能令人想见盛夏时节此间碧翠的凉意。胡家临着小区的人工湖，门庭开阔，屋内一水的紫檀色原木家具，雕刻得极精美。蓝姐坐在客厅正中的沙发上，深蓝色的中式长款衣裙将身体裹得严严实实，胳膊上别着一块黑纱，显示着自己未亡人的身份。她捏着一串黑檀木的佛珠，闭眼不语，像是独自沉浸在对丈夫的哀悼之中。美媛看起来则要鲜亮许多，上身也是深色的打扮，衣料却泽泽有光，丰润洁白的颈脖上戴了一条极细的锁骨链，链坠上镶着一颗米粒大小的红玛瑙，在一片沉寂与肃穆中尤为抢眼；下身穿着一条白色的A字短裙，黑色的过膝长靴紧紧裹住浑圆的小腿，看在旁人眼里，恰好应了那句老话："想要俏，三分孝。"胡家的大女儿跟在母亲身后，小儿子则被保姆抱在手里，站在美媛身边。

余律师见人都到齐了，便清了清嗓子，道："其实遗嘱的内容大家早都知道了，但形式还是要走一遍。我待会儿会宣读一遍，继承人有权在得知遗嘱内容后六个月内选择放弃继承自己名下的份额，大家都清楚了吗？"余律师见众人点头，便将几个月前公证的遗嘱内容念了一遍，唐盈盈听得仔细，核心是房产和公司股权的划分，并无错漏，便将目光转向在场的两个女人。

美媛面上悲戚，却藏不住眼角的喜色，见余律师念完，又干号了几句："胡总，你去得这么早，剩下儿子还在褓褓之中，我们以后可要怎么办呀。"

余律师微微皱了皱眉，却还是不动声色道："根据胡总的意思，令公子胡耀祖将继承胡总名下的公司股权。但在耀祖成年之前，这部分股权将由蓝姐代持。美媛小姐，我一会儿将拟好的代持股协议给您和蓝姐看看，没有异议的话，您作为耀祖的监护人，需要在上面签字。"

美媛连连点头，道："好的。我一个女流之辈，经营企业是一窍不通，有蓝姐照料着，我们都很放心。"

这话说得实在让人心里不大舒服。蓝姐微微抬起眼皮，看了看在场众人，脸上露出虚浮的笑意，摆摆手制止了余律师的动作，淡淡道："先别忙，我有个问题想咨询两位律师。老胡事实上是立有两份遗嘱的，如果后头这份无效了，会怎么样？是按照前一份遗嘱执行还是当作没有立过遗嘱？"

余律师心中大叫不妙，看了唐盈盈一眼，见她也跟自己一样茫然，只好硬着头皮回答道："按前一份执行。"

美媛脸色一变，立刻就要发作，道："什么意思，什么无效？我早找人打听过了，有律师在场见证，又拿去做了公证的遗嘱效力最强。蓝若洁，你什么意思？老头子刚闭眼，你就要反悔，舍不得这点家产了呀？别忘了你当初是怎么来求我，让我给你们胡家继上香火的！"

"胡家？"蓝姐轻蔑地一笑，手里的佛珠在指尖转动了几下，道，"我明明姓蓝，什么你们胡家我们胡家的！"

"呵，"美媛冷冷一笑，往沙发里深深一坐，道，"无所谓，反正胡总说了公司股权都给儿子，你要是不合作，大不了代持协议我不签字就是了。抓在自己手里也省得十八年后再麻烦一趟。"

余律师见这突生变端，连忙打圆场道："蓝姐，大家不要伤了和气。这遗嘱的内容是胡总当着所有人的面亲口说的，又做了公证，不会有错。死者为大，您这就要推翻他的遗愿，也实在有些说不过去。"

蓝姐冷冷一笑，道："老胡口述遗嘱的时候大家都听着，我也记得清楚，他明明白白的意思只有一个，就是公司要留给他的儿子。可是，老胡自己都不知道，经历了十年前那场车祸，他早就没有生育能力了，又怎么可能再有个儿子？美媛，我也想问问你，这个孩子究竟是谁的种？"

美媛骇然失色，她扭头看了一眼正在保姆手中咿咿呀呀乱动的孩子，想了片刻，道："不可能。这就是胡总的孩子，我们做过DNA鉴定的。"

"是吗？"蓝姐将手串取了下来，双手同时捏住，缓缓地拨动把玩，心底的腻烦与厌恶浮在面上，语气冷静得像一股冰水，道，"我记得第一次做鉴定的时候，你正在坐月子，送检样品是你的司机，那个长得像谢霆锋的帅哥严斌拿去的，他跟你朝夕相处了那么久，你说他会不会在途中把检样换成自己的？第二次做鉴定的时候，老胡已经住进医院了，两份检样都是我亲手封的，当然，我女儿肯定是老胡的亲生骨肉。"

美媛的脸一点一点褪去血色，她怒吼道："蓝若洁，你玩我？这是你设下的局？严斌是你的人，故意放在我身边的？"

蓝姐看了她一眼，站起身来，缓缓踱步到厅中一片光亮之下，长长的身影投在她脚底，像是臣服在地上的一个黑影。她音色沉穆，语速不急不缓："反应很快，脑子倒是不笨。严斌是我的人，这有什么奇怪的，你花的每一分钱都是我和老胡一起赚出来的，我花钱雇的司机，听我的又有什么问题？当然，他既然是孩子的生父，你大可以去找他要赡养费，法院只要判了，我都可以给报销。但想凭着一个孩子就来拿走公司的控制权，我告诉你，你做梦，老胡也在做梦呢。"

气息仿佛从这刻开始凝滞在了胡家宽阔的大厅里，余律师与唐盈盈面面相觑，被这突来的变故惊得反应不过来。美媛的脸色铁青，死死地瞪着蓝姐，仿佛下一刻就会扑上去撕咬。突然美媛从保姆手中一把抱过孩子，站到蓝姐面前，困兽一般嘲讽道："你说什么就是什么了吗？胡天明清清楚楚说了，他的遗产要留给胡耀祖，谁是胡耀祖，不就是我儿子吗？我是他的监护人，我有权替他争属于他的东西，我怕什么，大不了就打官司咯。"

蓝姐手里缓缓拨动的珠子停了下来，她伸手拿起一旁的水杯，轻抿了一口，又微微抬了抬眼皮，用浑然不在意的语气道："那就打吧。跟你打官司可比跟公司里那群老骨头折腾要容易多了，你想怎么打都行。不过，我也要提醒你，你没工作，以后还要养孩子，对了，你现在住的那套房子我也要收回来，你每个月还得付房租，你出得起请律师的钱吗？"蓝姐看了看余律师和唐盈盈，笑道，"这里就有两个现成的律师，不如你先咨询一下你这官司打赢的概率有多少吧？"

美媛怒气腾腾地冲着余律师道："余律师，你跟胡总这么多年了，苍天在上，良心在这儿，你说，蓝若洁这样欺负我们，还有天理公道吗？"

余律师满脸都是尴尬，哪里好说什么，只得一个劲地赔笑道："大家以和为贵，胡总尸骨未寒，大家不要伤了和气，都是可以商量的。商量着办、商量着办。"

美媛又转向唐盈盈，道："唐律师，你说，这事情该怎么个说法？"

唐盈盈虽不喜美媛那副贪慕虚荣的小三嘴脸，可如今蓝姐做局又咄咄逼人的态度，更令她不满。但世间事，很多时候总是现实强过道理。她斟酌了一刻，才好言解释道："所谓遗嘱继承针对的是继承顺序内的人，只是改变继承顺序。按照眼下的情况，如果能证明孩子确实与胡总没有血缘关系，那便不在继承顺序内，应当推定为遗赠。受遗赠人能取得遗产，完全是按照被继承人的意思表示而取得。胡总病中所立遗嘱，再三强调的是要将公司交给自己的儿子胡耀祖，可见他当时的真实意思的出发点是子承父业，而胡耀祖非血缘将推翻这一基础。同时，《继承法》的原则是尽可能保持社会经济关系稳定，无论是无缘无故的得利还是无缘无故的受损都不是法律所鼓励的。所以，蓝姐要是提出该遗嘱无效，将有很大可能得到法官的支持。"唐盈盈想了想，又补充道，"当然，如果美媛你有证据证明自己是一直被欺骗而产子，是可以提出经济赔偿的。只不过，取证难度非常大，你也要有心理准备。"

美媛并不傻，唐盈盈的解释让她完全明白了蓝姐的心思，蓝姐恐怕早就将这一套研究得透彻了，不是十拿九稳的事，这个佛面狼心的女人怕也不会去做。只是她完全不愿相信自己竟会这么傻，全然被蒙在鼓里，傻乎乎地熬了这些年，到头来，一场空。她跌坐在那硬得硌人的实木沙发上，嘴唇不住嚅动，想开口骂人，却又一个音也发不出来。

蓝姐合上双眼，沉默了一刻，缓缓道："行了，今天把事情都说清楚了，以后也省得外人老惦记家里这份财产。你跟老胡也有几年了，这样吧，你主动放弃继承权，那套小公寓就当是我们夫妻送给你的礼物。它面积虽然不大，但地段好，算起来也值三四百万了，你以后带着孩子也有住处。但再想要别的，就是妄念了。"

说罢，蓝姐拉着女儿转身上楼去了，再也不顾美媛怎么脸色惨白，又怎么从沙发上失力跌坐到地板上，一声惨过一声，哭得撕心裂肺。

余律师开了一辆银灰色的宝马5系，底盘非常稳，启动时发动机的声响像细雨打在纱窗上。"我们都被蓝姐当工具使了。"余律师憋了半天，车子开出胡家别墅不到两百米，便开始向车上的唐盈盈抱怨，"前两年胡总的本家兄弟们闹得多凶，蓝姐一直笑脸相迎，从来没跟胡家人正面冲突过，背地里却不动声色地给丈夫安排了美媛。嘿，还顺带捎了个帅哥去做美媛的司机兼保镖。这叫什么？这搁在旧社会就叫借种。当然，现在这么说话就很难听了，但事儿还是这么个事儿。等美媛生了儿子，遗嘱办得妥妥的，叔伯兄弟也没机会闹了，大家都觉得各得其所了吧，胡总两眼一闭，立马就来这一出。胡家那个企业少说十几个亿，里头多少人盯着念着，蓝姐就用一套小公寓给稳住了。胡家那些兄弟法理上没有优势，再想闹，也就闹不起来了。跪了，真心给蓝姐跪了，能将新旧两套思维都玩得这么溜的，她算是我见过的一号人物了。"

唐盈盈听他这么一解释，对整件事情的来龙去脉也搞清楚了，问道："胡家人之前当真闹得厉害？"

"可不是吗，我上次跟你说过，连胡总自己都被说动了，差点就要把企业分了给他几个生了儿子的兄弟。"余律师的手在方向盘上轻轻拍打，"胡总找过我要修改遗嘱，当时蓝姐也在场，就轻飘飘地说，老胡辛苦一辈子，我们就一个女儿，以后总是要出嫁的，白便宜了其他人，倒不如留给自己兄弟。只是我现在年纪大了，肯定不能生，但老胡身体还可以干几年，也不用这么着急，万一有个什么转机呢。大概是这么个意思吧，现在回想起来，我身上寒毛都要竖起来了。"

唐盈盈沉默了片刻，道："蓝姐的手段确实厉害，沉得住，一出手就是杀招。但我觉得那个苏美媛也挺可怜，被压制得死死的，连一点还手之力都没有了，以后还得带个孩子过，想来也挺辛苦的。"

余律师看了唐盈盈一眼，道："我以为你们女人都会反感小三，然后挺正妻。没想到你还不一样，对美媛心有怜悯。"

唐盈盈笑了笑，道："这也不是什么正妻和小三的问题，从婚姻关系上来说，我们当然要谴责第三者。但再是宫斗、宅斗的戏码也得有起码的底线吧，为了稳定局面，强拉了一个孩子进来，这孩子的处境，我几乎都不敢想。"

　　余律师点点头，道："这孩子真的是可怜。胡总去世后，我听说那个司机严斌突然就辞职了。照这个形势，估计除了蓝姐，也没人能找到他。唉！"

　　余律师的一声叹息落在唐盈盈的耳朵里，很不是滋味。她扭头看着窗外，过了植物园，便是颐和园精致、高耸的宫墙，一溜锃亮的琉璃瓦，是上上个世纪封建皇权的象征。"说心里话，我不喜欢这样的手段。它避开了比自己更强的力量，而向弱者去施力。所以到胡总死，蓝姐也不敢告诉他儿子不是他的，最后要承受所有后果的是苏美媛这个力量最弱的小三。"唐盈盈停了停，又道，"但最可惜的是，在这一整套动作面前，法律竟然毫无施展的余地。"

　　听她这么说，余律师也沉默了一晌，道："法律是管不住人心的。整件事情虽然是蓝姐在布局，但由头却是美媛动了念头，是想靠一个私生子不劳而获。跟胡总保持不正当关系的同时，又耐不住寂寞，跟严斌发生了关系。"他说到这里，被唐盈盈上下看了一眼，便失笑道，"我这个人说话比较直，唐律别介意啊。话说回来，这里头究竟是怎么回事，我们两个外人也说不清楚。反正目前就是这么个情况了，美媛被人掐着脖子，胡家的家产呀，不管是美媛放弃继承权，还是要按十几年前那份遗嘱分，最后分分毫毫都得归了蓝姐母女，旁人想染指半分也不容易。"

　　唐盈盈心里道，你在客户面前说话又虚又严，跟背后这副爱八卦的嘴脸完全两个样。嘴上却不好说，只问道："不知道美媛是什么性子，吃了这么大的亏，还忍不忍得下去签字放弃。"

　　唐盈盈的话像是提醒了什么，余律师怔了怔，沉默了一会儿，继而又摇摇头，道："忍不下也得忍啊，拿一套房走总比什么都没有强。真要打官司，她实在也没什么胜算。"

　　唐盈盈撇过头，好奇地看着他，问道："那你刚才在想什么？"

　　余律师有一丝尴尬，笑道："没什么。我只是想到美媛也是个暴脾气，家境不好，自恃却很高，不是那种被按着脖子就会乖乖喝水的人。我有点担心这事还会有什么变故。唉。"余律师又叹了一声，过了一刻，他又喃喃自语道，"可是还能有什么变故呢？"

北京的冬天又冷又燥，酒店房间里的加湿器开到了最大，唐盈盈仍觉得喉咙里像鲠了块东西似的不舒服。窗外的寒风呼呼吹了一夜，临近清晨，竟飘飘扬扬下起了大雪，像是一大坨雪白的泡沫在空中骤然炸开。唐盈盈久居南方，多年未见白雪。清早起来，只见整座城都化作了一道道风雪随意累积成的起伏线条，只满心觉得有趣。光着脚站在窗前，便给方惟安打电话："北京下雪了，真美啊。我从前读书的时候好像没见过这么大的雪，呼呼啦啦，一下子全城都变白了。"她与方惟安相处得很不错，遇到任何小情绪她总是想第一时间跟他分享，而方惟安也总能给到她恰到好处的回应。

方惟安的声音贴着耳膜响起："那待会儿拍个照给我看看。说起来，我长这么大还没见过几次雪。唔，见过两次，一次是在克罗地亚，我那时候刚出国没两年，被派去欧洲参加一个集训营，看到亚得里亚海，跟福建的海没什么区别，也第一次看到了萨格勒布的鹅毛大雪，只觉得天和地竟然能够用这种方式连在一起，特别新鲜。一个战友告诉我，这个地方就是《冰与火之歌》的灵感来源地，我还特意把小说找来看，英文版看得头晕眼花，没翻两页就丢一边了。后来回国，又找了中文版来看，也没好到哪儿去，光是那些人名就够了。"方惟安轻松地说。

唐盈盈笑道："每次听你说以前的经历，都像听特工故事一样，跟平常人的生活真是大不一样。"

方惟安顿了顿，笑道："是不一样，我现在每次看谍战电影都觉得他们在胡扯，每一分钟都不会那样轻松。"方惟安并不想就这个话题继续说下去，便转口道，"对了，你还要在北京待几天？我这一周都在深圳，没有外出的安排。"

"我估计还得有个三五天吧。原本以为过来走个流程就完事了，结果出了大变故，现在事情僵在这里。合作的律师建议这几天先做一下清点工作，再看看事情会怎么发展。"唐盈盈回答道，她看了一眼窗外漫天飞舞的白雪，犹豫了一刻，还是小心翼翼地说道，"要是……你有空的话，想来北京一起看雪吗？"

方惟安想了想，哧哧地笑道："又来忽悠我，上次放我鸽子的账还没清呢。"

唐盈盈笑道："所以这次再盛情邀请，一并补足了。"

方惟安只犹豫了一刻，便断然道："我看还是算了。兴致勃勃地往北飞，落地后收到的第一条短信居然不是北京欢迎你，而是准备来接你的人已经回深圳了。这经历已经在我心里变成一小块伤疤状的阴影了，轻易还是别去碰它。"

听他这么说，唐盈盈觉得有些别扭，又想起了他的舒适区理论，怕是这种邀约已逾越了他的舒适区吧，面上却仍笑道："还记仇呢？上过战场的人，心理至于这么脆弱吗？"

"这你就不知道了，越是见过生死的人越是敏感脆弱。"方惟安感到了唐盈盈的不快，又道，"这样吧，虽然我人不过来，但我可以一直陪你，保证你随时打电话都能找到我。"

唐盈盈当然知道这是缓解紧张气氛的台阶，便也配合着嗔道："好呀，现在是早上七点十五分，离开始工作还有一个多小时的时间，这段时间你得一直陪我说话。"

方惟安在那头笑了笑，道："女孩子果然是撒娇比理智可爱的物种。行啊，我就一直陪着你。你想聊些什么？"

唐盈盈笑道："你陪我聊天，当然是你负责想话题。"

方惟安默了片刻，失笑道："好吧。那我给你讲个我在克罗地亚遇到的趣事吧，正好刚刚出现在我脑子里的。"方惟安停了停，又道，"那时候我们在克罗地亚集训，正好是冬天。营地在首都萨格勒布城外一百多公里，最近的市集离我们那儿也有二十公里。营地里经常会来一些小动物，长得最可爱的是一种像豚鼠又像狐狸的动物，嗯，准确来说，就像是长得很肥很肥的小狐狸。浑身的毛都是白色的，摸上去手感特别好。当地人叫它什么名字我也没听懂，我就叫它狐鼠。这动物不怕人，特别喜欢吃蛋糕，我把每天下午吃剩的蛋糕和坚果拿到营房门口，就会有三五只奔跑过来抢着吃。喂得多了，一个本地的哥们儿还不太高兴，跟我说，这种动物很邪恶，让我以后不要喂了。我当时就纳闷了，这么可爱的小动物，怎么就邪恶了呢？那哥们儿就跟我说，在当地的传说里，这种狐鼠是坏人死了以后的灵魂变的。猎人捕捉它们既容易也非常不容易。每年冬季下雪的时候，拿着当地特制的一种短笛走到林子里，呼啦呼啦地吹上一阵，再过一会儿，你从原路返回的时候，沿路就能捡到不少冻得半僵的狐鼠，带回家里油煎或者水煮都特别鲜嫩，也是当地一道著名的菜肴。游客过来，通常吃到的就是这种半路捡到的狐鼠。"

唐盈盈听得有些入迷，忍不住道："半路就能捡到？这狐鼠是自己跑到人类餐盘里的吗？"

方惟安笑了笑，不疾不徐道："狐鼠自己也是一条生命，哪里有这么高的觉悟。后来当地人就发现，这种躺在路上等着被捡走的狐鼠肉质一般，或者过瘦或者过老，它们并不是自愿出来的，而是每当林间短笛声响起，窝里年轻力壮的狐鼠就会驱赶那些年老的或者体弱的，献祭似的让它们待在路边。所以捕获这种狐鼠很容易，但要真要抓到肉质肥美的又很难，必须找到它们藏身的窝洞，而窝洞通常都在最深的地方。"

唐盈盈啧啧道："这算不算是大自然优胜劣汰的一种方式，只不过是这种狐鼠主动进行的。"

方惟安沉默了一刻，笑道："优胜劣汰是一个宏观层面上的规则，从个体的角度看，这种选择就很残忍。你想想看，一窝狐鼠十几只，怎样的狐鼠会住在同一个窝里？是家人吧，有血缘关系的那种。那么被驱逐出去的老弱者通常会是哪些呢？大概率就是那些身强力壮者的祖辈、父辈，甚至是它们自己的孩子。"

唐盈盈有一刻的醒悟，讶异道："难怪当地人说它们是坏人的灵魂变的，果然生性又残忍又冷血。"

方惟安轻笑了一声，道："倒不一定是坏人的灵魂变的，可能就是一般人的灵魂变的吧。人性都是这样，面对生死的问题，还分什么善恶。"

唐盈盈的心像被投入了一粒石头，一层一层的涟漪轻轻荡开，她像是明白了什么，有一线的灵感在若有若无之间。方惟安见她半天没有声响，便好奇地问道："怎么了？怎么不说话了？"

唐盈盈的脸色一下有些难看，她连连对方惟安说道："抱歉抱歉，我突然想到了一个可能性，我得马上打个电话。"挂了电话，唐盈盈拨通了余律师的手机，在"喂"的一声响起之后，她急忙说道："余律师，我突然想到美媛可能做的事。蓝姐这个计划的核心就是孩子的身份，她明知孩子不是胡总的，却费尽心机做成了真的，现在又想用事实去推翻。可是……可是，如果孩子不见了，她就永远无法证伪了。无论是宣告失踪还是宣告死亡，美媛都能以孩子法定继承人的身份继承股权，即便麻烦一些，这官司也有得打。"

余律师的声音顿了顿，听起来像是掺杂了无数无奈和苦涩，他苦笑道："这一点，你想到了，美媛也想到了。半个小时前，她已经报案说孩子丢了。"

"啊？"唐盈盈大惊失色，"怎么会这样？"

"事情发生得又突然又这么恰巧，虽然她跟警方说的是早上推孩子出去玩，一回头就不见人了，但极有可能是你推断的这个情况，孩子被她自己藏起来了。"

"这个事情告诉蓝姐了吗？"唐盈盈追问道。

"蓝姐已经知道了，也找了一些人一起去找。不过，如果是美媛有意把孩子藏到什么地方，怕是想找到也困难。万一她利欲熏心，下了狠手……"余律师没忍心说出后半截话来。

唐盈盈立刻反驳道："不会的。就算孩子不是胡总的，那也是美媛自己的亲生骨肉，怎么可能下得去手？"

余律师颓废道："我当然希望不会，最好马上就能收到通知说孩子已经找到了。可这孩子身上牵着数以亿计的股权份额，很多事情真是不好说啊。这样吧，唐律，我一个钟头以后来接你，我们一起见见蓝姐，看事情要怎么办。既然双方都要打明牌了，还不如坐下来，协商解决。"

事到如今，也只好这样了。唐盈盈点点头，挂了电话，扭头看着窗外漫天纷飞乱舞的雪花，方才还心旷神怡的好心情顿时全然消失不见，一颗心里剩下的全是焦灼与烦恼。

外头的风雪越来越急，天色一直灰蒙蒙的，雨刮器摇摆得飞快，前方视线仍然模糊不清。抵达胡家的时候，天色越发阴沉，黑沉沉的天几乎见不到一丝光。胡家大宅里的灯都开着，进门处一个硕大的水瓷缸里养着几条色彩鲜艳的锦鲤，水面上漂着三五枝睡莲，正对着窗外的风雪卖力地展示着自己妖娆的身姿。西边会客厅墙上的壁炉烧得旺旺，真炭明火带来的暖意远比那些电磁取暖舒适得多。蓝姐仍是一身深色的香云纱轻袄，头发梳得一丝不乱，整整齐齐束在脑袋后面。她缓缓提起一旁的珐琅烧水壶，滚烫的开水冲入茶盏中，沉在底部干萎的茶叶立刻舒展开来，迅速向外延伸着那抹澄金褐的茶色。"你们尝尝，这是勐海古树采摘的普洱，入口还不错，醇厚甘甜，不像外面买的，一股子涩劲。"

余律师看了唐盈盈一眼，端起杯子猛喝了一口，赞不绝口："蓝姐这儿的茶、酒、烟，在圈子里都是出了名的好，外头轻易可见不到。哦，漏了一件，还有菜。厨师原是谭家菜的大厨，被蓝姐双薪挖了过来。后来又特意送去法国学了西点制作，那手艺不是我说，出去随便秒杀什么米其林三星。"

蓝姐淡然一笑，眉目间飘过一阵得意之色："我这个人其实很简单，对人也是实打实的好，从来不亏待人。大家出来做事赚口饭，都不容易，谁不想过上好日子，舒舒坦坦地吃好的用好的？这也都是应该的。只是有一件，别人的东西就是别人的，不要生妄念，想着怎么跳起来一口吞进自己肚子里。张得开口，也未必咽得下，强行咽下去了，也不怕噎死自己？"

余律师在一旁点头道："蓝姐为人实在，这个我们都是知道的。现在这个事情闹到了这个份上，真有些棘手，彼此脸上也都不太好看。毕竟胡总才故去没多久，大家就撕破脸这么闹，不是让旁人看笑话吗。"

"她自己要作死，我拦得住？"蓝姐轻轻抿了一口茶，嘴角的轻蔑之意愈浓，"我也不妨直说了，原本我也没想这么快戳破她的好梦，还想着等孩子大一点，局势稳定一点再说，没想到这个女人这么耐不住。老胡闭眼才几天，她就订好了春节欧洲豪华邮轮游的旅行，打算带着她的小姘头严斌去欧洲度完蜜月，顺便再去拉斯维加斯偷偷注册结婚。既然这个女人的心肠这么坏，我便一天都不想再容她了。现在看来，果然如此，一看到形势不对，马上连儿子都不要了。虎毒还不食子呢，她比老虎恶毒多了。"

余律师有些尴尬，只好耐下性子来解释道："蓝姐，不管她是怎么想的，现在孩子不见了，接下来的财产继承就变得很麻烦。这么来说吧，胡耀祖是胡总资产的主要继承人，美媛是胡耀祖的法定监护人。如果警方一直找不到胡耀祖，那您想要以胡耀祖非胡总亲生儿子的理由去推翻那份遗嘱，就会变得非常困难，毕竟您没有办法证伪这件事，连采样都完成不了，而美媛那却有两份坐实了的DNA检测报告。这样只要等到两年或者四年之后，胡耀祖被宣告失踪或者宣告死亡，美媛就有机会继承胡耀祖从胡总那里继承到的股权份额。即便麻烦一些，但这个官司绝对有得打。那时候，您将会变得很被动。"

蓝姐默了一刻，道："不是报警了吗？警方会连个孩子都找不到？"

余律师苦笑道："这孩子才几个月大，不会说话不会走路的，就跟个公仔玩偶似的，还是被生母有意藏起来的，哪里这么容易找到。"

蓝姐眼角抬了抬，冷笑道：“这么看来，我之前倒是小瞧她了，对自己的亲生儿子也下得去手。”她用手捋了捋衣袖，仍是那副满不在乎的模样，道，“所以她现在是打算这样来威胁我吗，随她好了？这大冷天的，也不知道把孩子藏到什么山旮旯儿里去了，她一个母亲都不心疼，我犯得着替她操心吗。”

余律师脸上的尴尬都快掉到地上了，道：“蓝姐，实在没必要这样彼此僵着。美媛就是一个大专生，毕业后唯一的工作经验就是在胡总的企业里做了半年的前台。她图的无非就是钱，企业的控制权给她她也不懂啊。大家何不好好谈一谈？您呢，慷慨些，多给些钱，就当做慈善了。她拿了钱，签字放弃继承，也赶紧把孩子接回来，别等闹出人命了，那可就造孽了。”

蓝姐想了想，仍默不作声。余律师说得口干舌燥，又猛喝了一口茶，连连给唐盈盈使眼色。唐盈盈无奈地叹了口气，对蓝姐道：“您是做企业经营的，自然明白企业中最大的风险来自对未来预期的不确定性。现在的局势正是如此，您跟美媛在这儿较着劲，她拿孩子当筹码，承担的是孩子健康和生命的风险，您这边也一样，押着企业经营的稳定性。一旦公司其他股东和员工知道了这事，首先会引起他们对企业未来东家的猜测，时间一久，猜测就会变成人心浮动。或许还到不了您与美媛对簿公堂的那天，公司财报上就会显示出您为这场对峙所付出的成本。”

蓝姐面上微微一动，她转过脸，看着唐盈盈，问道：“所以，唐律师，你也认为我应该放下身姿去跟她协商？”

唐盈盈暗暗吸了一口气，正色道：“我认为您必须主动去解决这个问题。美媛之所以连儿子都能舍出去，何尝不是因为您将她逼到了这个地步？当初胡总想拿走您和您女儿的利益，您应该去跟胡总争、跟他闹，而不是再找来一个女人，用这种手段稳住局面，让那个女人生下一个她自己都不期待的孩子，又将他们母子弃若敝屣。恶是会传递的，会一层一层向着比您更弱势的人传递。您对美媛的恶意，她自己消化不了，她只能找比她更弱的人。在她的能力范围内，可不就是这个无辜的孩子吗？”唐盈盈一口气说完，心里憋屈了两日的郁闷终于消散了一些，见余律师惶恐又惊讶的脸，只好补充道，“蓝姐，我没有别的什么意思，我只是觉得若因为斗争真的伤到了孩子，那以后谁还能安心坐下来品茶？您也是有女儿的人，您不会希望自己的女儿日后也陷入你们双方任何一方的境地吧？”

蓝姐将唐盈盈上下打量了一番，那幽幽的眼神里像是凝聚了数十年人生的愤瀣，又像是聚起了千百次的不甘心、不情愿与凭什么的疑问。终了，她还是转回头去，不再理会唐盈盈，一杯茶托在手心里，像是握着寒日里唯一能带来温暖的手炉。她微微合上双眼，默了许久，方才对余律师幽幽说道："老余，你给她打个电话，问问她究竟想要多少钱才肯签字。"

余律师见蓝姐松了口，慌不迭地跑到一旁低声打电话。这个电话打了许久，蓝姐和唐盈盈留在那里，气氛尴尬得像凝滞的胶。唐盈盈并不后悔方才的"出言无状"，反正说的都是她想的。男人把女人当作生育工具已经够令人恶心的了，这女人更厉害，不仅将别的女人当作生育工具，还当作抢夺家产的工具。而且在令对方陷入窘迫和无望之后，她还能悠悠闲闲地品茶，浑然不觉自己的恶。这种养蛊式的宫斗剧情，在电视上看都看够了，没想到还能活生生地在现实中参与一次。

正胡思乱想着，余律师那边结束了通话，满脸尴尬地走回来，深色的脸皮隐隐涨红，仿佛被人狠掴了两个耳光似的。蓝姐看了他一眼，奇怪地问道："怎么了，老余？她要多少？"

余律师看了一眼唐盈盈，五味杂陈地说道："她说要三个亿，转账后签字。"

蓝姐脸上所有的表情都在这一刻被愤怒替换，手里的杯子狠狠往地上一摔，声音尖锐得令人发颤："三个亿，她也说得出口？那就让她儿子死在外面吧。老余，马上给她出律师函，让她从现在住的公寓里搬走。之前她所有的东西都是老胡生前送的，我现在要撤销赠与，让她给我光溜溜地滚蛋。"

余律师连忙安慰道："您先别着急，我们再谈谈。"

"谈什么谈，这个女人贪心不足，小蛇想吞了大象啊。哪有这么多钱给她，她是想要我变卖了家产送给她吗？"蓝姐气急败坏，愤怒地挥挥手，道，"行了，她要是想打官司就好好打吧，我看她能撑多久！"

余律师很是无奈，仍然不放弃劝说："还是找她再谈谈吧，唐律师说得没错，这要熬到诉讼那一步，双方的损失都很大。"

蓝姐歇了一口气，眼光在唐盈盈身上轻轻飘过，想了想，语气陡然转软，道："再谈也行，不过老余你不行，你不懂女人，女人为什么心硬，又会为什么心软，你压根就没数。我想还是需要辛苦一趟唐律师了。"

唐盈盈见自己被点到，茫然地看了看余律师，对方正满心期待地看着她。

她又低头沉思了好一会儿，方才说道："行，既然蓝姐信得过我，那我就去试试吧。"

从胡家出来，唐盈盈照旧坐余律师的车。天气越发差了，风雪将地面的沙尘裹起，狠狠地拍在车玻璃上，发出尖锐的声响。余律师见状皱起了眉头，道："这天气太差了，要不我先送你回酒店，明天再去找美媛吧。"

唐盈盈往空中看了看，摇摇头道："还是先做事吧，谁知道明天又是什么天气。"

与来时的路不同，车行过一条小径，两旁的树林颇有野趣，在一大片光秃秃的黑灰色枝丫中，竟生长出一大片红彤彤的植物，那鲜艳的红色一粒挨着一粒，在风雪之中更显示出一种别样的艳丽。"那是忍冬的果实，漂亮吧，原先有更多，从这边一直到明十三陵，沿途都是。"余律师见唐盈盈盯着前方看，便说道，"这种植物春夏季开花，黄白两种颜色，叫作金银花，又称作鸳鸯藤。秋季叶子慢慢掉落，结这种珊瑚粒一般的果实，当地人又叫它贞女果。说是以物喻人，我看可能主要还是因为它长的地方都是从前的贞妇牌坊吧。"

唐盈盈想了想，笑道："从前女人守得住寡便算是一种美德。现在能再嫁得好，也算是一种本事。忍冬，谁也不想把自己后半辈子过成冬天。"刚说完，手机便铃铃地响起，接起电话竟是康俊。

康俊的声音又稳又柔，先是慰问了一下唐盈盈出差的辛苦，又随意聊了几句案子的情况，方才说道："蓝姐刚才给我打了个电话，说起胡氏集团明年华南区的扩展计划，有意向在深圳设立一家分公司，法务业务很属意我们，主要也是由于见到唐律非常得力，很能够解决问题，还让我一定要好好嘉奖你。"

唐盈盈看着车前混沌不明的路，哑然失笑，胡乱应付了几句，便收了线。她看看手中的手机，笑着跟余律师说："你说我领导知道还是不知道我还在路上呢？"

余律师看了看时间，道："我们才出来不到二十分钟，用飞的也到不了美媛家里呀。"

唐盈盈点点头，笑着说道："这就对了，估计咱们一走，蓝姐就给康律打电话了，大大地称赞了我一把。不过呢，事情完成之前的称赞通常都没安什么好心，是故意给我增加压力的。万一办砸了，后果得添足了倍落在我身上。"

　　余律师跟着笑了笑，通过这段时间的接触，他对唐盈盈印象很是不错。他看了她一眼，犹豫了一刻，又道："康俊啊，从前在北京的时候，我还常跟他打交道。这人又狡猾又聪明，脑子活泛得很，完全不像是美国名校的正经出身。"

　　唐盈盈扑哧笑道："是吗？那他现在装得可好了，每天都正义凛然，大道天下的。"

　　余律师随口接道："他从前表面上也这样，不过背地里许多事，大家明明都知道是他干的，偏偏也没法子。这次蓝姐玩这么一手，你又是康律的手下，说真的，我当初真以为这是他给蓝姐出的主意呢，太像他的风格了。不过这两天觉得你又不像，不是那个路数。"

　　唐盈盈听他这么一说，脸色有些尴尬，小声嘀咕道："难不成他让我接这个案子也是有意的？"

　　一时默然，余律师场面上有些尴尬，便打开车上的音乐，换了个轻松的话题，道："康俊的离婚官司打完了吗？"

　　这话把原本还在沉思的唐盈盈吓了一跳，脱口问道："他离婚了？"

　　余律师这个时候想把自己的舌头吞进肚子里也来不及了，只好尴尬地笑道："原来你还不知道啊，哎哟老康，真是对不住了。他都被绿成标杆了，圈子里谁都知道，这才远走南下的。"

　　风雨依旧很急，从胡家到美媛的住处几乎要绕大半个北京城，不过有了八卦相伴，这路途倒也不算遥远了。

　　美媛住在一间国际公寓里，小区整体是东南亚风格，宽大的窗户、高拱的门厅，电梯间里摆放着新换上的鲜花，在这糟糕的冬日里，散发着令人心怡的浅浅香味。屋内暖气开得猛，美媛身上仅套了一件橘粉色的马海毛外套，宽大的衣领下露出了她的半边肩头，下身穿着一条九分紧身裤，纤细的双足踩在一双长绒毛的拖鞋里，露出涂着南瓜色指甲油的脚趾。她给唐盈盈开了门，便自顾自地转身歪在了沙发上。客厅不大，收拾得很温馨，低柜的台面和墙上有许多美媛的照片，茶几旁的纸篓里胡乱塞了些垃圾袋。角落里摆着一盏钓鱼灯，细碎的金色灯光笼在美媛的头顶，泛起一层如轻雾一般迷蒙的气息。

听说昨晚她已经把照顾孩子的阿姨给辞退了。"唐律师，你是替蓝若洁那个女人过来找我的吗？我儿子不见了，她还想怎样？你也是女人，你应该能明白孩子对于一个母亲来说意味着什么。"美媛盯着唐盈盈先开了口，两缕头发逸在脸颊两侧，掩住了她咄咄逼人的凌厉，反添了几分楚楚。

唐盈盈在沙发的一端坐下，耐心道："我是胡总的遗嘱执行律师，我不代表蓝姐，今天我过来，倒是为了你的利益。"

"我的利益？"美媛从胸腔里闷出几声冷笑，"你们律师一个个说的比唱的还好听，为了我，算了吧，你们只会为了钱。"

对于美媛这般态度，唐盈盈并不生气，她浅浅笑了笑，道："谁又不是为了钱呢？美媛小姐，你这么拼，不也是为了多拿到一些钱吗？不过你用的方法不对，账也没算清楚。我今天过来教教你，让你能够早点拿到钱，我也好早点结账收工。"

美媛看了看唐盈盈，迟疑道："我怎么不对了？"

"你说你儿子不见了，已经报警了是吗？"唐盈盈直接问道。

美媛眼中有些闪烁，最终还是选择直视："是啊。"

"你知道报假案的后果是什么吗？警方可以对你处以五日以下的拘留，并处罚款。不过看你这个样子，恐怕警方压根就没信你说的话，所以压根也没大张旗鼓地找孩子。"唐盈盈盯着美媛说道。

"我……我怎么了？"

"你知道一个真正找不到孩子的母亲是什么样子的吗？是会像疯子一样找遍每一条大街小巷，每走一步都觉得自己走错了，生怕与孩子擦身而过。怎么可能有心情待在家里？"唐盈盈冷冷地说。

"我找了一个上午，我累了，回来休息一下不行吗？"美媛狡辩道。

唐盈盈将脸凑近了些，盯着美媛说道："你虽然没怎么化妆，可还是忍不住粘了假睫毛，植村秀今年的新款，每一簇都是独立的。你孩子一大早就不见了，还有心情坐在镜子前一根一根把睫毛给粘好？你真当别人是傻子吗？"

美媛白皙光洁的脸庞青一阵红一阵，脸色异常的难看。见唐盈盈把话说到这个份上，她也没什么必要继续装下去，憋了半天，便小心地说道："你说这些是什么意思，反正你们不是早就认定孩子是我藏起来的吗？不管是不是，只要蓝若洁找不到孩子，她就没办法证明孩子不是胡总的，那我们就是继承人。想要简单把事情给了了，也行，三个亿，我已经开过价了。"顿了顿，她又道，"要是警方有什么惩罚，那也是我自己的事。"

唐盈盈轻轻一笑，语气轻松地问道："你这三个亿是怎么算出来的呢？还是随口说的？"

"两者有区别吗？"美媛大大的眼睛看着唐盈盈。

"有区别。如果是经过了计算，至少证明你考虑过这个问题，我们可以就金额进行协商。如果只是随口说的，那就是赤裸裸的勒索，也就没什么好谈的了。"唐盈盈笑着看着她说道。

美媛虽然聪明，但毕竟不是唐盈盈的对手，三言几语便被唐盈盈将思路带了过去。美媛想了想，认真答道："我知道胡总他们企业去年估值有十几个亿，我只要三个亿就签字放弃继承，这并不过分吧？"

唐盈盈轻轻侧了侧头，思索道："无论是十几个亿还是三个亿，这都是别人的企业，别人的钱，为什么你会觉得你可以开口要呢？"

美媛的脸一下失血，怒道："他们之前不是这样跟我说的，胡总、蓝若洁，他们一直都说只要我生了男孩，以后企业都给我儿子。我生了啊，胡耀祖就是个带把儿的啊，我凭什么不能这么想？"

"他们说什么，你就信什么吗？他们对你的承诺靠什么来保护？你一没有婚姻关系，二不在企业任职，三呢，"唐盈盈停了停，道，"这孩子还不是胡总的。"

美媛忽地一下站了起来，怒道："这都是蓝若洁那个老女人害我，她故意找个严斌来给我做司机保镖，天天跟着我，每餐饭都是他陪我吃的，我生病了也是他送我去医院，还定期带我出去旅游。日久生情，怎么能不发生点什么？我已经够小心了，每次跟他发生关系的时候都有做避孕措施的，肯定是他做了手脚。不然怎么会发生这种意外？"

唐盈盈静静地听她说完，道："所以都是蓝姐的错，都是严斌的问题。我承认他们是做了局，但即使从你的表述中，我也没有听出你有什么被强迫的地方，一切都是你自愿的，对吗？"

美媛想了一刻，音量又高了两分，道："可生孩子不是，我压根就没想生个严斌的孩子。你知道生个孩子我费了多少精力吗，光阵痛就疼了三天，差点以为要死在产床上了，结果生了个什么，生了个狸猫！我想要生太子啊，可以继承上亿家产的太子。"

唐盈盈的脸色黯了黯，却没说什么，只静静地从包里拿出一支笔和一张白纸，边写边说道："好，我们说孩子的问题。你觉得被欺骗了，应该获得赔偿。我国《婚姻法》里对离异家庭子女的赡养费有一套计算的标准，孩子在北京，我们按北京人均月收入为一万零五百三十一元计算，抚育费一般按照月收入的百分之二十到百分之三十给付，大约是三千元一个月，一年就是三万六；按照给付周期十八年算，一共是六十四点八万元。这个事情里，你认为严斌和蓝姐合谋做局，那我们就乘以二，大概是一百三十万。这是你可以争取到的最合理的数额了。"

美媛紧紧盯着唐盈盈那支笔，直到最后一个数字写出来，她的脸色唰地变得铁青，怒道："一百三十万？不可能，我跟了胡总这么些年，最后用一百多万就想把我打发了？没这么简单。"

唐盈盈收起笔，冷冷地看着美媛，道："那么在跟胡总之前呢，你在做什么，公司前台吧？每个月四千的工资，到手大概也就三千出头。这个岗位没什么成长空间，赚到一百三十万，你大概要花一辈子的职业时间。"唐盈盈环视了四周，缓缓道，"你现在一个包几万块，一只鞋也是几万块，可这样的生活是别人给你的，也是别人给你的一个梦。现在他们让你醒，你真以为自己可以装睡吗？"

美媛恨恨地看着唐盈盈，道："可……可我不一样，我跟别的前台不一样。"

"有什么不一样呢？长得好看点，还是脑子聪明点？抑或是正巧合了胡氏夫妻的眼缘？"唐盈盈笑着问。

美媛尴尬无比，吞吐道："他们，他们说我面相好，是大富大贵的命，宜男旺夫。"

"所以，你又信了？"唐盈盈轻轻地摇摇头，道，"因为别人几句轻飘飘的夸奖，你立刻就做上了一夜暴富的美梦，以为只凭着一身皮肉就能免去赚钱的辛劳，生下孩子就能母凭子贵，到达人生巅峰？这样的路或许有，但这并不意味着这是一条毫无风险的捷径。事实上，这种路上的埋伏和陷阱远比一般路途要多得多。胡总也好，蓝姐也好，他们在商场挣扎滚打了几十年，脑子里一把算盘会打不过你这么一个小姑娘？你以为自己是在拿青春换金钱，其实别人不过拿你当块垫脚石。"

唐盈盈一口气说完，见美媛面上的神色越来越差，双唇却紧紧抿着，像是桀骜地在抵抗着什么。唐盈盈低下头，伸手从垃圾桶里翻出了一个绿色的食品包装袋，上面清晰地印着两块油渍。"你知道现在追查一个人的行踪有多少种办法吗？交通监控视频、手机信号追踪，还有最简单也是最有效的亲友关系排查。你今天早上去过哪里，你觉得神不知鬼不觉，其实警方那边稍微动用技术侦查手段，半天之内就可以搜遍整个北京城。或许都不需要这么麻烦，"唐盈盈的语气轻描淡写，却像一把尖刀往美媛心口上插，"这家烧饼店在良乡大学城附近，我上大学的时候每天早上都会买一个当作早餐。从你这里开车到良乡，将近五十公里的路程，开车需要一个多小时。你说，你一大早跑这么远是去干什么了？抑或是你跟人约在那边见面，只为了将孩子交到他手里。这个人会是谁呢？你的家人？朋友？同学？这些资料，不要说警方了，就是蓝姐想了解，也有的是办法。相信我，没有哪个母亲真可以忍住思念，把孩子藏一辈子的。那样即使最后你拿到了钱，又给了他怎样的生活，怎样的童年，怎样的天地呢？稚子无辜，他是你要去呵护的人，不是你手里抢夺金钱的工具。我不知道你把孩子放到什么地方去了，但只要不在你身边，想必他现在一定哭得喉咙都哑了。你们还要相处一辈子，节骨眼上千万别犯糊涂，赶紧去把孩子接回来，即使他不是你期待中的孩子，但日后他仍会成为你生命中的天使。他给你带来的幸福和骄傲，会比那三个亿要纯粹得多。"

美媛无力地跌坐在沙发上，默而无语。唐盈盈叹了一口气，又继续道："一百三十万，再加上这套房，便是你这几年的所有获得了。剩下的那两个多亿，你就当是付了学费，教会你从今往后，踏实做事、老实做人。在这桩生意上，你或许赔了本，觉得自己特别失败，那么我希望至少在做母亲这件事情上，你不要再犯糊涂，一错再错了。"

长久的沉默让美媛的脸上一丝一丝慢慢恢复了血色，她转过头看着唐盈盈，眼角的凄厉逐渐退散，泪意便涌了上来。终于，她用双手捂住脸，泪珠不断从指缝间溢出来，又顺着手背流落，在光洁的手臂上形成一道又一道交错纵横的痕迹，凌乱不堪，像极了她无畏无知的青春岁月。

双方又僵持了一天半的时间，第三天下午，美媛终于想通了，去警局销了案，把孩子接了回来，接着又通知余律师自己同意在放弃继承权的协议上签字。蓝姐自然高兴，将抚育金的数额提到了一百八十八万，说要讨个彩头，但同时也要求再做一次胡耀祖的DNA鉴定，以彻底断绝美媛日后反悔的路径。事已至此，美媛自然也只能听之任之。唐盈盈与余律师花费了一整天的时间办妥了所有的继承文件，签字、画押、复印、封存，一直忙到日落。从胡氏集团出来，余律师提议要一尽东道主之谊，请唐盈盈去吃一顿王府菜，算是为这段时间的合作庆功。

　　唐盈盈用手指撑住两只眼皮，虚弱地说道："现在别说是王府菜了，就算把御膳房搬到我面前，我也吃不下。我只想回去好好睡一觉。明天睡到自然醒，再瞅瞅哪个航班顺眼，便滚回深圳了。天涯未远，日后有的是再见面的机会，用不着急在这一时。"

　　余律师见她这般说，便也不再勉强，一脚油门掉了个头，便将她送回了酒店。唐盈盈拖拉着双腿往房间走，走到电梯间，却见一个身姿挺拔的男人站在那儿，笑盈盈地看着她。唐盈盈有一刻的发怔，以为自己眼花，下一秒心中的欢喜便奔涌而出："惟安，你怎么在这里，不是说不来北京吗？"

　　方惟安伸出手，轻轻一搂，便将唐盈盈揽进了怀里，嗅着唐盈盈发丝的味道，用满是宠溺的语气说道："没办法，想你了。"

　　唐盈盈有些不好意思，推了推他，嗔道："这不是破坏了舒适相处的规矩吗？"

　　方惟安笑道："规矩制定出来就是要被破坏的，我愿意，这怎么办呢？我下午三点多就到了，在大堂等了你足足三个小时，饥肠辘辘，幸好他们有免费的薄荷糖，不然我就要饿晕了。"

　　唐盈盈又好笑又好气道："你不会打我电话啊，旁边就是咖啡店，你先吃点东西啊。"

　　方惟安又将唐盈盈搂了过来，低声耳语道："打电话那可就破坏了这好不容易创造的惊喜，而且，我说的饥肠辘辘不是那个意思。"

唐盈盈脸上微微涨红，扭过头刚想嗔怪他，叮的一声，电梯到了，门一开，方惟安的唇便紧紧贴了上来。

两人睡到第二日日头高照方才起身，拉开窗帘，雪后初晴的天空碧蓝碧蓝的，空气中都带着一股淡淡疏朗的味道。唐盈盈吃着早餐，笑吟吟地说："运气不错，前几天妖云密布，天气糟透了。今天看着就是冬日暖阳的一天，待会儿正好出去转转，你想去哪儿？故宫好吗？"

方惟安将一块涂满黄油的面包塞进嘴里，瞅了一眼窗外，咧嘴笑了笑，道："故宫就算了，火柴盒子大的地方，里头装满了游客，没意思，辜负了这般好天气。我们去长城吧，我还没爬过。"

唐盈盈手里的咖啡差点端不稳，结巴道："长……长城，这大冷天的，爬长城该多冷啊。"

"是你让我选的，"方惟安耸耸眉毛，不容辩驳地笑道，"多走走就不冷了。"

吃过早餐，两人找了辆车来到慕田峪长城。大冬天的，过来的游客果然稀少，爬了许久，也仅仅遇到三五个外国游人。天气极好，蓝湛湛的天上一丝云都没有，天在远处连着山，失了翠绿的山川，像苍老的山河，沉稳厚重。长城蜿蜒着从山岭间穿过，其间或有霭霭残雪，景致极美，令人心胸爽朗开阔。可这般好风景却落不进唐盈盈的眼里，她裹在一件厚重的羽绒服里，围巾、帽子将自己包得严严实实，饶如此，她仍觉得这山间的风吹得太猛烈，一阵一阵打在脸上，感觉自己要被吹打得鼻青脸肿，恨不得手脚并用才能追上方惟安的脚步。

方惟安走得很轻松，一件利落的轻羽绒穿在身上，走了大半个小时，闲庭信步一般，气息都不乱，经过每一个烽火台时，还得伸伸胳膊踢踢腿，像是极享受这清爽的空气。"我记得小学课本上说过，秦始皇修长城是为了抵抗匈奴人，那这边就是匈奴的地界了？"

累得半死的唐盈盈差点笑岔了气，她指着方惟安上气不接下气地说道："你……你的历史是体育老师教的吧，这句话……槽点多到我都不知从哪里说起了。这长城不是秦始皇修的，是朱元璋，明代皇帝，定都北京后，为了防范鞑靼修了这长城，拱卫京师。秦始皇修的长城，在西北，现在应该没剩几截了。"

方惟安丝毫不为自己历史知识的缺乏而感到惭愧，他的手指抚摸过那粗粝不堪的墙砖，若有所思地说："修这么一道墙，真防得住外头敌人的入侵吗？"

"冷兵器时代，城墙的防御级别是非常高的。这城墙高七八米，光溜溜的墙面，再是武功高强也爬不上来翻不过去。历史上，硬攻下长城的战役我都不记得有过，大多都是外敌通了内贼，守城的将士自己把城门给打开了。引清兵入关的吴三桂不就是这样的吗。"唐盈盈坐在台阶上，理顺了气，缓缓说道。

"吴三桂我知道，冲冠一怒为红颜。《鹿鼎记》里写过。"方惟安笑嘻嘻地说。他把头伸出墙外，仔细掂量了一番，道："给我一根攀岩绳索，一把伞兵刀，爬上这个高度应该还是可以的。"

唐盈盈嗤之以鼻，道："你一个人爬上来有什么用，守城的士兵一梭子就把你插死了。何况怎么能用你的体力去衡量古人，你吃了多少牛肉和蛋白粉，上了多少散打增肌的课程才练出一身的肌肉。古代士兵大多是饥民出身，估计那体力比我也好不到哪里去。"

"光你最后一句就是个污蔑先祖的大罪。"方惟安笑了笑，手指仍沿着墙砖之间的缝隙轻轻滑走，眼波里如墨般起伏的涟漪自远而近，渐渐漫到了唐盈盈的身上，思绪也在这一刻凛然收住，"休息得差不多了，继续走吧。"

唐盈盈抬头看了一眼前方没有尽头的台阶，拼命摇头，道："我走不动了，实在走不动。让我继续往前走也可以，但我得先提醒你，待会儿下来的时候，你八成得把我背下来了，我可不轻的，累瘫的时候更重。"

方惟安站在她面前，挡住了北面来的风，上下打量了她一番，道："你穿得太多了，把围巾摘了。衣服也太长太重，这么个走法，跟负重练习差不多。"

唐盈盈紧紧抓住自己的衣领和围巾，死活不撒手，叫道："太冷了，你看这山风多大，我穿成这样都冷。"

"就是因为你穿成这样，手脚都活动不开，腻了一层死汗在身上，体表越凉。"方惟安一面说，一面自己动手夺了那条足有两米长的围巾，又用目光胁迫着唐盈盈脱下了及踝的长羽绒服，露出里头一件抓绒的短款运动上衣，"这下轻便多了吧，可以一路跑上去了吧？"

唐盈盈睁大了眼睛，道："跑？我疯了，大冬天来跑长城？"

"快走也行，得快点，我让司机在前面的出口等我们，以你刚才的速度，天黑了都出不去。"方惟安笑着，拎着唐盈盈的衣服便快步登上了几级台阶。

唐盈盈又气又急，连忙跟了上去，方才如灌铅的双腿，此刻倒是利索了不少。两人一路上走走停停，说说笑笑地玩了大半日的时间，直到唐盈盈实在走不动路了，方惟安才把她背起来，走完了最后一段下山的路。

　　方惟安的背很宽很暖，走得极稳，几乎感觉不到太大的晃动。趴在他背上的唐盈盈有些难为情，嘴上便道："后悔了吧，带我来长城？要是去故宫，我怎么着都能自己走回去。"

　　方惟安浑不在意地说："你怎么不觉得这是我故意设计好的？不来长城，怎么有机会背你，你又怎么会老老实实地趴在我背上？"

　　山风吹在唐盈盈脸上，已没了早间凛冽的寒意，更像是一根擀面杖，轻轻压过脸颊，眼皮便有些发硬刺痛，她默了声，思绪被搅得七零八落，一时间竟不知从何说起。

　　"怎么不说话了？被山风吹哑了嗓子，还是被感动得哭了？"方惟安别过头，笑着说。

　　"你看我们的影子。"唐盈盈指了指地上被夕阳投射出来的一抹深重的影子，两人叠在一起，被拉成了奇怪的形状，像两只刺猬在叠罗汉。唐盈盈想起上一次看到两人的影子还是在深圳，吃过饭，走在街上，两个人隔着一段陌生的距离，却又扭着头在交谈，路边红红绿绿的灯光把影子投在墙上，影影绰绰，有一股说不上来的疏远感觉。到了这个年纪，撕心裂肺的爱情早已是往日旧梦，能携子之手，得一星温暖，便已难得。所以她从一开始便很认同方惟安在彼此舒适区内交往的原则，她甚至想过，就算缔结一段永远不越矩的婚姻也很不错，取暖式的婚姻至少有个彼此不相厌恶的前提。就算一辈子走不进对方心里那又怎样，隔着墙、隔着窗、隔着万里长城，一辈子还是这样的一辈子，不会冻死，不会饿死，不会孤独至死。明明是这样想的，可为什么自己这么享受现在的距离，趴在他肩上，他的呼吸就在眼前，他的心跳隔着衣服也能清晰地感觉到？也许是因为自己实在太冷了，只有这么近的距离才足以融化冰冻已久的心。

　　她搓了搓鼻子，哑着声音说道："像不像电影里那个胡巴？"

早上七点半，正是早高峰时段，深圳地铁一号线的车厢里挤满了月薪两千元到两万元的大小白领们，他们矫健的身姿、灵活的身手最能体现这座城市生机勃勃的一面。车门一打开，林小云顺着人潮流动的方向，几乎脚不沾地地便到达了车厢中央。从住地到律所，地铁大约要行驶三十五分钟，旁边的人早已掏出手机打开缓存好的韩剧一边抹眼泪一边吃早点，或者在《王者荣耀》和陌陌之间来回切换，手指飞舞，忙碌不停。不看手机的林小云在其中几乎成了一个异类，她轻轻咬着嘴唇，右胳膊紧紧夹着一个乳白色的香奈儿口盖包，左手在前方捂着，生怕一个颠簸前面那个人手里的咖啡会溅到上面，又怕左侧那个人牛仔衣上的铆钉会划伤这娇嫩的小山羊皮。这么过了一站，林小云又突然想起，自己曾读过一篇文章，说手心汗极易毁损皮制品，会在上面留下无法修复的印记。她又慌忙在裤子上蹭了蹭手，不敢再赤手捂住包包，只好在前方虚掩着。

　　这个包是钱鹏昨天晚上带她到香奈儿专卖店买的，今年的新款，三万一千八。她其实不太想买，过关到香港买，至少能便宜五千块，或者干脆别买，把这钱存下来，虽然不多，也可以抵半个平方的房价，或者拿来付中介费也是好的。可钱鹏笑话她把日子过得太斤斤计较了，如今一切都不一样了，有钱了。是不太一样了，林小云美滋滋地想。鹏币生辉的项目自上个月上线以来，出乎意料的火爆，线上线下的推广都收到了极好的效果，曾一天便有近两千人在平台上注册，炒买鹏币。第一批入手的人在这四十天不到的时间里，利润已经翻了两百多倍。而平台收缴管理费的账户直接跟钱鹏的账户关联着，她曾亲眼看着账户余额的数字不断往上蹦，就跟游戏机里的游戏币一样。"这……这么多钱，够我们在福田买个小三房的了。"林小云结结巴巴地说。

　　钱鹏又笑话她短视："小三房算什么，我们应该住到深圳湾去，听说那里的房子十五万一平，全部都是两百平以上的大户型，可以看到一条完整的海平线。再忍几个月，我们就去那儿看房。"

　　这样的想法，林小云即使在梦里都觉得不真实。"还是先买个小三房吧。保个底，以后有钱了，再换大的。"林小云一心只认房子，坚持道。

钱鹏伸手揉了揉林小云的头顶，笑着道："傻瓜，在深圳买房是有名额限制的，深户也只许买两套，被小户型占了名额，值钱的大房子就不好买了。何况，我觉得我们应该付全款买房，以后生活就没压力了。可我们俩都还没领证呢，现在买，你以后可要吃亏了。"

提到这个问题，林小云倒是清醒了几分，她想了想，连忙认真地说道："我不在乎这个，钱是你赚的，要全款买的话，婚前财产那就该是你个人的。贷款买的话，我们以后就一起供。如果婚后全款买，房产算我们共有的，那装修我就全包了，这几年，我爸妈也给我存了一笔钱，正好用来装修。"

钱鹏的双眼都睁大了，惊奇道："你爸妈还给你存着钱？傻不傻呀，赶紧来买鹏币啊。现在的行情两天价格就能翻一倍，一周就是五六番，还存钱干吗，为着银行那点可怜的利息吗？"

林小云默了默，小声道："我跟他们说过，可我爸妈不懂这虚拟货币是什么意思，不放心。"

钱鹏用手掌拍了拍自己的脑门，道："不放心？不放心项目还是不放心我呀？现在平台上注册会员有两万，陌生人都信得过的事，你爸妈还担心什么呢？"

林小云见钱鹏有些不悦，便急忙解释道："他们不是信不过你，只是不明白这究竟怎么玩。用真金白银去换一堆代码，他们那一代人无法理解的。"

钱鹏笑了笑，道："他们不懂，你也跟着傻吗？比特币是互联网时代的发展潮向，现在正是抢占先机的时候。鹏币不是第一只螃蟹，比特币在前头已经跑了快十年了，价值上涨了一千万倍。也就是说，如果你现在回到二〇一一年，花一百块钱买了比特币，你现在手里就有五个亿。五个亿啊。鹏币现在可不就是二〇一一年的比特币吗，还不投钱进来，等着看别人暴富吗？"林小云的眼神动了动，却没有吱声。钱鹏继续道："或者我们换个角度看，做任何投资都是有风险的，但其实风险也分高低等级。什么样的风险等级最低呢？就是一旦危险来临，跑得最快的那笔钱风险最低，在基金公司，这就叫作优先级。跑得最慢的那些钱基本就是赔定了的。现在关门的钥匙在我们手里，万一以后真有什么问题，让哪笔资金先出，完完全全是由我说了算的。再直白一点，平台上这两万会员的钱都是用来给咱们投的钱挡风险的。这么多肉盾抵在前头，你担心什么呢？"

林小云被钱鹏说得心潮澎湃，双手环抱着他的脖子，连连点头："我明天再给我妈打个电话，我二姨刚卖了房，手里应该还有一笔钱，也让她一起投进来。"

钱鹏重重地在林小云脸上亲了一下，喃喃道："其实深圳湾的房子还是一般，说起来还是香港的房子最值钱，要不你问问你们那个Debra，她家住在哪儿，我们去她家附近也买一套，香港可是永久产权的房子。"

林小云扑哧一声笑道："你这梦做得也太远了吧，Debra的公公是金融大鳄，在香港资本市场那是教父级别的人物。他家的房子还是英治时期一个什么爵士的公馆，被她公公买下来，又花了两倍的价格重新翻修的。门前的那个花园带那种会喷水的雕像，大厅里是那种八字形的从两边上去的楼梯，你知道吗？"林小云用两根手指比画道。

"你倒是很清楚嘛，你去过她家？"钱鹏半是揶揄半是玩笑地说。

林小云笑道："我没有，Debra平时在所里那么高冷，怎么会邀请我们去她家玩，恐怕连跟她关系最好的盈盈姐都没有去过。我还是有次在香港的杂志上看到的，有记者去她家里采访，拍了很多照片，Debra也有出镜，带着她两个可爱的女儿，她们的房间漂亮得跟公主住的一样。看了那些照片，才觉得Debra平时的作风都算是低调的了。"

钱鹏撇撇嘴，道："放心吧，迟早我们也能住上那样的好房子。对了，于总也给我约了个采访，在下周，主要是谈鹏币这个项目的，也会谈谈我个人的生活。现在是个人IP时代，创业者除了做出好的项目，还要有好的生活状态，才能给大众信心，让大众继续支持他。所以我想带你一起去参加。年轻的创业者和律师女朋友，这种组合可以很好地给大众传递合乎法律法规的安全信息。"

林小云一听，连连摆手，道："我不行，我没上过电视，到时候话都说不清楚。"

"不是电视，是一家公众号，拍几张照片就行。"

"那也不行啊，我没什么平时穿的好看衣服，总不能穿黑乎乎的西装吧，别人还以为我是来求职的呢。Debra在那张照片里穿的是一件白色的连衣裙，特别淑女，手里拿了一个香奈儿的手包，一看就是出身高贵的名媛。"林小云回想了一会儿，说道。

钱鹏一拍大腿，笑着说："这还不容易，我们现在就去买个包呗。我早就想给你买个包包了，你看看你的那些包，都是夜市地摊上买的。以后出入公众场合的机会经常都会有，买买买，现在就走。"

　　林小云一边回想着昨天发生的事，手又不自觉地摸在了包上，颗粒压花小羊皮跟掌心的皮肤接触，细腻的摩擦生出了温润的感觉，跟她平时用的人造革手感完全不一样。她的心口怦怦跳着，这种初尝富贵的感觉是她从未经历过的。背着这样的包，便像是即刻可以过上《绯闻女孩》里的生活，每日除了打扮就是逛街，除了逛街就是瘫在香榭丽舍大道的咖啡馆里八卦，空虚堕落，但又无比幸福。成功远比想象中来得要快，暴富的感觉不像飘上了云端，倒更像是在周身突然多了几道透明的屏障，把你从这浑浊不堪的俗人群中分隔开，以便宣告你再也无须为生计奔波劳碌的优越感。

　　地铁门叮的一声向两侧打开。人流迅速反应过来，朝着门口涌去。林小云落在了后头，她挺了挺腰背，将包包往身后甩了甩，让自己背包的姿势更加自然一些，方才大步走下了地铁。

第5章

儿子，儿子，生儿子！

　　Debra既是Rowan的白月光，又是他心口的朱砂痣。当年在学校的时候，他追Debra就追得全校尽知；结婚后，也是出了名的二十四孝好老公、宠妻狂魔。这一天晚上，Debra吃过饭，坐在梳妆台前将各种精华液一遍一遍地拍在脸上，从镜子里看到Rowan正斜靠在床头，笑盈盈地看着自己，便嫣然道："躲在那儿傻笑什么？"

　　Rowan迅速爬了起来，挤在Debra的凳子上，吻了吻妻子的耳背，笑道："今天DC帮我算了一下，还有十七天的假得在年底之前休完，老婆，我们找个地方度个蜜月呗。"DC是Rowan的私人助理，在公司帮他处理各种程序上的杂务，也帮忙做一些家庭和私人上的工作，由Rowan自己支付薪水。

　　Debra一听特别高兴，笑道："太棒了。正巧我最近没什么特别要紧的事，可以好好玩一玩。去瑞士好不好？Anita跟我说了好几次想玩雪，我本来答应圣诞节带她去的。Lucian还太小，就留在家里……"Debra兴奋地说着。

　　Rowan宠溺地笑道："Anita还得上幼儿园，钢琴课换了新老师，刚上手，也不好中断。这次就不带她们了，就我们俩去，好久没过二人世界了。"Debra迟疑了片刻，Rowan拉起她的手轻轻吻道，"你是个非常优秀的妈妈，可称职的妈妈也需要自己的空间，我们就去两周，孩子想我们的话，可以打视频电话的。"

　　"行。"Debra笑起来，"回来给她们一人买一个大玩偶做礼物。"

　　Rowan深深的眸中全是笑意，撒娇道："不过老婆，我怕冷，我们不去瑞士好不好，我想去马尔代夫。你穿着bikini，我一大裤衩往沙滩上一躺，天堂呀。"

Debra心思一动，用手指沾了点眼霜在眼周快速地点开，若无其事地说："马尔代夫不是去过好几次了吗，怎么还想去？"

"就是想找个暖和的地方放松放松，工作太累了，每天都处于exhausted的状态。特别想念马尔代夫的沙滩，还有海水。"Rowan笑着，见Debra没有反应，索性又道，"妈妈也建议我们去热带地区度假，暖和湿润的环境有利于女性受孕，而且赤道地区的旋转，能提高Y精子的成活率。"

Debra心里嗤笑一声，果然是因为这个原因。她压了压心里猛然燃起的怒火，浅浅笑道："Rowan，你也是哈佛毕业的，这种伪科学的晕话你也信？"

Rowan耸耸肩，道："我不信呀，但也不一定是错的嘛。反正都是出去玩，去哪儿不都是一样。"

Debra的手指紧紧按住怦怦跳动的太阳穴，无力道："那不一样。瑞士是我选的，我想找个地方滑雪、睡觉、放松。马尔代夫是你们选的，是为了让我们去交配、受孕、生儿子。"

Rowan原本紧紧靠着Debra的身体渐渐有些远离，缠绕在妻子腰部的手也松了松，他皱起眉头："Debra，你怎么把话说得这么难听？"

Debra嘴角噙了一丝笑意，道："那你做的事又有多好看呢？我早说了我不想再生了，生Lucian的时候，我已经吃尽了苦头。那种鲜血汩汩从身体往外流，体温越来越低的感觉，我到现在还记得。你究竟有没有听过我说的话？"

"我知道我知道，你受了大苦，我心疼得不得了。我在手术室外头吓得腿都软了，恨不得躺在里面的人是我。我们不提这个好吗？想到那次的凶险我的心脏就怦怦猛跳。你摸摸看，真的，都快跳出来了。"Rowan连忙哄道，一边抓起Debra的手按在他心房的位置，"是不是，超快的。"

见他这番模样，Debra有一丝心软，语气也软了一些，道："Rowan，我知道你家里特别想要一个男孙，可我过完年就三十九岁了，真是不敢拿自己的性命再去搏了，要不然我们去国外找个代孕母亲好吗？"

Rowan将Debra搂在怀里，无可奈何道："Debra，我知道你的顾虑。可你也体谅一下我的处境。我们家是信教的，如果孩子不是从你肚子里钻出来的，上帝怎么确认他是我们的孩子？而且你一直都有在keep fit，从身材到外貌哪里有半点像是三十多岁的人？就算是三十多也不算大，华仔快五十了才要的第一个孩子。我们再试一次，好不好？"

　　Debra看着眼前这个男人，光洁俊朗的面容上浮着一层溢于言表的焦虑，他在外头是怎样的意气风发，可现在竟这般低微地哀求。Debra心下不忍，从心底溢出一丝疼痛，但她又不确定，这缕心疼究竟是给Rowan的还是给自己的。她默了半晌，终于还是将手从Rowan的掌中抽出，缓缓道："Sorry，我真的做不到。我不能拿自己再去赌一次，万一这次又是女孩呢？那就一定会有下一次，对吗？"

　　Rowan很沮丧，头低低地垂着，声音也有气无力："你知道，Daddy的压力太大了，他都成他朋友们嘲笑的中心了，都说他奋斗一辈子的家业没有继承人，他现在连打球都不去了，就是怕遇到那些人。还有我妈，那么爱饮茶、逛街的，现在整天就蹲在家里，说省得出去受人家的闲气。这种压力之下，你让我怎么办？"Rowan抬起头，又道，"夫妻之间应该互相成全的，我们现在什么都有了，只要再有一个仔，我真的别无他求了。"

　　Debra漠然一哂："Rowan，你求我，我也求求你，不要再让我生了好吗？我也有我的人生理想，我从小读书就比别人拼命，大学时经常一整个月每天睡觉不超过四个小时。工作了以后，也是努力奋斗，一刻也不敢松懈。我这么努力了半辈子，才到今天的样子，难道还不够为我自己的子宫做一次主吗？"

　　Rowan张了张嘴，又转念想了想，说道："可你除了是你自己，也是齐家的媳妇啊，你的理想里怎么没有这个家？"

　　Debra咻然睁大双眼，吃惊地看着自己的丈夫，愠道："我怎么没有这个家了？我在家相夫教子了六年，家里大大小小的事都是我一手打理的，我养育了两个孩子，对公婆恭敬有礼，你怎么能这么说？"

　　Rowan也有些火气，话赶着话，便用白话快速地说道："你要系真孝顺，快啲生返个慈姑桩。（你要是真孝顺，就快点生个男孩。）"粤语虽是他的方言，但这么多年，他跟Debra一向只说普通话或英语，这也是对妻子的一种尊重。即使后来Debra的白话也说得很溜了，他仍然将这个习惯视作夫妻之间的分寸。现在，情急之下脱口而出的，竟然是这么一句。

　　Debra有些发愣，这句话像一记耳光狠狠地甩在了自己精心保养的脸上，让她产生了一种感觉——自己在这个家里果然是没有地位可言的，什么社会精英，什么高层次人才，光一个生育问题就能打得你满口牙落还得和血咽，但最令她伤心的是，这次出手的竟然是Rowan，这个本该跟他站在一条战线上的人。Debra霍地站了起来，指着房门对Rowan吼道："Out！你要想这个家完完整整，不想Anita和Lucian见到父母分开，这个话题就永远不要再提起！"

自从上次闹得不欢而散，Debra和Rowan这大半个月都处在一种尴尬的冷战状态。也不是彻底地互不理睬，只是每天的日常对话都透着一份别扭的隔阂。好在Debra的工作很忙，Rowan更忙，两个人能碰到一起的时间实在有限，所以也只有敏感的大女儿Anita察觉了父母的异样，奶声奶气地问道："Mummy，你是不是跟Daddy吵架了？"

Debra吓了一大跳，故作平静地问："没有呀，你怎么会这么说？"

Anita指着桌上的一盅黑芝麻糊，道："平时家里都不煮黑芝麻糊的，Daddy最讨厌这个味道了。可这几天你每天都煮这个吃，Daddy也没有抗议，我就知道你肯定在气他。"Anita刚满五岁，正是情感敏感期，柔软的头发天生有点自然卷，蹭在Debra胳膊上，微微发痒，"Mummy，你们不要离婚，我不想你们离婚！"

Debra连忙搂住女儿，温言哄道："胡说八道，爸爸妈妈不会离婚。我们一家人永远都在一起。"

哄完女儿睡觉，时间还很早。Debra烦躁地划开手机，想看看娱乐八卦放松一下，然而一连串推送的本地新闻全是"某某女星为求子重金买秘方！""某豪门媳妇一年生俩竟是暗地养小鬼"之类无厘头的八卦谣传。虽然无稽，却也无不透露着在这片满是现代化建筑的土地上，人们对一脉男丁的渴求。她厌恶这种非要男孩的思想，可这思想偏偏深深扎根在自己丈夫的脑子里，就算用刀也挖不出来，更像一只讨厌的老鼠，硬要去打了它，又怕伤了婚姻这个玉瓶儿。她与Rowan自学生时代就是出了名的金童玉女，相爱相伴多年，总以为会相知相许一生。可临近中年，却陡然发现彼此心里都存着一个执念，他视家族延续血脉为使命，而她则以为自由与自主是这桩婚姻的基础。她以为自己嫁给了爱情，而他则认为婚后妻子的子宫亦属夫妻共同财产。双方各不让步的时候，感情愈浓，则伤愈深。

Debra丢开手机，双手抱臂站在窗前。一尘不染的落地玻璃外边是黑漆漆的夜，屋内明亮的灯光将她茕茕独立的身影打在上面，纤细得如同崖上青草。Debra抚了抚自己的脸，多年的养尊处优确实让她一点都不显老，这也是嫁入豪门的好处，至少不用整日为柴米油盐操劳。可比起嫁入豪门，更重要的难道不是不看低自己吗？她又开始反思是不是自己在这个问题上有些反应过激，费尽脑子想了半天，却越发觉得自己没错。"读了半辈子的书，国内国外的顶级学府逛个遍，经济自立、精神自立从来不是一句空话，难道回到家来还非得要把自己这躯肉体献祭似的供上齐家牌位才行吗？"这么一想，她心上绞着的劲也懈了些，又饮了半杯酒，抱着那个舒软无比的大枕头沉沉睡去了。

不知睡了多久，梦中似有轻悠的乐音飘过，旋律如此熟悉，竟是自己婚礼上演奏的歌曲 When a Man Loves a Woman（《当男人爱上女人》），这也是两人的定情之曲。Debra缓缓睁开眼睛，只见Rowan趴在床沿，眼眸中尽是融洽的暖意："我见你睡着了，不忍心吵醒你，可时间又快到了，所以只好放首歌。"

Debra有些迷糊，道："几点了？什么时间要到了？"

Rowan不作声，拉起Debra走到窗前，一面看着手表，一面倒数："五，四，三……"

Debra睁大双眼往外看，齐家大宅依山傍海，四周鲜有灯火，如今临近午夜了，外头更是黑乎乎一片。她正要开口询问，只听见头顶传来密密麻麻的嗡嗡声，再要抬头细看，只听到Rowan数到一，外头突然亮了起来，像是有人在空中打出了数十道光，将整个后院照得雪亮。还未等她惊讶，又见一枝接着一枝大红色的玫瑰花从天而降，每一朵上面都系着一根小小的丝带，像是张开的一对小翅膀，在夜幕里扑腾扑腾地落下，竟是浪漫至极的一场玫瑰花雨。足足五分钟后花雨方才停歇，她探头出去，一楼花园的草地上厚厚地垒了一层，还有许多掉到院子外头和树丛上，场面看上去相当夸张。Debra讶异地看着Rowan，问道："你在做什么呀？"

Rowan含情脉脉地看着Debra，曼声道："我在求我老婆原谅我，别生气了。十二点零六分是求原谅的最好时间，我弄了五十台无人机在上面撒玫瑰花，三千多枝玫瑰花，全是你最喜欢的保加利亚小叶玫瑰，我亲自选的。老婆，我爱你，不要再跟我赌气了好吗？"

Debra又好笑又好气，道："你多大的人了，还弄这一套幼稚的把戏。你看看，满院子都是，明天早上看爸怎么骂你。"话虽这样说，但嘴角却止不住地上扬。年纪越大，相处的时间越长，就越不容易在彼此身上花费精力。何况这样的排场与布置只是为了求得妻子一笑呢。

"我哄我老婆，他骂我干吗。"Rowan笑了笑，又有点不好意思地说道，"是有点幼稚，还有点老土。可我最近一次追女仔都已经是十几年前的事了，现在新潮的玩意儿都不会。老婆，你凑合凑合，看在我诚心的分上，原谅我吧。"

Debra见他主动服软，自然也要顺着台阶往下走，便捅捅他，故作严肃道："那你先说说，你错在哪里了。"

Rowan连忙道："我惹老婆生气了，就是大错。老婆不想生仔，我还强逼着老婆生，就是特错。大错特错的我，求老婆不要生气了。"

他这么说，又是一副可怜兮兮的模样，倒让Debra有些心软，叹道："行了，我也没真怪你。我也不是不愿意生孩子，只是不敢生了，你知道上次……"

不知是不是这场用心营造的浪漫给了她太多的惊喜，素来强硬的Debra在丈夫面前表现出了罕见的软弱，话还没说完，便被Rowan一把搂进怀里："我知道我知道，我不逼你，我们慢慢来好吗？"Rowan伸手拿起柜上的酒杯，道，"晚上喝酒可不是什么健康的好习惯。下次不许了。"

他宠溺的口吻似乎又回到了两人感情最好的时候。Debra轻轻在他胸上一拍，笑道："还好意思怪我。Anita晚上还说爸爸怎么不抗议家里在煮黑芝麻糊了。你看你，连孩子都察觉了。"

Rowan在Debra手背上深深地吻了一下，怜惜道："Anita这个鬼精灵，谁瞒得过她呀。来，我有东西要给你看。"Rowan站起身从柜子里拿出两份文件，逐一交给Debra，道："这是我分别给Anita和Lucian做的信托基金，每年都有增加资金，打算以后等她们长大了，要是嫁人，就是一份体面的嫁妆；要不结婚，这也可以保证她们俩一辈子过得舒心优渥。"Debra迅速翻看了一下，金额确实不低，每年的收益也不错，可见是用心打理过的，便觉得心头一暖。这个事，她也曾经想过，打听了一下，资金量要求高，手续也麻烦，便一直没提，没想到Rowan竟一声不响地做完了。

Rowan抱着妻子的肩膀，柔声道："本来不打算告诉你，就想十几年以后突然拿出来，给你们一个大惊喜的。可是这几天我也想了许多，我在想也许你担心我会重男轻女，亏待了女儿，所以我想跟你说说我的想法。"

Debra眼中隐然有泪，她点点头，示意丈夫继续说。

"一个父亲对女儿和儿子的期盼是不一样的。对于女儿，我就希望她们过得快乐，有足够的钱花，想买什么就买什么。我作为父亲，能够在经济上给予她们多大的支持，我就给多大的支持。以后她们如果想工作，有事业心，我也全副火力地支持她们弄。不想工作，那就开开心心地玩一辈子好了，或者搞艺术也很好啊，画画、跳舞、唱歌，她们可以做任何自己想做的事。老天爷已经让她们承受生育的痛苦了，社会也给了她们这么多的压力，难道做父母的还能再去逼她们拼命工作吗？"Rowan缓缓地说，眼睛里全是对两个女儿的慈爱，"但对于儿子，我从生下来就觉得我肯定会有儿子。你别笑，这是真的，我爸肯定也是这样的，我爷爷也是。好像出世之前就被人写在了脑子里面一样。我读书的时候也认真地想过，为什么一定要儿子呢，没儿子也不妨碍我每天吃饭睡觉，赚钱疼老婆呀，但随着年纪越来越大，我开始明白我一定得有个儿子，这不是什么腐朽的思想，而更像是一种责任的传续。你看我现在每天七点上班，经常忙到八点九点才回到家里，一周开工六天。经常累得看报表上的数字都跟有生命一样，在那里跳来跳去的。我又不缺吃又不缺喝，为什么还要这么辛苦地去做这一切？不就想着有一天我可以把这肩膀上的责任交到自己儿子的肩膀上，在自己闭眼之前可能看着自己的骨肉带着自己多年的心血继续往前走，就好像自己的生命得到了延续一样吗？"

听到此处，Debra微微皱眉，想了想，还是说道："儿子不一定能成材，何况现在很多家族企业都交给职业经理人打理，一样延续得很好。"

"儿子不成材，我可以教他，可以骂他，这总是有一份希望在。中国人骨子里的传统就是父子相继，一代一代地往下走。要不然几十年以后我们一闭眼，也就是尘归尘土归土了，这个世间哪里还有半点自己来过的痕迹。"Rowan跟Debra同岁，圆圆的脸型和开朗的性格让他平日里看起来要比实际年纪再小上几岁，此时，这样的话语却透着一股苍凉的无奈，"或者你再想，再过二十年、三十年，我们总是会老、会走的，剩下Anita和Lucian两个女子在这男权霸道的世上，你放心吗？要是有兄弟能够互相照应，我们老去的时候是不是能更安心一些？我知道女性不比男性差，等社会继续发展，女性很有可能会大大地优胜过男性，可那一天究竟还有多久才到来，我们不知道。眼下的事实如此，我们就必须认真考虑。"

Debra蓦然无语。她的一颗心像被柔软的丝绸包裹着，从高高的悬崖上往下直直坠落，下落的力量强不强她感觉不到，因为裹住她的丝绸是那么小心翼翼、呵护有加，替她挡住了崖间的风雨骤骤。但她的大脑是异常清楚的，生个儿子，在Rowan这里并不是一个可以商量和讨论的问题，而是一个必须要完成的事情。她微微低下头，一向骄傲的她首次感受到了作为女性在一场婚姻中无法回避的弱势，她咬着嘴唇，道："我可以体会你的心情，可是让我下决心再生一个，我真的……很难。"

Rowan感受到了妻子语意间的松动，动情地抱紧了她，轻轻吻过她的面庞和耳朵，声音绵绵，格外好听："没关系，我会陪着你的，有任何问题都是我们一起处理和解决。我会一直陪着你。"

屋外夜幕深沉，风刮过树叶带起一阵阵沙沙的声响，满地美艳娇嫩的花朵惹了星光、惹了清露，飘飘袅袅地散着玫瑰特有的花香。这股花香散在空中，像一张密密织成的网，将人兜头兜脑地网住，便是再坚硬的心也要化开了。

接下来一段时间，Debra与Rowan像是回到了热恋时期。除了工作，两人几乎推掉了所有的工作应酬，全副身心投入家庭生活，共同参加大女儿Anita的幼儿园活动，一家人其乐融融地去海洋公园玩。同时，只要Rowan工作结束得够早，他不惜开上两个小时的车，过关到律所楼下等Debra下班。两人也最终选定了休假的目的地——夏威夷。在休假前一周，Debra和Rowan去医院做了一次全面的身体检查。这虽然是每年的例行动作，但落在齐家公婆眼里，这意味着儿媳做好再生一个的准备了。婆婆喜滋滋地抱着十几罐煮好密封好的燕窝送到Debra房里，笑着说："我算好了，每天一罐，等你们回来正好吃完。夏威夷那个地方我去过，蚊虫又大又多，也没什么像样的餐馆，都是一些牛排、沙拉什么的，冰冰凉凉的，天天吃对身体没什么好处。"

Debra看着那一堆又沉又重的玻璃罐子，实在哭笑不得，无奈道："妈，光这些燕窝，我的行李就要超重了。在外面旅游，哪里有这么多讲究。太麻烦了。"

婆婆的双眼眯眯笑成了两道细缝，道："这有什么麻烦的，你们这次就去一个地方，不用东奔西走地换酒店，要不是怕打扰你们二人世界，我想让菲姐也跟着一块儿去，还能给你们煲汤喝。"

见她越说越离谱，Debra只好顺着应承下来，才将她送走，拖着两个又沉又重的大箱子去了机场。

Debra的桌子上摆满了她从夏威夷带回的手信，琳琅满目。唐盈盈拿起其中一个包装精美的盒子，摇了摇听声响，又放了回去。Debra瞧了她一眼，笑着说："你挑礼物倒是一点也不客气。"

　　"你都让我自己挑了，我还客气，那不是矫情吗，当然得挑个自己喜欢的，而且是最贵的。"唐盈盈又拿起下一个，托在手里仔细瞧看，"我看你和Rowan这次度假一定非常愉快。小蜜月胜过大蜜月。"

　　Debra抿了一口咖啡，笑道："这你又是从哪里看出来的？"

　　"这么多礼物还不够明显？"唐盈盈指了指眼前，笑嘻嘻地说，"只有两个人关系好的时候，才有精力手拉着手，一起去逛街慢慢挑选特产。要是关系一般呢，最多在机场随便买两个。要是再差一点，肯定连带手信这件事都忘了。"

　　Debra笑了笑，道："你还挺有经验的嘛。算你说对了，夏威夷山清水秀，气候宜人，到那里整个人的精神都能放松下来。"

　　唐盈盈狡黠地笑了笑，语意双关地说道："所以，你出发前说这次度假是带着任务去的，任务完成了没？"

　　Debra微微怔了怔，面上却看不出太多情绪的起伏，旋即笑道："顺其自然吧。我这个年纪，避孕不避孕其实都差不多，要是上天愿意再给我一个孩子，就当是满足Rowan的心愿吧。"她这么说着，不禁又想到前两天与Rowan一起去拿体检报告的场景。"别的指标都不错，就是内分泌激素指标提示比标准低许多。"医生在这个数字上用红笔画了一个圈，斟酌地说道，"从你的年纪来看，这个数字还是太低了。四十岁之前出现这样的情况，通常会被认为卵巢早衰。这跟你工作压力太大有关系，也可能跟上次生育时损伤了身体有关系。当然现在的环境问题也很严重，很多女性都出现类似的问题。"医生对原因的猜测跟没说一样。

　　"卵巢早衰是不是就是更年期提前的意思？"Debra问道。

　　"可以这么理解，但也不完全是。更年期是指女性从有生育能力向无生育能力过渡的时期。而卵巢早衰呢，实际上就是女性过早地把卵子排完了。两者的症状非常类似，但最大的不同在于，更年期是自然阶段，我们没有办法阻止它的到来。

而卵巢早衰是一种病症，可以通过治疗和调整恢复卵巢功能，让你能够继续排出卵细胞，恢复受孕能力。"医生想了想，又笑着补充道，"当然，我这话说得不够严谨，现在也不是说你完全不能受孕，只是受孕概率要比正常的育龄妇女低。"

"低，是多少？"一旁的Rowan紧张地问道。

医生笑了笑，道："其实概率对个体来说是没有意义的，如果你一定要问个数字，那大概是正常概率的万分之一。"

"这么低？"Rowan吓了一跳，脱口而出。

医生看了Rowan一眼，道："所以，如果你们打算再要一个孩子，我建议现在就开始一个疗程的治疗。生孩子这个事，越往后越麻烦。"

"要。我们要。"Rowan不假思索地说，说完想了想，款款地看了Debra一眼，继续问道，"这种治疗会不会有什么副作用呀，会不会很痛苦？需要多久能治好？"

医生想了想，道："多长时间可以治好，这个很难说。任何人体功能的恢复都需要一个较长的调理周期。前期也可以用中药进行调理，这样温和一些，药物作用也小一点。吃一段时间，再看看情况。"

见Debra仍有一丝犹豫，医生又说道："其实我也建议你积极治疗，倒不一定是为了要孩子，卵巢早衰对你自身的健康也有一定程度的影响。从大处来看，它很可能会提高心血管疾病的发病率，也容易导致阿尔兹海默病的发生时间提前；从小处看，很快心悸、潮红潮热、关节疼痛这类小毛病也会找上你。"

Debra点点头，不再有一丝犹豫，镇定地对医生说："好，我肯定配合治疗。"

思绪很快被现实的吵闹声拉了回来，Debra瞥了门外一眼，透过玻璃墙，看到林小云跟几个年轻的小律师有说有笑地从大门走了进来。她今天似乎特别兴奋，手腕上戴着最近很流行的潘多拉手链，满满当当全是珠子，另一只手在空中比画着什么。Debra心下念头微微一动，问道："他们那么兴奋在聊什么呢？"

唐盈盈回头看了一眼，笑道："下周所里搞团建，康俊让他们几个去安排组织，估计是在说这事吧，反正谈工作是不可能谈得这么高兴的。"唐盈盈终于挑好了礼物，一把檀香木的梳子，手柄上还镶嵌着白色的贝壳，十分精致，"谢谢你的礼物啦。对了，团建的时候Rowan也会来吗？听说这次带家属是硬性规定。康俊要组建其乐融融的大家庭环境，有配偶的带配偶，单身的，阿猫阿狗也得牵一只来。"

Debra想了想，道："应该没问题吧，我跟他说一声。你呢，这次我有没有机会见到你那位神秘的方先生？"

唐盈盈脸皮一厚，道："临时也找不到其他人了，只好把他牵出来了。"

团建这种活动的主旨在于扔掉工作场上的包袱，促进融合，拉近上下级之间的距离，这对于眼下的陈君所来说特别重要。自康俊接手以来，律所收益节节攀高，所以，今年的团建规格比往年高了一个档次，不仅包了一艘游艇出海打鱼，就连提前备下的烧烤食材中也出现了大量的鲍鱼等海鲜，看着就让人觉得有钱。呼呼啦啦四五十号人，在海边又唱又闹，气氛异常热烈。方惟安穿着淡灰色的三叶草上衣，下面是旧橙色的运动裤，整个人看着就很精神。撕名牌的环节他没参与，旁人来喊他，他只是淡淡地笑："我要是下场，对其他人就太不公平了。"

钱鹏一听这话，倒觉得是一种挑衅，便一面笑嘻嘻地来拉他，一面说："我也在健身房里请了个私教，以前是打泰拳的，很厉害。他说我动作快力量大，这正适合撕名牌呀，要不我俩组个队，看能不能先把别人都撕光了，我们再搞个巅峰对决。"

方惟安一个没留神，被钱鹏拉得跟跄了半步，心里有些不愉，便平静地说道："撕名牌这种活动其实并不需要动作快，因为根本就没有抢的必要。"他说罢，被钱鹏抓着的那只手仿佛是轻轻松松地一转，便将钱鹏的胳膊转到了后面，将他自己的身体箍死。钱鹏想挣扎，脸涨得通红，身体却被夹得死死的。方惟安瞧了一眼他背后的名牌，故意羞辱他似的，还凑近看了看，方才找到头，用手指抠了两下，轻轻松松地拉了下来。

重获自由的钱鹏悻悻地抓过自己的名牌，转而又笑道："果然厉害。请你当保镖的话，什么坏人都不用怕了呀，你一个月多少钱？"

林小云见状，赶忙走过来打圆场，道："方总是正儿八经特种兵出身，你那三脚猫的功夫就算了吧。还是快去帮我把下海的那几个人撵回来撕了。"

钱鹏撇撇嘴，这个动作拉扯着他的鼻孔，将里面的鼻毛露了两根在外头。方惟安倒是丝毫不在意，反而真从裤子口袋里拿出一盒名片，抽出一张递给钱鹏，笑道："钱总如果真有安保方面的需要，倒是可以打这个电话。这家公司原来也是我做起来的，今年觉得忙不过来，转手给了一个朋友。你说是我推荐的，还能有个优惠折扣。"

钱鹏大咧咧地接过名片，也不示弱地说道："行，明天我就让我秘书联系一下，多谢方总了。"说罢，他便呼啸着冲向了大海，隔了老远还能听到他兴奋的叫喊声。林小云尴尬地道了个歉，也跟着跑了过去。

方惟安回到烧烤炉旁，继续往大鸡翅上刷蜂蜜，动作又流畅又稳定，仿佛刚才什么都没有发生。旁边的康俊正在往一排羊肉串上撒孜然，手法娴熟得跟街边新疆小哥一模一样。他仰了仰下巴，指向钱鹏的方向，跟方惟安搭讪道："听说他最近搞电子货币，猛赚了一大笔。现在心气正足着呢，应该是觉得自己无所不能，走哪儿都想跟巅峰挑战一下。"

方惟安笑了笑，道："年轻嘛，总得拼命证明自己。等哪天觉得不想证明自己了，那就是老了。"他瞅了康俊一眼，道，"今天是你的团队出来活动，你一个做老板的不下去跟他们一起玩，在这儿烤什么羊肉串？"

康俊朝方惟安笑了笑，道："这你就不懂了，我给你分析一下。今天活动这么多，我也得挑选一下参与的场次。比如唱K、拍照环节我就必须积极参与，显得我跟大伙儿是一体的。但撕名牌这种对抗性的体力游戏，我下场了，反而让他们难做。撕了我吧，怕我不高兴，不撕吧，又觉得冷落了我。所以我干脆留在这儿做好后勤服务工作比较合适。"

方惟安上下打量了康俊一番，他穿着一条浅色的棉质运动裤，配着上身玫红色的POLO衫，时尚又精神。"看着你年纪不大，领导能力倒是很有一套，也是难得。"

康俊笑道："这也算是职业习惯了。外人都以为我们这行整天钻在法规法条里，玩的是文字游戏。其实呀，法律是死的，只有人心是活的，只有琢磨透了人心，这生意才能做得长久。琢磨习惯了，遇到谁都得先想想。"

方惟安听他这么说，便往后闪了闪，玩笑道："康律这么说，倒让我有些害怕了。"

康俊挥舞着手里的孜然粉，目光遥遥地落在远方，颇有深意地说："方总是个稳妥的人，我琢磨也琢磨不过来。不过有些新兴事物，窜得太快了，就难免磕磕碰碰的，这一磕碰呢，指不定我的生意就来了呢。"

方惟安顺着他的目光看过去，白色的海浪在耀目阳光下泛起粼粼金光，一群活力充沛的青年光着脚相互追逐打闹着，偶尔有人摔倒，溅起一大片水花，后头的人连忙冲上去，趁机撕了他身上的名牌。叫闹得最卖力的当属钱鹏，身为家属的他没有半点拘束，连跑带跳过了几个人，踩起的海水溅在旁人身上也浑不在意，只顾着大声呼喊："小云，你走那边！包抄她！我在前面堵着！"

Debra夫妇到的时候，那些有家有孩子的同事都已经提前回去了。康俊、唐盈盈、方惟安、林小云和其他几个同事组成了一个狼人杀的游戏局，钱鹏则在另一桌玩德州扑克。Rowan看了看，对Debra笑道："平时跟投行那些人出去玩，一般都是玩德州，算牌算筹码比电脑还快，那都算是本职游戏。今天就一定得参加狼人杀，跟一群律师玩逻辑辩论，才算是高手对决。"

Debra笑道："这个游戏玩的是心理观察力，逻辑推理只是一种工具，律师可未必能有什么优势。"

这么说着，两人跟场上众人一一打过招呼，Debra在唐盈盈身边找了个位子坐下，冲着方惟安的方向努努嘴，压着声音点评道："不错嘛，人帅，有眼光。"

唐盈盈的脸皮热了热，也跟着看了方惟安一眼。他正好坐在康俊旁边，两人身高差不多，感觉上却一个英武阳刚，一个阴柔邪魅，再加上他宽阔优美的肩部肌肉线条，活生生将康俊衬成了一朵娇嫩的小花。唐盈盈笑了笑，道："身为资深花痴，看脸是基本素质。"

第一局开杀，康俊做法官。第一夜，闭眼，杀人。天亮，唐盈盈被首杀，预言家身份的她没有验出狼，便没留遗言下场。第一个发言的是林小云，她睁着又大又圆的眼睛慌张地看了唐盈盈一眼，便跳了预言家，还没说上两句话，竟然哭了出来。她指着钱鹏，一边流着眼泪一边说："他就是狼人。我昨晚想知道他跟我是不是一伙儿的，没想到直接验出一匹狼。下面谁分票谁就是狼同伴。"她在所里素来给人谦逊温和的印象，这般坚定强势的模样大家都没见过，何况又是边哭边说的，轻易便赢得了绝大多数人的信任，此后一路带节奏，两夜便结束了本局，狼人胜利。翻看结果，林小云正是一狼，Rowan则是她的狼同伴。众人惊呼林小云演技太好，还没见过谁能在首夜一号位发言就把节奏抓在手里的，竟然还有眼泪配合。

林小云对着众人连连作揖赔礼，娇小的身材在游戏室半晦半明的灯光下显得楚楚可人，她看了一眼Rowan，笑意便染上了小女孩特有的娇羞与无辜："我不是故意的，Rowan当时让我跳预言家，我还没想好怎么发言，就天亮了。我一急，就急哭了。后来我看你们见到我哭，都信了我的话，正好借机一路哭下去，谁知道竟然赢得这么快。"她偷偷瞟了一眼唐盈盈，又道，"其实也不是所有人都信我的，方总虽然是平民牌，可我看他每次都跟我对着投，我当时都紧张死了。"

一个女同事啧怪道："这就是天理呀，你杀了人家女朋友，还想骗走方总呀，坏事都让你一个人做尽了，还让别人怎么活？"

林小云连连摆手，道："我没有、我没有。"

康俊微微笑道："行了，玩游戏嘛，不要上升到人品攻击。不过，小云这影后级的演技也是精彩绝伦，我觉得你也别参加游戏了，来做法官吧。我下场来跟大家玩几局。"

林小云自然乐意，两人赶紧换了位子，又杀了几局。逐渐地，彼此之间也摸清了各自的风格和优势。Rowan最大的优势在于发言能力，他一说话就像一股清泉流进别人的心里，让人听着非常舒服，不自觉地就会跟着他的思路走，轻轻松松地被带走节奏。方惟安的优势在抿人，几乎不会出错，不仅能分辨对方是什么阵营，还能准确到具体是什么身份。不过抿人是一种个人能力，即使他每次都能猜中，也不一定能够带领阵营获得胜利。而康俊的逻辑几乎是完美的，他无论手中是什么牌，都一定会跳预言家，再用一套毫无破绽的说辞推死或救起目标对象。唐盈盈觉得，光看这三个人的表演就足够了，旁人说不说话，说什么话、发什么言，又有什么关系。

终于，有一局鏖战到最后，场上真的只剩下了这三个人。康俊平民的身份基本已经确定，Rowan和方惟安分别是一狼一神，各自还有一次发言的机会，谁能说服康俊，谁就能获得胜利。场上的气氛紧张极了，围观的众人都屏住呼吸，眼神都不敢乱动，怕给他们带来多余的场外信息。

Debra退到场外，眼角微微上扬，压低了声音跟唐盈盈偷偷点评道："狼人杀是一个人性博弈的游戏，它的精髓就在于怎么去搞定别人，通常的套路是用逻辑去说服理智的人，用情绪去感染感性的人，用心态去带动盲目的人。现在好了，要被搞定的人是康俊，他既不盲目也不感性，逻辑能力又高于其他人。对他得使奇招才能制胜。"

康俊把手中的笔往桌子上一放，目光在两人身上依次扫过，缓缓道："行了，现在我成裁判了，是正义胜利还是邪恶胜利就在我这一票了，压力还真大。你们开始吧。"他说完，甚至微微合上双眼，做出了静静聆听的模样。

Rowan笑了笑，开始了他的发言。他跳了预言家的身份，发言的时间很长，几乎复盘了整局游戏。从第一夜谁被杀，谁被验，第二天怎么投的，自己怎么想的，甚至到方惟安什么时候发言前停顿了一会儿之类的细节都一一详细叙说，丝丝入扣，从逻辑到情理没有一点瑕疵。在场众人几乎都被他娓娓道来的声音吸引，甚至身为法官的林小云都托着腮，听得入迷。末了，Rowan停了一刻，目光依次徐徐巡过场上所有人，最后锁在方惟安身上，浅浅一笑，又道："为了证明我说的都是实话，我可以把刚才说的内容再说一遍。这是一个简单且有效的测谎方式，如果我在说谎，我肯定不能把所有细节完整叙述。"说完这句，场上发出一阵低呼声。Rowan却丝毫不在意，仍然不疾不徐地又把刚才的发言完整地重复了一遍。待他讲完，场上默了一切声响，所有人的目光都落到了方惟安身上。胜负的局势到此刻似乎已经非常明显，如果不出什么意外，康俊有十足的理由去相信Rowan的发言。

唐盈盈的双手紧紧握住，手心里涔出了一层薄汗。面对Rowan毫无破绽的叙述，她似乎也想不出有什么突围的方法，只能与旁人一样，将担忧的情绪用目光传递到了方惟安身上。

方惟安的身影笼在柔和的灯光下面，显出了平日里不常见的温柔。他看了唐盈盈一眼，目光却遥遥越过众人，落在了前方墙面的壁画上。他沉默了两分钟，或许是更久，音色如一块碧玉沉入秋水："你们见过真正的恐怖分子吗？"唐盈盈只觉得身上的寒毛一根接着一根竖了起来，她怎么也没想到方惟安会彻底跳出对这局游戏的分析，娓娓地从一件毫无关系的事情上说起。"我曾在特拉维夫待过两年，那是以色列第二大城市，看上去跟深圳很像，有山有海，有便捷的现代化建筑，却同时也几乎是这个世上遭到恐怖袭击最多的地方。有一次，我在做一个文化展会的外围安保，一个年纪很小的少年，十一二岁的样子，推着婴儿车过来，车子里坐着一个一岁的小女孩。他跟我说，他们学校布置了周末作业，要写一篇参观展会的文章。他家住得很远，父亲在其他地方打工，母亲跟他说，他得照顾妹妹，所以他把妹妹一起带了过来。他说完，举起婴儿车里一大罐那种纸盒装的牛奶，说，这是他妹妹一天的粮食，他让我允许他带进会场去，说完自己打开喝了一口。我那个时候感到特别为难，这么大盒的液体是严格禁止带入的，可如果我不允许，那个小女孩是不是就得饿一整天的肚子了？我拿着那盒牛奶摇了摇，又让警犬闻了闻，没发现什么问题。然后我看着那个男孩，让他把刚才说的话，还有今天早上的行程再复述一遍，希望通过这个办法检测他究竟有没有说谎。他照做了，说得比第一次更详细，连早上几点起床，怎么准备妹妹的牛奶和自己的干粮，怎么坐车和转车都讲得清清楚楚。我几乎就信了他，准备让他们进去。但是我接过了那盒牛奶，告诉他我不会把牛奶处理掉，而是放在值班室里，如果他妹妹饿了，随时可以来找我。小男孩各种不情愿，却也没有办法。他们进去以后，我越想越觉得那盒牛奶有问题，撕开一看，果然盒子中间放置了一枚硝化甘油炸弹，缠好裹好之后，再灌上牛奶。我后来仔细想过这个事，当时我之所以特别相信那个小男孩，就是因为他说的每句话都是真的，他确实是要完成作业，也要照顾妹妹，他也的确起得很早，坐了两趟公车才到。这都是事实，所以第一遍讲述和第二遍复述的时候，他才能说得这么完美。但他同时也隐瞒了他是怎么准备炸弹，怎么计划在人群中引爆的部分。"说到此处，他突然停了下来，骤然逼视Rowan，道，"就像Rowan，你说了所有别人留意了或者没留意的细节，却没有说你在这几个夜晚是怎么杀的人以及你真实的身份。你就是狼人！"方惟安的声音不算大，但场上实在静极了，他说话的重音又压着人们心跳的节奏，一个一个字像是砸进了心脏里。

大家仍然不敢作声，只是看着康俊。康俊侧了侧头，犹豫了一刻，脸部肌肉微微牵起嘴角，对Rowan说道："若这局不是遇到方总，我肯定得选你。你的表述和技巧都是满分，方总则是绕开了这一切，硬碰硬地用正义来召唤我，让我觉得要是不选他，马上就会有个雷劈在我的脑袋上。太可怕了！"

众人紧绷的神经一下放松下来，揭开谜底，好人胜利。Rowan站起来，隔着桌子与方惟安握了握手，道："方总的打法让我输得心服口服。"

方惟安颇有惺惺相惜的味道，说："我这也是被逼上绝路了，要是我们两人的牌面互换，我一定不能把你逼到这个程度。"

身为法官的林小云巧笑嫣然，目光如潋滟春光凝在Rowan身上，笑着说："我还是觉得你的发言更棒，即使我全程都睁着眼，但方才听你说完，我差点都信了你才是好人。"

唐盈盈的眉心微微一跳，看了Debra一眼，斟酌着说道："小云今天的话还真不少。"

Debra幽幽剥了个龙眼放进嘴里，清甜的汁水漫成她嘴角的一缕笑意："我跟Rowan从恋人到夫妻快二十年了，他就像根蜡烛一样，每天都有不同的女孩子跑到他跟前来测试自己的魅力。"Debra冲着钱鹏的方向努努嘴，继续道，"以前小云应该没这个胆量，但最近她男朋友暴发了，给她带来不少自信，这不过就是想挑战一下更高的难度。要真让她放弃自己的男友，她肯定舍不得。所以我也真不用去care这个。"

唐盈盈耸耸肩，无奈地笑道："你的心真大。不对，应该是说，我真羡慕你跟Rowan的感情，还有你在这感情里的自信。"

Debra笑了笑，看了方惟安一眼，又道："你的方总很不错啊，聪明、果敢、意志坚定，唔，长得也好。"

唐盈盈轻轻一笑，道："是啊，确实是个优秀的人，跟他相处我也觉得很舒服。只是……"唐盈盈想了想，又道，"只是这种舒服的感觉好像隔着些什么东西，怎么说呢，就好像你明明可以感受到他的关心、他的温柔，甚至他的温度，可就是感觉不到他的心跳。"

Debra浅浅笑道："那你的心跳让他触及了吗？"Debra盯着唐盈盈，伸手在她胳膊上拍了拍，静静地说，"我今天看到方总，倒觉得有点意外。他看起来跟李睿完全不一样，一个强硬一个羸弱，但里子上，我又觉得两个人极度相似，冷静、克制、异常的谨慎。我不知道你是怎么打算的，但有一点你必须清楚，李睿是李睿，方惟安是方惟安，你的生活想要往前走，你就得先从思念里走出来，过上有烟有火的热闹日子，而不是孤零零的旁观者。"

Debra骤然提到李睿，唐盈盈的心像被冰锥猛地一扎。她看了一眼方惟安，他正在人群中浅浅地笑着，仿佛听到了什么有趣的段子，抑或只是他维持客套与礼貌的姿态。她又抬眼看了看天花板，明晃晃的灯在深色的墙上照出一圈一圈模糊的光晕。"你这么一说，我突然有些明白了。"唐盈盈虚浮着笑意说道，"我跟方惟安心里都有一个人的影子，我们照着那个影子去找另一半，拼尽了力气想让那个人与自己心里的影子严丝合缝地对上，却怎么都合不上，这份差距就成了彼此之间的距离。我于他是如此，想必他对我亦然。"

Debra听她这么说，有些心疼，也有些生气，道："你这么磨着自己有意思吗？你要是跟他一直这么端着心事相处，那谁也迈不出向前的步伐。要我说，你们别整天搞些虚头巴脑的爱不爱、真不真的伪命题了，赶紧同居吧。他要是见过你坐在马桶上憋大便，你要是忍得过他一边抠脚趾一边咬花生，两人还能亲亲热热不分手，那必是真爱无疑了。只有鸡零狗碎才是生活，只谈爱情的恋爱那都是幻象。"

唐盈盈侧过脸，上下看了看Debra，感叹道："我真不敢想象，这样的话竟然会从女神你的嘴里说出来，你跟Rowan那可是神仙眷侣一般的存在啊。"

Debra笑了笑，道："神仙眷侣是怎样过日子的，每天喝点仙露，在天上飞来飞去，见面就是我爱你，睡前再一句，你是弱水三千中我取的那一瓢？醒醒吧，我已经是两个孩子的妈了，即便用不着为生计发愁，但生活里照样是柴米油盐酱醋茶。你也一样，要踏踏实实地过日子，脚上怎么可能不沾泥，心里又怎么会一尘不染？"

唐盈盈怔了怔，她自然明白Debra的好意，她也明白该放下的早就该放下了。可是，可是什么呢？她似乎再也找不到给自己执着的借口了。

Debra按照香港医生的药方吃了一周多的药，老是觉得身体哪儿都不舒服。在办公室只看了一会儿文件，脑袋就撑不住地发晕，站起身来想活动活动，心脏却一悸一悸地猛跳。虽然知道这可能是吃药带来的副作用，但Debra仍然有些放心不下。吃过午饭，堵心的感觉越发强烈了。她看了看时间，这个点也来不及预约香港的医生了，只能在深圳就医。

公立医院里到处都是人，从挂号到分诊花费了半个多小时。好不容易轮到自己，挤进了医生办公室，只见三五个患者每人又带着一名家属，将一名四十多岁的女医生的桌子围得水泄不通。"下一个，下一个。你们出去排队，没叫到号的别进来。"女医生无奈地喊道。

"医生，你帮我看看，我刚才去做检查了，你帮我看看检验单。"一个胖胖的女子挤在最前头，不屈不挠地说着。

女医生没有理会她，隔着人墙接过Debra的病历，大声问道："你怎么了？"

Debra对这种就诊环境很不适应，却也没有办法，只好尽量凑近，道："我觉得不太舒服，心悸、头晕，喘不上气来。"

"例假正常吗？"女医生一直盯着屏幕，鼠标迅速点击着。

"这个月延迟了一段时间。不过我之前被查出卵巢早衰，也一直在吃药，可能是药物副作用。"Debra尽量详细地说道。

"先查个孕吧。再做个血常规，没问题的话，再给我看看你吃的什么药。"女医生一面说，一面迅速在打印出的病笺纸上签字，"三楼交钱。下一个。"

Debra捏着那张缴费单哭笑不得地被插队的人又挤了出来，全程不到一分钟。这里跟香港那种谈心式的诊疗环境相差甚远，她打算把缴费单扔了，回香港重新预约就诊。走到电梯口的时候，又有些犹豫。反正来都来了，时间已经浪费了，再回去，这一个多小时就全变成沉没成本了。她叹了一口气，老老实实交了费、抽血，半个小时后，拿到了化验单，又回到诊室。

"你这是怀孕了呀！"女医生用与香港医生同样的红笔在化验单上画了一个红圈，"HCG（人绒毛膜促性尿激素）数值这么高，怀孕该有七八周的样子。心悸、胸闷什么的应该是妊娠反应，没什么问题，回去好好休息吧。"

Debra方才已经看到单据了，现在听医生这么说，笃定了几分，又着实还有些担忧，连忙问道："真的是怀孕吗？我之前在香港就诊，说我卵巢早衰，很不容易受孕，一直在吃药。药物会不会有影响？"

"你吃了哪些药？"女医生问道。

Debra拿出手机，把邮箱里医生发给她的就诊记录翻出来，拿给女医生看。"没影响，这几种药都很安全，也不会对胎儿造成影响。这个孩子可以要。"女医生笃定地说道。

Debra吓了一跳，她是想问药物会不会造成验孕结果的偏差，可医生理解成了药物会不会影响孩子的发育。孩子无论如何也是要要的，在Debra的概念里，流产跟杀人没有区别。"卵巢早衰确实会造成受孕概率下降，但并不是说完全就不可能怀孕。不过你年纪不小了，要处处小心。我给你开些叶酸吧。"女医生补充道。

从医院出来，Debra的心便像飘在了半空中，被各种各样的情绪纠缠着。一是高兴，又有一个小生命在自己的腹中静静生长；二是恐惧，对生产的恐惧仍像魔咒一般箍在她脑袋上，勒得又紧又疼；三则是担忧，不知道这个孩子是男是女，若是个男孩，Rowan一家该高兴成什么样，可若还是个女孩，他们又该有多失望。这个念头在脑子里冒出来的时候，Debra难免对丈夫有了一些怨恼。若不是他这般渴望一个男孩，何至于令她对这么一件本该十分高兴的事也喜忧参半。

一脚油门，车窗外的景色由秀美的深南大道转换成了香港繁盛喧闹的皇后大道，Rowan的公司就在附近。Debra将车停在路边，她突然也想给Rowan一个猝不及防的惊喜。她用手机登录了Rowan的iCloud账号，密码是两人共用的，定位了Rowan的手机，跳动的小蓝点显示他就在附近。Debra嘴角含着即将得逞的笑意将模糊不清的地图一点点放大，定睛一看，那小蓝点正是在眼前的这家酒店。Debra环顾了一下左右，似乎不敢相信，脸上的笑容有些发硬。一刻之后，她调整好呼吸，随手拨通了Rowan的电话。

嘟了三声，Rowan的声音在听筒里响起，与平常一般平静，含着浅浅的笑意和无限的温情："老婆，怎么了？"

"你在哪里呀？"

"这个时间当然在公司咯。"

"嗯，我今天收工得早，刚才在中环买了些东西，一会儿放你办公室去，晚上一起吃饭吧。"Debra的眼睛静静地盯着酒店的大门，不动声色地说道。

"No problem."Rowan的语气听不出一丝起伏，"你还有多久到？我晚上好像有个饭局，我待会儿把它给推了，还是陪老婆要紧。"

"十五到二十分钟吧。我现在正在往你那边走。"Debra仍然盯着酒店大门，平静地说道。

"好的。你到了直接上来，我手上有点事，就不下去接你了。"

收了线，Debra伏在方向盘上，像有一把小锤子咚咚咚地撞击着胸口。过了五分钟，Rowan那熟悉的身影果然出现在了酒店门口，他理了理领带，左右看了看，不紧不慢地往公司的方向走。

Debra的脸骤然失血，胸口像被人活活塞进了一大团棉花，堵住了气息的出入口。心悸倒是不心悸了，只是再也感觉不到心脏的跳动。她走下车，在酒店大堂里徘徊了很久。她想看看对方是怎样的人，在她十数年的婚姻生活里，破坏者的形象从来未在她脑子里完整地形成过。或许是曾经的自己太过自信了。下一瞬，她又十分害怕看到那个人，她突然意识到，无论对方是怎样的人，都将像一面镜子一般照出自己落魄的失败。

这面"镜子"恰好和她迎面遇上了。四目相对，不知为什么，Debra就是知道这是自己要找的人。而那人见到Debra的时候，面上闪过一瞬的惊讶，脚步微微一滞，继而又像是彻底放开了，索性朝着Debra大步走来。"你是Debra吧，你好，我是Melissa。"她说话带着浓浓的港腔，想必是为了迁就Debra才说的普通话。

Debra忍不住打量了一番Melissa，二十三四岁的模样，齐肩的头发剪出了好几个层次，发尾微微弯曲，饱含着年轻人特有的张力。她的脸不方不圆，身材也不似大多数港女那般过度瘦削，而是恰到好处的圆润，浑圆的臀部裹在牛仔裤里，倒更加符合欧美的审美。"我跟Rowan没有感情的，我跟他只是签了协议。每个月在我排卵期的时候我们约会几次，他按月支付我报酬。直到我怀孕，生下儿子，他再另外给我一笔钱，供我去美国读书。"Melissa没有任何婉转，开门见山地说道。

"生儿子？"Debra冷冷一笑，手指却在不经意间掠过了自己的腹部。

"是的，他找我就是想要个儿子。这不奇怪，香港哪个男人不想要个儿子呢？女儿是心头宝，儿子才是自己生命的延续，这很正常。"

Melissa的声音像一把尖锐的匕首，刮在Debra薄薄的耳膜上，特别刺耳。她皱了皱眉头，问道："你能保证生下个男孩？"

Melissa眉眼一扬，毫不在意地说道："当然不能。不过每次都有一半的概率吧。七周就能去做DNA检测性别，是男孩就留下，是女孩就等下次咯。当然，这种尝试也是有价格的。如果真怀了女孩要流掉，Rowan每次会给我三十万养身体。"

Debra的眉头皱得更紧了："你疯了吗，为了赚钱，这么糟蹋身体，还……"后面"残害生命"这四个字，Debra有些说不出口。她在这一刻有些惶然，她不能确定残害生命的究竟是眼前这个女孩，还是Rowan，抑或是他们这种无可救药的生男观。

Melissa丝毫不在意，一张如桃花般娇嫩的脸在酒店大堂明亮的灯光下显得愈加娇嫩，双眸似乎能滴出水来，她浅浅笑道："我还年轻，身体是本钱，现在不拿去换钱，它迟早也会变老，变得不适宜生育，变得不值钱。倒不如趁着现在，用它去赚到我人生中顶要紧的一笔钱。我要的也不多，Rowan承诺给我两百万，足够我去美国把硕士学位拿到。之后，留在美国也好，返港也好，我的前途发展跟现在自然不一样。"Melissa的话不紧不慢，条理清晰，"所以我跟Rowan完全是各取所需，你要相信我丝毫没有破坏你婚姻的意思，生完孩子我就走人，一点纠葛都不会有。香港是个商业社会，这就是一笔买卖而已。只要价格谈拢、到款及时，没有什么是买不来的，也没有什么是断不了的。以后我要是真的给齐家生了个男孙，你不喜欢，大不了放在外头养就是了。我给了孩子这么一个好的出身，我也心安理得，没什么对不住他的。"

Debra静静地听她说完，想笑，却又笑不出来，想哭，不，她一点也不想在这里哭。泪水的湿意漫过眼底，她又逼着一滴一滴倒流回心里。无论如何，她得姿势好看。她嘴角浅浅一扬，道："OK。既然你们甲乙双方合意，我也没什么好多说的。希望你们合作愉快，你能早日去到美国，学业有成。"

面对Debra的大度，Melissa倒是始料未及，她掩了掩面上的尴尬，小心地问道："你不介意我把今天的事告诉Rowan吧？"

Debra神色淡淡道："我都OK。反正你不说，我也会说的。"

Rowan神情慌张地回到家，自从Melissa说了她遇到Debra的事情后，他的心率就没下过一百一。他不是个胡搞乱来的人，严谨的家风，稳妥的性格，以及对妻子的挚爱，让他早早便与"风流"两个字绝了缘。跟Debra恋爱七年，结婚十年，他被人传过无数次绯闻，但每一次都被证实只是女方的一厢情愿。也正是因为如此，他才赢得了妻子钢铁一般的信任。现在，这份信任亲手毁在了自己手里，他竟然想不出Debra会做出什么反应，也真是天大的讽刺。

进了门，他潦草应付了小女儿跌跌撞撞奔来的拥抱，踮着脚推开了房门。Debra看起来很平静，斜斜地坐在沙发上，双脚蜷着，纤细洁白的手指在Ipad上迅速地划动，像是正在翻阅什么东西。"老婆……"Rowan轻轻呼唤了一声，声音像一块粗糙不堪的石头摩擦着声带，艰难地被吐了出来。

"嗯。"Debra应了一声，头也没抬。

两人之间复而陷入的沉默像是尴尬的窒息。Rowan向前走了几步，犹豫了一刻，双膝一弯，跪在了Debra面前，轻轻说道："老婆，我错了。你别生气，我真的错了。我不该去找Melissa，我已经告诉她，合同终止了，我以后都不会再见她。我这是鬼迷了心窍，但我真没有什么出轨的意思，我就是太想要个儿子了。"Rowan太紧张了，连一个完整的长句子都说不出来，只能一段一段地往外说短句子。

Debra笑了笑，那笑意跟七月半的毛月亮一般，有种让人脊背发凉的寒意："我刚才想了想，深圳那套房子当时装修好了一直放着没住，我明天找工人去看看，修补打扫一下，再添置一些家具，应该一周就能弄好。那边面积还可以，面对着大海，楼下就是国际幼儿园，我可以带Lucian先搬过去。Anita已经上小学了，转学的问题一时比较难解决，我得先联系一下，再跟她谈谈，看她自己是不是愿意到深圳去读书。"

Rowan的脸失了血色，张了张嘴，哑着声音道："……那我呢？"

Debra深深看了Rowan一眼，道："离婚以后，你仍然是女儿们的Daddy。当然，抚养权的问题我们还要再商量，我希望是两个女儿都能跟着我，毕竟你这边肯定会有别的女人进门，你也不想看到后妈跟前妻女儿相处的尴尬场面吧。"

"什么离婚？什么前妻？我这一辈子就只有你一个老婆。"Rowan伸直了上半身，红着眼睛大声说道，"我错了，老婆你相信我，我真的知道错了。不要离婚，我不同意离婚。"

Debra此时比任何时候都更冷静，她静静地凝视眼前的丈夫，缓缓地说道："我相信你，Rowan，我相信你是真的知道错了，悔青了肠子不该去找Melissa。可是我们的问题真的在Melissa身上吗？你觉得你错了又怎样，你能改吗，你能放弃追求一个儿子的念头吗？"

Rowan的脸肃了肃，他认真地想了一刻，又默了下去。

Debra的手轻轻搭在沙发的扶手上，脖子轻轻转向右侧，避开了Rowan的目光："我刚才在开车回来的路上就一直想，我究竟在生什么气，要是你当真爱上了Melissa或是出轨了别的女人，我会不会这么不高兴？我想了一路，也想明白了，比起对忠诚的背叛，我更加接受不了你给我带来的羞辱感。生育这件事在我的观念里是一项必须在婚姻内部完成的事情，即便到了需要借助医疗技术手段去实现的地步，也应该有夫妻双方商量着办的前提。你在知道我身体不好、受孕概率极低后，一周之内就迅速找到了Melissa。女人在你眼里是什么？传宗接代的借力器？那身为妻子的我，在你眼里又是什么？缺失了繁衍功能的妻子就没有被尊重的必要了？"Debra竭力平息着胸中的怒气，十指交错，拱卫在自己小腹的上方，语意如三九天冰冷的寒冰一般划破心头，"你断得了Melissa，断得了生儿子的执念吗？当然，这我也不怪你，各人有各人的想法，没有什么高低，也没有什么对错。我只是不能接受，婚姻于你，延续子嗣是必不可少，相知相守只是锦上添花。"

"不是，"Rowan着急地否认，停了半刻，慌乱的大脑逐渐冷静下来，他缓缓地说道，"我必须有儿子，无论如何得有一个。不管你怎么骂我迂腐陈旧，这都是我心里的执念，我没有骗过你。但这并不意味着我对我们的婚姻有任何轻视的地方，你是我此生唯一爱的、敬重的妻子，对Anita和Lucian，我一样会是最疼爱她们的父亲。如果你实在介意，生下了儿子，我也会尽量让他不打扰我们这个家，我可以用人格发誓。"

Debra的脸在浅黄色灯光下漾起一层柔和的光线，她的睫毛闪了闪，像是听到了什么特别好笑的事情，嘴角向上牵了牵，声音低低却透着无比坚定的意志："你自己听听，我们俩自说自话都到了这个地步，对彼此的感受都跟绝了缘似的，这样的婚姻还有什么必要继续下去？"

"当然有。"Rowan连忙说道，"我们的感情没有变过。我们还有两个宝贝天使，离了婚，她们太无辜了。我知道你不想再生了，我也不再逼你生，这个问题我自己想别的办法解决好不好？其他的，我们都跟从前一模一样。"

Debra难以置信地看着Rowan，他今年刚满四十，显嫩的面庞与记忆中那个意气风发的少年并没有太多的不同，只有眼角隐约的细纹暴露了一个男人初老的惶恐。几个小时前，Debra还觉得自己是世上少有的幸运儿之一，有着幸福的婚姻、相爱的丈夫、可爱的女儿，以及那么低概率都能怀孕的好运气。而此刻，被这些色彩斑斓的幸福泡泡掩盖住的一小块东西正突突突地向外生长，她是想对这个异物视而不见，只是它生长的力量实在太强大，破坏了原有的美好结构，成为她精神上最重要的支柱。Debra霍地站起身来，缓缓地说："不要骗自己了，不可能跟从前一模一样了。每段关系都有自己的底线，就像一张柔韧宽阔的大网一样，兜住两个人之间所有的美好。一旦底线被击穿，就像网上面破了一个大洞，不需要多少时间，上面所有的美好都会漏光，只剩下怨恨与不满。"Debra的肩膀微微瑟缩着，脊梁却绷得直直的，"我们相处了快二十年，感觉像是过了一辈子，经历了太多美好，多到我都忘记了其间掺杂的不愉快。刚才我坐在那里，突然有无数的委屈涌了过来，我问自己，我当真活成了自己想要变成的模样吗？没有。我不想跟公婆住在一起，不是对他们有不满，我只是想要一屋子完完整整的自由。我不想住在香港，每天来回三个多小时，比我陪伴孩子的时间还长。我不喜欢吃早茶，我不喜欢说粤语，我不喜欢吃清淡寡味的汤汤水水，我不想再生孩子了。这些细节无关对错，零零碎碎又特别不起眼，但一桩一件都是我为这场婚姻做出的妥协，也是它们一点一点将我推离了我想要走的路，让我离我想要的人生愈行愈远。我曾经认为我可以无怨无悔，直到今天，我见到Melissa，我突然觉得我此前的妥协……"Debra自嘲地笑了笑，忍回了眼底的泪，"挺傻的。多留一些美好给彼此吧，再拖延下去，只是徒增了抱怨和不满。"

Rowan眼中的难过和不舍显而易见，他垂头坐着，手心一片冰凉。再是难以置信，他此时也清楚了，他了解妻子刚硬的性格，话已经说到这个份上，再是哀求也无用。但他仍不愿接受，梗了梗脖子，坚定地说道："我不离婚。我们好好的，为什么要离婚，这辈子都不离婚。"

Debra又气又急，道："Rowan，你理智一点。世上没有离不了的婚，协议不成，我可以走审判流程的。是你对婚姻不忠在先。"

Rowan摊摊手，道："那我就求法官大人不要判我跟我老婆离婚，我老婆对我所有的不满意，我都可以想方设法弥补和解决，我就是不要她离开我。"

"你这样拖着有意义吗？"Debra质问道。

"有。"Rowan露出了一向狡黠的神色，无赖般说道，"能拖一天是一天，万一能拖一辈子，那我就跟你过了这一辈子了。"

"滚出去。"Debra拉下脸怒喝道。

打发走了Rowan，Debra只觉得浑身舒坦了许多。她没有想到她自己会有这么多不如意，惯在别人的褒扬和羡慕中，她自己也觉得自己真成了神仙眷侣的一分子。可一旦有一根针戳破这个神话，她便能清晰地看到自己身上的累累伤痕。爱，纵然也掺了些恨，但她仍爱着Rowan；不忍心，确实不忍心让两个女儿幼年便遭遇父母离异；舍不得，放弃这优渥富贵的生活条件也是很需要一番决心的。可是，离婚的念头却从未如此坚定。她得更爱自己，得按照自己心念所指的方向去活，从华美的泡泡里走出来，活得更自在些，才对得起年近四十的自己，还有肚子里这个尚未来到世间的小生命。

想到这里，她拿出手机，思索了片刻，方才拨通了唐盈盈的电话。"你知道我们所谁打离婚官司最厉害吗？"Debra问道。

唐盈盈正趴在桌上改一份申诉材料，捏着手机，随口说道："李律啊，由律也不错。嘿嘿，要是标的额够大，我也可以上场。"

"唔，那就你吧。"Debra的声音听起来有些飘忽，默了一刻，又道，"我想我可能需要一个律师。"

第6章
Debra离婚了

离婚律师是世上性价比最低的工作,没有之一。企图用理智思维去解决感情问题,归纳成条理分明并且看似公平的离婚协议,再用两本轻巧且薄的小红本把纠缠的两个人彻底分割开,只能说离婚律师们野心很大,过程很痛苦,结局……至于结局,还是不要去想了。十个离婚案子里,至少能有一半的当事人扔下律师复合,开开心心继续过日子。所以,离婚官司向来是律所里拿来锻炼新人意志力、承受力以及积累人情世故的好教材。

但这并不能阻止越来越多的人遇到离婚问题时喜欢聘请律师。他们未必是看中律师的法律专业能力,而更像是希望在自己人生最混乱迷糊的阶段,能有一个冷静理智的人全程陪伴。当然,也有一些自己就十分理智清醒的当事人,他们找律师就跟在眼前放一台录音机差不多,主要功能就是记录和复述自己的思路。在唐盈盈看来,Debra正是这么打算的。

"所以,Rowan一定要一个儿子,便去找了别的女人搞协议受孕。但其实你已经怀孕了,却不告诉他,而是一定要离婚。"唐盈盈满脑子的思维乱线,在Debra深圳新居的客厅里走来走去,这里刚刚打扫一新,客厅圆弧形的落地玻璃被擦得透亮,窗外是温柔起伏的小南山。

"我也不是不告诉他,只是事情发生得太突然了,我还没想好要不要告诉他。"Debra从冰箱里拿出一盒冰牛奶,满满地给自己倒了一杯,冒着寒气的白色液体落进喉咙里,让她浑身都透出舒服。"告诉他吧,那是在给离婚增加难度,他要是知道又有了孩子,会更加不愿意离婚了。但不告诉吧,好像又说不过去,毕竟他是孩子的父亲，知情权还是要有的。"

　　唐盈盈走到Debra跟前，伸手把那个冰凉凉的杯子拿开，埋怨道："怀孕了还喝这么凉的东西。"又顺手帮她把杯子洗了，倒上一杯温水，疑惑地说道，"其实，也未必就到了离婚这一步吧，万一这一胎是个男孩呢，那不就没有什么分歧了。当然，出轨的事情，他这个出轨出得也别扭得很，半拉子地对婚姻不忠。"

　　Debra笑了笑，道："不忠就是不忠，一次不忠百次不用。哪有什么半拉子的？"

　　唐盈盈看了看Debra，又劝道："你从前不是说婚姻是一项妥协的艺术吗，毕竟有两个孩子在，肚子里还有一个，这个时候离婚，实在牺牲太大了。"Debra静静地看着她说完，目光深深，盯得唐盈盈心里直发毛，想好的劝慰语句都变成了脸上尴尬的笑，"你别这样看我啊，我身为你的律师，循例还是得劝劝的。老话说宁拆十座庙，不破一桩婚，何况是你跟Rowan这样的天作之合。说真的，你们要真离婚了，就像一座灯塔骤然熄灭，让我对未来的婚姻之路更加迷茫了。"

　　Debra端着那杯温水，并没有喝，手指沿着杯壁上下摩挲，目光遥遥地落在米色半透光的落地窗帘上："我现在每天早上起来，胃里堵得直发慌，非得喝一些凉的东西，身体才觉得熨帖舒适。可所有人都说孕妇不能喝凉的，入口必须是温热的。我从前也照做，可是如今我快四十岁了，连自己的身体需要什么都搞不清楚吗？喝水如此，婚姻亦是冷暖自知。我和Rowan感情没问题，但这并不意味着我们的婚姻也能一点问题都没有，顺顺利利到白头。有的时候离婚并不是两个人过不下去了，也有可能是一个人不愿意再这么过了。原谅他出轨Melissa不是不行，只是如果击破底线的事情也能被原谅，那我以后该多厌恶这个只会妥协的自己呀。既然如此，倒不如快刀斩乱麻。守不住婚姻没什么大不了，守不住自己的本心才要命。"Debra的手轻轻滑落至小腹上，语意中带着几分愁绪，亦有十分的坚定，"我现在最后悔的就是当时心软，同意再尝试要个孩子。但既然来都来了，这孩子就得适应冰牛奶下肚的感觉。"说到这里，Debra又抬起头，看了看唐盈盈，像是想起了什么，笑着说，"你还记得之前Rowan的母亲每天送一盅燕窝到办公室给我吗？"

　　唐盈盈点点头，"当然记得，所里十个女人有十个在羡慕嫉妒你呢。"

　　Debra轻轻地摇了摇头："Rowan家从来没有铺陈浪费的家风，一反常态天天大张旗鼓地送补品过来，表面上是成全了他们宠爱媳妇的好名声，二来又暗暗给我施加压力，意思是让我调养好身子，赶紧再给他家生个男孙。其实从我生了小女儿之后他们就明着暗着给我施压，让我生第三个。不，不是第三个，是指定要生个男孩。"

这里面的玄机倒是唐盈盈完全没有想到的，如今回想起，实在是令人惊讶。她一时不知道说什么，只好低着头，尴尬地沉默着。

Debra把头仰起，靠在沙发的枕垫上，这个动作让她酸痛的背部得到了很好的舒展，她的语气平淡得像在讲一件跟自己无关的事情一般："其实原本是无所谓的，我还蛮喜欢小孩子，也愿意生命里多几个小天使。可生我二女儿的时候，发生了羊水栓塞，死亡率九成的急性症状，抢救了整整九个小时，完全是在死神面前转了个圈才捡回来一条命。从那之后，我还真是对怀孕生子这项常规动作产生了巨大的心理阴影。其实我也一直在犹豫，如果不生个儿子，我就很难在他们家的价值排序中占到好位子。"Debra见唐盈盈眉间的疑惑更浓重了，便又解释道，"别人看着我现在工作体面，年薪也不算少，但在他们家眼里，我赚的这些钱，还不够大盘上小数点的一次跳动。经济价值不起作用的时候，原始的生育价值就补位上来了。这个时候，我看似在坚守生与不生的选择自由，但实际上跟我抗力的就是中国几千年来生男优于生女的传统思维。现在好了，婚姻的基石散了，支撑我去对抗这些的力量没有了。你突然发现，如果一个女人可以从婚姻里走出来，这些压力，这些虚无且强大的对手，根本就不存在。"

Debra说这些话的时候，眼睑垂得很低，长长的睫毛投下两块小小的阴影，像是两块小小的盾牌，挡住了外来的风暴，也藏起了她的心思。"你难过吗？"唐盈盈小心地问道。

"当然难过了。我这不仅是失婚，还是一场正儿八经的失恋。说起来，除了十六岁那年跟初恋男友分手，我还没遭遇过这样的失恋。我也不知道现在的年轻人是怎么对付失恋的，在我们那个年代都是拼命买醉呀。所以昨天晚上我还特意跑去酒吧，点酒的时候突然想起来孕妇忌酒确实是有科学论据的。只好点了杯绿茶，越喝越清醒，越清醒就觉得这离婚的功夫不容易。我这要是怀的又是个女孩还好说，大不了大闹一场，咬死了说不可能再生，Rowan即便不舍，也容易放手些。这要是个男孩，我公公第一个就会不同意，甚至会认为我想携带他家的长子长孙跑路。

他的手腕我也是见识过的，光想想就不寒而栗。"Debra的神情淡淡的，似乎很轻松。只有与她相处了多年的唐盈盈才能品味出言语之下那份被小心掩藏的苦楚。

唐盈盈眨了眨眼睛，思索片刻，道："要不去测试看看，再看看该怎么办。"

"不去。"Debra瞥了唐盈盈一眼，道，"想带孩子们离开那个家庭，就是不想再让他们被这种性别生育的问题影响。我也不想借力这个。安安稳稳等到他瓜熟蒂落的那一天，是男是女都是surprise。"

唐盈盈搔搔头，道："你也真舍得了，这要真是个男孩，可是齐家家业正经的继承人。你知道我刚在北京办了个争遗产的官司，正房太太为了护住家产，狸猫换太子的招数都用上了。"

Debra浅浅笑道："是啊，可你不觉得这很可怕吗？世世代代被这个观念捆住，把女人逼上绝路，男人又何其好过？我若真有个儿子，我只希望他平安健康，能自食其力。不要为了这份所谓的子嗣延绵，白白受罪，还连累他未来的妻子。"

话说到这里，唐盈盈隐约有些能够理解Debra非要离婚的决心。并非感情出了问题，也不是在矫情拿架子。她只是希望在被病态文化吞噬之前，能以己之力守住自己与孩子的一份自主与自由。"这并不容易，"唐盈盈看着Debra，"虽说这世上没有离不了的婚，再顽固的人也无非是拖两年还是拖五年的问题，可问题就是时间，会耗费大量的时间和精力。想要速战速决，最好还是跟Rowan达成一致，说服他在离婚协议上签字。"

"他说准备跟我拖到白头到老。"Debra无奈地笑了笑，"我了解他，跟他是无法再沟通了，再说下去也是一样。他就一句话，我爱你，我知道错了，但我还是要个儿子。我现在也是一句话，我不管爱不爱你，我就是不想这么过了。这矛盾，典型的无法调和。"

唐盈盈也跟着笑了笑，离婚中的男女大多如此，妻子与丈夫各持一套价值观，谁也不愿意做出让步，只拿着彼此的感情在中间熬着，非得熬到双方精疲力竭了，才肯放手前行。能够快速从其中抽身出来，便算是对双方最好的照顾了。"那有谁劝得了他吗？公公婆婆？还是死党哥们儿？"唐盈盈没招也得硬想，"在父权社会里，父母对子女的婚姻有着非常重要的发言权。要不从Rowan的父母那儿试试看？"

Debra浅浅抿了一口杯里早已凉透的白水，耸耸眉，道："没问题。你可以试试，我建议从齐老爷子开始。快七十的人了，耳聪目明的，脑瓜子转得飞快，比婆婆好打交道。"

唐盈盈一听这话，暗觉不对，抗议道："这是你的离婚官司呀，怎么让我去试试，我哪里知道怎么跟他们打交道？"

Debra从桌上拖过一盘无籽奶提，摘了两颗扔进嘴里，甜腻的汁水让她的笑意越发"虚伪"："困难和要求我都跟你说清楚了，作为我的离婚律师，代表我去跟对方谈判，这本就是你分内的工作，惊讶什么？I'll pay you."

"不干。齐老爷子什么人物呀，我在他面前就跟只蚂蚁一样，他抬抬手就捏死我了。我连爬上谈判桌的勇气都没有。"唐盈盈逐渐意识到自己落进Debra的坑里了，企图做一番垂死挣扎。

"不干也得干。"貌似凌厉的话语从Debra嘴里说出来，莫名便惹上了三分无奈，"我是想明白了，以我眼下的处境，要做的事情实在太多了，顶头的一件就是安安稳稳养胎，顺顺利利待产。旁的能放就且放一放，不能放的，尽量请人代劳，绝不吝惜成本。何况你站在我的立场想想，我有这体力跟他们耗吗？"Debra言下颇有厚薪诱惑之意。

唐盈盈心中念叨，我看你很有心力，随手挖一个坑不就把我坑里头了吗。连你这种心智的女人都怵的对手，还赶着我上架，此心可诛。心中虽是这番抱怨，可再一抬眼，只见Debra眼下两块乌青透着无尽的黯淡与疲惫。饶是这般利索果断的人，离婚之时也不得不经历无数次的心碎与难堪。这般一想，推辞的话便再也说不出口了。迟疑了一刻，末了，她轻轻叹出一口气，道："话我们得先说清楚，我这也是被你赶着上场的。要是谈不好，事后不许怪我。"

Debra笑了笑，道："谈不妥也没什么好怪的，只是你得把腰杆子挺直了，别丢了我的脸。"

唐盈盈忍不住又在心里默道："这个我也保证不了。"

从Debra那儿回去，接连想了好几天，唐盈盈总算是把思路理清楚了。Rowan

这个人，在国外求学多年，一口英文说得比普通话还溜，给人感觉非常国际化，而且对妻子、女儿都很好，跟一般的大直男不一样。但其实他骨子里最要紧的一根筋还是中国传统士大夫的那一套：情爱终是调剂，再重要也越不过子嗣、家族和名誉去。他爱Debra固然不假，可一旦感情与子嗣问题发生冲突，他会不惜伤害这段感情。而Debra脑子里偏偏没有这根筋，她祖父母便是早年间的留学生，家庭氛围轻松，父母恩爱，从来也没有要给她添个弟弟延续香火的念头。她自己高中毕业就去了美国，在倡导平权的美国校园里遇到了Rowan，甜蜜蜜地结了婚，美滋滋地过了十几年日子。如今，人近中年，随着生育能力的不断减弱，子嗣的问题像多年潜在水底的大瓢，冷不丁地就浮了上来，成为两人价值观念冲突的引爆点。Debra在这件事情上是不可能妥协的，没有这根神经的人，首先就觉得一心求子的人都是神经病。为了生个儿子，不惜伤害婚姻，那就是病上病。何况，Rowan与Melissa之间的协议也让Debra倒尽了胃口，怀了女儿就去打掉，生了男孩则奖励两百万。这是养猪场的生育政策吗？

同样，Rowan那边，他也觉得自己没有错。他爱老婆，疼爱女儿，为了这个家殚精竭虑，无怨无悔。唯一所求就是有个儿子。这有什么奇怪的，香港求子的人多了去了，从黄大仙庙到私人诊所，从养小鬼到吃生仔丸，一般老百姓家里都想方设法要生个男丁，何况他这种身家的富贵子弟。生了儿子又不意味着会歧视女儿，两个女儿仍是心头肉，是爱情的结晶，可唯有儿子才是后半辈子的期待和家族的荣耀。所以当医生说Debra受孕率只有正常人万分之一的时候，他感觉自己像是被一个巨雷劈中了。浑浑噩噩中，他突然意识到，自己也四十了，精子的质量也应该下降了很多。再等下去，当真黄花菜都要凉了。协议生育对他来说是个非常完美的选择，高效、便捷，彼此没有感情，只是用一笔钱换一个孩子的买卖。为此，他还特意挑选了对象。健康、聪明、对未来有野心的Melissa是合适的人选，最重要的是，她日后绝对会对这件事守口如瓶。Rowan或许是计划至少等确定Melissa怀上了男胎、生米煮成熟饭后，再跟Debra摊牌，让Debra装个孕什么的。只是好巧不巧，这么快就被撞破了。

神仙眷侣，看上去无比般配，拥有世人艳羡的一切，背地里又有多少不为人知的龃龉龌龊。Debra与Rowan像是踩在中西文化边缘上的两个人，可以无限靠近，可以相拥相爱走过十数年的时光，可一旦触及核心问题，则是一个向西，渴盼自由，另一个向东，认同延续。即便是一声叹息，也撼不动两人的心志，也变不了即成陌路的结局。唐盈盈叹了叹，情状如此，离婚倒不算得是一件坏事。现在的问题是，Debra想明白了，Rowan还不愿接受。这也对，在他的观念里，妻与子本就是可以并行的两条线。

　　唐盈盈想得没错，Rowan仍然坚信自己可以把Debra重新哄回来。他当然知道妻子在生气，但从利己的角度去思考这件事，他觉得自己并没有错得太离谱。他甚至不太认为自己出轨了，跟没有感情的协议对象上床能算出轨吗？两人发生了四次关系，他甚至连亲都没亲过Melissa，像个机器人一般冲刺、结束，感觉上甚至不如自己手动解决。他这套"非为色也，是为后也"的说辞得到了父亲齐元德的默许。父子俩在一起吃早饭的时候交流了两句。"Debra什么时候回来？下个月我过生日，别让亲戚朋友看了笑话。"齐元德提醒道，见Rowan心不在焉的模样，便又问道，"那个Melissa怎么样了？"

　　Rowan苦了苦脸，道："我哪里还有心思管什么Melissa，总得先把Debra哄回来才算过了这一关吧。"

　　齐元德皱了皱眉，劝慰道："Debra会想明白的，她是个聪明人，能想清楚这里头的利害得失。你自己先沉住气。"

　　又过了几天，齐元德自己便先沉不住气了。首先是Rowan发现自己当真联系不上Debra了，他给她打电话，直接转移到唐盈盈的电话上，信息、邮件统统是唐盈盈回复的。甚至有次在律所楼下摆足了玫瑰花和道歉气球，也是唐盈盈出面来打发的。Debra的不露面只传递出一个态度：你我之间仅剩下离婚一件事可以谈了，但这件事也将由我的离婚律师代表我出来谈。紧接着，Rowan便知道了Debra怀孕的事。这先是从香港医生那儿漏的消息，其实Debra自从怀孕后，就断了去那里的治疗，就连此前的化验单也没去拿。正巧这天Rowan去诊所准备堵她，遇到主治医生，三言两语，Rowan不仅知道了Debra已经有几期没过来复诊，还知道了她有一项血检指数异常高，说明她极有可能已经怀孕。Rowan心急火燎地找到唐盈盈问情况，唐盈盈过了好一会儿才回复他：孩子是有了，但婚还是得继续离。

　　这事落到齐元德耳朵里，陡然换了一个味道。他首先认定自己的孙子就要来了，媳妇这是在拿乔作势，万不能纵了脾性，得赶紧弄回来在家好好养胎。可转眼一瞅自己儿子那副悲喜交加的茫然模样，心头便涌起一股怒气，再也按捺不住，唤上司机便往深圳奔来。

一路上，老爷子的思路理得很快，Debra的娘家在内地，父母早就拿到了澳大利亚永居身份，大半时间都在南半球，深圳其实并没有人给她撑腰。她能这么硬气地闹离婚，无非就是仗着工作收入还可以，经济上没什么压力。可是这合伙人的位子坐上去容易，坐稳可就艰难了。非讼业务向来三分靠实力，七分靠人脉。若没有齐家的脸面，倒看看她一介女流凭什么坐稳这合伙人的位子。

黑色长款的凌志轿车，直直驶进了律所的小院子，康俊紧赶慢赶地迎出门去，一副谄媚的模样拉开车门，虚扶了一把齐元德，故作亲热道："什么风把您给吹来了，也不提前两天打招呼，好让我先内部整理一番，您看这里头乱七八糟的。"

齐元德神色矍铄，像模像样地在门口环顾一圈，点评了一番周遭的格局气象，方才抬起脚，稳稳地走进去。

律所最体面的会议室在三楼，占了半层楼面，中间是一方圆形的深紫色原木会议桌，真皮高背的椅子，可以坐下六七十人。左右两侧都是齐天花板高的书架，满满当当地放着各类法典案例，一列一列排过去，便是一个小型的图书馆。北面是整面的玻璃墙，恰好对着院子里一株枝叶茂盛的玉兰树，绿影叠翠，金色的阳光穿溢其间，为整间屋子平添了几分生机。

齐元德慢慢踱了进来，手指在光洁的桌面上滑过，那木头纹理细腻，木色发亮，隐隐透着一种暗紫色的光泽，显然是有年头的了。齐元德曲起手指，用关节叩了叩，赞许道："小叶紫檀木，产自印尼。这种木材，触手生温，油润不干，十年前一吨原木的价格已经过百万了。你们陈君大律师可是个讲究人啊，弄了这么大一块老木，也不私藏起来，竟这么堂而皇之地摆在这里。"

康俊抬眼笑了笑，解释道："这是陈律当年帮一个外商打赢了官司，对方赠送的谢礼。陈律没有您这般的眼力，当时也不知一块木头还能价值千金，就收下了。后来，还是其他朋友告诉他，这是正宗的檀香檀木，价格高得惊人。陈律心想，收也收了，总不能退回去，便找人磨成桌面，成了我们所里的脸面。"

齐元德半眯着眼睛，看了看康俊，笑道："你接手的时间不长，对这些细碎的典故出处倒是很熟悉。"

康俊笑道："承蒙陈律看得起，把所里大小事务都交付给我，我自然得下些功夫。"

齐元德微微笑了笑，道："下功夫自然是没错的，不过只把功夫下在这些死物上，不去活人身上费心思，怕最后也是事倍功半。"

这句话颇不客气，康俊瞥了瞥齐元德的脸色，暗自嘀咕，齐老爷子早几年便将公司的事情丢给Rowan，自己过上了退休后的神仙生活。今天突然到访，肯定不是为了业务合作，也不会无聊地来点拨后辈工作，只能是为了儿媳妇Debra闹离婚的事来的。只是为私事找到所里，他能打的牌只有两张，一是利诱，二是威逼，看这情形，老爷子打算来硬的。这么想着，康俊脸上的笑容却越发甜腻："齐先生说得对，我一直跟Debra说希望有机会跟您见见面，好讨教一番。可Debra嫌我会打扰了您退休后的清净生活，一直拦着。今天好了，这么难得的机会砸我脑袋上了。晚上我订了一桌日料，得好好跟您请教请教。"

齐元德不置可否，稳稳地坐在会议桌的主座上，淡淡道："晚饭就不必了，我也没什么多的人生经验值得说。活到这把年纪了，唯一谈得上的也就一条，做人也好，做事也好，眼睛不能只看着前头，还得看着背后。"他指了指背后那面通透明亮的玻璃墙，又道，"中国风水讲究一个靠山面水，背后有山，做人才能稳稳当当不出乱子；面前有水，做事才能格局开阔不拘小利。你这里一方桌一张椅都讲究了，偏偏这里留了一处失误，靠着易碎的玻璃，这位子又怎么能坐稳呢？"

康俊看了看椅子，又看了看玻璃，还亲自走过去踱了几步，满脸疑惑地看着齐元德，道："原来这里头还有这么些讲究。我之前看这会议桌是圆形的，连主位在哪儿都分不出，每次都是招呼人随意坐的。看来倒是冒失了。"

齐元德白了康俊一眼，心里琢磨了一刻他是真傻还是在装愣，面上仍是那副不动声色的表情，道："进门正对的位子便是主座，康主任不可能连这个常识都不知道吧。"抬眼却看到康俊一脸恍然大悟的模样，只觉得方才自己一番语意双关的暗示都喂了狗了，怒气之下，索性摊开话来说，"在我的印象里，律师这个职业是专门为当事人解决困难、处理麻烦的，现在我遇到一件不小的麻烦，不知道康主任有没有办法帮我解决一下。"

康俊见这倨傲的老爷子态度终于好一些了，便又堆起满脸的笑，坐到他跟前，谄媚地笑道："齐先生请说，法律范围内的业务，我们都能接。"

齐元德翻了翻白眼，没好气地道："跟法律扯不上关系，只是一点家庭内部纷争。Debra和Rowan正在闹离婚，孩子都这么大了，还来这出。你跟Debra是合作伙伴，你也是她的领导，我希望你能从中圜转一番，也算是功德一件。"

康俊眨了眨眼，这次他是真没听明白"圜转"是哪两个字，琢磨了好一阵，才明白这齐老爷子是在跟他掉书袋呢，心中暗自好笑，便故意道："这小两口闹离婚，闹着闹着指不定哪天就和好了，你我都算是外人，何必去插手这些。"

齐元德眉毛都要倒立过来了，瞪着眼，说道："什么外人？Debra是我儿媳妇，肚子里还怀着我们齐家的男孙，我怎么能算是外人？你们所一年营收的大半都指着Debra这头的业务，她凭什么一年能做下这么大的量来？别把那些基金、投行的人都当成瞎子了，若不是看在我们齐家的脸面上，这份业务给谁不是一样。她要是离了婚，你算算你们得损失多少，这利益息息相关的，又怎么能在旁边袖手旁观？"

康俊像是被他的话给吓住了，低着头，默了半天，好像在算数。

齐元德越瞅眼前这个清秀过头的年轻人越来气，只觉得他愚笨不可教，恨不得拿把斧头将他的头砍成两截，生生把自己的想法给灌进去。他年轻时脾气便甚是火暴，这么多年在大盘上磨砺，也未见温和些。只是立在原地气了半天，忽又想起自己太平绅士的身份，万不能在一个后生面前失了气度，方将那一股邪火硬压了下去，诱道："你看，这屋子是方的，里头却摆了一张圆桌子，这种布局在中国被叫作外方内圆，方代表天，圆代表地，把天放到地之中，天收中，地做围，天地合一，再加上人，就是一个泰卦，是六十四卦中最吉利的卦象。现在你们律所占着天时地利，只要在人脉上稍有疏通，必定能天地交泰，财源不断。我齐某人别的能耐没有，在深港两地的金融圈里还享有几分薄面。如今我这把年纪了，唯一所求也就是子孙家泰安宁。康主任若能在此事上助我一力，日后我齐某的朋友就是你的朋友。"

见齐元德收回锐利的锋芒，换上了利诱的牌面，康俊面上笑了笑，语气越发温和，道："那齐先生希望我怎么助您呢？"

齐元德见康俊终于上道了，便端起茶浅呷了一口，轻轻道："Debra大学毕业就嫁进了我们家，口袋里何时缺过钱？世道艰辛、生计艰难的苦头她挨都没挨过，才养出了这般桀骜不驯的傲骨。我知道她手上正做着DB的并购项目，两个公司并购，要签的法律文件能有小山那么高，错漏一两份也不奇怪。到时候即便对方想要追究赔偿，我齐某也平得下去。不过是给孩子们一个教训而已。"

康俊自然明白齐元德的意思，是希望他在Debra的工作中做些手脚，让Debra闯下祸事，走投无路时好求齐家出手。他们正好趁机拿捏住儿媳妇，离婚的事，她自然不能再提了。康俊微微挑了挑唇角，道："齐先生，没有必要做到这种程度吧，您这样可是会彻底毁了Debra的，她以后还怎么在行业里立足？"

"她马上就要生孩子了，三个孩子的母亲还谈什么事业发展。康主任，你不会天真地认为Debra没了齐家的支持，还会是从前那个Debra吧？"齐元德几乎又要忍不住脾气，讽刺地说道。

康俊身子往后轻轻一靠，笑道："不得不说，齐先生做事做人就是老辣，拿蛇拿七寸，您这般毁了Debra，就是要将她打到毫无还手之力的地步，才好乖乖听话，任由齐家摆布。"

齐元德面上胡须动了动，将康俊上下打量了一番，冷笑道："等日后你有了子女，或许能理解我今日这老父之情。"他抬眼看了看康俊，又道，"其中的得失与利害，想必康主任也算得明白。我刚才的提议只是一个建议，我相信只要康主任有心，自然有办法撇清关系，又完成我的心愿。"他第二次抬眼看了看康俊，语意了然地说道，"等我孙子满月那天，除了封一个大红包给康主任，我也打算把香江两岸金融圈里的朋友都请来喝酒，他们手里的项目即便拿下百分之一，这样的好桌面也能换个大一倍的。"齐元德这次一股脑地将威逼和利诱的牌面都甩了出来，右手手指轻轻叩在那名贵的小叶紫檀桌面上。

康俊端坐在那里，面上并无多少不悦，只端着茶盏微微蹙眉。光从侧面照在他脸上，让他原本就阴柔的面孔更多了几分温润。他缓缓开口道："齐先生肯提点晚辈，我自然欣喜不已。只是有些事，恐怕我也帮不上忙。"

齐元德皱了皱眉，愠道："你什么意思？"

康俊脸上仍然维持着得体的微笑，道："齐先生的话我听明白了，账也算清楚了。利弊得失我也懂，只是我不是一个纯粹的商人，除了看账单报表，我心里还有一根清晰的线，把世上所有的事情划分成可为的和不可为的。这并不是简单的黑和白、对与错的对立，而是自己得知道，一旦去做了那些不可为的事情，哪怕是细微的小事，你心里敬畏的那堵墙便被打破了，从此之后，便再无什么不可为。人一旦失去自己的底线，风险便会随之而来，也将会失去其他宝贵的东西。"康俊浅浅笑道，像是不经意随口一语，道，"Debra的事我也略有耳闻，上面这些话我倒不是说给您听的，而是希望您能回去跟令公子讲一讲。"

康俊最后这句语带双关算是彻底回敬了齐老爷子之前的话。齐元德被堵得发作不了，脸上层层叠叠的皱纹似乎都要被怒气给胀平了。他霍地站起身来，拱拱手道："既然如此，那算我今日白来了，告辞。留步。"几句话连珠炮似的蹦完，转身便走，留下还没反应过来的康俊一脸茫然。

黑色长款的凌志车在院子里转了一个圈，便出了院子，留下一股长长的尾气。康俊站在会议室的窗前，目送着"财神爷"的背影，嘴里哀叹不已。他伸手叩了叩眼前那面被形容为易碎且不牢靠的玻璃，声音不高不低，不辨喜怒地说："出来吧，唐律师。"

这绝对是一场偶然，唐盈盈打死也不会承认自己是故意偷听康俊和齐元德谈话的。离婚的案子她办得不多，所以今天一早就来资料室查案例。正看得入神时，小狐狸和老狐狸便走了进来。厚厚的书架严严实实地掩住了她的身影，让她旁听了这么一场精彩的交锋。"主任，您真是一位正人君子，回头我跟Debra好好念叨一番，一定让她对您今日的大恩感激涕零。"唐盈盈微微整理了一下弄皱的裤腿，心虚地奉承道，"说真的，齐家给的酬劳不低啊，也非得是您这般有硬气的才能给一口回绝了。换作别人，哪里管得了这么多，早就达成合作协议了。"

康俊瞟看了她一眼，嘴里颇有几分懊悔之意："酬劳是不低，真是不低呀。齐元德的人脉，光想想就知道是一座大金矿。要是换作其他时候，这事也不是不能做，只是眼下，Debra怀着身孕，在别人人生的坎上踹人一脚，这我可实在做不出来。"

唐盈盈瞪着眼睛看着他，想起在北京时余律师对康俊的评价，心道虽然他平时看着不似好人，紧要关头倒是没彻底丢了良心。只是这副不在意的口吻，活活令她方才涌起的好感又缩了大半回去。康俊毫不在意，仍是平日里常见的那副纯纯的笑意，道："听说你现在是Debra的离婚律师，接下来有什么打算吗？"

唐盈盈想了想，又摇摇头道："我之前尝试跟Rowan联系了几次，完全沟通不了，一直是那副多情公子的样子，死活不肯离，也没有请律师来协商的意思。Debra跟我商量可以先做通齐老爷子的工作，内部各个击破。不过，今天看来，老爷子这爆竹的属性也不是好惹的。"唐盈盈光听着刚才康齐两人的对话，就想打退堂鼓。

康俊弯了弯唇角，似是讥讽地笑了笑，又道："爆竹是爆竹，可我刚才这么撑他，也没见他把我给炸了呀。"

唐盈盈心道，这可不好说，指不定回去怎么弄你呢。而且方才虽然看不见齐元德的神色，只听那语气便夹带了不少刀枪。唐盈盈暗自度量了一番自己的骨头架子，不像是能扛起这般风浪的模样。

康俊饶有兴趣地看着唐盈盈面上阴晴变换，缓缓道："这些年，我也跟不少所谓'成功人士'打过交道。除了那些一夜暴发的新富，这些上位者无论脾气性格如何，总有一样长处，就是心里头见事极明白。齐家自Rowan的祖父辈发迹，齐元德自己也在香港金融行业摸爬滚打数十年，恒生指数都被推倒重建了多少回，如果心里头没一根定海神针撑着，齐家又怎么保持今日的光景。他们只是惯用表面上的财势来逼诱你做些事罢了。成固然很好，不成，难道他们还当真有精力去打击报复吗？"

唐盈盈凝视着康俊，知他是好意指点，心下微微一动，似有一股暖流缓缓流过："我也不全然是惧怕齐家。只是……我也说不好，先是觉得可惜，这样的天作之合也走到了这步，虽然把道理想明白了，心里仍觉得可惜。后来又觉得荒谬，分手就分手，可明明是Rowan和Debra的婚事，我跟齐老爷子去谈，连怎么开口我都不知道。"

康俊咧着嘴笑了笑，他笑起来的模样很阳光开朗，也少了几分阴郁的气质，而后他敛了笑意，肃然道："自然是令人惋惜的，连你都这么觉得了，何况Debra。我与她共事不久，却也了解她是个独立坚强的女人，若不是痛到无法承受，恐怕她也不至于将这样的私事委托给你吧。转念想来，Rowan应也如此。"

唐盈盈张了张嘴，心里叹服康俊观察之细腻，便默默地点了点头。

康俊瞧她这副模样，便又道："离婚是一把刀，越是锋利、下手越快，双方的疼痛便越小。Debra信任你，才将这把刀交到了你的手上。让你去跟齐老爷子谈谈，也不是坏事，他们毕竟做了这么多年的亲人，许多话不好说，说了心上就是一个血窟窿。反而让你一个外人出面，倒用不着顾忌什么。只要你别被齐老爷子的气场给吓退了。"

唐盈盈思忖了片刻，疑惑地看着康俊，道："您的办公室在二楼，环境舒适，不比这儿差。您偏偏要把齐老爷子带到这里来，是因为知道我一早就在这儿查资料，故意让我偷听的？"

康俊微微一笑，这笑容又不似之前那般爽利，反而更显几分狡黠。他姿态缓慢地端起桌上早已凉透的茶，浅浅酌了一口，道："你既然这样领情，我也没必要推脱不是？既然知道了领导的用心良苦，日后更得发奋图强，多接些有钱的案子，努力为所里赚钱。齐老爷子可没说错，Debra当真要去生孩子，休假了，所里的营收得少很大一块，要准备过苦日子咯。"

唐盈盈扶额暗叹道："这个人，真是没法让人对他的好感维持三分钟。"

齐家大宅在香港西边半山腰处，从中环开车，绕二十多分钟便到，出入很是方便。唐盈盈按了按门铃，便有一个夹杂着粤语和菲式英语口音的菲佣出来开门，将她领了进去。齐家的花园打理得很好，如茵的草坪、整齐的绿篱，正中是一个葫芦状的跌水池，波光粼粼，将旁边那一畦玫瑰一畦雏菊映在其中，便有了十分的生趣。齐元德在花园观景台上等她，仅仅五步的台阶，唐盈盈一步一迈，尽量维持身姿优雅。

"齐先生，您好。我是Debra的代理律师唐盈盈。"唐盈盈向齐元德自我介绍道。

齐元德端着一个透亮的天青色茶盏，并没有接话，目光淡淡地扫在唐盈盈身上，只见她行止磊落光明，见到自己并不露怯，便对她有了几分好感，指了指对面的座位，语气却毫不客气："虽然我不欢迎你，但你也坐吧。"

唐盈盈抑住心底的尴尬，只能装作若无其事，自己拉开椅子坐了下来。此时日头正烈，明丽的阳光透过树枝，静静地落在齐元德身上，让这个年近古稀的老爷子多了几分生活的气息。唐盈盈平了平呼吸，礼貌地说道："这个事情本来不该来麻烦您的，只是我一直跟Rowan沟通无效。听Debra说您遇事明白，逻辑清晰，我便贸然拜访，想先跟您谈一谈，或许您的话，Rowan更能听进去。"

齐元德只觉得这个女人胆子大得可笑，话语便越发刻薄了："我问你，Debra

是不是正怀着我孙子？"

唐盈盈点点头，道："是有两个月身孕，是男孩还是女孩现在并不知道。"

"那我为什么会同意他们俩离婚？一离婚，她不就把我孙子带跑了吗？"齐元德轻蔑地一笑，语气中满是傲慢与讥讽。

唐盈盈微微抬了抬头，目光澈然，迎着齐元德的怒火，缓缓地说："齐先生，您以为这事您不同意，他们便离不了了吗？或者小齐先生对婚姻也有同样的误解，以为一直回避，就当真能拖上一生一世了？"

齐元德惊愕地盯着唐盈盈，他几乎不敢相信自己到了这个年纪，前日在康俊那儿碰了个钉子还能算是自找的，可如今，竟有个更硬的找上了门来。齐元德深吸了一口气，眼中的墨色深不可测，多年积累的气场在一瞬间自然迸发出来，犹如大山一般朝着唐盈盈彻头彻尾地压了下来："你说什么？"

唐盈盈也猛吸了一口气，裹着花香的空气吸入肺里有种沁人心脾的味道，但她此时也来不及品味这个，脑子跟飞轮一般快速运行着："婚姻自由是一条绝对的原则，它决定了在结婚的时候，只要有一方不同意，两个人就不可能缔结连理。同样的，结婚之后，只要有一方打定了主意要离婚，就没有离不成的。协商不行，可以起诉，起诉不行，可以分居。Debra给齐家的从来就不是离与不离的选择题，而是怎样将离婚的伤害降到最低。"其实，唐盈盈也思考了好几天怎么说这句话，直到听了康俊的建议，便决定开门见山地说。在齐元德这样的人跟前，心机只是累赘。

气氛冷了足足一刻，齐元德冷冷看着这个不知天高地厚的女人，冷硬的嘴角勾出一个三角形："既然你们打定了主意，那我们还有什么好谈的？去起诉吧。"

唐盈盈也直直盯着齐元德，道："诉讼离婚，一审审限六个月，二审三个月，再加上从中调解、前后拉扯的时间，为一场结局已经注定的官司赔进去一年的时间已经是没有必要。涉及上庭，相互争执，又赔进去彼此十数年的感情，齐先生，您真的认为值得吗？"唐盈盈的语气逐渐放软，道，"离婚，并不意味着双方要撕破脸，日后变成敌人相处。Debra和Rowan毕竟会有三个孩子日后需要共同抚育，何必闹到那个地步呢？"

齐元德冷笑道："唐律师，你这话就说得好笑了，现在要离婚的是Debra，我们齐家可没有这个意思。"

"是。"唐盈盈快速地接道，"但你们更需要一个孙子，不是吗？"

　　齐元德没好气道："不孝有三，无后为大。我齐家这些产业，难道日后白白便宜了别人吗？"

　　唐盈盈笑了笑，道："那就更应该同意离婚了。您仔细想想，您儿子不想离，是因为他跟Debra有感情在。可这跟您没关系吧。您反对他们离婚，是害怕Debra肚子里怀了男孙，离了就不是齐家人了。咱们摊开来说，Debra的性格您也了解，她既然下定了决心要离，婚肯定是离得成的。现在签字离了，彼此关系还行，没闹到最后撕破脸的境地，Debra也愿意承诺，这孩子生下来若是个男孩，姓名权可以给Rowan，仍然让他姓齐。Debra一个人照顾不过来，日后孩子还是有许多时间会待在您这里承欢膝下。齐家失去的只是他们两人的夫妻关系。而如果生下来是个女孩，Debra是打死也不可能再生的。Rowan年纪也不算小了，该再婚再婚，找个年轻的妻子继续努力，最多两三年，您也抱上孙子了；就算不再婚，也不用再偷偷摸摸搞什么协议受孕，直截了当做试管高效多。"

　　齐元德微微眯起眼睛，他是个聪明人，怎么会不明白唐盈盈的意思，便有些好笑道："照你这么说，都是在为我考虑了。"

　　"是。"唐盈盈迅速说道，"我也不明白您有什么理由反对他们离婚。"

　　齐元德目光深深，悠悠落在庭院里那棵巨大的桐柏树上。这棵树据说还是当年英国都督时期种下的，齐家买下宅子后，中意它的枝繁叶茂，根深延绵，一直细心培育，期望得个好兆头。可如今，齐元德在心里浅浅叹了一口气，眼中没了最初的那份不屑，语气也缓了下来，道："小姑娘，离婚再婚在你嘴里就是舌头打个滚，那你未免把这婚姻大事看简单了。我们这样的人家，门槛不算很高，却也不低。Debra是个好媳妇，知书达理、聪慧孝顺，我一直对她很满意。别说她现在正怀着身孕，即使她一直无所出，我也相信她会是一个好母亲的。"

　　唐盈盈怔了怔，细细品着齐元德这话里的意思，不觉失笑。她念头转了转，曼声说起了一则寓言故事："齐先生，我小时候看过丑小鸭的故事，说一只天鹅从小生长在鸭舍里，她的生活范围只有小小的鸭舍和眼前的水塘。这样的生活富庶、安宁。可她终究是天鹅，翅膀迟早会长出来，生性就向往天空和自由。您看中Debra知书达理，出得厅堂，是个拿得出手的体面媳妇。既然如此，那就不要强求她一定能下得厨房，更不要用德言工容那一套规则来约束她。明明是一只已经长出翅膀的天鹅，你们偏要把她的翅膀折断，当肥鸭子养，是心太贪，还是太狠？"

齐元德怒目圆睁，似乎下一秒就要发火，偏偏脸上的表情很古怪，一副想骂人又想以理服人的模样："我们齐家从来没拘过她，她要出去做事也是由她。"

"可您也从来没瞧得起她的工作。"说完，唐盈盈低头看了看脚下，想了想，又接着说道，"Debra跟我说过，她每年的收入不够您在盘上小数点的几次跳动，经济价值不足以支撑起她在这个家里的地位，这令她很抑郁。为了获得您的认同，她只能做一个乖巧懂事、识得大体的好媳妇。但这仍然不够，因为在这种价值体系里，最值钱的是女性的生育功能。在她还能生的时候，竭力榨取，一旦听说她可能生不了，立刻寻找备案。备案的意思是希望既能够留存婚姻的面子，又能让她以嫡母的身份养育孩子。我不知道这一套婚姻观是不是您所认可的，但我知道，在这里面，我看不见Debra这个人，也听不到她的声音。她成了这个家庭的被献祭者。"

齐元德的脸隐约有些青白之色，这么多年，他享受着财富与权威带来的好处，早已经很难遇到敢把他的想法扒出来抨击的愣头青了。这种"大逆不道"的忤逆却与康俊的当面回绝完全不同，后者是合作上的不成功，而前者，则是在他的心头猛地浇下一瓢凉水。

饶是内里翻滚得厉害，齐元德面上只能保持冷静。他思索了足有一刻之久，年轻时面对上亿资金的买进卖出也未觉得这般吃力。末了，他缓缓说道："我年纪大了，见不得儿孙家庭破碎。你让Debra回来，好好养下这胎。以后我们不再逼她，我自然也会约束好Rowan，不会让他再做荒唐事。"

唐盈盈浅浅笑了，环顾四周，涂着黑漆桐油的熟铁栅栏林立四处，把这个不小的花园给团团围住。她忽地对眼前这个传奇人物不再惧怕，迎着他激烈的目光，冷静地将先前的话重复了一遍："我不是来给你们提供选项的，在离不离的问题上，没有协商的余地。"

唐盈盈是被齐元德"扔"出齐家大宅的。

虽然那个粤语和英语都说不利索的菲佣还是客客气气地给她带了路，但她后脚踝刚跨出大铁门，哐叽一声，门便被重重地关上了。

唐盈盈回望了一眼，掏出电话就向Debra汇报战况，末了，总结道："腰杆子倒是挺得很直，但估计不成，我把老爷子气得厉害。他最后说'送客'两个字的时候都带着浓重的鼻音。你家有没有武装保镖呀，我真怕屋顶上飞下一梭子子弹把我给突突了。"唐盈盈心有余悸地说道。

Debra的声音倒显得很轻松："听你的描述，我倒觉得你们沟通得还可以。我公公脾气大，从来只有他训别人的份，今天被你这么一顿说教，怎么样也得缓上个三五天。他发火主要是你最后一句话太嚣张了。他给了台阶，你居然看都不看一眼，目中无人得够行啊。"

唐盈盈回想了一番，小心翼翼地问道："我当时话赶话，就这么说了。你公公什么星座的？报复心强不强？我会不会遭到什么打击呀？"

Debra轻轻笑道："天蝎座，属蛇的，报复心最强的那种。你以后别买股票了，幸亏他现在已经很少操盘了，不然包管你买一只跌停一只。"

唐盈盈附和地苦笑了两声，又接着道："听起来你今天心情倒是好了不少。"

Debra缓缓道："总会慢慢好起来的，一天跟着一天，一周又是一周。感情既是这样累积起来的，也会这样慢慢消散掉。"她的语气似有些许哀愁，却也带着七分豁然，"正如你说的，世上哪里会有离不成的婚，无非是平静还是惨烈罢了。"若不是太珍惜这份感情，又何必这样奔波辛劳，一纸判决就能断得干净。可断得这般干净的模样当真就是好事吗？既然以后十年二十年三十年必然是要相见的，那便在此时多留几分日后见面的余地吧。Debra静静地想，又道："无论结果怎样，这次谢谢你了。"

一个多月后，当头顶的烈日残了一角，季节缓缓滑向夏末秋初时，Debra的小腹已经隆起像半个哈密瓜，Rowan终于松了口，同意签字离婚。两人从民政局里出来，倒也不急着分头离去，反而沿着人行道慢慢走着。一路上繁木森森，紫粉色的紫荆花瓣落了一地，被初秋的风卷起，蔓生出草木特有的气息。远远望去，地上一团一团浅浅的色，便像是斑驳的脂粉泪痕。Rowan的眼睛里全是水光，哑着嗓子说道："Debra，我真的很怕以后自己会后悔今天签了这个字。"

Debra微微垂下眼睑，沉吟了片刻："用不着这么悲观，或许我们以后会特别感谢今天的决定，在把感情消耗干净之前就分了手。"

Rowan凝视着Debra，面上漾起一阵歉意："我听说之前爸爸去过你们所里，扬言要封锁你的关系网。我也跟他谈过了，以后如果你需要，我还是会像从前一样支持你。"

Debra摇摇头，玩笑道："那是应该的。我以后要养三个孩子，经济出了问题，就得多问你要赡养费。你还不如多多支持我，让我自己赚钱。"她看了一眼Rowan，语气淡然得像一缕轻风，"其实我也明白，那只是你爸爸表达怒气的一种方式。他向来不喜欢我的工作，有机会踩一脚总是出气的。"

Rowan的脸上越发尴尬了，他笑了笑，道："是，妈咪在家操持了一辈子，活成了二十一世纪的内宅女人，又怎么能指望我爸理解别的生活方式。"他顿了顿，又道，"不过你们那个唐律师倒是厉害角色，敢上门来好一顿挤对。我爸生了好几天的气，开始一直骂她没礼貌、没教养，过了几天，竟然也开口劝我，'往前走了的人追不回来了，留在原地的是自伤自毁的傻瓜，要离就离了吧。留着情面在，日后子女相见才能不生嫌隙。'但你知道，我宁愿当个傻瓜，一直留在原地。等，等着看你会不会回头。"

Debra微笑着看着Rowan，想了想，终于不忍一口拒绝，便慢慢说："我的预产期是明年五月，生的时候你会来医院吗？"

"那当然。不仅生的时候，每次产检你都要通知我，我要陪你去。"

"以后孩子出生后，上早教，选幼儿园，开家长会，你都会参与吗？"Debra接着问。

"肯定会。他和两个女儿一样，人生中的重要节点，我都不会缺席。"Rowan斩钉截铁地说道。

"那如果你再婚了呢？"Debra笑着望着他的眼睛说道，"如果这还是个女儿，而你再婚后，新妻子给你生了一个儿子呢？"

Rowan的脸沉了沉，心头涌起一层很不适的感觉。他压抑住这种感觉，仍然肯定地说："我会保证给孩子们的关心，把自己劈成两半也行，精力不够无非就少做点工作。"

Debra点点头，静静地说："既然如此，那离婚又有什么为难的？我欣赏你教育孩子的爱心和耐心，我喜欢和你聊天，一起探索一些有意思的话题。我唯独不喜欢的是冠上你妻子的身份。也不是不好，只是不适合我。现在把这个身份摘下了，我觉得很轻松。"

Rowan眼睛一眨都不眨地看着Debra。人行道两侧种植的绿化芒都已经到了成熟的时候,繁密的树叶与累累硕果将日光隔在外头,只许些微凌乱的光线穿透。在光与影的折叠间,Debra整个人漾起了一层浅浅如贝母般的光华。Rowan痴了片刻,只觉得从此刻起,对眼前这个女人的爱比以往又更重了几分。

离婚后的Debra在猛烈的妊娠反应结束后,很快就恢复了每天的工作,对待下属也一如既往地谨慎甚至严苛。她放了个瑜伽球在办公室里,时不时地坐在上面颠一颠,以缓解腹压增大带来的脊柱疼痛。唐盈盈有时候看见她拿着文件坐在那个大气球上,手里拿着笔改着文件上面的错误,便觉得一阵心酸。倒不是觉得Debra可怜,只是觉得这一代的都市女性处境真是艰辛,敢离婚、敢单亲,唯有工作是一刻都不敢放松。调整情绪,休养式度假,那都是浪漫言情电视剧里头哄骗人的。每一件属于你的本职工作,就像铁头箍一般扎在脑门上,手机失联了半日,闯下天下大乱的摊子最后也得你一个人去收拾。在这种情形下,所有的生理障碍都被职场的雌性生物们强行放到了后头。

与她这种秋草寒烟式的心情相对照的,则是林小云那百花怒放的澎湃情绪。她这个礼拜刚跟钱鹏领了结婚证。日常的唇膏色号从温良恭俭让的Nars Dolce Vita变成了武则天大帝登基才会用的香奈儿99#。派出的喜糖更是夸张,每一个喜糖盒子上面都绑了一小束鲜花,花枝的末端缀着一个球形的大红色盒子,里头琳琅满目地装了各式水果糖、巧克力,甚至还有花生和红枣,所里每人发一个,放在桌上,便占了半张桌面去。

唐盈盈对她这种高调秀幸福的方式微有不满,却也不好说什么,只淡淡地说了声恭喜,又询问了婚宴是否在深圳办。

一提到婚宴,林小云的脸瞬间满是喜悦:"要办的,下个月二十号,花了一千八百八十八块钱找风水先生算出来的好日子。本来在格兰云天订了酒席,可钱鹏说要搞个西式草坪花园的,嫌那里地方太小,连订金都没拿回来,又订去了观澜湖。就是有点远,到时候您得早点过来啊。"

唐盈盈点点头,笑道:"观澜湖是好地方,风景优美,场地开阔,很适合举行婚礼。所里的人你都请了谁?到时候我们好结伴一起过去。"

林小云轻轻地咬了咬嘴唇，像是有些不好意思，又有些得意，声音微微上扬地说道："所里的人都请了。但我面子薄，不知那天能来多少。"

唐盈盈心里暗自吃惊，所里近一百号人，有许多人就连自己都不太叫得出名字。她一个小助理律师结婚，竟然给所有人发喜帖，这实在有些浮夸了。但这话也不好明说，毕竟请客吃饭这是人家的自由。唐盈盈想了想，只好玩笑道："你这红包税搜刮得够狠啊，酒席上燕翅鲍肚可不能少。"

林小云连连摆手，道："不敢少，钱鹏说得好好办一场，就连酒也是特意从国外一家酒庄订的。其实付完订金我们就没剩什么钱了，刚买了一个四居室的新房，才付的首付。"林小云绕着弯子向唐盈盈报告自己的喜讯。

唐盈盈也只好笑笑，眼风瞟了一眼桌上那包"兴奋过头"的喜糖，笑道："这挺好的，你在深圳也算安定下来了。"

林小云重重地点了点头，神色犹豫了片刻，道："只是有一件事情，我有些拿不准。"林小云轻轻朝Debra的办公室看了一眼，道，"所里的人我都请了，Debra那张请帖我该不该给呢？我知道她的婚姻刚出了些问题，就不知这里头有没有什么忌讳和讲究。"

唐盈盈愣了一刻，只觉得胸腔里一股闲气油然而生，又好笑又好气地问道："你说的忌讳是指什么？是怕你们结婚的场面太恩爱，惹得Debra徒生感伤，还是觉得她一个离异女士的身份太晦气，怕冲撞了你的喜气？"

林小云的脸瞬间涨得通红，结结巴巴道："不……不是，我是觉得她怀着身孕，观澜湖那个地方又有些远，她说不定会觉得太麻烦了，不想跑这么远的路。"

这个借口拙劣得令人想笑，唐盈盈看着林小云，她圆圆的脸最近越发圆润，新做的头发，耳朵上别着两个硕大的金色耳钉，遥遥望去都能感到一股新嫁娘的喜气。她这样的状态，当然很想找一找与Debra之间的平衡。唐盈盈指了指桌上的喜糖，问道："那这喜糖你给Debra送去了吗？"

"送了，我一大早过来就给每个人都送过去了。"林小云说道。

"喜糖都送了，又何必吝惜一张喜帖。Debra也不是不知礼数的人，要是真有什么讲究或者不方便的地方，她自己找个理由不出席就是了。"唐盈盈淡淡地说道。

林小云连忙点头，笑道："我也是这样想的，主要是担心自己失礼。"

唐盈盈不再说话，默了一刻，方才缓缓道："结婚是人生大事，筹备婚礼需要操心和费神的地方也很多，如果跟工作安排有冲突，你到时候跟我说一声，我也会尽量多照顾你的。"

林小云想了一刻，摇摇头，坚定地说："不用不用，我都能安排过来。我妈这周会来深圳帮忙，保证不会影响工作的。"

唐盈盈点点头，觉得小云虽然时常有些小心思，但性格总的来说还算乖觉，这次结婚，自己总得准备一份拿得出手的大礼才行。

既然这么打算了，唐盈盈一下班便拉着方惟安去商城买东西。她的目标很清晰，一个不大不小的纯金手链或是吊坠，再跟大伙儿随一份相同的礼，既显出关系的亲近，又不至于让收礼的人觉得压力太大。可真到了金饰店，面对琳琅满目的首饰，她顿时有种挑花眼的感觉。左看右看，都觉得不太满意，不是样式太老气，就是款式不够实用，日常根本无法佩戴。方惟安在一旁看着始终拿不定主意的唐盈盈，嘴角勾起一丝笑意："知道的你这是在给同事挑礼物，不知道的还以为你在给自己准备嫁妆。"

唐盈盈一面举着一个小金猪宝宝的坠子，冲着灯光仔细察看，一面说："正是因为送给同事，所以才要谨慎，肯定比备嫁妆还麻烦。太重太轻太丑太另类的都不能拿出手。结婚这种人生大事，一辈子才一次，你这时候对她做了什么，是会影响两个人日后关系的。宁可不送，也不要乱送，省得得罪人还不明白。"

方惟安看了看认认真真挑东西的唐盈盈，半是玩笑半是认真地说："那你自己的嫁妆呢？有没有着手准备？"

唐盈盈的脸微微涨了涨，神色不动地说："连聘礼都没见着，哪里轮得上嫁妆的事。"

方惟安点点头，道："也对，不能乱了先后顺序。这样吧，既然今天来都来了，你也挑几件自己喜欢的，我买给你。说是聘礼可能会吓着你，就当作是我的一点心意吧。说起来，我们交往这么久，我还没买过什么像样的礼物给你呢。"

唐盈盈眨了眨眼。聘礼和嫁妆什么的自然都是她胡乱说的，她并不图方惟安的馈赠，却也觉得两人认识这么久了，关系即使算不上十分亲昵，也处得融洽，收点礼宣示一下自己正牌女友的身份倒也无可厚非。只是纯金配嫁娶，她实在不想收，便指了指不远处的另一个柜台，笑着说道："这个建议好，要方总破费了。金子就不用了，现在金价正在高位，不划算。看那边的宝石挺好看，还在做活动，有九五折，我过去看看。"

方惟安丝毫不在意，嘴里还取笑道："这心思正经是个过日子的好媳妇。"说着也跟了过去，便见唐盈盈朝着玻璃柜指了指，售货员拿出一条红宝石项链交到她手里。那项链并没有什么独特的，玫瑰K金的细链子，末端三个方形的红色宝石拼成了一个类似心形的小坠子，样式十分简单。唐盈盈往脖子上一比，那粒小小的吊坠垂在锁骨之间，被白皙的皮肤一衬，像一粒朱砂痣般显眼。商场的灯光很亮，照在满屋子金灿灿的贵重金属上，漾起一层耀目的光芒。柜台前来来往往的顾客一个接一个从方惟安身边走过，变成了一个又一个的影子，激起了他心底最深处的恐惧。他的脸瞬间失了血色，目光死死地盯在那吊坠上，仿佛下一秒那项链便会从唐盈盈的脖子上跳起来，化成一条毒蛇，将在场的所有人都活活咬死。

唐盈盈扭过头，本想咨询方惟安的意见，见他这般模样，话说了一半，又转了语调："你怎么了，哪里不舒服吗？"

方惟安撇开了目光，语气像三九天里檐下冻住的冰凌一般，艰难地说道："不买了。"

唐盈盈讶异不已，仔细瞧了瞧手中的项链，再想询问什么，却见他那副神色，仿佛明白了一些，强堆着笑将项链还给售货员，礼貌地说："谢谢，我再看看别的。"

那售货员倒是不明白这对情侣是什么意思，只一门心思想做成这笔生意，笑盈盈地说："姐，这个项链多好看呀，特别衬你。刚才你一戴上去，整个人都精神了许多。今天购买项链，还有特别的优惠活动，可以参加抽奖，中奖率是百分之一百。先生，您给我姐带一个呗，才一千九百八十元，一点都不贵。"

方惟安的唇抿成一条强硬的线段，似乎不堪忍受售货员喋喋不休的推销，他伸手一把将唐盈盈拉了起来，头也不回地往门外走去。唐盈盈被他扯得跌跌撞撞，一双半高的鞋子险些掉在了半路。两人走出商场，唐盈盈终于甩开方惟安铁箍似的手，恼怒不已道："你在干什么？不买就不买吧，发什么脾气。"

方惟安也不解释，直愣愣地往前走，步伐倒是不快，一步接一步，落地生尘，看起来很是生气。唐盈盈正低头查看手腕上的勒痕，再抬头时，方惟安已经走出去了半百米，她怔了怔，忍着气，急忙追了上去。

　　一个不紧不慢地在前头走，一个不缓不急地在后头跟。一直走了好几百米，方惟安心里的气才像是泄完了。他立在原地，仰头看了看城市夜空里的迷彩霓虹，深深地叹了一口气。

　　唐盈盈也停下了脚步，那声哀叹像一把鼓槌，沉沉地在她心头一击，陡然间便惊起了往日尘埃。她缓缓走到方惟安身边，凝视了他半天，语气像是怕扰到旁人一般低沉："她也曾有一条那样的链子？"

　　方惟安扭过头，看了唐盈盈一眼，那眼神陌生得令人害怕。他沉默了良久，像是将胸中的一口憋了许久的闷气长长地吐出来一般："不是一样的，却很相似，也是金色的链子，红色的坠。坠是一颗红心的模样，最简单的款式，是我买给她的生日礼物，她特别喜欢，整天都戴在脖子上。"方惟安在街边的长椅上坐了下来，两只手的大拇指相互摩挲，像是不忍心，却又忍不住向别人倾诉他心里的痛楚，"我们那年在阿富汗，跟反政府军死磕。在战道里躲了快两个月，到处都是灰色的尘土，每天晚上从睫毛里都能抻下一把沙子来，但她的这条项链却一直特别干净。"他的头渐渐埋进了双手之间，回忆不堪的往事像是给他带来了难以承受的痛苦，"有一天，我们接到命令，要把防线往前推进一百米。每个人都很谨慎，全身都做好了伪装，利用一切掩体往前走。她是狙击手，守在高处配合我们的行动。快到中午的时候，阳光特别耀眼。她的这根项链不小心从衣领里露了出来，宝石的切面反射了阳光，也许就是一瞬，也许这缕光比天空最遥远的星光还微茫，却被对方的狙击手看到了，一枪毙命。我找到她尸体的时候，她浑身都是鲜红的血，项链淹在其中，被凝固的血块掩盖住了。那么小一粒，承载不住我们的爱情，却带来了死亡。"

　　唐盈盈看着眼前这个男人。她遇到他的时候，他已经是在现代社会里踏踏实实做买卖的生意人，干练的发型，整洁的衣领，每日刮得干干净净的下巴，与人交往时世故且礼貌，就跟这个城市里每一个人毫无差别。然而他曾经在战场上的模样，即使唐盈盈竭尽了自己的所有想象也无法构想出来。"浑身是血"这四个字，作为刑事律师的唐盈盈倒是在侦查笔录上见到过多次，却也完全没有办法体会亲眼所见时那种撕心裂肺的绝望。她轻轻地说了一句："对不起。我不该去拿那条项链。"说完却又觉得自己既卑微又委屈，眼泪扑簌扑簌地便往下掉。

方惟安瞧她哭了，又深叹一口气，缓缓道："这不是你的错。你别哭了，我现在也真的没有心情去哄你。"

唐盈盈只觉得自己的脸像被人狠狠抽了一耳光，又气又恼，顷刻间就想发脾气离去。可当真等她站了起来，习习晚风吹在脸上时，脚步却又有些迈不开了。今天走了，明天是不是该昂着头等他来哄、来求和，像无数个矫情的都市女子一般，守住所谓的婚前尊严？或者，自己低个头，忍下这份委屈再回来？这两种方式除了给两人带来数日的时光蹉跎，并没有更多的意义。吵架、和好、闹分手、又和好，这些是不是所有恋爱男女都避不过去的阶段？唐盈盈想到这些就觉得心头烦闷得要命。索性分了吧，反正自己再怎样也不会是他心中的挚爱、唯一，她扭过头，见方惟安垂着脑袋坐在风中的模样，又实在不忍。又不是她自己选的要做在后面出现的那个人，唐盈盈这么一想，眼泪便一串接着一串地往下掉。理想与情感像两条紧紧缠绕的绳索一般，在唐盈盈的心里越拧越紧。索性豁出去了，她扭过头，半蹲在方惟安面前，认真地说道："要不，我们住在一起吧。"

方惟安像是吓了一跳，疑惑地看着唐盈盈，满脸不解："同居？"

"是。住在一起试试看。"唐盈盈坚定地重复道，"我们在一起有大半年了，这种在舒适区内谈恋爱的方式很高效、很和谐，也很适应这个城市快节奏的生活。但是时间是流动的，一点一点的好感会慢慢积累，积累成感情，也积累成贪心。我想两个人更靠近一点，尝试获得更亲密的关系，甚至为结婚做好准备。但每次我这么想的时候，都惴惴不安，生怕踏出舒适圈外一步就是雷区。我们两个就像是两只骄傲的孔雀，只朝着对方展示最漂亮的尾巴，可是这又有什么用？生活里的每个不经意都可能踩雷，绝对的舒适区是不存在的。与其如此，倒不如一探究竟，看看这样两个人住在一起，柴米油盐、吃喝拉撒的所有琐事都搅和在一起以后，还能不能相处下去。要是能，或许我们当真可以谈一谈结婚的事，如果不行，该分手还是该相亲，至少也不耽误彼此。"唐盈盈说得又快又肯定，心底却泛起一丝哀凉，觉得自己似乎是在赌一口气，明明知道自己不可能是他心中最爱最难忘的那个女人，却又想争一争，看能不能在这个男人身上得到更多的感情。在这一刻，她又想起了李睿，那个似乎已经离开她很久的男人。若眼前的人是李睿，那么她即便为了感情卑微一些，也不至于如此不堪吧。

方惟安沉默了许久，凝望着唐盈盈的眼神渐渐有了些温度。他伸出手，将唐盈盈拉住坐下，手臂慢慢环在唐盈盈的背上，额头抵在她的肩膀上，轻轻道："对不起，刚才是我失态了。其实我也不知道自己竟对这样的小物有这么大的反应。你很好。"

他的言语颠三倒四有些凌乱，唐盈盈却听明白了。到了这个不上不下的尴尬年纪，爱情就像是一份不合口味的三明治，既不浓烈，也难以纯粹，可以果腹，可以提供走下去的基本能量便已经很好了，再多，便是奢望。唐盈盈也将身体向方惟安凑了凑，两个人靠在一起，她慢慢地说道："我从前读书的时候，读过一句古话，叫百善孝为先，论心不论行，论行天下少孝子；万恶淫为首，论行不论心，论心世上皆恶人。世间对孝子和恶人都能很宽容，心与行只要求做到一半就好，可为什么唯独不肯放过爱情？既要求爱人对自己关怀备至，体贴入微，又要求他心无杂念，一心一意一生一世一双人。有些人可能命真的很好，早早就遇到了这样的人，可有些人，相遇的时候便已经迟了。那我们就至少，往后的日子，时光里有你有我，有互相关爱的行为，有体谅对方的空间，便很好了。"

方惟安目色一亮，心头暖烘烘的，像是被温水熨过一般，方才陡然撞见过往的痛楚被唐盈盈几句话就给抚平了。他轻轻在女友的脸颊上吻了吻，低声道："你真好。明天我就来帮你搬家。"

唐盈盈被紧紧地拢在他怀里，鼻子里全是熟悉的男人味道，心扑扑乱跳，红着大半张脸，说道："哪有这么着急的，我什么都没收拾呢。"

第7章

齐人之福不好享

唐盈盈搬到方惟安住处的头几天，两人兴奋得像是头次出门旅游的小孩一般，几乎每天都要聊到深夜才睡去。第二日，方惟安天还没亮便去晨跑，他一走，唐盈盈也睡不着了，爬起来给两人做各式营养早餐，一起吃过饭，再一起出门。这样一来，整个上午唐盈盈都得依靠大杯装的浓缩咖啡勉强维持大脑的清醒。正因如此，看着眼前这个委托人，她本就迷糊不清的大脑越发委顿了。

他叫郝白石，今年刚满三十岁，常年保持着健身的习惯，这令他的背脊非常挺拔，一套浅蓝色的Tommy Hilfiger衬衣穿在身上，不像个小生意人，倒像是商界精英。五官倒谈不上生得多好，却是一副老实敦厚的模样，笑起来的时候露出两排洁白的牙齿，平添了十分的亲和力。唐盈盈啪的一声将墨水笔往桌子上不轻不重地一拍，忍着一口气道："郝白石，你还笑得出来？你这是故意的吧，重婚罪都能连犯两次的人，我连听都没听过。"

郝白石是唐盈盈母亲家的一个亲戚，论辈分，唐盈盈应该叫他表弟，两人从小关系就不错。郝白石大学毕业后到了深圳一家期货公司做风控，原本前途和收入都不错。几年前，他由于工作关系认识了一个在银行工作的女孩古莉静，两人谈了大半年恋爱后，订了婚，便同居了。然而郝白石早年间在老家与一个叫佟华的农家妹已经领过证了，每年过年回去，还跟佟华一起四处磕头拜年。两年前，佟华自己摸来深圳找丈夫，撞破了他与古莉静的同居关系，大闹一场，指责对方是狐狸精、第三者，后来又在别人的指点下，举报了郝白石犯重婚罪，让公安来抓人。郝白石当时吓坏了，急忙找到唐盈盈作为代理律师。案子最终判郝白石拘役三个月。刑满后，郝白石由于触犯了刑事罪，丢了工作，便在华强北盘下来一个小摊位，做起了电脑生意。古莉静倒也不嫌弃他，等他和佟华办妥了离婚手续，两人欢欢喜喜去领了证，前年生了个大胖小子，唐盈盈还送了个大红包过去。

被唐盈盈这么一呵斥，郝白石也笑不出来了，耷拉着脑袋苦着脸说："这事，唉，这事怎么说呢，我现在想想呢，总觉得我像是被人给坑了啊，有种窦娥的感觉。冤哪。"

唐盈盈虎着脸，道："你有什么好冤的？你这是轻车熟路地把从前那套又做了一遍。我就不明白了，已婚人士跟他人以夫妻名义同居，是会犯重婚罪的，这种错误你犯过一次，怎么就能再来一次呢？"

郝白石两道眉毛一撇，形成了一个搞笑的"八"字，与同样下撇的嘴角一道在脸上画出了一个"囧"字的模样。他偷偷抬了抬眼睛，看了唐盈盈一眼，像做错事的小孩一般，低声说道："事情是这样的，去年古莉静跟我说，她一个发小叫李艳的，刚离了婚，一个人带着个四五岁的孩子，在深圳也没个着落，就让我帮忙给找个工作。你知道我现在生意做得还算不错，店里也缺人手，就想着干脆让她来我那店里帮忙。可这么一相处，时间一久，我也觉得她性格挺好的，就连那小孩也很乖很听话，就这么好上了。"郝白石说这话的时候，脸上竟还露着甜蜜的笑容，像是在回味当初两人热恋时的场景。

"这叫好上吗？这叫出轨。"唐盈盈作为律师，平时极少点评当事人的行为，可这个郝白石跟自己挂着亲戚的名义，做事偏偏又这般荒唐，实在让她忍不住发声。

"我这是情不自禁，唉，行行，就算我是出轨了。可你知道吗，古莉静她也出轨了啊。她一年之内从营业部副经理直接升到了支行副行长，她又没什么土豪亲戚，就是个一般家庭的女孩，这几级跳的背后意味着什么？真当谁不知道呢。"郝白石嘴里不屑地说。

"你有证据吗？她出轨你可以提离婚啊。"

"我是没证据，但我有耳朵啊，多少风言风语跟一只一只的小蜜蜂一样往我耳朵里钻。我头顶这片绿光呀，那就是一整片的呼伦贝尔大草原呢。所以呀，我就去问她啊，她也算是条汉子，我一问，她竟一口承认了。末了，还给我来一句：'其实我也知道你对李艳的心思。我跟她是打小的感情，不介意帮她养个儿子，也不介意给你讨个妾。你别忘了有这个家就行。'"郝白石摊摊手，无奈地说，"你想想，妾啊，我老婆说要给我讨个妾啊，一个妻子一个妾，这生活也太美满了吧。这完全是男人的终极理想嘛。我开始还以为她这么说是来试探我的，结果她真不在意，还给了我一笔钱，让我去帮李艳在外面租了个房子，就在红树林那边。我呢，也时不时过去住住，古莉静都是知道的，当然大部分时候我还是在自己家住的。"

唐盈盈看着眼前这个还挺乐呵的男人，突然有种傻了眼的感觉。她忍着气将材料袋里的资料一张一张摆出来，冷冷地说："过去住住？平均一周有三四天是在那边过夜，这是你车子进出停车场的照片。你让李艳的儿子叫你爸爸，一家人其乐融融地逛商场、去动物园，这是孩子幼儿园交的画画作业，题目叫'我的爸爸妈妈'，这个圆头圆脑的人是你吧？你还让店铺其他员工叫李艳老板娘，店里的钱和账都交给她，就连周边其他店铺的人都以为你们是夫妻，这是讯问笔录。好了，证据这么厚厚一摞，锁得死死的了。你现在别告诉我你不知道古莉静会去告你啊。"

"我真不知道她会突然翻脸去告我啊。"郝白石哭丧着脸说道，想了想，又补充道，"我没想到她连李艳也一并告了。"

唐盈盈扶着额头，无奈地说："李艳在明知道你已婚的情况下，仍然跟你发生了事实婚姻，这也同样犯了重婚罪。重婚罪的受理采用不告不理的原则，既然你妻子提出了诉讼请求，这个事就进入了刑事流程。你怎样？做好准备再进去蹲一段时间了吗？"

郝白石的脸气鼓鼓的，半是生气半是冤枉地叫道："所以我才说我这是被人给坑了啊，明明说好算是给我纳个妾的，两房安好、妻妾祥和过日子不是挺好的吗？我又没别的心思了，每个月照样给她钱，怎么就容不下呢？还告我？我还没告她犯通奸罪呢，这个淫妇，跟人通奸，给我戴绿帽子。"

唐盈盈听着郝白石喋喋不休的絮叨，气不打一处来，忍不住拿笔敲了敲桌子，道："通奸罪？我国没有通奸罪。何况你有证据吗？你说的这些，你有证据证明吗？"见郝白石当真一副认真思索的模样，唐盈盈又气不打一处来，"有证据也没用。就算她当真这么说了，就算她当真是想故意整你，你自己的判断力哪里去了？一个成年人，脑子和精神都是正常的吧，不用对自己的行为负责吗，她让你去娶妾你就真去啊？我猜你肯定还以此为荣，到处炫耀了一番吧。"

郝白石怯怯地说道："也没到处炫耀，只是有时候跟哥儿几个吹牛，拿自己跟澳门赌王比了比。人家赌王娶四个都没事，我才俩，怎的就搞得得进去两趟呢？"

唐盈盈无语地看着郝白石，强行压抑住了冲上去揍他一顿的念头："你还去跟赌王比？且不说两地的法条不相同，就单说对配偶的掌控能力，你又能拿什么脸去比赌王的屁股？我真不明白你当初怎么做的风控，风险控制，你对你人生的风险一点都没想过要去防控一下啊。"

"是，是，对风险的失控能力，我也算是天赋异禀，百年难得一遇的人才了。说起来，我之前任职的那家期货公司现在已经倒闭了，也不知道是不是跟我有什么关系。"郝白石苦笑着说。

唐盈盈嘴里的一口咖啡几乎都要喷了出来，用恨铁不成钢的目光看着郝白石，无可奈何地说："看起来你倒很想得开，是死猪不怕开水烫了，还是觉得反正重婚罪最多判两年，这点惩罚比起实现一妻一妾的终极理想来也算值了？"

郝白石眨了眨眼睛，看着唐盈盈，慢慢说："我说实话，你可别生气啊。两者都是。这两个都是我老婆，即使把我捉到法院里，我也不会不承认她们。要判就判吧，反正这劳改的路我也熟了，不怕。李艳说她肯定会等我出来，就像当年古莉静等我一样。可是我就有一件事琢磨不透，你说我跟古莉静好歹也是夫妻一场啊，她突然给我下这么个黑手，究竟是为什么呢？你能帮我去问问吗？"

唐盈盈问："你们俩平时关系怎样？"

郝白石抬起头来，略有些得意地说："真不是我吹牛，我跟古莉静的关系真是很好，反正我是没觉得有什么问题。她工作忙，这两年赚钱也还行，何况孩子都是我负责带，有时候李艳也帮我一起。让她工作、加班、出差都没有后顾之忧，这……这日子过得挺好的啊。"

唐盈盈抬了抬眼，用一种很奇怪的眼神盯着郝白石。郝白石心里一阵发毛，颤着声音道："你别这么看着我，我知道你想说什么，查过了，孩子是我的，正儿八经的DNA，所以我才想不明白。"

唐盈盈没好气地说："你自己怎么不去问？"

"能问吗？她压根就不理我。李艳也去问了，求了老半天，她跟李艳说，这事不是你的错，何况你又有孩子需要照顾，不会重判的，她就是想让男人进去待待。你说这是为什么啊，一日夫妻百日恩，我就算有什么地方得罪她了，还不能直接告诉我吗？死还不让死个明白的。"郝白石无奈地说。

唐盈盈沉吟了一刻，道："看来古莉静是谅解了李艳，如果出具谅解书，法官综合考虑情况，在量刑上会给予宽大处理，很可能免于拘役。这么说来，她的目标还是在你，就是想让你进去蹲个一年半载。"

"是呀。奇怪吧？你说会不会她俩是拉拉，我其实是被同夫了，她们串通好要把我弄进去，两人好双宿双飞？"这话说完，他又立刻否定道，"也不可能啊，就算是这样，我们三个人在一起完全可以很和谐啊，我又不碍事，我还能赚钱，还能带孩子，没道理要多此一举啊。"

唐盈盈白了他一眼，道："当然不可能，要是真想让你消失，就该在你身上安个故意杀人之类的重罪，让你一辈子都出不来，怎么可能用重婚罪这样的罪名害人。"唐盈盈又想了想，又问道，"她告你的同时，有提出离婚请求吗？"

"提了。"郝白石低下了头，像是很伤感的样子，"这是我感到难过的另一个原因，我还爱她啊。我们还有个儿子她也不要了。而且我听说，像我这样涉嫌重婚罪的离婚官司，法院肯定会判离的。你说我怎么办呢？"

唐盈盈看着方才还乐乐呵呵的郝白石一下又陷入被人抛弃的愁绪之中，本来还想挖苦讽刺几句，也只好作罢，叹气道："好吧，我去找古莉静聊一聊吧。"

古莉静在深圳本地的一家商业银行上班，支行坐落在人流密集的地王商圈里极其显眼的位置。一楼是银行大堂，从旁边的门拐进去，爬上一个狭窄的楼梯，二楼整层是办理信贷业务的地方，许多人乱糟糟地挤在几张桌子前面，大多都是在等待发放给他们的房屋贷款或是小微企业周转贷，更高级别的贷款则会有专人上门办理。在格子间的尽头，公司用磨砂的玻璃单独给古莉静隔出了一间不大的独立办公室，独享三扇玻璃窗的采光。办公桌和后头的档案柜里，文件材料堆积如山，不断有人敲门进来咨询信贷政策，短短十来分钟，便让唐盈盈深刻地体会到了金融行业快节奏的工作压力，哪怕是这种基层金融从业人员，在周五下午竟也忙到飞起。

古莉静很客气地接待了唐盈盈和林小云，两年未见，古莉静倒像是换了一个人。贴身合体的行服将她苗条的身姿束得格外干练，袖子被挽成了七分长短，露出洁白修长的小臂，上面戴着一块小巧的香奈儿满钻腕表，脸上的妆痕很重，都是时下最新潮的色彩和妆法，细细地将原本六分的面容勾勒成了八分的模样，新种的假睫毛忽闪忽闪，在干练之余平添了几分女性的妩媚。

林小云打量了一番四周，赞道："古行长真是厉害，看着应该跟我年纪差不多，竟然都已经是行长了。"羡慕之色溢于言表。

古莉静听了这话，也只是浅浅地笑了笑，道："行业不一样。你们那儿讲究资历和经验的积累，越老越吃香。银行却是一碗青春饭，年轻的时候业务做得好，上升得就快。等年纪大了，跑不动了，就退到二线、三线，也就凉凉了。"

唐盈盈见她轻松应对，气韵跟从前也大不相同，相互寒暄了几句，便切入正题，笑道："你看你这儿也忙，我也不绕弯子了，今天我是受了郝白石的委托过来，想跟你谈一谈你告他犯重婚罪的事；还有离婚的事，看看还有没有商量的余地了。"

古莉静面上波澜不惊，口气也不气不恼，笑道："要是能商量，我又何必去告他。既然告了，就没打算撤。谁让他这么得意，整日里还做着一妻一妾的美梦呢。"

唐盈盈盯着她，冷不丁地问道："你恨他吗？"

古莉静惊了一跳，愣了片刻，又迅速莞尔道："恨是一种很强烈的感情，在我这里也谈不上，就是有点气吧。等他再从牢里出来，我这口气也就出了。"

唐盈盈笑道："既然都消了气，那又何必谈离婚呢？"

古莉静轻笑道："都走到这一步了，难道还能继续过下去吗？"

唐盈盈盯着她精致的妆面，试探性地问道："离婚是对现有状态的一种强烈破坏，通常需要有非常强烈的感情支持才能完成。我看你对郝白石好像也没有厌恶到那个程度，好端端的婚姻，怎么就过不下去了呢？"

古莉静端着茶杯，轻轻抿了一口，笑道："除了过不下去，也可能是不想这么过了。我每天累死累活地工作，他倒是舒服，整天就守在那个二十平方不到的店面里，有人进来了招呼一下，没客人来就自己打游戏，不求上进。一年那个破店能赚多少钱？二十万就算年成好的了，还不够我一笔业务的手续费。一年两年我也就忍了，可只要想到这辈子都要跟这样一个没上进心的男人过，我就觉得崩溃，就不想再这么过下去了。这也并不奇怪呀。"

"是不奇怪。"唐盈盈仍然看着她，道，"你给了我一个很充分的离婚理由，不过这个理由并不能解释你为什么要告他重婚。"

古莉静的脸色微微一变，又迅速浮起一阵笑意："我就是要告他，让他再进去一趟。都要离婚了，我还能让他好过吗？凭什么我们女人一样工作赚钱，累得跟狗一样，他们男人却能左拥右抱坐享齐人之福？"

唐盈盈看着她起伏不定的面孔，仍是那般浅浅地说道："你当真想不让他好过，就会在离婚的时候拿走大部分的财产。可你提出的离婚协议里，你把儿子的抚养权给了他，最值钱的房子和车子也给了他，这不像是要让他不好过，倒更像是要让他好好过。"

古莉静面无表情，唇边噙着一丝不屑："这有什么奇怪的，我以后还要嫁人，总不能带着一个拖油瓶吧？可儿子毕竟是我亲生的，交到他手上，我也不太放心，多留点钱给他，也是为了儿子以后能过得好一些。"

唐盈盈看着她的神色复杂又带着一丝悲悯，道："奇怪的地方太多了，矛盾的地方也太多了，不仅感情矛盾，你的行为也满是矛盾。我经手的离婚官司不算多，可就连我也能清楚地看出来，你并不是真的厌倦了他，你只是想离婚。你告他重婚也只是为了保证可以快速地得到离婚的结果。郝白石能力一般，就是一个没有雄心壮志的小男人，这个你早就知道了，你也更加清楚他重情重义，虽然能力微弱，却也想极力爱护身边的每一个女人。当初要不是怕伤害佟华，他也不至于连离婚都不敢提，自己去蹲了几个月。所以，你的这些行为在我看来，最合理的解释只有一个，你出现经济问题了，希望通过离婚分割财产，保住郝白石和孩子的生活费，自己一个人承担所有的债务，但是又怕郝白石不同意，所以用这种方式，既表示了自己离婚的决心，也能够快速地结束两个人的婚姻关系。"说完，见古莉静没有接话，唐盈盈又指了指林小云，介绍道，"这是我们所的林律师，法律和金融双学士学位，现在跟着我做事，但自己考过了注会，对金融类的案件也很有心得。如果真是遇到什么麻烦，相信我们可以帮到你。"

古莉静的脸白得发青，面上像是想哭又哭不出来，她沉默了片刻，端着水杯喝了一口，想借此来掩饰自己心里的慌张："我想离婚仅仅是因为受不了这样的婚姻了，没别的原因。你别把我想得太高尚了，我要是真有什么经济问题，两个人承担总好过一个人承担。"

唐盈盈笑了笑，说："你说得没错。如果真是这样，便算是我多想了。今天就到这里，我们也不多打扰，先告辞了。"说罢，便站起身来就走。

古莉静心里其实也在百般纠结，听唐盈盈这么一说，急忙抬起头来，却看到她们当真已经走到了门口。这么一来，古莉静心里便更加慌乱了，终于还是没能沉住气，急忙叫道："等等。"说完，古莉静拦在她们面前，走到门口，反手将门锁上，又拉上了玻璃隔断上的百叶窗，扭头对唐盈盈道，"你这么跑来，莫名其妙地说了一大堆话，说走就要走，究竟什么意思？"

唐盈盈看着她，向前一步，缓言道："郝白石一直在琢磨这个事情，他想不明白你为什么要这样做。这两天他好像想明白一点了，他觉得你一定是有了更好的人选，故意用这种方式来表示与前夫的决绝。这么想着，他倒准备欣然伏法去了。"

古莉静脸上轻蔑不堪地嘲笑着，一只眼睛里却不可自抑地闪现出泪光："我早就说了，郝白石他就是个傻子。这种智商，当年高考肯定作弊了才能上大学。"古莉静仰了仰头，泪水逆流回了眼眶里，"跟他结婚这么两三年，我跟多少男人睡了，行里的领导，行里的客户，才能爬到这个位子上。他什么都不知道，整天就顾着那点小生意傻乐。有次他听人说了点闲话，跑来问我，我说公平起见，我也给他在外头找个女人。他屁颠屁颠就同意了。你说他傻不傻？每个月就赚那么点钱，还要养两个老婆，两个孩子，穷得一根烟要分三次才舍得抽完，还惦记着每年要给我买个包包，他压根就不知道我用的包多少钱一个。你说就像他这样的男人，真的能理解我吗？他知道我每天上班十个小时有多累，下班了还要参加各种应酬饭局，喝到吐，吐到浑身抽筋的时候，他会干什么，他又能干什么？翻来覆去的就会说让我别这么辛苦，让我多喝蜂蜜水养胃。可他怎么不想一想，要是我不这么辛苦，这个家能有好日子过吗？谁在操心，整个家不都是我一个人在操心？我有必要为他考虑这么多吗？我想这么多是为了什么？我不为他考虑，还有谁会替他想？"古莉静的声音越来越小，不像是抱怨，不像是责备，倒更像是一种感情的宣泄。

唐盈盈从旁边抽了一张纸巾递给她，扶住她的肩膀，轻轻地问道："那么你现在可以告诉我，究竟是什么问题让你连自己苦心经营的这个家都舍得放弃了吗？"

古莉静用纸巾在脸上迅速按压了几次，在不破坏妆容的前提下，迅速敛起了泪意。她走到桌子前，从高高垒起的文件中翻出一份红头文件，递给唐盈盈："这是央行前两周刚下发的文件，要求各地自查整顿P2P项目，检查出其中违反资金管理规定的情况，一律上报。情节严重的或拒不整改的，按非法集资诈骗罪、非法吸收公众存款罪定性。国家要下力气整顿P2P市场的乱象了。"唐盈盈迅速翻阅了一遍那份文件，又递给林小云。古莉静想了片刻，伸手捋了捋头发，坦白道，"正好，这个事情我也想咨询一下法律专家的意见。

　　"去年，深圳有一家做P2P的网站找到我，想跟我们银行合作。你们也知道，这样的网站成千上百家，利用高回报吸引散户资金，对借方的担保物审核又不严，一旦资金链断裂，爆出一个雷，接下来就会全面瘫痪。所以我第一时间拒绝了跟他们合作。过了两天，行里的领导找到我，暗示这家网站跟他关系亲近，让我用迂回的方式支持一下。

　　"所谓迂回的方式，就是接受他们平台的抵押物的二次抵押，并发放贷款。简单来说，比如你有一辆车，需要贷十万块钱，在他们平台匹配到个人发放贷款是三分的利息，在银行是一分的利息。但由于你资质不好，银行可能不会贷给你钱，你就只能从网站上找民间贷款。现在你把抵押手续办妥了，通过运作，从平台上贷到了十万块钱，但这十万块并不全是个人资金，里面可能有八万是银行的资金。但你仍然要按照三分的利息支付，差额就由经手人平分。这样操作虽然违规，但至少还算稳妥，毕竟有个抵押物在那里。但到了后来，运作的时间久了，人的胆子也大了。一辆车，在平台拿到十万的贷款，在银行再拿十万。出了事，银行这十万就当作不良贷款处理掉。"

　　古莉静慢慢地叙述着，林小云和唐盈盈互看了一眼，林小云问道："这就是拿着银行的钱出去放高利贷呀，一直没有人查吗？"

　　古莉静的眼波里流出无限的懊恼，她道："下面的经手人多少都得了一点好处，大多数也就睁一只眼闭一只眼了，何况上头又有行领导护着，一直倒是没什么问题的。一直到今年年中，打招呼的那个行领导出了别的事，被抓走了，这个网站便开始转移资金。开始只是小规模的，只有一两个投资者无法收回资金而去闹事。后来，央行出了这份文件，我一看觉得风向不对，便急忙去找他们。开头几天还能打通电话，上周我亲自跑过去，早已经人去楼空。"

唐盈盈盯着她，问道："有多大的亏空？"

古莉静想了想，低着头沉重地道："大概三四千万吧。"

唐盈盈倒吸了一口冷气，看了林小云一眼。林小云也是一脸愕然，迅速将手里的文件翻了翻，低着声音说道："根据你的描述，你涉嫌触犯违规发放贷款罪和挪用公款罪，且数额巨大，量刑具体不好说，三年五年都有可能。"

古莉静笑了笑，道："是。这个大窟窿我是填不上了，只能在牢里蹲着算还债。"她咬了咬牙，仿佛下定决心一般，继续道，"而除了这些，我当时还鬼迷心窍地找了信贷公司，以个人名义借了五百万，一起投进了这个平台，现在血本无归。我不想连累白石，就想跟他离婚，划分清楚资产和债务。可我又怕他知道了不肯离，索性就告他重婚，大家分得干净些。等他从监狱出来，我这边的事也处理得差不多了。家里的房子和车子都保住了，他带着孩子跟李艳好好过日子就是。"古莉静缓缓地说着，逆光之中，她面上的表情不甚清楚，却见两条清凉的眼泪从脸庞滑落，冲落了面上厚重的妆粉，形成两道深深的沟壑。

"你糊涂。"唐盈盈的叹息像是从胸腔里憋挤出来一般，叹道，"你太看不起自己的丈夫了。你当自己是什么，好汉做事好汉当吗？婚姻不是一把扇子，需要的时候拿来摇一摇，不要的时候随手就可以扔在旁边。婚姻是一个壳，护住婚姻里面的两个人。事实上，从你做错事的那一刻开始，风险就是落在整个家庭身上了。你拼命赚钱，给郝白石买几千块钱一件的衣服，给孩子上最贵的早教。你这么要强，想让他们过上更好的生活。可是一遇到问题，你就只想护住他们，自己一个人去承担。"

古莉静默了默，轻轻说道："那我还能怎么办呢？"

唐盈盈想了想，用手指在桌面上划了划，缓缓说道："我们一件一件来解决。个人贷款这五百万，算上利息，应该是多少？"

"五百四十万左右。"古莉静算了算，说道。

"把房子和车子卖了，能有多少钱？"

"房子还有些贷款，卖了到手大概四百万，车子不值钱，小二十吧。"

"那差得并不多，手里的钱再凑凑。还缺的话，就找亲戚朋友借一下。"

古莉静摆摆手，急忙道："不能卖，卖了房子以后住哪儿？孩子以后还要上学呢。"

"没房住就租房子住。都这个时候了，你怎么还这么糊涂？人永远比钱重要。这个选择你让郝白石选一万次他也会选保你。"唐盈盈怒道。

"我反正保不住了，要去蹲牢的。"古莉静想了想，又道，"我知道《婚姻法》重新修改了对共同财产的认定，像我这样以个人名义借贷来投资，没有用于家庭共同生活的债务，属于我个人的债务。我们又离婚了，不会算到他头上的。"

唐盈盈神情古怪地看着她，道："那只是法律为了保护配偶被无端牵连进债务中做出的新司法解释，但并不反对配偶自愿承担还债义务。你就算把郝白石以重婚罪送去坐了牢，等他出来了，按照他的性格，照样会卖房卖车，帮你还债的。"

古莉静哑了哑声音，不再作声。

唐盈盈看了林小云一眼，林小云接着话继续说道："关于违规发放贷款和挪用公款的问题，你需要把涉嫌违规操作的所有账目表和审批文件都找出来。我跟你一条一条地过，因为里面可能牵扯到之前出了事的领导，不是你渎职发放的，我们解释清楚，剔除出去；是你的责任，我们也可以去争取自首从轻。当然，这毕竟是一项很严肃的经济犯罪，你要做好被判刑的准备，而且刑满后，将很难继续从事金融行业的相关工作。"

林小云说完，看了唐盈盈一眼，默了声，只等着古莉静的回应。

古莉静蜷在沙发上，像一只受了风雨惊吓的小兽，早失去了方才金融女精英的风采。沉默了许久，她终于抬起头，满脸的泪水，声音也嘶哑得厉害："唐律师、林律师，我也不知道要怎么做，就按照你们说的做吧。我……是我错了。"

从银行的办公楼里走出来，正是华灯初上的时候，一盏一盏昏黄色的路灯渐次亮起，道路两旁的食肆开始飘出诱人的饭菜香味。在不远处，停着一辆银色的君威，唐盈盈一眼认出那是郝白石的车，便笑着跟林小云说道："我这个表弟，能力平平庸庸的，对家人却是没话说，体贴入微，是典型的暖男。怪不得这几个女人对他都死心塌地的。这两口子，算不算是奇葩小夫妻了？"

唐盈盈见林小云没有回话，便扭头去看她，只见她呆呆木木的，像是在想什么，便伸手在她眼前晃了晃，道："怎么了？在想什么呢？"

路灯照在林小云的脸上，微微有些发白，她怔怔地说："盈盈姐，央行开始整顿互联网金融行业了，从P2P开始，你说虚拟货币会不会是下一个整顿对象啊？"

唐盈盈的目光在林小云面上转了一圈，语气轻轻地说："整顿主要是针对一些违法违规现象的集中清查和整理，并不是从法律中另辟新的条款去打压。只要从前一直都是合法合规经营的，那再怎么整顿也整不到自己头上。你担心什么？"

林小云微微低了低头，讪讪道："我明白，我就是担心婚礼马上要到了，要忙的事情特别多，我怕钱鹏他会两边顾不过来。"

跟古莉静谈完的当天夜里，唐盈盈带了小半箱的文件回家，正一边吃着泡面一边加班，郝白石的视频通话便打了过来。她刚伸手点击接听，屏幕上便赫然出现了一张痛哭流涕的大脸，郝白石一边抽着鼻涕一边说："姐，小静都跟我说了，她怎么这么傻呢，有什么问题大家一起想办法解决不就好了。这个傻丫头，刚才被我好好地说了一顿，晚饭都没吃。我现在出来给她买点好吃的，明天就把房子挂到中介公司去。"他擤了擤鼻涕，又继续道，"这事我也跟李艳说了，她也愣住了，她手里还有一点积蓄，可以拿出来，先把这关过去了再说以后的事。唉，你说她平时看起来那么能干，什么事情都能摆平的样子，怎么在关键节点上这么糊涂呢。"

唐盈盈咽下嘴里嚼了一半的面条，擦了擦嘴，用中国式家长的口吻训斥道："这个你得从自己身上找原因，是不是你平时就是一副吊儿郎当、特别靠不住的样子，才逼得她什么事情都想自己一个人去扛？"说完她又嘀咕道，"你们这种组合模式倒也不错，关键时候体现出人多力量大的优势。"

郝白石擦着鼻子说："姐，今天你就少损我几句吧，我都这样了。你说她会判几年啊？唉，判几年都没关系，我肯定等她。出来以后不干银行就不干吧，那鬼工作，看着体面，背后的压力太大了，风险还这么高。你知道吗，她这么个二十几岁的姑娘，我每个月都要帮她染一遍头发，那一簇一簇的白头发啊，都是被业绩压力给逼出来的啊。这下好了，她要真到牢里去了，没人帮她染头发了，那可咋办啊？里面伙食那么差，她肯定要不习惯的。"郝白石絮絮叨叨，像七八十岁的老太太，"姐，你们做律师的有没有什么办法，我来帮她顶罪，替她去坐牢，我没关系的，反正都已经进去过一回了。可她一个小姑娘要进去遭罪，我心疼。"

唐盈盈被肉麻出了一身的鸡皮疙瘩，猛喝了一口水压住精神，便又训斥道："你多大个人了，还把法律当儿戏吗？怎么顶罪？她签的文件你能签吗？异想天开什么呢。伪证罪照样是会被追究刑责的，你给我清醒点。"她又想了想，继续骂道，"还有，古莉静也是二十大几的人了，你也要奔三了，你们私下相处时怎么称呼都无所谓，但心里别当真把对方当成不懂事的小姑娘、没法子的小男生。十八岁以后法律默认你们都是完全行为能力人，要对自己的行为负完全责任。谨言慎行对你或许要求太高了，但法律的红线在哪里你们至少需要知道。"

郝白石连连点头，半哭半笑着郑重表态："我明白，我都记下了，我以后一定改正错误，好好做人。表姐，你现在说话的模样真像我从前的政教处主任，正气凛然，我背上的寒毛都竖起来了。"

唐盈盈有些无语，笑骂道："还有你跟李艳的事，你们三个人要这么处着，我也没什么好说的，但毕竟这事有悖公序良俗，你们别这么高调好吗？"

郝白石现在将唐盈盈视作神明，自然把脑袋点得跟鸡啄米似的。挂了视频，唐盈盈看着那碗半凉的泡面，再也吃不下去。转过身，宽阔的落地窗外，黑丝绒一般的天空上，皓月临空，城市中的各色灯光往夜雾里投射出迷幻的色彩，虚虚地浮在空中，望的时间久了，便有些痴醉的感觉。方惟安推门进来，见唐盈盈呆在那里，便走过去，从身后将她轻轻搂住，下巴搭在她的锁骨上，柔声问道："一个人在想什么呢？"

唐盈盈浅浅笑道："累得脑子都有点转不动了，放松一下神经，又觉得好奢侈。"

方惟安看了一眼桌上堆积如山的文件，旁边放着一碗吃了一半的泡面，眉头不由得皱了皱，道："你太拼了。工作有这么要紧吗？我们又不是没有钱。"

"我们"两个字，他说得很随意，落在唐盈盈耳朵里却十分受用。她缩进方惟安的怀抱，合上累得发涨的双眼，享受般地说："是呀，又不是等米下锅，你说我这么拼命工作为了什么？"

方惟安在她额上轻轻一吻，宠溺道："好强呗。你们这一代的新女性，哪里肯放过自己。总想争一口气，在事业上必须有成绩，要不让须眉，这样的人生才叫对得起自己的人生。"

唐盈盈扭头看了看他，嗔道："怎么？你对此有意见？"

方惟安微笑道："我哪里敢有意见。现在反对女性独立是最大的'政治不正确'，敢要求女人回家的，那都是要被埋进古坟的腐朽思想。所以，一提到这个话题，我从来都是赞，歌唱新女性能干勤劳，压男人三四五个头。"方惟安脸上挂着微笑，眼睛里却流露出担忧的神色，"可是你想过没有，这样的'政治正确'都把女人们逼到什么地方去了？怀孕、生育、抚养孩子、照顾家庭，这些不是女人的法定义务，但要女人彻底与这些事情绝缘，是不现实的，哪怕夫妻双方一人一半都做不到。既然隐性的义务没有办法减少，那这么高调地吹捧女性在工作上的价值，不就等于平白地增加压力吗？"

唐盈盈听得认真，心里对他的话也有几分认同，便点点头，苦笑道："还有些极端的，像我那个表弟家，男主内女主外的模式，生生把自己逼成了家庭的顶梁柱，天塌下来都想一个人撑着。不过他们这样也挺合适的，要换作两个人能力都很强，那就不容易走进婚姻，一个人什么都能搞定，仿佛就不需要另一个人了。"她说这话，便是想起了自己与方惟安，两个恋爱中的人保持着单身时候的所有习惯相处着，不妥协也不过分要求对方，不够近也不远。究其根本，也是因为对对方的需求并没有那么渴切，聊以取暖、聊以慰藉罢了。即便如今搬到一起住了，早出门、晚回来的作息，仍能够为彼此保持足够的空间。

方惟安也明白了她话外的意思，沉吟了半晌，方才缓缓说道："在我以前的工作中，女性是极其稀少的。我挺幸运的，有机会与好几个女同事共同战斗过。她们跟我背一样的武器，走一样的路程。冬天男人穿什么，女人便也穿什么。分配任务时，很少有对性别的考虑，因为那是战场，子弹打过来的时候，不会因为你是女人而转弯。但你说她们付出的跟我们一样吗？我觉得是不一样的，应该远远要比男人多得多。生理构造的不同，肌肉结构不一样，我们笑着重装行进三十公里，她们可能就要咬着牙才能走完。为了做到跟我们一样，她们在背后付出的努力便可能是我们的数倍乃至十数倍。从那个时候起，我就想明白了一个道理，日后对待与我相伴终生的女人，我至少要给她一份充足的安全感，让她在面临选择时，即便要为家庭做出事业上的让步，也没有恐惧和后顾之忧。她的退让不是因为自己不够优秀，而是这个家实在非她不可，为了身后的这份温暖，事业上的事她愿意放一放。"

唐盈盈鼻头有些发酸，她没有想到自己有一天可以跟方惟安把话题深入到这个程度进行讨论，同时，她也很庆幸自己这么做了。这个男人心中的暖意和豁达，足以令她感动到落泪。她将脸在方惟安的胳膊上蹭了蹭，柔柔地说："做你的女人真幸福。"

方惟安像是松了一口气一般，笑道："幸好你是这么说。我还怕你说我居心叵测，千方百计要哄骗你回归家庭。"他捧住了唐盈盈的脸，道，"如果我们真能走到那一天，我保证我会卖力地工作，赚到足够多的钱，我会努力哄老婆，让我们共同居住的屋子足够温暖。只是你也得答应我，从明天开始，别再这么搏命似的工作了。你看看现在都几点了，还在加什么班，赶紧洗澡刷牙睡觉啊。"

唐盈盈懒懒地往他身上一躺，慢悠悠地说："我上午在法院开了一个庭，然后在福田见了另一个案子的当事人。中午吃了个三明治，然后回所里开了个小会，接着又赶去跟表弟妹谈了半天，所有的案头工作都得回家才有时间做。你说得没错，我真是太累了，累得根本就起不来了。不洗澡了，脏就脏吧。"

方惟安伸手将她打横抱起来，又在她脖子周围嗅了一圈，装作嫌弃道："唐律师，我收到指示了，就是要让我来帮你忙嘛，没问题。"

唐盈盈又笑又闹，双手缠在他的脖子上，赤着脚踩在他结实的肌肉上，一阵温暖的感觉漫走于两人之间。

这一夜，风清清，夜暖暖，或许这就是这座城市屋檐下每盏灯背后的小确幸。

几天之后，古莉静在唐盈盈和郝白石的陪同下向法院提出了撤诉申请，转身又带着厚厚一沓文件到市公安局经侦大队主动投案自首。由于古莉静认错态度良好，对犯罪行为交代得彻底，并愿意积极配合警方做好补救措施，所以她并没有马上被收押，而是回家等待传唤。小两口从公安局出来，在门口又抱着头大哭了一场。

在郝白石刑事警报解除的同时，林小云的头顶则再次响起了尖锐的警报声。就在她婚礼的前两周，银保监会、中央网信办、公安部、人民银行、市场监管总局等部门联合发布了《关于防范以"虚拟货币""区块链"名义进行非法集资的风险提示》，对那些并非真正基于区块链技术，而是炒作区块链概念，实行非法集资、传销和诈骗活动的行为进行了风险提示。几天后，央行等七部委联合发布了一份措辞更加严厉的声明，把ICO定位为"本质上是一种未经批准非法公开融资的行为"，要求各地即日起停止各类ICO的融资活动，对已经融资完毕的项目也应当做出清退。这次监管出手之快、力度之大，令虚拟货币的发行者们措手不及，此前每天都在涨涨涨的鹏币随即出现了断崖式的下跌。直到这个时候，林小云才想起去了解钱鹏公司的运营情况。

公司的经营总部在前海，新建好的办公楼，走进去还透着一股水泥的味道。钱鹏上个月刚跟房东签了三年的租房合同，新购置的办公家具、电脑堆了半间屋子，许多包装箱甚至还没有打开，乱糟糟地堆在那里，彰显着项目负责人对未来前景的看好。林小云到的时候，钱鹏正好出去了，负责安全技术的合伙人姓鹿，高高瘦瘦，还长着一张长长的马脸，平时大伙儿都喊他"马鹿"。

马鹿显然也是好几天没睡好觉的模样，大半截胡子挂在下巴上，一件格子衬衫又脏又皱，像个垃圾袋一般套在身上。他告诉林小云，钱总出去买烟了，不过应该不会很快回来，买烟、买酒、买盒饭，是他们目前能够使用的、为数不多的出门理由，除此之外，团队的几个负责人都已经住到公司，夜以继日地工作。如果可以，他们几个甚至想把身体整个给填进去，看能不能堵住这掉底似的漏洞。

林小云惊了一跳，她看着马鹿，有种大祸临头的感觉，嘴唇都有些不听使唤，嗫嚅着问道："已经到这个地步了吗？央行的文件不是要求限期清退和整改吗，有什么问题，应该还有补救的余地吧？"

马鹿长长的脸颊抽搐了一下，继而冷笑道："还不到文件来催命，咱们自己就先爆雷快把自己给炸死了。"

林小云听他这么说，心下一沉，连忙询问细节。马鹿从旁边拖过一台笔记本电脑，打开鹏币交易平台的后台，密密麻麻的代码布满了整个屏幕。林小云看得眼花缭乱，完全不懂，便问道："这是什么意思？"

马鹿用他那又长又细的手指在屏幕上重重地叩了几下，冷冷地说："虚拟货币的核心技术在于区块链，它的本质是运用计算机算法和密码学等技术创造一种去中心化的数字货币系统，从而实现货币的发行和交易功能。换句话来说，虚拟货币之所以能够替代金银在现代社会拥有货币价值，最核心的应该就是这套代码以及代码后头的算法，这也是全球都看好比特币的根本原因。只是跟比特币不一样，我们这套代码是垃圾，彻底的垃圾，一文不值！"马鹿说到最后，已经不能保持最初的淡定，红着双眼，似乎下一秒就要张开嘴，一口将屏幕给吞下去。他十根手指插在鸟窝一般的头发里，语气透着无尽的绝望和后悔，"当初钱鹏拿着这套东西来找我，我当真以为他是什么技术天才，要带着我们创建属于我们的奇迹。结果，等我身家都投进来以后，我才发现，这套代码压根就是他从国外花了五千美金买的，就是一个虚壳，里面的安全漏洞就跟筛子似的，补也补不完。我后来质问过他，他反过来安慰我说这有什么关系，投资者根本不懂这里面是什么，他们只管投进钱来，赚钱了就走人，只要后面一直有人肯投钱进来，那平台就可以永远运行下去。你听听，这像是什么？"

林小云浑身冰凉到了极点，她颤抖着声音，万般不情愿地吐出那几个字："庞氏骗局。"

马鹿用怜悯的眼神看了看她，叹气道："是，正是庞氏骗局，只不过打着一个区块链技术的幌子。"

林小云心知大事不好，忙道："那赶紧停了啊，看看有没有办法可以补救。"

马鹿冷笑道："更麻烦的问题是在这里。我发觉不对劲以后，就马上去找了我们的投资人于总。于总很有耐心地听我把情况说了，当时也是一脸凝重，表态让我放心，说他一定会严肃认真地对待，并妥善解决这个问题。过了几天，于总找到我，全然换了一副嘴脸。他跟我说在这个项目上已经砸进去上千万了，现在平台运作的情况也很好，鹏币天天都在涨，这个时候自己爆出技术问题，那是对投资者极大的不负责任。当然，对于我反映的安全问题，他再次肯定会处理，将不惜一切代价聘请国外信息安全专家团队跟我一起进行修补和完善。现在想起来，他的这番言辞是缓兵之计，完全是为了稳住我才这么说的。"马鹿年轻的脸上流露出被欺骗的痛苦，他艰难地回忆道，"第二次谈话之后，于总当真联系了几家美国的公司，让钱鹏跟我带队，去美国先期接触一下。这你也应该知道，就是上个月初，我们去美国出的那半个月差。趁着我们不在国内，于总让人用平台管理员的账号将大量的资金转到了地下钱庄，等我们从美国回来，这笔钱早已经到了境外。"

林小云这时候觉得自己心都凉透了，她仍不放弃地问道："你们的交易没有设置密钥吗，没有授权怎么能随时调动资金？交易痕迹都是可以追查的，应该可以排查出究竟是谁进行了操作。"

马鹿笑了笑，道："这正是他们高明的地方。我们的安全系统有漏洞，对管理员账户的权限开放得太多。他通过管理员账户设置了一个空的交易账户，通过快速大量的买进卖出，把他人账户里的货币转到这个账户里，累积到一定的数量，就立刻平仓，再创立一个新的账户，如法炮制。账面上看都是平的，可实际上钱早就被偷偷运走了，风控系统连异常警报都没有提示。直到会计对账的时候才发现客户关联的交易账户早已经空了，我们才发现事情不对。我们几个人连着在公司熬了几个通宵，才算把这个问题弄明白，这时候于总的手机已经打不通了。再去他公司找人，被告知他早就卸了职，拿了加拿大的永居身份，跑路了。现在的状况是资金已经出境，交易数据都是公司内部操作，根本无法追索，我们几个愣头青，被人给坑得彻彻底底的，还在这儿帮人数钱呢。"

林小云的心早已经坠到不知什么深渊中去了，她丧着脸问："那报警呢？赶紧报警啊。"

马鹿凄惨地冷笑："报警？当然要报警，可我们自己也说不清。这个交易系统本身就是个骗局，光凭这个，我们几个人都得进去。现在钱也没了，连退赔的认错态度都摆不出来，你是律师，你告诉我，这样的情况该判多少年？"

林小云这个时候根本没心思去计算他们涉嫌的罪名会带来多久的牢狱之灾，她满脑子想的只有一件事：她的钱呢？她妈妈给她存的嫁妆钱，还有从她姨妈、姑母那里借来投资的钱，怎么办？还能不能像钱鹏之前做出的保证那样，得到优先的赔付？"那……现在公司账上还有多少钱？投资者有没有发现账户资金问题，有没有闹事？"

"目前零零星星的有些客户发觉了，毕竟数额稍微大点钱就转不出来了。我们给予的提示是对账系统正在升级，但也瞒不了多久，很快所有人都会知道。"马鹿绝望地说，"至于我们的账上还剩多少钱，你自己去问钱鹏吧，呵呵，运气好的话兴许还能有个十几二十万吧。"

林小云一下便崩溃了，她抓住马鹿，尖锐的声音像一个疯子，叫道："什么？！才十几二十万？怎么可能，上个月他跟我说资产都过亿了，全没有了？全被偷走了？"

马鹿的目光没有一点光，黯淡得如同这个毫无前途的办公室一般："上亿？呵呵，那就是个数字。我们这样的公司，就是一个充满气的气球，一旦出现问题，全公司上上下下最值钱的就是这几台电脑。"

林小云浑身的力气都像被抽干了一般，瘫坐在那张橙红色的多边形沙发上，这还是钱鹏刚创业的时候，林小云花了大半个月工资买给他的礼物。鲜亮的颜色、颇具设计感的造型，在林小云眼里非常适合"鹏币生辉"这个新兴的项目，它当真也照亮了最初那间坐落在居民楼里的小办公室。短短几个月的时间，林小云好像在过山车上颠了一个来回，不仅到达巅峰的速度快得难以置信，跌落谷底的速度更是让人反应不过来。她咧了咧嘴，突然又想起了近在眼前的婚礼，那是她渴盼了许久的盛大场面，在婚宴公司的方案里，一切布置都选择了最梦幻的粉红色，粉红的鲜花、粉红的香槟、粉红的云彩、粉红的丝质地毯，这像梦一样的美好景象，她终将不能看到，睁开眼睛，现实像一片烧焦了的土地，千疮百孔，还泛着一股令人作呕的腥臭味。想到这里，林小云当真觉得胸腔里一阵翻涌，晚上为了减肥嚼下的那几片生菜叶子也在胃里待不住了，一个劲地往上涌。她急忙站起来，还没等冲到卫生间，便吐在了半道上，混着胃液的生菜渣看起来越发恶心，黄绿黄绿的，有点像她此时的脸色。林小云伸手扯了张餐巾纸擦了擦嘴边的污秽，惨笑着对马鹿说："钱鹏究竟去哪里了，买个烟需要买这么久吗？"

说起来钱鹏算冤也不算冤，鹏币项目中有多少猫腻，就算最开始的时候没想得太明白，后来这些日子七七八八也看清楚了。只是面对如此迅速且巨大的利益，他哪里还有什么底线，暴富成了这个小小程序员仅剩的追求。但说他倒霉也是真的倒霉，噩耗在极短的时间内接踵而来，先是投资人卷款逃跑，紧接着国家下文严查虚拟货币，上周高峰期还被炒到六十几块钱的鹏币，一夜之间迅速跌到了十几块钱，无数鹏币的持有者在平台上进行抛售，未果后又集体向公安报了案。所以，钱鹏带着一条烟回到公司楼下时，正好碰到了来寻他的两个警察。简单询问了情况，核对了个人信息后，他便被推上了一辆鸣啦鸣啦响着的警车，成了阶下囚。

钱鹏的父亲是西北土生土长的农民，钱鹏被带到公安局的时候，他正在试穿出席儿子婚礼的新衣服。崭新的浅灰色毛呢西装是钱鹏从香港订制后给他邮寄过来的，老父亲抬了抬胳膊，有些抱怨道："这袖子咋忒紧呢，胳膊肘抬不起呢？这色瞅着也不太喜庆，他们那边人结婚也不兴搞点好看的颜色。"

钱母嘲笑他："儿子结婚，你穿这么好看做啥？你这套光上衣就要大几千了，还抱怨个甚。"

钱父咧开嘴笑了笑，连忙把西服脱下，又小心翼翼地叠好，放到柜子里。这时候，他的手机响了，深圳警方通知他钱鹏被捕的消息。老父亲一时间有点蒙，好端端的儿子咋突然就被抓了呢？他有些不敢相信，莫不是遇到骗子了吧？他摸索着给儿子的手机打了个电话，关机。老父亲更蒙了："这是咋回事呢？"他突然想起了自己即将过门的儿媳妇，便拨通了林小云的电话，扯着嗓子，尽量用自己最标准的普通话说道："哎，那个小林啊，刚才有个人给我打电话，说俺钱鹏被抓了啊。你去看看，究竟什么情况。他们莫不是搞错了吧？俺儿子马上就要结婚了啊，有什么事等结完婚再说行不行啊。这样关着人的话，婚礼上就没有新郎了，那还咋弄啊？"

林小云此时自己都快要精神错乱了，哪里还有心思跟钱父详细解释，便应付道："是，他涉嫌参与一个经济案件，情况很复杂，您最好能亲自过来一趟深圳。明天，或者后天，越快越好。"

钱父更加疑惑了，他想了想，道："什么经济案件呀？俺不懂啊，他婚礼不是下周吗，俺儿子给俺订的机票也是下周的，俺得下周才能过来啊。你去跟他们说说，让他们先放人啊，中不中啊？"

林小云只觉得自己脑袋更疼了，心里虽从未指望过钱鹏父母真能帮上什么忙，却见他们一副还要自己照顾的样子，一股邪火从心底直往上涌。她憋了半天，忍不住对着话筒道："还有什么婚礼，人都要没了。拿什么结婚，我们还剩下什么去搞婚礼？"说到最后，她眼泪如决堤的洪水一般，喷涌而出。

钱父一听结婚的事也要黄了，立刻就急了，扯着嗓子喊道："林家丫头，你这是怎么说话的，说好的事情怎么能不算数呢？俺家婆媳妇的消息四里八乡都通知到了，俺家给了你二十二万的彩礼钱，你家也是收了的，怎么能说变卦就变卦呢？你把你爸妈的电话给俺，俺要跟他们好好说道说道。"

林小云听钱父一门心思都在彩礼上，絮絮叨叨说个没完，完全搞不清楚眼下的状况，只觉得自己的脑袋都要裂开了，她挂了电话，失魂落魄地沿着街道慢慢地走着。深圳的深秋，天气格外宜人，闲闲的晚风吹在身上，像是婴儿肥肥的小手在脸上轻轻地抓痒。街上人来人往，大多数都有着一张年轻且充满朝气的面庞，每张脸落进林小云眼里，都是无忧无虑的幸福模样。她恨极了，为什么自己会这么倒霉，为什么所有的麻烦现在都落到了自己的身上？明明是钱鹏做的错事，可他现在被带走了，留下这一大摊子麻烦，都要她去处理。她怎么处理？她又有什么能力处理？想到这里，林小云掏出手机，打开与钱鹏的微信对话框，大骂道："钱鹏，你这个王八蛋，搞了个什么狗屁项目，坑死人了！""我怎么会瞎了眼看上你，整天装他妈什么技术天才、商业精英，你就是个臭屌丝！什么都不配！"一条接一条咒骂不休的语音信息掏尽了她心里所有恶毒的词汇，看着它们发送成功，林小云心里觉得舒坦了一些。她知道钱鹏看不到也不可能回复，但除了对着他的微信头像破口大骂，她此时还能做些什么呢？

骂到后来，她连完整的句子都说不清楚，眼泪和鼻涕糊了满满一脸。她一边走，一边哭，想起来了一点又对着手机含糊不清地骂几句，骂得多了，又觉得胃里恶心，趴在绿化带上呕吐一番，在熙熙攘攘的大街上，活像一个神经病。

二十几年便活到人生末路的感觉，大抵如是。

走了许久许久，林小云呆呆地站在十字路口，她满心只希望现在能有一辆没看清路的车突然驶出来，撞倒她，死了更好，死了就不用面对这一切了。过了一会儿，她又觉得，要是可以被一个挥金如土的富二代撞了更好，就算是碰瓷，也能得到一笔不少的赔偿吧？她现在所有的问题都是钱的问题，但她实在是没有什么钱了。

康俊的办公室里一个环形的加湿器轻悠悠地向外喷吐着水雾，带着极淡的栀子花香。深圳作为一个沿海城市，空气湿度常年都在百分之五十以上，可康俊仍嫌不够，说干燥是皮肤和头发最大的敌人，他自我保养的意识甚至胜过了许多女明星。

今天的气场不是太好，一上班，唐盈盈和林小云便过来找他为钱鹏的事寻求帮助。康俊瞅了一眼林小云，一身素白的衬衣映着没什么血色的脸，坐在沙发上，十个手指局促不安地纠缠在一起，让人一眼看上去就知道她的状态非常不好。

案情有些曲折，林小云叙述完，康俊的脸沉了下去，快速地翻阅着林小云带过来的资料，嘴上没说什么，心里却早已经开骂了。在钱鹏最得势的时候，他便断言，那个对现代社会游戏规则毫无敬畏之心，又不可一世的农家子必然要惹上麻烦，是律所潜在的大客户。只是他没想到钱鹏竟然能这么倒霉，还没找上门来寻求帮助，就被这一套组合拳打得奄奄一息，更重要的是，照着目前的形势看，估计他连律师费都不可能付得起。康俊转了转眼睛，向林小云问道："案情很清楚，没什么争议。鹏币这个技术完全是假的，与它挂钩保证收益的项目也根本没有做，集资诈骗罪怕是没得跑，涉案金额很大，超过千万了，一个不慎极有可能是死刑、死缓或者无期，当然，量刑跟后期资金的退赔情况干系很大。你见到钱鹏了吗？你们是怎么打算的？"

林小云的眼眶红红的，看了一眼唐盈盈，又点点头，道："见到了。他还能说什么，整个人完全吓坏了。他从头到尾都交代了，拖着我拼命求我救他，哪怕是能少判几年也好。康主任，您看这个事情有没有什么转圜的余地？那钱真的是被人卷走了，钱鹏发了死誓的。我们现在连婚宴的钱都付不起，我把所有能退的都退了，房子也挂在中介，卖了钱都退赔出去，能不能救救他？"林小云慌乱的模样更像是案件中的苦主，丝毫没有了律师的冷静。

康俊看着她，心想就算没卷款逃跑这事，钱鹏干的事也一样是集资诈骗，只是现在钱没了，想退赔都赔不出去。他这么想，却没说什么，只微微皱了皱眉头，道："那你估计一下，能退赔多少？缺口有多大？"

林小云想了一刻，嗫嚅道："这两天算了一下，平台上投资人个人账户清账后，公司账上还有一百多万，我房子卖了的话，刨掉贷款还能凑出个一百多万，勉强到三百万吧。公司其他几个创始人零零碎碎凑一凑，能到个五百万，还差……接近两千万。"

康俊倒吸了一口凉气，又恨下手晚了，竟有种自己痛失巨款的感觉。他看了看唐盈盈，问道："唐律，这事你怎么看？"

唐盈盈想了想，认真道："虚拟货币是这些年出现的新鲜事物，对它的准确定义全球都还没有一个统一的说法，对它究竟属不属于货币也有争议。所以，关于ICO究竟是集资诈骗，还是非法吸收公众存款，甚至是非法发行股票债券，学界都一直还在讨论。中央的文件虽然给虚拟货币画了个圈，但也要具体事情具体讨论。钱鹏在这个事情里没有欺诈的主观故意，在平台交易的高峰期，他人在美国待了半个月之久，也没有潜逃，我们或许可以从这个角度上去努力，替他争取一些减刑。至于于总的盗窃资金，应该另案讨论，甚至可以说，钱鹏的公司也是受害者之一。"

林小云听唐盈盈这么说，眼睛里顿时闪出一丝光亮，她连连点头，又满怀希望地看向康俊，怯怯道："这样可以吗？只要有一丝可能，我都想去争取一下。"

康俊保养得看不到半丝细纹的眼角轻轻扬了扬，面上露出惊讶的表情，语气却淡淡地说道："当然可以。法律前进的动力就在于对新鲜事物的争议、尝试和讨论，这种讨论本也不该仅限于学术研究，更应该适用在每个具体的案件审判中。不过，我不明白的是，你们为什么要去做这种努力？"

林小云愕然道："为了……为了救钱鹏啊，他是我老公，他现在遇到麻烦了，我……我想救他。"

康俊点点头，白净到有些透明的脸上隐隐映出些许笑意，他的语气越发和蔼，道："嗯，我知道你们已经领证了，是合法夫妻，所以我才这么问。因为在我看来，你现在有更要紧的事该去做。"

唐盈盈和林小云满脸疑惑，不约而同地问道："什么？"

康俊坦然道："把你自己从这个事情中给择出来呀。"康俊看着一脸无辜蒙昧的林小云，脸上的笑意越发明显，唇边嘲讽的感觉也随之浓重了些，"你别告诉我你当真没考虑过这个问题。诈骗罪中有并处罚金或没收财产的规定，《婚姻法》对夫妻共同财产也有了新的解释，你刚才说的那套房是否是婚后共同财产，是否可能被罚没，还需要进一步认定。也就是说，钱鹏一旦被定罪，家里究竟还能剩下多少钱，哪些是婚后共同财产，哪些是婚前个人财产，你现在就得彻底弄清楚，这是其一。其二是，你作为公司创始人的配偶，又是一名法律工作者，我相信钱鹏在创业初期应该有跟你讨论过这个项目的内容，那么在钱鹏整个公司的运作中，你究竟有没有参与到公司的具体运营中去，特别是有没有在会议决议、文件报告、项目计划书上留下过书面意见，包括你的签名、手改痕迹、对话录音，甚至可能是开会时候的发言记录？这个事情非常重要，倒也不是说你一定会被法院追责，但如果有这种情况，对你未来律师生涯的发展将会造成很大的影响，所以，你回头必须一点一滴想清楚。"

唐盈盈心里一咯噔，想起了最初林小云拿着项目计划书请她和Debra提意见的事，便心情复杂地看了她一眼。林小云双唇紧紧咬在一起，目光低低地盯着地毯上扭曲的花纹，像是在拼命回想，沉默不语。

康俊笑了笑，轻松地说："你先别着急现在就琢磨，回去仔细想想，不要有遗漏。同时也把银行流水单翻一翻，鹏币这么赚钱的项目，你的个人资金有没有投进去，又有没有从中获利，具体获利了多少？你自己也是会计专业毕业的，这个事情对你来说应该不是什么问题。"

听到此处，林小云的眼泪像断了线的珠子一般，哗啦啦地往下落，她哽咽道："我投了，我工作以来的积蓄，我妈给我准备的嫁妆，还有问我姨借的三十万元，一起投了进去，一百多万，血本无归，我现在都不知道该怎么跟我妈解释。"

康俊看着林小云的眼神又多添了几分怜悯，他顿了顿，沉沉的低音像是从最昂贵的低音鼓音响里发出的一般："最后一点，你该准备离婚材料了。"

唐盈盈和林小云大骇，不可思议地看着康俊。唐盈盈正要说什么，康俊抬起手制止了她，双眼仍然直视着林小云，继续道："你现在应该已经了解钱鹏给你带来了怎样一个烂摊子。如果你还一味地跟他绑在一起，同荣共辱，我们按最好的情况估计，他被判二十年，这二十年，他在牢里以失去自由的方式偿还罪孽，听起来挺惨的，但比他更惨的是你，你在外头又要为他收拾多少烂摊子呢？这么多的债主，总会有那么些极端的找到你，要求夫债妻还吧。等收拾得差不多了，钱鹏也差不多出来了。他是学IT的，在牢里待了十几二十年，出来还能干这种新兴行业吗？再加上他的犯罪记录，大概率只能找到一个压着最低工资标准的低端工作。他那个时候大概四十多岁，你估计还要再照顾他至少三十年，这辈子才能玩完。你的人生，当真想这么过吗？"

林小云的脸像两片正在加热的火腿，透着鲜红的血丝，她的身体伴随着哭泣而剧烈地起伏。康俊说的这些她当然想过，可是她又不敢往深里想。从小到大家庭的良善教育告诉她，不能乘人之危，不能落井下石，在别人需要你的时候抛弃对方是无耻的、懦弱的卑劣行为。可是，康俊说得没错，这样的生活她不想过。她对物质有追求，她希望穿上昂贵好看的衣服，出入干净高档的场合，她不想整日为了还债夜不能寐。何况她又没有做错什么，凭什么要她来背负这些？除了哭，她现在一句话都说不出来。

唐盈盈心下不忍，看了一眼康俊，忍了忍，才道："主任，离婚是他们两个人的事，需要深思熟虑才能做决定，您现在跟她说这个干什么？等过了眼下这关再说吧。"

康俊伸出一只又长又白的手指，十分讨厌又傲娇地在唐盈盈眼前摇了摇，笑道："No，no，结婚才是两个人的事，离婚只要一个人做决定就足够了。眼下就是做决定的最佳时刻，也只有离了婚，才能彻底把自己从这摊子烂泥里给择出来。"

唐盈盈气不打一处来，索性不理会他，抚了抚林小云的背脊，安慰道："小云，别的问题我都同意康主任的说法，你回去好好整理清楚。离婚这项，是你自己的选择，不要受旁人的影响。你跟钱鹏走到今天也不容易，感情的考虑不同于利益计较，没有那么多既定标准的。比如……"唐盈盈本来还想再举几个分离重逢后又过上幸福生活的例子来安慰几句，话到嘴边却也说不出口，便收了声。

林小云此时也缓过一口气来了，怔怔地看着康俊，小声地问："那钱鹏……我是不管他了？"她瞅了瞅康俊的神色，将后半句"我本来想请您做他的代理律师"生生吞进了肚子里。

康俊从桌上那个精致的抽纸盒里拉出一张纸巾递了过去，笑意虚浮地说道："我可以帮他介绍一个这方面很有经验的律师，当然收费也保证很公道。至于我们所，我的意见是不要参与，最好不要过问，保护好你才是我们现在首先要做到并且做好的。"

清风斜斜地从窗户吹进屋里，将角落里摆放的那一大盆龟背竹拨弄得左右摇摆。林小云思忖了半天，低着头，用微不可闻的声音低低"唔"了一声。唐盈盈的心像是被一双大手狠狠地揉捏了一把，不受控制地引起一阵悸动般的疼痛，目光郁郁地便朝着康俊的方向投去。

第8章

大难临头各自飞

送走了林小云，唐盈盈顷刻就想发作，可看到康俊那张精致到娘气的脸，底下还不知藏了多少阴谋算计，便忍了忍，面上堆起七分假笑，掩住了那三分质问的口吻，道："主任，您这是什么意思？"

康俊捏着手机正在飞快地回复信息，头也没抬，浅浅笑道："哦，都是自己人，不用客气，咨询费就不用付了。"

唐盈盈哭笑不得，拉了张椅子往他跟前一坐："咨询费？小云明明是来向您请教钱鹏的官司该怎么办，您倒好，一门心思只怂恿她去离婚，这也算咨询呀？"

康俊抬起头，好奇地看了唐盈盈一眼，笑道："那当然。你知道光这一条建议就能帮这个小姑娘省下多少钱吗？我还惊讶身为她的指导老师，你居然没替她好好谋划谋划。"

唐盈盈冷笑了笑，又道："可小云压根就没想过要离婚，她跟钱鹏是校园情侣，两个人感情一直很好。现在出了事就分手，您让别人以后怎么说她？还有，钱鹏就这么放任不管了？他纵然有错，出发点也是为了让小云能过上好日子，这样落井下石，他这辈子就很难再爬起来了。"

康俊终于放下了手机，饶有兴趣地上下将唐盈盈打量了一番，嘴角勾起一丝怪笑："唐律师，我发现你挺有意思的。看你平时做事的风格，应该是属于理智、冷静、干脆那一类的，就是一遇到感情的事立刻圣母上身，幻化成一朵白莲花，脑子里就一根筋，只愿天下有情人终成眷属，天长地久，恩爱永远。一场婚姻是两个同样孤独的灵魂相互依恋。但是你有没有想过，这种感情价值观是反人性的，它通过为对方牺牲和放弃自己的利益来衡量感情的深浅，美好是很美好，但对自己来说也是很残忍的。世上还有一种更加世俗，更加普遍，并且我认为也更加适合婚姻的感情观，叫作合则聚，不合则散。两个人以共同提升各自的生活质量为前提而结合，结婚就是找个不那么讨厌的人一起过日子，组成家庭的意义在于抵御外界的压力和风险。一旦出现问题，需要迅速考虑维持还是解散这场婚姻的成本更高。"康俊的目光在唐盈盈脸上凝了片刻，又笑着说，"林小云并不是你，她对爱情的想象不比别人多一分，所以她对婚姻的坚守也不会比其他人长多久。如果今天之前，她当真没想过离婚，或者是被你嘴里的这种高尚道德给绑架了，才没敢去想离婚，那我今天倒是恰到好处地做了一件好事，提醒她应该好好去考虑这个问题了。"

唐盈盈正要反驳，康俊挑了挑眉毛，扬着音调问道："怎么？难道你当真认为林小云会是王宝钏，能苦守寒窑一辈子就为了等钱鹏出来？何况，苦守一生当真值得吗？"

唐盈盈被他这么一问，顿时有些气结，原本不知哪里冒出来的火气也随之湮了下去，她不爽地说："我没这么认为，我只是觉得林小云现在跟钱鹏提出离婚多少有点不道德，她以后也会因此被人诟病的。合理的做法应该是至少等钱鹏过了这个关口再说。"

康俊的目光凝在唐盈盈脸上，像看个傻子一般盯着她看。半晌之后，他站起身来，在那个宽大的办公室里随意踱了几步，又好笑地说道："怎么我就觉得现在正是时候呢？"

唐盈盈肃了肃表情，道："怎么就正是时候了？现在正一脑门子的官司还没弄完，马上又来个离婚官司，凑热闹呢？"

康俊笑了笑，像是引诱一般地问道："你说钱鹏这次脱罪的可能性有多大？百分之十？百分之二十？"

"不太可能。"唐盈盈想了想，道，"事实和证据都是明摆着的，如果后期没有什么戏剧性的转变，被判刑的概率应该是百分之九十九，被重判的概率也在一半以上。"

康俊点点头，道："没错。那么你说，现在我国服刑犯的离婚率是多少，特别是这种十几二十年刑期的？"

这个数字唐盈盈并不清楚，但想来也不会低，便道，"我明白您的意思，我只是……"

康俊伸出手制止了她，自顾自地说道："百分之六十以上，其中绝大部分都是在服刑一年之内由配偶主动提出的。但在我看来，这一年的时间成本也不值得被浪费。而且我对人性并没有你们这么乐观。"康俊顿了顿，声音也逐渐压低，"钱鹏现在已经慌乱极了，判决一天没下，他总是念着一分希望，也指着林小云可以在诉讼的关节上出点力，在这时候跟他谈离婚，林小云手里还有筹码可以谈。可若真等到他被关了进去，成了破摔的破罐子，离不离的主动权就在钱鹏手里了，他要是想拖，那就真是谁也拖不过他。你想想那些死活不肯放手，逼得对方去起诉离婚，法官再到监狱里开庭的，光想想就是一场马拉松。换句话说，林小云倘若对钱鹏真有那种自我牺牲式的感情，十几二十年的青春心甘情愿抛在监外等候上，那没有夫妻关系也照样可以等。只是，自己手里的主动权永远也不要胡乱放弃。"

康俊的话初听来异常刺耳，可待他好好讲完，却又透着一股温暖人心的关照。唐盈盈默不作声了，目光随着康俊的背影移动，觉得自己此前对这个人看得有些偏差了。他固然有些离经叛道，固然有些唯利是图，但基本的品性好像也不是特别糟糕。此刻他正踱步到窗口，拿起一个精致的银色小喷壶，冲着那盆身姿妖娆的龟背竹大叶子喷上了一层细小的雾水。唐盈盈的注意力被迅速吸引了过去，她打量了一番，皱了皱眉头问道："您还真有精神，在这里摆弄花花草草的。"

康俊并不接她的话，反而浅浅一笑，那如易碎琉璃般疏离的笑意里隐隐透着一丝凄凉，道："这盆还是我老婆送我的，千里迢迢从北京带过来，养了七年了。"

唐盈盈想起在北京听到康俊的离婚八卦，忍了半天，终于还是按捺不住澎湃的八卦之心，好奇地问了句："您不是离婚了吗？"咽了口口水，强行把后半句"这是分割的财产吗"吞了下去。

康俊的脸微微动了动，眉头轻轻一蹙，沉默了一刻，继而又像是毫不在意般地笑道："她没同意呢，还正拖着。我最近也没心思去扯了，反正一个在北京，一个在深圳，各过各的，挺好。"

唐盈盈唯唯点头，康俊瞥了她一眼，又道："咱们今天既然谈到了感情的话题，要不然我也给你现在正如火如荼的恋情号个诊？"

唐盈盈听到这话，连忙站起身来，边走边说道："不用了，我也不敢耽误您宝贵的时间，也付不起您那昂贵的咨询费，何况我还有一堆工作在等着呢。"

康俊哼了一声，在他说出下一句话来之前，唐盈盈如脱兔一般，迅速闪退到门外，反手一钩，便将那扇北欧白衫木质的房门轻巧地带上了。这几个动作一气呵成，流畅熟悉的姿势在猛然间勾起了她尘封的记忆，曾经，曾经的曾经，她还是个小律师的时候，这个办公室的主人还叫李睿的时候，她也曾无数次这样嬉笑着躲闪出来。

夕阳透过窗，冷冷地照在唐盈盈的发梢上，漾起一层金色的光，与往昔的时光近乎相同，只是这光没有一点温度。久违了的冰凉，在李睿去世后的一年里，她每次想起他，就觉得浑身的温度降至冰点。这种感觉自遇到方惟安后，已然好转了许多，只是今日冷不丁地袭来，倒令她有些措手不及。

唐盈盈扭过头，又看了一眼这间办公室，熟悉的门，熟悉的门牌，或许她真的对那份纯粹到骨髓里的感情过于执着了吧。

几天后，林小云与康俊推荐的王律师一起到看守所，在那个不甚明亮的会见室里见到了钱鹏。两人已经有半个多月没见面了，钱鹏看起来比此前消瘦了许多，眼睛深深地抠在脸上，颧骨耸了出来，在脸上投下两片深褐色的阴影，又像是没洗干净的污垢。林小云将目光从他脸上移开，冷冷地说道："这是王律师，是经济类犯罪辩护领域的专家，有二十多年的从业经验，要不是我们康主任的推荐，我们是请不动的。大致的情况我跟他说了一下，有些细节他可能还要跟你核对一下，你不要有什么心理顾虑，说实话才能最大限度地保护你的利益。"

钱鹏将头点得跟鸡啄米似的。王律师戴着一副黑框大眼镜，做事一丝不苟，拿出一本浅灰色的记事本开始询问，从项目的第一笔资金到账开始，再到管理结构、工商注册、密钥管理等细节，无一遗漏，都细细地做了笔记。有些存疑的地方，他还用红色的水笔圈画了出来。一个多小时的询问，变成了十几页的笔记，密密麻麻像是高考前复习的学霸笔记。

问完了，王律师将笔记本合上，又拿起纸杯喝了一口水。钱鹏迫不及待地问道："王律师，根据你的经验，我这样的情况法院会怎么判？"

王律师看了林小云一眼，慢条斯理地说："具体会怎么判，我现在不好猜，也不好乱说。只能说情况不太乐观，集资诈骗向来都是重罪，你这个案子的涉案金额和涉案人数都够着了重判的标准。不过，你是通过发行虚拟货币进行集资和炒作，国家对新兴事物还是有一点宽容度，这也算是一线生机吧。"

钱鹏听他这么说完，心里早已凉了大半，只拿眼睛瞅着林小云。林小云谢过了王律师，又请他在外面等一会儿，她有些事要单独跟钱鹏谈谈。

王律师一出去，钱鹏立刻对林小云发作道："这个律师是你们所的吗，他的底细你了解过了没有，究竟靠不靠谱啊？他说的重判是什么意思？集资诈骗是可以被判死刑的。"

林小云的目光跟冰一样冷漠，她看着快抓狂的钱鹏，缓缓道："你倒是很清楚，那之前干这么多事的时候，怎么没想到今天呢？"她缓了一口气，又继续道，"王律师不是我们所的，他是康主任介绍来的。"

钱鹏皱了皱眉头，道："为什么不在你们所里找？你们那个康俊康主任，我听说他自己就是这方面的高手，曾经在北京办过一个案子，也是被诉的集资诈骗，结果他弄了弄，关了半年就放出来了。你应该找他来给我代理的啊。"

林小云怒道："我应该？我应该找他，人家就一定肯接吗？你算什么，我又算什么？"

钱鹏被她的怒气吓得愣了片刻，迅速将头低了下去，小声地说："你可以求他。"

林小云的头顶立刻笼起了一大片混沌的乌云，箍得她脑袋生疼，本就不大的屋子突然变得愈加闷气。她在心里发了发狠，冷声道："我求他？你以为我没求过吗？这世上的人情当真是你求就能求来的？何况我以后还要不要在律所工作了？你当真觉得我不要脸，真好意思把你干的这些破事天天弄到我上班的地方去供同事们讨论商议啊？"

钱鹏的火也噌地一下就起来了，他指着林小云，怒道："你要脸？你的脸重要还是我的命重要？都什么时候了，你还在考虑你工作的事，我人都进来了啊。"

"是我让你进来的吗？"林小云也毫不示弱，大声吼道，"马鹿都跟我说了，程序不是你自己写的，是花钱买的，你早就知道这是一个骗局，人家也早就劝过你收手，你心里要是少一点贪念，今天也不至于到这里。"

钱鹏呵呵呵呵地冷笑，像一只瘦弱的公鸡在大雨中打鸣："我少一点贪念？是谁看着别人几万块的包眼睛就不会动，看见别人戴几千块钱的耳环回来就买山寨货？明明住在城中村，却天天翻杂志，看同事家里的上亿豪宅的装修风格？我贪钱？我贪钱也是为了满足你这个物质女。"

"你放屁！"林小云涨红了脸，从嘴里喷出一句粗口，她猛地伸手打落钱鹏在她面前不断指指点点的手，颤抖着声音说，"你他妈还真要脸，没出事的时候就自己厉害，当代乔布斯、IT精英，出了事了，全都是女人的错，你做这么多全是为了满足我的贪念。我是虚荣，是喜欢钱，谁不想过点好日子？你有什么资格这么说我？我认识你的时候，你有钱吗？你不过就是山里来的一个穷学生，我说过什么了吗，还不是照样跟了你这么多年？工作以后，我一没偷二没抢，每天朝九晚五，一周加班五天，我靠着自己赚钱，我没想过别人的钱，我也没拿刀逼你去弄钱。"说到这里，林小云的心也凉透了，哗的一声从包里扯出一份打印好的文件，往钱鹏面前一放，冷冷地说道，"这是离婚协议书，你可以仔细看看，我也没占你便宜。你把字签了吧。"

钱鹏愣了半天，并不伸手去拿那份协议，斜着脑袋用一只眼睛拼命瞥着林小云，冷笑道："现在看我不行了，就想分手了？离婚，我为什么要离婚？你是我花了二十二万彩礼娶回来的老婆，我不离。"

林小云想到了他会提彩礼的事，只是没想到他提起这二十二万的彩礼时口吻跟他父亲一模一样，仿佛花了这个钱，她就卖给了他家似的。林小云倒吸了一口冷气，靠着椅背缓缓坐了下来，盯着钱鹏的眼睛，慢慢地说："那好。我们就好好来说说这二十二万的事情。当初准备结婚的时候，你问我家要多少彩礼钱，我说没有定数，我姐姐结婚收了八万，我们差不多就可以了。你跟我说，要是跟我姐姐收得一样，反而显得我没面子，但是你父母是指望不了的，拢共结婚他们就寄了八千块钱来。我们当时刚买完房，手里都没什么钱。你把钱凑到了十七万，跟我说这个数字不好听，让我想办法再凑几万，我便去问我姐姐借了五万，对不对？"

"对。"钱鹏也没想赖账，"那我也是拿出了十七万来的。"

"我们准备下周结婚，订的酒店、礼仪公司、蜜月套餐花了将近三十万，现在婚礼搞不成了，能退的都退了，订金补偿完，一共花了十二万。这个钱，我们一人算一半，各自六万，合理不合理？"

钱鹏咽了咽口水："也行吧。"

林小云继续算账："还剩下十一万，我付了王律师两万的定金。整个案件代理完，所有的花费都可以从这笔钱里走。我可以把剩下的钱给到你父母。你如果对王律师不满意，你也可以更换。房子车子我都挂出去卖了，我们的财产遵循《婚姻法》进行合理分割，我没有占你任何便宜，协议后头有清单，你可以仔细看一遍。"

钱鹏伸手拿过协议，迅速翻看了一遍，抬起头来，吃惊地说道："你这是在跟我做分割？就是以后我的事你再也不管了？我的死活你也不再管了？"

林小云的目光没有一丝悲悯，语气冰冷得近乎到达冰点："是。你的事我管不了，你的死活我也顾不过来。"

钱鹏暴起，道："那我们这么多年的感情呢？都被狗吃了吗？你的心肝呢？也被狗吃了吗？"

林小云冷冷地抬起胳膊，挡住了钱鹏嘴里喷出的唾沫，笑了笑，像个疯子一般平静："感情？你问我感情去哪儿了？我妈、我姨被我忽悠着拿出了所有积蓄投到你这个鬼项目里，现在血本无归。一百多万的债，我也不找你要了，要你也没有了。我自己慢慢补上吧，就算是对得起我们这么多年的感情了。"

钱鹏像一个泄了气的皮球，缓缓跌坐下去，他的胳膊瘦得像一根麻秆，套在宽大的囚服里，显得特别空荡。他抬了抬手，唇边的笑意令人脊背发寒："我不会签的。我一天不签，你一天就是我老婆。我不放手，你想离开我也没这么容易。"他缓了半天气，像一只与父母走失的彷徨失措的小兽，哀求道，"我还有父母，他们都是农民，什么都不懂。算我求求你，那九万块钱我不要了，都给你。你帮我照顾好我爸妈，他们年纪大了，万一有个好歹，我就是不孝啊。"

林小云的眼泪跟决堤的洪水一般，把早上浅浅涂抹在面上的粉底都冲刷得干干净净。她差点一个心软，忽地又想起自己后半辈子的生活，还是咬着牙，发狠道："你好一个孝，为了你自己这个孝字，恨不得把我绑死在你身上。你的父母，我没有赡养和照顾的义务。你还是好好配合审判吧，要是运气好，你爸妈还能活着看到你出来的那一天。"

钱鹏惊愕不已。他看着林小云，两人认识五六年了，她一直是善良、胆小、温驯的，是一心只渴望得到认可的讨好型人格，他从未想过有一天这个女人会这么坚定地拒绝他所有的哀求。钱鹏真正开始绝望，他的心颤了颤，咬紧牙，一字一句地说道："既然如此，那我就更不可能同意离婚了。还有，以后法院问起钱款的去处，我也会说有部分用作了家庭支出，我们绑在一起还债吧。"

仿佛早就预料到了此人心性之凉薄，林小云面上没有任何的情绪变化。屋顶明晃晃的日光灯照在她的脸上，像是映在了一座冰雕上。林小云转过身从文件包里抽出一张薄薄的A4纸，递给钱鹏，说道："这是我昨天去医院打的B超单。我怀孕了，你看看吧，今天正好满七周。"

钱鹏惊喜不已，拿着那张纸仔仔细细从头到尾看了一遍，搓着手兴奋地说道："那太好了。我们更不该离婚了。我要做爸爸了。你是妈妈，我儿子要来了。"

林小云嘴角浮起一丝嘲讽的笑意，道："你错了，我更需要离婚，跟你绑在一起，下半辈子谁也过不好。我现在跟你谈一个条件，你现在同意离婚，我就把这个孩子生下来。你要知道，你这个罪名，死缓、无期都是大概率事件，即使减刑，二十几年的牢狱也跑不掉。等你出来，还有多大概率能娶妻生子？"她轻蔑地笑了笑，像在看世上一个最大的笑话，"你们钱家传宗接代的希望就在我肚子里了。可是也只需要几颗药，它就能变成血块被排出来。"

钱鹏惊道："你疯了？这也是你的孩子！"

"要是生活都没了，孩子我拿什么养？"林小云同样恶狠狠地说道，"你同意离婚，我就生下他来，生下来之后交到你父母手上，跟你姓钱。从此我们两不相欠。你不同意，我明天就去医院，然后咱们走诉讼流程，慢慢磨。"

钱鹏惶恐不已，低头看了看那张B超单，又抬起头看了看林小云，想了半天，低声吞吐道："我……我怎么知道，你会不会骗我？"

林小云勾了勾嘴角，浮起了一丝凉薄的笑意，声音也如鬼魅般瘆人："你可以赌啊，赌我会不会骗你。"

钱鹏看着她，原本的心气在一瞬间被抽空了，整个人跌在椅子上，就像一个泄了气的皮球一般，任谁都能随意践踏几脚。

唐盈盈给林小云放了两周的假去处理私务，待再见到她的时候，唐盈盈吓了好大一跳。原本被胶原蛋白涨得圆润饱满的脸如今竟消瘦成了削尖的瓜子脸，讨喜的一对卧蚕有气无力地趴在眼睛下，像是两条预示着早衰的硕大眼袋。她把头发剪短了，露出清晰的面部轮廓，比从前倒是干练了许多。唐盈盈心里有些怜悯，给她倒了一杯水，温言道："现在处理得怎样了？"

林小云将玻璃杯握在手心里，还未开口，眼窝中便聚上了半洼泪水："不太好，检方那边一直在追踪钱款的去向，始终找不到。动用账户的账号是公司公用的管理员账号，登陆IP地址掩盖了很多次，最后查出在境外，可能是在美国，而那段时间正好钱鹏他们就在美国出差。所以检方不相信钱是被于总卷走的。这里头究竟谁在说谎，现在谁也不知道。王律师把账目都整理了一遍，情况很不乐观。大概率会是无期，甚至是死缓，好一点也在二十五年以上。钱鹏的父亲上周过来了，在看守所门口跪了整整一周，说要拿这条命去替儿子抵罪。劝了不知道多久，连哄带骗地才让他先回去。"

听她这样说，唐盈盈的心也随之一沉。二十五年，那恰好是钱鹏此时的年纪，他像这个时代大多数拼搏在一线城市的年轻人一样，对财富有着强烈的渴望，对积累财富的速度却有着更高量级的焦虑。他不知道自己的未来会在哪里，父母给不了任何建议。他所能告诉自己的是，必须从父辈的贫瘠中逃离出来，无论用什么手段，都必须在金钱的层面上获得成功。若是生在混乱或野蛮的时代，他或许会成为一时英杰。可如今这个时代，规则和秩序早已建立，又岂容得你莽撞地在其间肆意妄为？一个欲念没控制住，断送的往往就是后半辈子所有的人生。唐盈盈不知道自己还能说什么，只好安慰道："你也不要给自己太大的压力，钱鹏的事交给王律师去办，信任他，配合好，就是你目前所需要做的全部了。"

林小云点点头，轻声说道："钱鹏同意离婚了。因为他正处于等待审判的阶段，手续和流程比较麻烦，只能通过诉讼离婚来解决。但是由他来提，不会有什么障碍，最迟下个月，我就恢复自由身了。"

唐盈盈脸上黯了黯，道："这样也好。钱鹏的企业是公司管理层面的问题，平白被搅进去对你也不公平。钱鹏也算是义气，这时候肯大度放手，你也该好好规划一下自己未来的生活。"

林小云的眼底藏着深深的微笑，她默不作声，转过身去，拿出一张纸递给唐盈盈。唐盈盈接过一看，正是一张显示早孕的B超单，就诊人名字赫然写着林小云。唐盈盈大惊失色，迅速看了看林小云，又压低了声音问道："你怀孕了？"

林小云噙着一缕似悲似喜的苦笑，道："没有。这张检查单是我自己PS的。钱鹏根本不愿意离婚，他说他已经一无所有了，不能再变成光棍。他还指望我能挂着钱家媳妇的名头，替他在外面赡养他的父母，最好再帮他还些债务。康主任说得没错，人心不仅贪婪而且极度自私，即便是落难的时候也不忘算计一把别人的利益。"说完这句，林小云猛做了一个深呼吸，勉力堆出一个看起来惨兮兮的笑，"盈盈姐，你说这场婚姻给我带来了什么？我上个月还兴奋不已地告诉所有认识的人，我要出嫁了，嫁得还很好，婚礼像童话里的梦一般，你们一定要来参加，要来见证我最幸福的时刻。而上个礼拜，我却只能一个一个电话打过去，告诉所有准备参加婚礼的亲朋好友，我老公被抓了，还没成婚，我就寡了。我还得告诉我妈，还有我姨，她们的钱没有了，但不要担心，我会慢慢还给她们。房子车子，所有象征新的美好生活的东西都没了。我搬回了城中村，原本两千五一个月的房租现在涨到了三千二。一场婚姻过后，我好像遭了抢劫一样，只剩下两手空空，一身负债，还有满心疮痍。就这样，我都这样了，他还是死咬着不肯离婚。我能怎么办？我只好骗他，说我怀孕了，只要他肯离，我就生下这个孩子来给他父母养，并跟他姓钱。他信了，我骗过了他，可是我……我一点也不高兴，我一点也不喜欢现在的我，可我又能怎么办呢？"

办公室内静默如寂，快入冬的天气，东升的日头也带不起室内的温度，那一缕缕金色的光，像一根一根尖针一般往人心头逼近，林小云毫不介意，像挑破脓疮一般将自己卑劣的心思赤裸裸地摊开给人看："他父亲跪在门口磕头的时候，我的心跟刀扎一样难过。钱鹏造的孽，却连累了他年近七十的老父亲。无知不是错，但无知也不是免罪的理由。可我看着他，心里只有一个念头，我这辈子都不想跟他们家再有任何的关系。他们是麻烦、不幸和贫穷，可我还有很多年很多年的未来在前头等着我。以后他父母生活困难，我可以给他们寄点钱，但我不要再有什么关系，再有什么牵扯，哪怕是名义上的，我也不要。"林小云身体颤了颤，眼中的泪水再也抑制不住，滚滚地落下来。她似乎已经到了歇斯底里的边缘，伏在沙发的边沿哽咽不止。

唐盈盈心下哀痛不已，眉头锁成"川"字。这些年，不幸的当事人她遇到不少，只是当面临不幸的人是自己朝夕相处的同事时，除了索然无味的安慰，她又能说什么呢？总不忍张起道德的旗帜，去大肆批评她的怯懦与自私吧？唐盈盈叹了一声，温和地说道："事情已经这样了，你也下定了决心，便不要再背着心理包袱。有些事，本身也谈不上什么是非和对错，不过是每个人站在自己的立场去选择自己未来的生活。你日后过得好，便是好。"

林小云抹了抹脸，用力地点点头，又对唐盈盈说道："谢谢盈盈姐，我会迅速调整好自己的状态，不辜负您的期望。"林小云顿了顿，静静地看着唐盈盈，像是在思索怎么开口，过了半晌，她咬着嘴唇道，"我有一件事情想求您帮忙。我、我要还的钱太多了，一百多万，我不知道该怎么办……"话说到一半，眼泪又滚滚落了下来。

唐盈盈递给她一张纸巾，思索了片刻，沉静地道："需要我借些钱给你吗？"

"不、不，"林小云慌忙摆手，瑟瑟地说道，"欠您的钱和欠我妈她们的钱都是欠钱，本质上没什么不同。我想，或许您可能帮我说一下情，我想调去Debra那组。"林小云咬着牙，吞吐着把自己的想法说了出来。

唐盈盈的情绪梗了梗，有种说不上来的感觉漫上心头："哦？你想改做非讼业务？"唐盈盈也不知道自己的声音怎么能变得这么奇怪，半高不低的尾音扬起，像只公鸭子。

林小云更加惶恐了，她抬起头，满目的不知所措："盈盈姐，我没有别的意思，只是我真的太缺钱了，诉讼业务，一个案子干了三五个月，代理费才收两三万，百分之三十交给所里，组里同事再分分，到手也就小几千了。我这山一样的债，得还到什么时候去啊。相比起来，非讼业务的收益会好很多。运气好的话，也许一个资产官司就能有六位数的进账。我本科同时修了法律和金融，原本也是想走这条路的，只是……只是我资质太平庸了。当初来所里应聘，Debra也没瞧上我。我……我这两年也没放弃，注会和CFA（特许金融分析师）的课程一直在学，我相信我能做得来。我知道可能Debra还是看不上我，我只能来求您，您是我师父，或许您能跟Debra说说，给我一次机会。"

林小云的头低低地垂在胸前，脸上两块如同飞霞的红晕辣辣地烧着。唐盈盈被她的一句"师父"唤得有一刻怔神，两人相处一年多了，林小云从未这样称呼过她。好像两人之间只是寻常的上下级关系，浑然忘了，在这个讲究传帮带的行业里，她也算是林小云的师父。如今，她也是个做师父的人了。

唐盈盈将这一点苦涩的小心思敛进心底，思索了许久，方才说道："我可以帮你先去打个招呼，但结果如何，还得看Debra自己的意思。"她瞥见林小云的神情仿似松了一口气，又道，"争取更好的工作机会也是人之常情，你不必觉得对不起我，也不用担心会被Debra拒绝。你既然想日后跟着她去做事，这点争取的勇气总该是要有的。"

林小云猛地抬起头，用力点了点头，道："我知道。我自己也会再去求她的，我不怕吃苦，我也不怕被她拒绝。我就怕自己得不到机会，那我就真不知道该怎么办了。"

唐盈盈点点头，又安慰了几句。送走了林小云，她坐下来，给自己泡了一杯菊花茶，看着黄嫩的花瓣在透亮的玻璃杯里缓缓舒展开，唐盈盈的心也随之一点一点平静下来。她不是看不透林小云这点凉薄好利的小心思，只是这世上人人皆苦，林小云挣扎着拉扯起自己破碎不堪的生活，她又怎能连一点怜悯都吝于施舍呢？

Debra常去的那间健身工作室在前海中心，面积不算很大，但从内到外的布置却格外用心。从前台一路走榻榻米进去，两旁的墙壁底下养着一盆接一盆青黄色的石菖蒲花，在室内柔和的光线下擎着几片娇嫩的花瓣，瑜伽室铺着浅米色的地毯，深灰色隔音墙，整两面墙的落地玻璃呈九十度的视野，正对着大海。外面蓝湛湛的海水连着天际线，一进去便有铺面而来的清新感。Debra怀孕快七个月了，孕肚在依旧纤细的四肢和腰背的对比下，更显突出。唐盈盈到的时候，瑜伽课还没结束，Debra在一个外籍私教的保护下，用力地向远方拉伸着大腿后侧的长束肌群。几缕飘逸而出的发丝被汗水黏在了额头上，修长的脖子高高扬起，拉成了一个完美的C形，窗外的天光映在身上，便让她整个人都晕进了一层淡淡如蚌母般的光彩之中。

唐盈盈的目光都有些转不开了，直到Debra结束训练，抓着一瓶水走到面前，唐盈盈方才回过神来，笑滋滋地谄媚道："天哪，你这身手，这协调性，哪里像是个孕妇，就我这没怀孕的也做不到。"

Debra嫌弃地看了一眼唐盈盈，毫不留情地讥讽道："我猜也是，二十几岁的时候你就已经是老胳膊老腿了，现在的柔韧性估计跟僵尸差不了多少。"

Debra的毒舌唐盈盈是早就习惯了的,只讨好地笑了笑:"最近还是有点进步的,我现在只要下班早,就会被方惟安逼着去夜跑,就连这种妖风肆虐的冬季也不放过我,惨不惨?"

Debra擦了一把汗,不怀好意地笑道:"听上去,你们在同居生活里相处得很是融洽嘛。"

唐盈盈脸红了红,索性老老实实地说道:"融洽,他是个大而化之的人,对生活琐事也很大度,在这些方面不容易起摩擦,相处倒是没有问题的。"

Debra浅浅一笑,也不再说什么。唐盈盈见她心情好像还不错,便连忙将林小云所拜托的事情细细地说了一遍,结尾还琢磨出了一些"勤奋上进""乖巧听话""认真刻苦"之类的好词当作推荐语,说林小云希望以后可以跟着她好好做事,分忧解难,努力赚钱。话刚说完,却没想到,Debra看着她的眼神十分古怪,令唐盈盈心里有些发毛,心虚地说:"你别这样看着我,事就是这么个事,大家共事的时间也不短了,你要还是不要就一句话,表个态,我也算是有个交代了。"

Debra随手端起一杯菊花蜜茶,浅浅地抿了一口,笑道:"昨天林小云自己已经来找过我了,她对自己的评价和定义可比你刚才说的要中肯得多。"

唐盈盈脸又涨了涨,硬着头皮问道:"那她是怎么自我推荐的?"

"我问她有什么优势,小姑娘沉默了一会儿,扬起头跟我说,能加班。"Debra想了一会儿,像是在回忆林小云说话的模样,"她说自己学历一般,智商平庸,经验更是谈不上,手头唯一能拿出来跟别人竞争的也就是时间多。现在欠着一屁股的债,很现实地来说,她根本就没资本去做任何非必要性的消费,寻访美食,打卡网红风景,甚至相亲恋爱都算是禁区。在未来几年里,不想回家就是她的核心竞争力。因为不想回到那个又小又冷的出租屋里,又没钱出去玩,所以别人按照每周四十小时工作制的方式劳动,她可以十八乘七,足足三倍有余。单位价值再怎么亏欠,时间也能够补足了吧。"

"所以你已经答应了?"唐盈盈这个时候突然发现自己实在算不上了解林小云,她只是看上去乖巧平庸,行事风格却总是透着一股狠辣果决。

"没有,我还在犹豫。不过今天你又来说了一遍,我现在很有兴趣知道她是怎么去说动你的。"Debra含着浅浅的笑意问道。

唐盈盈想了想,便简单地将林小云那天来找自己的事情说了一遍,只说了基本情况，自己的想法却并未过多透露。Debra听完，点点头，美目倩兮地说道："好的，这个人我要了。卖你个面子。"

唐盈盈的脸沉了沉，故作不悦地问："你看好她就说看好她，为什么要说卖我个面子？我才不信呢，这点自知之明我还是有的，在你这里，我可没什么面子。"

Debra开心地大笑，拍了拍唐盈盈的胳膊，说道："那我说实话你可别生气。你也知道，我一直觉得林小云这姑娘，年纪不大，名利心和心机都太重，不讨人喜欢。当然情感上的不喜欢，倒也并不代表我不能用她。"Debra侧着脑袋，看了看一脸茫然的唐盈盈，转了话题问道，"你想过没有，林小云遭遇这么大摊子烂泥巴事，她不仅能全身而退，还能让你费劲地跑来举荐她，是什么原因？"

唐盈盈想了想林小云那走投无路的可怜模样，正色道："是因为我看她挺可怜的，动了恻隐之心，我是个菩萨心肠的人。"

"呵呵。"Debra的目光里立刻流露出对智商平庸人士的关爱，鄙夷地说道，"是因为她把她所有的不道德、龌龊、见不得人的想法都跟你说了。这也正是她厉害的地方。心理学上把这种极度示弱的行为划归为一种对他人有效的控制手段。通过展现自己的卑劣，甚至将自己的一些道德把柄主动交到你的手上，达到与你的共情。在这种情形下，你很容易与她站到同一个位置上，把她的麻烦当作你自己的麻烦，以她的利益为出发点去思考和解决问题。看上去像是你在帮助她，其实你的思路早已经被她算计清楚了。"

唐盈盈惊得下巴都要脱臼了，她看着神采飞扬的Debra，有种哑然失语的感觉："那么，你究竟是想说什么呢？"

Debra看唐盈盈这副样子，只觉得非常高兴，开心地笑了笑，道："我的意思是，这就是一种比能加班更加珍贵的优点啊，我这组里从来都不缺少能加班、肯加班的苦力，做我们这行的，加班只能算是基本素质。在基本素质上好一点又有什么用呢？只有这种能够在无声无息之间就把你掌控在股掌之间的，才算是人才啊。嗯，我相信她对付那些金融精英一定很有一套。"

听着Debra的话，唐盈盈的脸色逐渐黑了下去，只要再黑一度就会变成锅底的颜色，她悻悻地打断道："这个事情越说越走形了，我怎么听起来觉得很不对劲呢，我特别像个傻子。"

Debra笑得更加开心了，双手扶住肚子哈哈大笑。她拍了拍唐盈盈的肩膀，温言安慰道："好了好了，这事就这么定了。下周让她来找我报到吧。你也别不高兴啊，有空的话，就陪我去产检吧。Rowan去美国出差，这两天回不来，我正好插个缝，把这个月该做的检查都给做了，每次只要他陪我去，不扯着医生说上半个钟，怎么都不走。"

听她这么一说，唐盈盈急忙问道："没问题，你是孕妇你最大。车夫、保姆、侍从，我都能干，保证随叫随到。对了，你检查下来一切都顺利吧？"

"别紧张，一切都顺利。除了孩子的Daddy得了产前焦虑症。"Debra笑着说。

唐盈盈看着Debra越发明朗的神情，赞叹道："我怎么觉得你离婚以后，人反而越来越开朗了呢，好像每天都活在幸福的阳光里一样。"

Debra扬了扬脖子，笑着说："比以前当然轻松多了。现在可没有焦虑的公婆追在我后头让我大补特补，我专门请了一个营养师，每餐按自己的体质和口味来配餐，一周健身三次。只有顾好了自己的身体和心情，宝宝才能快快乐乐成长。"Debra想了想，又道，"我有时候想，世间就是这么多彩，有些人适合跟伴侣在婚姻里相濡以沫，把夫妻关系当作一把保护伞，将两个人守护得紧紧的；有些人却更适应情感上的羁绊而非身份上的绑定。你看我现在离了婚，Rowan危机感爆棚，立刻报了一个厨艺班，几乎天天回家做饭给两个女儿吃，拼命要证明自己是个好父亲。"

唐盈盈缩了缩脖子，做了一个鬼脸，玩笑道："听起来他像是拼命想赢回你的芳心，估计下一步就是要求婚了。"

"已经求过了，然后我没答应。也不可能答应，这不是把婚姻当玩笑吗？我又很认真地跟他说，我们俩还是比较适合做朋友、做伙伴，适合那种不要被法律关系绑在一起的相处模式。至于未来我还会不会再结婚，我现在也说不好，总之对于未来的感情生活还是可以报以期待的吧。"Debra优雅地笑了笑，微微露出两排整洁无比的牙齿，像童话故事里的阳光仙女。或许她真是个仙女，明明是孕期离婚这样令人狼狈不堪的事，在她这里偏偏能脱了琐碎麻烦，活成了自己的一次新生。

方惟安的房子自从有唐盈盈这个女人入住之后，"生活的味道"变得越来越浓。唐盈盈从来都不是个精致的女人，加上工作又忙，进门衣服随手就扔沙发上，偶尔下厨做个菜，事后那厨房也跟被炸过似的。方惟安倒也没说什么，只是默默将来家里做家务的钟点工从原先的两周一次调成了一周三次。面对鞋柜里越来越多的鞋子和卫生间里像杂草一样长出来的瓶瓶罐罐，他也总是一笑而过，戏谑着说自己的生活越来越有烟火味了。

这一天，唐盈盈在家休息，一个上午就如一只懒散的肥猫，窝在被子里一边看美剧，一边吃完了外卖午餐。收拾那几个饭盒的时候，一个不小心，盒底的一点残渣倒在了被子上，油腻腻地迅速渗开一大片。唐盈盈恨得直跺脚，想了想，又看了看窗外明媚的阳光，索性自己动手，将整床的被子换下来洗了。这么一折腾，倒像是激活了她做卫生的细胞，手机连上蓝牙音箱，戴上手套，听着歌，将屋里屋外都擦了一遍。

她并不是反感做家务，实在是平时没有时间和精力，才将这份工作外包出去。其实一旦自己动起手来，唐盈盈倒觉得也挺有一番乐趣的。用干燥的棉布一点一点擦干净镜子，趴在地上将地板缝隙里的头发丝给小心翼翼地拾起来，这些是无论时薪多少的钟点工阿姨都不会留意的地方，清理干净后，整间房子都变得通透亮堂了许多。唐盈盈很有成就感，她光着脚，在地板上踩来踩去，旋转出了欢快的舞步。她四处打量了一番，决定要把清洁的工作做到更好，便又扯了一块干净的抹布，沿着那张光秃秃的睡床架子擦了一遍。在接近床头内侧时，唐盈盈的手触碰到了一件东西，像是被人卡在床板下面。她心头咯噔一下，手摸着这件东西，那形状给她带来了巨大的惊恐。

唐盈盈停了半分钟，努力将猛烈的心跳平息下来，一只手撑在地板上，另一只手小心翼翼地去抠，啪嗒一声，那物件掉在她手心，冰凉凉、沉甸甸的，果然是一把枪。

唐盈盈的脑子嗡的一声，整个人像掉进一池冰水里，顿时失去了所有的知觉。她在现实生活里其实是见过枪的，远远的，很安心地被警察朋友握在手里，象征着一种权威，也意味着一个禁区，并不是跟现在一样，在自己每天睡觉的床下头，紧贴着脑袋的地方，摸出这么一把武器。唐盈盈脸上的肌肉不受控制地抽动了几下，像是想哭的前兆，可眼泪却怎么也掉不下来。她咬紧牙，企图将所有的情绪都憋回去，尽量让自己保持平静，可无论怎么努力，她满脑子仍是这把枪。怎么会有一把枪？这把枪是用来干什么的？她心里全是疑问和不知所措的惶恐。

外头的阳光依旧明媚耀眼，白晃晃的像是有人在外头放置了无数面镜子。唐盈盈坐在自己刚刚擦过的地板上，手忙脚乱地将手枪藏回原处，又将洗好的床套铺了上去，仔细压好每一个角落。做完这些以后，她给自己倒了一杯水，一口气喝了半杯，却仍然慌张得像个孩子。

对于这把枪的来历，她没有过多疑问，几乎在一瞬间就知道一定是方惟安的私藏。之后呢，之后该怎样？唐盈盈不知道，脑袋里像被人强行塞进了一大团棉絮一般，闷闷的，有一种喘不上气的窒息感。

方惟安如往常一般，在天黑之前回到家里。换好鞋，将路上买的一个熟菜放到电饭锅上蒸，顺手将一条鱼丢进了水池，一边撸袖子一边跟唐盈盈笑道："今天运气真是不错，在菜场门口就遇到一个人，卖自己钓的鱼，新鲜劲大。你看这鱼鳞，我一看就知道，真的是吃水草长大的野生草鱼，跟超市里那些吃饲料的鱼不一样。"方惟安一只手按住大鱼不断扭转蹦跶的身体，另一只手用刀背刮着鱼鳞，一下接着一下，有时候下手重了，会带出一些鲜血，汩汩地从案板上往水槽里流。方惟安下手很快很利索，嘴上也没停："我小的时候，一到暑假就爱跟同学去水库里捞鱼，那个时候没人管，几个小伙伴忙乎一个下午，每家都能拎一条十几斤的大鱼回去。嘿嘿，这种野趣，恐怕以后生长在城市里的小孩是体会不到的了。"

唐盈盈趴在饭厅的吧台上，眼睛盯着方惟安的动作。果然如他所说，这条大鱼新鲜又有劲。方惟安又把它拎了出来，用刀在厚厚的鱼背上迅速割了几个横刀，又走了几下竖刀。慢慢地，那条鱼的动作幅度越来越小，终于一动也不动了。方惟安满意地抓了一把盐，将鱼浑身上下都抹了一遍，笑嘻嘻地说："浇一遍热油，炸着吃，保证外酥里嫩。"

唐盈盈的眼里全是那条鱼，心里却全是那把枪。从方惟安走进厨房拾掇鱼开始，唐盈盈的脑子里就只剩下了一个念头："如果用枪去打这条鱼会不会快一点？"她用面前叠起的两只胳膊封住自己的嘴巴，不声不响地趴在那里，一双眼睛却如小鹿一般灵敏，紧紧随着方惟安的身影进进出出。

终于，在那盘菜端上桌的时候，唐盈盈实在忍不住，毫无技巧地说："我今天收拾了一下家里，在床底下发现了一把枪。"她说这句话的时候，声音微微发颤，斜着眼角偷偷去窥方惟安的脸色，他仿佛没有听到，依旧平静地将一大块鱼肉仔细地剔了刺，放到唐盈盈的碗里。唐盈盈看着眼前的那一大块鱼肉，深吸了一口气，问道，"那是你的吗？"

"是。"方惟安的语调不起不落，像是在说一件寻常的小事，"你有些反应过度了。之前安保公司正儿八经地办了持枪证，可以合法拥有一些自卫性武器，这支枪是仿德国HKP7造型，子弹也是特许的，五米之外对人体不会造成贯穿性伤害。当然，我还是有点违规地把它带回了家。因为心里老觉得不安，总觉得缺了点什么。你就把它当作一种镇宅的法器好了。"

他虽然这么解释，唐盈盈仍放心不下，追问道："五米之外不会造成贯穿伤？那五米之内呢？一家安保公司即便办了持枪证，枪支管理也是极其严苛的，怎么会让你把它随随便便放在床下？"

方惟安耸耸肩，仍然轻松地说："盈盈，你紧张过度了。这只是一支枪而已，我知道国内法律和公众对枪支的态度。相信我，我很喜欢现在的生活，我不可能让一支枪破坏我正常的生活。这真的只是为了自卫和让我安心。"

"可是这让我非常不安。"唐盈盈坚持说道，"把它还回去好吗？"

方惟安抬眼看了看唐盈盈，笑了笑，深深浅浅的笑纹里像是有说不出来的倨傲："对不起，我是可以还，但我不愿意。"

两个简单的句子，像两把冰冷沉重的刀斧，忽地一下在两人之间砍出了深深的沟壑。唐盈盈放下了筷子，盯着方惟安，语气却先软了下来："你听我说，我们现在在中国，在深圳，这里是世上最安全的地方，当真有必要在家里藏一把枪吗？"

方惟安的眉毛挑了挑，语气也生硬了许多："最安全与最不安全都是一个大范围里的相对概念。你十年来走在街上都平平安安，并不意味着晚上回到家里就必定不会遇到入室抢劫的。当真遇到一个盗贼入户，你打电话求救，等人赶到的时候，尸体都开始凉了。"方惟安目光深深地看着唐盈盈，"我再说一遍，我不会用它去做什么违法乱纪的事情，我只是想守住自己的一方平安。生命只有一次，容不得半点意外。"

唐盈盈放下了手里的筷子，眉头紧紧蹙起，冰凉的手放在方惟安同样冰凉的手上，再度试图劝说："可是，你持有枪支本身就已经违反了枪支管理规定。你相信我，深圳的恶性犯罪率极低，一万人里也难遇到一次。何况我们住的小区有门卫，有监控，你又是这样的身手，根本不可能有需要动枪的时候。藏枪在家里，纯粹只是心理上的安慰，同时也是在给自己人为制造法律风险。没有必要，你把它处理掉好不好？"

方惟安忽地离开了餐桌。他在饭厅里转了一圈，眼睛在暖黄色的灯下显得有些红，但这股激烈的情绪很快被他强行平息了下来，他嘴角勾了勾，像是想缓解眼下这番紧张尴尬的气氛，又像是在讥讽唐盈盈的天真与幼稚："不可能，我的生命安全必须掌握在自己的手里，而不是在两公里外的警局。我不允许在这间房子里发生任何的意外。万分之一？百万分之一的可能我都不允许它存在。"

他强硬的态度令唐盈盈愣住了，她呆呆地坐在餐桌旁，像个受了委屈的孩子。方惟安见她这副模样，也不再说话，拉开阳台的门走了出去。靠在阳台的护栏上，方惟安背对着唐盈盈点了一支烟，显而易见是拒绝继续沟通的姿态。

猎猎晚风从洞开的门灌进来，唐盈盈站在客厅里，看着方惟安像一块铁板一般的背影，嵌进万家灯火的夜空中，却显得特别突兀。她忍了忍眼泪，哽着喉咙说："我出去一下。"说完这句，她的声音就像是被胶水粘在了嗓子上一般，费了老大劲才吐出下半句，"去买点东西。"

出了家门，唐盈盈在楼下转了一圈，去7-11买了一瓶矿泉水之后，实在觉得无处可去，便去了办公室。平时坐习惯了的椅子，这时候却老觉得硌得难受。她翻开案卷，想处理一下工作，又觉得自己太无趣了，当真除了工作，生活便不知所措了？她点开网页刷了一会儿购物网站，脑子里实在想不出自己需要买什么；又点开了旅游网站，纵然没有出行的计划，看看别人写的出游攻略也算是一种心情的放松。看了两篇，她烦躁不堪的情绪渐渐平复了下来，感觉憋着的那股想与人吵架斗狠的邪火渐渐从胸口消失了，横亘在心头的是一把枪。或者并不是这把枪，而是两个人用画着美好图案的感情包裹起来的那份谨慎和小心。

她与方惟安都不是小孩子了，可惜。

唐盈盈想到这一点，突然觉得心底涌起了无限的悲凉。不再是孩子，意味着两人都失去了对感情傻傻的纯真，意味着两人都已经学会了不要奋不顾身、不要不计得失地去对另一个人好，意味着两人都知道付出了不一定会有回报。他们学会了权衡利弊，也学会了在感情的道路上要及时止损，一定要在每一次前进前先想好退路。在这种心态下，两人更像是在培养相处之道的情商，而非感情本身。唐盈盈无声地笑了笑，这样的感情实在不够美好。两个人像在雷区探雷一般小心翼翼地试探着彼此的边界，一点点扩大。如今，自己一个不小心，就摸到了一个大雷，轰的一声原地炸开，连收拾都不知从何开始。

然后，毫无意外地，她又想到了李睿，心里便像有人点燃了一根火柴，小小的，暖暖地站在那里，唐盈盈的眼泪突然就落了下来。也许，一个人一辈子只有一个用心去爱的人。错过之后，再遇到的所有人，都变成用大脑去相处的恋爱对象了。唐盈盈一面哭，用袖子不断去擦脸上的泪水，心里则一面骂着自己：妈的，唐盈盈，你究竟要怎样？你就究竟还要多久，才肯忘了李睿？

虚掩的房门突然被推开，唐盈盈被眼泪糊住的视线有一些模糊，一个清秀的轮廓逐渐清晰，康俊信步进来，与唐盈盈朝外打量的目光相撞，两个人都吓了一跳，在第一时间尴尬地默了声。

片刻之后，康俊皱着眉头，伸手扯了两张纸巾递过去："不好意思，我不知道你在里面哭。我看着这边有灯，就过来瞧瞧谁这么勤奋，法定假期还在工作。"

被他这么一说，唐盈盈的眼泪再也流不出来了，光剩下满心的委屈。她接过康俊递来的纸巾，稍稍整理了一下面容，抬起头，正好迎着康俊那张精致秀气的脸。康俊笑了笑，也没有嘲讽也没有挖苦，只是很平常地说："瞧你这副样子，还没吃东西吧，走，跟我去三楼，有好吃的。"

三楼的会议室，漫天的星光从透亮的落地窗照进来，在那张价值百万的小叶紫檀桌上漫起一层温润的光芒。桌上放着一个半圆形的铸铁小火锅，正咕咚咕咚地煮着高汤，白色的水雾裹着温暖袅袅升起，在半空中伸展，氤氲，与旁边放置的那三五碟收拾妥当的净菜一起构成了一幅美妙的画面。康俊一边招呼唐盈盈坐下，一边又从冰箱里拿了两盒香菇出来。"你运气真不错，我今天下午突然很想吃些热乎的东西，就让林小云去超市买了一些东西放在冰箱里。她有事先走了，买了这么多东西，倒正好便宜了你。"

唐盈盈非常讶异："你们经常在这儿做饭吃？"

康俊又拿出了两罐冰啤酒，一边递给唐盈盈，一边说："也没有很经常，不过外卖吃多了，胃里总觉得很难受。有一次我正巧见到她用个小饭煲在办公室做煲仔饭，讨了一碗，竟特别好吃。从那以后，我遇到要加班的时候，就会给她发个红包，让她买些新鲜食材，自己动手丰衣足食。"

唐盈盈点点头，心想，康俊与林小云，两个人在深圳都没有等着他们回去的家人，每周五个工作日，加班的机会却远远大于五，一天二十四个小时，除了外出办事，十几个小时都在这栋房子里，自然比租住的房子还要亲切。"小云最近状态还好吧？她调了组，我都没什么机会跟她聊天了。"唐盈盈不经意地打听。

"一个特别拼命的员工，除了夸奖还有什么可说的。现在，我只要工作得晚一点就一定碰到她。什么活都愿意做，拼命三娘呀，要是所里的人都像她这样就好了。"康俊啧啧赞道。

"您能盼大家点好吗？"唐盈盈毫不客气地揶揄道，"还有，给自己做点好吃的当然挺好，可是您非得在这张桌子上吃火锅吗，掉了些油渍，烫出个洞来可怎么办？"唐盈盈摸了摸那张桌子，自从上次齐老爷子来了以后，她每次看到这张桌子就觉得金光耀耀，如今见上头架了一个火锅，便心疼得要命。

"无论留下什么都是咱们这些人这些年在这里奋斗的印记。"康俊却浑不在意，往煮开的高汤里拨下几个大鱼丸，扭头指了指背后那几扇高大透亮的玻璃窗，"何况这个桌子的高度正好合适，背后就是大玻璃窗，涮完火锅一开窗，呼呼的风一吹，味道就全散尽了。"

唐盈盈扶额叹道："您倒还真是考虑周到。"

人的身体真是奇怪，方才还觉得黑天黑地，仿佛世界末日一般，如今几口滚烫又新鲜的食材一落肚，满心的委屈，也就消去了大半。唐盈盈抿了一口冰凉的啤酒，又带来了十二分的爽快。她侧了侧头，微笑着说："没想到，您一个留洋的律界精英，做起火锅来还像模像样的。我以为您在美国这么多年，早就习惯咖啡、沙拉和汉堡了。"

康俊夹起一片肥羊肉迅速在火锅里涮了几下，趁着鲜嫩放进了嘴里，也朗朗笑道："那些也行，但也行的意思就是凑合也可以，勉强算是果腹吧。每次想犒劳一下，或是安慰一下自己的时候，天生的中国胃就始终惦念着这口热乎劲。"

唐盈盈憋了一肚子气，晚上没吃几口饭就跑了出来，现在遇到这样合胃口的美食，自然秉承着"吃吧，吃掉烦恼，吃掉忧愁"的态度大吃了一顿，一直吃到自己的肚子都要长出来了，方才放下手里的筷子，笑着说："行了，不能再吃了。我再吃就得去问Debra借孕妇裤穿了。真没想到，咱们所里还有这样的宝藏。"

康俊用手中的筷子指了指唐盈盈面前的空盘子："我也没想到你竟然这么能吃，感觉我这一周的存粮都被你吃光了。"

唐盈盈的脸涨了涨，立马反口道："一周以后这些食物还能吃吗？我帮您先消灭了，才好买新鲜的。"

"不错，狡辩能力满分。和平年代嘛，没有比吃喝更重要的事情了。"康俊的心情像是很好，眼睛微微眯起，看了唐盈盈，又抬头看了看窗外。他放下筷子，笑意淡淡地说："吃饱了，天气不错，去院子里走走当作消食吧。"

二人来到院中，慢慢踱步向前。南国的冬日夜晚，虽无多少暖意，却也不至于令人觉得寒冷刺骨，呼吸之间，湿润的冷空气进入肺里，倒像是进行了一场清爽舒透的沐浴。夏日里郁郁葱葱的鸡蛋花树到了这个时节，早已掉光了一身的叶子，只剩下光秃秃的枝干，又被人缠绕上了蓝白相间的灯带，将两侧的道路都映得发亮。这是深圳规划的第一批别墅楼盘，容积率低，入住率却很高。两人转了几个圈，遇到不少领着孩子回家的家长，嬉笑怒骂间，全是生活的烟火味道。

一个小男孩一脚将球冲着康俊踢了过来，康俊兴致挺高，不仅不躲不闪，反而还用脚颠了几下，方才踢还给男孩。就这几下运动，便让他呼吸的节奏加快了许多，他脱下外套拿在手里，转过头跟唐盈盈说："我现在算是明白陈君为啥要把律师所安放在一个别墅生活区里，每次客户进出，都费好一番手续。他这是怕我们整天埋头工作加班，脑子里只有法条和诉讼，连人间生活是怎样都会忘记。"

"并不是，陈律选择这里完全是因为这里风水好。"唐盈盈撇撇嘴，微笑着对康俊解释说，"当年，陈律用赚来的第一桶金买下了这里，又去香港请了有名的堪舆大师过来看了一番风水，大师说这栋房子特别旺他，既旺事业，又旺桃花。早几年所里的位子就不够坐了，当时有人提出要不搬去CBD的写字楼里吧，换个现代感强的装修，客户过来也能方便一些。陈律坚决不肯，说是挪了地方影响业绩没关系，要是连累了他的桃花运，那就是再多的钱也买不回来的了。"

康俊点点头："嗯，这很陈君，也很有道理。那咱们还是继续在这儿上班吧。"

唐盈盈偷偷地瞥了康俊一眼，小声说："又不会旺您的桃花。"

康俊对她的嘀咕置若罔闻，两人信步往前，夜风轻渺渺地抚在人的脸上，像婴孩的小手一般轻柔，方才落肚的食物，到了此刻，变成了一丝迷迷蒙蒙的睡意，康俊的声音像是从天外飘过来的一般："当时我接手律所的时候，陈律压根就懒得跟我介绍所里的人员情况，让我自己以后慢慢熟悉。不过，他只提了一个人，要求无论我多忙，一定要多花些心思照顾，你猜是谁。"

提到老主任陈君，唐盈盈的鼻头便微微发硬，又混着发酸的感觉。她沉默了片刻，呼出一口气，道："是我吧。您都这么大张旗鼓地说了，要是别人，那该多尴尬。"

康俊笑了笑："当然是你。立所十几年，从毕业就一直在所里做到现在的也就只有你一个人。陈律对你如师如父，比起事业上的成就，他倒像更希望你能赢获生活上的成功。所以，他把整间律所交给我的时候，还郑重其事地把对你的这份责任也传承给我了。"

"您好像并没有这么做啊，依旧整天拿着营收来压迫我。"唐盈盈默了一刻，下眼睑不断地抽搐，语气里好像还带着一点不满意，仿佛只有这样，才能阻止泫然欲坠的眼泪。

"我又不是陈君，没有那么多慈爱的感情。律所要活下去，就要利润要金钱，要我挥着鞭子赶着大伙儿去工作。"康俊摆了摆手，毫无愧色地说，缓了一息，又道，"当然，我也不是李睿，世上再也没有谁会是那个李睿了。"

猛然听到李睿的名字，唐盈盈止住了脚步，不可置信地看着康俊。康俊仍然是那副飘忽天外的神情，脚步却也停了下来，气氛在两人之间微微凝结，周遭的一切也随之静了下来。康俊缓缓开口："你一直觉得所主任的位子是属于李睿的，包括那间办公室，包括这里的一切，眼前的花花草草、袅袅炊烟，还有你未来的生活，你始终觉得应该有他的参与。你对我从心底发起的那份抵触，你对他走了以后世间所有变化的抗拒，无非源于这份不甘心、不承认。可是，现实就是再不可能了。再怎么用后半生去对抗过去，也是徒劳。"

小区里每隔一段便安装有一个灭蚊灯，幽幽的蓝光映在唐盈盈的眼里，像是天上的星光映在了水波里，长长的睫毛再也承载不住泪水的重量，泪水便一颗接着一颗落了下来。康俊的语气轻轻的，可是每一个字每一句话都清晰无比地落进了唐盈盈的耳朵里。"君埋泉下泥销骨，我寄人间雪满头。你跟李睿，当然很遗憾。可是更遗憾的是唐盈盈你，现在未到白头，却老了心智，把自己活成了一个苍老的少女，每天小心翼翼地与世界周旋，想用成熟世故和泯然众人的庸俗包裹起自己。可这些不会成为你的武器，它们溶解不了你的心结和你心底的坚持，反而让你像一块包裹着石子的巧克力，看起来很圆润，吃到嘴里，却不知道什么时候会被硌一下牙，撞得生疼。"

唐盈盈被这么一说，几乎都要气笑了，她看了看康俊，虚虚笑了笑："您这是在劝慰我呢，还是在挖苦我？"

"都算是吧。身为你的直接领导，我真是挺烦你这种有理想还很有性格的人。不过刚才看到你躲在办公室哭，我又有点心虚。搞得好像我辜负了陈律师的托付一样，索性就想再劝你几句。"康俊顿了顿，像是在思索安慰的话语，最终，他长长地呼了一口气出来，面上却露出奇异的神色，挂着一丝轻松的笑意说，"说真的，我也不太知道怎么宽慰人，反正……别着急吧，顶多也就是五六十年的事，尘归尘土归土，你也就到下头去见他了。这几十年的工夫，好好过吧，别自己犯轴，别给别人添太多堵。"

"啊？"唐盈盈惊讶地"咦"了一声，随后陷入长长的沉默，她昏昏沉沉的脑子转来转去，实在也不知道该如何接话，"您这安慰人的方式也太奇异了吧。"

康俊挥了挥手，继续往前走，小区照明的路灯灯光落在地上，他的脚步有些快，与平日一样，有些飘忽的虚浮。唐盈盈怔了怔，抬头看到前方一间一间房屋里透出的灯火，再往远处望去，没有星星的夜空便隐隐约约在头顶展开了。唐盈盈不由一阵伤心，李睿离去后，失去挚爱的痛苦，令她好像一直身处一片潮水之中，水漫到咽喉的时候，便不再往上涨了，就这样一直噎住她的呼吸。方惟安自己也在水里淹着，她不知道他是否也有着同样的窒息感。现实是两个人谁也没把谁往上托一把，只是静静地站在一起，当然，站在一起也是好的，至少感觉上不至于那么孤独。可是，很多的时候，这种清楚地知道谁也救不了谁的感觉还真是冰凉凉的。

唐盈盈加紧脚步快走几步，跟了上去，踩着康俊落在身后的影子，一步接一步，竟有些微心安的感觉。

等唐盈盈当天晚上再回去的时候，方惟安已经把餐桌都收拾好了。厨房的电饭锅里温着一小碗面条，显然是担心她晚上挨饿，又在她走后新做的。唐盈盈看了看，心底又漫起一阵温热的湿意。她走进房间哑着嗓子明知故问地让方惟安帮她找一条新的浴巾，算是尴尬地化解开两人之间的战局。她也不再提那支枪的事，她不明白自己为什么又要选择妥协，或许男女之间在相处的问题上，女方总是更容易倾向于妥协的，也或许她心里总是存在一丝侥幸，认为方惟安总有一天会想明白，自己把那把枪给处理了。毕竟在此之前，唐盈盈实在不知道自己还能做什么，像他这样心志坚定的男人，劝说、哭闹都是没有任何用的。

　　方惟安完全像什么都没发生过一样，依旧早起、晨跑，上班、下班。唐盈盈的工作依旧非常忙碌，忙到一周里总有那么几天是要加班到深夜的，她借着这个由头，又将自己的那间小公寓收拾出来，忙的时候，索性就不去方惟安那儿了。方惟安也不多说什么，但只要她过来，美食、小礼物，方惟安总是很有心思地想制造一点小浪漫，来婉转地表达他对两人这段关系的重视。

　　再前进一步，也是困难无比，可退后一步，又会扯上心里的那一分不甘心。唐盈盈有时候静下来想想，会怀疑他们两人的关系永远就会止步在同居这一步上了。或许有些人就是这样，看着什么都挺合适，就是无法走进婚姻。但更多的时候，她索性就不去想。渐渐地，她也发现了，只要不去想这个问题，她与方惟安就能够亲亲热热地相处，吃饭、说话、做爱，仍然如从前一样和谐，仍然如从前一般平静地过日子。寻常烟火的温暖是唐盈盈无比贪恋的，为了这一点，她宁愿蒙上原则的双眼，任由那一把枪，横亘在自己心头。

　　这一天，唐盈盈偷了半天闲，又不愿在家干耗着，便主动请缨陪Debra去产检。Debra定期产检的医院在滨海路上，占地规模很大，是一家港式管理的新型综合性医院。前年新建成的妇产科大楼则满是新锐艺术家的设计风格，粉得恰到好处的墙壁，米色的窗门给人一种温馨的感觉，船帆形的大堂正中央留出了一大片区域种植花草，红色的跃升花、橙色的球葵、蓝色的亚麻、黄色的金盏花装点在宽大的阔叶类植物中，令原本肃静的医院充满了生机。唐盈盈一边看，一边笑吟吟地评点道："妇产科跟医院别的科室不太一样，这里是迎接新生，充满喜悦和希望的地方，布置得温馨舒适一些也是应该的。"

Debra瞧了唐盈盈一眼，笑道："这里的服务也很不错。刚成立两年，口碑就已经做出来了。想来这里生孩子，还得先摇号中了才行。"

摇号？唐盈盈吃了一惊道："这么夸张？那突发情况怎么办？"

"突发情况？"Debra皱了皱眉头，道，"怎样的突发情况？怀孕是一个长期的过程，总是有计划，至少是知道了才继续的，还有突然发生的吗？"

两人正说着话，只听见前方病房区里噼里啪啦一阵乱砸东西的声响，一个四十多岁的女人将一大袋子水果、麦片等营养品胡乱砸到一个西装革履的男士身上，边哭边骂道："滚蛋！滚！让你们秦总和那个王八羔子一起滚，道歉还派个律师来！爹妈有没有教过做人的起码素质？"

那男士倒挺年轻的模样，一身笔挺的西装显然是细细熨过的，被这样当众辱骂，却也不忘整理衣下摆。他看了一眼散落一地的慰问品，嘴里不屑的意味越发浓重了："毛阿姨，我们秦总是真心实意来道歉的，她都已经把儿子关在房里反思三四天了。这次给您和您女儿的赔偿，哦不，是补偿，也是相当有诚意的。我希望您还是冷静一点，考虑清楚，过了这村可就没有这店了。"

中年女子有一丝的犹豫，继而又恨恨道："我女儿被他害成这个样子，你们拿一点钱就想把她打发了？她才二十一岁，后半辈子可怎么过？秦鸣这个王八蛋，人渣，不负责任的大渣男！"

那个律师像极了电视剧中地主恶霸的走狗，甩了甩挡住视线的刘海，一只手指指戳戳地指着中年女子，大声地说道："您说话可要注意点，您女儿自己宫外孕，干秦鸣什么事？他们俩可是心甘情愿发生性关系的。如今秦总出于人道主义考虑，愿意支付一些补偿金，已经非常厚道了。您可以随便找个法律人士咨询咨询，这种情况秦家究竟有没有责任，换作别人，理都不理你们又如何。"

围观的人越聚越多，大家对那律师嚣张的态度都愤愤不平。唐盈盈的脸热了热，方才听到他说"法律人士"四个字的时候，好像自己被点了名似的，恨不得立刻就冲上去，代表正义消灭了这个狗腿子。不过她早已不是刚入行时的热血小律师了，妇产科里颠覆三观的纠纷，大抵逃不过不负责任的渣男与无能为力的弱势女子，从双方对骂的只言片语，大概也能推定是这个路数。这正是法律之手呵护不到的盲区，除了叹息再叹息，唐盈盈宁愿忍着心酸，也不想徒增伤心。

Debra见到唐盈盈犹像的神色，便拉住身边同样正在叹息不已的一个产妇家属询问情况。那家属倒是一副愤恨不已的样子，指着中年妇女道："那个女的姓毛，她女儿是卫校的学生，今年被分配到这所医院来实习，跟医院一个姓秦的小医生好上了，谈了几个月恋爱，没做好避孕，怀上了。两个小年轻也不敢生啊，就弄了点药，躲在宾馆里吃了，等了大半天也没反应，到了晚上突然大出血，开始还以为打下来了，没当回事，后来血越流越多，人都没色了，小秦医生才慌忙把人送进医院。哼，你不知道，送进医院了才气人呢。直接进的抢救室，说是宫外孕，要马上手术，让家属签字。小秦医生本来要签的，笔都拿在手里了，被赶过来的他妈一把夺下，说他跟这个女孩没关系，没资格签这个字。又拖了半个多小时，终于联系上曼丽的家人，电话里口头应允了，才做的手术。但什么都来不及了，小姑娘整个子宫都被切除了。唉，才二十一岁呀，可怜，她妈妈这几天从早哭到晚。那个小秦医生也不露面，他妈妈是做生意的，就派了这么个律师过来，说同意给十万块钱，算是补偿。这套说辞都讲了多少次了，什么法律上没义务，不就是说人家姑娘活该吗？你说说这，男的拍拍屁股走了，没事人一样，可这女孩子下半辈子还怎么过？所以呀，谈恋爱啊，就不能轻易上床，不然到最后吃亏的肯定是女人。"

唐盈盈听她这么一说，心里更是笃定了之前的猜测。那律师说得也没错，宫外孕是一种特殊情况，不是男方有意识的加害行为。这种情形下，想要得到法律的支持，怕是相当困难。秦家提出给十万块钱的补偿，大多也是从情理的角度出发。当真走到法院去判，恐怕还未必能拿到这个数。

Debra耐心地听完，一双美目从唐盈盈身上忽闪忽闪地飘过，她突然伸出手，掌心向上一翻，笑着说："拿张名片来。"

"干吗？"唐盈盈警觉地搂紧了自己的小背包。

Debra正义凛然地说："帮你拉个生意去。没见人家母女都被欺负成这样了？就算是大老粗鲁智深也该出手了，你这么个菩萨心肠的人就不该动动恻隐之心？"

唐盈盈扶额道："别一边给我戴帽子一边把我往坑里推，你明明知道这个官司没得打。"

Debra步步逼近，一双俏目微微上挑，脸上的笑意却越发灿烂，说："拿不拿？不要逼孕妇动手哦。"

唐盈盈在她的"淫威"下瑟瑟发抖，死死地捂住自己的背包，哀号道："你怀孕以后就变了，荷尔蒙分泌太旺盛，母爱泛滥成灾了，什么闲事都要管！扭头就走才是你从前的风范呀。"

　　Debra的手已经搭在了唐盈盈的包上，对她的抗议视若无睹，反而莞尔道："你说得没错，但我就是更喜欢现在的自己。"

第9章

战斗值爆表的妈妈们

夜深如许，城市的灯光像一条斑驳的色带，融在天空厚重的深蓝里，像从海洋深处隐隐透出的荧光。同样色调的荧光映在唐盈盈的脸上，将她心里的烦恼照得晦暗不明。白日里Debra在医院帮她"争取"客户的场景犹如全息电影一般，在她脑子里闪回着，事情发生的脉络也越发清晰：

刘曼丽是贵州人，是个长相甜美的姑娘，家里还有一个哥哥，父亲很早就离世了，母亲毛阿姨带着兄妹两个多年前就来到广东打工。刘曼丽今年才二十一岁，年初卫校毕业后，便来到了深圳这家医院工作，在工作中认识了实习医生秦鸣。秦鸣是单亲家庭的孩子，父亲早年生意成功后有了外遇，迅速离了婚。秦鸣被判给妈妈，并改成了母亲的姓。秦妈妈奋发图强，在深圳从小生意做起，十几年间也算是小有身家，成了先富起来的那一批人之一。

两个年轻人在工作中认识，很快坠入爱河，同居了。这个月刘曼丽突然发现自己莫名停经，等了几天，还不见大姨妈前来报到的苗头，便去买了验孕试纸，一测，果然已经怀孕了。两个年轻人顿时慌了神，也不敢告诉家里人，也不敢去医院做检查。因为学的是医学专业，秦鸣推算出受孕的时间应该是五周前，便安慰刘曼丽说现在胎儿还很小，吃点药很容易就能打下来。于是，他弄来一盒米非司酮和一盒米索前列醇。刘曼丽服下后，当天夜里开始流血，起初是一点点血丝，很快就变成了淋漓的鲜血，汩汩地往外冒。刘曼丽疼得受不了，秦鸣也急得满头大汗，往她嘴里塞了一条毛巾，搂着她，劝她忍着点，一会儿就能好。就这么干等了半个多钟头，当秦鸣看到一摊一摊的鲜血从刘曼丽身体里涌出来的时候，他开始觉得事情有些不妙，终于扛不住，急忙送到了医院。

当夜值班的医生姓姜，正好是秦鸣的指导医生，看到这种情况，脸都白了，来不及骂人，招呼着就把人推进了手术室。床边B超一拍，竟然是宫外孕，受精卵着床在了右侧输卵管上。可能是受堕胎药的影响，输卵管突然破裂，引起大出血。姜医生立刻组织人员进行抢救，开放多条静脉通路，给药，纱布填埋，输血给液，十几个人忙得满头大汗都没有办法止住出血，只剩下了切除子宫这一条路。

姜医生把笔交到秦鸣手里，铁青着脸将各种后果讲了一遍，让他签署术前知情同意书。秦鸣吓得脸色苍白，颤抖着手准备签上自己名字的时候，秦妈妈戏剧性地掐着时间点冲了进来，拉住儿子的手，果断拒绝道："我们不是她的家属，不能签字。"姜医生也很为难，几经周折，终于电话联系上了刘曼丽的家人。曼丽母亲哭到没声音，同意了手术。

子宫切除了，命被救了回来。刘曼丽虚弱得像一片枯叶一般，躺在床上恹恹无语。秦鸣第二天便向医院递交了辞呈，从此销声匿迹。秦妈妈则专门聘了律师，上门跟刘家谈条件。律师表达了秦家的观点，认为男女双方发生性关系是自愿行为，刘曼丽的子宫被切除，则是宫外孕所致，他们没有过错。同时，由于他们没有在手术同意书上签字，不应当对刘曼丽的损失负责，但出于同情考虑，他们提出无偿赠予十万元作为补偿。

对于眼前的这一切，刘家慌了神，曼丽的哥哥刘贵中到医院第一件事就是扬手甩了曼丽一个耳光，而曼丽的母亲毛阿姨除了哭还是哭，完全不知道该怎么办。在他们看来，刘曼丽不要脸，没结婚就跟男人上床，被搞大了肚子，丢了半条命，子宫也没了，成了一个"不完整"的没用女人。曼丽母亲不断地咒骂刘曼丽，同时，在她朴素的观念里，这种情况下，任何有良心有责任感的男人都应该赶紧把刘曼丽娶回家，下半辈子好好对她才对。"不要钱。"曼丽母亲咬着牙齿说道，"我就想我女儿能有一个好的归宿。唐律师，你帮我去跟秦家谈谈，我们可以不要彩礼钱，我再想办法给曼丽筹一份嫁妆，让两个孩子赶快结婚吧。这也是我唯一的要求了。"

唐盈盈合上电脑，骨头架子像是散开了一般靠在电脑椅上，方才喝下的那杯咖啡清苦的浓香在味蕾尽头炸开，让她涨到发晕的大脑得到了片刻的休息。她觉得自己这完全是在给自己找虐，不，这场虐是Debra给她招来的，是这个荷尔蒙泛滥的女人给自己挖下了这么个大坑。这样的官司，获胜的概率极低，十万块钱的赔偿已经勉强算是厚道的金额了，再多当然也可以去努力，但现在的问题是，当事人不要钱，只要两个人结婚。结婚这种需要两相情愿的事情，自己这个律师有什么必要掺和在里面？她闷住头，安安静静地待了一会儿，刘曼丽无助又受伤的面孔再次浮现在眼前，挥之不去。

方惟安轻轻地走进来，见她这副模样，手指自然地放在她两侧太阳穴上，轻轻揉按了起来："怎么了？遇到棘手的案子了？"

唐盈盈很享受两人间这种亲昵的动作，闭着双眼，将脑袋依靠在他粗糙而温暖的掌心里，缓缓道："本来也不算特别棘手，只是纠缠进了当事人过分强烈的情绪，让人觉得特别心累。"她抬眼看了看方惟安，将身体更多的重量托付在方惟安的手上，伸手指了指桌上那一堆凌乱的票据和材料，语气中透着深深的疲惫与无奈，"有时候真的挺生自己的气，搞不清楚自己整天都在忙活些什么，又在操劳些什么，这样的案子就像一节嚼干了的甘蔗渣，不管我怎么努力，当事人都不会满意。偏偏我还要接下来，弄得整个人心情都不好。"

"你太过苛求自己了。将工作当成理想来做，就是要将全部身心都填进去。"方惟安低下头在她的发丝上轻轻吻了一下，又将胳膊里的唐盈盈紧了紧，笑着继续说，"我也能理解你。法律工作者嘛，无论在哪个环节上，心中总是存有一份正义的使命感，希望能够替世间争一份公道。但什么是公道，你当真说得清吗？"

唐盈盈轻轻地摇了摇头，无力地说道："说不清，不只是说不清，连方向在哪里我都找不到了。"她深深叹了一口气，又道，"比如现在这个案子，即便当事人漫天索要赔偿金，我也觉得可以理解。但她就是不要钱，只想对方娶了自己的女儿，负起责任来。我……我真的是不知道说什么好了。"

方惟安很少见唐盈盈这般受挫的模样，觉得可爱，又觉得有趣，便拉了张椅子坐到她对面，笑着说："世俗里有一种智慧，就是先将自己一时间难以解决的问题交给别人去做，让其他人折腾一遍，说不定就能看到解决问题的办法了。这虽然听起来有点无耻，不过还挺有用的。你现在也有自己的助理律师，可以的话，不妨把这个案子当作机会，让新人去练练手。"

方惟安这么一提，唐盈盈倒是微微一怔。林小云去了Debra那组后，康俊立刻给她推荐了一个新的助理律师，姓程，单名一个风字，二十五岁的年轻小伙儿，国内一所不起眼的政法学院毕业。人倒是长得高高大大，配着一张圆圆的脸，一对小小的眼，表情永远是一副没睡够的起床气。他来跟唐盈盈报到的那天，两只手上全是新划拉出的豁口，看着都让人心惊。他跟唐盈盈解释说，自己刚从老家秋收回来。

秋收？唐盈盈没听明白这是个什么地名，疑惑了片刻，又问了一遍。

程风咧开嘴笑得十分接地气："不是地名，是秋天割谷子去了。我爷爷坚定地要求我每年春秋两季，家里农活忙的时候，必须回家帮忙，插秧割谷子，干完了才准出来。我知道这听起来像个笑话，抗议过，抗议了很多次，一点用都没有。老爷子比谁都倔，坚定地认为干农活是祖宗手艺，只有会种粮食的人才不会被饿死。我要是敢不回去，老爷子就敢在家一天早中晚各拿半杯农药兑老酒，用这条老命来威胁，非让我回去才罢休。"

唐盈盈呆了半晌，仿佛在听另一个世界的奇闻，缓了半天才问道："那日后接了大官司，要开庭要宣判，你也得回去种地？"

程风坚定地说："是的。老爷子喝农药进两次医院急救了，我爸和我的名声都在这上头系着呢。只要田里谷子一熟，就是天上下刀我也得回去。"

唐盈盈无语了很久，第二天找到康俊，表示了对与程风合作的深深担忧。康俊倒仍是那副笑滋滋的欠揍表情，云里雾里打了一通领导太极，核心说辞就是，让她不要着急下结论，程风这小子看着粗糙，其实好用着呢，可以先试用看看。

想到这里，唐盈盈纠结难受的心终于松了一口气，不怀好意地想："这确实是个法子，让程风先去处理。是骡子是马，牵出来遛遛便知道了。这种情感纠结的事情，也许需要的正是一把做工粗糙的大剪子呢。"

在如何与秦家交涉的问题上，刘家人分成了两派。一派是以毛阿姨为代表的"必须结婚派"，认为主张赔钱是绝对不行的，秦家赔钱有什么用，能补回曼丽的身体吗？秦家要当真有良心，怕以后遭雷劈，就应该对女孩子负责一辈子，乖乖地娶了刘曼丽，好好过日子。另一派则是"实在不行就赔钱"，主要由刘家哥哥主张，认为如果结婚有难度，赔钱也可以，但是金额嘛……

曼丽的哥哥叫刘贵中，比妹妹只大五岁，多年来的户外工作却令他长了一张沧桑的脸，灰黑色的脸上挂着一道嘲讽的笑意，嗓音粗粝得像耗子在啃桌角："我当初就说了，人家秦鸣一个富二代，能看上曼丽这么一个小护士吗？就是随便玩玩的。妈，你也别做梦了，还想着曼丽能嫁进他们家去呢，人家瞧得上吗？别说秦鸣这种留洋回来的公子哥儿了，就曼丽现在这种被人给玩残了身子的女人，除了村里那种死了老婆的鳏夫，哪个男人还会要？我觉得你还是现实点吧，想想怎么让他家多赔点钱。啧啧，"刘贵中咂了咂嘴，不屑道，"十万块，打发叫花子呢？"

毛阿姨的脸色更难看了，她看了一眼躺在床上的刘曼丽，女儿就像一尊小小的塑像一般，目光无神地只盯着窗外的光，对屋里的对话毫无反应。毛阿姨心有不忍，斥责儿子道："你个鬼小子，胡说八道什么东西，哪有这样说自己妹妹的，就不能盼着她点好吗？"

刘贵中哧的笑出声来，依旧是那副万般不屑的表情："什么叫我不盼她好了？我巴不得她真能嫁进秦家呢。你知道那个秦鸣的母亲是干什么的吗？自己开公司的，有好大的一家工厂。曼丽要是成了秦家的太子妃，至少能给我弄个司机的工作吧。可我想有用吗？人家不可能要曼丽的啊，还不如现实点。我也想好了，咱们就管他们家要三百万。你看，两百多万够咱们回老家买套房了吧，不，买两套，一套三居的我跟阿红结婚住，再一套两居室的给你住，以后咱们赚够了回老家就能过好日子了。再剩下一点，我就买个车，拉拉客拉拉货，每个月也能多赚几千块钱。现在他们就出十万块，够个屁，一根毛都买不起。"阿红是刘贵中的女友，一直在催着他买房结婚。

毛阿姨张了张嘴，不可置信地看着儿子，道："三百万？你就不是在做梦了？一下子哪有这么多钱给你？"

"一下子拿不出来就慢慢给呗。这可是她亲生儿子闯出来的祸，她不得出点血来摆平呀。要是不给，呵呵，以后我们也别干别的了，就去她家公司门口坐着，拉条横幅什么的，最好再从老家拉些亲戚过来，组成个什么请愿团，哦不，维权团，一点一点地管她要。这种有钱人，几千上万的随便就给了，多去几次，他们看你难缠，才愿意花钱买平安。不然你就等着收那十万块回家哭去吧。"刘贵中一副很有经验的样子，摩拳擦掌地说道。

毛阿姨琢磨了一刻，驳斥道："你是做哥哥的，也不能什么事都光想着你自己啊，赔钱是了事了，但你妹妹的下半辈子怎么办？要是秦鸣不肯娶她，她以后的日子怎么过啊？我想还是再跟秦家说说，结婚是第一条。只要你妹妹嫁进去了，以后总不能亏待你这个做大舅子的吧？"

　　刘贵中扑哧一声，伸手指了指毛阿姨，声音高了八度说道："那人家就是不愿意娶，你能怎样？拿刀逼着进洞房啊？"

　　毛阿姨不想再与儿子争辩，目光落在角落里的程风身上。这个北方汉子横刀跨马地坐在那儿，身体微微前倾，似乎正在聚精会神地听着屋子里的这一场精彩的争论。毛阿姨皱了皱眉头，试探性地问了声："程律师，你有什么想法吗？"

　　程风自进门起就没开口说过话，光听刘家人自说自话就足够热闹了，他有一瞬仿佛感觉自己回到了过年时候的老家，手里再加一盘瓜子，能唠上一下午的嗑。听得正有趣呢，突然被点到名，程风这才回过神来，两条粗壮如毛毛虫一般的眉毛往眉心挤了挤，又虚咳了两声，方才正色道："想法，我暂时还没什么想法。不过，我这里倒先有一个问题，你们别光自己在那儿说得热闹啊，想过有什么理由能让秦家非得答应你们吗？换句话来说，光闹有什么用？你们占得住什么法理吗？"

　　听到程风这么一问，刘家的几个人面面相觑，毛阿姨有些茫然地问："占理？我们当然占理了，他家作下了这种孽，难道不该……"毛阿姨咽了咽口水，道，"这是还债呀。"

　　程风笑了笑，轻轻地说："情理上来说，确实应该。可法律上就未必了。曼丽和秦鸣两个人没有夫妻关系，性行为是双方自愿发生的，宫外孕不是对方主动加害造成的结果。如果他们硬说自己没责任，我们怎么主张被伤害呢？总不能说自己被影响了日后嫁人的可能性吧。"程风轻轻瞟了一眼正想开口的刘贵中，"要是想来硬的，其实人家也不怕。寻衅滋事和敲诈勒索，这两个可都是足以入刑的重罪，我想你们一定也不想以身试法吧？"

　　程风的话说得很轻，背后的言语却很严重，刘贵中再浑，也听明白了，沉下脸，瓮声道："你怎么跟他们那个什么律师的说法一模一样？"

　　程风笑着说："一模一样的法律，当然是一模一样的道理。不过，道理说是这么说，这个事情处理起来也有别的办法。"

　　刘贵中和毛阿姨异口同声地追问道："什么办法？"

"先确定对方的责任。宫外孕当然不能算是秦鸣的责任，但造成曼丽这么大的人身伤害，我倒觉得秦鸣他脱不了干系。"程风见他们一脸茫然，便顿了顿，又引导式地问道，"我问你们，秦鸣是干吗的？"

"医生啊。"毛阿姨不假思索地说道。

"医生，而且是正在妇产科轮岗的医生。你说他能不知道私下堕胎有多危险吗？他能不知道吃了药以后大出血必须马上抢救吗？可他为什么没有规避这些风险，在曼丽大出血后，还让曼丽咬着牙死撑？他没私心吗？还有，他从哪里弄来的药？米非司酮和米索前列醇可是处方药，他凭什么给曼丽吃？曼丽是不是基于对他医生身份的信任才敢吃下的？要是换作别人给你吃这种猛药，你敢吃？再来，药剂服用的剂量对不对？程序对不对？他有没有事先排除宫外孕的可能性？妊娠终止手术的风险做好预案了没有？要是不是在私人空间而是在正儿八经的就诊室里，他敢不敢这么贸然地就让病人吃药堕胎？对于不具备医学知识的普通人，这可以算是大意疏忽。但秦鸣是什么身份？他踏踏实实进行了八年的医学专业学习，又在医院做了一年多的医生，这些基本常识他说他疏忽了，我不信，我相信法官也不会相信。"程风快速地说道，"不仅不信，而且根据我提出的这些疑问，按照主观意愿分类，不要说是民事官司了，咱们直接去告他故意伤害罪，也未必不可以。"

在程风一阵唾沫横飞的叙述中，刘家母子俩的目光越来越亮，就像是遥远星河中耀眼闪烁着的几颗明星。两人的头如鸡啄米似的点着："对，你说得对，就是这样的。"

程风的小眼睛在镜片后面熠熠发光，鬼魅一般地笑道："这些就是我们手里的牌面了，这些牌，打得好了，可以把秦鸣送进去关几年，打得不好，也能彻底断了他做医生的前途。这些都是秦家在意的代价，握紧了这些，想清楚自己究竟要什么，才算真正有了跟秦家要价的机会。"

毛阿姨此时心潮澎湃得厉害，她紧紧抓住程风的手，连连谢道："程律师，照你这么说，是有可能让我家曼丽嫁进秦家的了？"

话刚说完，刘贵中粗鲁地将她扯到一边，喝道："嫁什么嫁！我觉得可以多要求一些赔偿款！一千万，程律师，你去跟他们说，让他们支付一千万，立马就要给。钱要是不到位，老子一定把姓秦的那小子给弄牢里去。"

毛阿姨在一旁着急得要命，急忙嘶吼道："你别狮子大开口了，毁了你妹妹的幸福！只有你妹妹嫁进去了，才是万事大吉。"

两人还在继续争执，看这架势一时半会儿也争不出个结果来。程风在一旁也不好再说什么，目光转到刘曼丽身上。她仍是半躺的姿势，别过脖子在看旁边的风景，脸上一丝情绪的波澜也没有。窗外斜斜洒入的金色阳光零碎地落在她身上，反倒更映得她整个人如同一座碎冰砌成的塑像一般，冷漠得令人心底发颤。

太空灰的金属灯罩悄无声息地笼住了米白色的灯光，海豚造型的玻璃茶几中间是镂空的，养了几尾金黄色的锦鲤自由自在地穿梭在秦家客厅的中央，让整间屋子的气氛生动了几分。这间顶层复式楼平日里安静得很，秦总喜欢在公司加班，秦鸣毕业后则日夜颠倒地在医院值班，母子俩少有坐在那排乳白色沙发上聊天的时间。今天倒是坐了许久，两人的面色却越来越沉重，对面那个油头油面的高律师把这几天跟程风沟通的情况详细说完后，三个人的目光都聚在了一个穿灰色西装的老律师身上。他姓张，是高律师的指导老师，也是秦总花了大价钱请来替儿子脱罪的。

张律师看了一眼秦鸣，这个长得像韩国明星的小医生脸上明显流露出慌乱的神色，手指不受控制地去扯自己母亲的衣角。这个不经意的动作让张律师心里无端地泛起一阵反感，多大年纪的人了，还跟个孩子一样，闯了祸，只知道回家找娘。但下一瞬，他又平复好了心情，律师嘛，别人不闯祸，自己哪有赚钱的机会，既然接了这单生意，就该全心全意为当事人服务。调整好心态，张律师沉沉地说："事情可能会比我们之前预料的要棘手。对方现在也请了律师，咬住秦鸣医生的身份不放，企图把子宫切除的原因从宫外孕转移到私下用药堕胎上。这几天，我们也了解到，他们正在积极动作，收集秦鸣之前接诊过的病案、秦鸣在学校的学习课程，当然还有那两种药的来源。如果他们收集到的证据足够多，又足够全面，很有可能可以说服法官，认为秦鸣对后续的结果应当有预判能力，却没有做好预防措施，甚至在出现异常的情况下，连基本的求救动作都没有做，主观上存在重大过失，最后在过失致人重伤罪和故意伤害罪中择一定罪，可能会触及刑事处罚。"

秦鸣顿时吓得腿软，几乎立刻就要惊呼起来。秦总面上倒是还能持住，声音却也不受控制地有些颤抖："张律师，怎么会这样呢？之前不是说那丫头子宫切除跟咱们没关系吗，怎么这么一下子，我家秦鸣就要被判刑了？"

张律师摆摆手，安慰道："秦总，你也先别急，我这说的是最坏的情况，而且这是在法院完全支持他们的情况下才会发生，现在远远还没有到这一步。之前她们母女俩没找人帮忙，没想到从这个角度突破，现在既然她们有了这手准备，咱们也别慌，积极应对就是。"至于怎么应对，张律师默了声，暂时没说话。

秦总想了想，俯下身，问道："张律师，您在行业内的名声我也是听过的，没有您办不了的案子。现在我家秦鸣的未来都在您手里，钱不是大问题，只要能帮孩子过了这一关，律师费您尽管开价。"

张律师微微点了点头，整理了一下思路，又道："这个事情，在我们前面还有三道防线，咱们一条一条来看。第一道防线是刘曼丽现在还想着嫁给秦鸣，出于这方面的考虑，她就不会也不敢跟秦鸣翻脸，更不敢去法院起诉他。"

张律师的话还没说完，秦总立刻像被蛇咬了一般，惊叫道："她这是妄想！她是什么出身，什么资质，就这样的女人想嫁给我们秦鸣？不可能！"秦总转向自己的儿子，尖锐地问道，"小鸣，你不会有想娶她的心思吧？"

突然被问到，秦鸣一张白净的脸登时涨得通红，想了半晌，方才嗫嚅道："我……没有。"说完这三个字，他又咽了咽口水，继续道，"刘曼丽是个挺活泼开朗的女孩。我刚到医院的时候，上夜班总能碰到她，她每次都会带两份夜宵，一份自己吃，一份给我，都是她自己亲手做的。后来我才知道是她主动跟护士长调了班，就是想跟我一起上夜班。我也没戳破她。后来她又开始给我带早饭，一下子全科室都知道她在追我。妈，你也知道今年年初的时候，黄倩突然跟我提出分手，我还没反应过来呢，就被丢进了情感的空窗期。刘曼丽追我追得这么紧，我也觉得她还行，性格什么的都挺好，就想着先相处一段再看看。谁也没想到啊，我们才在一起没几个月，就出事了。"

秦总在一旁冷笑道："张律师、高律师，你们听听，这可是刘曼丽自己死命来贴我儿子的，肯定是看着我们家条件好，存着一颗飞上枝头变凤凰的心呢。这种做小护士的姑娘，心思最龌龊了。那都是些什么人？大学都考不上的女人，我们秦家怎么可能让她嫁进来。"

秦鸣偷偷看了一眼母亲睥睨天下的脸，暗自腹诽她自己当年不也没考上大学吗，却什么也不敢说，安安静静待在一旁看大人们谋划。

张律师仿佛早有预料，又微微地点了点头，说道："嗯，既然你们都不能接受这一项，那我们来看第二条，赔钱。"

"赔钱可以，我们接受，人家姑娘遭了这种罪，我们表示一下也是应该的。"秦总立刻换了一副面孔，假惺惺地说道。

张律师顿了顿，又道："但是，目前刘曼丽母女都还没松口肯接受赔偿。不过我相信，对方律师既然提出了见面协商，那就一定也在往这个方向努力，毕竟这是最理智也是最现实的选择。双方最后的争议无非就是金额的问题。之前我们这边提出了十万元的赔偿，被对方断然拒绝了。我们现在可以先拟定一个咱们自己可接受的赔偿范围，这样跟对方商谈的时候，也有讨论的空间和目标。"

秦鸣听到这里，一下便哑了声，他工作的时间不长，平时花钱又大手大脚惯了，哪里有什么经济能力。如今闯了祸，当然还得靠秦总来收拾。秦总倒是一副很坦然的模样，怜爱地看了儿子一眼，气定神闲地说："这个问题，我之前也考虑过，一百万以内都可以接受。就当我的公司这一年白干了，保我儿子个平安吧。"

"一百万，秦总果然慷慨。"高律师见缝插针地奉承道。

张律师迅速瞥了浮夸的徒弟一眼，斟酌了片刻，目光闪烁道："如果对方提出一千万的赔偿金，秦总能接受吗？"

这一个数字一说出来，秦总立刻把这些年上的商务礼仪课程都忘了，风度气韵也不要了，早年创业时的泼辣劲又显露了出来，扯着嗓子叫道："她的子宫是钻石做的吗？凭什么要这么多钱？"

张律师缓缓说道："秦总，你不能这么想，你应该想的是，秦鸣的未来值多少钱。要是赔偿上达不成一致，对方就要走到诉讼这一步。无论法官怎么判，对秦鸣未来做医生都会有非常大而且负面的影响。"

张律师这话说得很委婉，但秦总还是在第一时间就明白了过来。她看了一眼儿子，思忖了一刻，咬着嘴唇道："影响就影响吧，大不了就不干医生了，回来接手我的生意。"

秦鸣不甘地喊道："妈，我不会做生意，我就想做医生。"

秦总不耐烦地打断道："你想你想，你就光会说自己想要什么，那也要别人肯放你一条生路啊。一千万，你想不想把你妈的棺材本都全部给填进去啊？"

秦鸣张了张嘴，终于还是没有吱声。张律师轻轻咳嗽了两声，说道："当然，这也只是我的猜测。对方请的律师姓程，跟我通过一次电话，是个年轻律师，我试探了一下对方的价码，他一口一句没得谈，但在最后也算是悄悄地透了个底，要八位数，被我当场训斥是贪心不足，驳了回去。不过，这种人为了钱没什么不敢干的。我们除了要做好应对的预案，心理上也要做好对方漫天要价的准备。"

秦家母子俩面面相觑，一时间竟说不出什么话来。秦总愿意出钱替儿子善后，但一百万在她心里已经顶天了，再多就总有被人讹诈的感觉，令她非常不舒服。秦鸣可怜兮兮地看着母亲，犹豫了半天，小声地说："妈，要是能用钱解决，就赶紧解决了吧。倩倩回国了，我约她出来吃饭，她也没拒绝我。妈，你不是一直都很满意倩倩吗？她爸是高管，妈妈是公务员，现在留学回来了，直接签了一家外资银行。现在我跟她的关系正在最要紧的时候，往前走一步可能就是婚姻，往后退就是路人了。在这个节骨眼上，我可不能出什么事。"

秦总深深地看了一眼自己这个条件突出、外表俊朗的宝贝儿子，用力按了按太阳穴，扶着脑袋说："行了行了，你别说了。张律师，帮我约对方出来谈谈看吧。"说完，她又下意识地咬了咬嘴唇，发狠道，"能用钱解决的问题都不算是什么大问题。"

在双方当事人正式见面之前，程风坐在唐盈盈的办公室里，两人从头到尾把整件事情又梳理了一遍。"说起来这个刘曼丽还真是挺倒霉的，谈个恋爱遭了这么大的劫难，自己还躺在病床上呢，母亲兄弟就着急出来打劫了。"程风一边将文件摞整齐，一边说道。

"刘家现在什么想法？刘曼丽自己表态了吗？"唐盈盈问道。

"刘曼丽能表什么态啊？我现在就怕跟她说话，说没两句，眼泪就哗啦啦啦往下落。再多问两句，她妈妈、她哥哥肯定有一个人来插嘴了。"程风想起沟通的场景，就觉得头皮发麻，厚厚的资料往桌面上一放，有些丧气地说，"她现在已经在一个死局里了，前后左右都没路。"

"怎么这么说？"唐盈盈皱了皱眉头，有些不满地说道。

"这事您还没看明白吗？就刘曼丽现在这种情况，就秦鸣这副德性，她就算真嫁给了秦鸣，秦家能对她好吗？最好的结果就是家里红旗不倒外面彩旗飘飘。再加上自己这边不省心的娘家人，都指着她能帮扶一把呢。照我看，刘贵中和曼丽妈妈两人的想法本质上是一样的，只不过一个短视一点，想砸出个金鸡蛋揣兜里走人拉倒，另一个呢，目光长远一点，也稍微心疼一些自己的骨肉，希望她能嫁个好人家，变成一只会下金鸡蛋的母鸡，天长日久地供养娘家。唉，这是在秦家同意结婚的前提下啊，也还算是好的方向了。要是秦家就是不同意结婚，只想赔点钱，更惨，不论赔多少，最后绝对都拿去填刘贵中这个无底洞了。别问我为什么知道，刘家三个人，只有刘贵中一个每天穿着锃亮的尖头大皮鞋，指甲留了半寸长，我没瞧不起他的意思，只不过他在一家搬家公司做搬运，大皮鞋和长指甲怎么方便做事？最近一次见到他，递过来的烟已经从芙蓉王变成利群了，价格可翻了好几个跟头，这可是指着秦家的赔偿款提前消费了。"

唐盈盈听他这么一说，心情越发郁闷，也不好发作，只闷闷地说："虽然说经济赔偿是指向个人的，但是钱到手以后，要是刘曼丽愿意给她母亲兄弟花，我们也管不了。"

"嗯，这还是有钱赔的情况。"程风点点头，继续说道，"要是秦家真有种，硬是咬紧了牙关，不娶也不赔，双方闹上法院，前期的诉讼费再让刘家母子先垫一垫，就看着吧，这对刘曼丽的精神摧残绝不亚于那次肉体手术。我们村前几年就闹过这么一出悲剧，一个嫁到外村的女的被夫家家暴，打得受不了了，躲回了娘家。开始说是可以起诉申请经济赔偿，还承诺赔偿款一到手就帮自家兄弟修房子，结果官司一拖拖了两三年，娘家人的脸色越来越难看，天天指着她骂，说她都嫁人了还是个家里的赔钱货。最后没熬住，在判决书下来前一个月跳河了。判赔的那点钱，刚好够她兄弟把家里的电视换了台新的。"

唐盈盈的脸色更加难看了，思索了片刻，抬眼看了看程风："别在这儿散播负能量了，有多少把握能在诉讼前把事情协商解决了，关键就在于我们能占多少理。"说完，她深吸了一口气，又补充道，"我的预期是结婚的可能性不大，我们也不能当真去逼人结婚，还是尽量往经济赔偿方向去谈，为受害者尽量多争取一些经济利益。"

然而，做律师这么多年，唐盈盈从来不知道打脸能来得这么快。

秦总在蛇口码头附近的一间餐厅订了个小包厢，包厢里四面墙上全是墨绿色的墙纸，上头有淡黄色的藤蔓蜿蜒生长，包厢角落里摆着几盆万年青，长而宽的叶子末端抽出了淡黄色的肉质小花，隐隐散发着辛辣的味道。毛阿姨换了一件体面利索的衣服，与唐盈盈和程风一起坐在了背光的那一面。秦总亲自起身给毛阿姨斟了一杯茶，清淡的茶香从杯子里微微溢出，再加上秦总微微弓起的腰，给人一种谦逊且真诚的感觉。

"毛女士，"秦总在张律师的示意下，先开口说道，"对于令爱的遭遇，我和小鸣都特别难过，特别是小鸣，自出事以后，他在家里几天几夜都睡不着觉，连工作也不要了。今天他本来想来的，偏偏又在洗手间里摔了一跤，把脚给崴着了，被我强行留在了家里。"说完，秦总又看了一眼张律师，继续说道，"我们今天过来，好好商量一下这个事情怎么解决。我自己也是当妈的人，很能够体会你身为母亲的心情。可咱们一直僵持着，对孩子总是不好的。曼丽还年轻，她未来还有很多事情需要做，尽快从这个事情里走出来，对大家都是更好的选择。之前我们提出的补偿方案，你这边不同意，这样，我也是个爽快的人，后面加个零，我给你一百万，你要是同意，我可以马上转账给你。"秦总咬咬牙，下了狠心说道。

唐盈盈心里盘算了一番，觉得这个数字着实不低了，便望向毛阿姨。屋内几道目光齐刷刷地都聚在了毛阿姨脸上，她伸手捋了捋发丝，淡淡地说："一百万？我这辈子也没见过这么多的钱。秦总，你确实是个慷慨的人。不过，我不要钱。"她从口袋里拿出手机，点开了刘曼丽的朋友圈，递给秦总，说道，"我女儿是一九九九年出生的，今年二十一了。我这个年纪的时候，正好生下我的第一个孩子。秦总，你也是女人，你应该明白，一个不能生孩子的女人，根本就没有什么未来和希望。我是她的母亲，在这个时候我无论如何也必须给她争取到一个好的婚姻。"毛阿姨伸手指了指屏幕上那个笑靥如花的姑娘，"曼丽很喜欢小秦，两个人刚好上的时候，她就发了很多小秦的照片给我看，我看着也挺喜欢的。秦总，你那一百万我不收，我就想他们能尽快结婚。"

秦总坐在那里，只觉得有一股寒气从脊背的底部一直往上冲，透过那件YSL的细羊绒衫，逼出了涔涔的冷汗："结婚？我家没结婚的意思，你总不能硬把姑娘塞进我家大门吧。"一想到自己的儿子要娶这样的姑娘，秦总面上的笑容都要撑不住了，"小鸣是在跟你家闺女谈恋爱，可是两人才谈了没几个月，开始也是你家姑娘主动追求我家儿子的。再说了，从来也没人规定说谈个恋爱就一定要结婚的吧？"

"可现在曼丽出了这样的事，你们拍拍屁股就要走人？"毛阿姨一着急，声音也提高了几分，"我就问你，曼丽好端端一个姑娘，怎么就怀孕了？是不是你儿子干的？怀孕之后被堕胎，是不是你儿子拿的药？要不是吃了药，她至于保不住子宫吗？一个没有了生育能力的女人，你们让她怎么嫁人，下半辈子怎么过？你家就不该负点责任吗？"看来程风对毛阿姨的教导非常成功，即便在这样激动的情形下，她说的话还算是有逻辑有递进的。

秦总也急了，却又自持身份不愿跟她破口对骂，一阵眼风快速地扫向高律师。高律师立刻站了出来，声色凌厉地说："毛女士，您的女儿已经年满十八岁了，在法律意义上是完全行为能力人，她应当对自己的行为以及行为可能产生的后果负有完全责任。我的当事人不存在强迫与其发生性关系的行为，后来服用药物也是在刘小姐清醒并知晓可能出现风险的情况下进行的，即便要怪，也不能将责任全部都推到秦鸣身上。"他顿了顿，眼睛偷偷瞥了一眼秦总，见对方面上露出赞许的神色，便清了清嗓子，继续道，"我国《婚姻法》首条原则就说了，婚姻应当以双方自愿为前提，现在你们这样强烈要求秦鸣娶了刘曼丽，无论是法律还是情理上都说不过去。我们秦总已经是够大方的了，开口就是一百万的补偿，你不信可以翻一下以往这种意外事件的判决案例，即便闹到法院去，也赔不了多少的啊。"高律师最后一句话似乎是发自肺腑，带着一缕声嘶力竭。

程风皱了皱眉头，声音便比高律师大了几分："高律师，你这么说也不完全客观。如果不是看在秦鸣是医生的分上，我的当事人能随随便便就吃药？她不知道该去医院检查之后，通过规范安全的医疗措施终止妊娠吗？她之所以会拿自己的身体健康去冒险，完全是出于对秦鸣的信任，甚至可以说，是秦鸣医生的身份误导了她。还有，你方才说闹到法院也判赔不了多少，那你有翻看这些年对于医疗事故的判决案例吗？不仅赔偿金额更高，还关乎医务人员一辈子的职业荣誉。"

高律师也急了，大声道："这能算是医疗事故吗？秦鸣与刘曼丽是医生和患者的关系吗？她挂号了吗？"

面对气急败坏的高律师，程风显得尤其从容，他冷冷笑道："算不算医疗事故？秦鸣和我的当事人在服药那一刻究竟是什么关系，你说了可不算，咱们倒是可以让法官判断一下。"

高律师还要再辩，却被他师父张律师及时制止了。张律师含着善意的笑看了看程风和唐盈盈，又温着语气对毛阿姨说道："我们很能理解您现在的心情，我们也没有推脱责任的意思。只是婚姻这个事情，实在是强求不来的。即便闹上法院去，归结到咱们这一块的关系上，最终还是一笔赔偿数额的争论。这样吧，如果您觉得一百万太少，您可以开个价，或者有别的要求也可以尽管提。"张律师想了想，又好声好气地说道，"我明白您想让秦鸣与刘曼丽结婚，无非是想给女儿找个归宿，下半辈子有个依靠。可您也听我一句劝，这个时代跟从前不一样了，婚姻压根就靠不住，如今离婚率都快百分之五十了，谁也没办法保证谁的下半生无忧，何况还是这种强求来的婚姻。如果您当真担心曼丽的生活，这样好了，让秦总给曼丽重新安排一份工作，找个稳稳妥妥的好单位，这不比嫁人强吗？"

　　张律师的声音浑厚，说话丝丝入情入理，仿佛每一句话都在替刘曼丽考虑，让人一时间无法辩驳。程风看了唐盈盈一眼，唐盈盈想了片刻，便低下头悄声询问毛阿姨的意思。

　　毛阿姨一刻的犹豫都没有，立着脖子，朗声说道："我不接受。女人终归还是要结婚的，工作好有什么用，难道让她去做什么女强人吗？我家曼丽没这个能力，也受不起这份罪。"她低头迅速地看了一眼手机，屏幕仍然亮着，显示着刘曼丽与秦鸣依偎在一起的照片，毛阿姨眼底闪过一阵泪花，她用抬手的动作迅速遮掩过去，她音色冷冷，带着不容置疑的坚决道，"我就觉得小秦挺好，性格也好，我家曼丽也喜欢，我愿意把女儿嫁给他。"

　　她说完，就连张律师这种久经战场的老律师都有些皱眉，疑惑道："毛女士，我建议您再认真考虑一下，您现在提的要求我们很难接受，婚姻这种事情，怎么可能强求呢？"

　　"我偏就要强求呢？我没别的想法，也不会有松口的可能。要是秦鸣不愿意娶我家曼丽，那我就去法院起诉他，让他下半辈子也不可能好过。"毛阿姨咬着牙齿说完这句话，面上的神情顷刻归于一片沉寂，像高僧入了定似的，坚硬如一块磐石，不给人半点争论的余地。

　　秦总这个时候有些坐不住了，急得要跳起来，手指指着毛阿姨怒道："你，你这个女人心思怎么这么恶毒，一定要将你那个残缺了的女儿嫁给我们小鸣，想害他绝后。你，你非要毁了我儿子才肯收手吗？"

毛阿姨的脸往下沉了沉，像是夏日里暴雨降落前的乌云，聚着无数的怒火和阴郁，她挥手打开了秦总在面前戳戳指指的手，含着一股悲愤的力气，怒道："你敢说曼丽残缺？你他妈怎么不想想是谁害得她残缺的？你儿子做下了这种事情，难道不该对我女儿的后半生负责吗？"

秦总也顾不上什么风度了，破口大骂道："负什么责？是她自己先勾引我家小鸣的，我负什么责任？我已经愿意给钱了，你们怎么这么贪心，还想要小鸣的一辈子啊？"

"钱有什么用？曼丽已经这样了，她以后再认识的男人都只会见到她不能生育的模样，只有你儿子，你儿子是最后一个见过曼丽完整模样的人，也只有他知道这里头究竟是怎么回事。他不娶曼丽？他有什么资格不娶曼丽？"毛阿姨也不甘示弱，迅速回击道。

两人越吵越厉害，污言秽语也不断地从两个妈妈嘴里蹦出来，十足像在菜场吵架的大妈，令旁边四个律师看得目瞪口呆。程风朝着唐盈盈吐了吐舌头，扯出一个尴尬的笑容。唐盈盈叹了一口气，心底竟泛起一阵可笑的感觉，这两个人明明花了钱雇律师来帮忙吵架，怎么到头来，她们亲自上场了，倒让律师们成了旁观者。

张律师的眉头越皱越紧，再用一点力，就要变成一个烧卖的模样，终于，他劝住了袖子撸了半截的秦总，道："好了好了，这样谩骂下去，三天三夜也没有个结果。大家都先冷静一下。"眼风却悄然飘落到唐盈盈的身上，暗含着一股不满的怒气，道，"唐律师、程律师，你们也应该明白，无论到哪里去说理，硬要别人娶妻，这怎么也说不过去。既然今天大家来了这里，就是有诚意想要协商解决这件事情的，我们的诚意拿出来了，表现在了补偿的数额上。可你们的诚意呢？"

唐盈盈想了想，正要开口说话，却被毛阿姨抢了话头，她冲着张律师吼道："把你的诚意收回去。这事没什么好商量的，你们接受，我就嫁女儿，你们不接受，我们就法庭见。他们俩是我的律师，我的意思就是这样，说什么也没用。"

张律师猛地碰了个壁，眼光却还带着一丝期许地望着唐盈盈。唐盈盈心里也憋屈得很，可当事人已经这么强硬地表态了，她也不可能逆着话说，只好打起精神来，苦着脸说道："你们是不是也考虑一下我当事人的提议呢？"

话一说完，满屋子的惊愕，唐盈盈也恨不得一口吞了自己的舌头。

会谈不仅僵住了，还闹得不欢而散。回到所里，烦躁不堪的唐盈盈霍地一下顺手将外套往沙发上一甩，被紧跟在后头的程风眼疾手快地接住，整整齐齐地挂到了衣架上。程风小心翼翼地赔笑道："唐律，真没想到，毛阿姨心性居然这么要强，一门心思只想着把自己的女儿嫁进秦家去。"

　　唐盈盈沉在转椅里，大口喝下半杯冰冻苏打水，冷冷的凉意蔓延入喉管，让烦躁不堪的情绪慢慢定下来，她手指在桌子上划了划，道："她这么做当然也有她的道理。"顿了顿，她的目光浅浅地投在窗口那副乳青色的窗帘上，淡淡地说，"我们生长的环境跟他们那一代人不一样，在我们的思维里，伤害也好，未来也好，都可以用货币价值去衡量乃至于去替换。所以，在这件事情上，我们非常容易希望双方能够在赔偿上达到一致，甚至认为，替当事人争取到更多的赔偿款，便是一种胜利。但毛阿姨现在最担心的并不是日后刘曼丽无法生活下去，而是担心她无法顺遂地走进婚姻。所以，现在哪怕双方闹到了这个地步，她也想搏一把，为女儿争取到一门好婚事。"

　　"好婚事？"程风耸了耸眉头，不屑地说道，"这个秦鸣，在我这么个大直男眼里都算不上是什么理想的结婚对象啊。"

　　"但是他的家庭条件不错，自己学历好、工作体面，在世俗的标准里足够算是佳婿良缘了，在毛阿姨的观念里，女儿能嫁到这样的家庭，也是非常不错的选择。退一万步来说，只要结了婚，只要刘曼丽规规矩矩，温良恭俭让，以后哪一天真的过不下去了要离婚，舆论也只会谴责秦鸣负心薄幸，良心这杆秤终还是偏向女方的。再退一步说，至少在毛阿姨眼里，离过婚的女人总比一次都没嫁出去的剩女要强吧。咱们要是想通了这点，就很能够理解为什么她不想要钱，甚至不惜在这个问题上得罪自己的儿子，一心只要求秦鸣娶了刘曼丽。"

　　程风细细琢磨了一遍其中的关窍，挠着头说道："毛阿姨还真是为儿女计深远啊，我之前还真把她们当成受尽欺负的弱势群体了。"

　　程风说到这里，唐盈盈意味深长地看了他一眼，道："备受欺负的弱势群体也是事实，但只要有一天，她们手里拿到了棍子，有了底气，再弱势的人也会为自己的未来奋起一搏。"

程风那小麦色的脸皮涨了涨，颇不好意思地笑道："是，这根棍子正是我递给她们的。是我告诉毛阿姨，这个事情秦鸣也是理亏的，在法律上，我们有办法去追究他的责任。我当初是想鼓励她来着，没想到她这么有斗争经验，立刻就杀气腾腾分毫不让了。"

唐盈盈叹了一口气，微带懊恼的语气说道："我们对事情都太想当然了。"

程风迅速点了点头，思索了片刻，又道："这事情闹到这个地步当真有些难办了，难不成咱们真得帮着毛阿姨去逼婚？"

被他这么一说，唐盈盈又想起方才谈判时自己身不由己的表态，一股子邪火又要往脑门上涌："逼什么婚，这是我们该做的事吗？你现在能做的就是去看看当初忽悠说能起诉秦鸣的证据足不足，法官是不是真能支持你这异想天开的观点。"

程风见唐盈盈又快要发怒了，便把脖子往后一缩，矮着声音道："足、足、足够。我也不是平白忽悠的，这秦鸣真的不是什么好菜。"程风一边说，一边从手机里找出了一些照片，翻给唐盈盈看，解释道，"这是我在秦鸣的Ins和Facebook上找到的图片，原来在刘曼丽出事前两周，秦鸣的前女友回国了，见了几次面，每次出去秦鸣都高兴得跟孙子似的，当天就把两人的自拍发到社交媒体上，配文肉麻兮兮的，结尾都用爱心来代替句号了。这脚踏两条船踏得也太嚣张了吧，就是欺负刘曼丽。"

唐盈盈沉思了一刻，询问道："这个事情毛阿姨知道吗？"

程风点点头，道："知道了。我跟她说的时候她没什么反应，就问这事对未来打官司会不会有什么影响。我认为单从官司来看，应该会有对我方较有利的影响。他与这个前女友的交往发生在曼丽出事前的两周之内，在此期间他并没有跟曼丽说过任何分手的话，在得知曼丽怀孕后，他迅速提议不要孩子，并建议采用私下服药的方式堕胎，很有可能就是想维护自己的名声，为了这个女人想摆脱曼丽。这种主观上的恶意，有比较大的可能会得到法官的同情，甚至是支持。"

唐盈盈微微摇了摇头，道："这就有些诛心，很难立论的。不过，若是秦鸣有了心仪的结婚对象，恐怕毛阿姨的期望就更难实现了。"

程风又缩了缩脑袋，道："这可不好说啊，我现在觉得毛阿姨是豁出去了，只要能让刘曼丽顺利嫁进秦家，没有她不敢想、不敢干的事。"

唐盈盈听他这么一说，解不开的烦躁感又默默地绕上了心头。

　　虽然程风是个北方糙汉子，做事也不尽成熟，但对于事态的发展却有着出人意料的敏感。毛阿姨在会谈崩裂后，倒没有半点的颓废，反而斗志昂扬地去网吧花两百块钱找了个正在上网的学生，让他教会了她使用境外代理服务器，迅速注册了Facebook账号，并顺藤摸瓜找到了黄倩的住址。第二天早上，黄倩刚到地库准备开车去上班，远远看见自己那台白色的Mini Cooper周边围了不少人，她满心疑惑地走过去，挤进人群，只见自己的爱车上被人用大红色的口红赫然写着："你知道秦鸣是个大渣男吗？亲手逼得一个女孩子堕胎！人间悲剧！你还跟他约会吃饭，你要不要脸？"

　　血红的大字几乎画满了车身，原本可爱灵巧的车身像被别人抓破了脸一般，满是道道血痕。再加上众人的指指点点，黄倩只觉得一口鲜血就要喷出来，又恼又羞地报了警，还拍了几张照片去质问秦鸣。秦鸣吓得三魂丢了七魄，不顾一切地赶到派出所的时候，民警已经通知毛阿姨过来协调了。

　　毛阿姨认得很干脆，字确实是自己写的，顺便把事情的来龙去脉说了一遍，最后，更是提醒黄倩要擦亮眼睛，认清秦鸣就是个彻头彻尾的大渣男。

　　黄倩也是个利索的姑娘，没为难毛阿姨，在看了刘曼丽和秦鸣的照片以及手术证明之后，顺手甩了秦鸣两耳光，宣告两人的关系就此彻底完蛋。黄倩打完秦鸣，走出去一百米，又回头，呵斥秦鸣要他好好对刘曼丽负责，要是仍然这副渣男做派，她保管让他在朋友圈里也恶名远扬。毛阿姨见黄倩如此深明大义，感动得几乎要哭出来。

　　唐盈盈接到消息赶到派出所的时候，已接近中午了。当事人黄倩不太在意，民警便也没深究，让毛阿姨写了一份保证书之后，便算结案。唐盈盈帮着办完了手续，便已经是正午时候了。

　　唐盈盈看了一眼毛阿姨，她脸上毫无颓废的神色，一身干练的装扮，掺杂着些许银丝的头发被整整齐齐束在脑后，像是一名斗士，也像是一名英雄。唐盈盈叹了一口气，便将她带到派出所附近的一间茶餐厅一起吃午饭，顺便也想劝劝这位一意孤行的母亲。

　　"毛阿姨，我能理解您想为女儿找个好归宿的心情，可婚姻这种事情也不是能强求来的。您看您费这老大的劲，除了把自己折腾了一顿，对您想要的结果又能有什么实质性的帮助呢？"唐盈盈点了几样粤式茶点，一边往她面前的杯子里倒了一杯清茶，一边劝说道。

"唐律师，我知道有些事是事倍功半，有些事甚至是徒劳，可我也得为自己的女儿尽一把力啊，曼丽现在只有我了。"毛阿姨将茶杯端握在手心里，缓缓说道，"曼丽像我，命苦。她还没满三岁，她的父亲就得了绝症，拖了几年，把家拖垮了才撒手。我一个人拉扯着两个孩子长大，我没什么能力，没从小教育好他们，两个孩子都没读什么书。贵中是什么德性，我心里清楚，我对他也没什么指望，只求他能安安稳稳结婚，生个孙子，我对他们刘家就算有交代了。他心里只有自己，眼睛里只看得到钱，妹妹的死活，他根本不管，也不在意。现在贵中天天吵着闹着要秦家拿钱，我也清楚，他这是想借机给自己赚一笔老婆本。我是做母亲的，儿子女儿，手心手背的，我都得顾上。钱是个好东西，但再多的钱也总有花完的时候，只有婚姻才是女人这辈子最好的靠山。趁我现在还扛得住压力，就算拼了最后一口气，把曼丽嫁进秦家，我这辈子也就算对得起她了。"

唐盈盈对这套逻辑有些无语，她想了想，仍然有些不甘心地劝道："毛阿姨，就算秦家愿意给钱，赔偿也是给到曼丽的，跟别人没什么关系。她哥哥需要用钱，总不能抢自己妹妹的吧？"

"曼丽一个小姑娘，要这么多钱干什么用？吃得掉、穿得了多少？身上放这么多钱也不安全。何况，到时候，自己哥哥有难处，她帮一下也是应该的吧。"毛阿姨理直气壮地反问道。

"即使是年轻的女孩也需要管理自己的财富，投资、理财、消费，曼丽需要这些。哪怕买套小房子，她在这座城市不就有了安身之所了？为什么一定要去帮助哥哥买房娶妻呢？"

毛阿姨挥了挥手，不耐烦地说："你说的这些，房子什么的，她只要一结婚，全都有了。现在费什么劲呢？"

唐盈盈怔了怔，加快了脑筋旋转的速度，沉默了一刻，她想明白了毛阿姨的思维逻辑，所谓的"为女儿好"也只是在她一厢情愿认为好的范围内，她根本不在意刘曼丽真正需要的是什么。从更广泛的层面来看，毛阿姨的想法却也很好理解。在中国父母的心里，总是想着年老后要跟儿子过日子的，所以，儿子是棵树，是自己日后的依靠，需要花费养料和水分去培植。从理智上来说，他们总是不自觉最想为儿子争取更多的经济利益。女儿是根藤，只要奋力踮起脚尖把她挂上高枝，便算是尽到了母亲的责任，所以应当为女儿争取最好的婚姻资源。世俗的智慧即便听上去荒谬得很，却也有着能够自洽的内部逻辑，并且被无数国人一代又一代地实践着。这般想着，刘曼丽那副掩映在雪白色被单下病病恹恹的瘦弱身影又浮在了眼前。唐盈盈只觉得心里一阵一阵的难受，却也无奈，只得喃喃自语道："通过婚姻来改变经济阶层，可从来都不是一个好办法。"

唐盈盈这天中午的劝慰以全面失败告终。毛阿姨的逼婚手段还在不断升级，只是战场越来越零碎，形式也从暗地里的泼脏水、造谣传谣，发展到了去秦总公司门口蹲守伏击，指责对方不仁不义没脸没皮。她甚至不知道从哪里搞来了秦总公司一名离职员工的内部账号，给全公司发送了一篇长文，其中洋洋洒洒地写尽了秦总这些年的"奋斗情史"，从当年如何被前夫抛弃开始，详细描绘了一个离异妇女怎样独身一人借助与甲乙丙丁等相好的力量创业成功，绘声绘色，有情节有细节，内容翔实堪比知音体。

与刘家的步步紧逼不同，秦家则高挂起了免战牌。他们不仅对毛阿姨的所有招数采取了回避态度，甚至在毛阿姨不屈不挠蹲守在公司门口的时候，秦总还能强力忍住顷刻就要发作的怒火，命手下人给她送去一杯茶水。这套战略当然来自张律师的建议。这位行事稳重的老律师在开头的一段时间内还能保持冷静，像一名熟练的老猎人，耐心地一项一项收集对方失策的证据。造谣传谣、伤害他人名誉当然是证据确凿，但这种程度的，最多就是涉及民事责任，远远还不够。他最希望的是拿到可以往敲诈勒索罪上定性的证据。比如，刘家人向秦家索要一千万，不然就起诉秦鸣。只有拿到了这种牌面，才能让秦家在谈判上占据主动，而在此之前，龟缩是最好的办法。不过张律师也知道，想要拿到这样的牌面非常困难。双方纠缠了这么多天，毛阿姨颠来倒去地也就是那一个要求："让刘曼丽和秦鸣结婚吧。"

结婚，这个要求既不是经济勒索，也不能算人身威胁，这让张律师觉得异常头疼。同时，龟缩战略的成本也在逐日增长，最大的成本就在于秦总的情绪。随着忍耐的时间越来越长，毛阿姨上门挑衅的频率越来越高，秦总的脾气也越来越大。张律师自己也明显地感觉到，理智正在逐渐离开他们这一方。最近与秦总的几次交流中，她都恨不得以摔电话的动作来结束通话。

"真不想管这桩破事了。"这是双方律师此时共同的心声。

"要不你们就去起诉吧。"张律师与唐盈盈打了个交底的电话，"法院该怎么判就怎么判吧。伸头一刀缩头一刀，也好过这样天天被凌迟。"

"我要是能告，我早就去交材料了。"唐盈盈在电话这头哭都哭不出来了，"当事人家属不肯，当事人也不愿意，这事情，要不你们拿个像样的态度出来，要不就这么相互磨着，相互消耗着，一直到诉讼期失效吧。"

张律师板了板声音："什么叫我们没拿个像样的态度呢？一开始就谈了赔偿条件，是你们坚决不肯接受，要逼人家结婚，这算什么？除了当年打家劫舍的土匪抢压寨夫人，还没见过女的这么干的。"张律师也是一肚子窝囊气，有些口不择言。

唐盈盈也懒得生气了，挂了电话，深深地呼出一口气，又将椅子旋了半圈，从旁边抽出厚厚的一沓文件，半尺高的材料，都是为刘曼丽这个案子做的会谈记录。只翻了两页，唐盈盈又觉得头开始疼了。剪不断理还乱，除了情愁，还有这鸡毛一样的家庭纷争。她丢开案卷，站起身来，伸手拉开了那绣着淡淡兰花纹路的纱帘，新鲜空气像一群欢乐奔跑着的精灵涌进来，令她昏窒不堪的大脑喘过了气来。

今天上午下过一场春雨，小院子空地上新生的青草刚刚冒了个芽，绿意茸茸的，噙着一滴一滴的雨露，令人心生愉悦。唐盈盈愣了一刻，索性丢开那些做不完的工作，信步走下楼，来到小院子里，立刻便被新开的山矾花撞了个满怀盈香。唐盈盈见这小庭深院里的曲曲绿枝很是可爱，一时间兴致大起，便小心地避开地上一洼一洼的积水，弯腰去捡掉落在地上那一颗一颗形似指甲盖的小花朵。细蕊黄金嫩，繁花白雪香。捡了大半个小时，满手染香，额头上也累出了细细密密的汗珠。这样预料之外的闲适，像是突如其来的礼物一般，让人的心情都轻松了许多。

"你还是挺会偷闲的，里面全是噼里啪啦的键盘声和复印机呼呼的风扇声，全所人都忙疯了，你倒好，竟然在这里捡花。"康俊倚靠在门柱上，手里端着一个大马克杯，虚浮的目光遥遥看着她。

唐盈盈不好意思地笑了笑，将手掌里的花朵倒进自己大大的西装口袋里，深深吸了一口气，又呼出："我这是被当事人逼得没法子了，出来转换一下心情，顺便逃避一会儿现实。"唐盈盈一边说，一边走过去，在门厅扯下了套在脚上的两个塑料脚套，扔到一旁，露出里面一双半高的方头皮鞋，干干净净，一点泥都没沾上。

康俊看着她的一系列动作，嘴角轻轻勾起："是刘曼丽的案子吧？我听程风说过一些，看来还真挺困扰你的。"

"不得不说是个大麻烦。"唐盈盈从一旁的咖啡机里接了一杯咖啡，倚靠在另一侧的门框上，大大方方地承认，"法律关系并不复杂，真要到庭上，我们也是有胜算的。可现在的问题……现在的问题是一颗糖瓜儿掉进了鸡毛堆里，漫天漫地都是晚八点档家庭伦理剧的剧情。"唐盈盈苦笑起来。

康俊的两只眼睛眯成了两条细细的长缝，并不主动作声，他想等唐盈盈自己把话讲完。冷场了几分钟，唐盈盈低着头，当真像是在琢磨自己应该说什么。两人隔得近，春光耀眼，康俊衣服上散发出的香味便在不经意间漫进了唐盈盈的鼻子里，这种味道对于一个男人来说，仍然过于香甜了，但好像没了之前那股腻腻的味道，反而在阳光的轻抚下，陡然增加了些许舒朗的感觉。唐盈盈的胳膊紧了紧自己的口袋，像是不愿意让山矾花的味道破坏了这股清爽："当然，更多的问题应该是出在我自己身上。"唐盈盈将剩下的半句话说完，心头也随之一松，"对刘曼丽的同情，对渣男的厌恶，我自己也夹杂了很多的感情在里面，所以整件事情在我看来，就是乱七八糟，乱到无从下手。"唐盈盈真诚地检讨道。

康俊笑了笑，笑意像是从心底绽出的，连眼角的笑纹都不加掩饰地全然暴露了。他想了想，换了一个姿势，让自己的身体更加舒服地斜靠在门框上，像是打开了一个完全不相干的话题，娓娓说起了一个故事："传说很久很久以前，有一天，天庭上的众神失和了，世界处于灾难暴发的边缘，没有人敢站出来调解仲裁。血气方刚的容易受仙女的勾引，老于世故的却不敢对权势直言。天上地下找遍了，也没有合适的人选。最后，天帝身旁站起一位白袍金冠的女神，她拿出一条手巾，绑在自己的眼睛上，大声说道，我来！众神一看，不得不点头同意，她蒙了眼睛，既看不见纷争者的面貌身份，也就不会受到利诱，不必畏忌权势，可以以心评定正义。这位蒙眼的女神叫忒弥斯，后来就成了神圣和正义的化身。"

唐盈盈耐心地听康俊说完："我知道这个故事，每一个法学院入门第一堂课都讲了这个传说。"她顿了顿，又说道，"您的意思是让我最好能摒弃感情，用理智来处理这个事情？"

康俊哈哈大笑了两声，腾出一只握杯子的手，轻轻摇了摇，笑道："我是想说，你现在缺一块蒙眼布啊。一直睁着眼睛看世事纷杂，看更年期的女人吵架斗殴，看原生家庭掣肘纠缠，你就只看得见热闹，看不到这个事情的核心与关键在哪里。把眼睛蒙上，把什么渣男、婚姻、失去生育能力的女子这些标签都去掉，再仔细地品一品整个官司的时间、地点、人物与事件，当真会有这么难吗？"

唐盈盈的心里像是点亮了一盏小灯，她怔了怔，又似乎不够确定："核心只有秦鸣和刘曼丽两个人，而我的当事人是刘曼丽。对，她才是一切问题的核心。"唐盈盈的声音越来越响，也越来越笃定。到了此刻，她的思路突然就变得无比清晰。她张了张嘴，想向康俊道谢，话到嘴边却变成一声发自肺腑的笑，她捂住嘴，自顾自地笑了许久，等笑声歇了，方才觉得两人间的气氛有些尴尬。唐盈盈心情大好，鬼使神差般地从口袋里抓出一把细碎的小花蕾，塞进康俊的手里，宛如天真少女一般活泼开朗地笑着说："借花献佛了，等官司解决，我再请您吃饭。"

说罢，唐盈盈便如一阵风般跑上了楼去。康俊无可奈何地笑了笑，低头看了一眼手里那一撮米黄夹杂着米白色的花苞儿，幽香沁面而来。这种花草的味道是他素来熟悉的，却又是不同的。他惯用的香氛虽也是草木香源，却失了这份自然与新鲜。康俊怔了怔，又握紧了手掌，背在身后，目光则轻飘飘地落在烟霭升腾的夕阳下的小院里了。

第10章

蝴蝶破茧重生

理清楚了思路，唐盈盈一回到办公室便将程风唤了过去。"不管怎样，秦鸣和刘曼丽的想法才是最重要的。他们那个高律师说得也没错，两个二十多岁的成年人，对自己的所有行为承担所有责任。让当事人自己表态，让当事人自己去解决亲属的问题。"唐盈盈有些兴奋，一面翻阅资料，一面快速地跟程风说道。

程风听了，先是一愣，思索了片刻，又拉出一张苦瓜脸："话这么说是没错，可那个小医生和小护士就是两个大巨婴啊。之前咱们不也跟他们谈过，好说歹说了大半天，女的就沉默不语，男的更糟心，沉默了半天，还憋出一句，你们去问我妈。那态度，气得我哟，要不是我的左手及时拉住了我的右手，一拳头都已经挥到他脸上了。"程风说话向来很生动，配合着身体上的一些动作，给人一种全身都是戏的感觉。

话还没说完，唐盈盈就明白了他的意思，笑了笑："两个当事人涉世不深，碰到这种天塌了似的大事，自然是希望有人能帮他们出头的。但他们自己不说话，我们就得永远在外边转圈子，解决不了根本问题。"唐盈盈顿了顿，又补充道，"所以我想，你去约秦鸣见一面，我去找刘曼丽。"

程风点点头，想起秦鸣那副软塌塌的模样，又觉得颓丧，但又不好意思再度诉苦，只好道："那，我琢磨个法子让渣男负起责任来。"

唐盈盈见程风误解了自己的意思，又好气又好笑地说："不是让你去逼婚的，准确地说，你应该琢磨个法子让他站到台前来，哪怕是打定了主意不娶刘曼丽，决定大家法院见，也没什么问题。但是他必须痛痛快快把这个态度表现出来，好让人死心。他这么一直躲着不表态，是逃避，但同时又何尝不是一直在给对方希望呢。"

程风的眼睛亮了亮，猛地点了点头："我明白了，这回是真明白了，我这就琢磨去。"

秦鸣这段时间过得也不痛快，准确来说是颓废极了。如果说秦总是在张律师的三令五申下被迫回避，那秦鸣就是主动选择了躲藏。从小到大，他都是优秀的学生，是家长口中邻居的孩子，外表俊朗，成绩优异。毕业后，他以二千比三的录取率考进了这家医院，待遇是同班同学的两倍，再有个两三年，等自己能主刀的时候，他就能彻底脱离母亲的资助，有能力在这个房价昂贵的城市里，获得独立生活的空间。这样的想法也让他有了优越于"啃老深二代"的自恃，他一直觉得自己是一只展翅翱翔的雄鹰，未来的人生会与此前走过的道路一样，一帆风顺，令人羡慕。可是，自己究竟是得罪了丘比特还是冲撞了月老，情路上怎么能这么坎坷？大家闺秀黄倩和小家碧玉刘曼丽，原本是眼前的白月光和心口的朱砂痣；可如今，白月光翻脸成了火焰山，几乎将自己这些年的朋友圈、同学群烧了个精光；朱砂痣变成了心头刺，整日吵吵嚷嚷地来逼婚。

最令他难以接受的是，那天当众被黄倩甩了个耳光，打散了他一贯自以为的雄鹰气质。接下来的几个礼拜，他觉得自己快速地退化成了一只虫，又白又肿，肉乎乎的，缩在褐色的虫蛹里，深深藏进泥土里，只有这种不见天日的感觉才是最安全的。所以，他也彻底换了个活法，一头钻进了网吧，没日没夜地打游戏。这家网吧是新开的，环境很好，有吃有喝，有零食，累了还能拉出一张单人床躺下休息一会儿。耳机里逼真的厮杀声大大地减轻了他心中沉重的负罪感，沉浸在虚拟世界里的感觉足以让他忘记现实世界中还需要费心考虑的一切。有一次，他走出网吧取了一件快递，阳光毫无预兆地落在他身上，那与电脑屏幕大相径庭的光波几乎就要刺瞎他的双眼了。秦鸣眯着眼睛，连跑带逃地回到了属于自己的那间小格子里。猛然加速的心跳和血液的流速使他有了一息惆怅，但也仅仅几个呼吸之后，他又迅速沉溺进了游戏的世界。逃避虽然可耻，但真的真的很有用啊，如果一辈子想不到解决的办法，那就一辈子逃避下去，又有什么大不了的呢？谁说人生就一定要一直一直勇敢下去？

今天的进位赛杀得很爽快，秦鸣与公社里的队友掳获了大批财宝和资源，几个人分了分，又各自回领地去搞基础设施建设了。秦鸣从装备包里点了几匹骡子出来拉货，虚拟的人物形象趾高气扬地坐在为首的那只骡子身上，挥着小皮鞭往回走。走到一半，画面里出现一个女性游戏形象，穿着迷你小短裙，戴着一副狐狸耳朵，很萌很可爱的模样，很快陌生人的对话框也弹跳了出来。

"哇，你今天的收获真多啊，我还没见过这么多的物资。"画面里的女人名字叫"追风少女"。

"还行，今天不是最多的，前两天我在山那头杀了一个怪兽，收的宝藏是今天的两倍。"见到有人表示对自己的崇拜，秦鸣也得意地炫耀道。

"你真厉害。"追风少女迅速奉承道，还发过来一系列带着爱心的表情，"我就不行，我刚注册的这个游戏，位阶还很低，路上遇到的小怪都打不过，嘤嘤嘤嘤。"

"那我加你好友，我带你练练级吧。"美人示弱，英雄当然要逞强，秦鸣很慷慨地说道。

两人加了好友，秦鸣点开对方的资料页面，里面的信息并不多，城市选择的是深圳，年龄那一栏填的是二十一岁。"你才二十一岁，还是学生吧？"秦鸣问道。

"是啊，医学生，大五了。"追风少女回答道。

"学医的啊，难怪你会来玩这个游戏，这个游戏画面太血腥了，一般女性玩家都吃不消。"秦鸣回复得很快，修长有力的手指在键盘上敲击几下，一行对话便发送出去了。

"嗯，学医的不怕血，嘻嘻。那你呢？你是做什么的呀？"追风少女在那头问道。

秦鸣有片刻的犹豫，鼠标快速地点了几下，屏幕上飘起一阵血雾。"我也是。"他回复道。

"太棒了，学长好。"追风少女反应很快，嘴巴也甜，"我的作业有指望了。你知道吗，今天天气好冷，是个寒风刺颅骨额骨顶骨枕骨颞骨蝶骨筛骨颜面骨犁骨上颌骨下颌骨下鼻骨鼻骨颧骨泪骨腭骨锤骨镫骨尾椎骨胸骨锁骨肩胛骨上肢肱骨尺骨桡骨腕骨头状骨钩状骨髋骨耻骨坐骨下肢股骨髌骨胫骨腓骨跗骨距骨跟骨骰状骨距骨趾骨的日子。"

秦鸣噗的一声笑出来，饶有兴致地教育晚辈道："学解剖了吧？好好学，等以后上手术台了可就没机会翻书了。"

"遵命！"追风少女迅速回复道。隔了一会儿，秦鸣发现两人组的队已经被对方修改了名称，叫"手术刀无常"。无常？是黑白无常吗？这可不是一个适合医学生的吉利名字，秦鸣笑了笑，不过，这个小姑娘还挺有意思的。

游戏的世界很大，制作方投入了大资金做画面，每个场景都异常的精美，有大山有江河，有陡峭山崖散乱地高插入云霄，也有三月江南溶溶春水浸春云，在里面四处游荡，一边打怪，一边闲聊，像是惬意的江湖人生。追风少女性格开朗，手速也快，杀敌的时候，无论是打主力位还是辅助位，动作都很流畅，手起刀落没有半点犹豫，这样合心意的队友算是千载难逢，秦鸣对目前的日子更加感到舒心。

"我得走了，今天玩了太久，欠一屁股作业没做。"追风少女发来信息，秦鸣一抬头，都已经快到凌晨了。

"你明天还来吗？"秦鸣连忙问道，等了一秒，又追了一句，"有什么很难的作业，我可以帮你做。"

追风少女发过来一个大大的笑脸："太棒了，真的哦，不许耍赖。最近这段时间的作业太难了，我完全不会做。"

"不耍赖，我帮你。"秦鸣承诺道。

第二天，秦鸣一直在线上等着，快到约定的时间，秦鸣心神不宁地搞了一会儿建设，又推了两个约架的申请，终于等到了追风少女的上线提示信息。

"我还以为你今天不来了呢。"秦鸣急忙说道。

"差点就来不了了，学长。今天你真得帮帮我，临床的黑山老妖一连给我们布置了十份作业，我都看傻了，无从下手啊。"追风少女的焦急似乎就要从屏幕那头涌出来了。

"临床的作业？那很多都是靠经验磨出来的手感，对学生来说，是挺难的。"秦鸣刚毕业没两年，对学生时代的各种感受还记忆犹新。

"是呀，还都是视频的题目！我自己看了一遍，除了红花花的一大片血，啥都看不清。你能帮我看看吗？"追风少女可怜兮兮地说。

"行。你加我。"秦鸣满口答应。

两人加了微信，刚打完招呼，追风少女便一口气发了十个视频过来，都是手术录像，平均每个二十分钟左右。追风少女解释道："是挑错题，一边看视频，一边把其中错误的操作写下来。明天交！"

"这么多，一天就要做完？你们老师可比我当年遇到的还要可怕很多很多。"秦鸣已经点开了一个，是肛肠科的手术，铺着淡绿色消毒布的手术台，明晃晃的无影灯，一下便将他的注意力吸引了过去。

"可不是吗，还有别的作业呢。这个最难，交给学长了，等考完试，我请你吃大餐。我知道有一家牛排店，一分熟的大肉，血淋淋的可好吃了。"追风少女在那头说道。

秦鸣"嗯"了一声，没有多说，整个人早已沉浸在了手术录像的世界里。

十个视频，全部看完都得三四个小时。何况为了看得仔细，时不时还得暂停画面，截图，再将错误的地方标识出来，并将正确的做法写上。这些手术，各个科室、各种门类都有。有些是秦鸣亲手做过或者跟过刀的，清楚流程，找其中的错误便很容易，一遍下来就能挑出四五处错误，很有成就感。有些则是他没有接触过的，看一遍以后觉得像掉进了云里雾里，便倒回去重新看，时不时还得上网搜索一下相关的知识。他关掉游戏的界面，像是回到了自己的学生时代，无数个这样的夜晚，他坐在图书馆里，努力整理着第二天要交的作业。有时候隔壁桌游戏的厮杀声穿透耳机传过来，他完全没有在意，全副身心只在那一帧一帧的手术画面上。他不是天生的学霸，但求学的时候每门功课成绩都不错，全部来源于这样的夜晚。

又快到凌晨的时候，秦鸣将十个文件又整理了一遍，做好对应，又检查了一遍标题，才全部搞完。秦鸣将那些文件一个接一个发给了追风少女，之后大大地伸展了一下自己的身体，向左向右扭了扭酸痛的脖子，等待追风少女的回应。

只过了一分钟，两人的对话框里，追风少女打出了一行字："要不要出来吃夜宵？"

秦鸣愣了足足半分钟。他的大脑刚做完高强力的运动，脑细胞从未如此活跃过。他抬起头看了一眼网吧的窗户，外头夜色正浓，黑压压的夜空没有星光也没有云。他摸着键盘敲出一个表情，说道："好，在哪儿？"

追风少女发来的位置在竹子林，是一家新开的烧烤店。韩式装修风格，从点餐到烤肉全自助都有，营业时间从晚上十点到第二天早上五点，走的是深夜食堂的经营路线，开业才半年，却成为著名的网红打卡点。秦鸣到的时候已经将近凌晨两点了，店里生意却正是红火，大部分是情侣，还有些哥们儿朋友在聚会，正热热闹闹地相互推劝着喝酒。迎宾小哥热情地跟他打招呼，秦鸣摆摆手，示意自己的伙伴已经在里头等着了。

走进里屋，秦鸣四处打量了一番，右手边临窗的卡座上已经坐了一个人，圆圆的寸头配着圆圆的脸，卡其色的裤脚稍微挽了一截上去，露出深色的皮肤，面前堆着一摞菜肉的盘子，正兴致勃勃地将一片肥五花放在铁炉上炙。秦鸣走了过去，径直在那人对面坐下，炉火燃得正旺，焦黄色的火焰隔着桌板仍能让人感受到灼人的热气，秦鸣微微皱眉，身体向后靠了靠，方才开口："你就是追风少女吧，程律师？"

对面坐的正是程风，他见秦鸣就这么单刀直入地揭穿他的伪装，却一副没心没肺的模样咧开嘴笑了笑，又顺势将那片焦香的熟肉塞进了嘴里。"这名字怎么样？"他边嚼边问道。

"不怎么样，一点都不可爱。要不是那个形象软萌可爱，我都懒得搭理你。"秦鸣显然没有程风的好心情，言语里都带着火星。

程风直接忽略了前半句，将这句话当作是对他的赞扬，还颇有点传授心得的味道，说："那必须啊，那个形象是我花了六十六块钱买的，你知道吗，那对狐狸耳套居然要了我三十八，说真的，我平时自己玩游戏都舍不得上这么贵的皮，为了你我可是下了血本的。不过还是挺值得的，不然真不知道怎么才能约到你。"程风咂咂嘴，迎着秦鸣愤怒的目光，收敛了一下那副欠揍的表情，又扯了张纸巾，偷偷擦掉了残留在嘴角的油渍。

"你是怎么找到我的？"

"你怎么猜到是我的？"

两人同时开口。程风撇了撇嘴，示意秦鸣先问。

"你怎么知道我在玩这个游戏？"秦鸣皱了皱眉，问道。

"呃，我打你的手机关机了，微信也没人回，所以我就去看了你社交网络的记录，想找点线索来猜你在哪里，结果上面……什么都没有。所以，我就去问了你前女友黄倩，她告诉我你可能会在这个游戏上，还告诉了我你的名字，我一搜就出来了。"程风说话的时候，两只细细的眼睛微微眯起，像两只简笔画版的海鸥。

"你这么费劲找我是要干什么？"秦鸣问道。

程风伸出一根手指，很装范地在两人中间晃了晃，笑着说："你问一个问题，我回答。然后我问一个问题，你回答。这样才公平。好，现在轮到我的问题了，你是什么时候猜到追风少女就是我的？"

秦鸣的脸色不太好看，阴沉沉的很是不悦，他往上推了推眼镜，却很认真地回答了他的问题："一开始真没发现，就觉得这个人挺有意思的，跟我又算是同行，就多聊了几句。后来你用那些视频作业来……挑逗，不，骚扰我，我才开始觉得有些不对劲。一是作业的量太大了。我读的学校已经算是业内有名的'作业集中营'了，但也没有在一天之内布置这么繁重的作业。第二是那些手术视频里，各个科室的手术都有。让大五的学生来挑其中的错误，太难了，也不科学，我相信世上没有哪个老师会这样去教学生的。第三，我一发给你，你就问我要不要出来吃夜宵，可见你本人就在深圳，但深圳没有专门的医学院，只在深大有个医学部，本科实行五年制教学，大五的所有学生都在医院里实习呢，能连着两天都来上网打游戏的实习医生，我从来都没有见过。"

程风目瞪口呆，怔了半晌才啪啪啪地鼓掌，赞道："精彩精彩，你真是被手术刀耽误了的福尔摩斯啊。"

秦鸣的脸青了又黑，瓮声道："没工夫跟你鬼扯，说吧，费这么大周章找我出来干什么？"

程风又伸出手指，很欠扁地左右摇了摇："这个待会儿再说。第三个问题你应该问我是从哪里找到这么多手术视频的。"

秦鸣冷笑了一声："这算什么问题？是从网站上下的吧，或者是从国外什么大学的在线课程库里头倒腾出来的。现在这种资源很多，找起来一点也不难。"

程风的小眼睛睁圆了，像两粒黄豆一般在脸上骨碌碌地转了一圈，语气中就有些不高兴了："什么叫一点也不难？那是对你而言。对我这样一个外行来说，非常困难。为了调动你的兴趣，找这种难度适中的，我花了不少时间去看网友的点评呢，还亲自看了几眼那血淋淋的镜头，把自己给吓惨了。"程风一边说，一边往外做吐舌头的模样。

秦鸣见程风说话时那生动的形象，不自觉便笑出了声，咒骂了一句："活该。"也就是这么一句，让两人之间的气氛一下子松弛了下来。

程风拎起身边的啤酒瓶，大咧咧地给秦鸣倒了一杯，又将自己刚烤好的肉夹给他，热情地劝说道："来，走一个。"

秦鸣一路怒气冲冲地跑来，又说了半天的话，嗓子眼早就渴得快要冒烟了，现在低头看了看手里的杯子，冰凉凉的浅黄色液体熨在手心里，散发出诱人的味道，他扬起头，一口喝下去，浑身从内到外一下便舒服透了。再吃了一口新鲜的烤肉，秦鸣的火气也消去了大半，只不过，他瞧程风那副模样，还觉得有些不顺气，便重重地将杯子往桌上一放，冷道："其实你不说我也知道，你这么处心积虑地找我出来，就是为了让我娶刘曼丽吧。"

"别自作聪明了。"程风一面给秦鸣倒酒，一面笑着说，"我看起来有这么像媒婆吗？来逼你的婚？真把自己当抢手的香饽饽了啊？"

"那不然你还想要什么？"秦鸣疑惑地问，"难不成想打我一顿？"

"哟，还不错，还知道自己欠打呢。不过我也不是做打手的。"程风一边说着，一边又给自己嘴里塞了块肉，又招呼秦鸣自己动手烤肉吃菜。秦鸣犹豫了一会儿，方才用夹子小心地夹了两个香菇，放到滚烫的铁板上，哧的一声烫起一阵白烟。程风笑了笑，又添了几样菜进去，顺手将那两个香菇翻了个面，"事呢，应该这么说，为了你这破事，一帮子人在前头搞得是一塌糊涂，搞得我跟我师父，还有你们找来的那俩律师，四个靠说话吃饭的人，如今只能干瞪眼在旁边看着。案也结不了，账自然也没戏，你说憋屈不憋屈？"

秦鸣默不作声，又将烤盘上的几个菜逐一翻了个面。程风偷偷拿目光瞟他，像是在自说自话一般："所以呢，我就想找你出来问问，你自己是个什么想法。嗨，事先说明啊，为了约你出来，我可是连当年追学霸师姐的招数都用上了。你可得讲点良心，别再用你的沉默大法来搪塞我。"

秦鸣与程风年纪相仿，性格却大相径庭，一个软弱内敛，一个则是天生的自来熟。要是换作别的场合，秦鸣估计早就走人了，可现在，他被程风从昏天暗地的游戏世界里给拔出来，又立刻扔到这鲜活热腾的烧烤店里，满肚子的牢骚就像生生被人捅开了一个小口子，摁都摁不住地想往外冒。"我能有什么想法？我他妈还敢有什么想法？我上一个想法刚害了一条人命和一个女孩子的后半辈子。你们一个一个慌不迭地让我来负责任，我连工作都不敢要了，你说我怎么负责任？我又没子宫这种器官，要不然我割下来赔给她行不行？"秦鸣一口气喝了两杯酒，借着上涌的酒精一口气说道。

程风扑哧一声笑趴在桌子上，额头差一点儿就撞在了面前的铁炉上。他伸出手，隔着桌子拍了拍秦鸣的肩膀，却被对方嫌弃地躲开。"说真的，多跟你接触一阵，我发觉你这个人还挺有意思的。至少吧，对医学是真心喜欢，游戏打得也是真好。跟我之前对你的印象不太一样。"

秦鸣又喝了一口酒，摘下眼镜放在一旁，哼了一声："你以前什么印象？觉得我是一个不负责任的大渣男吧，人类中的垃圾，rubbish！"

见他这么痛骂自己，程风连忙阻止道："行了，别往死里骂自己了。不过你能这么骂自己，还算是良知未泯吧。当然也没啥用，我猜你还是不敢去面对这惨兮兮的现实。"

秦鸣听到这话，又沉默了下去。烤好的蔬菜也好，鲜肉也好，他都没了尝试的兴趣，只低着头一口接一口地喝着杯中的啤酒。

程风耸了耸眉毛，拎着酒杯，随意地撞了一下秦鸣的杯子，仿似漫不经心地笑道："好了，不往你伤口上戳刀子了，我来给你讲个我自己的故事。"程风想了想，用手指了指面前那琳琅满目的各式菜碟，数点道，"你看，青菜白菜小南瓜，海带莲藕黄秋葵，猪肉羊肉大海鲜，从天上飞的到地上跑的，从水里游的到土里长的，只要是能吃的，就没有我不喜欢吃的，简单来说我反正就是一个满分吃货呗。可就是我这么一个人，大一的时候天天让室友帮我带饭，你猜是为什么。"

"为什么？"秦鸣的兴趣被钓起来了，很配合地问道。

"因为惧怕食堂，哈哈，想不到吧？"程风嬉皮笑脸地说，"我家是农村的，唉，不是那种贫困山区啊，我老爹在我很小的时候就进城务工了，家里的经济条件还凑合。不过我从小是爷爷奶奶一手带大的，上高中了奶奶还每天准时把我的午饭给送到学校。所以，当我第一次走进大学食堂的时候，整个人都吓蒙了，尼玛那么多窗口那么多菜品，让我怎么选？我怎么知道要吃什么？崩溃了一次以后，我就不太敢去食堂了，找各种理由让室友帮我带饭回来，他带什么我就吃什么。我宁愿求人，宁愿多花一点钱，也不愿自己去食堂窗口选菜，爷爷奶奶照顾了我十几年，无微不至的关心直接毁掉了我对吃什么的决策能力，哈哈哈，你不敢想象吧？"

秦鸣配合地扯了扯嘴角，无聊地说："是不敢想象，这个故事实在是没劲透了。"

程风不以为意，又拿起酒杯跟秦鸣的酒杯撞了一下，笑道："嫌弃我？那你说一个你的故事，嗯，说说你第一次拿刀上手术台的故事吧，是不是吓得手发抖了？有没有尿裤子？"

秦鸣无比嫌弃地瞥了程风一眼，抿了半杯酒下去："你以为都是你呢？就算是第一次上手术台，之前教学视频、模拟手术也做了无数次了，有什么可怕的。"秦鸣又想了想，不怀好意地笑道，"不过你这么一问，我倒想起我刚入行的时候，参加的一次急诊手术。那天中午吧，我刚吃完饭，正在水池那儿刷碗呢，手术室打来电话说是有急诊，让我跟我老师下去。我一进屋，一个车祸伤者躺在手术台上，身边围着手术外科、脑外科、口腔科、骨科一大溜的医生，台上和台下全是血，麻药刚刚打进去，还没完全起效，病人被摁在台上，不是很大声却很清晰地在呻吟着。我走过去，先看了一眼，那人半张脸的皮都被掀开了，脸皮下黄色的脂肪、跳动的血管还有白色的牙龈结构全都露了出来，那半边脸却是完整的，用干净的棉花擦了擦脸，还能看到病人痛苦的表情。我老师一步上前，把内眦定位好，你知道内眦是什么吧？就是这个位置。"秦鸣在自己的脸上比画了一下，程风脸颊肌肉抽搐了一下，夹着一块牛腱肉的手缓缓地往下落。

秦鸣继续道："内眦固定好了，口腔科就开始缝，接着我老师从眼眶的位置也开始缝，缝了两针，他突然把持针器递给我，让我继续。我接过针的手都开始哆嗦了，头顶一片湿漉漉的凉意，缝了几针，针尖穿过皮肤的时候，我甚至害怕会刺到病人的眼球，勾线的时候，又害怕会勾到皮下血管，造成大出血。血腥味越来越重，我刚吃的午饭在胃里不断翻腾。我甚至想象了一下，要是我当场呕吐出来，把午饭呕在了病人本就惨不忍睹的脸上，会是怎样的场面。越想越害怕，手就越抖得厉害。这时候我打了一个嗝，饭菜腥臭的味道瞬间弥漫在了我整个口腔里。我就死死咬着嘴唇，生怕那股气味飘逸出来，影响了现场的气氛。可越这么咬着嘴唇，口腔里难受的感觉就越强烈。"

秦鸣说到这里，便停了下来。程风听得正来劲，连忙催促道："然后呢？然后怎么样了？你吐了？"

秦鸣看了他一眼，又喝了一口酒，淡淡地说："就这样，没有然后了。手术进行了五个多小时，很成功。我没吐，还因为这次表现得好，被科室口头表扬了一番。"

"哦，是赌上医者尊严的一战呀。"程风很中二地点评道，顺势将手里的筷子一扔，"不过呢，听完你这个故事，我当真是一点胃口也没有了。"

秦鸣若有似无地笑了笑，双手端端正正地握着酒杯，脑袋低垂着，沉思了一刻，又开口道："做医生是没有退路的，在你背后站着的只有死神。这个道理我从进入医学院大门的那天起就知道了。本科五年、硕士三年的学习，我没有一天敢懈怠，我最熟悉的就是消毒水的味道，闭着眼睛我都能画出人体的肌肉骨骼图，我……我准备了一辈子，要是以后再也不能做医生了，我不知道我还能去做什么。"秦鸣说到后头，声音已经明显带着颤抖，无力得像个孩子。

程风看着他，侧了侧头，问道："谁说你以后不能做医生了？"

"你们啊！"秦鸣抬起头，哑着声音说道，"你们，还有曼丽的妈妈都在说，要是我不娶曼丽，你们就去法院告我，告我非法用药、故意伤害造成重大医疗事故，要让我这辈子都做不成医生。"

"哈哈，所以你就吓得躲起来了？你究竟是在害怕什么，是更怕上法院，还是更害怕娶刘曼丽啊？"程风笑出了声来。

"我不知道。"秦鸣想了一刻，回答道，"黄倩你见过吧，优秀独立、家境优渥，她才是我理想中的妻子，曼丽并不是特别理想的结婚对象，但说实话，曼丽这样乖巧可人又很主动的女孩子，又有哪个男人会不喜欢呢？她跟我说她怀孕了的时候，我满脑子想的都是，怎么办，怎么办，我就要选她了吗？我这辈子就要这样定下来了吗？我妈会满意吗？我同学和朋友会不会笑话我娶了一个小护士？这想法挺渣的吧？我也这么看，但人性总归是趋利避害的，我确实就是这样想的。幸好曼丽自己也提出不想这么快要孩子，我就顺水推舟了。"

秦鸣还要再说，程风摆摆手，打断他："这些情节在案卷材料里反反复复弄过很多次，我都能背给你听了。这些都是过去的事了，现在所有人等的是你对未来的想法。其实你自己也知道，你不可能一辈子躲在游戏里不出来，但既然想出来，就挺直了腰杆，像个爷们儿，想负责就好好说娶了人家，实在不能也强硬一点回绝了她，别磨磨唧唧只会躲在老妈子后头，臊不臊？"

秦鸣张了张口，耷拉着脑袋，却没有半点声音出来。

程风叹了一口气，又继续道："谁都是第一次面临重大选择，谁之前也没闯过这么大的祸，你害怕、恐惧、不知所措都是正常的。但作为一个连食堂都怕过的人，我告诉你一句话：并不是只有一帆风顺的人生才叫作人生。你出生前老天爷没跟你签合同保证你这辈子都不遇到事吧？你还这么年轻，谈未来都还很远，凭什么认定自己的一辈子就栽在这件事上面了？能毁掉你的只有一件事，就是你这种不断逃避、不去面对的态度。"

程风说完，秦鸣更说不出话来，低着头，自己一口一口地闷着酒。程风也不逼他，也不再去撩他，可自己的胃口却是实实在在地被败光了。方才还你一言我一语的热闹场面又冷了下来，两人尬坐了一会儿，眼看着时间也不早了，程风便起身去付了钱，面对本儿还没吃回一半的自助餐，心疼得不得了。两人走到店门口，程风想了想，又捅捅秦鸣，说道："走了，天都快亮了，回家去解决问题还是回游戏里去继续醉生梦死，你自己决定吧。医者的责任这么大，你都扛得住，生活里这点事怎的就尿了呢？"

秦鸣抬了抬头，此时已接近黎明时分，晚春的风有种特别的气息，从街的那一端吹过来，摇得街道两旁树影婆娑。秦鸣将面上的眼镜取下来，用衣角仔细地擦了擦，又戴了回去，模糊的视线一下子变得清晰起来。但这种清晰也仅仅是一瞬而已，再下一秒，一夜未睡的倦意猛然袭来。年轻的医生什么都想不清楚了，叫了个车，直直往家里驶去。

秦鸣回到家的时候，天已经蒙蒙亮了。他衣服也没换，一头扎在床上，昏沉沉地睡了过去。睡了半晌，隔着房门听到秦总在门口换鞋准备出门的声音，秦鸣一个弹跳便从床上跳了下来，也不顾头发、胡子毛喳喳的，便跑了出去。"妈，你就要走了啊？几点啦？"秦鸣一边揉着眼睛，一边问道。

"八点多了，我一早有个会。你没事就再多睡一会儿吧。"秦总一边穿鞋，一边爱惜地看着儿子。

"妈，我想跟你聊聊，刘曼丽的事。"秦鸣眨了眨眼，算是彻底醒了过来。

秦总的嘴角微微抽搐了一下，朝着门口走的动作没有一点停留的意思："这事你别管，妈会帮你搞定的。你再回去多睡一会儿吧，瞧你那满眼的红血丝。"

秦鸣见秦总完全没有理会他的意思，便有些着急，踩着一双拖鞋便追了出来，跟着进了电梯："妈，我怎么能不管嘛，这整件事都是我闯的祸。我都这么大了，你别再把我当孩子了。"

秦总笑了笑，伸出手摩挲了几下秦鸣的胳膊，道："小鸣已经长大了，我知道，没把你当孩子。只是你还年轻，哪里知道人心险恶。这个社会上，不是所有人都像我们家一样，住着好房子，开着好车，一年能出国旅游好几趟。那些从社会底层爬出来的人，天生就带着吸血虫的属性，只要被他们抓住一丁点儿的苗头，你整个人就完蛋了，想甩都甩不掉。行了，听妈妈的话，我会帮你搞定的，你就回去好好休息吧。"

说话间，电梯已经到了地下车库。秦总的司机将车停在电梯出口的位置，见秦鸣追着秦总出来，愣了半秒，迅速打开了后座的车门。秦鸣追上车，挤坐在秦总旁边，满身的酒气熏得秦总捂上了鼻子。"你怎么喝了这么多酒？"秦总责备道。

"也没有很多，就一点儿啤酒，跟一个……网友聊了会儿，我自己也想清楚了。解铃还须系铃人，这事除了我，你再想帮忙也是困难。"秦鸣一边给自己系上安全带，一边说道，"你看你跟刘曼丽的妈妈斗了这么久，杀敌一千，也自损八百了吧？没用的。"

被儿子这么一说，秦总就很不高兴了："你这什么意思？我要不是顾忌你，那么个女人我还能收拾不了？"

"你怎么收拾人家呀？收拾完了她们，就该轮到她们来拾掇我了。别折腾这些了，你现在整个人都沉浸在这种与人争斗的气氛里，核心目标是什么都忘记了。"秦鸣撇撇嘴抱怨道。

"哟，那你说核心目标是什么。"秦总白了白眼。

秦鸣想了一刻，发觉自己嘴比脑子快，一个没注意就嘴瓢了，便不好意思地笑了笑："其实，我们也没什么核心目标，她们才有。她们的核心目标是嫁女儿。"

秦总哼了一声，没好气道："哼，想得美。"

秦鸣也笑了笑，道："其实也没什么不可以的。"

听儿子这么说，秦总的脸立刻拉了下来，一双长长的凤眼高高地吊起，声音也高了八度，锐声问道："你说什么？你真想跟那个什么曼丽结婚？"

秦鸣见母亲反应这么大，心也跟着颤了颤，声音便低了一分："你先别着急，听我慢慢说啊。"

"没什么可说的，姓毛的她女儿想进我们家门就是不可能。一个连孩子都生不出的破烂货，我们秦家会要？你是想让别人在背后看我们的笑话啊。"秦总不由分说地吼道。

"妈，你说话怎么这么难听？"秦鸣见母亲用词粗鄙，狰狞的表情跟身上那一套浅黄色的香家小套装形成了鲜明的对比，忍不住出声阻止。

"这就叫难听了啊？你信不信，只要你娶了她，更难听一万倍的话你都能听到。反正不行，我儿子这么优秀，不能做收破烂的。大不了就是多赔些钱，我愿意给。"秦总强横地拒绝道。

"你愿意给，人家也不愿意收啊。不然能僵持这么久吗？"

"那就僵持着，看谁拖得过谁。说起来，这能怪你吗？别人吃药流产怎么没事，就她要死要活的呢？儿子你也别怕，这事我跟律师讨论过好几次了，就算真上法院，咱们也不一定会输彻底的。"

"是，但真上了法院，我这辈子也就别想再干医生了。你知道我从小到大的理想只有一个，就是行医。"秦鸣耐着性子说道，"妈，你先好好听我说，别去想旁人怎么看，娶刘曼丽这事，其实咱们并不吃亏。从近的来看，我跟她一结婚，官司没了，赔偿也不需要了，这天一样大的事就能凭空消失。可能是会有些人在背后嚼舌根，但你如果从更大的方向上来看呢，我跟她一起做的吃药决定，产生的后果我们一起承担。之前黄倩到处骂我是渣男，我周围的朋友都知道了，都不想理我了。我娶了不能生育的她，是不是显得我特别负责任？这么一来，我的形象和名声不都回来了吗？"

"哼，你的名声是回来了，那又怎样？那又值几个钱？她可是个连大学都没上过的女人，咱们家娶她，这不是自降门楣吗？"秦总黑着一张脸说道。

"妈，你的账不该这样算。刘曼丽是没上过大学，但是她也有她的优势啊，一是人长得挺漂亮的，二是很勤劳很能干。我跟她结了婚，她知道自己不能生育，那就只能花大力气来展示自己的贤惠，顾好家里，孝顺婆婆。你就这么想吧，咱们家现在请了两个家政阿姨，一个做饭一个做家务，每个月上万块钱的工资花出去了，你还整天都不满意，曼丽要是进了门，这两个阿姨都可以辞退了。她也别干护士了，你就在你公司给她安排个打杂的活儿，两头做事，每个月就给个零花钱，这多划算啊。"

秦总仔细一想，也确实是这个道理，脸上的表情微微有些松动。秦鸣见状，便再接再厉地说道："我知道你也担心他们家是冲着我们的家产来的，但现在《婚姻法》早就改了，婚前财产永远是个人财产，咱家的房子车子都是在结婚前买的，一辈子也落不到她头上去。公司的股权，我占的那一部分，做好婚前财产公证，也是一样。至于你的财产，以后要送给我的话，指定赠予不就完了，跟刘曼丽也没有半毛钱的关系。她能提出分走的无非就是婚后我的工资收入，你也知道，医院的待遇就那么回事，一个月就那么万儿八千的，她又占得了多少便宜？再加上我们省下的赔偿款，细细算起来，还是我们划算很多啊。"

听秦鸣说得头头是道，秦总的脸色也缓和了不少，她将儿子的手握在手心里，另一只手摸了摸儿子的胳膊，叹道："唉，这钱财都是身外物，即便施舍给她们一点，妈都想得通。就是……就是这个生育的问题，难道你一辈子都不打算要孩子了？真跟这个女人这么干巴巴地守一辈子？"

"妈，"秦鸣别扭地将自己的胳膊从母亲的手里抽出来，有些不耐烦地将眼镜往鼻梁上方推了推，说道，"你怎么还没明白我的意思呢？咱们只要守得住财产，这婚姻的主动权就会一直在我们的手里。刘曼丽是个不能生的女人，家境又不行，这就是她天生的弱势，以后我想干什么，她还管得了我吗？她要是一直很听话，让你也觉得满意，那我可以想办法花钱找人做代孕啊，二三十万的事，咱家又不是出不起。要是你还是一直瞧不上她，那过两三年，离了就是。那个时候，她总不能再去告我现在这摊子破事吧？就算她家真想要告，也得有人管不是？追诉时效都过了吧。"秦鸣想了想，又补充道，"这种婚姻对我来说并不折损什么，短婚无生育，当年又是有情有义娶的老婆，后来实在过不下去了嘛。你想想，就算去相亲，还不是随便挑？"

秦鸣说话的时候一脸坦然，两道不浓不淡的眉毛伏在那张秀气的脸庞上，动也没动一下，想必心绪也如是平静。秦总微微沉吟，有些不放心地说："这离婚也不容易，怕那个时候不是你想离就离得了的。"

秦鸣又把眼镜往上推了推，沉稳地说："妈，这年头，只要真心想离，我就没见过离不成的婚。爸当年提离婚的时候，你态度够坚决了吧，抱着我都上天台了。结果怎样？还不是照样分了手。"

"臭小子，提你爸干吗。"秦总呵斥道。不过，被这么一说，秦总的心情倒有些复杂了，她扭过头看了看儿子，白皙的皮肤，高高的鼻梁，五官轮廓跟自己有七八分的相似，在过去二十多年独自养育的过程中，她甚至忘记了儿子还有一个父亲。只是现在仔细端详，儿子那对犹如两把小扇子似的眼睛真是像绝了他爸爸，微笑的时候迷死人，绝情的时候冷死人。看来渣男这种属性也是会被写进DNA里，遗传给下一代的。秦总叹了一口气，合上双眼，有气无力地说："行吧，既然你都考虑周全了，那就算那个刘曼丽有造化，结就结吧。"

秦鸣费了老半天的力气，终于哄得老妈松了口，立刻换了一副态度，抱起秦总的胳膊，撒娇似的摇了摇，道："妈，你真好。不过呢，你也别这么一副不满意的态度。咱们还是高高兴兴地当喜事来办。你也让人给准备点金子首饰什么的，曼丽现在还在医院住院部里待着，以前的同事都看着呢，咱们过几天去提亲，你可得表现得真诚点。"

秦总掏出一个粉盒，用粉扑沾了点粉往脸上扑了扑，没好气地说："这我可保证不了，让我亲亲热热地跟姓毛的那女人说话，太难了。"

"妈，你就想着我结婚能省多少事、省多少钱吧，上百万的赔偿你都舍得掏了，这就当作是哄客户，对你来说不是小菜一碟？"秦鸣哼哼唧唧地磨道。

秦总耐不过，考虑到钞票问题，也不算特别为难地点了点头。两人又讨论了一下筹办婚礼的细节，终于让秦总的脸色看起来好了一些。

车子终于开到了秦总的公司，在厂区门口转了一圈，稳稳地停在了行政楼的门前。司机先一步下车，帮秦总拉开了车门，秦总刚要起身下车，却又有一丝犹豫，坐了回去，目光炯炯地盯着秦鸣，疑惑地问道："我看你之前一直抗拒去处理这个事情，怎么今天倒像回过神来，把整个事情里里外外都琢磨清楚了？"

秦鸣突然被这么一问，自己也有些蒙，想了一会儿，冲着秦总笑了笑："妈，我又不是傻子，这些事情只要冷静下来分析一遍，肯定都是这么个结果。只不过呢，之前你太心疼我了，我自己又有些害怕，里子和面子、金钱和爱情什么都想要。今天我算是想明白了，利益最大化才是做选择的正确思路，这不就来跟你商量了吗。"

秦总愣了一秒，伸手拍了一下他的脑袋，骂道："你这是来跟我商量的吗？你这明明是做好了决定，然后过来说服我的。"

刘曼丽在病床上已经躺了五十多天，好在年轻，她的身体恢复得很好。早在上个月，她就已经可以下床自由行走了。只不过毛阿姨整日吵嚷着要去起诉，扬言要状告他们出医疗事故导致重大人身伤害，院领导心里发虚，怕落人药物管理不善的口实，便亲自到病房探视了几次，还特别嘱咐管床大夫，无论如何，不能着急把人放出去，伤口好了也得踏踏实实坐个月子，养养身子。大笔一挥，特批了一个单人间，一天三餐三点、用药查房，费用医院给全包了，刘曼丽便权当是在月子中心住下了。

这天上午，毛阿姨刚收拾了房间，唐盈盈跟程风便到了。四月的深圳，外头春光如画，天气已然有了夏日湿热的感觉。毛阿姨穿着一件印花的衬衫，新染的头发用一根带水钻的皮筋束成一条马尾，在脑袋后头左右摇晃。程风见了，便亲热地招呼道："阿姨，果然是人逢喜事精神爽啊，看您今天的打扮，我应该喊姐姐了。"

毛阿姨听他这么一说，脸上的皱纹更堆成了花朵的模样，手忙脚乱地给他们搬椅子又找水果。昨天，消失了很久的秦鸣突然给刘曼丽打来电话，提了结婚的事，还说今天会带着母亲一起过来求婚，让曼丽好好准备准备。毛阿姨喜极而泣，昨天下午便跑去新做了个头发，又在商场逛了大半天，花八百块钱给自己买了一件衣服，还给曼丽买了一对小小的黄金耳钉。回来前，又在街边卖鲜花的摊子上买了一束含苞欲放的百合，插在花瓶里，今天一早，几个花苞同时绽放，清淡的花香驱散了病房里沉沉的气息，整间屋子都随之亮堂起来了。

今天是个重要的日子，甚至从某种意义上来说，今天是一个"庆祝胜利"的日子。但屋里的几个人，每个人的喜悦都是浮在脸上，心里头仍然搁着事，被压得紧紧的。只有刘贵中是简单的兴奋，妹妹能嫁进秦家虽然不是自己最想要的结果，但也等于日后养了一只能下金蛋的母鸡，好日子在前头呢，这么一想，也就高兴地接受了。他穿了一套比自己身形大一号的西装，一会儿低头对着手机傻乐，一会儿又捅捅母亲，咧嘴笑着说：“妈，待会儿彩礼钱一定得咬死了，低于三十万就别答应。”

即便是得偿所愿的毛阿姨，也有些不知道手脚该如何放置的感觉，一会儿拿着梳子要帮刘曼丽梳头发，一会儿又要找水果刀给客人切苹果，陀螺一样在房间里来来回回地走了七八个圈，却什么都没干成。“阿姨，您别忙了，咱们喝水就行。一会儿秦鸣他们也要过来了，您先歇会儿吧。”程风自己拿了一次性的杯子，给唐盈盈倒了一杯水，又倒了一杯给自己。

与母亲、兄弟的高兴不太一样，刘曼丽显得异常的平静，身上穿着浅粉色的病号服，外头套了一件同色系的oversize开衫，整个人便越发娇小了。她在床头支了一面小镜子，窗外的阳光隔着纱窗洒在她侧边的轮廓上，将年轻女孩独有的鬓边绒发染成金黄的颜色，只剩下半截的眉笔在她手里一上一下，细细勾出眉毛的方向。刘曼丽的眉眼长得极好，低低的眉骨，一对圆溜溜的眼睛，双眼皮的褶宽也是恰到好处，柔和的下颌线，配上秀气上翘的鼻子，远看便是八分以上的小美人，唯独嘴巴的形状长得像毛阿姨，嘴角有些向下撇，在不做任何表情的时候，就有几分苦命的相貌。

“今天看着气色比前几天又好了很多。”唐盈盈在她旁边坐下，目光落在她仍有些苍白的面上，端详了一阵。

刘曼丽笑了笑，缓缓道：“整天跟养猪似的吃喝，恢复得自然快。”

毛阿姨在一旁听了女儿这样说，赶紧接话道：“小月子可比大月子还要紧，这段时间就该什么都不管地养身体，哪有人像你，还整天对着电脑看东西，关了电脑又拿起手机，我看你这眼睛是不想要了的。”

妈妈的埋怨里总是藏着三分的责备和七分的心疼，刘曼丽冲着唐盈盈做了个鬼脸，撒娇似的闹道：“妈，我话还没说完呢，我的意思是，我整天跟猪一样躺在这儿，都亏了唐律师和程律师在外面出力，奔波辛苦。你看你，把我后半截话都堵回去了。”

毛阿姨愣了愣，连忙笑道：“那是那是，我们曼丽能有今天，全靠两位大律师的帮忙。待会儿秦家过来，把婚事敲定了，我也得把费用给你们结一结。有什么餐费、打车费什么的，也都给我，这些钱不能让你们自己掏腰包。还有就是，"毛阿姨想了想，脸上喜悦的神色更浓了，"等到大日子的时候，你们一定要早点过来喝酒，我还得准备两封大红包。"

话音刚落，便听见门外传来一阵脚步声，间或夹杂着人们笑谈的声音，毛阿姨只好止了话题，探头去看。象牙白的房门被一下子拉开，手快嘴快的护士长和三两个小护士走在最前头，如喜鹊报喜似的唱道："曼丽，院长来看你了，还有秦鸣也来了。"

唐盈盈抬眼看去，一个身穿白大褂的精瘦老头与一身西装革履的秦鸣并排走在她们后头。秦总落了半步在后面，显然也是精心打扮过的，一身大红色的西装套裙，耀眼得跟一团火焰似的，头发在头顶高高地盘起，手上套了一个拇指粗的黄金镯子，与无名指上那枚硕大的红宝石戒指相映生辉，富贵得耀眼。她惯来冷峻的脸上如今含着一缕奇怪的笑容，像是花了大力气才调动脸部肌肉硬生生挤出来的，一边往前走，一边还不忘低头与身旁的张律师商量着什么。张律师的徒弟高律师则昂着头，油腻的头发仍别扭地撇向一侧，露出明显后移了的发际线。还有些跟着来看热闹的医生护士，三五成群地吵嚷着，占据了病房外大半个走廊。

见众人进来，毛阿姨急忙站起身来，双手扯平了上衣的下摆，又略为局促地握在一起，在身体前形成一个大大的V字。院长进来，先与毛阿姨寒暄了两句，又询问了曼丽几句吃住是否习惯的闲话，态度温柔亲切，伸手摁住了想要起身的刘曼丽，满脸慈爱地笑道："你坐着就行，我今天代表院里来看看你。瞧这样子，确实康复得不错，但身体的事是头等大事，一定要彻底养好了再说，别的什么事都不打紧。"话说完，又扭过头，问了问管床大夫相关情况，在得知刘曼丽恢复进展一切顺利之后，院长又点点头，认真地对护士长嘱咐道，"小刘这次可是遭罪了啊，按照规定，院里应该可以多批一些假期吧。等恢复上班了，也尽量别排那么多夜班给她，自己人得多照顾照顾。"

护士长掩着嘴，玩笑道："院长，瞧您这心操的，像是谁不知道您体恤下属似的。咱们小刘这次大难不死，必有后福的。以后呀，自然会有秦医生好好心疼她。"

院长像是才想起来一般，自责地笑道："你们瞧瞧我，树老根多，我这是人老话多，今天的主角明明就是小秦医生，我杵在这儿吧啦吧啦地说个什么劲。"这么一说，在场众人便很配合地起哄，几个年轻人推一下扯一下将英姿勃发的秦鸣往前拱。

秦鸣今天打扮得非常正式，修身的西装，皮鞋擦得贼亮，右胸的口袋上整整齐齐地别了一角大红色的丝帕。他捧着修剪整齐的一大束玫瑰，走到刘曼丽跟前，又伸手理了理衬衣的衣领。两人正式确立关系的时间并不长，彼此似乎刚刚才熟悉对方的气息便立刻出了事。此后，秦鸣又一直躲着不见人。如今在这个场合相见，便是求婚的大事，秦鸣此前虽然什么都想清楚了，可当真面对面看着这个人，无论是情感上还是心理上，都还有些许的别扭。刘曼丽也没抬头看他，坐在床沿，没穿袜子的脚上半挂着一双拖鞋，一前一后地轻轻晃了晃。见到她这番模样，秦鸣更紧张了，一张净白的脸便涨得通红，想好的话在肚子里翻腾了几下，却什么也说不出来。

见两个主角停在那儿没动作，等着看热闹的人们便有些耐不住，在一旁挤眉弄眼地交换着复杂的眼神。护士长见状，笑着拍了拍秦鸣的肩膀，圆场道："这人生大事啊，跟上手术台还不一样，看我们向来冷静的秦医生现在都高兴傻了。快跪下啊，求婚什么流程，自己没经历过也在电视里看过吧，哪有你这般直挺挺地站着的。"

被这么一提点，秦鸣有些不好意思地笑了笑，伸手在后脑勺上搔了两下，又顺势提了一下裤脚，噌地一下单膝落地，稳稳跪在了刘曼丽跟前。这一下，在场所有人像是松了一口气，原本空气里弥漫着的几分尴尬也一下子散尽了。秦总扑着厚厚粉底的脸皮下的神经不自觉地跳了几下，接着便听见自己儿子那好听的声音像朗诵诗歌一般深情颂道："有人说，感情就是一条取经路，九九八十一难之后，才能圆满回归。我们在一起的时间不算长，但我们一起经历了许多磨难，我认为那些都是上天赐予我们的考验。剩下的人生路，我们还要一起走。刘曼丽，嫁给我好吗？"话音刚落，他又从一个红色的小丝绒盒子里摸出一枚戒指，颇具仪式感地托在了刘曼丽的眼前，目光灼灼等待她的回应。

房间里安静得连呼吸声都听不见了，所有人屏住气，看着刘曼丽。刘曼丽却也不着急，不回应也不让秦鸣起来，一双眼睛只直直地盯在秦鸣的脸上，像是想用目光在他身上剜出两个洞来。

晚春的气温本就很高，这么多人挤在一个房间里，不一会儿，秦鸣的额头上便开始冒出细细的汗珠。院长见气氛一下又不太对劲，便连连给护士长使眼色，护士长犹豫了片刻，刚要开口，却见刘曼丽伸出了手，纤细的胳膊越过一大捧鲜花，用两只手指捏起了那枚戒指，对着阳光察看了一下。

"这是真的钻戒吗？"刘曼丽满脸天真的笑意，带着一抹小女孩的娇气，用细细的嗓音问道。

"当然，主钻是1.2克拉的天然钻石，我自己去珠宝行选的，三万八，数字吉利，意头也好。"秦鸣满脸都是温吞吞的笑意，目光迅速在刘曼丽脸上一扫，温和地说，"你喜欢吗？"

"喜欢，很漂亮。"刘曼丽干脆地说道，目光轻柔柔地向四周扫视了一圈，方才又缓缓开口，每个字都讲得清晰，"但我不喜欢你，更不喜欢你用结婚来道歉的方式。"

刘曼丽的话虽说得轻，却如一粒干冰掉进了水里，冻住了在场众人的面部表情。大伙儿惊讶无比，既想赶紧交头接耳议论一番这是什么情况，又同时害怕因此错过接下来的剧情。从院长到护士长，所有准备来贺喜的人如今都被迫变成了一场荒诞剧的观众，他们强行按捺住自己拼命想后退的双腿，直直地站在原地，屏住呼吸，努力想将自己的身体湮没到四周米色的墙壁中去。

"什么？你什么意思？"秦鸣满脸的诧异，猛地站起身来，一抹恨恨的目光迅速地投向了毛阿姨，"结婚也是你们提的要求，现在我们同意了，你又不喜欢？"

毛阿姨对这突如其来的变故也大吃了一惊，她拉了拉刘曼丽的胳膊，急切地问道："曼丽，你在干什么？小秦挺好的，你别发蒙啊。"

刘贵中倒是一脸的惊喜，口没遮拦地说："现在想明白了也好，还是要钱划算。我们……"话才说了半截，就被毛阿姨一巴掌拍了回去。

见毛阿姨这么说，秦鸣心里度量了一下，便稳住神色，弯下腰牵起刘曼丽的手，柔声说道："小丽，咱别闹了，大伙儿都在看着呢。你是不是在生我的气，觉得我之前一直没在你身边陪你？我也是怕你看到我生气，再有，我的腰弄伤了，在床上休息了大半个月呢。别不高兴了，以后我天天陪你好不好？"

刘曼丽脆生生地一笑，歪着脑袋好奇地问："你是真的喜欢我，才要跟我结婚的吗？"

秦鸣的心虚了虚，哄孩子一般，笑道："你这话说得太孩子气了。我方才不是说了吗，结婚是我守护你的方式，也是我们存续感情永恒的方式。"

"那如果我说无论你娶不娶我，我都放弃起诉，你还会说这话吗？"刘曼丽仍然一脸纯真的模样。

"你什么意思？"秦鸣疑惑地问道，手不由得松了松，刘曼丽的胳膊顺势滑落下来大半。

"曼丽，你在说什么？"毛阿姨又急又恼，在旁边忍不住插嘴。

"妈，这是我的事，你让我自己做主吧。"刘曼丽将自己的胳膊从秦鸣的手里抽出来，又站起身来走了两步，走到秦总跟前，抬眼看了看她身旁的张、高两位律师，又转过身，脸上的笑意透着一股冰川般的寒凉。她幽幽地说，"求婚就是求婚，找些亲友来做见证也是常有的事，可这带着律师来求婚的，即便是在电视上我也没见过。你们这是打算只要我点了头，马上就签订协议，让我以后不再提那事了吧。"

被她当众说破心事，秦鸣脸上立刻挂不住了，流出复杂的神色。秦总却反应很快，憋了许久的火气喷涌而出，立刻不甘示弱地回击道："刘曼丽，你这样说话可就没有意思了，我们爱带谁来就带谁来，你后头不也站着两个律师吗。玩诛心呀？再怎么说，我家小鸣现在已经当众给你求过婚了，诚意大伙儿也都看见了，你拿出这番模样来是要作死吗？"说到这里，她看了一眼毛阿姨，咽了咽口水，扬着声调道，"说到底，这桩婚事是谁高攀了谁，大伙儿心里都有数。"

"妈！"秦鸣皱了皱眉头，制止了母亲火上浇油的言语。他此时也有些吃不准对方的心思，上下打量了一番刘曼丽，她仍是从前那个身材娇小的姑娘，由于大病的缘故，身体比从前看起来还要小一号，脸上化了点淡妆，脸颊瘦得有些向内凹陷，更显得一双大眼睛楚楚可怜。"小丽，你是真不愿嫁给我？"秦鸣面上浮出一缕伤心的神色，话音却带着一丝上扬的尾巴。

"不愿意。"刘曼丽说得斩钉截铁，下一秒眼眶中则泛起了盈盈的泪光，她的声音沙沙的，像春雨落在树叶上的声响，她指了指自己身旁的那张病床，"秦鸣，我在这张床上躺了整整三十五天，开头几天，在麻药药效退去之后，身上的伤口疼痛不已，我每天都希望你能出现在这个房间里，能够在我身边，像一个正常的男朋友一样关心我的身体，许诺我未来的生活。可我每天醒过来，眼睛能看到的只有头顶上这块苍白的天花板。你知道那些日子我是怎么过来的吗？我是每天数着分钟过来的。一分一秒，我每天都只盼着早点天黑，能早点睡觉，闭上眼，就能躲开这一切。渐渐地，我开始没有那么多的期待，我不再祈求你对未来的承诺，但是我仍然希望你可以出现在这个房间里，站在这张床旁边，帮我挡一挡来来往往同情的眼神，让我不至于像个笑话一样被人指指点点。可是你也没有。"刘曼丽说到此处，仰着头用力吸了吸鼻子，忍住了欲坠的眼泪。风从未关严实的窗户吹进来，将她几缕半长的头发从后面吹到了脸上，勾勒出一副凌乱的模样。

秦鸣的神色微微一震，眼底浮起一丝内疚之色，却被面上的不自在掩盖住："小丽，过去的事情我们不要再说了好吗？算是我之前做得不够好，我会用以后的时间来弥补的。"

"这样的许诺，是我曾经渴望的，却不是我未来需要的。"刘曼丽看了唐盈盈一眼，得到了鼓励式的回望。她深吸了一口气，缓缓举起胳膊，将那枚1.2克拉的钻戒递到秦鸣面前，脸上的笑容如天空中飘过的流云一般："把这个拿回去吧。如果是两个月前，你向我求婚，我会欣喜若狂地答应，会真的相信自己要嫁给爱情了。可是今天你才过来，想必是算遍所有的利弊得失之后的结果，这样的婚姻，我不要。"

秦鸣是万万没想到，刘曼丽竟然会拒绝他的求婚。在他的印象里，两人间的关系，自己才是百分百掌握主动权的那一个。可如今，分明是刘曼丽的身价大跌了，怎么她倒变得这般强硬果决起来？这般想着，秦鸣的手便久久地虚悬在半空中，不知道是接还是不接那枚被退回来的戒指。

"你疯了！"毛阿姨吼了出来，似乎立刻就要扑上去，却被程风一个箭步挡在了前头。秦总见状，便在身后捅了捅秦鸣。秦鸣顺势将戒指放回盒子里，又虚咳了一声，掩饰掉自己脸上满满的尴尬，目光微微一转，像是想再做进一步的确认："小丽，你当真想清楚了？你这样会什么都没有的。就算你质疑我的感情，也不该怀疑我想做补偿的心意。"

"补偿？"刘曼丽轻轻一笑，"好，那我们就来说说补偿问题。我算数不好，唐律师帮我仔细算了算，她来跟你说吧。"

唐盈盈见提到了自己，便取出两份早已准备好的文件，一面交到满脸疑惑的秦总和张律师的手里，一面解释道："这个我们准备作为谅解协议的附表，主要涉及的赔偿款项分为三部分，第一部分是身体休养费。终止妊娠手术费用目前已经结清，但手术对我当事人的身体健康造成了极其严重的损害，她需要进行休养调整，我们设定这个时间为六个月。在此期间产生的营养费按照每个月五千块钱计算，一共是三万元，需要你方支付。"

这笔钱不多，秦总很快点了头，慈眉善目地表示："这是应该的。身体是革命的本钱，把身体休养好了，以后什么都会有。"

唐盈盈也笑了笑，继续说："第二笔是由本次纷争产生的我方律师费，也要求由你方支付。我们所的收费相信不会高于张律师，后面附有所有费用的详表，你们可以看一下，是市场的公道价。"

秦总抿了抿嘴，倨傲地说："钱是不多，但你们是他们请来的律师，让我们来买单，这有些说不过去吧。"

"寻常理解上是会觉得奇怪，但法理上却也是讲得通的。您可以问问你方的张律师。"唐盈盈笑着说。

张律师思索了一刻，对秦总解释道："是这样的，最高法对审理人身损害赔偿专门有一条司法解释，支持受害方获得除损害价值外的合理费用，这部分合理费用被认为包括了律师费。这是在制定法律时对弱者的一种保护性倾向，也是鼓励公民在遭受侵害损失时，能够勇于使用法律武器主张赔偿。"张律师瞄了一眼那列数字，想了想，低声道，"他们的潜台词是，这笔钱如果您不答应，那么就去走诉讼，反正法院大概率也会判由我方支付的。"

"妈。"秦鸣一听到"诉讼"两个字，立刻叫了出来。

秦总看了儿子一眼，小声地"哼"了一下，挥挥手道："行，没什么大不了的。我给得起。"

唐盈盈见进展顺利，便继续往下说："第三笔费用的具体数字我们现在还没有办法给你，概括来说，必须囊括刘曼丽在澳大利亚读完护理学学位的所有学费以及前两年的生活费。"

"澳大利亚？读书？"秦鸣讶异道，也替在场众人问出了他们心底的疑问，"读什么书？"

唐盈盈看了看刘曼丽，鼓励道："曼丽，拿给大家看看吧。"

刘曼丽转过身，穿着拖鞋的双脚在地上旋出两个轻盈的弯，她弯下腰，从床头柜的抽屉里拿出一个淡黄色的文件袋，里面有两张薄薄的打印纸。她带着怯意，以及无限的憧憬，轻轻地说："我申请了澳大利亚大学护理学专业，这是前两天刚收到的录取通知书。当然这是预录取，我还要过语言关，还要考雅思，不过都没关系，我要去读书了。"

"读书？"毛阿姨一把将通知书抓在手里，上面全是英文，她也看不懂。

刘贵中则一个大跨步站到刘曼丽跟前，恼怒不堪地猛推了刘曼丽一把，喝道："读什么书？谁允许你去读书了，家里哪有钱让你去读书？"

程风急忙将刘贵中撞开，高声道："你小心一点，别动手啊。你妹妹现在还在养护期，经不起你推推搡搡的，万一出点问题，秦家的营养费可就拿不到了，鸡飞蛋打的，你一毛钱好处都别想捞到。"

刘贵中看了看眼前人高马大的程风，咽了咽口水，道："呸，那么点鸡毛钱，打发叫花子呢。"

程风双手抱胸，冷冷笑了笑："眼睛盯着妹妹这点赔偿金的，可不就是个叫花子吗。"

刘贵中再傻，也知道在众人面前吵这种事情自己是理亏的，便收了声，悻悻地缩去了一旁。刘曼丽借着唐盈盈胳膊的力量，缓缓站起来："我学历低，可我从小就羡慕会读书，能出国去学习的人。就像你这样的，秦鸣，我是真的很羡慕你有那么优秀的留学经历，专业能力是同辈中的佼佼者，知道许多我们不知道的知识，见过许多我们没有见过的世面。这些东西就像光芒一样长在你的身上，吸引我，让我想靠近这么优秀的你。可是，靠近了又怎样呢？就跟扑火的蛾子一样，把自己烧成了碎末。你们都把我未来的人生看成黑夜，可我偏要憋着一口气，自己从碎末里站起来。"刘曼丽一边说，手指一边在病床的护栏上轻轻地摩挲，"我第一天从这张床上走下来的时候，妈妈和护士长两个人一起扶着我，我浑身都在痛，每一次呼吸都会牵扯到伤口，两条腿抖得不行，我只想放弃，再躺回病床上去。但是我不敢，我也知道，妈妈和护士长不可能一辈子都扶着我下床，扶着我走路，我总有一天得靠自己的力量站起来，我还要告诉所有人，除了生孩子，我还有许多许多值得别人去珍惜的优点。唐律师说得没错，你身上的光，是你花了好多年的时间一点一点培养出来的，我也相信，总有一天，我身上也会生长出一样耀眼的光芒。当它们长出来的时候，这场噩梦就会醒了。"

刘曼丽说到最后，每个字都咬得特别艰难，她强逼着自己忍住大声哭泣的冲动，这股强忍的劲回逼得她半湿的脸庞不停地颤抖。阳光斜斜地落在她脸上，湿漉漉的睫毛在金色的光辉下扑闪扑闪，像极了一只刚刚破茧的蝴蝶，正轻轻抖擞着张开自己尚显稚嫩的翅膀。"所以，如果你是真想补偿，我只要这一笔能支持我去留学的费用。"

听了这话，在场众人都陷入了一场久久的震撼和难以言传的沉默情绪之中。与刘曼丽共事的几个年轻小姑娘心情最为复杂，她们今天过来，说是见证曼丽的好福气，可这好福气里多半还掺杂着一些心态的失衡，在私底下议论时，嘴坏的人还时不时酸上一句："丢了个子宫，赚了秦医生这样优秀的好归宿，曼丽这笔买卖可以哦。""现在是可以哦，谁知道以后呢？"但现在，她们见到的偏偏是这样一幕，所有的负面情绪一刻之内便全然不见了，眼神里竟全是对刘曼丽的钦佩与敬服。

毛阿姨在旁边站着，一张刚才还喜色满满的脸，如今却变得青白青白的，一着急，她的嗓音也高了八度，尖叫道："曼丽，嫁人比读书重要，读书出来你还是要工作赚钱，还是要找婆家的，你辜负了我的一番心血不要紧，但是现在错过了秦鸣这样的人家，你以后是要后悔的。"

许久的沉默让刘曼丽心底的信心有了一丝动摇，她无力地看了一眼唐盈盈，对方坚定的表情给了她巨大的力量。刘曼丽的双唇像是过了电流一般颤抖着，鼓了鼓勇气，道："妈，大的道理我说不过你，人生经验我也没有，只有一件事，现在我跟秦鸣两个人就在你面前，你看他，你再看看我，你当真宁愿相信他会给我后半辈子的幸福，而不是我自己？"

毛阿姨被女儿这么一问，睁大眼睛盯着自己的女儿看了看，女儿的一张脸又瘦又小，皮肤里透着不健康的灰黄色，涂了一点红色唇膏的嘴唇用力抿住，勾出倔强的弧线。她又看了看秦鸣，光洁明媚的脸庞，无论从哪个角度看都是端好的长相，英姿勃发的才俊。两人一对比，刘曼丽活生生就被比成了王子身边的柴火妹，怪不得秦总一口一个高攀不上。毛阿姨难过地撇开了目光，心底的那口傲气便腾然升起，自己的女儿再不济，也容不得这般被人作践，选一万遍也该选择相信自己的骨肉才是。可一想起自己这些年受的苦，毛阿姨又是一阵心酸，只低下头沉默无语。

唐盈盈见毛阿姨这副模样，心里一急，赶紧站了出来，拉起刘曼丽的手，大声地说："我选曼丽，我相信她会为自己的未来带来幸福的。"

程风见状也连忙跟在后头，大声道："我也选曼丽。"

"我相信曼丽。""我选刘曼丽。""曼丽加油。"一时之间，为刘曼丽鼓劲加油的声音此起彼伏，在病房变成了一股强大的力量，迅速感染了毛阿姨，令这位坚强的女人也忍不住用袖子按了按眼角。默了半天，她终于瓮声丢下一句："你的主意大了，自己决定吧。"

见母亲终于松了口，刘曼丽抬起头，坚定地看着刘贵中，咬着牙说："哥，过去的事我不想再去纠缠，你说我倒霉也好，我认了。我只想快点往前走，不回头，不留恋，不后悔。"

"傻瓜，往前走也是需要钱的啊，你只要学费这算怎么回事，他家有钱，你让他们多出一点啊。"刘贵中着急地说。

"多要？多少算是多要？人的贪欲是无穷的，不费力地得到比一无所有更可怕。"刘曼丽说着，嘴角微微上翘，眼里却有止不住的泪水掉下来，"我没钱，你对我应该死心了吧。"

刘贵中愕在当场，不可置信地看着自己的妹妹，她坚定的模样是自己从未见过的。他还想发怒，还想争取什么，喉咙却像被一股无形的力量给紧紧锁死了。

秦总还有一些犹豫，她低着头，与张律师低声商量着，又从手包里拿出手机，手指在屏幕上迅速点击着，像是在查找学费的具体数字，又像是在思考这笔交易的砍价空间。秦鸣的脸涨得通红，装着那枚戒指的盒子被他用力握在手心里，沉默了半天，他咬紧牙，对母亲说："妈，别算了，这笔钱算是我向你借的，给她吧。"见秦总愣了愣，秦鸣沉沉地说，"这是我欠人家的。早早孕手术我跟过八十几例，所有的前置处理办法我都能倒背如流。让她吃下药之前我不是没想过这些风险，我只是心存侥幸，不想给自己惹麻烦，却把所有的风险都放在了她的身上。"他顿了顿，看着刘曼丽，脸上的歉意显然，"我是个胆小鬼，不想因为你的事阻碍了我好端端的前途，我是个渣男，对感情负不起责任，做抉择时只会遵循利益最大化的理智原则。但我不是个坏人，把你害成这样，我就算没有把后半辈子都赔给你的勇气，至少也希望在这个关节上能给予你我力所能及的支持。这么做，既是为了你能够站起来，也是为了我以后晚上能踏踏实实睡觉，白天能稳稳当当再握住手术刀。"

刘曼丽在心底黯然叹息一声，忍了许久的泪再次落了下来，但隔着泪花，她轻轻地说："谢谢你。"

秦鸣的身子刹那间微微一震，一股强烈的酸涩味道从心口漫了上来，他像是自言自语一般嗫嚅："不是，不要谢我，对不起，是我对不起。"

既然双方谈妥了条件，唐盈盈代表刘曼丽迅速起草了赠予协议，指明专款专用，学费由秦家直接转到学校账户，第一年的生活费参照当地留学生平均生活费的标准按月打到刘曼丽的账户。同时，秦家承诺给予刘曼丽在办签证时的经济担保等事项。张律师又象征性地改了几个字，便算是定稿了。刘曼丽与秦鸣落笔爽快，呼啦啦几笔便签完了。做完这些事，这场哄哄闹闹的风波便算是案结事了了。两个牵扯不清的小情侣，两个大打出手的母亲，从此以后，便各走各路，重新变成见面不识的路人。

走出病房，外面春意正浓，天气晴好，蓝湛湛的天空上挂着几丝白云，空气里藏着未名的花香，也藏着叽叽喳喳鸟雀的叫声，万物都是云暖风轻的自在与美好。唐盈盈信步走出，猛地吸了一口空气，将南国的湿润吸入肺里，呼出的便是这么长一段时间来的抑郁和不爽。她暗想，人这一辈子当真是起起伏伏的，在得势的时候，万丈光芒加身也不足以稀奇，只有在自己最弱势的时候，仍然能够仰望前方，活出自己的海阔天空，才算是真正的勇者。"这个事情能有今天的结果，真算是不错。"唐盈盈特别放松地向身后伸展了一下胳膊和腰背，满脸笑意地对程风说，"我还记得刚开始来探望刘曼丽的时候，这姑娘除了发呆和流眼泪，什么都不会。后来终于肯说话了，一点一点地，像捡金子似的，才聚起了今天的勇气。"

程风跟在唐盈盈的后面，满脸的笑容和咧开的大嘴巴让他活像一只大嘴猴："这也多亏唐律你对她的鼓励和帮助，要不是你提议她出去留学，估计这一家人现在还在为赔钱还是结婚争论不休呢。"想起方才的场景，程风也有些感慨，"不过说起来，这姑娘也真是令人刮目相看了，能这么果决地拒绝掉这门亲事。我刚才还是真害怕，怕她的勇气被毛阿姨那一嗓子给吼没了。"

"我想应该不会，刘曼丽能做出这种决定，实在也是对过去的生活害怕透了，拼上所有的力气也要挣脱出来。要是真被毛阿姨带回去了，那这段时间的心血可就都白费了。她也是运气好，时间也凑巧，赶着递交申请的deadline发过去，这么快就有了答复。"说到这个，唐盈盈心里便像喝了蜜一般甜，"好好读书，把文凭念出来，只有自己强大了，在社会上才有更多的底气去对抗旁人的恶意。她还很年轻，一切都来得及。能够在这个时候想明白，不去依靠婚姻，而是依靠自己的努力争取幸福，怎么说都是一件很幸运的事情。要知道，自己的成长就跟耕种一样，是讲回报的事，越努力越有用。而婚姻也好，感情也好，都是讲究机缘的，就像是徒手抓沙，越用力留在手里的东西，能抓住的越少。"

"嗯，不过大多数人还是会选择去结婚吧，毕竟在大多数人的认知里，再过几年一样要嫁，几年后年纪大了，一样还是不能生育，结婚的资本更低，还不如现在嫁个好人家。"程风故作沉稳地点评道。唐盈盈的话让他对整件事情有了更多的思考，他将一对又粗又浓的眉毛皱成一堆，语意更深地说："我从前觉得深圳和我老家差不多，虽然有现代化都市的外壳，但人们遵循的思维逻辑和行事规律却是一样的。今天我的想法改变了，应该说，就算有些事情现在还一样，就算我们暂时没有看到它们发生抽筋换骨式的变化，它们也一定正在改变，或许这就是我死也要离开家乡来到深圳的原因吧。在我们那儿，可见不到像刘曼丽这种有勇气不结婚，孤注一掷也要出去读书的女孩。"

"应该也有，只是你看不到，不过……"唐盈盈听他这么说，脸上的笑意更浓了，半是玩笑半是吐槽道，"抽筋换骨？你一定要用这么猛烈的词语来形容吗？听起来都瘆得慌。"

程风今天的心情也是大好，哈哈哈地大笑道："我在形容变革呀，何况是人脑子里观念的改变，不猛烈一点能行吗？这种程度就受不了了啊，您知道我为了把秦鸣给忽悠出来，不仅花了不少心思，还硬生生听他讲了一个融合了欧美血浆片和日本恐怖片精华的手术案例，要不我给您复述一遍？包管您从今天开始，把往后三天的饭钱都给省下来。"

"免了，我最近也没有节食的计划。"唐盈盈伸手制止了程风那张滔滔不绝的嘴，"不过，我也知道你辛苦了，劳苦功高。这件事，要是秦鸣不出面给个说法，刘曼丽会始终放不下，很难安安心心去读书，毛阿姨呢，也不能死心，总存着一点希望，会折腾到底。所以，你对秦鸣做的工作很有效果，值得肯定，中午请你吃大餐。"唐盈盈带着笑意一本正经地把程风的工作给总结完。

程风被截了话头，几千字的废话被憋回了肚子里，着实闷得难受；再一抬头，见唐盈盈正快步往前走，在他怔神之间已走出去了十几米，这才反应过来，也急忙小跑着追了上去。

第11章

前女友的妹妹

　　忙完刘曼丽的案子，唐盈盈像是从一阵兵荒马乱之中跌入到世外桃源一般，日子竟平静得难以置信。此后又接了几个案子，无论是和解还是开庭，几乎都是常规性地走完流程就顺利地完结了，没怎么费神，也没怎么花费力气。更重要的是，她跟方惟安的相处也进入到一个新的阶段。两人极其平静地相处，吃饭、聊天、逛街，像是一对已经一起过了二三十年的老夫老妻，对对方的一切都很熟悉，并且这种熟悉和了解已经足够让他们避开彼此的矛盾点，包容日常生活中的小摩擦。当然，有几次她还是担着一颗心去床底摩挲了一番，原本藏着枪的地方，如今已空无一物。她告诉自己，一定是方惟安已经处理掉了，可对这种说法，她自己其实也不太相信，也许只是换了一个地方藏着吧。唐盈盈并不愿多想，无论如何，她对目前的状态很满意，如果这样的状态继续保持，终有一天，她与方惟安会谈起结婚，然后走进婚姻。婚后，按照他们俩现在的年龄，很快就会被催生，然后真的生了，就开始忙活照顾孩子，教育孩子。事业也许会因此耽误几年，幸好，经济上没有太大的压力。然后，孩子大了，出去独立生活了，家里又剩下他们两个人，回头一看，活成了这个城市里大多数人的模样。平平淡淡，生活里的大喜大悲都不会超出寻常人能够接受的范围，感情上的起伏跌宕也在彼此可控制的范围内，温开水一般过完一生。

　　这样，当然也挺好，像是留着一点点遗憾的好。

　　早上，唐盈盈一只手端着一杯咖啡，一只手查看着本周的星座运程。她本来是不信星座这种玄学的，但最近太顺利了，顺得有些无聊，也有了不少可以被挥霍的闲暇时间。走到二楼，所里的人都聚在会议室里，一阵阵嘻嘻哈哈的笑声传了出来。唐盈盈收起手机，也挤了进去，只见会议室的大桌子上，摆着一排一排站列整齐的音箱。她凑近了看，音箱有着乳白色的外壳，像是一个鸡蛋，模拟成人类圆头圆脑的模样，下面是一个更大的球状体，两只树杈一样的胳膊不成比例地在身体两旁伸张着。这是……机器人？

唐盈盈看着这些充满现代科技感的东西，伸手拉住了在一旁忙得满头大汗的程风，问："这是什么？"

程风一脸的兴奋，将桌底下最后一个插线板的开关打开，小机器人们立刻通了电，丁零零一阵悦耳的开机声。程风夸张地冲着这支机器人战队挥了挥手，机器人们也笨拙地回应了相同的动作，程风的声音带着科幻电影的配音腔："公元纪年二〇一九年，白色星球第一批侦查小分队抵达了蓝色星球，即将开启他们对蓝色星球文明长达一亿年的统治。"

程风的解说惹得在场众人发出一阵笑声，尤其是几个年轻的小律师，笑得花枝乱颤。唐盈盈也憋着笑，骂道："你就鬼扯吧，什么外星人，派这几个塑料小雪人就来统治地球啦？"

"唐律，你还别信，这些都是康主任的快递，今天一大早刚收到的，让我拆了。我也大致了解了一下，这东西要是成了，人类大概也就完蛋了。"程风笑容满面地解释道。被他这么一说，唐盈盈更是一头雾水。

"程风说得没错。"康俊迈着他那独有的飘忽不定的步子走进了会议室，瞧了一眼在桌子上站得整整齐齐的机器人列阵，脸上绽开了如春风拂面般的笑容，"这也不是外星人，是AI（人工智能）科技，这些是新研发的智能机器人，除了常规的管家功能，它主打的是感情，几项主要功能吧，包括情感分析、情感治疗、孤独陪伴。基本操作就是你有事没事可以找它聊天，它特别擅长聊情感问题，比如暧昧期的男女，不确定自己是不是喜欢对方，也不确定对方喜不喜欢自己，就跟它聊，把两人相处的每一个小细节都说给它听，让它给分析分析对方是什么意思，也可以让它建议一下，下一步自己该怎么做。AI嘛，就是通过大数据给你分析，让你得到一个答案，或者几个建议，帮助你解决感情上的问题。"

唐盈盈听着康俊的讲解，只觉得这比星座运程更加玄乎，有点难以置信，又觉得情感上很难接受。"谈个恋爱都得靠大数据分析了？现在人工智能已经发展到这个地步了？"她脱口问道。

康俊看了看她，目光里全是狡猾的笑意："是不是觉得作为人类的尊严荡然无存？如果连感情都要被机器人控制，那自己跟机器人好像也没什么区别了。"

唐盈盈脸色微微一沉，在她的头脑中，理性的本质就是让人回避风险的，而感情却因付出和奉献才美好。能被理性判断出来的感情，究竟是一门随机选择的玄学，还是综合理性因素的风险域划定题？她想了想，只好笑着说："确实可以这么说，这时代好不容易发展到允许爱情自我做主，不要被父辈和家庭控制，结果转手就被机器人接管了，这太荒谬了。"

康俊点点头，笑容中含有无限的深意："我也赞同唐律的话，情感问题是人类最后一座圣殿，坚决不能让AI占据。不过呢，大家也不用担心，现在AI还没这种能力。我刚才说的只是这项科技研发项目的理想目标，这批小雪人只是研发阶段的实验品，准确来说是我一个朋友送过来，希望我分发给大家，做数据收集工作的统计器。程风，谁让你摆成这种战队的阵列？"康俊笑骂道。

程风搔了搔头，咧嘴一笑："主任，这样显得很有气派，看起来更贵的样子。"

对于程风这种大咧咧的性格，康俊很是喜欢，便用手指虚点了点他，又接着说："这些是免费领的，现在这种机器人具有市场上一般AI产品都具有的基本功能，能给你放个音乐呀，开个电视什么的。情感陪护功能还处于研发阶段，实验者希望你们有空的时候能多跟它聊聊天，让它对感情问题更加敏感。你们的对话内容会作为数据被收集、上传到云端，当然也是保密的，有份授权合同，保证数据收集仅作为科研使用，不得外泄。如果有人有兴趣，可以申请领一个回家，另外如果跟它的对话时长超过了五百小时，每年还另有一笔补贴费用，大概是三千块钱。OK，我的推广广告做完了，再有不明白的也别来问我，更深入的问题我也不知道。要与不要，全凭自愿，绝不强求。"

一提到钱，大伙儿的兴致便高了，不少人心里盘算，就算赚不到那笔补贴费用，就当拿一个免费的智能电子产品回家也不错，市场上购买也需要几百块呢。这么一来，很快桌面上的小机器人就被瓜分得七七八八了。

程风手快，左右胳膊各抱了一个，见唐盈盈还在犹豫，便笑嘻嘻地说："我先帮您占个名额，等您考虑好了再决定要不要。"

唐盈盈还在琢磨康俊的话，便皱了皱眉头，道："我怎么觉得康主任的表达有些不对劲呢，他好像并不赞同借助科技去解决感情问题，但他为什么又要帮助这项科研项目呢？这么费劲地搞赠送推广，这有矛盾呀。"

　　程风一边跟着唐盈盈，一边小声地赞道："唐律果然是唐律，一下就抓住了对方律师的逻辑漏洞。而且这个问题正好问在了点子上，也正好问对了人。"他又压低了声音，神秘兮兮地哑着嗓音说，"我恰好知道为什么，因为康主任所说的那个朋友，就是他老婆。"

　　"啊？"唐盈盈惊讶不已，一瞬间脑子就乱了，关于康俊婚姻情况的各种传言八卦乱七八糟地塞满了大脑。

　　程风对数字产品特别感兴趣，对人工智能也下了一些功夫去研究，说起来头头是道的："康主任的妻子叫柏潼，是人工智能界的专家，这个项目就是她主导开发研究的。第一批生产了五百个这种机器人，完成了数据收集，测试效果不错，便获得了第二批风投，生产了第二代，就是我们现在拿着的这个，一共八千个，定向投放给某些人群。跟第一代相比，它接入了云端，与机器人的所有聊天内容都会同步到云端，未经分类处理的原始数据全是录音音频，后期再进行关键词提取，然后分类研究。你想想，这云端服务器的容量得有多大。"

　　唐盈盈神情复杂地看了程风一眼。她跟程风不一样，对这些技术细节并没有兴趣，但她又不知道该怎么开口，好像有种有意刺探康俊个人生活的样子。不过程风反应很快，立刻转了话头，嘻嘻笑着说："不好意思，我跑题了，不过看您这反应，一定也是听说了点什么，但又不是特全面。嘿嘿，其实我知道得也不是特别多，柏博士跟咱主任是从大学里走出来的神仙眷侣，一个法律界金童，配一个人工智能界的玉女，那是人人艳羡的婚姻啊。谁料到，谁能料到，即便是这样的婚姻童话，终究还是发生了变数，柏潼婚内出轨，出轨的对象偏偏是康主任在北京时的律所合伙人，这场争妻夺爱的风波当时在圈内闹腾得很大。康主任头顶泛绿，面上无光，只能带着一颗破碎的心孤身南下，在南国的热土上重新振作，开启新的辉煌。"

　　程风抒情说书式的讲述让唐盈盈基本搞清楚了康俊之前的情况，有一种说不上来的感觉从心底漫过心头，她像是有些怅然所失，又像是另有所得。唐盈盈伸手摸了摸机器人圆圆的头顶，机器人蓝色的信号灯迅速亮起，在脸上呈现两个旋转的蓝色光圈，就像一双可爱的圆眼睛。"算了，我还是不要了。我不是数码控，在感情上我还是个保守的古典主义者。"唐盈盈笑着说。

"行。那我再问问别人谁要，不过我刚才跟您说的康主任婚姻史属于特级机密，您可别跟别人说，就算说也别说是从我这儿听去的。要是被康主任知道我背后嚼他的舌根，他不拔了我的舌头才怪呢。"程风夸张地吐了吐舌头，用可怜兮兮的口吻恳求道。

"行了，我知道了。不要说得这么血淋淋，好好干活儿吧，谁有空要你的舌头。"唐盈盈笑骂道。

上午胡乱忙碌了半天，吃过午饭，唐盈盈发现手头竟然又空闲了下来。午后的阳光慢悠悠地投在办公桌上，拉出几道不规则的光影，像是把她的游手好闲给照得通亮。她在办公室里转了转，翻了翻杂志，又翻了翻微信，还史无前例地将朋友圈刷了个遍，百无聊赖之下，她突然发现自己果真活成了一台工作机器，一旦停止运行，竟觉得手脚都多余到无处安放。翻遍了通讯录，左右思量，这个时候也只有方惟安最适合被骚扰。

唐盈盈开车按照方惟安给的位置，驶进了一个居民小区，颇具年代感的墙体、人车不分流的道路，令唐盈盈一度以为自己找错了地方。方惟安在一间由民居改建的健身工作室里练拳。

四肢协调性很差的唐盈盈第一次看到这样的方惟安，他穿着一件破旧宽松的背心，深灰色的运动裤，手套和护掌已经看不出原来的色彩，斑驳的模样一看就是用了多年的。方惟安请了一个教练陪练，虽是对打，却不像在电视里看到的那样不停地叫喊。除了拳腿击中护具的声音，搏击台上的两个人非常的安静。方惟安每一次出拳，进攻的角度、方向、力度都像是经过了极度精准的计算，抑或，这已经成了他身体的一种本能。唐盈盈趴在椅背上，看着台上的男人冷静地闪躲、进攻、后退，步伐简单，却带着极强的目的性。半湿的衣服贴在身体上，略微宽大的衣服下摆随着每一个动作翩然甩动，将从窗口斜射而入的阳光漾开，像是缀着无数流光溢彩的碎晶石，带着令人眩晕的光辉。唐盈盈的目光被紧紧吸引，搏击台上的方惟安，呈现出一种平日里未曾见过的魅力，他的所有注意力都集中在了动作上，肌肤是浅焦糖色的，肌肉呈现一种自然起伏的线条，肩膀浑圆且充满了力量。在唐盈盈的记忆里，她也曾这般注视过另一个男人的身体，那是病发后的李睿，由于肌肉严重萎缩，他的胳膊纤细得像一根得了白化病的竹竿，病恹恹地搭落在浅色的床单上，毫无生气。想到这里，唐盈盈心中一动，李睿的形象很快在脑子里消散了，眼前这个男人充满生命力的模样像是有魔力一般吸引住了她，身体里某种原始的本能被唤醒，嗖的一声，像一块磁铁飞向了另一块磁铁。

"我还是第一次见你打拳，很有力量感，我能学会吗？"见方惟安从台上跳下来，唐盈盈将挂在一旁的毛巾递了过去。

方惟安看了看唐盈盈，只见她一头长长的头发散开落在肩膀上，窄脚的西裤，一双细跟尖头鞋，这套穿着可以出入任何一场国际会议，可是上搏击台的话……方惟安耸了耸肩，漫不经心地笑着说："搏击打得好的，并不一定是搏击课上得好的，学拳不是法律条文，一条一条、一章一章学会了就能得高分。从力量到体能，从速度到技巧，是多年训练在身体上沉淀的结果，也是一个人对外界刺激反应的机能系统。你当真想学吗？"

"听你这么一说，不想了。"唐盈盈顷刻打起了退堂鼓，低头想了想，又顺嘴夸道，"不过你刚才在台上的样子，很帅。"

"我刚才就看到你的花痴脸了。"方惟安抓过一瓶矿泉水，咕噜咕噜喝下小半瓶，毫不留情面地说道，满脸笑容里颇有几分意外和惊喜，"看来我们的唐大律师对男性的欣赏还停留在一个比较浅薄的层面上，能触动芳心的点与十几岁的小姑娘一样。"

"我可不是光看脸的，"唐盈盈反驳道，"只是我之前没有想到人类的身体能迸发出这么强大的力量，光是看这场对抗竟然就可以让人兴奋起来。"

方惟安笑了笑，说道："我这几年也不如从前了，都市里的训练只能维持基本体能，速度和爆发力差了很多。不过，近身搏击术本来也不是我最擅长的。"

"那你最擅长什么？"唐盈盈好奇地问，方惟安过去的生活状态，像是彼此之间自觉退让出来的一个禁区，一个不愿说太多，一个很少问详细。

"活下去。"方惟安一本正经地说，"过去十几年，全部精力就在练习这个上面了。"

看似轻轻松松的一句话，背后有多少惊险却是不足为外人道的。唐盈盈有点心酸，不由得将身体贴在了方惟安的一只胳膊上，她有些惊讶地发觉这个姿势竟非常舒服，方惟安刚展现出来的强大男性力量，令她惊艳不已。两人沉默了一刻，她主动缓解气氛，玩笑着说："这么说起来，那就是拥有强大的求生欲啰，我得来测试测试。问题一，如果女同事和你喝酒，喝醉了，让你送她回家，你会怎么办？"

方惟安宠溺地看了她一眼，转而又很配合地笑着说："女同事？我没有女同事。就算有，我也不会跟她出去喝酒。"

见他这么上路子，唐盈盈笑得更开心了，又继续问："如果有一天你去酒吧，有一个陌生的超级大美女拼命往你身上蹭，你怎么办？"

方惟安想都没想，说道："什么美女？什么酒吧？我要是去酒吧了，谁在家做饭，谁拖地，谁哄你睡觉？"唐盈盈哈哈大笑，像个孩子一般毫不顾及形象。方惟安心头一热，抓起唐盈盈的手整个包裹在自己的掌心里，轻轻地说，"不用再测试了，你问的这些测试题，我都看过答案。"

"不是吧，刚才在拳击台上如同大侠一般的人物，背地里居然会这么无聊？"唐盈盈笑着说。

"不能说是无聊，这是我接近这个社会的一种方式。"方惟安轻轻地笑了笑，"我十几岁就离开了中国，前半辈子在充斥着战乱与危机的环境里生活。我活着回来了，想过平静的下半生，这时候才突然发现，我与和平社会已经隔了十几年的时光，就像是从花果山来的孙猴子一样，承载着你们青春记忆的音乐、电影、小说，我都没听过、看过。可没有人会管我，我得活下去，得像个正常人而不是怪胎一样跟人打交道、聊天，谈生意。所以，我必须尽一切可能去了解这个社会，每一条热搜我都看，各种社会热议的话题我都关注。也算是我有足够的运气吧，我很快弄清楚了现代社会的游戏规则，也赚到了一些钱，有了钱之后，剩下的事便简单了很多，让我有更多的空间去学习和接近这个早就陌生了的社会。"

他说这话的时候，语意里带着淡淡的孤独，面上却是如常的平静，他的手掌自然下垂着，与唐盈盈的手握在一起，却带着一种别样的冰凉，唐盈盈的心里微微泛酸。但也正是这种酸楚的感觉，令她觉得自己朝这个男人又走近了小小的一步，这一步就像一个小小的窗口，扑通一声，打破了始终亘横在两人之间的那面薄薄的屏障。"我大致能够理解你的想法和你的逻辑，人的思维实际上是由他的过去组成的。

在我以及这个社会大多数人的记忆里，我们只见过变迁，社会与时代以一种极其缓慢的速度在变化，国家机器像一个强大的保护伞一样维护着社会的秩序，这让我们有足够的空间去接受周遭的变化，让我们相信只要讲道理，讲文明，讲法治，付出就必有收获。我也曾经想过，如果有一天，我们强大的国家保护没有了，那会变成什么样子？人与人之间是不是就剩下了弱肉强食，丛林法则变成了唯一规律？"

方惟安点点头，唐盈盈的话像是勾起了他许多想法，他遥遥望着天际，青色的天空映在他的眼眸中，交错着重重叠叠的心事。他沉默良久，终了只轻轻地说："平安是福气。"说完，他也没有再多说，只是沉默地拉着唐盈盈的手，两人在健身房的小院里坐着。此时已经是仲夏时节，小院子里有一整面墙都攀满了凌霄花的藤蔓，橙红色的花朵绽放在枝头，散发着浓郁的香味。方惟安将唐盈盈搂进怀里，靠在她耳边，又轻轻地说了一声："谢谢你。"至于谢什么，他并没有说，但唐盈盈觉得自己是十分明白的。

夕阳已沉入了西山后，漫天的晚霞只剩下收尾的辉煌，唐盈盈心念一动，身体不由得又向方惟安贴紧了一分，平静的神色之下有一种难以言喻的凄然："我突然想起，在最初见面的时候你曾说，异性之间是否会相互吸引，我们的身体比我们的大脑更清楚。这个问题我后来想了很久，两个人在一起究竟是因为什么？三十几岁的感情与十几岁的纯纯的爱情是不一样的，没有了荷尔蒙的刺激，也再没有了不顾一切的疯狂喜欢，我们的感情究竟是在追求什么？是喜欢，还是合适？那如果感性上的喜欢不够，可不可以用理性上的条件合适来补？两者的平衡点究竟在哪里？能够被平衡好的感情，是不是就意味着能够适应婚姻？是否就可以一辈子好好相处，临终的时候无怨无悔？可我想得越多，就越发清楚，这根本就是一个逻辑死循环，这里面根本没有出口。"

方惟安静静地听她说完，目光怔怔之间，像有无限自责的心疼。他把下巴放在唐盈盈洁净顺滑的头发上，声音如同沉水一般，说："别纠结了，这怪我，都是因为我不够好，没有给你足够的信心。也是我开了个很坏的头，明明说好要凭感觉好坏判断喜欢与否，却又说要让彼此待在舒适区相处。我是个矛盾的人，是我对这个世界总是保持着过度的警惕，没想到竟然把你也隔在了外头。"

唐盈盈一点一点摸索着去感受方惟安的这种又渴望又害怕靠近的疏离，她扬起头，想去看男人的脸，方惟安却将她紧紧按在怀里。唐盈盈的额头靠在方惟安的颈窝里，清晰地感受到动脉的跳动。她说："不全是你的问题，也是我自己太被动，没有往里走。"

方惟安轻轻嗅了嗅唐盈盈的发丝，并没有作声。唐盈盈贴着方惟安身体的脸轻轻蹭了蹭，在这样的气氛下，两个人只要谁再往前走一步，也许就是婚姻了。一想到这里，唐盈盈又开始有些慌乱，万一真到了这一步，她该怎么办？该不该答应？答应了之后又会不会后悔？想了许多，等了许久，她终是没有说话，缓缓地合上了眼睛，与身旁的男人相互依偎着，也沉默着。天边的落日终于收掉最后一抹霞光，灿灿星光霎时铺满了头上的天空，与地面上的万家灯火相辉映，便是人间温暖。

第二日一整天，又是舒服得骨头都要酥麻了的好天气。午后落了一场小雨，将浅浅萌生的暑气冲了个干净，天与地之间，只剩下一丝丝舒爽的凉意，和着满屋子白色栀子花的香味，唐盈盈浑身上下像是摊开了一张大饼似的放松，轻轻地虚浮在半空中，有种不着力的感觉。到了中午，康俊来找她一起吃午饭，出门时，康俊还特意用悠悠的目光将她打量了一番："你今天心情看起来好像很不错。"

"目前算是八十分，"唐盈盈端正了神色说道，"午餐要是吃好了，还有上升的空间。"

康俊笑而不语，带着唐盈盈去车库取了车，从社区小路出来，很快便驶上了滨海大道。吃一顿饭居然要跑这么远，倒是唐盈盈之前没有料到的。她转眼看了看康俊，他一副稀松平常的样子，一只手把住方向盘，另一只手调了调空调温度。唐盈盈也懒得多问，靠在座椅靠背上，放空了大脑，轻轻松松休息起来。南国的夏季正午，太阳就像一个巨大的热辐射器，高高地悬在天边，铺撒着白茫茫的热量。车在滨海路上开了十几分钟，又转进支干道，在一大片郁郁葱葱中兜兜转转又行驶了十几分钟，才终于停在了餐厅门口。

这家餐厅由旧厂房改建而成，红砖外墙有一半被覆上了茶色的幕墙玻璃，入口处有一湾面积不小的人工湖，水面打理得很是干净，静水如璧，上面点缀着几朵粉白、粉红的浮莲，映着疏朗湛蓝的天色，在烟水波淼间便多了几分凉意。

唐盈盈咂舌："这个地方布置得倒是很有新意，我到深圳也有十来年了，竟然不知道还藏着这么个吃饭的地方。您来才这么一两年的工夫，各处的路子倒是摸得很熟。"

康俊一边往里走，一边挖苦道："你在深圳再住上一百年也发现不了，天天用7-11快餐打发午餐的人，脑子里可能就没长这根神经。"

唐盈盈急忙抗议道："哪里就到这个程度了？我这两年已经好多了。随着快递送餐业的兴起，我的工作餐已经覆盖律所周边五公里的大小餐厅。"

康俊找到临窗的位子坐下，听她这么一说，忍不住笑道："有什么区别？"

唐盈盈翻了翻白眼："不能用您的标准来衡量一个平常人的衣食住行，何况我必须把自己形容得惨一点，说不定能唤醒老板的良心，以便多蹭上几次打牙祭的机会。"

康俊微微扬了扬眉毛，目光静静地落在唐盈盈脸上，沉吟了片刻，顺手将桌面上一沓装帧别致的菜单递给她，笑着说："好心情应该会有好胃口，试试看，这里的新式菜味道不错，风味与食材都很讲究，大热门的分子料理也不仅仅是个噱头，算是将现代科技与烹饪融合得相当好的一家了。"

唐盈盈听他这么一说，兴趣便被吊了起来，虽然对这种新式菜看完全没概念，但反正是看图点菜，便挑了两个自己看着顺眼的菜品，康俊再补充了几个。下完单，唐盈盈主动拎起桌上那一大壶沁着柠檬片的凉水，给两人面前的杯子添上，又笑吟吟地说："好了，说正事吧，又有什么疑难杂症、费力不讨好的官司要扔给我？"

康俊双眼微微瞜了瞜，反问道："你的警惕指数当真有必要调这么高吗？今天没正事，完全就是看你之前太辛苦了，带你出来吃点好的犒劳一下。"

唐盈盈转了转头，目光掠过头顶那盏如葡萄般累累绽开的分子灯，静谧如影音室的雅座，厚实温润的胡桃木桌面，以及从剔透玻璃里映进来的满目葱绿色，周遭的一切都表明这一顿午饭绝不便宜，她不相信康俊这样一个讲究效率、恨不得能把时间成本掰成秒单位的人，能仅仅是为了犒劳她而费这般的周章。正要再问时，康俊抬起头，看了看她，露出洁白的牙齿，笑道："其实今天上午我遇到个问题，算不上什么正事，但我们可以交流一下。"

听他这么一说，唐盈盈立刻端正了坐姿，微微侧着头，道："您说。"

康俊想了想，缓缓地说："我有一个朋友，把我推荐给了他邻居。今天上午这个邻居过来找了我，是一桩入学纠纷。"康俊停了停，眼睛看着唐盈盈说道，"在这附近有一所很有名的国际中学叫AP外国语中学，中加合办的，每年光学费就要接近二十万。初中毕业后，本校学生基本可以直升高中部，高中毕业后，有近一半的学生不参加高考，直接上国外大学，录取率极高，所以即便是学费高昂，每年也有无数家长想把孩子送进去读书。你知道这所学校吗？"

唐盈盈一脸茫然地摇了摇头，笑道："全市的中小学，我只知道一所叫翠荫小学的，因为它就在我家楼下。"

康俊目光敛了敛，又继续说："AP中学在过去的几年时间里，一直采用积分入学的方式录取学生，简单来说，如果你是深圳户口并拥有附近小区的房产，那就肯定能进入AP学习。也正是因为这个原因，我那个朋友所在小区每平方米的单价已经超过了十五万，他自己的孩子也在AP就读，但他这个邻居就没这么好运气了。今年由于报名的学生人数激增以及政府部门对招生录取方式的指导意见，校方更改了招生方案，由原先的积分录取改成划片范围内的适龄学生抽签录取，也就是说一下子将进入这所学校读书的确定性变成了可能性，学位房则降级成了学区房。如今已经是五月底了，九月份能否进入这所学校读书还是未知。这就给他带来了巨大的难题：一方面如果孩子没有被抽中，那就只能被调剂到附近的学校去，这显然是他不能接受的；另一方面，如果现在他要做稳妥和周全的打算，就必须迅速卖掉手上这套房，置换成其他好学校的学位房。但这里面又有一个问题，他以学位房的价格买入的房产，现在只能以学区房的价格卖出，家庭资产严重缩水，很难再买得起等量的好学位房。所以，在他看来，正是学校的临时变卦导致了他孩子上学成悬、资产缩水。他想寻求援助，所以就来咨询我，可不可以告学校朝令夕改，或者是行政起诉教育主管部门？怎样处理赢面比较大？"

在此之前，唐盈盈只知道学位问题是近些年备受人们关注的热点问题，倒没有想过里面竟然有这么丰富的细节，听康俊这么一说，也提起了兴趣："起诉的理由是什么呢？"

康俊笑了笑，露出几分无奈的神色："他跟我说法律规定行政法令应当具有延续性，以便使人们在经济活动中能够做出理性预见的决策。学校既然在过去几年内一直沿用积分入学的方式，新老业主们对此也已经形成了稳定的预期，周边房价也因此上涨了十几倍，为了保证周边业主的利益，学校就不应该临时更改入学方式，主诉要求保留小区内业主子女的优先上学权。同时，诉教育主管部门行政不作为，没有对这种重大的涉及社区民生公益的事项起到谨慎研究、严格监管的作用，要求主管部门出面协调，并妥善落实孩子的上学问题。"

唐盈盈喝了一口水，说道："这是遇到问题之后，临时翻了翻法律书，东拉西扯凑出了些原则和法条，就觉得自己被欺负了，要伸张正义了。"

"不仅是他一个，整个小区有好几十户家庭有同样的问题。还有些家里本来没上学问题的，一听说房子要贬值，也跟着要联名起诉。今天来了好几个人在我办公室里闹哄哄地吵了一个上午，我现在还觉得脑袋里有回响。"康俊无奈地笑了笑，问道，"你怎么看这个事情？"

唐盈盈皱了皱眉头："我国《行政法》是约束政府权力的法律，政令延续性原则适用于政府，学校不是适格主体。至于招生录取的方式，教育部有指导性文件，在规范内，学校有自主决定权。我并不觉得他们的诉求能够得到支持。"

"你说得对，我上午也是这么解释的。结果被对方好一顿骂，说我是个没本事的律师，也不会多想想办法。唉，要不是看在是朋友介绍来的面子上，我当场几乎就要发火了。"康俊温吞吞地说道，那副样子别说是怒火了，就是人间烟火也不太像沾染得上。

唐盈盈心里暗道，你竟然也有被客户气得抓狂的时候，面上却颇带同情地说道："世上有些人是恃强凌弱，有些人则习惯仗着弱势的地位，撒泼耍浑，口口声声说是讨要正义，心里却在盘算自己的利益得失。这些业主在置业时难道不清楚，这个小区平白比旁边高出来的单价、更快速的增价，都是学位优势所带来的溢价？享受了利益，自然也要承担风险。而且这份风险也只能由自己承担，企图将风险嫁接到学校和政府头上，不仅没有法律支持，在道理上也说不过去。"

菜陆续上来，康俊闲闲地切下一块碳烤鸭肉，笑着说："他们认为是学校故意放出这只黑天鹅，才导致他们受损的。"

"黑天鹅是一种极低概率的风险事件，这件事情嘛，"唐盈盈垫好餐布，想了想，又继续说，"更应该是灰犀牛事件。"

灰犀牛是一种生长在非洲草原，体形笨重、反应迟钝的动物。你能看见它在远处，毫不在意，但一旦它向你狂奔而来，憨直的路线、爆发性的攻击一定会让你猝不及防，直接被扑倒在地。美国经济学家米歇尔·渥克在自己的著作中提出了

"灰犀牛"的概念，指太过于常见以至于人们习以为常的风险，往往是大概率且影响巨大的。康俊想了想唐盈盈话里的意思，笑道："你是想说，业主们这么说是想将自己对风险忽视的责任，转嫁到学校头上？"

"难道不是吗？学校拥有自主招生的权力，自主拟定招生方式，每年发布当年的招生计划，这就意味着在计划公布之前，之前的招生方式只有参考价值，这并不是承诺性质的，随时都存在更改的可能。业主们心里其实是明白这个道理的，但在买房的时候否认这个风险，认为这只犀牛怎么可能冲过来。买了之后，开始联系上学的事情，遇到一些不确定甚至是有指向性的回复，他们开始思考可能发生的风险，却仍然不愿相信。直到学校正式公布了方案，整个人就开始崩溃，认识到这个后果是自己无法接受的，便开始习惯性地推卸责任，认为都是别人失误造成的。怨别人，找政府，恨不得立刻就有一位青天大老爷出来主持公道，这份弱者的正义，并不是现代社会认可的成熟行为模式。真正成熟的人应该将风险都考虑在前面，全面衡量得失，然后享受利益、自担责任。"

康俊笑意潋潋地看了看唐盈盈，语气中有几分赞许："唐律师能说出这样话来，倒是令我挺意外的，我还以为你会同情业主们。"

唐盈盈的菜也上来了，竟是改良版的北京烤鸭，片得晶莹剔透的烤鸭肉，用春饼裹上，中间再夹着芹菜、萝卜、青瓜以及混合少许芥末的菜酱，入口果然别有一番风味。"认为我是一个只会同情心泛滥的女人，是您对我最大的误解。"唐盈盈笑着说。

康俊的目光像是两团小小的火苗，一点一点地暖了起来。他像是在细细琢磨对方一般，目光静静地锁在唐盈盈的脸上，过了许久，他的眉心微微一动，像是想到了什么，语气中透出了一种前所未有的温柔："你说的道理和内容我基本都认可，但只有一点，人往往是没有这么理性的。你的道理更像是对一个完美的经济公式提出的要求：能够跨越时空，没有文化和情感的束缚，只考虑收益和损失，对风险还要精确地计算，决策之后果断承担后果，放弃也不觉得惋惜。这样没有杂质的理想模式自然是好的，但只要是人，就会有难以割舍的感情和偏见，有无法核算收益和损失的两难困境。你也要知道，这在现实生活中很难实现，例如这次的学位问题。争学位固然有许多问题，可是在一路都是快节奏的现代社会里，这已经是应对竞争最有效的解决办法。从这个角度来看，除了经济利益的损失，无法保证孩子接受优质教育的结果，往往更是家长们觉得不能承受的。他们希望找个说法的心理，除了希望挽回损失、卸御责任，也有一份父母为了子女事要拼尽全力的焦虑。法律自然不能管到世上所有的矛盾和冲突，在这件事情上法律可作为的空间就相当有限。但即便如此，仍然需要我们再多想一步，多一份对人心的体谅，这是在看惯冲突矛盾、辨清是非责权之后，法律人对世界的一息温暖。"

唐盈盈听他说着，双手不由自主地放下了筷子，心底隐然有温润的暖意漾起。她抬头看了看康俊，他坐在对面，窗外明媚温柔的光落在他身上，浅米色的衬衣领口微微敞开，轻薄的面料泛着柔和的色调，就像是将他整个人都纳进了光彩的斑斓中。许久之后，唐盈盈轻叹了一声，坦然回望康俊："今天这是怎么了？我们的立场好像掉了个个儿，我变成了冷漠理智的持方，您反而是温良与爱的代言人。"

康俊粲然一笑，目光像被细纱滤过的阳光，凝在了唐盈盈身上："那是因为从前我们总是在求异，现在愿意存同了。这应当算是相当了不起的一步了。"

唐盈盈点点头，对他报以同样温柔的一笑。此时，餐厅服务生又端上来一个巨大的盘子，放在两人中间。洁白如玉的骨瓷餐盘上摆着一朵怒放的绿色牡丹，仔细去看，才发现那是厨师用菠菜汁染过的米浆浇灌而成，蒸熟后定型，一片一片半透明的花瓣层叠着，栩栩如生，中间鹅黄色的花蕊是用咸蛋黄混了朗姆酒做成的，光看模样，就知道这道菜肴的价值不菲。唐盈盈粲然笑了笑，道："从前只觉得您衣食讲究、标准颇高，今天才知道竟然高到了这个程度，不是可望而不可即，是仰起头望都望不到了。"

康俊不置可否，自顾自地把玩着手里的玻璃杯，杯中的柠檬水被撞得泠泠乱响："我也不是一日三餐都有这个标准的，今天是请你吃饭嘛，总要有点请客的规格。"

唐盈盈皱了皱眉头，狐疑地看了他一眼，脱口道："这么客气讲究？"后半句"该不会是有什么阴谋在前头等着我"则被生生地咽回了肚子里。

康俊像是已经吃饱了，他放下手里的筷子，不再品尝新上的菜。目光时不时飘落在唐盈盈身上，犹豫了一会儿，又像是下了决心，手指迅速在手机上划了划，漫不经心地回到了方才的话题上："说起来，其实这个AP中学比起别的学校也真是有它的优势的，学校课外活动组织得很多。我那个朋友的孩子已经读到高三了，还有时间参加跆拳道比赛，上个月还在省里拿了第一名。朋友高兴得不行，发了九宫格照片炫耀成绩。你看看，这个人就是他，这张是学生、家长还有教练在领奖台上的合影。"康俊一面说，一面将自己的手机递给了唐盈盈。

唐盈盈正津津有味地品尝着那朵米浆牡丹花，觉得康俊真有些莫名其妙，好端端地看一个陌生人的合影有什么意思。但他既然已经将手机伸到了她面前，唐盈盈也只好瞥了一眼，很寻常的一张获奖集体照，五六个穿着白色队服的学生将一个教练模样的人簇在了中间，站在第一排朝着镜头展示他们胸前的奖牌，第二排站着的则是这些学生的家长，也是满脸的笑意和欣喜。唐盈盈没有看清康俊所指的那个朋友究竟是哪个，只是在一瞬间，她的目光便被后排左边第三个给吸引了过去。短短的寸头，浅褐色的皮肤，深蓝色的翻领T恤，站姿挺拔，是方惟安。

唐盈盈的心猛地开始发慌，她好像能清晰地听见自己心脏跳动的声音，又去看方惟安前排的位置，是一个十几二十岁的女孩子，跆拳道服穿在身上，腰间系着一条红黑相间的腰带，长长的头发被拢在脑后，梳成了一个高高的马尾，额前是被汗水沾成一簇一簇的刘海，脸圆圆的，皮肤有些黑，正对着镜头彰显着肆无忌惮的青春与活力。

唐盈盈的思路一下就乱了，她抬起头看着康俊，充满了疑惑和惊慌的目光像极了在森林里迷失了方向的小鹿："这是谁？"唐盈盈指着照片上的女孩问道。

康俊心中一软，赶紧虚咳一声以作掩饰。他拿起水壶，将唐盈盈的水杯倒满水，自己的神情却先有了几分尴尬："看样子，你是真的不知道。这个女生姓汪，叫汪瑶，跟我这朋友的孩子同在学校跆拳道队里。我那天见到这张图片，觉得有些意外，就顺便跟他打听了一下。汪瑶是今年年初转学到AP的，比班上同学都要大一些。因为球打得好，被编进了校队。汪瑶在学校里很有派头，她叫方惟安姐夫，我那个朋友却说从来没见过她姐姐。但凡学校有活动需要家长出席的，总是方惟安操持。"康俊扣上了手机，看着唐盈盈的脸，心中很是不忍。

唐盈盈艰涩一笑，神色却凉了下去："您知道我对这个一无所知。"

康俊微微一怔，解释道："我记得你是独生女，没有姐姐妹妹的，不过也不能确定。这个事情很难讲的，我犹豫了几天，告不告诉你都挺为难。今天找了这么个机会跟你聊天，心想你要是对这个学校的情况很熟悉，指不定你就是知情的，那我也就不枉作小人。但看你压根听都没听说过，那我就多一次嘴吧。"

康俊的话嗡嗡地在耳边响着，唐盈盈听见了每一个字，却又好像听不真切的感觉。方惟安，方惟安就像是一个被密封起来的潘多拉盒子，平日在外头看着觉得什么都挺好，但你永远也无法知道他心里还藏着多少不为人知的秘密和往事。一旦不经意间撞出来一个，也就足够受的了。唐盈盈深深地吸了一口气，身体里像陡然间豁出了一个巨大空荡的洞，她扯了扯嘴角，拉出一个无奈的苦笑。多年的职业习惯，教会了她在最短的时间内稳定情绪，恢复理智。"在彻底搞清楚之前，不要先上情绪"，唐盈盈暗暗命令自己。严令之下，方才陡然凹陷下去的情绪也很快被填平，可当她的目光再次落在这满桌子琳琅的盘碟上时，心里最柔软的那一片地方就像被撞了一下，睫毛在瞬间闪了闪，随即挂上了几粒小小的泪珠。"所以您是故意带我来吃顿好的，以补偿我受到的惊吓吧。"唐盈盈的声音有些哽咽，她故作轻松地指了指桌面说道。

　　康俊望着她，眼中比往日多了几分温柔，嘴上却仍是那副漫不经心："传递一个坏消息，补偿一顿佳肴，很公平。不过我现在有点后悔，应该再晚点给你看照片。我还点了一个汤，到现在还没上，可瞧你这个样子，恐怕也没胃口再吃了吧。"

　　被他这样一说，唐盈盈一下子便笑了出来，强忍住双唇的抽搐，脸颊上透出一层绯红的坚毅，要强地说道："有没有胃口主要取决于厨师的手艺，而不是食客的心情。汤之后，最好能再有个餐后小甜点。"唐盈盈说完，微微笑了笑，竭力抬起眼看向天花板。这个动作微不足道，却很有效地让眼泪顺着泪腺倒流了回去。再开口的时候，她的声音已经平稳了许多："谢谢你。"

　　"不用谢。"康俊迅速接道。

　　汪瑶，光听这个名字，唐盈盈心里也就大致知道她是谁了。方惟安的前女友叫汪静，是家中老大，下面还有一个弟弟和一个妹妹，汪瑶应当就是这个妹妹了。唐盈盈的脑子钝钝的，有种难以控制的难受，像是自己在这段关系里精心维护的自尊突然被人扯落。方惟安背地里照顾前女友的妹妹，这算不上什么了不起的大问题，可他为什么要瞒着她？怕她会吃醋，会反对，会不高兴，还是觉得根本就没有必要告诉她？

AP中学是所非常抢手的好学校，入学很困难。方惟安在学校周边并没有房产，汪瑶与他也不是直系亲属关系，肯定不是走的正儿八经的入学程序。那是托人走关系，还是交了巨额的赞助费用？无论哪种肯定都花费了不少力气。唐盈盈仔细回想了年初那段时间，却好像什么细节也回想不起来，方惟安每天上班下班，完全没有异样。还有汪瑶入学后这半年的时间，他去学校处理了多少次问题，陪同参加了几次比赛，唐盈盈全无所觉，如果不是存了十二分的故意，他又怎么能瞒得滴水不漏？这种被欺瞒的感觉实在太糟糕了。唐盈盈不是不能尊重彼此的空间，但像这样有意的排斥却是她实在无法接受的。或许，她与方惟安的关系根本就没有她想象中那般亲近，她之前所觉得的走近了一步也不过是自己一厢情愿的错觉罢了。这么一想，她便觉得沮丧极了。

唐盈盈半合着双目靠在方惟安办公室里的沙发上，浅棕色的沙发皮质触感极好，柔和却又有力地托住了她下坠的身体。虽然已经临近傍晚，窗外依旧晴光缕缕，湛成蓝水晶的天空上悬着几团混乱的云彩，在霞光的映衬下，有的如橙红色的凤尾绚烂，有的如白棉朵朵，有的却染上了一些灰色，沉沉地挂在视线内，总令人觉得有些碍眼。更碍着她思路的是见到方惟安之后该怎么办。质问他，接着两人大吵一架？或者根本吵不起来就直接进入冷战，然后心情不快地过上数日，一定要逼到一方认错才完？这样的场景她之前经历过，光回想便觉得疲惫不堪。但如果什么也不问、什么也不说呢？唐盈盈又自知是做不到的。她心里有个强烈的声音在逼迫着她——明明是他不对，问个清楚难道都不应该吗？

这么来来回回地想了许久，唐盈盈揉了揉太阳穴，忽地觉得空调风凉，明明是吹在皮肤上，却渗成了透骨的寒意。她从柜子里拿出一条毛毯，将自己小心地裹好，身体方才暖了回来。

又等了一会儿，方惟安大步流星地从门口进来，一眼见到唐盈盈，倒是高兴得很。他顾不上一身的暑气，将她一把搂住，笑着说：“你打电话说你要过来找我，我还在跟人谈着生意呢，赶紧结束了，紧赶慢赶地回来，就怕你等不及先走了。”

男人身上湿腻蕴热的气息熏得唐盈盈透不过气来，这种亲昵的姿态是她喜欢的，便随口应道：“我没什么急事，多等一会儿也无所谓。”说完，她抬起头，恰好迎着方惟安的目光，他清亮的眼眸里映出了两个小小的倒影，却是自己有些孤寂的模样。唐盈盈怔了怔，原本准备好了的难听话直接被憋了回来，什么也说不出口。

"怎么了？"方惟安觉得有些不对，双手扶在唐盈盈的肩膀上，将她的身体掰正，凑近了仔细端详一番，说道，"这个表情大概率是有事的。"

被他这么一问，唐盈盈忽地一笑，原本郁结不开的心情豁然打开了一大半，质问的话语也变成了温润的言语，缓缓说道："汪静是不是有个妹妹叫作汪瑶，现在在AP上学？她念几年级了？"

方惟安一怔，平日里难有情绪波动的脸色瞬地一闪，但很快又聚上了不自然的笑容："高二。你怎么知道汪瑶的？"

唐盈盈尽量像唠家常一般絮叨着："我有一个客户的孩子跟她同校，见过你，也听过汪瑶叫你姐夫。今天来问我，这是不是我妹妹。我开始觉得诧异，后来想了想，她应该是汪静的妹妹吧。"

唐盈盈说话的时候一直留着浅浅的微笑，只是那笑意里若有似无地染上了一抹难以言表的伤感。他是个敏锐的聪明人，自然很快意识到这份伤感来自何处。方惟安怀着歉意，连忙解释道："我跟她说过很多次，让她叫我方总，这个孩子性格比较倔强，一定要这样叫，我实在没办法。"

唐盈盈心里凉凉地笑了笑，暗想：现在的孩子聪明又敏感，她当真是性格倔强，还是知道他其实喜欢被这么叫？这样一想，唐盈盈便又觉得无趣了。

方惟安小心地看着她的神色变化，见她不说话了，便自己没话找话地说："汪瑶不太会读书，前年在福建老家考了一次大学，成绩不太理想，连三本都没有到。可现在社会竞争这么大，她这个年纪要是不读书了，出去又能找到什么像样的工作呢。今年春节回家的时候，她父母找到我，说希望能让她来深圳再考一次，无论如何总得念个大学吧。我就想办法给安排进了AP，插班到高二，多学一年。这所学校听说不错，与国内外的高校联系都多，汪瑶从小就练跆拳道，我想着以后看能不能走特长生特招的路子，想办法进个像样的学校。"

唐盈盈安安静静地听他说完，又笑了笑，云淡风轻地说："看得出你很上心。AP的学费高，又难进，你竟然都有办法让她去插班。特长生特招更难，不过我想也一定难不倒你。"

方惟安并不傻，这些年的商场磨砺训练出了他对别人情绪体会的能力，何况唐盈盈话里的讽刺也是有意让他听明白的。他沉默了一会儿，认认真真地问道："盈盈，你是不是生气了？是觉得我不告诉你汪瑶的事，所以不高兴？"

唐盈盈抿了抿嘴，将话说得尽可能委婉："我不想将我们的沟通预设在我生气的背景下，带着情绪说话只会引发双方的怒火。今天我想换一种方法，或许我们能好好说说话。毕竟如果我们真打算继续过下去，就不会再有绝对的你是你、我是我，将对方彻底隔绝不是一种聪明的办法。我们需要将大部分的生活拿出来共同经营，像照顾前女友的妹妹这种事情，即使你觉得我不适合参与，至少也得尊重我的知情权吧。我们都是成年人了，我不想跟你一哭二闹三上吊地来诉说这种信息封锁的委屈多么令人难受。但现实情况就是，你工作的时候，我大概是不会知道你在忙什么的。工作之外，要是还有一半时间我仍然不知道你在做什么，那在这段关系里，你又究竟将我摆在了什么样的位置上？"

唐盈盈的语意虽重，但被用这种方式讲出来，方惟安倒觉得不难接受，他赔笑着解释道："我事先是有些小心眼，担心你会介意，心想着这也不是什么大事，等她上了大学，谈了恋爱，我就不用操心了，所以也就没说。其实摊开来说，确实也没什么好隐瞒的。就当我是在做希望工程，赞助一个孩子上学就好了。"

唐盈盈对他的解释并不满意，却仍然笑了笑，继续问："那你是瞒一头，还是两边都瞒着？汪瑶知道我吗？"

方惟安犹豫了一会儿，本能地就想躲开这个问题，却又迎上了唐盈盈真切的目光，避无可避，只好硬着头皮吞吐道："她知道我有个女朋友，不过，嗯，汪瑶现在正在叛逆期，对大人的事情还不懂，对感情的问题有些执拗的偏见，我感觉她还有些排斥。当然，这也是我没主动告诉你的原因之一。"

唐盈盈别过头，柔顺的发丝从肩头滑落，掠过方惟安的手背，又垂落在了她肩胛骨的位置。她没有多说什么，只将裹在身上的毛毯紧了紧，微微沉吟了片刻，又像是玩笑般说："那我就不明白这是什么道理了，你瞒着我关于她的事，却并不瞒着她关于我的事，听起来像是你跟她的关系更近一些呢。"

方惟安心里大吃了一惊，他忽然意识到唐盈盈刚才这个问题压根就是一个陷阱，无论怎么答都是错。倘若他说汪瑶也不知道他有女朋友的事，那是不是更像他对这段感情连个正儿八经的名分都不愿意对人承认？女人心，海底针，何况对方还是个思维缜密的女律师。方惟安突然觉得后背脊梁上冒起了一层凉凉的虚汗，他见过九死一生的战场，也见过阴谋阳谋交错的商界，可过去的这些大风大浪对帮助他处理感情问题并没有太有效的作用，他敏锐地察觉到，汪瑶的事情必须被妥善处理，不然他将失去许多他几乎已习以为常的美好。

"如果你愿意，我可以安排你见一见汪瑶，建立一些直观的印象，好过你整天猜来猜去，做过多的臆想。"方惟安想了片刻，决定以攻为守，"不过我需要事先提醒，汪瑶不是那种乖巧可爱的孩子，我估计你不会喜欢她。"说完，他苦笑了一下。

听他说得坦荡，唐盈盈心情也舒朗了不少，好奇地问："你心里其实是不想我跟她有什么交集的吧？"

"对，"方惟安老老实实地承认，"一来确实是没有必要，你们的生活圈子唯一的交集就是我，何必花费时间去社交与自己毫无用处的人？二来是这种关系也比较难处理。你是我的女朋友，而她是我前任女友的妹妹，不经意间就可能因为一两句话而交恶。这也是我之前不愿意你知道的原因。不过现在你既然知道了，汪瑶就从一个不存在变成了一个梗在我们之间的秘密，阻止秘密变成隐患的最好办法就是拆开它。为了这些，我应该主动安排一下你们的会面。"

唐盈盈的心像是被熨斗熨服帖了，方才的别扭和委屈一下便全然不见。她很满意方惟安这种积极解决问题的态度，便笑了笑："OK，你说的我都接受。你坦坦荡荡，我当然也不能小气。彼此礼节性地认识一下就好。不过，汪瑶无论怎样也算是个小辈，我给她准备个见面礼吧。"

方惟安抬手看了看表，笑道："别把小事搞大了，挑礼物可不是件容易的事情。现在才五点，还不算晚，我让她跟学校请个假出来，就在她学校附近一起吃顿饭就好了。"

见他这么说，唐盈盈倒也不再坚持。两人开着车，说说笑笑地往AP中学驶去。

汪瑶穿着蓝白相间的校服，上衣T恤被她改得极短极小，紧紧地裹在身上，露出一小段腹部，与肥大的运动裤一配合，显得腰线纤细。她皮肤有点黄，面上涂着色号过白的粉，黑油油的头发梳在脑后，在两鬓留了两条微卷的长发，像是刻意做出来的几分风情。一对眼眸却是清明如水晶，眼皮有点肿肿的，涂了紫色的啫喱眼影，在光线下一闪一闪的，配合着她略显世故的眼神，令唐盈盈觉得有几分不自在。

方惟安将两人简单地介绍了一下，像是嘱咐又像是安慰地对汪瑶说道："其实早就想找机会让你们认识一下，一直没合适的机会。今天算是赶巧吧，盈盈是很优秀的律师，汪瑶你有机会可以多学习。"

汪瑶睁大了圆圆的眼睛，几分打量的目光在唐盈盈身上转了转，张口就问道："姐夫，你是打算跟唐律师结婚吗？"

方惟安眉头迅速皱了一下，空气有一瞬间的凝滞，他却仍是很温和地说道："我之前跟你说过，以后都要叫我方总。"嘱咐完毕，他又想了想，低头将勺里的汤喝完，拉起了唐盈盈的手，很自然地说，"我都这个年纪了，当然有结婚的打算，争取今年，再不行就明年吧，我得再努努力，争取获得唐律师的芳心。"

方惟安这么一说，像是当众宣示了两人关系的光明结局，也给了唐盈盈一个亲密且不可撼动的身份。这让唐盈盈觉得挺高兴，她温柔的目光轻轻飘落在他身上，也含笑说道："那是，必须得好好努力。"

见两人关系亲昵，汪瑶轻轻地哼了一声，却也不再接话，像是毫无心机地开始随意聊起日常琐事："我想换一个背包，之前买的那个MCM的双肩包太沉了，上面全是铆钉，空包就得有七八斤了，放个iPad，再放两本书，我的肩膀都要被勒红了。我们班一个女同学，这两天背了个LV的购物袋来上课，就是那种老花版的，非常显气质，完全就是白富美的感觉。那个包又轻又能装，她还放了双鞋在里面，拎着一点都不重。我也想要一个，这种经典版的也不贵，我上网查了一下，三万多吧，要是去香港买就更便宜了。"

方惟安想了想，话不对题地问："你现在还有时间去香港吗？下个月就要期末考了，你们学校周末都只放半天假，这半天你约了拳馆，好好练拳，也是放松一下。"他顿了顿，又补充道，"还是直接从网上买吧，三万多的东西，香港打点折也便宜不了多少。"

唐盈盈在一旁差点呛出来一口汤，她不可思议地看了看方惟安，又看了一眼欣喜若狂，正在拼命感谢他的汪瑶，只觉得她面前的整个世界都呈现出一种怪异的扭曲感。她张了张口，还是忍住了没说话。

方惟安继续叮嘱："现在买什么东西都不是重点，关键还是成绩。上次比赛你们队拿了第一，你个人也拿到了很好的名次。我跟省里的一些学校了解了一下录取政策，明年你只要文化课能过基础分数线，录取应该没问题。所以这段时间，无论如何学习不能放松。你爸妈前天给我打电话也是这个意思，让我多敦促敦促你。"

汪瑶翻了翻眼皮，不屑地说："我爸妈知道什么？他们在家割了一辈子的紫菜，听到省里的学校就觉得是人生巅峰了，一点追求都没有。你看看我们班那些同学，大家都看的美国常青藤学校，再不济也是什么澳大利亚八大、新西兰八大，还有香港八大也很好啊。这些学校都不看高考成绩的。"

"但他们要看英语成绩，也要看雅思成绩。"方惟安耐心地解释。

汪瑶顿了顿，立刻又反驳道："就算英语差一些，还可以先读预科啊。不就等于多上一年大一吗？"

方惟安没有接着说，只低着头沉默不言。

听汪瑶这么说，唐盈盈只觉得好笑得很，幸灾乐祸地看了一眼方惟安，大费周章地把汪瑶弄进好学校，却又不好好引导，让她在里面将攀比这一套倒是学了个十足。

汪瑶见方惟安不吱声，双眼滴溜溜地转了转，又去问唐盈盈："唐姐姐，你是做律师的，说话最公平，你说说看，我是在省里上个二本好呢，还是去国外读书好？"

唐盈盈没想到她会点到自己头上，心里不想掺和战局，想了想，只能敷衍道："教育是一个满足多样性的复杂序列，不能简单地说哪里就一定比哪里好。因材施教、因人适教，只要是符合自己未来发展需求、适配自己性格的教育，都是合适的好教育。国外高校固然有它们的优势，但它们一般都采用宽进严出的方式保证教育质量，学习压力特别大，每年还有一定比例的淘汰，本国学生都觉得辛苦，何况是留学生。"

汪瑶品了品唐盈盈话里的味道，冷笑道："说到底，就是看不起我呗，觉得我压根就不是读书的料。"

方惟安抬了抬眼皮，冷静地说："行了，你爸妈反复强调过了，你就在国内念书，老想着出国干什么，别想逃避高考。"

"你们管得真多，我今年十九岁了，他们的监护权已经失效了。对吧，律师姐姐？"汪瑶一副顽劣不堪的模样。

唐盈盈低下头，虚咳了一声，与方惟安迅速交换了一下眼神，心中倒升起了几分体谅，难怪方惟安之前就告诫她汪瑶的桀骜，这样叛逆不逊的孩子，着实是不令人喜欢的。

接下来，三人也没什么话可聊，不咸不淡地吃完了这顿饭。方惟安起身去前台买单，只留下唐盈盈与汪瑶两人独处。

餐厅里的冷气开得很足，汪瑶提起桌上的水壶，又给自己添了一杯水，目光像两条湿腻的泥鳅一般盯在唐盈盈的脸上，忽而一笑，声音像冰水一般寒凉清晰："我真不敢相信，他居然找了你这样的女人。左看右看，你一点都不像我姐姐。"

唐盈盈心底大恶，但总不好真的去跟一个孩子争辩，还是客客气气地说道："我没见过汪静，不过惟安跟我说过，她是个很勇敢也很有能力的女人。"

"他不配提我姐姐。"汪瑶像见到了蛇蝎毒物一般，两道向上挑起的细眉迅速扭在了一起，"还有，你们不能结婚。"

唐盈盈皱了皱眉头："为什么？"

汪瑶向上翻了翻白眼，不屑地冷笑道："唐律师，你们做律师的都是学霸吧，所以看不起我这种学渣。不过呢，我也是认识字、读过书的，所以我知道，一旦你们结婚了，方惟安的钱有一半就得归你。这就有问题了，他之前可是承诺过会给我准备一笔嫁妆钱，还有帮助我弟弟买房子，以及负责给我爸妈养老的。你们一结婚，二一添作五之后，他还剩多少，还够吗？"

"什么嫁妆？"唐盈盈大吃一惊，脱口问道。

汪瑶狐疑地看了看唐盈盈，倒不像是在装模作样，随后冷笑了一声，从包里拿出一支唇膏，对着手机的前置摄像头补起妆："你这个人怎么回事？既然你看上了方惟安有钱，就应该把他的财产情况先摸清楚，别自己瞎估摸一个数，也不知道其中有多少都已经许诺给别人了。你居然还是个律师。"

唐盈盈心里觉得蹊跷，面上却仍然保持着平静，耐着性子问道："小账我们一般是不算的，你结婚封个利市，你弟弟买房子凑不出首付，他愿意支持一下，我也犯不着去干涉。"

"小账？你口气真不小，不过我怕是你自己也没搞清楚。你知道我们那儿的陪嫁规矩吗？女方陪嫁至少是男方彩礼钱的双倍，双倍，double。我一个发小上个月结婚，老公给了二百八十八万的彩礼，她家卖了两套房，才凑出了六百六十六万好彩头的陪嫁礼。我长得可比她好看多了，以后找个老公总不能比她差吧。还有我弟弟，今年读高二，明年毕业以后就不打算再读书了。家里让他来深圳，先让方惟安带带路，以后再自己做生意。我弟弟会跟他女朋友一起来，方惟安也说了，到时候先给他俩在深圳买个房，三居的。这样他们随时都可以结婚。"

光听汪瑶这么一说，这钱款就不算小数了。方惟安生活很简单朴素，平日里也是一些寻常开销，吃穿用度都是平常人家的消费。唐盈盈没有细问过他的收入，但他终归不是那种家里有矿的土豪，竟随随便便就许下这种重诺，实在令人费解。但唐盈盈想起刚才方惟安答应给汪瑶买包的爽利，又觉得汪瑶应该不是在胡说八道。

想了片刻，唐盈盈便有些气短，餐厅里白晃晃的灯光将汪瑶的身影投在地上，拉扯成变了形的模样。如果说人前的汪瑶还像是一个叛逆期的熊孩子，此时的汪瑶却更像是一个算计低劣的市井妇人。但唐盈盈也不知道自己究竟在生谁的气，是汪瑶，还是方惟安，她深吸了一口气，尽量保持平静地问："手掌一翻，向别人要钱的行为，你好像还觉得很光荣？"

汪瑶对唐盈盈的讽刺嗤之以鼻："没什么光荣，但也没什么可耻的，谁让他欠我们家的呢？我今天好心告诉你，就算是在做善事了。你赶紧另找金龟婿，也省得我出手棒打鸳鸯，就算是我们各退一步了。他方惟安跟我们家的账，后半辈子也算不完。我可不想再多一个人进来，碍手碍脚的。"

唐盈盈觉得自己该不是聋了吧，或者是耳膜出了什么问题，怎么会听到这样一些无厘头的声音。她气到好笑地问："他究竟欠你们家什么，让你说话这么有底气？"

"他欠我姐姐一条命。一条命，你说值多少钱，唐律师？"汪瑶将脸凑在唐盈盈鼻子前面，毫无畏惧。唐盈盈只消轻轻呼吸，就可以嗅到她身上微微酸腐的汗水味。年轻人总是将爱恨感情都表现得这般淋漓深刻，但她却不敢将汪瑶的所有底气都归结于少不更事的妄为，在潜意识的战场里，面对这个少女，唐盈盈竟无由头地感到一种难以言说的挫败感。她不能确定这种感觉的根源是来自她姐姐汪静，只是清晰地确定，这种挫败，就如同被人当面掴了一个耳光一般令人羞愧不堪。唐盈盈将了将情绪，声音如蛛丝一般轻柔："你姐姐的去世是个意外，很遗憾。"

汪瑶微微讶异，继而又哼了一声："他什么都告诉你，呵，果然恩爱啊。不过你也要知道，要是我姐姐今天还活着，要准备结婚的人就不会是你。"说完，她的脸像是挑衅一般，又往前凑了半步，"搞清楚自己的位置。你就是一个替补。"

唐盈盈叹了一口气，将头微微别开，一字一句道："可惜世上并没有假设，结婚是我跟方惟安两个人的事，没有你插嘴的权利。我们结婚以后，就将成为一个经济共同体，他许诺的任何经济赠予，必须经过我的同意。假如他私下赠予，且有损于夫妻共同财产，我是有权利取消赠予的。法条如果太难懂，你也可以看看社会新闻，是不是有很多丈夫偷偷给小三买房，被妻子察觉后，起诉到法院，车子、房产、首饰、包包，什么都能拿回来。何况，你还不如小三呢。"看着汪瑶的脸一点一点发青发白，唐盈盈面无表情地扯了扯嘴角，总算是在这般尴尬狼狈的处境中，挽回了一点属于自己的尊严。

方惟安结账回来时，唐盈盈与汪瑶已经结束了对话，各自低着头看手机。汪瑶又变成了任性且没有心机的样子，缠着方惟安立刻就给她转买包包的钱。紧接着她又虚情假意地猛夸了一顿唐盈盈，说自己以后一定要向唐姐姐好好学习，考完试就想去唐姐姐的律所实习。

面对汪瑶的变脸，唐盈盈并未搭话。她心里清楚，汪瑶将主动示好做在了第一步，也就意味着她日后在方惟安面前说汪瑶的坏话时必须斟酌情景。"这个才不到二十岁的年轻人，怎么就这般心机深沉，手段纯熟了？"她苦笑着想。

金牙太太／著

THEMIS
女神蒙上眼 下

天地出版社｜TIANDI PRESS

THEMIS
女神蒙上眼

下

金牙太太

著

天地出版社 | TIANDI PRESS

第12章

闹事情也有委屈

吃完饭，两人先将汪瑶送回了学校，才往家开。唐盈盈觉得这一整天她的心脏就像被丢进了搅拌机里一般，起伏跌宕，颠簸不已，就是从前忙到一天写了十几份起诉书都没这么累。到了这个时候，她整个人累恹恹地靠在座椅上，目光发直，微微张开了嘴，以协助鼻子完成呼吸这个费劲的动作。

唐盈盈不是不想问汪瑶的事，她也想弄清楚方惟安许诺那彩礼和房子的缘由，但她实在疲倦得很，又想着两人毕竟还没结婚，方惟安真要大手笔送金送银，她好像也没什么立场去管，更何况管了就一定有用吗？这里头无论怎么说都还牵涉着一个汪静呢。想到汪静，唐盈盈的心里便像是梗了一粒石头一般别扭，她打起精神看了看正在开车的方惟安，徐徐问道："我记得你曾经说，汪静是因为意外在战场上丧生的，可为什么汪家人会觉得你欠了她一条命？"

忽地被她这么一问，方惟安手里的方向盘微微地滑了半寸，他紧接着变了两条车道，方才稳住了车子朝前驶，话说得流畅，声音却涩得发苦："我跟汪静是同乡，之前双方父母见过一面，一起吃了顿围桌饭，在我们那儿，这就算是把婚事给订了下来。结果，半年之后，我回来了，她却没有回来，他们自然认为我没有保护好她。这也不算冤枉了我。"

夜风悠悠转凉，一日的晴好到此刻竟变了天，夜空中飘起细细的雨丝，落在深色的柏油路上，很快便洇湿了地面，细细的水流汇成一片水镜，城市的灯光与建筑的轮廓投落在上面，流转成了无数黯淡的光影。唐盈盈皱了皱眉头，叹息道："你自己呢？也是这样认为？"

方惟安的脸有一半落在夜色中，他并没有直接回答唐盈盈的问题，恻然道："她要是还活着，她的家人就不会这么伤心。"他停了停，脸上哀伤的神色显而易见，言语如林下的风声，"盈盈，你喜欢我们现在生活的样子吗？沙发、窗帘，是我们自己选的颜色；冰箱里有我们喜欢喝的饮料和酒，还有上顿没吃完的饭菜；书房里乱七八糟堆了一些我们看过的以及永远都不会翻开的书籍杂志；阳台上晾着我们两个人的衣服，一到梅雨天，还得抱怨永远晒不干。窗口的风很大，到了晚上，夜风从天边吹过来，凉凉的，有一天晚上，你坐在窗边修指甲，我看到你的眼睛里都是这个城市温暖的灯光。这是我第一次觉得我可以与宁静的生活挨得这么近，这是我渴望而且想要的生活，我想未来一直跟你生活在这样的画面里。但在以前，这些是我想都不敢想，而且想也想不出来的。我和汪静十几岁就到了国外，严苛的训练和恶劣的环境，我们能谈的只有天气、吃喝还有对家乡的记忆。后来我也明白了，那时候我们其实是不敢谈未来的，因为谁也不能确定我们还有未来。正因为这样，我常常想，要是她现在还活着，她是什么样子？是不是也每天要去菜场买菜配材料回家煲汤？是不是找了一份朝九晚五的工作，每天被早晚高峰搞得烦躁不堪？是不是已经结婚？新郎是不是我？这些我都不能确定，这些假设也没有意义，我唯一可以肯定的是，她一定爱着她的父母，还有弟弟妹妹，会倾尽自己的一切去照顾他们。亲情是不能替代的，但有部分的责任可以，所以我想，在我的能力范围里照顾一下汪瑶，也是应该。"

方惟安的话有意说得动听且曲折，想必是为了照顾唐盈盈的感受。但再是曲折婉转，唐盈盈也听出了话中的深情。她其实早已经可以很坦然地接受汪静的存在，不至于被几句话就勾起嫉妒或是厌恶的情绪，只是方惟安的这一段生死恋情与方才那位活灵活现的汪瑶挂上了钩，便给了唐盈盈一种缓缓沉陷进一摊胶水里的黏糊感。她想了想，道："其实你也不用特意跟我解释，你想照顾汪瑶的心情，不用你解释我也明白的。"

方惟安笑了一下，道："那就好，我刚才还真的怕你会不高兴。"

唐盈盈也回了一个笑容，淡淡道："不过，我也需要说清楚，我的理解也好、明白也好，都建立在对你的信任上。我相信你做事会有考量，也会有分寸。我今天之所以问你汪瑶的事，是因为这件事情你整个儿瞒着我是不对的，这并不意味着我想要介入或是插手你与汪家的事情。"唐盈盈想了想，又补充道，"至少我目前不会。"

方惟安听明白了唐盈盈的言下之意，却毫不在乎，反而挑逗式地问："那什么时候会插手呢？"

唐盈盈翻了翻眼皮，瞪了他一眼："最好永远都不要。这是你与汪家的恩怨情仇，我做到知悉的程度就够了。再多一步，整个事情就会复杂一万倍。"

方惟安笑了笑，整个人都像是轻松了许多："唐律师说得是，你相信我，我会把这个事情处理好的。"

他的话说得很坚定，唐盈盈心里却没什么底。她想了想，还是忍不住提醒道："不过，我就作为一个旁观者再多说一句，读书的时候太讲究吃穿并不是什么好事，三万多的包，说买就买，当真有必要吗？"

方惟安扭头看了看她，笑意在嘴角轻轻地绽开："这个事情我是这样考虑的，汪瑶读书不行，她去AP就是去交朋友的，AP里面的孩子，家里非富即贵，想要得到群体的认可，她最好是能跟大家保持高度的一致。既然别人用LV，穿Nike，你就不好背个地摊货，穿双回力鞋。一旦被群体排斥了，心理压力更大，结果书也没读好，社交关系也没打通，那就真的是一无所得了。何况他们家经济条件本就不太好，从前汪静每个月的钱只留生活费，剩下的都要寄回去的。汪瑶在物质上心思更敏感一些、攀比心重一点，也是可以理解的。"

唐盈盈见他逻辑不通地说了三四个理由，结尾又转到了汪静身上，便知道这个话题再继续下去，也只是自找没趣，索性别开了头，斜靠在车窗上。雨滴落在玻璃上，发出淅淅沥沥的碎响，窗外光影在雨水中明灭回转，唐盈盈只觉得一阵倦意袭来，脑子里却异常清醒，在这种极度的困倦与清醒中，两人终于到了家。

这次见面之后，两人又回到了原来的状态，两人对汪瑶的事都不主动提起，就像根本没这个人一般。但在唐盈盈的心里，汪瑶的存在就像是扎在后背上的一根短刺，它对你的健康看似无大碍，也没有带来令人难以忍受的疼痛，你也明明知道它就在那里，可无论你怎么伸手，也够不着、拔不掉。

两周后的一天，唐盈盈与程风刚见完客户开车回所里，程风一如既往地在车里咋咋呼呼，吵得唐盈盈一面开车一面赌咒发誓回去就要拿一卷胶带放车上，以后再带程风出门，上车前就得把他的嘴给封了。

程风完全不惧，跟过了电似的抖动着双手，仍然一副嬉皮笑脸的模样说道："那我回去把手语也练熟，以后嘴巴不能说了，完全就靠手来比画！要是上庭也能用手语那就更棒了，一场精彩的庭辩犹如指挥一场大型交响乐，那气势！噔噔噔噔——"

他还没噔噔完，唐盈盈的手机便响了。电话自动接进了车内蓝牙，方惟安一贯平静的声音此时听起来竟有几分着急："盈盈，汪瑶的老师刚才给我打电话，这孩子好像惹上麻烦了。你方便来帮个忙吗？我在学校门口等你。"

唐盈盈微微蹙眉，却也没多说什么，一口答应下来："好，我正好也刚忙完，就在附近。现在过去的话，大概十分钟到吧。"她停了停，下意识地问了一声，"惹上什么麻烦了？"

方惟安的声音有些许的迟疑："具体情况还不清楚，我也在路上。好像是打架吧，把人打伤了。"

唐盈盈心里咯噔一下，也不再多问，只叮嘱了方惟安，让他到现场以后什么都不要做，要冷静。

挂了电话，唐盈盈迅速将车子掉了个头，又跟程风简单解释了几句，惹得他一双小眼睛里全是疑惑："哎，怪事，您和方大侠什么时候领养了个闯祸精，我竟然一点都不知道？"

唐盈盈没好气地说："什么闯祸精，是方惟安一个亲戚的孩子，现在正在深圳上学，就顺便拜托我们照看一下。"

"熊孩子的锅可不能随便背啊，这是我身为一个过来人给您的忠告。"程风语重心长地说。

唐盈盈冷笑着反击道："你一个单身狗，哪里来的过来人？"

"我这是作为一个熊孩子的过来人，不行吗？"程风说得理直气壮。

唐盈盈也懒得再理他，重重地踩下油门，车子从滨海下支路，穿过绿荫重叠的小径，很快便到了AP学校的门口。

AP的校园不大，却设计得别具风味。校园绿化做得很好，从远处看，像是有人在枝叶繁茂的树林里放置了一幢一幢红砖墙的教学楼，颇有几分童话王国的味道。每幢楼的廊庭仿照东南亚的楼宇结构设计成了长长的骑楼，挡光避雨，这样无论天气如何都不影响师生们的行走。

在一楼的尽头乘电梯上五楼会议室，一屋子的人正在里面等着。汪瑶的班级主任向坐在正中央的教务主任介绍了方惟安，方惟安又介绍了唐盈盈。相互说明了身份之后，教务主任向涉事双方家长介绍了事情的经过。

上个月开始，学校组织了一场"校园风采之星"的评选活动，活动分为两个阶段：第一阶段，所有参选学生按照要求将展示自己风采的视频或文章上传到校园论坛里，并发表竞赛宣言；第二阶段是网络投票环节。这个环节里，不仅学校同学可以互相投，外部人员也可投票，但反复强调的是禁止刷票，或使用任何技术手段进行投票。如果被查出，或者被人举报后查实，将取消参选资格。

问题就出在投票环节。汪瑶因为跆拳道获得很好的名次，在校园里一直有很高的人气，投票榜上也一直处于第二的位置，与第一名的裴蕾咬得很紧，始终有几十票的差距。汪瑶对此一直愤愤不平，多次找到负责这个活动的老师，举报裴蕾刷票。负责老师仔细地查了后台数据，也亲自问了裴蕾，没有发现什么不对，就汪瑶跟她解释，别人是很用心地拉了票。就在昨天，负责老师发现裴蕾的票数暴增，跟汪瑶的差距从三十一下就变成了五千。正在排查原因，汪瑶又跑来举报裴蕾，说她刷票，应该取消资格。

负责老师答应一定会公正地处理这个问题。经过后台技术的仔细排查，裴蕾突然集中增加的几千个投票是从一个四川的IP地址用投票软件集中投出来的，同时负责老师也发现，这个IP从比赛一开始，就一直在持续稳定地给汪瑶投票。负责技术的几个老师碰头协商了一下，一致认为这样的事情其实很清楚，肯定是汪瑶有意陷害裴蕾，希望能借此取消裴蕾的比赛资格。但即便如此，学校并不想把这个问题扩大，负责老师提出了解决方案：将这个IP投出的所有票数都作废。清除票数后，裴蕾仍然排在第一，而汪瑶却掉落至第三名。

汪瑶对这个结果很不满，立刻找到学校教务处投诉，认为负责老师徇私舞弊，故意偏袒裴蕾，她明明刷票了，又不取消资格。负责老师本想大事化小，见汪瑶不依不饶的，就提出如果裴蕾算刷票，那汪瑶自己是不是也有刷票的情况，那汪瑶的资格是不是也该被取消。汪瑶大怒，二话不说转身就去班上找裴蕾理论。这时候已经放学了，汪瑶追到学校门口，正好遇到裴蕾的家长来接她回家，汪瑶冲上去指着裴蕾就骂对方是心机婊，故意玩手段来害自己。嘴里还不干不净说裴蕾跟负责老师睡过了，他才这么帮着她。当时正好是放学时间，门口路过的同学很多，大家都听见了汪瑶的指责。裴蕾妈妈气不过，想阻止她再继续胡说八道，便上前去扯了一下汪瑶。没想到汪瑶是个练家子，转身一个侧踢，裴蕾妈妈的脑袋撞在了车门上，流血不止，缝了三针。裴蕾妈妈当场就报警了，要告汪瑶故意伤害还有污蔑。

唐盈盈的手指在太阳穴上揉了一圈又一圈，她看了看汪瑶，只见她仍是那副桀骜的模样，独自坐在会议室的角落里，头却扭向一边，像是自顾自地在欣赏窗外的风景。裴蕾看上去弱弱小小的，两只眼睛都哭成了粉红色，柔弱不堪地缩在妈妈怀里，十足受害人的模样。不知道为什么，唐盈盈觉得在这样的场景下，汪瑶竟有些可怜。她突然想起方惟安的话，假如汪静还活着，那今天来解决问题的理所应当是她的姐姐，而不是他们这两个外人。

"事情的经过大概就是这样。我们今天请双方的家长过来，也是想大家商量一下，看看怎么处理。"教导主任一面说，眼风一面扫在方惟安的脸上，"学校里面同学之间相互吵嘴甚至打闹也不是什么新鲜事了，但这个事情的起因比较恶劣，无论怎样，都希望家长能够认真配合学校，教育好同学。学校呢，对整个事情进行了调查了解，也拿出了一个初步的解决方案，希望汪瑶同学写一份检讨交到学校教务处，同时再写一封道歉信给裴蕾。裴蕾母亲的医药费、检查费什么的就请汪瑶承担。汪瑶也需要口头上给裴蕾母亲道个歉，怎么说都是长辈，这样动手是不对的。当然，也麻烦裴蕾母亲跟110说一声，这个事情咱们内部解决了。至于投票的处理，由于存在舞弊行为，希望汪瑶同学可以主动退赛。"

这样的处理算是不轻了。方惟安抬了抬眼皮，看着教导主任，并没有十分恭敬，却也不至于不礼貌地说道："这我听上去光就是让汪瑶配合了。"

裴蕾父亲见到方惟安这不阴不阳的态度，火气一下便涌了上来："你这是什么意思？当然该是汪瑶配合承担责任了。她犯了错误，本身就应该由你们主动拿出解决办法，来获取我们的原谅。学校已经提出解决办法了，怎么，还有意见呢？那就别协商了，直接报警好了。投票作弊，动手打人，算不算故意伤人，算不算扰乱社会治安啊？"

方惟安又抬了抬眼皮，悠悠地说："十几岁的孩子，正是对公平正义最敏感的时期，大家都憋着一口气要讨个公道。裴蕾母亲的伤我看到了，我也问了汪瑶，确实是她动的手，该赔多少医药费、误工费、营养费都行，我认。至于别的什么道歉、获取原谅，在我看到确凿可信的证据之前，都是一面之词。所以你们也别吓唬我，报警也好，上法院也好，我今天已经把律师都带来了，去哪儿都能奉陪。"

裴蕾父亲见他这么说话，几乎要气爆炸了："呵，这个小丫头先是搞些偷鸡摸狗的下作把戏，然后再中伤我女儿，还把孩子她妈给打伤了。还要什么证据，证据刚才这位老师不是都说清楚了吗？你们见过这么嚣张的家长吗？什么玩意儿！"裴蕾爸爸穿着体面，但在盛怒之下也顾不得形象了，手指指点点地冲着方惟安。

方惟安别了别头，避开了裴蕾父亲的戳戳指指："刚才这位老师是说了，我听见了。但每一句都是汪瑶怎么样、汪瑶干了什么，光是这种告状的语气就让人听了不舒服。"

负责老师也立刻接上话，道："我说的都是事实，她确实做了这些事。"

"事实也是你一个人说出来的。"方惟安完全没有给学校留情面的意思，直截了当地指出，"而且就从你说的事实来看，汪瑶留意票数变化、及时向你们举报弄虚作假的人，为什么你们就直接认定她是那个刷票的人呢？"

"我们也没说她是刷票的人，但其实大家都不傻，这么做只对她有好处。"负责老师没好气地说。

"你要这样说也行，但反正这说服不了我。要配合学校的处罚决定，我勉强也做不来。"方惟安索性也要起了无赖。

"你这人怎么这样？那她打人总是铁证了吧，你刚才也承认了。学校对寻衅滋事的学生做出一定的惩罚也是应该的吧。"负责老师是个年轻气盛的小伙子，没什么吵架的经验，三五下就放弃了自己的阵地，步步后退。

方惟安淡淡一笑，慢条斯理地说："我刚才只是认裴蕾母亲脸上的伤是汪瑶造成的，这个伤该赔钱补偿都没问题。但关于为什么动手，我倒有些不同看法。"方惟安的双手在空中简单比画了两下，说，"你在叙述中也说了，是裴蕾母亲拉扯了一下汪瑶，她才还的手。'拉扯'两个字很含糊，究竟用了多大力来拉扯，拉扯之后又有没有别的后续动作？毕竟后侧踢这个动作是一个下意识的反击动作，如果是汪瑶主动出击，我相信她会选择正面出拳或是踢蹬。"

方惟安说完，在场众人脸上都流露出了一种难以置信的表情。裴蕾父母与学校几个老师互看了一眼，裴蕾父亲气得连话都说不太利索了："你……你这么胡搅蛮缠，是解决问题的态度吗？你们家平时就是这样教育孩子的吗？出了问题就只会一味地偏袒吗？"

方惟安摆摆手，说道："我不是汪瑶的父母，教育什么的谈不上。不过总不能让人平白无故地被欺负了。"

裴蕾父亲重重地一拳捶在会议桌上，大怒道："谁欺负了她，你给我说清楚！"

学校也对方惟安的态度很不满意，旁边的几个老师纷纷开口谴责道："不知错不认错会害死这个孩子的。""你这个人得讲些道理吧。"

一时间会议室里纷纷吵吵，程风看得咂舌，低声对唐盈盈说："我果然没看错，方大侠就是大侠，以一人之力死扛不认错，这一战颇有几分乔峰大战聚贤庄的风采。"

唐盈盈被吵得头疼，瞥了程风一眼，叹气道："得了吧，还聚贤庄呢。方惟安这就是护短，我敢保证他心里也认为这一切都是汪瑶的错，但他向来只认亲疏不管对错，所以即使对方拿出了铁证，他也不可能低头的。"

程风远远地瞥了一眼角落里的汪瑶，不住地感叹道："我当年闯祸的时候怎么就没这么个强大的靠山呢。"

还没等程风感慨完，唐盈盈便迅速钻到了桌面下面，嗡的一声，接通了麦克风的电源。

唐盈盈拿着麦克风，笑容可掬地说道："再这么争吵下去也不会有结果的。不管是汪家还是裴家，家长肯定认为自己的孩子是对的，学校则秉着有错必惩的态度，希望对两个同学的未来负责。这样吧，我毕竟是一名律师，擅长的就是把事情的来龙去脉给梳理清晰。要是大家不介意，我先尝试着把这个事情给捋捋清楚，之后咱们再谈怎么解决。"

裴家和校方见汪瑶这边总算来了个说话正常的，自然不反对，愿意先看看她怎么说。唐盈盈想了想，言语清晰地说道："现在其实有两个问题，一是投票作弊，二是辱骂打人。最重要的是第一个，刚才这位老师说得很清楚，是有一个投票

IP给两人都刷了票，所以肯定是有人买了票，给自己刷了，也给别人刷了。但是究竟是先给自己刷的，还是先给别人刷的，目前并不能确定。要紧的是，学校之前的规则说只要被查出来有刷票行为，就取消参赛资格，这个规则本身就有很大的漏洞啊，我猜你们设定这个规则的时候肯定没想到会有人给别人也刷票。"

负责老师的脸红了红："现在这种评选很多，我们确实还没遇到给别人刷票的。所以，在后来的实际操作中，我们也对这个规则进行了修改，只将那些票当作无效票作废了。但是汪瑶对这事意见很大，在我面前就骂骂咧咧了很多。"

"那么你认为她为什么会对这个更改规则的方式意见很大呢？"唐盈盈问道。

"我想也许是恼羞成怒吧，觉得自己想利用这条规则将裴蕾赶出比赛的计划落空了。"负责老师也不再顾忌，直接说道。

唐盈盈想了想，又说："为什么她不能是单纯对学校未能履行做出的规定而感到气愤呢？"

负责老师愣了愣，看了一眼汪瑶的班主任，苦笑了一下，说道："也可能吧，就是不太像。"

他的回答果然在唐盈盈的意料之中，汪瑶的顽劣她是早有领教，想必平时在学校里对待老师和同学也不会客气到哪里去。令人头疼的熊孩子，明里暗里自然也少不了多吃些苦头。唐盈盈笑了笑，继续道："两个人都被刷上了票，因为汪瑶更像是会去做手脚的人，所以也就认定了她，排除了另一个？"

负责老师也笑了笑，说："一个嫌疑很大，另一个没有理由啊。裴蕾已经是第一了，她没有必要突然间给自己刷上那么多票，这不是等着被查吗，对她也没有什么好处。做一件事情，谁得益最大，谁才最有动力去干吧。"

"你说得没错，但最有动力去干，只能说明她有可能干了，并不意味着没有别的可能性。在我看来，这件事的可能性还有很多，比如说票可能是第三名刷的，从投票一开始就不动声色地给第二名刷，累积到现在，又突然给第一名猛刷了许多票，是为了引起注意，让主办方去查那个IP，查出来两人都有刷票行为，按照规定，两人都被取消资格，那第三名就能坐收渔利了。"唐盈盈说完，缓了缓气息，看了一眼在座众人的表情，又继续道，"也不排除票是第一名刷的，用这种方式解决掉一个有力的竞争对手，对自己也不能说是没有益的。"

教导主任见唐盈盈马上就要掌握场上谈话的主动权了，急忙清了清嗓子，补充道："这位唐律师，任何事情我觉得还是得在常人可以理解的范围内进行讨论，夸张的、极端的事情你说有没有可能性，当然有，万事皆有可能嘛。但我们遇到的概率能有多少呢？千分之一还是万分之一？"

唐盈盈点点头，继续说："您说得没错，就一件事情来交换彼此的意见，我们习惯就最可能发生的那个情景做深入的探讨。但以此来定罪，却是远远不够。目前我们所掌握到的情况就是有一个人给她们两个人刷了票，究竟是她们两人中的一个，还是有第三人，我们不知道。贵校可以依据事先公布的规则，同时取消两人的比赛资格，也可以亡羊补牢，宣布被刷的票全部作废，以上都是有理可依的。至于劝汪瑶退赛，我认为这种处理方式来源于偏见，并不可取。"

教导主任自然也发觉了之前工作上的失误，见唐盈盈给台阶下，便也点点头："那就还是按照之前的解决办法，出一个对规则的补充说明，同时赶紧把这些票作废了，两人继续比赛。"主任顿了顿，又给自己的话圆场，"我们之前要求汪瑶做检讨以及给裴蕾道歉，主要是出于她言语上对裴蕾同学进行了攻击，并不是针对刷票作弊这个事情。"

唐盈盈摆摆手，制止道："您说的那是另一件事，我们先把这个刷票的问题彻底解决了。"说完，她低下头与方惟安耳商量，"接受这样的处理也可以，但汪瑶当时的暴怒，总让我觉得她不像是事先知道的。或许我能再试试，不过没什么把握，要是玩砸了，接下来处理打人的问题，就要做出一些让步了。"

方惟安温和地笑了笑，在桌子下面握紧了唐盈盈的手，道："放手去试吧，我在后头，你什么都不用怕，真闹僵了，大不了转学就是。"

唐盈盈心里嘀咕，怎么能这样乱来，面上却没太大反应，目光浅浅地瞟了他一眼，又继续对众人说道："其实验证这个问题并不困难。学生整天都在学校里待着，要买刷票服务，肯定是在网上购买的。我想看看两位同学的支付宝账单，还有微信账单，谁买了这个服务，大概率可以从账单里面找到线索。"

唐盈盈的话刚说完，其他人还没有完全反应过来，只见汪瑶霍地一下站了起来，从口袋里掏出手机，点开屏幕，便直接扔在了桌子上。

大家翻看了她近一个月的购物记录，并没有可疑的支出。转过头再看裴蕾的时候，她原本就哭成了粉红色的双眼此刻涨成了鲜红色，楚楚可怜地看着斜前方，手指纠缠在一起，半天都没有动静。

裴蕾妈妈着急了，催促道："蕾蕾，你也拿给他们看看，怕什么？"

裴蕾怯怯地看了母亲一眼，像是被母亲额头上的伤口吓到了一般，身体一软，嘴唇颤抖着说："妈，我想好好读书，我明年就要高考了，我还要考雅思，国内的清北和国外的好学校我都有机会去冲刺一下的，我……我不想比赛了，以后都不想参加什么比赛了。"说到最后，竟哇哇大哭了起来。

见到裴蕾这模样，众人哗然。裴蕾父亲仍然不敢相信，冲到女儿面前，从她手里一把抢过手机，点开网购记录，翻看了几页，倒是没有什么刷票服务的记录，只是显示从上个月开始，她陆续在一家四川的商贸公司购买了几百斤大红枣，这周又买了五百斤，七七八八算起来，竟有几千斤的量了。

裴蕾父亲恨得切齿，呵斥道："这是什么？你从四川买什么红枣？"

裴蕾毕竟年幼，哪里见过这种场面，立刻吓得什么都交代了："是卖家让我这么做的，刷票是违规的，他也怕查，就让我假装买大枣，一个枣子等于十票，都算好了的。"

裴蕾父亲怒气大涨，将裴蕾的手机往地上一甩，怒斥裴蕾道："你做这种没意义的事情干什么？"

裴蕾此时已经泣不成声："我就是讨厌她！她是哪里冒出来的？她学习那么差，好多科目都不及格。我们平时上课上晚自习，她就在旁边玩游戏、追剧，她跟我们根本就不是一类人，凭什么也在AP上学？我不喜欢她，我不要看到她的名字跟我的名字写在一起。"

面对裴蕾的哭诉，在场几个老师面上都是一副心有戚戚的表情。

唐盈盈想了想，又问裴蕾："你这么做，万一你们同时被取消了竞选资格，你也觉得值得？毕竟你已经是第一名了。"

裴蕾咬了咬牙，眼睛下面的红晕像艳极的晚霞，灿灿地浮在白皙的皮肤上，她盯着汪瑶，目光里竟是不屑和恣意的张扬："没什么不值的，我其实根本就不在乎这个奖，没有这个我凭成绩也可以去我想去的大学。她可以吗？她就指望着这些不中用的东西帮她走捷径呢。竟然还有这么多人喜欢她，真是瞎了眼。"

汪瑶也冷冷地回望着裴蕾，笑声轻蔑且刺耳："有意思吧，谁是人，谁是鬼，这下清楚了吧？"

裴蕾父母气愤不已，当着众人的面便对裴蕾斥责个不停。教导主任一边拦着，一边对裴蕾开导不止，与方才对汪瑶严厉冰冷的态度大相径庭。

方惟安看这个局势，心里也大致明白了。不一会儿，教导主任将他拉到一旁，低声商量道："学校肯定是希望每个学生都好，同学之间可以和谐相处。谁想到裴蕾这个孩子平时一直乖巧听话，是出了名的模范生，这次真是鬼迷心窍了。我一定让她父母回去严加教育，等教育好了，让她主动向汪瑶道个歉。其他公开性的处罚最好还是不要了，马上就要期末考试了，影响了孩子的情绪就不太好了。"

方惟安心想，当初你们认为是汪瑶干的的时候，又是要求道歉又是要求做检讨的，怎么就不考虑会影响汪瑶考试的心情呢？不过转念一想，哪里的学校对优等生自然都是有所偏袒的，汪瑶的情绪就算再好，成绩也就那么回事，还能超常发挥到天上去？只不过这么一来，方惟安在处理动手打人的问题上就一步也不肯退让了，他笑了笑，说道："我能理解老师和家长的心情。我原本也是这个意思，自己家的孩子自己带回去好好教育，省得给学校添麻烦。裴蕾同学应该好好学习一下遵守规则，不要太过于任性妄为了。"

方惟安只说裴蕾的问题，对汪瑶的问题却只字不提，令人有些烦厌，但由于事端的源头作弊事件有了定论，裴家也自觉理亏，底气自然不如之前那么足。方惟安只守着一条底线，就是汪瑶不会受到责罚，旁的他其实并不太在意。在这种情况下，教导主任只好和上了糨糊，将双方的责任相互匀了匀，又将汪瑶和裴蕾不轻不重地各自教育了一顿，这事便算了结了。至于之前所说的道歉、检讨什么的，也不再提了。

裴蕾父亲倒是讲道理，主动提出了退赛，并再三表示回去会加强对裴蕾的教育。方惟安也只是笑笑，看样子并没有什么兴趣关注，也没有礼尚往来要批评汪瑶动手打人的意思。

唐盈盈见事情解决得差不多了，便与程风出去，在楼下等。在会议室里争论了许久，出来才发现外面早已夜幕垂落，灿灿的星空耀在头顶，回廊的转角处长着一大丛夜来香，细碎的花朵像小喇叭似的聚成一簇，散发着幽幽清香。远处的教学楼被灯光照得透亮，里面坐满了上晚自习的学生，隐隐还有些整齐的读书声，这种久违的感觉令唐盈盈颇为感慨，似乎再靠近一步，就能越过十几年的时光，回到自己浓烈的青春里。

一旁的程风也有不少感慨，但他感慨的方向显然与唐盈盈很不相同："我怎么记得我当年读书的时候，单纯得跟白开水一样，说黑就是黑，说白就是白。这届学生不行，宫斗剧看多了，要么性格怪拗，要么就心思深沉，我得小心着点。"

　　唐盈盈被他打断了思路，疑惑又好奇地问："你要小心什么呀？"

　　程风掰着手指数了数，认真地说："她们这届平均年龄大概比我小八岁，我要是一直没脱单，四五年以后就要留心避雷了，找女朋友一定得找个差五岁以内的，以免遇上这批小甄嬛。"

　　唐盈盈呛了一口，手里的矿泉水正好喝完，顺手便将空瓶子往程风脑袋上砸了过去，骂道："你脑子里整天都在想些什么乱七八糟的。"她看了看程风那张仍然粗糙却已开始退去青涩的脸，脸上勾起了一些笑意，道，"这就是年轻人啊，无论喜欢还是厌恶都是简单且浓烈的。等到我这个年纪，被岁月蹉跎了好几年，会觉得感情就像是被人注入了大量的水，喜欢可能还是喜欢，但永远也不能像以前那么喜欢了。而恨呢，好像世上已经没什么事情值得花费时间去恨了。"

　　程风看着唐盈盈光洁的额头，她的头发被整齐地束在脑后，显得又精神又干练，正是风姿正盛的时候，哪里有被岁月蹉跎的痕迹？然而他再细细打量，精心敷过粉的脸庞仍然难掩眼下的一点晦暗，他正要开口说几句漂亮的安慰话，目光却被从对面走来的汪瑶吸引了过去。

　　汪瑶单肩挎着新买的包包，走到唐盈盈面前，仍是那般粗鲁无礼的模样："你别以为你帮了我我就会感激你。我根本就不需要你的帮忙，你做的这些我一点也不感激，哦不，我更加讨厌你了。不就是为了逞能吗，显示就你最聪明、最厉害，福尔摩斯也比不过你？"

　　对于汪瑶的无礼，唐盈盈早有准备，可这次还没等她开口，一旁的程风便迅速说道："你这个人怎么回事啊？白眼狼精变的吧。会不会好好说话啊，别人帮了你要说谢谢哦，家里没教过吗？你是不是觉得自己这样没礼貌很有型，很有个性？我没觉得，也没有人会觉得啊。不过如果你平时也是这副神经病的模样在校园里乱窜，我倒一点也不奇怪为什么同学看不惯你，就连老师也想抓住你的小辫子给予严惩了。"

　　汪瑶被程风机关枪似的话搅得有点来气，伸手将滑落的包带往上捋了捋，冷冷地对程风说："谁要他们看得惯？我自己好得很。你不过是一个跟班的小马仔，也轮得到你来教训我？"

　　程风皱了皱眉，苦笑道："我是小马仔没错，但你也别以为自己是白富美，真正的美女才不会有你这种品味呢。"程风指了指她肩膀上的背包，笑道，"这个款式的包，我妈已经用坏了三个，她们一起跳广场舞的老太太人手一个。怎么，你也是舞蹈队成员之一？"

汪瑶一贯自恃自己长相优越，又仗着有方惟安，做了不少奢侈型消费。可程风偏偏往这上面大加讽刺，几下挑拨，便令她气得尖叫："你懂什么？我这是正品，跟那些山寨货不一样！"

见她急了，程风便越发淡然，轻轻笑了一声："是吗？那就正好应了中国那句古话，叫穿上龙袍不像太子。"

汪瑶气得抓狂，唐盈盈憋住笑，急忙拦在两人中间，带着职业假笑对汪瑶说道："汪瑶，你给我听好，我今天来帮你，根本没有什么要讨好你的意图。我一年要处理近两千起纠纷，其中大部分的客户我都不喜欢，少部分的客户也不喜欢我，但这并不妨碍我提供专业等值的咨询与服务。我今天来这里，不是来看你热闹的，也不是来显摆自己能力的，这仅仅是一次寻常的工作而已。账单我随后会给方惟安，每小时三千五百元，目前已经花费了三个小时。如果你还有什么不清楚，需要找我咨询的，我们也可以站在这里继续聊。"

汪瑶的脸色不断地变青变白，又呈现出气愤的绀紫色，她狠狠地瞪了唐盈盈和程风一眼，咬牙道："我就不信你一辈子都能这么得意。我们走着瞧。"说罢，她将包重重地往身后一甩，扬长而去。

程风咂舌，感叹道："这不仅是个惹事精，还是个火药筒子，方大侠哪里惹上这么一个百毒俱全的熊孩子？"

唐盈盈苦笑了一下，说道："他从哪里惹上的不要紧，我就怕她再作出什么幺蛾子来。"

唐盈盈打心底里就想避开与方惟安谈论汪瑶的问题，这个小姑娘的性格顽劣到了这个程度，想必也是冰冻三尺非一日之寒。想要她更靠谱一点，总得等她长大了，自己多吃点苦头才能明白。唐盈盈心想着自己与她非亲非故，说多了反而讨嫌，更不值得费心，便抱了摞书，躲进了书房里。

然而一直到晚上临睡前，唐盈盈见方惟安一直保持着一副心情大好的样子，一边听着歌，一边趴在地板上做俯卧撑，时不时地还回几条信息，嘴角则始终蕴着一股笑意。唐盈盈的心里便开始有些不舒坦了。她脱了鞋，轻轻地坐在床沿上，挖出一大块按摩膏开始揉捏酸痛的小腿肚，一面故作轻松地问："今天学校的事情，你跟汪瑶的父母说了吗？"

方惟安在做平板支撑，身体绷成了一根直线，一面做一面回答道："都处理好了，还要说什么？我也不打算找他们邀功，何况今天的功劳都是你的。"

唐盈盈皱了皱眉头："不是功不功劳的问题，他们是汪瑶的父母，既然拜托你照顾汪瑶，那在这边遇到了什么情况，你总得跟人家说一声吧。"

方惟安用力吸了口气，又猛地呼出去："没必要。汪家父母的心思都在他们那个小儿子的身上，对汪瑶管不了，也懒得管。汪瑶要是觉得有什么，她自己会跟她爸妈说的，我只管解决问题，别的事情我没力气去操心。"

唐盈盈给自己按摩小腿的力度逐渐加重。她一点也不意外汪瑶出身一个看重幼弟的家庭，这与她并没有什么关系。唐盈盈唯一在意的是方惟安的看法，她想了想，又问道："那你跟汪瑶好好梳理过今天的事情了吗？"

"没啊。我跟学校谈完不就跟你一起回来了吗。我跟一个小姑娘有什么好说的。"方惟安坦然得很，也并不觉得有什么不妥的。

果然是这样，唐盈盈忍了忍气，但还是耐心地说："你自己不说她，也不跟她父母说清楚情况，这样一来，你就变成了一个非常奇怪的存在。从汪瑶的角度来看，她等于平白多了一个只会替她撑腰，但从来不会批评指正她，也不能批评指正她的人。这种类似于溺爱角色的存在，我不认为对一个心智尚在发展期的孩子是一件好事情。"

方惟安扭过脖子，歪着头看了看唐盈盈，奇怪地说："我没有溺爱吧，我只是帮她解决了一些小问题。方律师，你是不是把这个事情想得太严重了？"

唐盈盈想到方惟安之前对汪瑶买包的爽快，对嫁妆的承诺，以及在处理学校纠纷时无条件无理由地护着汪瑶，心下烦恼，也懒得再涂抹什么润肤乳了，直接将一个枕头扔到地上，自己踩在了地板上，站在方惟安面前认认真真地说："我是很认真地在跟你说这个问题。汪瑶的年纪说大不大，说小也不算小了。年满十八岁，就意味着她要对自己的行为负完全责任。可你看看，她哪里有为自己行为负责的意识？一言不合就能动手打人。你别跟我说是对方先动的手，如果不是她先辱骂裴蕾，又怎么会惹来这么一场风波？学校不予处罚已经有偷懒的嫌疑了，家长更应该承担教育和引导的责任。结果是，她骂了人、打了人之后，完全没有受到任何责罚，也就不会觉得自己有什么错。方惟安，这里面难道就没有你助长她胡作非为的部分？"

"这我可没有，别给我乱定罪。"方惟安终于从地板上爬了起来，拿起一杯水，喝了一口，想了想，又说道，"我其实也知道，汪瑶的脾气不太好，成绩更是糟糕，在学校里跟同学处得不太融洽。青春期的孩子总有些叛逆嘛，等她长大了，自然会懂事的。她毕竟是别人家的孩子，我又好去说什么？说了也没用的。她对我也是表面客气，内里其实抗拒得很。"

唐盈盈从方惟安手里拿走水杯，仰头也喝了一口，心想你自己倒是很清楚嘛，嘴上则冷冷地说："那你至少可以学会拒绝她的不合理要求，肯定与否定都是你对她表达出的态度，如果你一味地纵容她的予取予求，那总有一天，汪瑶会变成你生活中的一个黑洞。"

方惟安一步一步地凑近唐盈盈，鼻子轻轻地在她脸部附近吸气，像是一只小狗在轻轻嗅着主人的气味，他的嘴唇时不时地掠过唐盈盈脸上的绒毛，惹得她一阵酥麻。唐盈盈的拳头不轻不重地砸在方惟安宽厚的肩膀上，喝道："我在很认真地跟你说话。"

方惟安微微一笑，抬手便轻松地将唐盈盈抱了起来，浑然不在意地说："我听见了，可是你太好闻了，香香的，像奶油棒棒糖，分散了我的注意力。"他一边走，一边低头又去闻唐盈盈的脖子，沿着脖子往下，轻轻地咬住了唐盈盈肩胛骨上的肌肤，"我尝尝，究竟是什么味道的糖果。"

"方惟安，你这是在逃避话题。"唐盈盈一面用手抵抗，一边挣扎着要下地，"不要跟我玩霸道总裁的招数，我又不是小女生。"

"我知道，我也不喜欢小女生，太麻烦。但是盈盈，你太紧张了。我来帮你放松一下。"方惟安含糊不清地说，自顾自地在她身上嗅来嗅去，碰到敏感的肌肤，还上嘴吻上一个小印记。论力气唐盈盈根本不是他的对手，只扭打了一小会儿，便累得脱力，索性放弃了挣扎。方惟安见自己得逞，轻轻笑了笑，用牙齿咬开了唐盈盈睡衣的系带，轻松地将她那件珠白色的睡裙褪下，又慌不迭地用嘴唇在她光洁的肌肤上一寸一寸地探究着。

　　夜色舒朗，开着空调的室内袅袅地飘着加湿器喷出的水雾，漾在不频闪的灯光下，就像给一切都蒙上了柔和的气息。唐盈盈只觉得自己体内蕴蓄的欲望被迅速地点燃，印着鲜艳石榴花的浅米色床单在身下迅速变得凌乱，随着方惟安动作的深入，她也放开了紧绷着的肌肉，像一只乖巧柔软的小猫一般用四肢缠住了男人那线条优美的身体。

　　方惟安吻住了唐盈盈，像是想从她口中撷出花蜜来一般，深深地、动情地吻，一直到这个吻结束，方惟安的目光仍然凝在唐盈盈的脸上，声音轻柔得像是草地上新冒出的嫩芽，"盈盈——"他叫了一声，没有下句，也没有接下来的动作。

　　唐盈盈等了一刻，睁开微合着的双眼，好奇地看着他："怎么了？"

　　方惟安的神色微微一动，脸颊上竟不明显地飘上几缕慌乱："我刚才突然想，要不我们今天不做措施了，我们要个孩子吧。可马上又想到，我们还没结婚呢，我应该先求婚才对。两件事情同时冒了出来，我一下竟不知道先说哪个了。"他的声音又低又柔，透着旖旎的爱恋以及微微的紧张。

　　唐盈盈的脑子一下子就蒙住了，孩子？她向来觉得自己离孩子还很远，很遥远很遥远。孩子之前还有结婚，结婚前还要双方家长见面，听说还有漫长的风俗仪程，然后还有法律手续，接着总要有隆重的婚礼、悠闲的蜜月假期，结婚这个庞大的步骤才算完。然后呢，他们应该跟现在一样，回到忙碌的工作节奏上，直到双方父母开始催生。再抵抗个一年半载，然后才开始备孕，吃叶酸算时间。要孩子在唐盈盈的计划中至少也是第十几项的事情了，前面的步骤都还没做呢，怎么就谈到这个了呢？可转念一想，又有什么不可以？这年头未婚先孕早就不算什么新鲜事了，像她与方惟安这样的成年男女，要个孩子也许就是一个念头的事情。可是自己当真准备好了吗？又或者说，她相信方惟安能够成为一个合格称职的父亲吗？唐盈盈沉默了，扯过旁边的毯子遮住半裸的身体，不由自主地往后退了退。

　　方惟安见唐盈盈这样，一时间便有些无措。方才的激情渐渐湮灭，他坐在唐盈盈身边，轻轻叹道："我也只是给这么一个提议，你别害怕。我刚才看你在汪瑶的事情上很有一个母亲的架势，就想着我们别管别人家的孩子了，我们自己生一个好了。也就是一个提议，你看你一脸的惊恐，我还真没想到这样就能把你给吓着。"方惟安的声音像是含着轻松的笑意，又像是有无数的失落，有一点凉，又有一点暖，落进了唐盈盈的耳里。

唐盈盈将身体靠近了些，曲成他胳膊的形状，舒适地紧贴着男人的身体。她一时之间也不知道如何去回应，只是沉默着。许久之后，她才微微"嗯"了一声："我真的没想过生孩子的事，不敢相信我要变得多么强大，才能对另一个生命负责。"

方惟安扑哧一声笑了，紧紧搂着唐盈盈，亲吻了一下她头顶的发丝："你已经非常强大了，之前没想过，那就从现在开始想想，也可以先从嫁给我开始想。"

方惟安的话平淡而且诚恳，不像是玩笑之言。唐盈盈抬头看着他，他的目光也回望着她，深邃且笃定，像一片宽阔无垠的大海，基调是苍凉的、空旷的，也是温和的、可靠的，引得你恨不得纵身一跃，将自己的身影永远定格在他的眸光里。唐盈盈心中有些感动，她拿起方惟安的手，将自己的手掌放进了他的手心，用手背的肌肤轻轻摩挲着他掌心上的茧子，脑袋靠在他的胸口，听着他的心脏怦怦怦的跳动声，笑腻着说："我是要好好想想，这一点头可就是一辈子的事，总得有个比较、论证以及再确定的过程。"

方惟安轻轻一笑，并没有立刻接话，只是将她再次翻在床上，重重地扑了上去。

Debra度过了轻松舒适的孕中期，从这周开始已经满二十八周，踏踏实实地进入了孕晚期。但她仍然是那般风采照人，纤细的四肢、挺拔的腰背，洁净光亮的脸庞上没有一星斑痕。唯独双足有轻微的水肿，她换上了软皮的踩跟皮鞋，一整套H型的商务套装，走路带风，衣摆飒飒，出入仍是雷厉风行的职场女王。她依旧每天自己开车来律所，看文件、开会、布置任务、出席论坛，每日的工作行程依然是满满当当的。据她自己说，工作强度和数量已减了一半，但在旁人眼里，高高的孕肚就像是一口锅牢牢地扣在她的身体上，除了稍微影响行走的速度，别的就跟怀孕前没有任何区别。怀孕了也不把自己当孕妇看，这仿佛是这个时代职业女性要强的一种倔强方式。

这天快下班的时候，Debra走进唐盈盈的办公室，将一盘切好的新鲜水果放在满是文件的办公桌上，笑容可掬地说："今天水果店弄错了，竟然给我送了糖分太高的草莓和香蕉，没法子，为了不浪费，只好来投喂你了。"

唐盈盈赶忙把脑袋从电脑屏幕中拔出来，小心翼翼地将Debra让坐在沙发椅上，又给她身后垫上了一个软枕头，赔笑着说："国宝姐姐，以后领水果这种好事你随便勾勾手指，我立刻就奔去你那儿拿了，怎么还敢劳你亲自给我送过来，这也太不好意思了。"

　　"你这说话的口气怎么像程风？"Debra看了看唐盈盈堆成小山一般的文件，眼睛弯曲成了两个半圆形，"我也是看你今天从上班到现在，整整一天，就跟长在椅子上了一样，一直在忙，这么拼命地给所里赚钱，我送个水果又算得了什么。"

　　听她这么一说，唐盈盈便立刻觉得颈椎酸痛得快要断了，她一边左左右右地扭扭腰、上上下下地转转脖子，一边叫苦连天地抱怨道："可不是吗，快忙疯了。程风这家伙突然请了几天假，也不知道是不是被召唤回家收麦子去了，留下一大堆的活儿，只能我自己干。从查资料到起草文件、审核甚至装帧，我这是一人一条生产线啊。"唐盈盈的眼珠子转了转，嬉笑着说："这时候我就特别怀念林小云，可以天天007也没二话，要不然你把她还给我再顶个几天？"

　　Debra眼风轻轻一瞥："想得美。何况她这几天也不在所里，康俊和她一起去新加坡出差了。上个月我谈了一个那边的大客户，JW集团，现在正是拍板的要紧阶段，可被Rowan知道了，因为我坐飞机会有危险，他不仅给各家航空公司写邮件说我高龄怀孕，还打电话给康俊各种威胁，真是气死了。康俊昨天出发前还特意来跟我说，新加坡的焗大螃蟹世界一流，可惜与飞机同属于孕妇忌用，这次他就帮我一同领受了。"Debra还有些愤愤不平，咬牙切齿地说。

　　唐盈盈用牙签戳起半个草莓，放进嘴里，汁水浓郁的香甜瞬间充满了口腔，她满意地笑了笑："难怪我觉得这两天所里这么安静呢，原来康主任也出差去了。我这些天只顾着埋头做文书工作，都两耳不闻窗外事了。"

　　Debra的目光如林下幽风，轻纱缈缈地流转在唐盈盈的面上，像一把细密的小刷子，仔细探寻着她的神情。唐盈盈被她的目光看得有些心虚，捏着一根光光的牙签，含着半口草莓，傻愣愣地说："怎么啦？草莓汁溅我脸上了？"

　　Debra扑哧一声笑了出来，双脚轻快地踢掉鞋子，赤着脚架在茶几上，头往后靠，把身体摆成了一个舒服的姿势："没有，不过我觉得你心情还挺不错的，不像是会有什么问题的样子。"

　　唐盈盈皱了皱眉头，将转椅拉过来，在Debra对面坐了下来，疑惑地说："心情……还可以吧，算是不好不坏的。是谁说我会有问题的？"

Debra笑了笑，说："康俊啊，他说他之前不小心撞破了方总的一个小秘密，一个没忍住，就多嘴告诉了你。他怕这件事情会影响你和方惟安的关系，又怕你感情受挫之后，会意志消沉，不好好干活儿，所以临走前特意嘱咐我，让我这几天多关注你一些。"Debra的眼睛转了转，又笑道，"我看你今天一整天都躲在办公室里干活儿，还真怕你怎么了，现在看起来又还好。"

唐盈盈大惊，脱口就道："他什么时候变得这么鸡婆？"话一出口，才发觉自己的音量有点高，又赶紧笑了笑，颇为腼腆地说，"我是说他怎么变得又细致又体贴了，真不习惯。不过他也是操心过头了，他说的事我已经问过方惟安，惟安也跟我解释过了，我不是这么小心眼的人，其实本来也没什么大不了的，说开了也就好了。我真没想到他竟然还去拜托你。我在你们眼里就这么不成熟，真的像个小孩子？陈君主任离开的时候也把我托付给他，他出差个几天，又要让你看着我？我会怎么样？感情受挫，想不开去跳楼吗？况且这二楼的高度也就最多摔个骨折吧。"唐盈盈目光有些闪躲，嘴里乱七八糟地说着。

Debra"咦"了一声，凝眸看着她，两道弯弯的细眉轻轻一蹙，脸上的笑意淡淡如天边的云朵："看来还是有事的。康俊说他最不愿意去揭穿别人的秘密，隐藏一件事需要花费比想象中多得多的精力。若不是认为你承受不了真相，方惟安根本没必要瞒你。但却偏偏被他给撞破了，他心里也是不安得很呢。"

唐盈盈心里咯噔一下，想了许久，又含着善意的笑容说道："也不是因为这个。只是……"她斟酌着词句，却仍有些不知从何说起，目光转到Debra高高耸起的肚子上，忽然被触及，问道，"你决定要孩子的时候，是不是下了特别大的决心？"

Debra也有些惊讶，想了想，一边用右手轻轻抚摸着肚子，一边说道："也没有下定决心，或者许愿发誓一定要生个孩子、做个好妈妈的过程。开始也会有担心，觉得自己根本就不可能照顾好那样一团小生命。可是一旦确定小天使真的来了，就好像被什么东西击中了一样，之前所有的担心都化成了一股全力以赴的决心，就是无论如何我要保护你一世平安的力量。对Anita和Lucian是这样，对现在这个孩子也是一样。"Debra的声音平静且坚定，像是有股巨大的力量从身体里迸出来。

唐盈盈深为震动，她垂着头想了一会儿，苦笑道："前几天，方惟安突然说想跟我要个孩子。还让我好好想想，说我们可以从结婚做起。"

Debra微微吃惊，随即又笑道："这是好事情啊，你之前不是觉得跟他若远若近的，看不到尽头吗。这下好了，结婚和生子，感情的结局和婚姻的升华同时来了。"见唐盈盈默不作声，Debra心底也有了几分明白，轻轻道，"你是犹豫了还是害怕了，还是轮到你往后退缩了？"

唐盈盈垂下目光，双手有些无措，手指捏着那根细细的牙签折了数次，手心里便攥着数截断碎的竹丝。"是害怕了。他提到孩子的时候，我整个人都吓蒙了。"她坦然说道，"结婚我是想过的，到了我这个年纪，总是有些着急，希望能早一点披上漂亮的婚纱，成为美丽的新娘。但我也发现，对婚姻的理解，我也就止步于此了。婚后有什么，还要面对什么、承担什么、背负什么，我是完全的无所知。"

"谁想到他会突然就提到了要孩子？所以你觉得压力一下子就盖了过来？"Debra忍着笑问道。

唐盈盈则一脸的严肃认真："是，在我的想象中，孩子的事情应该排在结婚之后，他突然提前来说，我真的有点措手不及。"

"而且生孩子意味着责任，结婚则相对轻松一点，盛大而浪漫的婚礼通常被看作是感情的美好结局。还没被浪漫的粉红色泡泡迷晕头，就突然提到了孩子，也难怪你会害怕。"Debra嘴上一副通情达理的模样，眼睛里却是看一个幼稚孩子的笑意。

唐盈盈抿了抿嘴，迟疑了一刻，又说："也不全是这样。只是这个问题像一个引索一样，让我开始思考，我跟方惟安两个人的感情是不是当真已经醇熟到可以走进婚姻了。"她的眼中闪过一丝犹豫，更多的是茫然无措，"我想象中的婚姻更像是两个人合力搭起的一个建筑，双方的经济条件、家庭环境、三观认知等就像是一块一块的砖头，我们通过恋爱期间不断的沟通和交流，相互打磨，并将这些砖块一块一块垒放起来。人们通常认为当垒到足够的高度，就可以走进婚姻了。可我知道这不够，它还需要很多很多的感情填在里面，才能让这个房子更有黏性，不怕风雨。我们要度过的余生还很长，远到一眼望不到边，没有足够的感情，我怕和他走不到头。"

Debra心下一动，轻轻叹了一声："你说得没有错，可是你说的这种感情很多时候会在婚姻里慢慢生长出来，像藤蔓一样，成为一种支撑和凝结的力量。"

唐盈盈面上虚浮地一笑："如果长不出来呢？如果现在已经是我们的最好状

态了，那怎么办？"

"不生长就不生长，婚后两人的关系更多时候像是合作伙伴，只要利益的方向趋同，那也可以过得有滋有味的。"Debra的声音就像是雨滴落进了井里，丁丁零零，余音潺潺。

唐盈盈怔了怔，手心里渗出了一层湿腻的汗水，缓缓地说："我不想这样。对婚姻我始终有着不切实际的期待，即便不是与唯一挚爱的人结婚，我也希望婚后生活能够尽可能地温暖一些。"

Debra皱了皱眉，坐直了身子，疑惑地问："方惟安做不到吗？盈盈，你究竟在担心什么？"

唐盈盈咬一咬唇，奋力地说道："具体的我也说不出来。可就在昨天晚上，我突然做了一个梦，梦里我和方惟安一起坐在一个高高的水坝上，湍急的流水就在我们脚下。我害怕极了，他让我别害怕，告诉我这里非常安全，结果下一秒，大坝突然就塌了，我们俩都掉进了水里。"

Debra盯着她，一字一句地安慰道："这是一个梦，只能说明你对接下来的人生阶段感到恐惧。这很正常，许多人在人生大事即将发生时都会有类似的梦境，人们对自己陌生的东西很容易产生害怕或者恐慌的情绪。"

"是，"唐盈盈的声音有些沙哑，手掌里紧紧攥着那几截断开的牙签，像是要将它们捏碎了一般，"但是这个梦实在太真实，我醒来之后想了很久，觉得我跟方惟安的关系就像是这个大坝。每块砖头都是好的，我挑不出他什么毛病，他对我各方面也觉得挺满意。可是我们的感情总是像差了那么一点点，一寸或者是半寸的距离，让我总不能彻底放下心来，而是猜测着大坝里面存在一个或者几个蚁穴。我既担心外面的大风大雨，又害怕这千里的堤坝轻而易举地就会毁在小蚁穴上。"

Debra平静地看着唐盈盈，她的声音透着空空的无措，明晃晃的灯影投在她的脸颊上，越发显得她肌肤透亮，如上等的白瓷一般，几缕细碎的头发从脑后的马尾辫中散落出来，被汗腻在了脖颈上，更显出女子柔软的美丽。Debra忽然想起康俊临走前对唐盈盈的描述，"遇事聪明、遇情犯傻，世事圆滑、感情较真，说的就是唐律这样的女性"，当时她还不以为然，如今细细品来，只觉得康俊这个整日像是飘在云端里的人，对唐盈盈倒是观察得透骨。

Debra轻轻地点了点头，面上全是温和的笑意："好，我大致体会了你的不安，但我也不能一味地听你说负面的话，那你再说说为什么喜欢方惟安吧。"

唐盈盈沉思了一刻，也跟着笑道："你说得没错，也有很多时刻我觉得我是真的很喜欢他，很愿意一辈子都跟他在一起的。比如说，他经济条件很好，遇事有能力有主见，家庭关系也简单，父母都有自己的生活，以后不会干涉我们的小日子。嗯，还有，他对女性很尊重，有主动保护和体谅的意识。他打拳的时候很帅，浑身都是阳刚之气，做饭也很好吃。这么一说起来，他的优点还真是很多。"唐盈盈自己也笑了笑。

Debra莞尔笑道："他在你眼里是一个优秀且富有魅力的人。"

唐盈盈也点点头，却很自然地说道："可我就是不知道他是不是唯一特别的那个，是不是那个我跨过千山万水也要去遇到的人。"

Debra的眼中闪过一丝异样的光芒，她原以为唐盈盈肯放下李睿，接受方惟安，便是做好了接受人间烟火的准备，竟没想到唐盈盈仍是不甘心，心底还存放着这么一份对感情至纯至性的渴求。一时之间，Debra竟不知道是该鼓励，还是该劝阻。她怅然有所思，索性沉默了片刻，又想起了自己的感情与婚姻。与唐盈盈相比，她算得上是幸运的，早早就遇到并确定了Rowan。结婚十载，也是恩爱十载。但结果又怎样？她原本也认为自己与Rowan的婚姻坚如磐石，但最后还是败在了子嗣延续的执念上。想到此处，Debra微微地笑了笑，柔声说："如果觉得自己还没有准备好，就别忙慌地做决定。作为一个离异妇女，对婚姻我好像没有立场给你太多的建议，但只有一句你一定要牢记：不必恨嫁。这个社会虽然还没有开明到能让女人们随心所欲的程度，却也足以让我们摆脱年纪的诅咒。在什么年纪就必须做什么事，当然是含有智慧的。不过这种古老又过时的智慧，听听也就罢了，当真往心里去就不必了。"

Debra的话像一股氤氲流淌的温泉水，抚平了唐盈盈心中的焦虑与不知所措。唐盈盈点了点头，注意力又转到那盘水果上，又尝了几块，她正想再说些什么来打破微微凝滞的气氛，却被突如其来的手机铃声打断。唐盈盈接起了电话，没说几句，脸色便如沉铁般凝重。

Debra见情形不对，关切地问："怎么了？"

唐盈盈挂上了电话，不敢相信方才听到的话，怔怔地说："程风要强奸汪瑶，现在人被带进公安局去了。"

第13章

卢埃林的诗

　　南山科技园附近有好几个主打单身公寓的楼盘，前些年卖得极其火爆。二三十平方米的单间、三四十平方米的小两房、五十来平方米的小三房，无论是出租还是出售，都极其受周边做IT的青年程序员的欢迎。程风也在这里租了一个小单间，每月五千的租金，再加上水电、物业和吃饭，基础消费每个月七千打不住。去年下半年，为了跑业务方便，他买了一辆二手车，每个月还要多烧几百块的油。据他自己描述，每天早上睁眼，他总能看到一个计价器在眼前噔噔地跳动，那是催促他起床的号角，是驱赶着他赚钱的皮鞭。

　　这天傍晚，程风开车回家，副驾驶座上放着自己的晚餐，一盒打包的麻辣烫。在自家小区附近的路口，他被斑马线上突然闯出来的一个人吓得猛踩了一脚刹车，还以为遇到碰瓷的了，定神一看，那个人居然是汪瑶。

　　程风对汪瑶没什么好印象，觉得这个女孩又没有礼貌又莫名其妙，但还是下车看了看情况。汪瑶见到他，倒是高兴得很，连忙挥着手表示自己没事。她说她跟朋友约了在附近见面，没想到手机突然没电了，心里一着急，就没看清楚红绿灯，没想到竟然能遇到认识的人。

　　汪瑶说话的时候，一双水汪汪的大眼睛看着程风，很是楚楚可怜。程风本想借手机给她用，可汪瑶也记不住朋友的手机号码，他的电话也没用。程风有一副仗义的热心肠，见汪瑶站在那里急得都要转圈了，便提出反正她跟朋友约定的地方也不太远，他可以用车将汪瑶送过去。汪瑶又是谢谢又是作揖，程风哥哥前程风哥哥后地叫着，态度很是乖巧殷勤，与那日在学校时跋扈无礼的模样简直判若两人。汪瑶拉开副驾车门，一个不留心便将那碗麻辣烫撞翻了，红油重辣的菜汤有一大半倾倒在了座椅上，还有一部分则将汪瑶那条米白色的裙子弄脏了一大块。

汪瑶见状，一瞬间眼泪便簌簌地往下落，手捏着裙摆的边缘，慌乱得不知道下一步该怎么办。程风一面清理车子，一面问她今天约见面的朋友是不是很重要。

汪瑶点点头，告诉他，今天是一个男同学第一次约她去看电影。程风见她声音小小的模样，便猜到对方是她心仪的男孩子，脑袋一热，便提出汪瑶可以去他的住处清理一下裙子，顺便给手机充充电，反正就在附近，也耽误不了多久。

汪瑶对这一提议自然求之不得，千谢万谢之后，便跟着程风到了他的住处。五分钟后，在附近等汪瑶一起逛街的女同学接到她手机发来的求助微信："快报警！我被人控制了，对方意图不轨，地址是隆成小区9单元33C！"

十分钟后，汪瑶同学与片区民警同时来到隆成小区，撞开了房门，屋内一片狼藉。程风赤裸着上半身站在屋里，汪瑶身上的衣服被扯出几条大口子，正捂着脸不停地哭泣，还指责程风对她欲行不轨。民警见状，便将两个人带回了派出所，并通知了唐盈盈以及方惟安。

片区派出所询问室里的空调温度开得很低，加上沉沉的气息，活像一个雪洞，唐盈盈一走进去，禁不住身体颤了颤。里面的人不少，方惟安早早就到了，他的脸色像被人涂了泥巴一样难看，脸拉得老长老长，一言不发地坐在一张简易折叠椅上。不远处，汪瑶身上披着同学的外套，低着头，身体一抽一抽地哭泣着，程风则被勒令蹲在角落里，上半身仍然赤裸着，左侧脸高高地肿起，龇牙咧嘴的难看模样跟唐盈盈从前见过的强奸犯倒有几分相似。

办案民警见唐盈盈来了，抬了抬眼皮，没好气地说："你是程风的律师？他说他自己也是个律师，你们怎么回事啊，不知道强奸是重罪吗，去欺负一个小姑娘？"

强奸罪在国内是重罪，办案的民警对犯罪嫌疑人向来鄙视得很。唐盈盈看了程风一眼，目光从方惟安身边掠过时，感觉像是经过了一座火山，下一秒就会有澎湃而出的火焰与岩浆，又像经过了一座冰川，他寒冷的目光如同两把冰凌，恨不得立刻就在程风身上捅出几个大洞来。唐盈盈不多理会，只低下头迅速翻看了一遍询问笔录，又扭过头去问汪瑶："你进屋后立刻给你同学发了求助的信息，你的手机一直都是有电的对不对？"

汪瑶抬起头，两只眼睛肿成了水蜜桃，看着的确让人很是不忍。她委屈地说："我的手机是有电啊，一直放在包里。程风他骗人，跟警察说我手机没电。我当时在路上差点被他撞到，他下来死活要送我去医院，说怕以后我有什么问题会讹诈他，还是立刻检查清楚了好。我刚上车，他就突然启动，谁知道座位上还放着一碗麻辣烫，一下子就洒我衣服上了。他说他家就在这里，可以去他家里先清洗一下，我就答应了。"

比起询问笔录上的记载，唐盈盈觉得汪瑶的叙述似乎更像真的，莫非程风这家伙当真色欲熏心了？唐盈盈有些不安，她恨恨地瞪了程风一眼，见他仍是那副垂头丧气的样子，火气便有点噌噌上涌的趋势。好不容易稳住了情绪，唐盈盈又问道："那在屋里他对你做了什么，让你觉得很危险，要发信息给朋友求助而不是自己直接报警呢？"

汪瑶用双手捂住脸庞，像是不敢回想那时的情景，声音含糊却也能听辨清楚："他说他觉得我很漂亮，希望我能做他女朋友，还对我动手动脚的。我骂他是神经病，想走，他就突然变得很凶很凶，大声地吼骂我，说要是我今天不同意，他就划花我的脸，让我变成一个丑八怪，还打了我一个耳光。"汪瑶说着，拿开了手，脸上果然隐隐有一个浅浅的手掌轮廓，"我害怕极了，不敢动。他……他就开始用手摸我的脚，还问我是不是处女。呜呜呜，臭流氓。我踢了他一脚，他立刻抓住我，他的力气比我大好多，我一下就动不了了。他就在我耳边说，还是乖乖听话比较好，要是等他用强，我会痛死的。我吓都吓死了，借口说想上厕所，把手机藏在身上，我也不敢打110，怕他听到了会打我，只好偷偷地给同学发了条信息，让她赶紧报警来救我。"

汪瑶说的细节极其丰富，与脸上的伤痕相互印证，在情在理。唐盈盈心下一沉，她清楚在强奸案中，除用暴力手段控制对方之外，语言威胁造成对方心理恐惧，从而使受害人处于不能反抗、不敢反抗、不知反抗的状态而实施奸淫行为，都会被认定为强奸。"那警察到的时候，他在做什么？已经侵犯你了，还是准备侵犯？"唐盈盈问道。

或许这种直接的询问方式令人很难接受，唐盈盈背后一阵寒意，料想是方惟安已经将她换成了目光冰凌的攻击对象。汪瑶迟疑了一刻，像是有点情绪崩溃，哭着说道："没有，就差一点点。他衣服都脱了，把我的衣服也扯烂了，要是警察晚来五分钟，不，也许一分钟，我就被他糟蹋了。"

这次连办案民警都有点听不下去了，用笔敲了敲桌面，对唐盈盈喝道："你这个做律师的，不用我说也该知道吧，这种情况算是强奸未遂，也是要判刑的。"

唐盈盈点点头，目光死死地盯在程风身上："是，量刑在三年以上十年以下。程风，汪瑶说的是真的吗？"

程风的脸整个儿垮了下来，像是一堆被霜打过的茄子泥。他的嘴唇向两边扯了扯，露出一个苦涩的笑容，声音沙哑得如同七八十岁的老头："我说她说的没一个字是真的，你们信吗？"

"没一个字是真的，那什么是真的？你说说看啊。"办案民警提高了音调问道。

"我不想说。"程风丧气得要命，垂着脑袋左右摆了摆。

"呵，你还挺有个性。我看是说不出来吧，人家一个好端端的小姑娘，年纪轻轻的，就为了冤枉你，把自己往这种浑事里扔，谁信呢？"办案民警没好气地讽刺道。

程风抬了抬头，丧犬一般的目光看了一眼唐盈盈，哭笑不得地嘀咕："这算哪门子的正常小姑娘啊。"

唐盈盈心念一动，盯着程风看了片刻，严肃地说："那你说，进屋之后发生了什么。想清楚了，要说实话。"

程风扭扭捏捏了老半天，才吞吐着说道："进屋以后，开始还挺正常的，我让她去卫生间清理一下衣服，还告诉她柜子里有吹风机，她洗完了可以自己吹干。又问她手机充电线是什么型号的，我还想着给她手机充上电呢。她在卫生间里待了挺久的，出来的时候把我吓了一跳，脸上老大一个红手印子，衣服被扯得乱七八糟的。我一看这画风不对啊，就赶紧拿我的手机，准备拍视频留证据，要证明我的清白。"

唐盈盈与办案民警互看了一眼，办案民警问道："那视频呢，拿出来看看。"

"没拍到。"

"为什么？"

程风的表情像被人强行灌下了一杯苍蝇那般别扭，声音微小得跟蚊子叫似的："我打不过她，手机被她抢走了，她还把我的脸给打肿了。"

唐盈盈与办案民警再次互看了一眼，目光里全是不可思议的疑惑。现场的气氛变得有些滑稽，一刻之后，办案民警咳嗽了一声，猛地敲了一下桌子，呵斥道："你给我老实点，你一个大老爷们儿，一米八几的个头，还打不过一个小姑娘吗？"

程风像是遭受了出生以来最大的羞辱，脑袋拼命往下垂，仿佛想用力缩回脖子里去。

唐盈盈见过汪瑶跆拳道获奖的照片，记得她腰间绑的是红黑相间的带子，这是仅次于黑带的层级。她不确定汪瑶在这样的技能加持下，是否能弥补男女体力上的差距。唐盈盈转过身去问方惟安："你觉得汪瑶能顺利制服程风吗？请你客观地说。"

方惟安冷冷地看了一眼程风，想了想，说道："客观来说，这个很难有绝对的判定。汪瑶练习跆拳道已经有十年了，技巧和力量都很不错。但是男性的体能对女性是有压倒性优势的，时机没有把握好的话，习武再久的练家子也可能在男性的力量下丝毫都动弹不了。"方惟安又斟酌了一会儿，继续说，"如果是在理想的情景下，我认为汪瑶保全自己、顺利逃跑的可能性还是有的，但她毕竟年纪还小，没有应对突发事件的能力，慌乱之下，被对方彻底克制住也是很有可能的。但像程风说的那样，完全被汪瑶压着打，我觉得不可能，除非这个男人特别弱。"

方惟安说的话自然是偏向汪瑶的，可大部分也在情理之中。唐盈盈看了看程风，一米八几的大个头，从小干各类农活儿，身上肌肉的线条也还算清晰，就算面对汪瑶这样的"武林高手"，也不至于完全就没有还手的余地吧。但他不可能是强奸犯，唐盈盈心里笃定，即使面前的形势对程风十分不利，所有线索和证据都指向了他，她也更愿意相信自己每天看到的、相处着的程风。即使他嘴碎、啰唆、贱兮兮，还戏精，但他仍然是个正直向上的青年，对法律有着足够的敬畏之心，绝对不可能做出这种以身试法的事情来。可眼下，怎么办？

方惟安站起来，走到办案民警面前，一字一顿地说道："事情已经非常清楚了，请立刻立案调查吧。我们不会接受私了的。"他这话是对着别人说的，却更像是在说给唐盈盈听。

唐盈盈的心猛地一沉，也不想去看方惟安的脸色。她的目光瞥见了汪瑶的脸，一张全是泪痕的年轻的脸，正微微歪着，目光也在回望她。然而，她的手握成一个虚拳，抵在自己鼻头的位置，挡住了大部分的表情，唯独嘴角浅浅地露出了一个上勾的动作，充满了得逞和挑衅意味。

唐盈盈在一瞬间什么都明白了，这一切全是汪瑶设计好的，从偶遇程风到借口进入他的房间，再到撕毁衣物、制造伤痕，以及求救报警，所有的这些只是为了挑战她。

　　办案民警将在场的几个人仔细地打量了一番，斟酌了一会儿，谨慎起见，他又询问了一遍程风："小伙子，你刚才说的话，你有证据可以证明吗？"

　　程风仍然垂着头，像是在遭受一万点暴击之后精气神都被打散了。

　　"那人家要告你强奸，你认不认？"办案民警提高了一点音量，再次问道。

　　"我没有……"程风依旧低垂着脑袋，声音像从地底嗡嗡传出来的一样。

　　唐盈盈见程风这个样子，也有些着急了，快步走到他跟前，厉声道："程风，你给我想想清楚，强奸是重罪，是刑事案件，一旦立案调查，就不是说撤就撤的事了。你在现场究竟做了什么，有没有什么证据可以证明的？仔细想想。"

　　"我没碰过她，我能证明。"程风在唐盈盈的训斥下被激得抬起了头，可说完这两句话，又戛然而止，好像所有的勇气都被用光了一般，脑袋再次垂落下去，"可我不想说。"

　　众人有些吃惊，办案民警也皱了皱眉头，呵斥道："你有证据就拿出来，没有就没有，你当这里是什么地方？没人有空和你开玩笑。"

　　程风仍然垂头沉默着。

　　唐盈盈真恨不得上前先踢他一脚，生气地说："这都什么时候了，你还不想说？你要知道，强奸案中定罪的关键在于是否违背了妇女的主观意志，这也就是说，受害人的口供称述如果没有决定性的缺陷，就会成为重中之重。现在无论是人证、物证还是现场环境，对你都非常不利了。你还在这儿干什么，当真是想进去个三年五载吗？那你这辈子就完蛋了，出来也别想再做律师了。"见他仍然没什么反应，唐盈盈又继续威胁道，"你要是再这个样子，不积极配合，我就不管你了，你准备好自己给自己辩护吧。"

　　程风终于抬起了头，一脸的生无可恋。他扭头看了一眼汪瑶，深深地叹了一口气："唉，只有逼死我你们才能高兴。"他伸手抹了一把脸，想了想，苦笑着问唐盈盈，"唐律，您知道我为什么这几天没去所里上班吗？"

见他突然提这个，唐盈盈有些迷惑，很自然地回答道："我不知道，你只说自己有点事情需要处理，所以请假几天，没有跟我说是什么事情。"

"是，"程风蹲在那里，身子半曲着，就像是海中央的一坨孤山小岛，惨兮兮的模样。他艰难地犹豫着，跟蚊子一般呢呢喃喃说："因为我去做割包皮手术了。前天做的，还没拆线，今天刚去医院上了药，谁想到回来的路上就遇到汪瑶了。所以……我没有可能对她有什么不轨的企图。"

程风的话刚说完，唐盈盈的双眼霍地睁大，怔了片刻，仔细想了想其中的关键，突然觉得如果这事是真的，那还真是令人无可辩驳。她又看了看其他人的反应，大家倒不像她这般惊喜，众人的目光都不由自主地往程风裤裆的方向打量。程风的脸涨得通红，拼命用胳膊遮住裆部，转过了身子，用后背面对大家。

办案民警不断地咳嗽，不知道是不是因为强憋着笑，憋岔了气。他扭过头吩咐旁边一个年轻的小民警："你带他去旁边屋检查一下，看看他说的是不是真的。"

程风跟在小民警后面，依旧低垂着脑袋，形象猥琐。两人一出门，询问室立刻沉浸在一种啼笑皆非的滑稽气氛里。

唐盈盈心想程风竟然敢说出来，那应该就不太可能是假的。这小子也真是运气好，恰好来了这么一出，要不然面对汪瑶缜密的布局，想脱罪可没这么容易。唐盈盈稳了稳情绪，又去瞧汪瑶，她看起来有些慌乱，显然完全没有料到程风会刚做完什么包皮手术。包皮手术具体是什么，汪瑶也只是隐约知道，她的一双大眼睛忽闪忽闪的，心里正在迅速盘算下一步的对策。方惟安的脸上看不出有什么情绪，他也回望着唐盈盈，目光深深，倒是有几分解脱释然的意味。大家都被程风这招反击搞得措手不及。

好在这种尴尬并没有持续很长的时间，小民警不一会儿就领着程风回来了。

小民警那张又白又嫩的小圆脸憋得都要变形了，他尽可能保持严肃地向办案民警报告道："查过了，也经本人允许后，拍照留档了。确实是刚做完手术没两天，肿都还没消，正缠着小纱布。我让他伸手揭开了一点纱布，看到了里面的固定钉，还血丝丝的一整片呢。我看这情况，就是神仙也没本事欺负少女啊。"小民警实在有些忍不住，说了一句冷笑话来适应气氛。

"注意语言，神仙怎么会欺负少女。"办案民警笑骂道，思考了一刻，又转过头对程风不温不火地教育道，"你的这个情况怎么不早说呢，在现场就该说，早说大家就都清楚了，不至于浪费我们这么多的时间。"

程风尴尬得恨不得立刻钻进地下躲起来："这……这也算是我的隐私吧，我是真不想说，你们呼呼啦啦好几个人跑到我家，有男有女的，我怎么开口啊，总不能直接脱裤子证明我的清白吧。而且开始我也不知道这个女妖精会怎么诬陷我，等她说完，我又觉得你们不可能会信吧，没想到你们居然都相信她。我……唉。"他一点也不高兴，仍然垂头丧气的样子。

办案民警拍了拍程风的肩膀，笑着说："屋里就你们两个人，发生了什么，也只有两张嘴能说。你不说，她说的又很像是真的，你说我们听谁的？"说完，他又转向汪瑶，态度忽地冷峻起来，"你再说说看吧，究竟是怎么回事？"

汪瑶心里也清楚了五分，慌得不知所措，索性耍赖道："什么啊，他就是欺负了我啊，他扯我衣服要强奸我。什么包皮手术啊，我不知道，我没说谎。"

办案民警的眼睛紧紧地盯着汪瑶，心想一个小姑娘不知道这个手术也很正常，便耐下性子向她解释："割包皮手术呢，是指将男性阴茎上过长的包皮切除的一种手术，很多人都有这个必要去做。恢复期一般一两周，像他这种刚做完手术两天的男人，伤口还没有愈合，稍微地勃起就会导致剧痛，这就相当于没有作案工具。你说在这种情况下，他怎么可能意图强暴你呢？"

办案民警几乎把程风形容成了一个没有男性功能的太监，小民警憋笑憋得快喘不上气来，身体一抽一抽像波浪一般起伏着。

程风嗳的一声捂住了脸，声音里透着无限的悲伤和自尊被肆意伤害的疼痛："我……要不是刚做完手术，身体还有点虚，动作大一点就疼得厉害，又怎么会连一点还手之力都没有。"

他不说话还好，一说，小民警憋笑的能力已经突破了极限，噗的一声爆发出一串响亮而欢快的笑声。

办案民警毕竟年长一些，为人也更沉稳，他收敛了面上的笑意，态度不善地对汪瑶说："所以，你刚才说的都是骗人的。他没动过你，你脸上的伤还有衣服什么的，都是你自己弄的。是不是？"

汪瑶的身体往后闪了闪，回避了办案民警咄咄逼人的眼神，又转向方惟安求助，哀求道："他真的欺负我了，不过不是今天，是上次，在我们学校，他说我是白眼狼成精，还说我背个大妈山寨包，穿上龙袍不像太子。这个人，我……讨厌这个人。"

"因为讨厌，你就可以诬陷他吗？"唐盈盈厉声问道。

"谁让他嘴那么贱。"汪瑶反驳道，又立刻回过神来，将自己缩成小小的一团，带着哭腔委屈道，"你干吗这么凶啊，他又没怎么样，我也没把他怎样，你这么凶地来骂我干什么？"

"我骂你？我没工夫骂你。"唐盈盈冷冷地看了她一眼，"《中华人民共和国刑法》第二百四十三条，捏造事实，作虚假告发，意图陷害他人，使他人受刑事追究的行为，可以构成诬告陷害罪。其中，捏造的犯罪事实情节严重的，影响了司法机关的正常工作的，应当立案追究其刑事责任。你报假案、做伪证，意图让程风背负极其恶劣的罪名而身陷囹圄，还有，这大晚上的，让人在这里看你表演受害者，你自己想想看你究竟有没有触犯法律，够不够起诉你的。"

汪瑶不敢置信地看着唐盈盈："你要告我？"

"对，因为我没精神教育你，你的方总纵容你，你的父母也不管不问，以至于你今天可以毫无顾忌地把法律当成打击报复的工具。正好，我想你很快就会见到国家司法的脾气。"唐盈盈一脸严肃地说。

汪瑶现在开始有点发慌了，她求救地扯了扯方惟安的衣服："我不知道啊，我们学校没教过，这是什么罪啊，要坐牢吗？我不能坐牢啊，我这么年轻，我一坐牢就全完蛋了。"

办案民警眼见这事情又朝着另一个方向发展了，心情有点一言难尽，便转过头把汪瑶教育了一番："这位女律师说得没错，诬告陷害罪罪名成立的话，可以判处三年以下有期徒刑、管制或者拘役。我以前办过一个案子，对方是个公司小白领，气不过她的领导整天让她干活儿，有一次两个人一起出去应酬，领导喝醉了酒，在她车上睡着了，她就跟你一样，搞搞这个搞搞那个，还找了个牙医诊所把自己的两颗虫牙给拔了，然后报警说自己受到了伤害，领导企图性侵她，还出手打了她。那时候电子监控还不像现在这么全面，她的证据很全，口供什么的都对得上。领导一审被判了四年，工作也没了，名誉扫地。不过他老婆一直不肯相信自己丈夫会做出这种事情，四处奔走寻找证据，沿着当晚两个人经过的路线一点一点去问，终于问到了那个诊所的牙医，还找出了当天的就诊记录。接着我们又重新提审了那个小白领，她承认了自己捏造受害的事实。最后，领导在被拘禁了几个月之后获得无罪释放，小白领自己进去了，被判了十八个月，还赔了不少的钱。"办案民警苦口婆心地教育着汪瑶，又扫了一眼她填写的个人信息表，"你自己是该好好想想了，十九岁，你已经成年了。你今天的行为与那个小白领相比，是不是也是一样恶劣呢？要不是他正好在手术恢复期，搞不好真就被你弄进去了，你们之间当真有这样的深仇大恨？"

汪瑶惶恐地摇摇头，道："我没有真想害他，我就是想吓唬吓唬他，谁让他上次那么说我的。我不会让他去坐牢的，等真要上庭了，我会撤诉的，我真的会的。"

办案民警正想解释一下刑事案件的诉讼流程，立案之后不是受害人说撤就能当什么事情都没发生过的。可话还没说出口，一旁的唐盈盈那跟冰刀一般的话语就直接插了进来："我不信。你之前花了这么大功夫，把人证和物证都搞得整整齐齐的，这不是随随便便就能想好、就能做到的。我不信你会在最后关头突然收手。"

汪瑶一双大眼睛泪汪汪的，哭也不敢放肆地哭，见唐盈盈一副不愿松口的样子，只好挪着步子去拉方惟安："姐夫，我真的没想害死他，你相信我吗？"

方惟安有些迟疑，脸色阴阴沉沉的，他皱了皱眉头，目光如尖刀一般在汪瑶脸上剜了剜，才瓮声道："叫我方总。"

"方总……"汪瑶也顾不上害怕了，忽地就开始号啕大哭，"你也想要我去坐牢吗？我干什么了？我就是想整一下他啊，你们全都不相信我，你们都在欺负我。"顿时，她凄厉的哭声就充满了整个房间。

办案民警本来也就是想将小姑娘教育一顿，然后大事化小的，可如今见汪瑶这么一闹腾，不由得心生厌烦，便将记录本合上，义正词严地对汪瑶说："别哭了，小小年纪，这撒泼耍浑的招数是跟谁学的？你今天的行为呢，不管程度是轻还是重，这个性质就非常恶劣。你现在哭破了天，要是受害人一定要告你，我们肯定也会配合，反正卷宗记录什么的都是现成的。"

汪瑶只是莽撞，脑子却不傻，被他这话一引导，眼泪便很有技巧地收住了："那，如果他不告我了，你是不是可以放过我？"

办案民警哼了一声，手指在卷宗上用力地敲了敲，语重心长地说："如果他愿意放你一马呢，我也不是不可以帮你去求情，争取不立案不起诉。毕竟你还是个学生，犯了错，教育引导是主要的。你自己也好好想想，认真反思一下吧。"办案民警是位有十几年办案经历的老警察了，深知对于汪瑶这样行径恶劣的青年，板子打下去既不能太重，毁了她的未来，也不能太轻，起不到警戒作用。他居中地表完态，便拿起本子，跟小民警一起走了出去。在场的人心里也清楚，他这就是要等他们自己协商出个结果来，他再根据情况处理问题。

两位民警一出去，屋子里的气氛就更尴尬了。

程风被空调吹得有些受不了，像乌龟一样往里缩了缩脖子，眼睛瞅了瞅一脸怒气的唐盈盈，又看了看低头不语的方惟安，再看看哭得稀里哗啦的蛇蝎小美女汪瑶，不由得咽了一口口水，小心翼翼地说："唐律……"然而他后面的话半个字还没吐出来，便被唐盈盈的气势吓了回去。

"尽快通知你父母吧，立案之后，公安很快就会介入调查。你如果态度好一点，法院也不会判得太重。"唐盈盈盯着汪瑶，近乎无情地说道。

汪瑶见到她这气势，方才稍稍止住的眼泪又一下喷涌了出来："我知道你看不惯我，第一次见面的时候你就看我不顺眼了，你觉得我花了方总的钱，这次好不容易逮着机会了，肯定是要整死我的。"她眼泪汪汪地对着方惟安哭诉道，"我一直没敢跟你说，其实唐律师第一次见到我的时候，就告诉我，说你们一结婚，她就会把所有你送我的东西都要回去，还说这是她的权利。律师好可怕，法律是他们手里的工具，想怎么弄别人总能有法子。我不要去坐牢，我爸爸妈妈还有弟弟都等着我明年去读大学的，等我读了书出来，我也能有出息，自己也能工作，也能赚钱了。"

唐盈盈见她颠倒黑白的本事可谓是登峰造极了，便冷冷笑了笑："你到现在还这么想，行吧，随便你。反正我没有教育你的义务，以后有的是人给你普法。"

唐盈盈说完，也懒得再搭理她，目光瞟过还光着身子的程风，便自顾自地从包里翻出一条大丝巾，转身扔在程风半裸着的身体上。再转过身来的时候，方惟安已经如一座小山一般立在了她跟前。

"你真打算去起诉汪瑶？"方惟安沉沉地望着她。

唐盈盈的心猛地一坠，立刻漫开了钝钝的疼痛，她迎着方惟安的目光，唇角还捎带着嘲讽的苦笑，道："汪瑶难道不是真的报警来抓程风了？"

"她还小。"

"那是你这么觉得，《中华人民共和国刑法》不这么看。"唐盈盈强硬地回道。

"我的意思是，这只是年轻人的一场恶作剧，汪瑶也说了，真到了法院那一步，她会改口的，不会真的让程风受到刑罚。"方惟安的态度和缓了一些，好言说道。

唐盈盈皱了皱眉，狐疑地看了一眼方惟安，像是看一个陌生人一般，说："你当真相信？"

方惟安微微一怔，目光有些闪躲，态度又软了一些："汪瑶本性是好的，这次玩笑是开过火了，但她……我至少能保证她不至于恶毒到真要置人于死地。"

"所以你也不是很有信心。当然，因为事情没有走到那一步，所以她说了什么和到时候会不会那么做，谁都不能确定。不过设这么大一场局不是小事，不是临时起意就能做到的。从打探程风的住处，到进入他的房间，再到报警抓人，一步一步地设计，没有漏洞，缜密得令人害怕，这绝对是花了大心思的。现在她说她做这些只是为了吓唬一下他，你自己听听，像真话吗？"唐盈盈心里对汪瑶烦躁极了，但还是耐着性子跟方惟安说道理，企图说服这个男人站到自己这边来，即便她心里也很明白这不过是自己的一厢情愿。

"不、不，唐姐姐，我真的是这样想的，我……我也没有花很多心思去设计陷害他，我真的没想到会遇到他，我真的是一时起念想整他的。我也没想到后来事情会这么顺利。"汪瑶焦急地解释道。

"你还在撒谎。"唐盈盈横了她一眼，"要真是因为偶遇而临时起意，你好端端的为什么会谎称自己手机没电了？在你所有的困境设计里，手机没电，这是一个大前提。"

汪瑶的逻辑反应没有这么快，一时语塞，只好又装可怜，泪眼簌簌地说："反正我说什么你都不会相信，不亲手把我送进监狱里，你是不肯停手的。"

唐盈盈心里的烦躁几乎到了极致，她冷冷地扫了汪瑶一眼，一字一顿地说："你怎么知道我不会停手？按照你的思路来做，你也可以赌赌看，赌程风是不是也在跟你恶作剧，猜一猜等司法途径走到哪一步的时候，他会突然说一切都是误会，然后饶过你。"

唐盈盈的话像一坨一坨从天而降的冰雹块，砸得在场每个人心里都是冰凉凉的一个一个的洞。汪瑶吓得声音都哑了："你……好恶毒。"

唐盈盈砰地将手里的卷宗资料砸在地上，迸起了一地的灰尘。她怒吼："在你眼里，法律究竟是什么？法律不是你手里玩的球，可以揉来捏去，由得你恣意妄为！"

汪瑶在她的怒气之下息了声，讪讪地、低低地"唔"了一声，连目光都躲在了方惟安的后面。

方惟安对唐盈盈的步步紧逼也有些不满了，他压着火气说："盈盈，即使汪瑶有错，你也没有必要做得这么绝，连警察都说这不是不能抬抬手的事，你真的要一点情面也不讲吗？"

唐盈盈的火气正盛，冷笑了两声，看着方惟安，心里觉得好笑得很，出言也不再顾忌什么，言语冷得像尖刀一般："你有什么立场说话？你刚才要求立案，说绝不私了的时候，又讲情面了吗？"

"那不一样，那时候我以为他真的伤害汪瑶了。"方惟安说完，也觉得自己的话有问题，想了想，声音便软了下来，好言道，"我也是有问题，确实我刚才是在气头上，没有搞清楚情况。但程风总会没事的，他离被判刑还远，其中任何一个环节只要查明他刚做完手术，他都能被无罪释放的。"

"要是他运气不够好，不是正处于手术恢复期呢？如果他没有证据能自证清白呢？"唐盈盈丝毫不松口，依旧步步逼问道。

"你这是假设。"方惟安避开锋芒说道，他微微迟疑了一刻，像是想再次确认唐盈盈的态度，"你是无论如何都要告？"

"是，我也希望你和汪瑶经过这一次可以明白，法律是神圣的，不管什么时候什么情况，都不能因为个人的任性和妄为去冒犯它。"唐盈盈的声音冷冷的，透出坚决的态度和不由分说的强硬。

这下，一屋子的气氛都凝到了冰点。

"如果我不让呢？"方惟安步步逼近，声音透着从未有过的杀气，目光直视着唐盈盈的脸。

唐盈盈梗着僵硬的脖子，顾不上一颗心在体内早已碎裂成了多少瓣，竭力摆出无所畏惧的样子，嘴角却忍不住微微抽搐，一字一句说得极其艰难："你让或不让于结果又有什么影响呢？方惟安，你有没有想过汪瑶为什么会有今天的胆大妄为？你在其间，究竟有没有责任？无限度的纵容和庇护，你给她提供了幻想中的绝对安全。一个包你能随口做主给予满足，她在学校闯祸打人了，你能出面摆平。有你这把保护伞在，汪瑶敢去挑战法律的底线这也是迟早的事，因为她心里一直坚信无论出了什么乱子，你一定搞得定。你现在倒是真想来试试，司法的主你又有能耐做上几分？"

唐盈盈的斥责像是从心底迸发出来的，她丝毫没有顾及方惟安的面子，也没有心情去考虑她这番话会给两人的关系造成多大的冲击。她就是这么说出来了，这些话在她心里实在放了太久。

方惟安的双唇已经抿成了一段又短又硬的线，他什么话也没说，但也并没有让开，像一座铁打的塑像一样，一言不发地梗在唐盈盈面前，挡着她的去路。

汪瑶已经彻底失声了，真假眼泪混在一起，变成了脸上斑驳的痕迹。她的眼睛一直盯着方惟安，两只手死命地绞在一起。千万别后退！她紧张地在心里暗暗祈祷，方惟安现在是她唯一的希望。

程风动了动，他早已被唐盈盈和方惟安激烈的争吵吓成了呆呆的木鸡，就像家里在父母狂暴的争吵中无可遁形的孩子。可屋内的空调实在太冷了，他只能伸手小心翼翼地将唐盈盈扔给他的围巾紧了紧，又在腰间系了个结。这样一来，他好像又找回了一些勇气。"那个……唐律……我能不告她吗？"他犹犹豫豫、吞吞吐吐地说了一句。

"你说什么？"唐盈盈猛地扭过头，看着程风，他一副傻愣愣的模样，赤裸的肩膀上还披着自己的围巾，粗糙狼狈的脸被围巾边缘的小豹纹一映衬，形象更加猥琐了，也让唐盈盈更来气，"你再说一遍。"

"你们别吵了，我不告汪瑶，不追究她的法律责任。但她得认个错。"程风的舌头这才像是捋利索了，咬字比刚才清晰了很多。

"为什么？"唐盈盈皱紧了眉，眼风顺势就瞥见面露喜色的汪瑶和松了一口气的方惟安。

程风搔了搔后脑勺，苦笑着说："这官司没法打，也不划算。唐律，你想想看，真打上官司了，询问、侦查到上庭，几个月的时间，您跟方总就打算这么吵几个月？行，就算这是您家里的日常运动，我还要脸啊。我是个男人，这事我就没想闹开，要不是方总给您打了电话，我压根就不太想让您过来。咱所里那帮子牙嚼子，要听说我在打官司，还不用尽一切手段打听清楚这里面的细节啊？到时候，什么一个大男人被女高中生狂殴，什么男性功能障碍导致无法实施奸淫行为，再到智商究竟够不够用，司考是怎么过的，竟然能被十几岁的小姑娘拎着玩……不用多想，我就能脑补出他们用我制造的几十个热议话题。那我以后在所里还要不要做人，还有没有脸见人？光走在路上同事看我的目光都能变成弹幕流星雨，你说我图什么，好端端的，给自己惹这事干吗呢？"

"就为了这些？"唐盈盈皱了皱眉头，不满地问。

"这些可都是大事，而且，还可能造成更大的麻烦。"程风想了想，又有些不太好意思地说，"反正我都已经赤条条成这样了，我也没什么好害羞的，索性就说了吧。其实小时候学校体检，老师就发现我有包皮过长的情况，当时就跟我爸妈说，要趁着我年纪小，赶紧做手术给割了。您猜为什么没做，一直拖到今天？猜对了，因为我爷爷呗。身体发肤，受之父母，岂能轻易毁损？在我家老爷子心里，败家只是打板子教训的程度，敢文身那就得立刻打死，那么在子孙根上动刀的行为呢？大约就该挫骨扬灰了。我爸妈就是屈服在了老爷子的淫威之下，才任由我生长，然后发炎，屡次发炎，让我忍无可忍，一刀除之。对，这一段汪瑶你应该捂住耳朵。反正大概就是这么个意思吧，这个手术对于我个人来说，那就是最高密级的机密，越少人知道，传到我爷爷耳朵里的可能就越低。一旦他知道了，我也就game over了。唐律，您懂吧？这个事情要是闹开了，无非就是汪瑶接受法律制裁，我接受家族制裁这样一个杀敌一万自损两万的结果，您说这又是何必呢？"

"你这是强词夺理、胡搅蛮缠。"唐盈盈有些气结，没好气地说。

"您也得体恤人情、和谐为上啊。"程风气都不喘，嘻嘻笑着就给唐盈盈接上了。

唐盈盈被程风这么一打岔乱搅和，方才跟方惟安较着的劲其实已经卸掉了大半，只剩下心底一片湿漉漉的冰冷。她依旧冷着脸，没好气地说："诬告罪是刑事罪名，也不是你说谅解她就能完全脱罪的。"

"目前的情况，汪瑶诬告陷害我，也就能算个情节严重，还没有造成严重后果，那量刑也就是在三年以下。公诉案件仍然适用和解程序，只要她真诚悔罪，我愿意谅解。双方达成和解协议，是能够争取到从宽处理、不予立案的结果的。"

汪瑶没有想到程风能突然松口，给自己一条活路，连忙点头，站到程风面前，深深地鞠了一躬，道："程风哥哥，我真的知道错了，我真诚悔过，我以后保证不再这么胡作非为了。请你原谅我。"

程风的眼睛微微地眯了起来，像是在心里打着什么坏算盘："我是不想告你，可是你说一句对不起我就放过你，也不太能显示出你悔过的诚意。"

"那你要怎样？"汪瑶听他这么一说，又有点慌，急忙看了方惟安一眼，"要不我赔你钱，你要多少？"

"钱？你一个学生能有什么钱？"

"我……我可以借啊。"汪瑶此时说话也警醒得很，尽量装作乖巧的样子。

"借了你也没法还，我不要你赔钱。不过你是学生，也没什么时间去做社会服务……"程风的目光在汪瑶身上转来转去，汪瑶只觉得浑身上下都渗出了淋淋的冷汗，"这样吧，我给你一个赎罪的机会，为了让你体会一下我赤裸裸被人参观了两个小时的痛苦，我决定给你买两件衣服，未来两个月，请你每天都穿着它去上课、逛街，并发照片在朋友圈里嘚瑟。"

"什么衣服？"汪瑶警觉地问。

"当然不可能是香奈儿当季新款了，我送你两件适合跳广场舞的碎花纯棉奶奶装吧，买两件，总价不会超过一百块。我买好了寄给你。"

"不行，我不答应，同学会笑死我的。"汪瑶想到班上那些眼光刁钻、嘴巴狠毒的富家同学，不由得反抗道。

"那我就没办法了。"程风摊摊手。

汪瑶还想任性，却见方惟安一副不愿意再管的样子，只好同意，将自己的地址写给了程风。

程风一脸严肃地收了，立刻下单买了两件二十九块九包邮的难看衣服，汪瑶气鼓鼓地却又不敢再说什么。

几个人一同去销了案，签订了和解协议。办案民警将材料收好，自然免不了又将汪瑶好一顿教训，并叮嘱方惟安一定要将这件事情告诉汪瑶的父母，让他们好好教育自己的女儿。方惟安没说什么，汪瑶倒是警醒得很，连忙对程风各种道歉赔礼，一副已经真诚改过了的样子。

唐盈盈始终没说话，她站在门口，看着屋里这几个人的身影在白晃晃的灯光下晃来晃去，有些眼花。她索性别开头，屋外黑漆漆的天空上一轮弯月正绽着银霜一般的光华，周边一颗星也没有，只剩下漫天温暾的湿腻。

办完所有手续，已经接近半夜了。四个人像是同极电子一般，互相离得远远的走出派出所。

路上很安静，连车都没见几辆。方惟安快走了两步，追上唐盈盈，心虚地说道：“你跟我一起走吧。”

唐盈盈看也没看他：“我开车来的，我送程风回去。”她顿了顿，又看了汪瑶一眼，“何况你也要送汪瑶回学校吧？”

“我可以给她叫个车。”方惟安连忙说。

“不必了。送完他我就去所里加班了。”唐盈盈生硬地拒绝了。方惟安想再说什么，还没开口，唐盈盈的胳膊已经抬了起来，挡在两人中间，身子下意识地往后退了小半步。借着月光，方惟安看清了唐盈盈两眼里显而易见的红血丝，他怔了怔，伸手就想去握她的手。唐盈盈避开了他伸过来的手，又迅速地低下头，哑着声音冷冷地说道，“你非得在这个时候逼我的态度吗？”

方惟安怔住了，就在他怔神的这几秒，唐盈盈几步便走到了前面，拉开车门，招呼程风上车，又迅速启动，像绝尘而去的马驹，一个转弯之后，便消失在了方惟安的视野里。

在车上，唐盈盈看了一眼后视镜，方惟安的身影落在里面，随着距离迅速拉开，越来越小。她的心像是被人用鞭子狠抽了一下，滋滋地疼。唐盈盈忍了忍，转头瞥了一眼程风，只见他一副又丑又无辜的样子，像一只泄了气的大蛤蟆一般瘫在副驾上。唐盈盈更加气不打一处来了，凶巴巴地骂道：“吃里爬外，我在帮你讨公道呢，你居然先反水？”

“果然还在生气呢，我看您现在头顶一圈都像在滋滋地冒着愤怒的火花。”程风将围巾又紧了紧，躲开了唐盈盈那像是想活剥了他的目光，又惨兮兮地咧开嘴笑道，“我这一来是自己真不想打，二来也是为您着想啊，难道您真的已经准备好跟方大侠分道扬镳了，所以拿这事当个借口吗？"

他这么一问，唐盈盈便愣住了。方才在气头上，她没有来得及细想，依照方惟安的性格，若是汪瑶真成了被告，那他必定会穷尽一切手段去救她。那他与唐盈盈的大梁子肯定是结下了，争吵必定少不了，至于彼此心生怨怼，因此走上分手的不归路似乎也毫不意外。这值得吗？唐盈盈良久无言，顺着椅背滑坐下来，心头微微一颤，喃喃叹道："他对汪瑶的偏袒，真是够了。"

程风缩了缩肩膀，蹭到唐盈盈旁边，像是没听见她的叹息一般，自顾自地抱怨道："谁把冷气开这么大，我快被活活冻死了都。"

唐盈盈一肚子的不爽与哀愁，见了他这副模样，也没心情去生气，翻了翻白眼，没好气地说："不过这是两回事，方惟安事后再怎么折腾，今天对汪瑶的处理也太纵容了。你自己还是个做律师的，被诬陷成这样，跟小孩子过家家一样就放手了，这可不更让她觉得是小孩在闹腾吗。"

程风咧了咧嘴，说道："气也是气的，后悔也是有的，当初怎么就信了她。但要说去跟她较真，那就不必了，跟这么个小魔头纠缠，我觉得最后吃亏的肯定还是我。"程风撇了撇嘴，悻悻地说。

"可真有出息。"唐盈盈挖苦他道。

程风毫不在意，没心没肺地笑了笑，将身体转过来，双手握着安全带，一双圆圆的小眼睛骨碌碌地转了转，盯着唐盈盈笑着说："真的气还没消？"

"能消吗？汪瑶都能把诬告陷害设计成这样了，结果一个无条件地要维护她，还有一个屌样地放过了她。那可是公安局，是国家司法机关，却由得她轻轻松松地来，又潇潇洒洒地走。"唐盈盈说着，原本已经消了大半的火气又蹿了起来。

"那是派出所。"程风纠正道。

"那也是公安局的派出机构。"唐盈盈发觉程风一直在跟自己对着干，气便不打一处来。趁着等红灯，她猛地伸手去扯那条围巾。这次程风倒是早有准备，紧紧地把围巾攥在手里，一点也不肯放松。

"唐律，唐律，我真的快冻死了。您放过这条围巾吧，我跟您说个事情，保证您能消气。"程风一边挣扎一边求饶道。

唐盈盈倒也不是真的想拿回围巾，只是心里实在憋屈，无法安置的情绪与不平让她就是见不得眼前这个"罪魁祸首"好过。见程风着急又认真的样子，她手上的力气便松了松："说！你还有什么没说的事？"

程风护住了围巾，赶紧赔着笑脸说："其实是我刚才突然想起了我读大学的时候上的一堂课，很有教育和启发意义，想跟您分享一下。"程风的脸笑得犹如一只讨要食物的哈士奇，一口白漆漆的牙齿露在外面，让人气也气不上来。

"那就分享吧，是什么课？"唐盈盈点点头，示意他说下去。

"在我大三的时候，学校请了台湾一位很有名的法学家来做讲座。老先生七八十岁了，颤巍巍地拄着一根拐杖走上讲台，坐在麦克风面前，问了在场所有人一个问题：你们想过四年的法学教育会给你们带来什么吗？在场有几个学生配合效果七嘴八舌地给了些答案，更多的人却什么也没说，都在等着他自问自答。老先生轻轻地说：充足的法学训练，将会送给你们另一个脑子。"程风模仿着当时的场景。

唐盈盈也听得有些入神，催促着问道："什么脑子？"

程风又笑了笑，娓娓说道："老先生说，对于一般人而言，从小到大，我们会从家庭、亲友，还有环境中，学到各种各样的规矩，辨明是非、判断道德，这是一套基本的善恶观念，也是属于普罗大众的传统智慧。大部分人，拥有了这样一副大脑就基本能够应付一生中可能遇到的所有问题。面对任何情况，他们也理所当然地会从这里面找到解决的办法，或是安慰自己的道理。而接受过法学训练的人，会拥有第二个脑子，在第二个脑子里，法律规则是极其重要的，价值观的首位是忠诚于法律职业，正义、逻辑、责权这些关键词都被高亮了，这个脑子是法律人安身立命的根本。但是，老先生鬼魅般一笑，又说了，你们要记住，第二个脑子任凭你们再怎样去充实、培养，它也永远都不会大于第一个脑子。"

程风的口齿很清晰，长期的专业训练让他对语言节奏的把控非常好。话一说完，唐盈盈也觉得心里微微一动，仔细地思索了片刻，又问道："老先生的意思是，法律永远不会越过人事俗情？"

程风也鬼魅般笑了笑，只是他笑起来的样子完全没有那种老狐狸成精的智慧感，而是像极了一只大马猴成精。"我哪里能知道老先生是什么意思？我只是觉得他说的这些好像很厉害的样子，就强背了下来，打算以后也依葫芦画瓢去做演讲吓唬人。"程风很欠揍地说道，又见唐盈盈脸色沉了沉，连忙补充道，"我当年确实不明白，也没胆子逮住老先生问个清楚，但今天这个事情，让我突然有了一点体会。这么说吧，我们用第二个脑子来分析，就汪瑶今天干的这事，从主观条件到客观行为，都踏踏实实地踩在了《刑法》的红线上。报警立案、侦查审判，该判几年算几年，没有任何问题，这叫罪刑法定，我们都同意。但您再想想，要是您没有这第二个脑子呢，她今天的行为是不是更像，我是说倾向性地更像，是在整蛊我？不仅仅是方惟安，大部分人一定都是这么觉得的，都会认为这只是一场小孩子的胡闹，吓唬和报复一下，也没有造成实质性的伤害。就为了这个，您一定要揪着她不放，往最重的罪名上去落，甚至不惜毁掉她的后半生，一定要吗？为什么不能用更温和一点的方式去教育她？"

唐盈盈张了张嘴，反驳了一句："她顽劣成这样了，谁还教得了，管得住？"

程风眯着眼睛笑了笑："唐律，您这么说就显得有些情绪化啰，怪不得她能一句一挑拨，怂恿得方大侠与您恶言相对。"

唐盈盈用手指按住眼眶上的穴位，用力揉捏了几下："你是看热闹看得太欢快了吧。"

"我们今夜同是天涯沦落人，不在乎谁看谁的热闹。"程风依旧笑嘻嘻地说，"不过，我想说的是，汪瑶之所以能轻而易举地撺掇起方大侠的怒气来，也是因为您硬说要起诉她，以至于人心不平，您反而成了仗法欺人的那一方。依据我不算太丰富的人生经验，人心若是不平，一定后患无穷。所以在这件事情上，我们往后退一步，不是随机的二选一，而是反复斟酌后的选择。"

唐盈盈用力咬住嘴唇，良久无言，最终，她还是叹了一口气，软软地泄下气来，有气无力地说："你才是当事人，你决定就行，我也不可能违拗你的意愿。"她抬了抬眼皮，见到程风满脸喜色，又有些来气，"但我怎么觉得你现在说话的方式跟康俊越来越像了呢？"

"真的吗？"程风的小眼睛里顿时闪现出惊喜的光芒，"我跟他学的，像吗？有几成像啊？他这种娓娓道来，绕着圈子，又在不知不觉中把自己的立场放进去的说话方式，真是帅爆炸了！我在家里照着这个模式反复练习了几百次，果然有点成效啊。"

程风兴奋地说着，却见唐盈盈的脸色不太好，郁郁沉沉的样子，像是在强压着心中的不愉快，连忙又抓紧了身上的围巾，试探性地说道："我没别的意思啊，这样吧，我给您念首诗吧，也是当年老先生在演讲结束时念的。"他清了清嗓子，"我们镇上有个人绝顶聪明，他跳入一片荆棘丛林时弄瞎了眼睛，当他发现自己失去了视力，拼命跳入另一片荆棘丛林重获光明。"

这首诗是卢埃林写的，大学的时候，唐盈盈曾把它抄录在自己的笔记本上，还写了长长的分析解读，以备考试时被考到。当年在考场上写出的对这句话的解析，她现在早已忘记。多年之后，突然再听到这首诗，唐盈盈就像是被人在心窝处猛地一击，鼻子一酸，两行眼泪不受控制地流了下来，顷刻便浸湿了整张脸。

天边有一朵小小的云遮掩了金黄色的月轮，街道两旁如梦幻如泡影的路灯、车灯与霓虹灯交错着映进车内，浓光淡影，将两人一并笼进了斑斓的光晕里。唐盈盈一边哭，一边熟练地把握着方向盘，车子快速地汇入深南大道的车流，也变成了无数道光线中的一条。

程风这下彻底傻眼了，他万万没想到自己嘚瑟了半天的演讲竟招来了唐盈盈这么一场眼泪。他像被人施了魔法一样定在座位上，连呼吸都只敢小口小口地进行。他的两只眼睛不敢，却又不能不被旁边吸引过去，看着这位平日里素来干练理智、从来没厌过的高阶律师，在这座城市的主干道上，哭成了一个孩子。

第14章
林小云去相亲

　　林小云原本昨天就该跟康俊一起去新加坡出差，机票都订好了，计划却被姨妈的突然到访给打乱了。当初她投资鹏币项目的钱中有四十多万是向姨妈借的，鹏币爆雷之后，林小云扛下了这笔债，把自己的工资卡交到姨妈手里，又补签了一张借款承诺书，保证每年按照百分之六的利率付本偿息。

　　姨妈一面嘴上说着不要不要，发生这样的事谁都想不到，大家亲戚一场，谈利息也太伤感情了，一面每个月在林小云工资到账的第二天，就拿着卡去将钱全部转走，只留八百块钱给林小云当生活费。八百块钱在深圳当然活不下去，这小半年里，林小云妈妈每月从自己两千多的工资里固定拿出一千贴补给她。一千八百块钱，正好是她半个月的房租。

　　林小云想尽了一切办法去多赚钱。工作日中，她每天只能睡三四个小时，剩下的时间都在帮别人写文书、整理翻译资料，赚一些辛苦的劳务费。到了周末有点时间，她的身影就出现在了深港口岸，跟着长长的出入关人流缓慢移动着。香烟、奶粉、尿片、化妆品、零食，只要口岸两边有差价的商品她都可以代购，多赚一块是一块吧。每跑一单总有个大几百的收入，在那大窟窿似的债务面前好像是杯水车薪，但好歹能解决自己下半个月的房租和吃饭问题。林小云也知道，姨妈这几个月有事没事就会去她家坐坐，故意踩着饭点去。上次看到林家餐桌上有一条清蒸鲈鱼，阴阳怪气了很久。

　　所以，这次姨妈说她要来深圳，而且还带来了一个好消息——给林小云介绍一个好对象，林小云哪里敢说不，承接圣旨一般跟姨妈说"太好了，太棒了，您赶紧来"，又硬着头皮去跟康俊请假，将机票改签成了明天一大早的。

林小云从她那个简易的布衣柜里翻出去年花了一千多块钱买的小碎花连衣裙。她很久没穿这么女性化的衣服了，腰部贴合得紧紧的，细腻的雪纺面料勾勒出清晰纤细的腰腹线条，鱼尾状的裙摆在膝盖处绽成飘逸的形状。林小云唯一对袖子有一些不满意，去年还算流行的小飞袖，到今年再看总觉得透着过时的土气。但她也没有别的选择，赶紧把脸洗干净，厚厚地涂了一层粉底，腮红早就用完了，她将唇膏涂在手掌上，用水化开，又轻轻地拍在了脸颊上。

按照姨妈的描述，这次的相亲对象是个如假包换的高富帅，家里做企业的，在东莞和中山都有自己的工厂，生产小电机，做了十几年，客户国内国外的都有。男方在东莞有一套大别墅，一进门就有左右旋转楼梯的那种，前后花园加起来两千多平方米，在市区里还有好几套房子。小伙子叫冯锐，是家里的独子，身高一米八三，白白净净的，唯一的缺点就是性格有点内向。冯锐妈妈是姨妈同学的同学，对儿子的婚事可上心了，这次冯妈妈是来深圳买房的，打算做做投资。"深圳的房子呀，人家眼睛都不眨地就买了。我就跟她提了你，她对你的条件也很满意，这次正好可以顺路见见面。一个看对了眼，你可就飞上枝头变凤凰了。"姨妈在电话那头说得唾沫横飞。

"是、是，我明白。"林小云连忙点头，应允着。

姨妈觉得林小云的态度还不够热情，又加了把火，说："定了十四号晚上吃饭。人家冯家直接帮我把去深圳的机票都订好了。你可得给我长脸，到时候收拾漂亮一点，只要结了婚，你就是冯家少奶奶，都不用上班了。"

林小云微微一愣，心里像有只小兔子撞来撞去的，既想着自己也许这次就能翻身变成庸俗快乐的富太太，又有着对形势未知的惴惴不安。她咬了咬嘴唇："先见了面再说吧，人家也不一定就能看上我。"

相亲晚宴是在罗湖口岸附近的一家老式酒楼里，林小云跟着姨妈兜兜转转了快十分钟才找到那个小小的包厢，屋内的冷气机也是二十世纪九十年代的，一直稳定地发出嗡嗡嗡的声响。

冯锐和他妈妈早已等在里面了，姨妈一进门连忙道歉，说堵车堵得要命，自己明明很早就出门了，还能迟到。她最后眼风又一转，用手虚掩着涂满了深紫红色唇膏的嘴唇，蹩脚地玩笑道："不过，让男士等女士，这也是国际礼仪嘛。"

冯锐的妈妈很瘦，头发剪得很短，也化着浓妆，但从粉底的贴合度来看，化妆品用得明显比姨妈高级不少。她上身穿着一件墨绿色的高领紧身针织衫，下面是印花大摆裙，端坐在主位上，眼睛上上下下地打量着林小云，嘴上却与姨妈应付道："你说得是，我们其实也才到一会儿，再多等等也没什么关系。"

林小云老老实实地叫了一声"冯阿姨好"，便低着头入座了。她偷偷去瞟冯锐，果然长得高高大大的，双手的皮肤比自己涂了粉的脸还白，五官谈不上好看，也谈不上不好看，嘴唇稍微有点厚，眼睛低垂着。冯锐没有主动跟林小云她们打招呼，冯锐妈妈用胳膊推了推儿子，笑着说："这是冯锐，今年三十三岁了。大学是在省内读的，也就读了一年，我和他爸爸就让他去美国读工商管理了，这个专业好，以后总得接我们的班的吧。不过小锐在那边瞎混了几年，我看也没什么长进，索性就让他先回来，积累积累实践管理经验吧。他不是读书的料，比不上林小姐，做律师的，那肯定是从小读书就很厉害的。"

林小云刚想谦虚两句，姨妈就接过话夸张地笑道："各有各的专长嘛，男孩子是要出去见世面，交际应酬啊，开疆拓土啊，这些事女孩子去做就不合适。我们小云成绩一直都很好，不是我吹，从小学到高中，成绩就没有跌出过年级前五名的。高考的时候，本来铁了心要去北大，别的学校根本就没考虑过，结果谁想到考试前两天突然发高烧，高考那天烧到了三十九度。我们都说这下完了，这么烧着还怎么考啊？结果呢，照样考上了985，还是最热门的法学专业，大学的时候又修了一门经济学，双学士毕业。要不怎么说我们小云就是有实力？那个什么司法考试，全国的通过率不到百分之十的，小云一次就考过了。工作以后，单位还特别看重她，所里的大案子都让她做，她自己也特别上进，最近在准备考那个什么，美国的那个FCI，啊？CFI？反正就是考完了直接年薪百万的一个证书。"

"是CFA，特许金融分析师。还没去考，我就是想试试。"林小云小心翼翼地纠正道，心里捏着一把汗，姨妈果真是个人才，把黑的说成白的不算本事，像她这样把灰的说成雪白的才是功力，让人查无可查。林小云当年高考哪有发烧，明明是人品大爆发才考上了那所985，法学专业当年在她们省的招生线几乎压着一本线。司考她考了两次，CFA她当然想考，可光买教材就要大几千块钱，她现在哪里有这个余钱去折腾。

冯锐妈妈的眼睛眯成了两条细缝，笑滋滋地说："林律师年纪不大，就有这样的成绩了，一比我们家小锐，三十多了好像还没什么说得出口的成绩。"她说这话的时候，冯锐仍然冷冷默默地坐在那里，像是在打瞌睡，眼皮都懒得抬一下，好像周边的事情跟自己没有什么关系。

姨妈赶紧把场子圆上，笑着说："话可不是这么说的，男人跟女人发力的时间不一样。女人嘛，上个好大学，找个好工作，这些是为了什么，不都是为了能嫁进一个好人家吗？等结了婚，生孩子、带孩子，一下就是好几年，这时期的经济压力都得靠老公和婆家担着。这时候女人的事业就下来了，男人就开始发力了，事业蓬勃向上，白领、金领、高管，可不都是男人的天下吗？所以，社会都是这么给安排好了的。男女搭配，干什么都不累。"

姨妈的口灿莲花把冯锐妈妈逗得哈哈大笑，她捂着嘴盯着林小云，笑着说："我家没这么麻烦，自己的企业，不交给自家人难道还能让旁人落了好处？生完孩子，就直接去公司上班，财务总监、法务总监随便挑，或者直接做个分管副总。谁说高管只能是男人当的，我觉得女人才更应该当领导。生完孩子那么多在家得抑郁症的，那都是活活给闷出来的，去做个副总试试。不高兴了，把手下的经理骂一顿，想怎么骂就怎么骂，你看着那些个大老爷们儿在你面前低头耷耳的样子，包管什么气都没有了，还有什么好抑郁的。"

冯锐妈妈这么一说，就是对林小云基本表示满意。冯锐妈妈又问了林小云一些查户口般的细节问题，林小云都老老实实地回答，也尽量顺着她的话说，希望能给她留下乖巧听话的好印象。姨妈也在旁边一边吹捧一边附和着，饭桌上的气氛极为融洽。

菜上齐了，冯锐仍然没有开口。林小云又偷偷看了看他，白净得有些夸张的皮肤，厚厚的嘴唇，林小云心里想着，或许这就是自己这辈子的丈夫了，他厚厚的唇以后会亲吻在自己的脸上和身上，两个陌生人就此产生了亲密的关系。而这种亲密关系将为她带来富足舒适的生活，让她在家族企业里享受到别样的特权。想到这里，林小云便有些心潮澎湃，她鼓起勇气，向一直沉默着的冯锐笑着问道："我看你一直没动筷子，要不要先喝汤？我帮你盛吧。"

汤盅在林小云旁边，她一边说，一边站起身来，要去拿冯锐的碗，然而手指刚触碰到碗沿，林小云感觉到两股奇异的目光缓缓地落在了自己的手腕上。她转过头去看，只见冯锐微微抬起了眼皮，像是正在观察她的动作，眼珠子木木呆呆的，像两截在水里泡得腐朽的木头，没有半点神采流转。这绝对不像是一个正常人该有的神情，林小云愣了愣，下意识地用手指在他面前一晃。冯锐没有生气，也没有任何多余的反应，仍然是那副呆呆木木的样子。

冯锐妈妈眉头骤然一锁，尖锐的声音划破了原本言笑晏晏的气氛："你干什么？"

林小云被吓了一跳，双手还傻愣愣地僵在半空中："冯锐，他……他不说话。"她不知道该怎么说，有些不敢相信，又不敢将自己的怀疑说出口，难道姨妈给自己介绍了一个傻子？

"他刚吃了药，有些犯困。你别吓着他了。"冯锐妈妈冷冷地说。

"他生病了？"林小云傻愣愣地问。

冯锐妈妈一听便有些不高兴，转过头去质问姨妈："你没把小锐的情况说清楚吗？"

姨妈面上讪讪地，赔笑道："还没来得及说，我这不也是今天才到深圳的吗？"

冯锐妈妈方才还如春风三月的脸，现在已换成了腊月寒风严相逼了："那就先说清楚再见面啊，你这样不是浪费大家的时间吗？"冯锐妈妈一边站起身来，一边用目光去睃林小云，"我们冯家做了十几年生意，从来都是有来有往，诚信第一的。你们这样搞，好像我家小锐要占你们什么便宜似的。有意思吗？"

姨妈没想到冯锐妈妈会当场翻脸，赶忙扯了扯林小云，又赔笑着说："你这说的是什么话？能找到小锐这样的夫婿，是我们小云这辈子的运气。这次确实是时间有点赶，还没来得及跟她细说情况，但那些都是小事，小云不会有想法的。"

冯锐妈妈听她这么一说，又看了一眼林小云，用居高临下的口气对姨妈说："林律师这样的姑娘，我瞧着也是挺喜欢，不过以我们家的条件，也不是说就找不到更好的媳妇了，只是说彼此适合罢了。"

"是、是，彼此适合，他们俩就很合适啊。"姨妈应和道。

"行了，人我们也见过了。说到底，今天都是你的错，没把话说清楚。这饭我肯定也是没法再吃了，我们明天一早回东莞，林律师下个礼拜如果有空，我让司机过来接你，可以一起去厂里看看。"

冯锐妈妈说完，也不管姨妈脸色有多难看，自顾自带着冯锐扬长而去。

包厢里的空调仿佛在冯家母子离去后就罢工了，仍然嗡嗡地发出嘈杂的声音，却没有半点制冷的效果。林小云觉得自己后背上出了一层湿腻的汗，精心挑选的裙子黏在背上，完全不透气。她小心地打量了一下姨妈的表情，讪讪地问："姨，那个冯锐是不是个傻子？"

"你怎么说话的？"姨妈刚碰了一鼻子灰，烦躁得很，训斥道，"不是傻子，就是生病了，说不定能治好的。"

"什么病？"林小云追问道。

姨妈想了想，觉得这事也瞒不住，便索性挑明了说："冯锐这小伙子挺好的，他小时候我还见过一面，很憨厚很老实。就是读书不太好，他妈妈硬要争口气，大二便让他退学，直接送去了美国。读书的时候，在那边谈了一个女朋友，说是什么富家千金，谈了还不到一年，人家就把他蹬了。冯锐呢，也是一个实心人，失恋当然就痛苦得不行啊，又在美国那种地方，傻乎乎地就被同学带着去吸毒。开始他爸妈也不知道，后来看见每个月的开销越来越大，家里就开始觉得不对劲。发现的时候已经晚了，毒品和酒精把整个人都搞得神神道道的。回国以后，在戒毒所住了几年，毒瘾算是给戒了，但整个人就不太对劲，后来去医院检查了才知道，毒品已经伤害了脑神经，这不，没办法，就只能一直吃药。"

林小云的脑子嗡嗡直响，想起刚才自己还幻想着跟那个男人有什么亲密动作，便觉得浑身极其难受，恶心道："姨妈，那他是有精神病啊，您介绍这样的人给我？"

"什么精神病，你别乱说，他这病说不准能治好。"姨妈不高兴林小云的态度。

"那万一治不好呢？他这伤的是脑子，还有吸毒的历史。这些您怎么不早告诉我呢？"林小云一着急也顾不上什么态度了，直接说道。

"你吼什么？我这不是还没来得及说嘛。我还有好事情也没来得及说呢，冯锐妈妈早就答应了，他们家聘礼给八十八万，都是现金，再加一台五十万以内的车。你想想，这样的好婆家哪里还有？"姨妈脸上的笑容将脸皮挤出了一条一条的沟壑，几乎挂不住来之前涂的厚粉。

林小云觉得滑稽极了，自己好像遇到了地主家给傻儿子买媳妇的桥段，莫名其妙的，自己怎么就变成穷人家的女儿了？可转念又一想，自己现在可不就是日子过不下去的穷孩子吗。她咽了咽口水，委屈地说："姨妈，他家给再多钱，我也不能嫁给一个……一个这样的人吧。"林小云一时之间不知道要怎么去形容，心里苦涩得有点想哭。

"这样的人有什么不好？你嫁过去什么都有了。他们现在也急。"姨妈冷冷地笑道，"在我面前装得挺好，还以为我不知道呢。冯锐的爸爸最近心思也开始活动了，觉得这个儿子怕是继承不了他的家业，打算趁着自己还不算老，赶紧在外头找年轻漂亮的小姑娘再生一个儿子，说不准什么时候就大起一个肚子来了。你说他妈妈为什么这么中意你呢，也就是看你是个律师，以后不管是管企业还是争家产，那都是主力军。八十八万，其实我都觉得少，应该问他们要一百八十八万，要发发，多好，多吉利。"

林小云身上的汗越冒越多，衣服冰凉凉地黏在皮肤上，非常不舒服："姨妈，您别再说了，我嫁人总得看看嫁的是谁吧，嫁冯锐这样的，我以后的日子怎么过？"

"哟，嫁冯锐这样的你的日子都过不下去了？那你非要嫁给钱鹏那样的，日子就好了，恩爱啦，完美啦？"姨妈见林小云语气里全是冒犯，自己的态度也把持不住，声音也随之尖锐起来。

一提到钱鹏，林小云就像是被人往心窝上狠踹了一脚，自信和尊严都被撕下来，踏在了脚下。她的语气瞬间就软了下来："姨妈，我们所最近接了一个跨国公司的项目，让我负责跟进，运气好的话，今年年底能有几万块钱的奖金。七七八八算起来，您那笔钱，我今年就能还上一半了，剩下的我争取明年，最迟后年吧，肯定能还完。"

"后年？后年的几十万跟今年的几十万是一个概念吗？"姨妈抬了抬眼皮，"我家峰峰明年也要毕业了，也想买房子结婚安顿下来。今年五十万付得起一套二手房的首付，明年就不好说了。不是姨妈逼你，姨妈从来都不会逼你。只是像我们这样普普通通的人家，嫁人就是嫁家庭。对方经济条件好，你未来二十年的奋斗就省下了。对方要是像钱鹏那样，那就是一只伪潜力股，你未来二十年，还得多奋斗十年，把他父母少奋斗的那部分也给补上。你算算，怎样才划算？"

林小云摇摇头，心里难过得像在滴血，低声咕哝道："哪怕他人笨一点也行，我总不能嫁给一个傻子。"

"什么傻子？你才是傻子。要是人什么条件都好好的，能轮到你？你是貌若天仙还是浑身长金条了？"姨妈的声音抑扬顿挫，像是一把把形状不一的小刀，狠狠地戳在林小云的脸皮上，"你今年说是二十六岁，按老历这就叫二十八了，可不年轻了，女人过了三十那就是豆腐渣。你三十岁能把我的账给还完了，还有你爸妈的钱呢？你再白手起家从头开始啊，哪有这么容易？条件稍微过得去的男人谁还要一个又离过婚又什么都没有的女人呢？世上没那么多爱情，只有吃饭、吃好饭才是现实问题，别的都是假的。听姨一句劝，女人在婚姻市场上，家庭、相貌、年纪、学历是最重要的，而里面最最重要的就是年纪。一旦年纪垮了，所有的一切都垮了。那时候，别说冯锐这样的好条件，就是冯锐这个人加上钱鹏那样的家庭，你也嫁不了了。"

姨妈的话忽地又变成了大巴掌，一下接着一下甩在林小云的脸上，打得她眼冒金星。嫁或不嫁，自然谁也不能替她做主，但不用谁做主，光看他们给你介绍的对象就能知道你在他们眼中的地位和价值。自己现在的身价就合该嫁个冯锐了吗？林小云心里难过得要命，姨妈这么看自己，估计老家的亲戚们也都这么看自己。她咬着嘴唇，双手用力地搓揉着裙子的边缘，一句话也不想多说。

姨妈还想再说，餐馆的服务员敲门进来，双手捏着一张账单，客气地笑着说："我们财务要下班了，能请你们先把单给买了吗？"

姨妈大惊失色："刚才出去的人没买单吗？"她一把扯过账单，看到底部合计处写着八百九十七元，尖叫声脱口而出，"我们就四个人，也没点几个菜啊，居然吃了快一千块钱啦？"

"是，包厢费都已经给您减免了，这个月我们餐厅做活动。"服务员见对方有赖账的迹象，不动声色地往门的方向退了半步，阻断了她们夺门而逃的可能。

也正是这小半步，隐隐地刺激了林小云敏感的神经，她伸手拿过账单，咬了咬嘴唇，扬声道："我来结吧。"

"是、是，是应该你结，你刚才要是聪明点，冯家肯定会买完单再走的。"姨妈一面抱怨，一面扫视了一番桌上的菜，心疼道，"再拿几个打包盒吧，好几个菜都没动呢，这也太浪费了。"

"打包给谁吃呢？我明天一早的飞机去出差，您也是明天上午的飞机回去啊。"林小云皱了皱眉头，心里盘算着打包盒两块钱一个，这无端端又花出去几块钱不划算。

"我的机票！"姨妈被提醒了，猛地一拍大腿，慌张地对林小云说，"我来的机票是冯家给买的，回去的还没订，他们不会不给我买了吧？"

"应该不会吧，她不是你这么多年的朋友了吗？"林小云话说得也很没有底气，赶紧拿出手机，打开订票软件，输入了姨妈的身份证号，果然没有预订航班。

姨妈定定地看着林小云，也不再提打包剩菜的问题了，一口咬定道："不管怎么说，我这次是为你的事来的，冯家不给我报回去的路费，那你得想办法。"

深圳回老家的航班每天只有一班。林小云欲哭无泪，搜了一下明天的航班，只剩下三张票，打完折也要一千四百多块钱。她的眼眶都红了，可怜兮兮地对姨妈说："我每个月剩多少钱吃饭，您比我还清楚。现在我已经动了预支的出差费了。这机票真的太贵了，我给您买张火车票好不好，我给您买卧铺，您睡一个晚上，也就十三个小时就到了，好不好？"

姨妈张了张嘴，也不好再说什么，只是语气不善地道："火车就火车吧。"又趁机训导道，"冯家的事你再好好想想吧，你刚才看到他妈妈那个包了吗？香奈儿的，一个包就好几万。"

"唔。"林小云一面在手机上帮姨妈订火车票，一面低着头轻轻地应了一声，心里翻涌起一阵又一阵的苦水。那个包要三万一千八百元，她清清楚楚地记得这个数字。同款的包，钱鹏给她买过一个，后来出事了，她拿去二手店转卖，又换回来了一万多块钱。

"你要是嫁给冯锐了，这样的包包，还不是想要几个买几个？女人啊，最要紧的就是二十几岁这几年，可千万别犯傻。"姨妈絮絮叨叨地说，又看了一眼餐桌，"还是打包吧，我不坐飞机了，这些饭菜我正好当明天的早饭和午饭，用热水泡一泡就能吃。"

两人从餐厅走出来，林小云舍不得再花钱打车，便带着姨妈去坐地铁。姨妈不好明面上嫌弃，嘴上却不停地教育："像你这个年纪的女孩子，很多人都有车了，现在有些车型就适合年轻的小姑娘开。再过几年，等四十多了，再开那些漂亮的小车子上路可就会被人笑话了。"

姨妈的话听上去这么熟悉，她从前也经常这么想，世上那么多好看的衣服品牌都是走少女路线的，像MiuMiu啊，Juicy Couture啊，那些鲜亮的颜色，她还没穿过一件正品呢，马上自己年纪大了，再穿出去就会被人笑了。从前她每次娇嗔着跟钱鹏说，钱鹏总是安慰她，快了快了，马上就有钱了，马上就能过上想买什么就买什么的日子了。想到这里，林小云立刻制止了自己的大脑，不敢再多想，若老是回想从前的事，那眼下的日子只能苦上加苦。她抱着地铁里的柱子，将身体和脸紧紧地靠在上面，用以抵消车辆行进带来的惯性力。姨妈喋喋不休的声音很吵，毫不顾及这是在公众场合，林小云觉得满车子的目光都凝在了自己的身上，像一把铁钳子似的，死死地捏住了她呼吸的气管，让她胸腔里满是窒息的疼痛。

地铁几个站，仿似过了一个世纪。

出了地铁，林小云把姨妈送到酒店。在走进电梯前，姨妈仍然不死心，盯着林小云问："你真的不考虑冯锐了？姨妈再劝一句，你反正都离过一次了，早就不是什么冰清玉洁的黄花闺女，冯锐这样的人家真的是打着灯笼也找不到。你要是一个有手段的，先嫁进去，熬几年，实在过不下去了再离，那也至少得分走一两套房吧，好过现在这么叮当响。"

"哪有您说的这么容易，别人又不傻。"林小云小声嘀咕着，忍着满心的酸苦，没点头，却也没敢拒绝。

"你是律师啊，你总有办法的。"姨妈话已经说到这个份上，再说就像是逼良为娼了，她重重地叹了一口气，颇有恨铁不成钢的气愤，又从包里拿出一张名片往林小云手心里一放，重重地说，"人家冯锐妈妈走之前也是留了活话的，你要是想明白了，就给她打个电话。你的事，总该你自己想想，我跟着操这份心也是没意思透了。"

送完姨妈，林小云走出酒店。出门左手边就是一个不大的街心公园，她向前走了几步，实在疲惫不堪，便顺着花坛的阶梯坐了下来。春末夏初时节，夜里淡雅清醇的凉风带着潮气迎面拂来，道路两旁的凤凰树撒落了一地微微弯曲的花瓣，与地上绿绿茵茵的青草相互映衬，十分好看。林小云抬起头，深圳的天空向来只能看见很少很少的星星，三两颗零落在灰蓝色的天空上，远比不上这座城市的灯火辉煌。她将自己的包抱在怀里，三百九十九元的Zara大公文包，很便宜很实用，抱在怀里有种扎实的感觉。她将头埋进了胳膊里，自己的感官世界终于只剩下一片漆黑和浓重的呼吸声，那晦晦星空，那灿烂灯火，那茫茫前路，仿佛世上所有的一切都跟自己再没了关系。

就这样又坐了一会儿，来了两个小青年，一身上班族的打扮，在离她不远的地方往地上铺开一张塑料布，又倒了一大堆手机壳上去，花花绿绿的，款式各种各样。另一个人也铺开一张塑料布，放了一堆五颜六色的T恤衫上去。下班之后还经营着一份小小的夜市生意，在这个年代多的是不掩饰对金钱的欲望的年轻人。

林小云看着他们忙碌的身影，冲他们善意地笑了笑，在这个以商业为基础建立的城市里，机会是对每个人开放的，能力强的，自然能在单位时间内赚很多钱；能力弱一点的，只要足够勤奋，也总是有办法赚来一些小钱。猫有猫道，狗有狗道，最终大家的身份都会按照拥有财富的多少被分成富人和穷人。在有些人看来，钱就是商业社会里确定个人身份最重要的标准，也是决定你未来生活标准的唯一标准。

这样想着，像是下定了决心，林小云张开了一直蜷着的右手。冯锐妈妈的名片已经被手心的汗浸湿了四个角。她盯着看了一会儿，嘴角缓缓地、浅浅地沁出一缕微笑，手指一点一点向外用力，终于将那张纸片给抻平整了。

第二天林小云一大早就赶往新加坡，到了那边，康俊已经把事情谈得七七八八了，带着她见了些JW的人，脸还没认清楚，合同签完，公事就算办完了。

当晚回到酒店，林小云立刻给冯锐妈妈打了个电话，态度恭谦地解释自己这两天正好出差去了，明天上午的飞机回深圳，如果时间方便，希望下午可以去东莞看看阿姨。正好，自己也带了点狮城特产。

冯锐妈妈自然态度可亲，在电话里就称赞林小云懂事，还说自己会让司机去机场接她。从机场直接来东莞，下午先去厂里转转，晚饭就在家里吃。

东莞，又称莞城，是全国五个不设区的地级市之一，粤港澳大湾区城市之一，号称世界工厂。它离深圳很近，开车用不了一个小时。与深圳不同，东莞的制造业实力雄厚，产业体系齐全，东莞是全球最大的制造业基地之一。从高速路下来再转上国道，眼前全是一片接一片的工厂厂房，盖着各色屋顶，其间又耸立着一些行政办公用的写字楼，似乎没有规划的章法。却也正是这些工厂企业创造了一个又一个的产值奇迹，让东莞这座人口近八百万的城市拥有了四十五家全球五百强企业。

天气极好，万里晴空一碧如洗，金黄色的阳光无拘无束地从空中洒落，将整个冯家工厂都浸了一片流光华彩中。工厂占地不算大，园区布置得还算整齐，在一楼还有一个一百多平的看货厅。墙边一溜亚克力板制成的展柜，陈列着厂里历年来生产的各种小电机产品。尽头处放着一块蓝底白字的展板，堆着一大堆企业宣传册，与众多制造业企业一样，用中英对照的文字，介绍了公司建立的背景和发展历程。

冯锐妈妈对林小云的到来很高兴，一脸笑容地陪着她四处看。原本以为只是走马观花式地看看，没想到林小云对哪里的兴趣都很高，到每一个车间厂房都详细地问了工人人数以及年产量。冯锐妈妈对这些问题回答不上来，便叫来负责生产的主管一同陪着介绍。参观完工厂，已耗费了两三个小时，冯锐妈妈在一旁走得有些累了，便提议回家去坐坐。

林小云看了看时间，笑眯眯地说："要不就去您的办公室喝喝茶。"

"我在这儿没办公室，这里灰大，我平时其实也不大过来。"冯锐妈妈也没觉得什么，平静地说。

林小云只笑了笑，不再说什么，便跟她一起坐车回到冯家的别墅。说是大别墅洋房，从外面看，开发商统一给贴着仿欧式的红褐色墙砖，像个正儿八经的别墅，内部装修却更像村里自建的多层楼房，家具家电都是高档的，沙发、茶几以及目光可及的大部分地方都覆盖着图案各异的十字绣作品，给这宽阔的空间无端增添了一股暴发户的乡土味儿。

冯锐妈妈带着林小云在客厅里入座，从根雕的茶几抽屉里拿出茶叶，亲手泡了一壶小橘茶，眉眼带笑地看了看林小云，又说道："我昨天也跟冯锐爸爸说起了你，他也很满意，晚上我们一起就在家里吃个家常饭。不过他爸爸回来得晚，厂里事多，一般到家都得八点多了，待会儿我让阿姨切点水果来，我们先垫垫肚子。"

林小云笑了笑，恭恭敬敬地接过茶杯，又故作天真地问："谢谢叔叔和阿姨的招待。其实也不知道我姨妈是怎么介绍我的情况的，该不会为了给我脸上贴金，把我的缺点都隐瞒了吧？"

冯锐妈妈想了想，也是，还是事先核对一遍比较放心，便信口说道："她倒也没说什么别的，只说你之前因为运气不好，谈的男朋友是个骗子，说是创业，结果被查了，自己也跟着赔进去好多钱，还白结了一次婚。"冯锐妈妈仔细打量着林小云面上的神色，见她神色平静，一副坦然的样子，看起来姨妈说的基本上也是实话，便话锋一转，说道，"做生意有亏有盈都很正常，我们其实也不在意这些。你们只是短婚吧？只要没孩子，我们家也不计较。"

林小云将茶杯端放在手心里，也不喝，虚虚地笑了笑，说道："没孩子，要真有孩子，当时那婚就离不了了。"

这么一说，冯锐妈妈也放下心来，笑滋滋地说："那就好。我也听你姨妈说了，你还欠了些债，其实这不要紧，只要你跟我们小锐能好，小几十万的，对我们家来说都是小事。我们更看重的是你这个人。"

冯锐妈妈这话几乎已经将之前所有藏着掩着的心思都说得明白了，林小云瞧了她一眼，低头咬唇思索了片刻，抬起头来的时候，眼睛里仍是满满的笑意，却又多了几分坚决："阿姨，您知道我现在缺钱，又看重我是做律师的，所以才不在乎我之前离没离过婚。但您也只想对了一半，我确实是对钱感兴趣，对结婚却没什么兴趣。"

冯锐妈妈的脸霍然变色，两条文绣的眉毛扭在了一起，尖声道："你这话是什么意思，看不上我们小锐？"

"阿姨，其实您只是想要一个能帮您守摊子的人，干脆出钱买这项服务就行了，正好，您需要的我都能帮您实现，一定能好过您自己的计划。"林小云方才还在犹豫要怎么开口把话挑明，如今既然已经开了头，接下去的话也顾不上什么顺耳不顺耳了，能够将自己的意思说清楚就是好话。

"计划？我有什么计划？"冯锐妈妈恢复了神色，倨傲地问道。

林小云将大拇指裹在手心里，紧紧地攥着，缓缓地一句一句说道："我这几天也在想，按照常理来说，像您这样的婆婆，理想的儿媳应该是什么模样。第一应该是要年轻，长得顺眼。第二是家庭条件最好一般，嫁高娶低，这样才能吃得住对方。第三是最好不用太会读书，大专毕业或者一般二本学校就够了，重要的是性格温顺，骨子里有认命的特质。第一、第二条我大概还能沾上边，第三条我差得就有点远了。可为什么您还是对我很感兴趣？姨妈告诉我，您其实在担心一个问题，冯锐出事以后，冯叔叔的心思有些活动的迹象。这当然也正常，冯叔叔这个年纪求个老来子的可操作性还是相当高的。如果这样，冯锐的继承权恐怕就不是板上钉钉了，跟弟弟甚至是妹妹还得拼一拼。在这种情况下，给他找个什么样的老婆，作为母亲，您自然得计深远。也正是这样，我这种条件的反而成了最优选。只要我跟冯锐结婚，您会帮我还清欠款，也会把我安排进冯家企业。我有法律和经济双学位，专业很对口，您相信我一定有办法帮冯锐，也就是未来我们这个小家庭，守住这份家产。对不对？"

冯锐妈妈的脸白了白，嘴角有些抽搐，但她也只是慌张了几秒钟，就立刻否认道："你别乱说话，我们家好得很，没你说的这么多麻烦事。"

林小云目光紧紧地盯在冯锐妈妈的脸上，嘴上却故作轻松地说："阿姨，我年纪小，没见过什么大钱，也没见过什么大场面，但做了这几年的律师，人心倒是见得不少。再幸福美满的家庭，公婆两人肚子里都揣着自己的那份小心思，这很正常，冯叔叔有他的想法，您也应该有您的。毕竟是这么大一摊子家产呢。"林小云故意咬重了最后几个字。

冯锐妈妈思索了片刻，目光轻飘飘地落在林小云面上，仍然不松口，傲慢地说道："我原本是对你有些指望，可你也不是唯一的人选。这世上聪明能干又缺钱的姑娘多了去了，我们小锐还能找不着媳妇？"

"聪明能干的姑娘确实很多，但聪明能干又没有自己想法的姑娘就不这么容易找了。阿姨，做买卖算盘得两头打，您只做您这一边的利益算计，这生意还怎么谈？"林小云音色淡淡，直言道。

"你什么意思？我好心请你来我家做客，是让你来教训我的吗？"冯锐妈妈站起身来，语气之间已经带着明显逐客的意思。

"我没有教训阿姨的意思，我只是想跟您说，寄希望于娶个精明能干的媳妇来守家产，这可不是什么聪明的办法。更好的办法应该是，请个律师，把家产的控制权都收到您自己手里，再给冯锐找个蠢蠢笨笨又听您话的媳妇，您以后的日子才能顺心舒坦。"林小云有些着急，连忙说道。

冯锐妈妈并不笨，她微微愣了几秒，急忙接道："哪有这么容易？我从来都没管过企业，老冯又不傻。"

林小云心中腹诽，我当然知道你没管过企业，在厂里连自己的办公室都没有，还许诺给什么高管的职位。这位冯太太看上去聪明厉害，核心问题却一点也抓不住。当然这样也好，正好给自己留了机会。林小云面上仍然浅浅笑着说："管没管过企业有什么关系，只要您的身份是冯太太，公司的股权，冯叔叔有多少，您就该有多少。"

"你要我跟老冯离婚分家？"冯锐妈妈的身体不由得后移了半寸，警惕地看着面前的林小云。

"用不着离婚。你们现在这种情况用不着离婚就可以确定清楚彼此的财产。我知道您肯定也不想离婚，毕竟这么多年夫妻，又有儿子需要完整的家庭。您目前需要的只是一份防范和保险，防止冯叔叔不知道什么时候弄出一个私生子来，变成了摘果子的人不说，最后还把冯锐的饭碗也给端走了。"林小云浅浅地笑了笑，盯着冯锐妈妈，又继续说道，"您的担忧没有错，也非常有必要。现在来筹谋这一切时间不算晚，这个时候把自己的钱写上自己的名字，省得一笔糊涂账，到时候便宜了谁都不好说。"

"真的可以？"冯锐妈妈并不能十分确定，也盯着林小云看。

林小云在心里重新盘算了一遍，颇有把握地说："肯定可以。我来教您怎么办。我可以帮您起草所有的协议文件，教您每一步的办法。结果是，您能够掌握家里的大部分财权，获得绝对的主动权。条件是，"林小云将数字在心里改了又改，咬咬牙，下了决心说，"三十万。如果您对我的办法觉得满意，您付给我三十万元，我要现金。"

冯锐妈妈再一次将林小云从头到脚打量了一遍，这次，眼前这个干干瘦瘦的女孩不再是从前她感受到的柔柔弱弱、一心只会讨好别人的模样，她的眼睛散发着用专业换金钱的强烈渴望，这种神色令冯锐妈妈觉得有些惊讶，却也很放心。她端起杯子，轻轻抿了一口茶，放下杯子时便像是下定了决心，将自己的手覆盖在了林小云的手上，说道："小云，你要是能帮阿姨去了这一块心病，三十万现金，我亲手码整齐了交到你手里。"

冯锐妈妈带着林小云来到二楼主卧室，房间很大，有自己配套的小书房和小阳台，从阳台可以看到隔壁冯锐房间的窗口。林小云往那边看了一眼，心脏猛跳，便又躲了回来。整个房间都很安静，在靠着窗户的地方放了一套藤制的沙发和茶几，夕阳洒在白色的布罩上，在光线的反射下，形成了殷红似血的斑驳色彩。林小云找了一个背阳的位置坐下没几分钟，冯锐妈妈便从里屋出来了，怀里抱着一个大铁盒子。

打开铁盒子，里面是封皮各不相同的房产证，还有一些银行抵押文件。林小云拿出本子，画了个表格，一项一项询问房产的价值、付款情况、抵押情况。与之前自己料想的差不多，冯家这种夫妻组合，老公一心搞企业赚钱，妻子在后头只会买房。这些年，冯家的房子买了很多，却又因为制造型企业运转需要大量的现金流，这些房产多半又被抵押了出去。钱是有钱，平常用的小钱也绝不会少，但是大钱都卡在了生产线上，腾挪的空间很小。林小云在心里粗略估算了一番，又对冯锐妈妈说："这些房产大部分是清晰的，基本没有什么争议。最重要的是企业股权的持有情况，包括估值和组织架构，我想看看相关的资料。"

冯锐妈妈想了想，摆手道："厂子的事我不管，哪里会有什么资料呢？"说完，她愣了片刻，又想起来，说道，"去年，有个公司说想收购厂子，还从外面请了会计来做了个评估报告，我去找来给你。"

冯锐妈妈说完便去书房里翻来找去，林小云想了想，跟在她后头，问道："厂子运行得挺好啊，怎么会想到要卖？"

冯锐妈妈从一沓文件底下抽出一本绿封皮的资料，拍了拍上面的灰尘，愤愤不已道："说起这个事情来，我还真不太高兴。我和老冯就小锐这么一个儿子，原本厂子肯定是要给他的，老冯也一直把他当作事业接班人来培养。后来出了事，老冯特别伤心，觉得以小锐的情况，肯定是不能接班了，自己再努力也没什么劲，去年灰心丧气之下就想把厂子给卖了，自己退下来。我也支持他这么做，搞个企业太累了。结果跟买家的价格都谈得七七八八了，又有些不怀好意的人来煽动他，说老冯其实也才五十出头，是还有机会再要个孩子的，就算自然受孕不成，还有试管呢。老冯还真被说动了，行动也快，身边立刻就扑上来一个小妖精。去年年底的时候小妖精的肚子还真就鼓了一次。老冯立刻觉得自己大有希望，就把收购这事给停了。后来也是小妖精没这命，孩子自己掉了。养了几个月的身子，这一股干劲又起来了。所以，我心里也是着急，万一下次真生下个一男半女来，是不是就要分走我们小锐的家产了？"

林小云一边翻看资料，一边搭话道："是，我国的法律不歧视私生子，非婚生育的子女和婚生子女享有同等的继承权。但是，他们能分的也仅仅是属于冯叔叔的那一部分财产，您自己的这部分，别人想染指也不行。"

　　"我这部分？我手里就只有这几本房产证。"冯锐妈妈想了想，又说，"我也知道这些房子不怎么值钱，家里最值钱的还是这个企业，那就是老冯的命根子，他肯定是想留给自己儿子的。他现在连烟酒都给戒了，早上起来去跑步，晚上吃完饭还得再遛半小时弯。他这一心就是想再咬咬牙坚持二十年，最好能将企业亲手交到小野种手里。"

　　林小云翻看着资料，时不时还拿笔迅速在本子上记录着，见冯锐妈妈气得几乎说不下去，便停了下来，又问道："这些冯叔叔也已经跟您讨论过了？"

　　"明着就说过一次。但其实他自己也知道，这不是上策。就算他现在跟小妖精生一个孩子，等小野种上大学了，他都七十了，到时候子幼母壮，很多事情不好说。最好还是尽快给小锐找个老婆，生个孙子。企业交给儿子跟交给孙子都是一样的。"冯锐妈妈迟疑地看了林小云一眼，"这都得靠个人的命，他自己也在看吧，看看是自己的儿子先出世，还是孙子先落地。但其实我了解老冯，他的心思应该是不敢把希望都押在一头的，对于他来说，最好的情况是，儿子、孙子一起有了，那就更保险了，说不定最后还能挑一挑接班人。"

　　冯锐妈妈的话一下子将问题的关键都给挑明了，林小云心想，大清朝夺嫡争皇位的戏码还真是深入人心，这冯先生一套古代君主的思路，冯太太一套后宫正主的想法，配合得可谓是相当完美，也不管二十一世纪现代企业的游戏规则是怎样的。她的脸上泛起一层笑意，看了一眼自己的笔记，双手反握住了冯锐妈妈的手，用不容置疑的口吻说道："阿姨，冯叔叔是怎么想的，现在已经是放在牌面上的事了。咱们的目标是让他跟着我们的想法去做。"

　　"我也想啊，可不是这么容易的。"冯锐妈妈吐苦水道，"老冯做了这么多年企业，脾气可是越来越大。这种继承家业的事，你就算杀了他，他的想法还是不会变。"

　　林小云也不反驳，只缓缓地说："冯叔叔心性强，但也强不过形势。咱们的牌其实也不差，有几件事您得清楚：第一，家里的企业虽然一直都是冯叔叔在管理，但他所持有的百分之四十的股权却是你们夫妻共有的，您有权主张对股权进行分割；第二，八年前，企业有过一次股权变更，冯叔叔把当时他名下百分之十五的股权转到了冯锐名下，冯锐其实也是公司重要的股东，只是由于生病，他一直没有参与决策和管理，他的这部分职责一直是冯叔叔在代为执行。"

"是，当时有传闻说要增收遗产税，我们就把名下的财产转了一部分给小锐，谁知道他后来会出事呢。"冯锐妈妈解释道。

"所以，说到底，您和冯锐只是不管事，让冯叔叔在企业中有了绝对的话语权。"林小云说道。

"一家人一起过日子，可不都是这样吗。"冯锐妈妈并不觉得有什么问题。

林小云点点头，心想冯家这样的家族企业，内部管理其实基本还是沿用忠孝礼义那一套思路，只是碍着《公司法》的一些规定，被动地做了一些登记和变更，心里压根没把这些当回事。冯锐妈妈也是一样，心里遵循着男主外女主内那一套，既是讨好丈夫，也是自我恐惧，离开了内宅，她对外头的事情要怎么玩就不太清楚了。林小云面上不动声色，手上的劲却加大了几分，用力握住冯锐妈妈的手，说道："最后，也是最重要的，您跟冯叔叔不一样，这家厂子反正都不会跟您姓，除了交给冯锐，谁去接管那都是外人。最要紧的是钱还有股权，您一定得抓在手里，这样日后您和冯锐才能继续锦衣玉食，想买什么买什么，也才能有时间继续坐在家里绣十字绣。"

林小云说完，静静地看着冯锐妈妈。此时已近黄昏时分，天色仍然很亮，林小云身后就是万里晴空，上面挂着色调浓重如鲜血的残阳。冯锐妈妈愣了片刻，继而又重重地点头道："我明白，到我这个岁数了，还有什么想不明白的？这世道，老公说变就会变，孙子是媳妇的，儿子得自己疼，能对自己好的也就只剩下握在自己手里的钱了。说句难听的话，小锐已经这样了，老冯现在也不好说，我一个女人不给自己兜里揣点钱，哪天真有个不好了，还得靠自己给医院账户里续住院费呀。"

林小云连忙说道："总不至于到这个地步的。这世界从来都是赢者通吃，您只要想办法把公司股权和家里的钱都搞到自己手里，冯叔叔以后不仅不敢乱来，凡事还得看您的脸色。"

冯锐妈妈也有些焦急，问道："那我现在该怎么办？厂子我是从来没管过，老冯凭什么让我插手？我也不想跟他离婚，一离婚，小妖精肯定就要上位了。"

林小云将那本厚厚的资料又翻了翻，一边思考，一边说："冯叔叔管企业管得挺好的，咱们不争管理权，我们现在要做的就是一件事，叫作婚内财产分割。"

"不离婚分财产？这怎么可能？"冯锐妈妈有些怀疑地问。

林小云用笔在本子上算了算，又看着冯锐妈妈，像是不经意地提起："冯锐的病情究竟怎样？"

见她忽然又问到冯锐身上，冯锐妈妈也没什么好隐瞒的，一五一十地说："其实挺不乐观的，国内各大脑科医院我们都去过，但毒品对大脑的影响太大了，已经对大脑皮层的什么沟壑造成了不可逆的影响。小锐现在认知、说话什么的都很差，最要命的是还时不时会暴躁发怒，做了很多康复治疗，也一直在吃药。但吃药也只是能让他的情绪平静下来，乖乖的不吵不闹而已。唉。"一说起自己高大帅气的儿子如今变成这样子，冯锐妈妈的哀叹便延绵不断。

林小云陪着劝慰了几句，又继续说道："国内治不好，国外可以想办法吗？"

"难。国外的医院看病那可都是天价。"冯锐妈妈感觉到了林小云这样问似乎另有目的。

林小云的笑意淡薄如烟，继续说道："除了国外主流医院，还有一些新锐的、正处于研发阶段的医疗实验室。比如可以考虑找一个脑神经的科研团队，请他们对冯锐的病情进行专题攻关，您对经费进行赞助。"

"那得多少钱？说不定也成功不了。"冯锐妈妈皱着眉头说。

"比如拿出三个亿去支持他们进行技术攻关。"

"我们家哪有这么多钱？就算有，老冯也不会同意的。"冯锐妈妈激烈地反对。

"要的就是这个不容易。"林小云狡黠地笑了笑，又说道，"治不治得好也没什么关系，反正只是相互配合一下，出具一份医疗方案而已。重要的是让人觉得您在积极治疗冯锐。"

"这样做的目的是什么？"冯锐妈妈疑惑道。

"为了造势。"林小云平静地说，又解释道，"根据我国《婚姻法》，夫妻的共同财产在夫妻关系存续期间提出分割的，法院不予支持，这从主观和客观上都造成了本该属于一家三口人的财产，现在只归冯叔叔一人掌管，他说企业给谁就给谁。我们要扭转这种情况。您既不想离婚，又想把主动权拿过来，办法就是对离婚后您能分到的财产进行提前确权。幸运的是，法律在这里留了一个小口子，规定如果夫妻一方负有法定扶养义务的人患重大疾病需要医治，另一方不同意支付相关医疗费用的时候，提出分割财产，法院可以支持。意思就是说，以冯锐现在的身体状况，他已经丧失了行为能力，您作为他的母亲，实际上就是他的法定扶养义务人。您提出要对冯锐的病情进行医治，而冯叔叔不同意，您就可以提出分割您的财产，卖房子、卖车，包括冻结公司资金，分割股权收益。冯叔叔百分之四十的股权，有百分之二十是属于您的。您完全可以用这个理由提出进行分割。"

冯锐妈妈的心脏吓得怦怦直跳，她捂住胸口，嘴里先念了一句阿弥陀佛，又说道："那老冯得气死，还不得真跟我离啊？"

"他不会。冯叔叔是个生意人，这笔账算起来很容易。你们的房产都已经抵押给了银行，贷来的钱都投进了企业运转中，所以这一摞房产证实际上能折换出来的钱没有多少，我们暂且不论。公司去年被估价十八个亿，冯叔叔出任董事长，手里有百分之五十五股权的表决权，身价在十个亿左右。一旦离婚，您至少能分走他四个亿。当然以目前企业的资金情况来看，您要是拿走了四个亿，企业就完了。所以我们可以协商，不要现钱，而是让冯叔叔将百分之二十的股权转到您名下，完成确权。"

冯锐妈妈有一些犹豫，琢磨着说道："老冯可是头倔牛，强按着他的头去喝水，他得跟我玩命。"

"他再拼命无非就是拿离婚来威胁，一旦提离婚，您照样能分到这些，同时，由于您之前为了治疗冯锐提出过分割财产，您会有比他更大的优势拿到冯锐的监护权，也顺势掌握了冯锐手里那百分之十五的公司股权。不离，大家一起糊涂着过，彼此都好。离了，吃亏最大的恐怕会是冯叔叔。所以，他想拼命最终也会没力气拼的。"林小云的声音像是有魔力一般，听得冯锐妈妈心神荡漾，几乎不敢相信。

"真的可以这样？"冯锐妈妈亦喜亦悲的表情，让她的脸看上去有些怪异。

"当然可以。我说的这些都是您的底线，也就是法律对您权利的保障。如果操作得好，大家都没有必要撕到这个程度，毕竟您与冯叔叔夫妻这么多年了，有什么话不能商量着说呢？"林小云甜甜地笑道，"我给您的建议还是从您利益最大化的角度出发，先做第一步，把所有的材料准备好。包括冯锐的医疗计划、费用预算、冯叔叔不同意实施该方案的录音证据等，打他个措手不及。接下来，是战是和，那就全看您的心情了。"

"我要把老冯逼到这份上，他得恨死我了吧？"冯锐妈妈面上惊喜不已，嘴上却仍有些担心。

"那您想想，如果冯叔叔跟别人生了个孩子，又把家里的财产都给了他，再过几年，身子和心思都不在这个家里，那又是将您逼到了什么份上呢？"林小云冷静地说，冯锐妈妈一愣，也不再多说。林小云看了一眼她的神情，显然是已经心动了，却又有些害怕，便继续怂恿道："阿姨，我把这个事情跟您再分析一遍。您现在的困境是由于家庭和企业财产混在了一起，决定权被冯叔叔掌握了，所以您觉得很被动。我给您提供的方案，一是通过法律程序确定您拥有百分之二十的股权，让冯叔叔明白无论在家还是在企业里，他不是拥有绝对权威的旧式家主，他的任何越矩行为都可能受到惩罚；二是提前确权，也是为了防止冯叔叔一意孤行，私下转移婚内财产，万一他真为了私生子奋不顾身，那能动的也只有他的那百分之二十；三是，如果有一天真离婚了，您手里有百分之二十，通过监护权代管理冯锐的百分之十五，折现也好，请职业经理人代为管理也好，您的生活总是能保证无忧的。"

林小云的话像锤子一样重重地击打在冯锐妈妈的心上，她有点害怕，畏怯地问："真……真会到这一步吗？我是说离婚，我不想离婚。"

"您不用害怕，这只是将所有最坏的可能都跟您说了。我想人的心大概都是一样的，只要在最坏的情形中仍然能够掌握主动权，那再也没有什么别的事情值得去恐惧的了。您现在所有的焦虑都来自对冯叔叔心思的揣测，那我建议您，不妨把他当作一个彻底的坏人，自己也别做好人了，将预防做到极致，接下来的每一步便都会是惊喜。"林小云看着冯锐妈妈，端庄的打扮，精致的妆容，像每一个成功男人背后的女人，有着可以随时带上台面的模样。可那又怎样呢？林小云淡淡一笑，像当年在伊甸园里诱惑女人偷吃苹果的蛇一般，继续蛊惑地说道："这些权利原本就都在您手里，只是您让它们一直沉睡着，现在威胁都在眼前了，您还不把自己的权利唤醒吗？"

冯锐妈妈的心里微微一颤，盯着林小云看了很久。小云的头发有一些乱，垂在鬓间的发丝不知何故缠在了她纤细的颈上，令她原本就干瘦的脖子显得更加萧索。她穿着一件浅黄色的衬衣，领口的扣子开了两粒，隐约露出的锁骨上，有这个年纪女孩子特有的紧致线条。她的五官谈不上好看，甚至有些寡淡的味道，眼皮微微向下耷拉着，目光里却透着凌厉的倔强。"行，这件事阿姨交给你，"冯锐妈妈终于表态说道，"阿姨也是个爽快人，你要的三十万，我今天就先给你转一半。等事情办成了，彻底断了老冯的出路，我就立刻给你转尾款。"

谈妥了事情，林小云又嘱咐了冯锐妈妈一些注意事项，便告辞了。晚上的家常饭是给冯家未来媳妇吃的，林小云婉言推辞了，她也不想跟冯锐爸爸碰面，无论嘴上说得如何义正词严，她心里总是有种暗算了别人的感觉。

在回深圳的火车上，她不断地掏出手机来，将那条银行的动账信息反复看，一二三四，四个零。这笔钱不够还自己之前欠下的债，却能大大改善自己眼下窘迫的经济状况，更重要的是，这给了林小云极大的信心，让她相信，凭借自己的能力也是有机会赚到一些钱的。

夜幕已经降临，火车窗外黑沉沉的一片，从山间穿过，只偶尔闪过几点灯光，随着越来越接近城市，灯火越来越多，密密麻麻的，像小时候看到的灿烂的星空。林小云将包里的面包拿出来啃了两口，再一次看了一眼手机。她想把这笔钱一股脑地全打给姨妈，拿回自己的工资卡，也拿回自己被姨妈踩在脚下的自尊。可信息写到一半的时候，林小云又犹豫了。她捏着手机想了一会儿，最终决定还是给自己留下五万块钱。她要买教材，要报培训，要考CFA，只要把这个证给考出来，以后她一定能接到更多更好的官司，赚许多的钱。

想到这里，林小云三五下便把手里剩下的面包塞进了嘴里，就着矿泉水咽了下去。又点开手机，她登录了论坛，开始找寻考CFA一级所需的各种材料清单。

第15章
情感陪护机器人

　　自从那天与方惟安分开后，唐盈盈便一直住在自己的小房子里。这几天，她隐约知道民警根据那天的协商结果，做出了酌情不立案的决定，并通告了汪瑶的学校。这样的结果自然在意料之中，唐盈盈没有太多的想法，事实上，她正好接手了一个着急的案子，工作一忙起来，就连方惟安的信息也来不及回复了。或者也是她有意在逃避，她时常自我说服道，约饭的信息一旦过了饭点便没有再回复的必要。不过，有的时候，唐盈盈心里还是会莫名有些发慌，生怕两人就这样回归陌路。她想是不是自己也该主动去努力做些什么，挽回或是修复一下两人的关系，可具体该做什么呢？唐盈盈又没有了思路。更多的时候，她根本没时间也没精力去想，巨大的工作量似乎将她整个人都榨干了。

　　连续加了三天班之后，唐盈盈终于校对完了所有的文件。看了看时间，已经将近晚上十一点了。整个人陡然放松下来，唐盈盈只觉得眼前一片被扭曲了的图像，头晕眼花得厉害，摸了摸自己的额头，竟然滚烫，发起了高烧。这么一来，她便连回家休息的力气都没有了，歪歪斜斜地倒在沙发上，像一堆烂泥一般，瘫软无力。

　　烧得迷迷糊糊之间，便有梦魇缠上身来。唐盈盈觉得自己的脑子忽地就变成了一大块干涸到开裂的土地，反射着白兮兮的日光。有些裂块上长着李睿的脸，有些上面像放电影一般闪现着方惟安打拳的动作，有些上面乱七八糟的，什么都有，却又什么都看不清楚。她像一个迷了路的小人一样，在这样一大片干枯的土地上走着，视野之内，什么参照物也没有，她不知道自己要去哪里，是去找水吗？她的脑子又沉又乱，身体疲惫得像要裂开一般，只想原地卧倒，不想再走了。可脑子里那个人就像完全不听使唤一般，仍然在不停地走，不是向东，不是向北，不是向西，不是向南，只是一味地朝着前方，可至于前方究竟有什么，她心里却空白得如同一片白茫茫的日光。

就这样混混沌沌地躺着，不知过了多久，唐盈盈迷迷糊糊地醒过来，觉得身体比刚才更加沉重了，当真像是跋涉了几千里路一般。她想到自己从昨晚到现在什么都没吃，肚子饿得直发虚，便扒拉开手机，难得幸运的是附近还有一家通宵营业的饭店能提供新鲜养胃的白粥。喝完白粥，唐盈盈将外卖餐盒一扔，再也睡不着了，只好半合着眼睛静坐着忍受胃里的翻江倒海。忍了不到一分钟，她冲去卫生间，混合着胃液的白粥呈喷射状地从口鼻处涌了出来，吐了十几分钟，把整个胃都翻了过来，到最后就只剩下了干巴巴的干呕。

唐盈盈扶着墙往外走，一出卫生间，正巧遇到康俊，他穿着一件半长的风衣，手上还拖着一个行李箱，风尘仆仆，像是刚下飞机的样子。

康俊皱着眉头将唐盈盈上下打量了一番，疑惑地说："我刚从新加坡回来，打算把材料放回办公室，没想到竟然大半夜的听见卫生间里传来干呕声，这就太恐怖了吧，完全是日本恐怖电影的场景。"

唐盈盈此时已经没有力气跟他说笑了，惨兮兮地靠墙站着，沙哑着声音说道："你那儿有感冒药吗？我不太舒服。"

康俊见她两颊通红，嘴唇裂得翘起了几块干皮，便伸手探了探她的额头，果然滚烫得跟烙铁似的，骤然收手："这么烫，吃药还有用吗？直接去医院吧。"

唐盈盈也无力反驳，被他搀扶着上了车，歪歪斜斜地倒在后座上。身体的高热令她的眼皮像是涂了胶水一般，拼命睁也睁不开。胃里又是一阵翻江倒海地想吐，可真让她吐，又实在没有力气，最舒服的方式便是像一条死鱼般躺着。幸好从所里到医院的距离很近，晚上道路又很是通畅，一脚油门不过几分钟便到了。唐盈盈在迷迷糊糊之间又被架着去挂号，去问诊，紧接着又被安顿在了输液室里。

冰凉的液体顺着输液的管子一滴一滴地输进唐盈盈的静脉里，高烧已经退了，身上的肌肉却像烂泥一般沉重不堪。临近午夜，医院输液室里也空空荡荡的，只有一对急性肠胃炎发作的年轻情侣在角落里挂水。

唐盈盈半靠在输液的椅子上，借着药劲，她刚才又睡了一觉，现在意识倒还算是清醒，半梦半醒间听到康俊在给方惟安打电话，告知他自己的病情，并要求他立刻过来。唐盈盈心里有一刻的挣扎，但很快也坦然了，在这样的情景下见到方惟安也好，至少不算太生硬。她现在是个病人，可以理所当然地由人摆布，任凭他人做主，这种感觉其实也还不错。

初夏的夜，凉风如玉。唐盈盈撑开沉重的眼皮，视线在白晃晃的灯光下一点一点变得清晰起来。一小瓶药液已经输完了，原本放置在右手边的吊瓶架也被护士撤走了，拔针的手法很轻也很迅速，在她右手的手背上留下了一个明显的针孔。康俊右手正拿着一根棉签，小心地压在针孔上，以防止渗血。这个动作很简单，他却仔细对待，那认真的神情让唐盈盈想起了他曾经跳上台冒充大侦探的张扬风采，心底便有一股暖意骤然涌起。或许是这个动作过于亲昵，两人挨得过分近了，灯光从头顶照下来，从唐盈盈的角度可以清晰地看到他下颌上细密的胡茬，以及眼下两块不大不小的乌青，便猜想他昨晚也没能好好睡觉。

"方总说很快会赶过来，但他的'很快'跟我们好像有些时间差。"康俊见她醒了，很快将自己的双手抽了出来，抬起胳膊看了看时间。

一瓶吊液都输完了，他来不来又有什么关系。唐盈盈心里酸楚地想着，索性闭上了眼睛："我觉得我好了不少，可以回家了吧？"

"别做梦了，还有一瓶，护士去换药了。你这只胳膊都打青了，待会儿换另一只打。"康俊的话带着几分幸灾乐祸的笑，他又递过来几张化验单，指了指上面的几个箭头，"流感，急性的，你看看你的白细胞值，要爆表了。"

唐盈盈接过化验单瞄了一眼，哼了几声，觉得自己头更疼了，看了一眼康俊，又觉得有些不好意思："我运气还是不错的，病得要死要活的，还能遇到你送我来医院，耽误你休息了。"

康俊没理会她的歉意，又抬手看了看表，似乎真的有些不耐烦了："等方惟安一来，我立刻就走。JW那些人这几天快把我给磨死了，我非常需要睡觉。明天早上六点跟美国还有个视频会议，我的脑袋一旦通宵就会罢工，听不懂英文。"

他这么一说，唐盈盈更加不好意思了，连忙说自己已经没问题了，让他现在就回去睡觉。康俊则冷着一张脸说自己都等了这么久，还是亲自把她交到方惟安手里比较好。两人正在推让间，门口走进来一个人，一身蓝底金粉的纯棉碎花上衣，过分宽大的下摆被塞进了贴身的百褶裙里，透出一种竭力想挽回时尚的顽强。

唐盈盈认真看了看，这个人不是汪瑶又会是谁，顿时眉心都下意识地抽了抽。汪瑶快步走到她面前，又冲着旁边的康俊连连鞠躬："盈盈姐姐好，这是康主任吧，康主任好，我是汪瑶。我是方总老家的亲戚，刚才您给他打电话的时候，我正好跟他在火车站，准备回福建老家去处理一些事情。方总听到盈盈姐姐生病了，着急得要命，可家里的事情也是一定需要他去处理的，我们商量了一下，决定方总先去福建，我留下来照顾盈盈姐姐，需要买药、跑腿、做饭什么的，我什么都能干。"汪瑶话说得很流利，也很真诚。她偷偷看了一眼康俊，又连连鞠躬道，"谢谢康主任，方总让我一定要谢谢您，都这么晚了还麻烦您。方总说等他回来再亲自道谢。"

康俊不清楚汪瑶的来历，可被她这么一说，一下子亲疏关系便划得很清楚，自己再留下来便显得很多余了。他转过头，对唐盈盈说道："你现在感觉怎样了？就这样把你交给一个小姑娘，我其实是有些不放心的。"

唐盈盈头晕晕的，也懒得解释与汪瑶的关系，抬眼看见康俊眼下两块乌青，只好挥挥手，勉力笑道："我已经好很多了，等打完这瓶自己叫个车回家就行了。我也不用谁照顾，运气好的话，明天还能上班。你早点回去休息吧。"

康俊点了点头，有些敏感地看了一眼汪瑶。汪瑶急忙举起手保证道："我肯定能照顾好盈盈姐姐的。"

见到这般情景，康俊也不好继续留下来。他嘱咐了汪瑶几句，便径直走了出去。

汪瑶目送康俊的背影离开输液室，脚上一双白球鞋在地面旋出了两个圈，伸手想试试唐盈盈的额头，却被对方堪堪避开。她的笑声如银铃一般响起："盈盈姐姐，你也是凡夫肉体，也会生病，生病了也好可怜呢。"

唐盈盈深深叹了一口气，别过头，有气无力地说："汪瑶，你没什么事就回去吧，我这里不需要你照顾。"

汪瑶听她这么说，几乎要笑出声了："你撵我走，我就不走。我陪你说说话呗。"汪瑶一双眼睛转来转去的，笑嘻嘻地说，"我猜你肯定挺生气的，自己都病成这样了，男朋友居然都不过来看看，不来也就不来吧，还让我这么一个捣蛋鬼过来。嘻嘻，我来解释一下吧。我跟方惟安正好在车站，我弟弟跟人打架受伤了，我爸妈就彻底慌了神，让方惟安赶紧过去处理一下。好巧不巧就接到那个康主任的电话了。他也挺纠结的，纠结了大概三五分钟吧，我跟他说我家里的事情还是得他出面去想办法，照料你的事呢，我来帮忙就可以了。所以，你猜他怎么决定的？"

还用得着猜吗？出现在面前的人是汪瑶，那就是方惟安选择了去帮汪家处理问题呗。唐盈盈知道汪瑶没安什么好心，故意用话来激她，便不想理睬，合上双眼，将头轻轻地靠在椅背上，可心却不听使唤，像是被人生生用力揪了一把般疼痛。

汪瑶像是想从她脸上欣赏到痛苦的表情，目不转睛地盯着她看，又自顾自地说道："所以，你应该明白了吧。无论发生什么事情，我们家的事都是优先于你的。打个通俗一点的比方就是，如果有一天我跟你一起掉进了水里，方惟安肯定会先救我。是不是很好玩？我要是你，这样的男朋友就不要算了。"

"你这样有意思吗？我发烧了，没心情跟你玩这种小孩子的游戏。"唐盈盈看了一眼吊瓶，还剩下大半瓶，没一个小时估计滴不完。

汪瑶橡皮糖一般黏着唐盈盈，嘻嘻笑道："我就觉得挺有意思的。我是小孩子，那你是大人啰，你们大人之间谈恋爱什么都不计较？只要对方有钱就可以一生一世了？说起来方惟安也不算特别有钱啊，以唐律师你的条件，应该可以找到更好的啊，为什么就一定要抓着方惟安不放手呢？"

汪瑶一句一句地挑衅着，唐盈盈的脑袋在她的声波攻击下，也一阵一阵地抽痛："汪瑶，你是不是心理有病？看见别人难过你就舒服，是吗？"

"不是，"汪瑶果断地摇摇头，脸上一副天真无邪的样子，"我们往日无怨近日无仇的，你要是自动自觉早早离开方惟安，不就不用再见到我了？为什么你们还不分手？你还没明白吗，他不能再去照顾除我姐姐之外的其他女人。他害死了我姐姐，他就只能一辈子代替我姐姐照顾我和我家人。"

输液室里亮如白昼的灯光将两人的影子在地上拖成细细长长的模样，唐盈盈乏味透了，有气无力地说："汪瑶，你姐姐的去世，你不能一味怪在他头上。那是战场，什么意外都有可能发生，即便有伤亡，也不是个人的错。"她叹息道，"虽然方惟安认为是那条项链暴露了汪静的行踪，导致她的牺牲，但那条项链那么小，未必真的就是这个原因。事实上，我认为方惟安的自责与内疚过重了。"

汪瑶皱了皱眉头，冷冷说道："那你能保证一定就不是这个原因吗？我姐姐是一名非常出色的狙击手，性格又谨慎又小心，还有什么理由会被别人发现？何况这也是方惟安自己说的。他抱着我姐姐的尸体，看到平时她用来包项链的布条脱落了，阳光落在上头，闪出了一道又耀眼又璀目的光。他哭着告诉我们就是这条他亲手为我姐姐戴上的项链害死了她，他说他对不起我姐姐，他也承诺了要照顾我们一辈子。"

"这只是他的推测，是他在极度痛苦的情况下，做出的自我伤害式的猜测。他不是对方狙击手，他怎么可能知道造成汪静行踪暴露的真正原因是什么？"唐盈盈尽量控制语气，耐着性子向汪瑶解释道。

汪瑶抬了抬眼皮，像看个傻瓜一样看着唐盈盈，好笑道："那又怎样？真相是什么我们永远也不会知道。但对于我们家来说，我们知道的是我姐姐和方惟安订过婚了，说好两人回来就结婚的，结果却是他一个人回来了。如果姐姐没有死，那方惟安就是我们汪家的女婿，照顾我们就是他这辈子的责任，这些总是事实吧。这就足够了。"

唐盈盈觉得不可思议，盯着汪瑶，有些愤恨地说："你们也知道这是一个待定的说法，但是为了让方惟安心甘情愿地给你们钱花，你们一直在故意强化他的内疚感。"她倒吸了一口气，说道，"你们可以不原谅他，你们可以接受他的馈赠，但你们至少不要故意地把这两者联系在一起，像吸血一样通过他的负罪感攫取经济利益。"

汪瑶坐在椅子上，两条腿有一下没一下地前后晃动着，神色轻松，似乎毫无负担："唐律师，你说话好没有意思，这是道德审判吗？我们可从来都没逼他，这从一开始就是他自己说的，也是他心甘情愿的。"她看了一眼唐盈盈，好笑道，"不过有一点你说得没错，唐律师，我们是不想原谅他，更不想他原谅自己。其实，这样不是挺好吗，他努力赚钱，然后给我们花钱。我们花一块钱，他就减轻一块钱的负罪感，你情我愿，平等交易啊。唐律师，你为什么要跳出来横加阻止呢？这关你什么事啊，这是方惟安跟我姐姐的事啊。"

唐盈盈揉了揉疼痛不已的太阳穴，用最后的耐心说道："汪瑶，方惟安给予你们家正常范围内的帮助，无论是金钱还是精力，我不会有任何异议。但你要明白，他也是一个人，他也希望过上正常人的日子。他从战场九死一生地回来，不是让你们家拴死了去做摇钱树的。"

"我不管，我们一家人是要过好日子的。我妈是家庭妇女，我爸靠卖紫菜赚点钱，他们从来都没穿过一百块钱以上的衣服。直到我姐姐出国去了，每个月寄钱回来，我们家的状况才好一点。我姐姐没有了，你让我们怎么办？你还想把方惟安抢走？我告诉你，不可能！他是跪在地上给我爸妈磕过头求我们原谅他的，我们就不！我姐姐就是他害死的。他既然赔不了命，多拿些钱出来又怎么了？你要是还赖着他不走，以后你赚的钱也让他一起赔给我们。你以为你很重要吗？别傻了，他要是真觉得你重要，今天在这里陪着你的人就不是我了。"

尖锐的女声在脑袋里横冲直撞，周遭的一切陈设都是静止不动的，但唐盈盈的意识像是从这具沉重的肉体里抽了出来，看见汪瑶在面前像个小丑张牙舞爪地跳来跳去，又看见自己呆呆傻傻地坐着，像个木塑的雕像。她听见自己的身体发出一声低沉的叹息，声音沉重得像个男人，或许这声叹息是方惟安的声音。唐盈盈向上仰起了头，这个动作能让她吸到更多的氧气，也能让她的心脏平息悸动的心率。她从来不信宗教，可此刻，吊瓶架子的影子投射在墙壁上，像极了一个又大又重的十字架，恶狠狠地朝自己压过来。她觉得有些害怕，却又有些同情方惟安，这个十字架是他主动背上的，对汪家的所有无条件包容，不论是非，没有界限。或者说，他更希望他能够为汪家做一些跨越界限和是非的事，似乎唯有如此，才能够换回一点点赎罪似的心安。

唐盈盈不想跟汪瑶再多说一句话，她缓缓地闭上了眼睛，又觉得自己的身体直线往下坠，失重般的晕眩感让她稍稍平静下来的胃翻腾起来。她用手捂住胸口，整个身体都勾了起来，像是一只被人剥了壳的大虾一般，赤裸裸、毫无尊严地蜷在那里。

汪瑶见自己的示威很成功，站起身来，用毫无怜悯的目光冷冷地看着唐盈盈："离开他吧，蠢女人。你比不过我姐姐的，比一万次，也是我姐姐更重要。"

药水继续沿着透明的输液管滴落着，汪瑶离开输液室之后，时间就像是慢了一个维度，一秒一格都变得异常难熬。初夏的夜已经有不少蚊虫在灯下胡乱飞舞，不远的地方传来细碎的脚步声，在静夜里格外令人心惊。唐盈盈怔怔地抬起头，一身风尘的康俊手里拎着一个塑料袋站在她面前。

"你不是回家了吗？"唐盈盈惊讶地说。

康俊毫无表情地看了看吊瓶里剩下的药液，又在唐盈盈旁边坐下，把一个塑料袋放在两人中间，无奈地解释道："原本是走了，心里总觉得不对劲，就回来看看，没想到正好遇到小姑娘在霸凌你。听完之后，我又觉得太尴尬，打算回家。车子都开出门去了，却还是不忍心，就在门口便利店给你买了两盒酸奶，才折返回来。"他看着唐盈盈脸色惨白惨白的，语气便沾染了一些怜悯，"快点吃吧，省得胃里空着难受。"

唐盈盈眼眶干干的，喉咙也干干的，她不敢看康俊的脸，只好低下头拿出酸奶。密封的盖子很紧，唐盈盈一只手上还插着针头，不方便用力，试了试，始终撕不开。康俊看着她瞎忙活了半天，只好又拿过去，撕开之后才递给她。

滑润的酸奶顺着食道落入胃里，翻腾了半宿的空胃终于平静了下来。唐盈盈捏着塑料小勺，眼睛盯着垂落在地上的模糊影子，带上了几分破罐子破摔的心态，打破了两人之间尴尬的沉默："想说什么就说吧。"

康俊大概觉得她这样的态度很滑稽，便"呵"了一声，扭过头去看她，却见她微微低着头，像是一个做错了事准备挨骂的孩子，双唇紧抿着，两颊的潮红随着高热的退去，只留下浅浅的粉。她眼皮有些肿，大概是由于熬夜多日，眼下的肌肤也呈现出黯淡的感觉。整齐的头发别在耳后，她只消微微一动，耳垂上米粒状的珍珠坠子便跟着一动，在洁白如凝脂的皮肤上画出一道别样的光泽。康俊心中一动，又闪开了目光，漫不经心地说："你想我说什么？"

"我猜你会想骂人吧，多丢人啊。自己所里的律师被一个小姑娘逼得没有还手之力，这以后还怎么办。"唐盈盈自嘲道，手里的小勺有一下没一下地戳着酸奶，将原本如豆腐的半固体搅成了零碎的形状。同样的话，唐盈盈在几天前正好也说过程风，他同样是折在了汪瑶手里。唐盈盈摇了摇头，心想汪瑶这丫头年纪不大，却厉害得很，还真不是一般人。

康俊默默地看了看她，又伸手拍掉衣摆上的灰尘，平淡地说："别自作聪明了，我还没有无聊到要去骂一个病号。"说完，他心里又觉得好笑，将唐盈盈上下打量了一番，说道，"不过你这么一问，我倒是想问问，你接下来打算怎么办呢？是跟方惟安大吵一场呢，还是装作什么都不知道，继续该怎样还是怎样？"

唐盈盈默然，很快又聚起一丝苦笑，道："算了，你还是别问了，我不知道，我的脑子现在就跟糨糊一样，什么都想不清楚。"唐盈盈看了他一眼，像是自言自语一般说道，"吵也没什么值得吵的，可要装作什么都不知道，我也做不到，方惟安真该死。"她停下来，微微抽了抽鼻子，眼睑下方便立刻泛起了粉红色。接着，她的声音越发微不可闻，"其实在不久之前，我们还真的说到了结婚。可现在，又觉得这像是一个遥不可及的话题了。"

"因为这个小姑娘？"康俊的眉头微微一动，平静地问。

"不……也不是，是我自己觉得很累、很烦、无解，还有窒息。我现在真的很希望自己能说服自己，说这个事情其实没什么大不了。或者干脆一巴掌抽醒自己，别纠结了，当断则断，赶紧分手了拉倒。但真仔细往下想想，又觉得这两种决断都很难做，无论选哪个，背后总是附着一份强烈的不甘心。我之前已经告诉自己很多次，对于汪家的事，我只要知情就够了，不参与就不会闹心，可现在，"唐盈盈说到这里，又沉沉地低下头，无力地说，"方惟安这种程度的负罪感，我是真的扛不起了。"

唐盈盈的声音没什么力气，像是深秋里的枯叶落在地上又被狂风碾碎的声响，蒙蒙淡淡之间生出了无端的寒意。凝滞般的沉默之后，康俊看着她，两道精致的眉毛微微上扬，声音却是又沉又稳："感情的事情，有的时候是当局者迷，旁观者清。但真正说起来，当局者也未必迷，只是看愿意自我接受到什么程度罢了。"

唐盈盈听他这么说，心头微微一松，便将脑袋侧向他，莞尔道："我现在是真的迷糊了，你要是有什么好的招数赶紧支过来，有什么适合的道理也请赐教。"

康俊也侧过头看着她，笑容既温暖又狡黠："向我咨询法律问题，按每小时八千元收费，向我咨询感情问题的话，价格还得在后头加个零。"

唐盈盈这个时候没有什么开玩笑的心思，却也跟着笑："行，这个价格我接受，只要你给的意见专业而且具有操作性。"

康俊见她心情好了一些，目光从她身上移开，像是在看着遥远的远方，又像是什么都没有看，嘴里的话语依旧如平常那般漫不经心："不过，我今年感情问题的咨询配额已经满了，不收新客。你要是真想向我请教，我们可以交换。"

"交换什么？"唐盈盈疑惑地问。

"你帮我去北京处理我的离婚官司，我帮你的感情问题想想办法。"康俊一本正经地说。

唐盈盈怔了一刻，突然警觉地意识到自己是不是走进了什么预设的圈套，连忙拒绝道："不换。"

"我付钱。"康俊斩钉截铁地说。

"我还是个病人。"唐盈盈换了个姿势，照样斩钉截铁地回答道。

康俊懒得说话，直接伸出手在她额头上摸了摸，又说道："你的烧已经退了，两瓶二百五十毫升的药水输进去，明天肯定能活蹦乱跳，别说出个差了，我认为出庭都没有问题。"

唐盈盈听他这么一说，有气无力地张开手掌，掰着手指一边数一边苦笑着说道："你这就是所托非人了，我一来不擅长打离婚官司；二来不擅长处理感情纠纷；三来身体抱恙，实在是经不起长途奔波；四来自己还一大脑门子的麻烦想不明白，又怎么会有心思去处理好你的问题；五来，我的事无非是分手不分手的问题，你的离婚官司听说都拖两三年了，这么跟你换，我也太吃亏了吧。"唐盈盈说完，刚好五根手指都算完，变成了一个拳头举在康俊眼前。

康俊慢条斯理地撕开一盒酸奶，浅浅尝了尝味道，仍然是那副笑意深深的模样："我也不逼你，不过呢，你自己想想，以方惟安的能力，去福建办个事，就算再棘手，明天、最晚后天也该回来了。你要是不赶紧跑路去北京帮我解决我的离婚官司呢，就得留在深圳面对你自己的感情问题。这么说起来，我认为还是我的提议比较有诱惑力。"

唐盈盈的脸色凝了凝，看着康俊清秀的面部线条，那微微弯起的嘴、尖尖的鼻子，配着那成竹在胸的笑意，完全就是一张狐狸的嘴脸。她恨得一时无言，便嘴硬说："我像是那种遇到问题就逃避的人吗？"

"逃避是人类的本能，勇敢才是后天被鼓舞的优秀品德。"康俊不动声色地说，"何况在我眼里，你一直就没敢正面去对待你的感情问题。再逃一次又有什么关系？"

唐盈盈愣了愣，胸口又是一闷，便默然无语。康俊也不再说笑，换了个姿势，坦然说："我这真的不是在笑话你，换作是我，也需要时间想想接下来怎么办。感情问题不是法律问题，没有现成的经验，也没有法定的流程，总归是要比出具一份法律意见书更难一些的。"说完，见唐盈盈脸色稍微好转，却仍然一脸颓废，便又笑道，"不过说起来，你现在看起来是挺惨的，却也惨不过我。我都为你花了一整个晚上的时间了，你是不是也应该做一些适当的回报？"

唐盈盈的眼睛动了动，看着一脸憔悴的康俊，有些过意不去，心里一软，便应道："好吧，那你说说，需要我去做什么？"

康俊见她松了口，微微一笑，眼睛转了转，说道："不难，去帮我跟柏潼谈谈离婚协议吧。"

"就这样？你是有什么要求吗？"唐盈盈原本是想问为什么会拖了这么久仍然没签，话到嘴边又改了口。她在脑子里组合了之前听过的所有关于康俊婚姻的传闻，大致拼凑出一个印象，又说道："孩子的抚养权？还是多分些财产？"

"孩子是柏潼跟第一任丈夫生的，我抢什么呢。共同财产，我想想，我们婚后主要的财产是一套房子，柏潼自己要带孩子，总是要比我辛苦一些，我希望能尽量让她多分一些。"康俊嘱咐道，说这些的时候，脸上的倦意显而易见。

"听上去没什么难度，或许半个小时就能办妥，然后就能去办手续了。"唐盈盈说。

"难不是难在不肯签这个协议，而是这个协议怎么签我心里都不太满意。"康俊双眸微微一黯，淡淡道，"心里总有一道坎过不去。那年我接了一个官司，争议很大。"康俊只说了这一句，便没有了下文。

唐盈盈看着他脸上的笑容僵硬得有些难受，便说道："那你应该尽量多争取一些财产，补偿一下自己受伤的心。"

康俊摇了摇头："不是钱的问题，我想把房子留给她，剩下的钱一人一半，但她先得……"康俊说到这里，突然又停住了，像被无数愁思缠绕，迷茫无助，他的身影在唐盈盈的眼底映成的倒影，颠覆了他平日的形象。过了一刻，康俊又轻松地笑道："算了，就这样吧，房子给她，钱一人一半，很公平。"

唐盈盈轻轻咳了一声，关切又略责备地说："身为你的律师，我还是必须提醒你，你这样在经济上是吃亏了。"

"不算太吃亏吧。当时我知道柏潼和刘坦的事之后，立刻把刘坦这个挖墙脚的给打了一顿出气，打完也没给医药费。"

"打完之后呢？"唐盈盈没好气地问。

"打完之后我就跑路了，一个人开车开了两千公里，从北京到深圳。"康俊看了唐盈盈一眼，虚虚一笑，说道，"所以逃跑算什么，你看我都逃避两年了。"

唐盈盈呵呵假笑了两声，叹气道："比惨我是比不过你，比逃跑你也赢了。但我一点也不高兴，这除了让我们两人看起来就像两个孩子一样幼稚，真没什么好得意的。"

输液室里闷不透风的空气有浓烈的消毒水味道，微微发亮的天色映在窗户玻璃上，这漫长的一夜也终于到了尽头。护士过来帮唐盈盈拔下针头，又给了根棉签，让她压住止血。康俊站在窗口，淡淡的光映在他身上，像是将人心也照得透彻了几分。唐盈盈站起身来，心思微微一动，抬起手腕看了一眼时间，又说道："行了，五点了，我回家洗个澡收拾两件衣服，正好赶去机场，能在飞机上睡一觉。最后的结果能不能让你满意我真不敢保证，只能尽量去试试。"

康俊温然一笑，道："有你这个尽量我就放心了。"

从医院回了趟家，又赶到机场，唐盈盈果然很争气地好了，折磨了她一天一夜的混沌感一下子离开了身体，昨夜还病得要死要活，现在大脑迅速地恢复了清晰的运转。可能真是拼工作拼得久了，身体都已经产生变异，只要工作需要，所有生理上的疾病痛苦都会自动做出让步。

一路上，唐盈盈是有些后悔的，她自己的问题还悬而未决呢，竟又揽上了康俊这么一摊子麻烦。脑子越想越疼，像是面前堆着一大堆乱麻一般，完全不知从何下手。

在去机场的路上，唐盈盈几次拿出手机，想给方惟安打个电话，或是发个信息，可屏幕亮了又灭，文字输入了又一个字一个字地删除。她发现当下真是无话可说，说什么都不合适，说什么都是不堪，或者是自己对这段感情的纠结与无措已远远超过了自己的想象。

她又放平心态，不想那么远，就想问一问方惟安现在怎样了，事情处理得顺利不顺利。可一转念，这又关她什么事，顺利了如何？不顺利又如何？难道自己还有力气接着跟他吵，或者接着呕心沥血地去讲道理吗？

她又想，要么就跟他说一声自己身体好多了，今天将出差去北京，勿念。写完这一段话，又恨得快摔了手机。有什么好说的，犯得着跟他汇报吗？他去福建请示过自己的意见了吗？怒气一上来，她索性收起手机，只看着窗外空空洞洞的天。白云均匀地将天空铺满，却因厚薄不同而在眼前形成了明晦不一的斑驳色块。

这份辗转反侧的纠结却遇上了飞机延误。望着眼前的万里晴空，唐盈盈的脑子里只剩下一个巨大的肯定句："我这绝对算是水逆！"

在候机厅接了一杯水，吃了感冒药，就看到康俊的信息，告诉她柏潼知道终于有人去北京谈离婚的事了，会亲自到机场来接机。唐盈盈噗的一声，差点被水给呛死，手忙脚乱地收拾了一番，心里想这样一来自己岂不是一下飞机就会见到柏潼。很好，工作安排得密不透风，也没有时间去纠结那些不相干的了。几乎一夜未睡的困倦在这个念头升起的顷刻之间也消失不见了。

唐盈盈拿出手机，想了想，拨通了程风的电话，没想到他一面激烈地喘着粗气，一面说道："喂、喂，唐律，听得见、听得见，刚才有点吵，现在好了。"

"你在哪儿呢？"唐盈盈疑惑道。

"火车站。刚完成一千米冲刺，一脚踏进列车车厢，下一秒居然就启动了。"程风得意地说道，"我跟康主任请了一周的假。昨晚给您发邮件了，听说您生病了？现在好点了没？"程风的语速极快，跟连珠炮似的。

"差不多了，我有个事要问你。"唐盈盈现在懒得计较他请假的问题，直接问道，"当年康主任跟柏潼因为什么官司闹得不愉快，你知道吗？"

"知道、知道，问我就算是问对人了。康主任当年在北京也算是风云人物，他接手的案子、他的婚姻大戏，前因后果、八卦细节，我在北京的哥们儿姐们儿都跟我详细说过。只不过……"程风有点犹豫，"我真的就要这么告诉您吗？万一被康主任知道了，他来拔我舌头怎么办？"

唐盈盈没好气地说："谁有空拔你舌头，我现在是他的离婚律师，了解一下他们两人的恩怨情仇等于官方授权地八卦，你必须知无不言，言无不尽。"

程风沉思了几秒，继而又大笑道："那我明白了，康主任是让您去给他讨个说法的。说起来，那件事情他还真是有点委屈。"程风迅速给事情定了个调子，装腔作势地咳嗽了两声，"咳咳，那我先介绍一下出场人物柏潼吧，她是个小有名气的科学家，就是那种为人低调、但研究成果已经让她不得不出名的天才。有一年，康主任得了个青年优秀律师奖，颁奖典礼在一家酒店举行，可巧了，当天旁边的宴会厅在颁一个部级科技成果奖，柏潼也在领奖。您想想，这种好机会，我们聪明伶俐的康主任当然要拿来做文章，特意找来媒体，现场就围了几圈，又是采访又是拍照，爆成了一个小热点，康主任他们所也一下成了明星律所。您去搜搜看，说不定还能找到当年的报道。"

"直入正题好吗，康主任这种做事风格还用得着你来科普？我这两年领教过多少次了。"唐盈盈摸着额头无奈道。

"是、是，马上就说到正题了。他们闹矛盾的那个官司是个知产纠纷，说起来有点复杂，起因是柏潼的一个同事研发出了一项净水技术，在实验室阶段接受了京兆集团的一笔资助，钱不多，大概就二三十万的样子吧，但资助协议没签好，里面有条款写明在研发成功后，京兆对研发成果有优先购买权。第一阶段研发成果出来之后，京兆集团也如约买走了所有权，但初始版本的数据指标总不会太理想，京兆集团也没太在意去开发，搁置了几年，大家都把这个事给忘了。这时候她那个同事又开发出了第二代成果，那完全就是脱胎换骨啊，无论是实验数据还是市场适配度都相当完美。但这次他吸取了上次的教训，没有去找京兆合作，自己谈了一家叫巨蜥生态的企业，对方买下了这项技术，支付了技术转让费，还折抵了一部分股权。巨蜥名气大，其实企业规模不大，是还处于创业期的企业，创始团队有几个原本正是柏潼他们高校的科研人员，也算是老同事吧，都是口碑很好、踏踏实实做事的那种。他们的合作很顺利，一期试开发很成功，但准备推向市场的时候，不知怎么的就被京兆集团发现了，那还能轻易放过？京兆立刻就把当时的协议拍桌上了，说自己对技术的独占受到了侵害，要求对方停止侵权，赔偿损失。京兆还提出了两种解决途径，要不然就支付天价的赔偿款，要么就与巨蜥终止合作，把技术转卖给他们，由他们进行开发。"程风一口气说完背景，便停了停，让唐盈盈去消化一下这里面的复杂关系。

"典型的三方纠葛。柏潼的同事将一项技术的一期成果和二期成果分别卖给了两家。问题关键在于两期成果是否能算独立的技术产品，还要看看当时的协议怎么签的。"唐盈盈很快跟上了思路，接着说道，"三方纠葛里，通常会有三种不同的利益诉求，就看哪两方的分歧小一点，能够顺利结盟，一起去对付第三方。按照京兆提出的要求，那就选择赔偿吧，毕竟占有一项好的技术，千金散去还复来的可能并不低。"

"对，巨蜥肯定也是这样想的，但问题就是没钱。柏潼那同事没钱赔，巨蜥的钱都砸在开发上了，一赔公司就翘辫子了。何况京兆开出的赔偿价格也是天价，砸锅卖铁也凑不出来啊。这个时候，不知道从哪里流传出来一种说法，说京兆其实也不是想好好搞开发的，只是想拿着这些技术去申请一些环保科技的政策补贴和减免税。这么一来，巨蜥和柏潼的同事那就更是铁板一块地站在一起了，简直是背负着正义的使命要联手去对抗京兆这个资本强盗。"程风说道。

"这也能够理解，科学家把自己的科研成果都当成自己孩子一样金贵。我见过不少科学院，售卖科技成果时，很多都是看人不看钱的。好不容易找了一个自己满意的合作方，又来一个像京兆这样的强盗，那肯定得急。"唐盈盈想了想，又问道，"那么康主任是做了京兆的代理律师了？"

"对。京兆也是下了些本钱，毕竟对这项技术势在必得，请了明星律师咱们康主任，一纸诉状就把柏潼的同事和巨蜥一起告上了法院。"

"怎么判的？"唐盈盈问道，"巨蜥也是有优势的，毕竟已经投入了这么多，双方合作也很好。法院没道理去终止双方的合作，应该会判巨蜥给京兆一些合理的赔偿。"

"大家开始也是这么想的，可问题是这次的代理律师是康主任，也是巨蜥倒了八辈子血霉了。"程风一边摇头一边惋惜又有些神往地说道，"那场官司打得也算是精彩绝伦了，康主任充分利用了他作为一名律师的扎实功底以及表演型人格的满点技能。开始呢，柏潼同事辩解自己没有一物两卖，京兆和巨蜥分别拥有初始版本和二代版本的使用权。但这个其实很难站住脚，虽然两个项目各自取了一个名字，但其中超过一半的数据指标是相同的，被康主任厚厚的证据给驳回了。接着，巨蜥希望通过主张自己是不知情的善意第三方保住技术的所有权，把侵权责任划分开。康主任提出巨蜥团队中的几个人当时参与了初始版本的开发，知悉与京兆的前期合作，主张不知情很难令人信服。这点最后也被法院采信了。然后就是最精彩的环节了，康主任事先把巨蜥的经营状况深挖了一遍，提出巨蜥的负债率畸高，在正常情况下维持不了三个月的运营。巨蜥立刻反驳，说他们已经谈妥了风投，只要首期试产成功，新的资金立刻会进来。而产品已经在工厂里了，不用一个月就能完成生产。康主任立刻又拿出了工厂的生产报告，指出巨蜥找的这家工厂由于生产模具的问题，成品不能达到预期百分之七十八的净化率，而仅仅能达到百分之三十到百分之四十。想换好的生产线，成本将会翻几倍，生产周期也将延长至少半年。因此，在看到成品之前，巨蜥已经死了。这个情况，后来我跟同学们复盘过，认为巨蜥自己心里也是清楚的，但商业运行往往就是这样，总是有个不断改进迭代的过程，试产产品不行和最后的产品不行是两码事，试产产品效果差和经营者能不能找到资金继续维持运营，也是两回事。咱们聪明又狡猾的康主任把这两个概念给偷换了，让他在陈列出来的事实和数据上占得了优势。最最最后，他就开始他的慷慨陈词了，说到科技成果对国家对行业的重要性，还说将优秀的成果放在无能的人手里就是对资源的最大浪费，应该把它交给有能力赋予它生命的人。又说京兆对巨蜥之前的工作很钦佩，也愿意支付一笔钱或者是以合作的方式促成双方的合作，但基础是这项技术应该卖给京兆集团。"

"他赢得很风光。"唐盈盈心中默默叹服。

"岂止是风光，那叫一个光彩万丈。我的两个女同学，一个做法医的，一个是检察官，去旁听了这场官司。她们告诉我，庭审当天，康主任一身淡米色衬衣，外面套了一件同色系却更深一点的克什米尔山羊绒外套，还戴了一副无框眼镜。您见过康主任戴眼镜吗？绝对是平光镜，完全是为了做出一副儒雅的学者模样。太不要脸了，也太他妈有效了。他坐在答辩席上侃侃而谈，那气场和神韵直接压过了巨蜥那些长期搞科研的人的灰头土脸，硬是让人觉得他说的每一句话都是严谨求证后的真理。阳光斜斜地照在他的衣服上，在羊绒的尖端形成了一个一个忽大忽小的耀目光圈。"程风侃侃说来，说完又解释道，"这些都是我那俩女同学说的，那俩人，女法医、检察官，都是灭绝师太一般的存在，可自从那天之后，她们变了，都沦为康主任的铁杆小迷妹了。这就是能力，不服不行。"

唐盈盈对程风吹捧康俊的态度早已见怪不怪，只好笑笑说："行了，知道你的偶像康主任魅力无边，这场官司是赢吧，之后呢？跟柏潼闹翻了？"

"具体两人怎么闹的那就不清楚了，不过开庭那天，众目睽睽之下，柏潼跟她同事是跟巨蜥的人坐在一起的，这态度就足够表明一切了。"程风啧啧叹息，"法院判决巨蜥必须停止侵权。京兆集团用市场价买下了二代产品，柏潼同事把这笔钱的大部分又给了巨蜥，让他们去偿还之前欠下的债务。但法院的判决并不是这场纠纷的终点，它本身争议就很大，还是有很多人同情付出了许多精力的巨蜥。巨蜥生态对外发表了一封公开信，阐述了之前自己团队如何披星戴月地进行技术开发，字里行间都是在谴责京兆仗势欺人。同时，又有数十名科研工作者写了一封联名信，阐述科技成果转化中人与人之前配合的重要性大于金钱力量，而这封联名信的执笔人就是柏潼。两封信出来，博得了公众的广泛同情，康主任和京兆在大家眼里，基本上就属于赢了官司、输掉了名节，好像还有人发起了一个抵制京兆产品的活动。行业内对这个事情的看法也分成了好几派：有的认为律师应该以维护当事人利益为最高准则，他没有任何问题；但也有些人认为他为不义而战，觉得他就是利益的走狗。反正康主任那段时间也不好过。"

唐盈盈想了想，说道："我听你这样说，觉得他的做法并没有什么太大的问题，当然不知道在具体操作中是不是有打擦边球的情况。"顿了顿，又感叹道，"律师真是挺不容易的，官司本身就够难搞了，要是家里人再站队，那就是腹背受敌了。"

"可不是吗？当天从法院走出来的时候，柏潼就直接黑着脸，陪着自己同事理也没理咱们康主任，径直上车走了。对了，有个细节，您猜柏潼上了谁的车？"

"谁？"唐盈盈满脑子想的都是那场官司的事，哪有心思去猜什么细节。

"就是后来的男小三刘坦嘛。嘿嘿，所以大家猜猜，要么呢，柏潼那时候就跟刘坦好上了，要么呢，就是刘坦在这件事情上也是反对康俊的，两人因此结缘。反正这个官司打完之后没几个月吧，就爆出了刘坦与柏潼的婚外情丑闻，爆出现场也是很戏剧化的。就是康主任他们所出去团建，他在外地出差没参加，一个小律师当晚在朋友圈发了一组照片，柏潼居然在里面，还跟刘坦举止亲密。这不就等于把康主任吊在城门上啪啪打脸吗？随后就传出消息说两人散伙了，接着，康主任就来到了我们的身边。所以这一切，只从结果来看的话，那就是祸兮福所倚，福兮祸所伏。"

程风接下来说的基本上就是废话了，唐盈盈沉浸在自己的思路里，只觉得听筒里的声音越来越模糊，像是一条越来越细的线，逐渐消失在了远方。她挂了电话，又看了一眼窗外，仍然是厚厚的如棉花一般的云层，耀眼的光反射在上面，映出了一道一道金色的裂痕，看得唐盈盈有些眩晕。

在程风的叙述里，康俊像是生活在另一个时空里，跟自己认识的那个人很像，却又不能完全吻合上。她曾经也觉得康俊就是一个利益至上的人，别说京兆集团手里还有一纸协议，就算没有，只要给的钱足够多，康俊也会想办法去把他们想要的东西抢过来。但认真把每个细节剖开了想想，唐盈盈又多了一丝不确定。正义是非这个标准太大，放在一个具体的案子里，有时候很难看得清楚。康俊昨天提到了这个官司，他没有后悔当京兆的代理人，只是觉得自己在处理问题时的技术有问题。

想到这里，唐盈盈突然明白了她方才意识里的康俊究竟哪里对不上：被人描绘出来的康俊跟她之前用眼睛看到的一样，聪明狡猾又为人浮夸，仿佛为了利益可以不断尝试去靠近底线；但当你用心去感知这个人的时候，唐盈盈脑子里突然出现了他提到离婚时欲言又止的模样，暖暖地笑了笑，心里十分肯定地替他写上了一个小小的标签——有温度的人。

柏潼在机场出口接到了唐盈盈。

在唐盈盈一路的想象里，柏潼出现了各种各样的形象，要么干练精明，要么妩媚多情，总之必然会有令人一眼难忘的气质和形象。可真的柏潼出现在自己面前时，一件纯色T恤扎进牛仔裤，留着半长的头发，皮肤像是缺少紫外线的照射而显得有些苍白，五官温和细长却也极平凡，似乎一个转身不慎，就会在机场拥挤的人流里再也找不着了。

飞机晚点了不少时间，柏潼多等了三个小时，唐盈盈连连道歉："其实我自己打车去酒店就行，还让您过来接我，康俊这样的安排很不合理。"

柏潼毫不在意，很热情地给唐盈盈递过一瓶矿泉水，还有一个三明治："这样的安排是应该的，你还生着病，听说昨天都还在输液，我开车过来接算什么。我也不知道你喜欢吃什么，就买了最普通的面包，这个点等回到市区吃上饭至少还要一个半小时，路上可以垫垫肚子。"

柏潼的态度像是来接一个到北京旅游的朋友，亲切和蔼，完全没有面临离婚谈判的那种剑拔弩张的紧张感。唐盈盈心里想着离婚协议的事，反而有些不适应，尴尬地笑了笑。柏潼便连忙解释道："你别紧张，虽然说我跟康俊打算离婚了，但又没有到相互揪着头发厮打的地步。要不是他今早说让他的离婚律师过来找我谈手续的事，我都以为他忘记了我们还在离婚中。"

唐盈盈客套地笑了笑，口袋里手机微微振动着，她拿出来只看了一眼，便扔回了口袋里。几分钟前，刚刚恢复信号，方惟安的电话和信息便涌了进来。唐盈盈狠下心，看也不看，直接调成静音。她接着柏潼的话说："他好像一直想解决这个问题，又一直下不了决心，这次不知道触动了哪根神经，才下了决心。不过我看你们俩的状态都很好，跟一般离婚官司中的双方很不一样。"

柏潼的目光缈缈地掠过唐盈盈的脸，只是随意地笑道："算是吧，有些人在婚姻里相处着舒服，有些人离开了婚姻觉得舒服，那就得允许还有人在将婚未婚、将离未离的状态里悠闲地处着。"柏潼的言语带着不冒犯的幽默感和令人惊喜的智慧。

两人一边聊一边走，很快在停车场找到车，一辆旧旧的灰色凯美瑞，后排座位的一半都堆着书和各种资料，几乎就是半个移动办公室了。

柏潼有些不好意思，急忙将副驾上的东西一并挪到后排去，清理出了一个整洁的位子，笑着解释道："北京堵车堵得太厉害了，我就把一些工作上要看的材料都放车上，开不动的时候翻几页。时间一长，就堆了这么多。"

唐盈盈理解地笑了笑："我在车上也经常要干些打电话、回信息的活儿，至今为止运气还算不错，没被查过，不然肯定要被送学习班重温一遍交规。"

车内还算舒适，但也仅仅是舒适而已，没有一丁点多余的内饰，空调冷气呼呼地对着脸直吹，唐盈盈觉得呼吸都艰难，便伸手调了个风向。忽地她又想起康俊开的那辆珠白色的斯巴鲁，内部空间是全真皮的布置，一进去就能闻到淡淡的花香，出风口也是经过改造的，不会对着人直吹。稍稍比较，这两人在生活细节上便相去甚远。柏潼见唐盈盈沉默不语，大概也猜到了她在想什么，便主动挑起了话题："是不是觉得我跟康俊在生活习惯上差别还挺大的？他对物质生活品质的要求比较高，当然，这也跟他的职业有关系。律师毕竟是门跟人打交道的工作，一定要给人体面和专业的感觉。我们搞科研的，太重视这些了，反而给人不务正业的感觉。"

唐盈盈笑了笑，客气地说："您也不太像搞科研的，我认识几个科学家，都跟我抱怨说，他们的职业习惯就是整天自己跟自己说话，习惯了自己说话的语速、节奏和语调，对别人的言语就都觉得很难适应了，直接表现为社交障碍。"

柏潼嫣然笑道："对于某些领域的科研人员来说，确实如此。我稍微要好一点，读完博士之后，又拿了一个心理学的学位，现在在做人工智能方面的研究。虽然也是整天闷头做实验，但说话能力毕竟是主修课程，暂时还没有退化得太厉害。"

她这么一说，唐盈盈就想起了寄到所里的那一堆小雪人，便接着话茬顺势说道："我见过您主导开发的产品，圆圆的白白的，叫情感陪护的机器人。可弄了半天我也没太明白那些机器人究竟能干什么，所以也就没拿去试用。"

"那其实算是实验中的一个阶段，我们的团队在此之前以人类的爱情困境作为研究课题，先提出了几十个假设性的推论，其中包括感情的来源与期待性归宿等等，但我们需要更多的数据来帮助我们构建更加有指向性的模型，再来证实或证伪这些论断。"柏潼一谈到自己的科研，就有些滔滔不绝，"当然，这个实验周期是以十年为单位计算的，目前我也还不知道这个尝试是否能成功，毕竟数据样本太过庞大了。就像是在绝大多数人的印象里，情是不知所起，却一往而深，让人能为之生，亦能为之死的随机事件。"

柏潼的声音微微带着颗粒感，在车内这种封闭空间里听她说话，那些话语就像被魔法加持了一般，有种强大的吸引力。唐盈盈整个人都放松下来了，注意力被完全吸引了过去，回应道："是啊，这个问题太大了。"又想了想，有些不好意思地笑道，"我之前没想到您的研究课题竟然是人们的感情问题，之前说情感陪护，我以为是研发了一个机器人陪伴孩子、老人用的。"

"除了孩子和老人，正常健康的成年人也需要情感上的陪护。而且人类天生就有冲动去为爱情这个话题添上自己的解释，你看有的搞星座分析，有的搞性格匹配，网上一搜，光是爱情心灵鸡汤的文章就成千上万，我们做科学家的总不能连占星师也比不过吧，就想着在自己研究的领域里为这个话题做出一些突破。"柏潼轻松地调侃着自己的工作。

唐盈盈点点头表示赞许，再次注视着柏潼。她相貌平平，眼角甚至有不少难以掩饰的细纹，但唐盈盈发现自己很喜欢听柏潼说话。柏潼开朗、直率，跟平素常见到的心思复杂的四十多岁妇女很不一样，她一开口，身上的生命活力似乎依旧如青年般澎湃。"其实我这次有点被赶鸭子上架的感觉，昨天，不对，应该说是今天凌晨，康俊突然跟我说，去趟北京吧，也没来得及问清楚究竟是怎么回事，我就来拆你们的婚姻了。这事情怎么听都觉得很魔幻。"

柏潼笑了笑，又温言道："你不来拆，这婚姻也散了。准确来说，你是来收拾散落一地的架子杆子的，还是旧架子和旧杆子。"

"我这心理压力真是略大，您知道吗，我现在觉得自己的形象很可怕，所里两个合伙人的离婚官司都是我负责的，难怪月老看见我就头疼，我现在怀疑这是不是都影响我脚上那根红线了。"唐盈盈玩笑着说道，她也是第一次尝试在这么轻松的气氛中谈离婚的问题。

柏潼不置可否，只笑意淡淡地看了她一眼，继续开着车。唐盈盈掏出手机，把在飞机上整理的资料又迅速看了一遍，问道："我听说您跟康俊在京兆和巨蜥的知产官司中分歧很大，我在想是不是这件官司对你们之前的感情造成了很负面的影响？"

柏潼的眉心咻然一跳，像被雷电击中了一般。她没有想到唐盈盈直接问到了这个官司，握着方向盘的手顷刻腻起一阵湿汗，面上却只淡淡笑道："对，我当时很反对他接这个官司。巨蜥的几个人我们很熟悉，合作得很愉快，却在关键节点上摊上这么一个官司，对巨蜥这样的创业公司来说，相当于对方一伸手直接把心脏给掏走了。我当时确实很生气，跟他吵了好几次。"

"那你们讨论过这个官司吗？"

"讨论过，他跟我说过很多次，理由跟在法院说的一样，完全是从经济角度来考虑的。我不太能接受。不过我说他这是非义之战，他也不能接受。后来他把官司打赢了，京兆支付了一笔很高的酬金。这就让我在同事面前觉得更尴尬了，为了避免回家吵架，我直接躲进了实验室。紧接着，他又被聘为常年法顾，出差去河北帮京兆谈了一个拿地的项目。"柏潼一边回忆一边说道，"这场官司确实是我们感情的分水岭，从此之后，我一直对这个事情耿耿于怀，好像连跟他好好说话都觉得别扭。"

"您有没有想过是误会他了？"唐盈盈又问。

车子开入机场高速的时候，日影已微微西斜了，半天的云彩被渲染得格外璀璨，光从车窗里斜斜照进来，将柏潼的脸映上了一层温腻的金彩色。"当时没有，我当时只觉得他是钻进钱眼里了。他去深圳之后，我开始反思自己之前的判断是不是太武断了。特别是前几个月，巨蜥团队集体入职京兆之后，我开始觉得商业社会中的对立与合作，跟一般人所理解的恩怨情仇好像不太一样。"柏潼的声音缓缓流淌，她带着苦涩的笑意道，"那时候，我们只站在了研发人员的立场，坚定地认为一家好的企业，应该有对技术努力专研的精神，创业人有高尚的品格，这些条件巨蜥都具备。而京兆给人的印象更像一个霸道的地主，仗着自己有钱和之前协议上的漏洞，要强行买走那项技术。说真的，当接到被起诉的通知时，我们有一种被敌人侵略了，要奋起一战的感觉。”

"你们低估了一项技术从研发到真正实现生产需要的资源，除了金钱，还有完备的组织运营团队。这些条件巨蜥不具备，京兆其实是更合适的合作伙伴。"唐盈盈补充道，"我在网上搜了当时的裁判文书，也搜了两个企业的相关信息。这项净水技术在当时看来只是一项很小的技术突破，但它的应用范围极其广泛，特别是填补了工业污水处理的空白，发展前景相当广阔。按照当年巨蜥的规模去弄这项技术，确实是远远不足的。如果当年你们能够对京兆的态度开放一些，劝巨蜥放弃技术的控制权，促成两家的合作，现在应该技术产品已经可以上市了。商业社会里善恶对错的对立维度要大很多，很难被一眼看清，总体来说资源整合之后达到共赢就是负起了对社会最大的责任。我猜，当时康俊和京兆的想法也是如此，合作谈不成，就只能走法律途径，如果官司输了，而他们对技术又势在必得，甚至可能先将巨蜥击垮，再将它收购过来，强行达成合作。听起来很残忍，但就商业社会的法则来看却也未必不可。当然事情并没有走到这一步，后来的判决也证明了京兆还是占理的，只是随后你们给予的批评令他们陷入的狼狈境地实在有些无谓。"

柏潼沉思了一会儿，对唐盈盈带着批评的话语却没有太多的反感，反而用一种很开放的态度表示接受："现在回过头看，自然觉得当初这场官司又何必去打。可在那个时候，我们几个搞科研的人提到京兆都恨得不行。"柏潼顿了顿，又笑着说，"我承认，做科研的人脑子还是比较单纯，把善恶是非想单纯了。"

唐盈盈高兴地笑道："我以为您对他的误会一直持续到现在，还想跟您好好解释一下。既然您都明白了，那就简单了。我希望您能跟康俊好好沟通这个问题，官司已经过去，现在大部分的是非对错都可以看得比较清楚了。当时您误解的态度，已经成了他的一个心结。如果可以，我甚至希望您可以跟他道个歉。"

"这是他自己要求的吗？"柏潼问道。

"不是。"唐盈盈解释道，"康俊说完财产分割的方案后，提了一下一个先决条件，但具体是什么他没有说，很快他又自己把它给否定了，只说了一句算了。委屈最后会变成不甘，背叛则会成为他心里最脆弱的部分，没有人逃得开。算了并不是一个面对过往的健康心态，所以，如果可以的话，我希望您能够跟他好好聊聊。过去的对错不重要，但怀着对过去介怀的心往前走，那总是会令人步履沉重的。既然双方是带着爱走进婚姻的，那至少离婚的时候不要带着怨吧。"

柏潼沉默了很久，像是不知道怎样继续这个令人尴尬的话题，又像是已经沉浸在了自己的思维里，对唐盈盈的建议没有反应。过了两个路口，她终于缓缓开口："我们现在沟通很顺畅，好像天南海北什么都能聊，但两人不约而同都很回避这个问题。不是回避这场官司，只是回避去想在这场官司发生的时候，我为什么就坚定地选择了不信任他。"柏潼又略微迟疑了一下，避开了唐盈盈的目光，"事实上，当初刘坦也在劝我，说康俊这么做肯定有自己的原因。但我真的不信，我只觉得他就是京兆的打手，并对这个判断有着极其坚定的信心。"

　　唐盈盈倒是没想其他，反而玩笑道："这也没办法，他看上去实在不像良善之辈，但时至今日，已经证明了他当初的做法没有问题，我想他至少值得您跟他说一句sorry，在这个事情上达成彼此的谅解吧。"唐盈盈从包里拿出一早在机场打印的离婚协议书，放在车上，"我起草了一份协议书，根据康俊的想法，涉及共同财产的分割内容是，夫妻名下所有不动产归您所有，现金和一些资产性投资一人一半。您看一下，如果没有问题，我们明天可以继续商讨其中的一些细节。"

　　柏潼沉默不语，既没有同意，也没有说不好，只是专心致志地开车。很快，车子进入市区，高楼与绿植同时多了起来，从枝叶的缝隙里落下的阳光带着浅浅的金灰色，有一种旧日时光的幽静。北方的植物花卉与南方大相径庭，道路两旁的花坛里，挺拔秀丽的美人蕉开得娇艳。

　　唐盈盈订的酒店就在干道旁边，柏潼送她到大堂门口，从后备厢拿行李的时候，柏潼沉吟了一刻，终于还是说话了："我今晚跟康俊打个电话好好说说这个事，他如果一直介怀，我会告诉他，这是我们认知上的偏失，当初错怪他了，这份伤害本不该有。"她顿了顿，又说道，"至于财产分割的问题，他给我的过多了，毕竟我是过错方，我希望财产的大头能够给他。"

　　唐盈盈笑了笑，玩笑着说："我见过离婚双方争财产打上法庭，闹得连一个U盘都争执不下的，像你们这样相互退让的两口子还真是难得遇到。不过我觉得您也不用不好意思，康俊能赚得很，您毕竟带着孩子，开销也要大一些。"

　　柏潼听她这么说，也只是淡淡地笑了笑，没有再坚持，却也没点头说就这么办。只是看了看时间，便催促唐盈盈先回酒店好好休息，明天两人见面再继续聊。

唐盈盈在酒店前台取了卡，乘电梯回到房间，鞋子一脱，转身便倒在了床上。柔软温暖的薄被裹住了她的身体，苦熬了两天一夜的疲倦感沉沉袭来，她又香又甜地睡了过去。

　　这次她的梦里没有别人，只有一大片白花花像棉花一样的东西，她走上前去摸了一把，手心里空空的，什么都没有留下。或许这是云吧，梦里的唐盈盈告诉自己。要是可以在云上睡一觉就好了，她找了半天，终于找到了一朵看起来结实一点的云朵，软软乎乎，像一张舒服的棉花床。她小心地躺了上去，不一会儿，梦里的她也沉沉地进入了梦乡。

　　唐盈盈和梦里的她还有梦里的梦里的她一直睡着，不知过了多久，门铃丁丁地不断响起，将已进入深层睡眠的唐盈盈给生生吵醒。她脑子有点蒙，睡眼惺忪地看了一眼窗外，茶色的玻璃遮了大半的光线，晚霞仿佛只剩下天边的一条细缝，透着微弱的光线。她有些迷糊，睡意沉沉地合上了双眼，一刻之后又猛地惊醒，再揉揉眼睛，之前那道光也消失不见了，门铃仍然在坚韧地响着。

　　唐盈盈爬起来，用力地晃了晃脑袋，踩着拖鞋便去开门，却见是柏潼站在门口。唐盈盈吓了一跳，急忙问道："怎么了，这就到天亮了？"

　　柏潼扑哧一声笑了出来，又看了一眼唐盈盈有些凌乱的头发，抱歉地说道："打扰你休息了。我还没走，刚才在车里坐着又想了一会儿，觉得有些话还是想跟你谈一谈。"

　　唐盈盈将她迎进屋内，顺手从柜子上抓了两瓶矿泉水，递给柏潼一瓶，自己拧开喝另一瓶，混沌的脑子稍微清醒了一些，才满心疑惑地道："怎么了？"

　　柏潼在房间的沙发上坐定，目光遥遥地落在唐盈盈身上，像是秋日滟滟里的一抹阳光，带着非暖非寒的温度。过了好一会儿，藏在心底日久的顾虑化成了唇边的一抹轻笑，柏潼坦荡直言道："我刚才没有说实话。京兆与巨蜥的这场官司只是烧在明面上的一把火，更深层的事实是，我已经厌烦了与康俊七年的夫妻相处。我特别想知道，我这辈子是不是真的就只能这样了？感情生活沿着枕边人的方向长成了一束孤枝的模样，那么在别的方向上，会不会又发出一簇新枝呢？"柏潼双臂环抱着，缓缓地说，"我是主动移情别恋的。刘坦跟康俊是完全不一样的人，我想如果我跟这样性格温顺的男人在一起，又会是怎样的？开始只是心底一个小小的念头，然后遇到了这场官司。借着这个官司，我把很多恶的形象有意地加诸康俊身上，我甚至告诉巨蜥，京兆集团抢这项技术，只是为了申请税收优惠，不会好好对待的。我就是想站在康俊的对立面，把他批成一个彻底的坏人，这样无论我去做什么，都能心安理得。所以，我也不是完全不知道他当时的打算，我只是故意让自己不知道，不接受也不信任，有意制造我跟他的矛盾，不停地吵架和指责他，令他不堪其扰，终于跑到外地出差去了。"

唐盈盈没想到柏潼主动找回来竟然是要说这些，更没有想到这桩婚姻后面竟是一场有意为之的分裂。她惊讶无比，手里捏着矿泉水瓶，沉沉地说道："可是他一直认为是工作的缘故让两人疏远了。他也从来没有这样想过您。"

"女人的心思要瞒过男人，从来都不是什么难事，何况这些都是我心底的恶。我当然可以把责任推到他身上，或者推到过去的自己身上，承认一下自己曾经的无知与固执，好像曾经的争执、误会与伤害就都会消失不见。不过时间最能吞噬人心上的伪装，一点一点，年纪越增长，越看得清自己是什么模样。"柏潼的唇角勾起了一缕悠远淡漠的笑意。

唐盈盈微微一怔，不敢相信柏潼会这样袒露自己真实的想法。她盯着眼前的女人，心里却浮现出康俊的身影，不是意气风发地站在台上，而是在一间昏暗的输液室里，两只手握着一杯小小的酸奶。"您没有必要跟我说这个，您完全可以跟我说只是误会了，是您当时没有理解他，也没有选择跟他站在同一战线上。至于发生了与刘坦的恋情，那也只是一个偶然。一切都是造化弄人，命运使然，没有人提前预设了这些。所以，您现在觉得很对不住他。然后我会建议您，就按照这个说法跟康俊好好沟通一下，道个歉再争取他的原谅。之后，我们就在你们彼此谅解的基础上，商量离婚协议的细节。这样他也很容易就接受了，这件事情就结束了。不好吗？"唐盈盈像是在跟人赌气一般说道。

"我刚见到你的时候也是这样想的，但后来他说要把大部分财产留给我，我觉得实在受之有愧。"柏潼的目光如同波澜不惊的湖面，她紧紧盯着唐盈盈说道，"我与康俊从大学时期起就是非常要好的朋友，我第一段婚姻失败后，很长一段时间过得低迷，是他帮我走出了阴霾。我们都以为彼此应该会是一辈子相知相识的朋友。但即便友情、爱情还有亲情相互叠加之后，我仍然放纵了自己的自私。我与他感情的分裂就是因为我在自我管束上的不作为，既放纵了主观恶意，又发生了客观的出轨行为。这些错我愿意承认。"

唐盈盈沉默了许久，她定定地看着柏潼，也不愿放弃自己的立场，坚定地说："您是心理学家，应当比我更明白，我们对世界美好的信心来源于笃信身边亲近的人都是善良的，我们明明知道人心险恶，但又极其害怕身边的人心难测。您与康俊两人的关系一直很好，即使到了离婚的份上，也还能够以朋友的身份自在相处，这真的已经是非常罕见也非常难得了。"唐盈盈深吸了一口气，又继续说，"我在来的飞机上就一直在想，他为什么不能自己来跟您谈离婚的事，为什么一拖就是两年，恐怕也是源于对这份关系的珍视。他不去计较您出轨的行为，连多分一些财产的想法也没提，不就是生怕一个没谈好，反而让两人日后连话都没法说了吗？我也想过了，感情开始和结束的理由都有一千万种，有些是偶然的，有些是必然的。您为什么会爱上别人？他自视完美的婚姻为什么就失败了？这事实上是无解的。如果是在事情刚发生的时候，我赞同您去坦白的心情，但现在，整个事情已经过去两年多了，新鲜的伤疤都结成了血痂。我们能够看到的事实是，事情已经这样了。那么为什么不能用一把快刀子，找个说得通的、最能让他接受的理由，去终结你们的夫妻关系，同时也没丢掉朋友关系，此后各自继续往前走就行了？在这个问题上的较真与过度坦诚，除了徒劳，又何尝不是对对方的一种新的伤害？"

柏潼目光悠悠，缓缓地从唐盈盈脸上一寸一寸划过，像是不愿放过她面上每一缕的表情变化："你这是在保护他？康俊不会是一个脆弱到连真相都接受不了的人吧？"

唐盈盈一愣，语气便有些生硬："他是我的委托人，保护他的利益是我的应尽之义，在这件事情上，他的感情利益是大于一套房子的经济利益的。毕竟房子可以重新买，可您这样相识了多年的朋友，丢了，那就再也找不回来了。当然，这个事情更多属于你们两人之间的私事，我或许没有说话的权利。只是……"唐盈盈说到一半，又觉得自己好像真的没有什么很强硬的理由去干涉柏潼，但又有些不甘心，咬了咬牙，索性承认道，"您的说法也不对。在我看来，康俊嘴贱又臭屁，自大又张狂，但内心却极其敏感。所以他连别人的难堪也只想避开，自己不被理解的时候也只会逃跑。他不是不能接受世界的恶意，他只是会把恶意都吞进自己心里，然后装出一份强大来对抗世界。这样的一个人，我想是应该被好好地对待的。"

　　窗外是京城繁华的街道，明艳的道路被灯带装饰得璀璨辉煌，一眼望去，像是一树一树在夜间绽开的灯火。酒店的中央空调将温度调得很低，让桌子上那一捧若卷若舒的鲜花向四周空气漫出了细细的清香。柏潼静静地听唐盈盈说完，似笑非笑地说："唐律师，你给我的感觉是一个充满正义感的人，我原以为你听完我的话，肯定会同意我的看法，尽量帮康俊拿到更多的财产，但我似乎把你想简单了。我同意你的建议，但房子我还是希望可以给他，当然我可以说仅仅是因为刘坦的事，让我心生愧疚。"

　　柏潼这么一说，唐盈盈便松了一口气，有些不好意思地笑着说："如果是你们两人要争财产，那可以由我来谈，如果双方是在推让财产，我建议你们直接协商。这种关心应该被对方知道的。"

　　夜风在外面的街道上肆意穿行着，若不是偶尔带起的树叶击打在窗户上，屋内的人很难察觉到风的行踪。这世间大多数事情，判断是非容易，驳斥对错也不难，比这些更可贵的则是一份将心比心的体贴。"是吗？"柏潼接着唐盈盈的话说了一句，却又没有继续说下去，只笑意沉沉地将唐盈盈打量了一番，怀着一种难以言传的温柔和善意，又像是偷偷藏起了一份狡黠的调皮心思，笑着说，"你说你之前没弄明白那个小机器人是干什么用的，如果你有兴趣，明天可以来我实验室参观一下。"

　　唐盈盈对智能科技产品其实没什么兴趣，但柏潼当面邀请，她便答应了下来。

　　康俊将原订在下午的航班改到了一大早，这一变动他只通知了柏潼，却并没有告诉唐盈盈。时隔两年，再次来到自己生活过多年的北京，他有种出乎意料的紧张。顺着人流走下飞机，往机场外走，他老觉得自己的步调节奏与旁人不太一样，不是快半拍，就是慢半步，就像一个异类一般，在人群中尤为突出。走出廊桥，他停了停，澄澈的日光透过茶色玻璃映进来，在地面上投出斑驳的光影，这样的光影图案与自己在深圳以及世上每一个地方见过的光线并无差别，偏偏只有在此处，总有一些虚无的理由会让他却步。

这份不安的心情在面上却没有流露，经过橱窗时，他用眼风轻轻扫了一下，自己一身米色的卷袖T恤，下面是一条焦糖色的休闲裤，自然舒适，仍然是风姿勃勃的样子。柏潼早早便在接机处等候他，一见到他，便用力地挥了挥手，笑容真挚热情，就像在迎接一位许久不见的老友。方才兀自惶恐的心情在此刻忽地平静下来，康俊很自然地回应笑意，道："两年没往这儿飞了，机场变化好像也不大。"又上下看了看柏潼，玩笑道，"你的变化倒是不小，越长越减龄了，至少可见这段时间过得不错。虽然我为自己不太高兴，但从心底还是很开心见你过得好。"

柏潼听到康俊的话，开心地笑道："舌灿莲花，看你这项技能日益精进，我就既不用担心你的收入问题，也不用担心你哄不到漂亮姑娘了。"

气氛在玩笑中越发轻松，就像是回到了多年前大学时代，可以通宵聊天、赶论文的时候。两人一边说一边往外走，此时正值初夏，蝉鸣深碧，一缕清风吹在两人身上，也酥麻麻地惹人愁肠。到了停车场，柏潼伸手正准备去开车门，却被康俊顺势赶去了另一侧。柏潼无奈，只好坐到了副驾上。刚启动车子，康俊便笑道："我的习惯是越要紧的事情越先说。我昨晚收到了协议，别的都没意见，唯一的问题是房子必须留给你，毕竟你要带多多，比我辛苦，以表现我的风度和大度。剩下的现金资产我们再平分，以示公平。但现在的协议书上怎么把房子写到了我名下？这就不对。"

柏潼别有深意地往康俊脸上扫一眼，继而又笑道："这是我坚持的，唐律师让我直接跟你协商。我的态度也很明确，如果你一定要把房子给我，那这婚就不离了。"

康俊对柏潼的态度觉得有趣，疑惑地看了她一眼，好笑道："这是什么道理？移情别恋的人明明是你，你应该比我更着急离婚才对。这话听起来怎么像是变成了我求着你，让你把房子留下，再把离婚手续办了呢？"

车子驶出机场，轻柔的阳光如一卷一卷的微澜抚在两人身上，柏潼含着浅浅的笑意盯着康俊看了一会儿，对刚才的问题避而不答，只感叹道："康俊，你看看我们两人现在，可以轻松地说笑，说去办理离婚手续就像去逛一趟超市一样。如果这是在两年前，我们两人谁都不可能这么轻松。是时间让我们放下了激烈的情绪，消化了心中的愤懑。但无论时间再怎么消弭，我心里仍然清楚，此前的事是我的责任。这两年你独自一人在外地，我也没有追去给你一个像样的解释，更没有一个像样的道歉，但这份歉意一直在我心里。”

柏潼还要再说，康俊摇摇头制止了她，淡淡地笑道：“好了，你要再继续说下去，我们过不了多久就该抱头痛哭了。”他停了停，思绪像是回到了两人交往之初。他与柏潼在恋爱之前就是很好的朋友，与几个志同道合的朋友一起，泡吧、会谈、游戏，天天混在一起玩，那是最热烈的青春。后来柏潼与第一任丈夫赵青结婚，三个月后又闪离，离婚时甚至还不知道自己怀孕，只是每天郁郁寡欢，对什么都提不起兴趣。康俊便主动将自己养的宠物沙皮狗送到柏潼那儿，希望有宠物的陪伴，她能尽快好起来。忆起往事，康俊又故作轻松地问道，“你还记得大元宝吗？”

“当然记得，它是我见过最丑的狗。海盗脸、奶牛身，身上的皮一褶一褶的，像个发酵饱满的大包子。”柏潼笑着说，又看了一眼康俊，“我当时还查了很多书，就是想搞清楚你这么一个注重外表颜值的人，是出于什么心理状态会养这么丑的一条狗，当时就差去写一篇学术分析论文了。”

“元宝明明很可爱，只有你天天嫌弃它长得丑。后来你发现自己怀孕了，我就想赶紧把元宝接回来，你反而不让了。我威胁你说，这样对胎儿不好。不过后来多多出生倒是漂漂亮亮，幸亏没被元宝影响。”康俊说到自己的宠物和视若己出的孩子，脸上漾起了一层温柔，他停了一会儿，又继续说，“决定从朋友到谈个恋爱试试，我们当时商量了整整一个礼拜，彼此都鼓足了十二分的勇气，预想了所有不好的结果，就是生怕一个没弄好，连朋友都没得做了。元宝三年前老死，多多今年也上小学了，遗憾的是我们最初的担心真的发生了。但也有值得庆幸的，我们现在还能好好说话，接下来的人生里，我们还能做回朋友。这份关系对我来说，远比那一套房子，甚至那一张结婚证都重要得多。”

柏潼有一刻的默然，她凝神看着康俊，慢慢地说道：“结婚第三年的时候，我有一天走在实验室楼下的台阶那儿，看见一只小狗正在一边睡觉一边做梦，有趣极了，我就拿出手机拍了一段视频。拍完以后，这件事也就忘脑后了。过了两周，我看到手机相册里有这么一段视频，点开又看了一遍，仍然觉得很有意思，心想要不然就发在朋友圈里跟大家分享一下吧。在那一刻，我突然想到，我竟然完全没有想到去跟最爱小狗的你分享，为什么？是怕你忙，是怕你觉得无趣，还是别的什么原因？我们什么时候竟走到了这一步？也是从那个时候开始，我意识到我们的关系出现了很大的问题。我努力想从自己身上着手，也想从你身上着手，看看究竟问题出在哪里，可越是尝试，却遇到越多的疲倦和无奈。"柏潼顿了顿，又继续说，"后来，又遇到了京兆和巨蝎的官司，像是命中注定一样，我们俩之间连最基本的沟通都变得很难了。"

柏潼说完这句，车内的两人同时陷入了沉默。这一日天气甚好，道路两旁遍植的行道木枝叶茂盛，翠翠茵茵，日光明媚如妆，远远望去，现代化的摩天楼宇映在绿林之中，别样有趣。车行到一半，转进了一条小道，民政局正好在路的尽头。一队迎亲的车队欢闹着从旁边驶过，白色的主婚车敞开了天窗，两个满脸都是笑的新人举着捧花不断地向后面的摄像机招手，在他们的脸上只看得见对未来的美好期待，空气里荡漾着甜蜜蜜的滋味。爱情在此刻是轰轰烈烈，华彩飞扬的。主婚车的车尾拖着一大串剔透的七彩珠子，不断撞击地面，发出噼里啪啦的声响，用以替代从前沿路点燃的爆竹，场面又欢腾又热烈。后面十几辆装饰着鲜花的车子里坐着来恭贺新婚的亲戚朋友，车窗也关不住亲友们对新人的美好祝福，欢腾的气氛洋洋洒洒地溢出。

康俊和柏潼一同看着车队驶过，婚姻像是一场有生有死的轮回一般。在开始的时候，他们怀着最真挚的心，希望能携子之手并与子偕老。但很快大多数人就会面临生育问题，也会遇到些风雨，经济负担、出轨、小三这些负面词汇可能逐渐出现，或许他们能避开这一切，感情却在日复一日的平凡中渐渐失色，最后成为毫无激情的中年夫妻，甚至是一对怨侣。但人们仍然选择步入婚姻，像爱世间最美的一朵花、最好的一棵草一般，去爱一个人，撕心裂肺或者平淡无奇。我们不是信仰婚姻，而是在目前的社会环境中，婚姻仍是对爱情最好的回应。

康俊脸上流露出了片刻的怅然若失，他不愿再继续关于两人婚姻的话题，事到如今，是岁月蹉跎了感情，还是时光磨砺了人心，都已成定数，再多计较也是徒然。好在脱下了夫妻这层外衣，两人还能如少年好友一般，轻松交谈，戏谑过往，这也算是最大的幸运了。康俊等这队礼车过去，方淡淡一笑，带着戏谑的口吻苦涩地说道："这帮人是故意来气我们的吗？"

柏潼眸中有歉意的光芒一转，唇角的弧度微微收敛，没有回答，反而笑着说："有什么可气的呢？我们当初也未必比不上他们热烈，我们今天也胜过了绝大多数鸡飞狗跳的离婚夫妻。"

康俊点点头，凝神看了看柏潼，又继续说到最初的问题："所以那套房子……"话说到一半，又迎上柏潼坚定的目光，于是话到嘴边又转了弯，"唐律师昨晚给我发了一条信息，提出一个方案，说如果你执意将那套房子分给我，就让我好好收下，变卖变现后，可以作为基金捐助给你的实验室。你总不能连捐助款都不收吧？"

　　柏潼微微一怔，思索了片刻，继而又笑道："唐律师是个有趣的人。"

　　树影透过车窗映入车内，枝叶纵横交错，影影绰绰，康俊微微蹙起眉头，可疑地看了一眼柏潼，又道："如果没有意见，我们就这样做吧。待会儿改好协议，把手续办完，房子你帮我卖。"他说完，像是不经意提起一件小事一般，略略抱怨道，"但我怎么觉得有些不对劲？隐隐觉得你和唐律师背地里像是有什么事情瞒着我。"

　　柏潼的目光悠悠一转，车子已经停在了民政局门口。柏潼意态娴静地说："有什么呢？就算有什么也是因果相报啊。你算计别人这么多，就算自己被算计一回那也是自己的命数。"

　　被这么一说，康俊只好轻轻咳嗽了两下以掩饰自己的尴尬。车子熄了火，康俊取出电脑，一边修改协议文稿，一边有一搭没一搭地问道："我拜托你的事怎样了？你跟唐律师聊过了吗？"

　　柏潼似笑非笑地看了他一眼，却也没点破什么，轻轻笑了一声，说："跟她约了下午去我实验室坐一坐。"

　　"好。"康俊点点头。

　　"不过唐律师聪明得很，你当真不打算告诉她，这次是你故意让她来北京，让我对她做心理疏导的吗？"

　　"说这个干什么？你一说她就有戒心了，还能老老实实跟你聊吗？"康俊正好修改完，抬起头，撞上了柏潼怪异的眼神，"我这又不是在害她，她这种对感情一根筋的人，早就该去看心理医生的，你不就是国内最好的心理医生吗？"

　　康俊的话明明没什么笑点，可柏潼的眼睛却笑成了两道弯弯的月牙，让人看不清她目光里含着的真实意思。她笑了半晌，好不容易平息下来，反问道："是啊，又不是在害她，为什么就不告诉她呢？"

第16章

土地上的中国人

吃过午饭，唐盈盈自己打了个车去柏潼的学校。

柏潼的实验室在实验楼的二层，在此之前，唐盈盈对科学实验室的印象基本还停留在工业革命时代电影里那种乱糟糟堆满各种化学试剂瓶子、罐子的画面。所以，当她见到柏潼这间面积不大，却异常干净亮堂的实验室时，竟有一种不真实感，里面是几排半人高的机器，被电子机械臂连接在一起，几个学生在里面低头记录着什么，连标签都看不懂的仪器散发着一种莫名的神圣感。

柏潼没有带唐盈盈走进去，只从玻璃窗往里看了看，便拐向了实验楼的另一侧。这边更像是用作教学的，墙壁上挂着一些陌生的外国人肖像。柏潼一边走一边说："我这实验室也比较简单，没有特别炫酷的科技，这几年唯一的产品就是情感陪护机器人，上周已经迭代到了4.0，智能程度大概也就是你跟它说自己心情不太好，它能回应'你为什么心情不好，是不是有人欺负你了，我们一起来想个办法去报复一下吧'这类的，这种最简单的共情，略微比直男好一点。每一次迭代都很困难，想让它更聪明一点点，背后都是巨量的数据分析。"

柏潼解说得很通俗，让对这个领域完全没有概念的唐盈盈也有了一点印象，她摇摇头，笑着说："光想想就很困难。您当初是怎么想到选择这个研究方向的？是故意给自己找了一个hard plus模式？"

柏潼耸耸肩，笑着说："不是难或者不难的问题，对每一个人类所能感知的领域都保持着原始渴求欲，这是现代科学的基本精神。"她走了两步，指着墙上挂着的一张肖像说，"这是基思·斯坦诺维奇，一位获得了美国心理学会终身成就奖的心理学家。我硕士毕业的时候，看过他的几本著作，里面提出了一个理论，认为人类本身其实也是机器人，我们终其一生都只是在履行类似于机器人一样的载体价值，基因才是这个世界真正的主人。他还举例说明，从我们还未出生的时候起，基因就决定了我们一生中的绝大部分重要的事情。我们会拥有什么颜色的瞳孔、发色，什么样的性格，对哪些疾病没有免疫力，会被什么样的异性或同性吸引，这些都像密码信息一样写进了基因里。基因还让我们产生必须繁衍后代的意识，每一个基因和基模就像是生产车间里的模具，以某种方式帮助我们繁殖自身，并借此令基因自己成了地球上唯一的不朽。"柏潼娓娓道来，像是在说一个科幻故事的脑洞，却又有着强大的说服力。

唐盈盈微微一愣，细想之下觉得很恐怖，连忙问道："您相信这种说法？"

"科学上的假说并不是为了争取让更多人去相信它，通常这些假说都是无法被完全证实或者证伪的，它们的意义更像是设置了一个环境，让大家在这个预设方向上去进行思考。"柏潼浅浅含笑，纠正了唐盈盈的思路，又继续说，"我看到这个假说的时候，完全感受到了中世纪主教听说地球不是宇宙中心时的震惊，就很傻地跑去找我的导师，问他如果我们真的只是一个一个的机器人，如果来这个世上遭这么多罪又回去，仅是为了完成工具价值，那也太惨了吧。导师听完，笑得直不起腰了，也不多说什么，只是反问我，那么你可以想想如果真的是这样，你会怎么办？我回去真的想了好几天，如果真是这样，我们就是一群已经被预设好的机器人，那么基因有没有可能给我们留下一个窗口？这个窗口有没有可能是不被理智所控制的感情？我们爱上一个人、我们思念一个人，为什么我们忽而又不爱了？为什么两个看起来永远不可能在一起的人，能爱得死去活来？为什么一旦失去了这亲密关系，那么多人会甘愿放弃自己的生命？这些行为看起来真的很不像是写在我们基因里的原始代码，所以我想，或许我可以好好研究一下。"

唐盈盈的心像被一双轻柔的小手反复抚摸，柏潼的话一个字一个字地落在她的耳朵里，令她多年来一直坎坷不堪的情绪极缓慢极缓慢地平复了下来。在柏潼身边，听着她有条不紊地跟自己说话，唐盈盈竟然有一种难以言说的宁静感。她想了一会儿，慢慢地说："我一直认为科学是理性的艺术，用理性的方法论去研究一个完全感性的东西，光想想就特别艰难。"

柏潼的目光微微停驻在唐盈盈的脸上，言语却没有停顿："这是我最初最简单的想法。后来我发现，爱情有时候像是一门玄学，可一旦将它拆解开来，却又十分具体。全球每年自杀的人有近百万，其中大约有百分之二十的人是因为感情问题而起了轻生念头，除此之外，更有数不清的人饱受感情的折磨，求不得与放不下就像残忍的病毒一样，日夜凌迟着人们的精神。感情的所有外在表象，都让它看起来像是一种细菌或是一种病毒，侵入体内初期，它能给你美好和充实的感觉，却又不知道在什么时候、什么情况下会突然发生变异，让人抑郁，甚至愿意为了这种看不见摸不着的东西放弃珍贵的生命。我经常在想，我们现在对于大多数疾病，包括精神类疾病，都有了比较有效的治疗手段，那么对于爱情的伤害，我们难道不应该更加积极地去做一些努力和尝试吗？也正是在这个设想的基础上，我们开始了情感陪护机器人的研究。"

唐盈盈听得很是动容，她低下头，默默地想了一会儿，又低声说道："对不起，我以前把那个机器人想简单了，我以为它就是一件普通的电子产品，我没想到您在后面有这么多的期许和努力。"

柏潼推开了走廊尽头的一间私人办公室的门，里面的布置更为简单，只是亮色的沙发和亮色的窗帘让人见了便有一种莫名的放松感。茶几上站着一个白色的小机器人，圆圆的脸上亮着两圈蓝色的灯光，像是正在好奇地打量着走进来的客人。柏潼指着机器人说："或者你跟它先打个招呼试试。"

"好。"唐盈盈一时童心大起，冲着小机器人说了一句，"Hello，你好。唔……你叫什么名字？"

机器人脸上代表眼睛的光圈迅速转了转，清亮如童声的声音响起："Hello，你也好，我现在只有编号，没有名字，你可以送我一个吗？比如把你最希望能陪在你身边的人的名字送给我。"

唐盈盈被猛地一问，竟有些愣住了，半天才反应过来，扭过头，用笑意掩饰住自己的尴尬，对柏潼道："它好聪明啊。"

柔妙的光将天边一朵一朵浓厚的云撕裂，耀耀阳光从窗帘的缝隙里漏了进来，像是不经意透露出的一星半点心思，引得人想去探个究竟。柏潼看着唐盈盈如星子般明亮的双眸，笑意便从唇边浅浅流出，道："它并没有很聪明，只是碰巧问了一个你很不想回答的问题而已。"柏潼走过去，伸手在机器人背部摸了摸，咻的一声，两圈蓝光便熄了下去，"许多人对自己认识的人多少会有一些戒备，不敢畅所欲言自己的喜怒哀乐，和机器人倒是可以随意聊聊。不过唐律师，你好像连机器人都防备得很。"

唐盈盈用苦涩的笑意掩盖了自己的尴尬，道："我也是实在不习惯跟机器对话，它一说话我脑子就转不动了。"她停了停，看了一眼窗外，又仔细想了想，说，"我也谈不上特别希望谁来陪我吧，自从大学毕业脱离了集体生活，自己一个人也待惯了。"她说着，双手交错，两只大拇指不断地相互绕着圈。

"大多数人都是这样。"柏潼弯下腰从办公桌旁边的小冰箱里取出一瓶菊花蜜，用温水冲开了，放在唐盈盈的手心里，温和地说，"但是你好像有男朋友了，为什么会说自己一个人呢？是遇到问题了，还是在你的潜意识里并没有真正将对方接纳进自己的生活？"

唐盈盈吓了一跳，连忙低下头去喝水，一面暗暗想心理学家真是太可怕了，随意抓住话里的线头就能把人唬得一愣一愣的。她看了看柏潼，对方的眼睛丝毫没有得意之色，反而是满满的鼓励。唐盈盈迅速避开目光的交汇，低声说："算是吧，遇到一些麻烦，有些棘手，暂时也没有很好的解决办法。"她似乎并不想继续这个话题，低头抿了一口蜜水，又沉思了一刻，反而认真问道，"你们有没有做过统计分析，比如说人是不是年纪越大越难遇到纯粹的感情，真正喜欢的人都集中在十几二十出头那段荷尔蒙爆发的青春时期了？"

柏潼看着她，平静地微笑着，言语也如深井静波，没有惊讶也没有喜怒："从感官上来看，人心就如一件陶塑作品，总是有一个成型的过程。年少时，它最柔软也最易塑。遇到一个人，彼此风姿张扬，他或凌厉或温和的样貌很容易就留在了心上，成为一个印子，让我们一低头就可以看到。时光打磨则如同窑烧，数年成熟之后，人心就成了硬脆光滑的瓷体，再想往上面留下不会褪去的印记就很难了。但它又足够透亮，如同镜子一般可以映照他人。别人的影子投落在上面，虽然很难再留下印记，却也可以完满，未尝不是一种好的相处方式。究竟哪种感情更纯粹，个人会有个人的评定，数据统计不能影响你的判定。"

窗外的风像是转了风向，落在窗台上，裹着些微尘土味道的风从窗口涌进来。与潮湿的南方不同，北方干燥的风似乎能更加轻松地吹干泪腺，顺便又将人满心汹涌澎湃的委屈安抚住。唐盈盈笑了笑，说："您这些话可不像是个严谨认真的科学家说出来的。"

柏潼将桌上的机器人捧起来，挡住自己的脸，开心地笑道："我现在也不是一个严谨的科学家，也没有把你当作研究对象的意思。你倒是可以把我当作一个活体机器人，就像它一样，人畜无害的。"她说完这句，又将机器人放回了桌上，凝视着唐盈盈，浅笑道，"如果是这样，能不能让事情简单一点，告诉我你究竟为何在自苦？"

外头乌云低垂，阴沉沉的天含着一场暴雨将来的气息。不过十几分钟，原本晴好的天已飘起了雨丝，雨丝越来越密，打在茶色的外墙玻璃上飒飒作响。外边的水汽从未关严实的窗缝里弥漫入室，也层层叠叠地缠紧了唐盈盈的心，她扭过头，看了一眼被雨水搅和得迷糊不清的玻璃，天色似灰蒙蒙的一团影子，恰如她此刻的心境。杯中的蜜水尚有余温，浓郁扑鼻的蜜香氤氤氲氲，恍惚间带着她回到了那年大雪纷飞的纽约，在一片雪雾霭霭间，有一个人的身影站在那里，她想去追，却又怎么都追不上，只能看着他遥遥地立在那里，不会远离，也永远无法靠近。

唐盈盈深深地叹了一口气，放下手中的杯子，缓缓地说道："这两年其实已经好很多了，最难熬的是李睿刚离开的那一年，就像有一把锉刀二十四小时挂在心尖上狠命地磨。晚上躺在床上，眼睛也不敢闭上，一闭上就全是李睿的样子。吃过抗抑郁的药，也看过一些医生，但效果都还不如拼命加班。"唐盈盈在不知不觉中也放下了戒备，任由言语的伤感无端流露，"还有就是身边的所有人都来劝我，告诉我生活总是要继续的，让我要往前走。我就试着往前走，也打量了一下自己，一个大龄未婚剩女，就老老实实地去相亲吧，相亲也很顺利，遇到了方惟安，觉得他很适合结婚，是一个很优秀的人，跟我有相同的经历。我以为上天一定是安排好了，让我们来拯救彼此的，就算不能把对方拉起来，相互靠着取暖也好，但这其实很荒唐。"唐盈盈摇了摇头，两粒眼泪从眼角轻轻地渗出，又洇进了皮肤里。

柏潼皱了皱眉头，轻轻地打断道："荒唐？这是一个全面否定的词。"

"是，这个词太重了，可是我不知道该怎么形容。"唐盈盈忍住心中渐渐漫起的寒意，又继续说，"我有的时候很恨方惟安，恨他固执不听劝，但其实心里又很能理解他。留下来的那个人永远是更可怜的，我们终其一生都只能追着一个影子了，明明知道追不上，却还是不肯放手。有时候又觉得哪怕手指尖能触碰到影子的尾巴，也是好的，毕竟这已经是与过去的唯一连接了。"唐盈盈的话说出来，就连自己也被惊了一跳，她之前也没想到自己对方惟安的感情里还掺杂了这么一份强烈的怜悯，是怜人亦是怜己，"也是因为这份执着，我们都想给自己的感情找一个出口，都想回归到最普通的世俗生活中，我们都很努力，却好像越是努力越是渐行渐远。"

这些话，唐盈盈之前没有想过，她早已习惯将自己的情感整理好，像整理一个一个项目的文件一样，分类打包放置，然后，就置之不理了。但感情永远不会老老实实地待在箱子里，它不断变化，就像大海，一年四季，一季三月，一月四周，周周日日，日日夜夜，它永远都是在涌动的。有时候忙起来，它好像离我们很远，问题也不成为问题。有时候它又逼得紧，令人无法呼吸，令人在窒息中倍显窘态。唐盈盈看着柏潼，深深地叹了一口气，虚浮着笑意问道："我是不是很不正常？"

"没有，为什么会觉得自己不正常呢？"柏潼含笑问道。

"正常人应该不会为这些没有意义的事情犯愁吧。"唐盈盈小心地说。

柏潼轻轻地笑了笑，言语便如三月暖阳一般，熨帖人心："怎么会没有意义呢？是你对李睿的思念没有意义，还是你与方惟安为了平静生活而付出的努力没有意义？"见唐盈盈哑然，茫然无措地看着自己，柏潼又继续说，"李睿的去世对你的打击太大了，使得你太想忘记故人，想重新开始生活，你对这个目标的执念过重，所以一旦受挫，便会倾向全盘否定自己的决定。但是，唐律师，如果你的目的是给自己的感情寻找一条出路，那我可以告诉你，出路永远都不存在。"

唐盈盈默然不语，时间像是凝住了一切，唯独剩下窗外密集的雨丝被风吹着，身不由己地化作一串接一串的力，击打在窗户玻璃上。柏潼看了唐盈盈一会儿，又继续说："忘记过去有多难呢？很难很难。忘记以前的任何一个人，事实上就是要忘记我们自己，即使我把你大脑中关于他的记忆整个儿挖出来，但只要有半点蛛丝马迹，你也一定会孜孜以求地去探求真相，这是人对自己历史的本能渴求，是人对自己最基本最原始的尊重。你一直在试图跟自己的本能对着干，又怎么会成功呢？"

唐盈盈微微一震，心绪又开始不断翻涌："我知道，我有的时候很清楚，可是有时候又很无措，不知道该怎么办。如果放不下过去，又怎么往前走呢？"

"放不下就放不下，过去的思念本身就是你自己的历史，它应该像你的四肢、你的头发、你的呼吸一样与你自然共处着。你总是急于去忘却它、去挣脱，这又何尝不是在否定自己呢？"柏潼温然含着笑说。

唐盈盈面上有一刻的通透，继而又陷入了深深的怀疑："共处吗？"

　　柏潼看着她，从身旁的抽屉里拿出了一个小摆件，一只木质小船被放置在透明的玻璃瓶里，瓶中盛有一些蓝色的溶液模拟海水。柏潼晃了晃瓶子，水面起伏不定，小船也跟着起起落落，可无论怎么摆动，小船永远都能漂浮在溶液上。柏潼解释道："如果你把自己想象成一艘小船，那么无论过往的思念如何倾覆，都淹不着你，也没不过你。人在感情的海洋里，如果怀着一颗探求彼岸的心，那心会变得很沉很沉，重过了水的浮力，就会没入海里。而如果你从一开始，就怀着一颗尊重自己感情的心，学会去适应波涛的起伏，那你会变得很轻很轻。人生短短数十载，没有谁会成为谁的最终归宿，我们能在途中相遇，彼此相伴一段，那这一辈子就算是合格了。"柏潼静静地看着她，话语之间全是怜悯的劝慰。

　　唐盈盈微微低着头，面上的神色静如一湾碧波，心中却豁然一亮，仿佛积郁沉沉的乌云被数道雪亮的闪电猛地劈开，照得一片清明。她接过柏潼递来的瓶中船，手指在透明的外壳上不住地抚摸，一遍又一遍，每一次触摸，都会引起瓶内世界的微微震动，然而小船晃了晃，却又稳稳地停在了水面上。末了，唐盈盈脸颊上的笑意缓缓绽放，她轻轻地问道："如果可以，这个能送给我吗？"

　　从实验室出来，夜幕已缓缓落下，下午那场突如其来的暴雨此时已经停了。身旁低矮的树叶上残留着一些雨水，滴滴答答坠落进泥土里。空气带着湿漉漉的草木清香扑鼻而来，幽幽漫进心扉，就连呼吸也觉得有一股异样的宁静甘甜。唐盈盈逐级而下，小径的尽头，康俊正倚靠在一台越野车的车门上。夜露微凉，星辉从他的肩头洒落，风姿嫣然。

　　唐盈盈微微一笑，缓步走过去，在离他三步远的地方止住了脚步。抬头看见他那副怡然自得的表情，唐盈盈忽地又开心地笑了起来："我刚才突然意识到，这就是你给我准备的解决办法吧，安排一场心理咨询？嗯？"

　　康俊的目光比天边初升的星光还要柔和，唇角不自觉地浮起了一层笑意。"别自作聪明了。"他一边说着，一边将车钥匙在她面前轻轻晃了晃，"程风前天请假回老家抢收麦子去了，从北京开车过去，大概要十个小时。我们现在出发，明天上午就能到了，新打下的麦子磨成面，烙成饼，什么配菜都不用，干嚼就是满口麦香。想不想去尝尝？"

唐盈盈不可思议地看着康俊，又看了看旁边的车，确认他不是在开玩笑之后，身体不自主地往后退了半步："现在走？"

　　"对，我今天整个下午都在睡觉，就是为了开夜车不犯困。"康俊的脸色很认真，又带着微微的笑意，"还有什么问题要问吗？这才是我给你准备的解决办法，好吗？"

　　唐盈盈哭笑不得地愣了半晌，继而又忍不住笑道："那工作怎么办？"

　　康俊无奈地摆摆手，像是有些不耐烦她的唠唠叨叨和磨磨蹭蹭，一把将车门打开，自己跳进了车里，又伸出脑袋催促道："走吧，唐律师，做不完的工作、操不完的心，但麦子过了这一茬可就再没有这么香了。"

　　从北京开车往西南走，沿着京昆高速，经过石家庄、太原，再过临汾，便进入了陕西省渭南市澄城县。这里风景宜人、古迹众多，前拱原阜，后依山陇，地理位置险要，自战国吴起时便在此屯兵，是古代兵家相争的要塞。康俊与唐盈盈交替着开车，天亮的时候，便行车到了壶梯山下。下了高速，转进省道，两人停车修整，在路边一个小吃铺吃了点东西，一边舒展劳累了一夜的筋骨，一边远眺这座形似水壶、状如阶梯的孤立山头。山间晨风吹动着大片古柏林，由远而近，如波浪起伏般涌动，让人只觉得心中有说不出的舒爽。路边有山民担泉水来卖，两升半的可乐瓶灌满了也只卖两块钱。唐盈盈买了一瓶，看着瓶子外侧凝着如霜的水雾，便觉得凉爽，拧开就想生喝，却被康俊制止，说她常年生活在都市里，猛喝生水怕是会水土不服，民间偏方是先吃用当地水磨制的豆腐调理肠胃，再吃其他的也就不碍事了。说罢他又从车上取了两条毛巾，沾上泉水，擦了把脸，又洗了洗手。唐盈盈将冰澈的泉水敷在面上，一面感叹康俊之细心，一面感到这一夜行车的疲倦也被抛诸脑后，遥遥人世的愁绪更是被阻隔在了浮云之外。

　　转过壶梯山，当太阳又将无限金辉洒向大地的时候，两人目力所及之处，便只剩下了一片接着一片的金黄色麦田。层层梯田泛金光，穗穗挺拔麦飘香。金色的阳光自上而下，地上的麦穗自下而上，相互辉映，视野之内全是刺眼的金光，壮丽又辉煌。唐盈盈此前从未亲眼见过麦田，如今见到这般盛状，竟有些惊得说不出话来。天蓝如缎，微风拂过，在一眼望不到边的灿黄麦田里，一波一波起伏涌动着的麦浪已然变成了麦海。他们的车子像一艘灵巧的游艇，从麦海中破浪而去。经过无数村庄，村庄的尽头是麦田，麦田的尽头则是另一个村庄，在旷远阔达的田景深处，安详静谧的村居相互挨连着，一览无余。

康俊照着程风发来的定位一路驶去，一边笑着对唐盈盈说道："我出发前查了查资料，程风所在的这个村子叫南秀村，很有些历史，唐代便出过状元，素有'人丁不满百，京官三十六'的美誉，历代出了不少京官。估计村里的祠堂、大宅必定不少，算是一个小有名气的旅游景点。"

唐盈盈朝窗外看了看，远处一个村庄的轮廓赫然出现，便又叹息道："程风身上倒是看不出什么京城大官后裔的沉稳气质，如果一定要找正面的词去形容他，我倒更愿意说他有几分游侠的仗义。"话还没说完，便有一个熟悉的身影不知从哪里钻了出来，站在车子前方。他头戴草帽，身上一件褪色的衬衣只系了一粒扣，一只手上还拿着一把大镰刀拼命地挥舞。唐盈盈愣了愣，远远望去，才三五天不见，程风的脸已经由原先的酱油色晒成了焦炭色，一口惨白的牙齿露在外面尤为显眼。唐盈盈揉了揉被麦田的金光闪得快半瞎的眼睛，无奈地补全了刚才那句话："……还得是游侠中的那股泥石流。"

康俊将车停在路边，刚摇下车窗，程风的脑袋便挤了进来，丝毫不顾形象地将舌头伸了半截在外，一边喘气一边说道："你们总算到了，我远远看见这么帅气的车子就知道肯定是你们。快让我吹吹空调，哦，这凉爽清新的风，赶紧给我炽热的脑袋降降温，顺带再洗涤一下我滚烫的灵魂。"

康俊跳下车，果然一阵猛烈的热浪迎面扑了过来。强烈的光线令他的眼睛眯成了两条细缝，他将手搭在额头上往四周看了看，又将程风上下一打量，皱着眉头问道："你家的田在哪儿呢？现在都用机器收割了，你怎么还用手割？抢收得过来吗？"

程风指了指不远处一处嵌在山坳里的小高地，苦笑道："我早说了是我家老爷子故意整我的，大部分田里的麦子都请了收割队来帮忙。那一块小田，机子上不去，只能手割。前两年我爸还会帮我一起弄弄，这两年，也开始推说自己腰腿不好，学会静静地在旁边观看我汗滴禾下土了。我还不能抗议，一抗议，他们就能说，那你赶紧娶婆娘生娃啊，娃娃长大了，不就有帮手了。我这心里的苦啊，只能干噎着，吞不下也说不出。"

唐盈盈哈哈笑道："你爷爷治你，那真是相当有一套，只消三言两语，便让你毫无还手之力。"

程风扯了扯嘴角，无奈地说道："何止是有一套，我家老爷子那都是成体系讲传承的。这块保留田，爷爷说是专门留给子孙们的教育田，劳动出真知，只教一个道理，就是要懂得脚踏实地。"

"哦？怎么教？"唐盈盈很感兴趣地问道。

程风想了想，伸手指了指眼前一望无边的麦田，随手从旁边的麦秆上薅下一串麦穗，伸到唐盈盈鼻子下，说道："庄稼人的道理，都是在千百年的劳作中总结出来的。您闻一闻，这麦子香吧，等把这些麦子变成锅里的米面馍馍，那就更香了。可该怎么办呢，你喊它、打它，它们都不会理你，更不会长出脚来自己走到家里去。所以呀，你唯一能指望的就是自己的这双手，一把一把、一颗一颗地将这些成山成谷的麦子都给割下来。具体怎么割呢？我给您示范一下。"他用手抓住麦秆，镰刀便挥了上去，动作很熟练，从右往左，半分钟就完成了十几次，新割下来的麦秆在旁边垒成了小小的几摞，"您看，我刚才把这个动作做了十几次，前进了多少？半步都不到。一步一个脚印说的就是这个意思，要踏实。这个道理，我爷爷从我六岁就开始教，告诉我自己脚下的每一步都必须是踏踏实实走出来的。现在我二十多岁了，他还在反复强调这个，其实也就是怕我冒进，被城市中的虚浮繁华迷住了眼。而我呢，每年也都在对他进行反教育，爷啊，你别想多了，诱惑也是有成本的，也是有所图的，而城市里的纸醉金迷根本就看不上我，从来没找过我，哪里谈得上什么诱惑呀。"

唐盈盈从小生长在城市里，对于田间劳作的辛苦是没有任何概念的。如今看着眼前茫茫一片的麦田，心中暗暗估算了一番劳动量，竟半句话也说不出来。正想感慨几句，转眼却见程风正胡说八道得来劲，她被惹得又笑出来："这可不好说，昨天没来，今天没来，说不定明天就看上你了，诱惑就来了。"

"赶紧的，快点吧，等不及了。我这二十多年的割麦子教育练就了钢铁一般的意志，绝对值得一场花天酒地、被钞票砸得天翻地覆的诱惑体验。"程风咧开嘴说道，又往自己胸口狠狠地拍了几下。

康俊没有理会他们两人的鬼扯，一边走一边对程风说："去你的田看看吧。

你来带路。"

"好。"程风一口答应，刚走出几步，忽地又想起，"主任，要不还是先去我家里坐坐吧，我都安排好了，准备了一些新鲜的水果，正好给你们消消暑。"

"你还真有时间磨蹭，我没做过农活儿，但也知道农忙抢收也就是三五日的工夫最要紧，这几天不把地里成熟了的麦子收下来，等出现倒伏了，或是遇到雨水了，那就抢都抢不上了。"康俊笑眯眯地说。

"您这说话的样子跟农业专家那是一模一样，要不然我这几天怎么没日没夜地干活儿呢，腰都快伸不直了。不过忙是忙，却也没有把客人往田里带的道理啊。"程风笑嘻嘻地说。

"那就别把我们当客人。这次来我正好也想试试收麦子的体验，走吧，看上去并不太难，我来帮你收割。"康俊一面将他那条面料优良的休闲裤裤腿往上叠，一面向四周伸长胳膊和腿，露出白皙得跟奶油一样的肌肤，颇有要大展身手的味道。

程风愣在了当场，手里的镰刀没抓稳，哐当一声便一头砸在了地上。他侧头悄声问唐盈盈："刚才主任说什么？我没听错吧，他说他来要帮我收麦子？"

唐盈盈的惊讶也丝毫不逊于程风，面上却是更为稳重，勉强点了点头，说："他大概是打算把这当作一项农家乐的体验活动了。"

程风用手掌捂着脸，迟疑的目光投在康俊完全算不上粗壮的胳膊上，无奈地问："那……他下过田吗？"

唐盈盈冷冷笑了两声，看着康俊正在扭动脖子做着热身运动，坚定地回答道："我就没见他出过汗。"

田垄上混着浅黄深黄色的沙土，滟滟阳光到了这个时候，也往西边偏下了半个头。不远处一棵枝叶繁盛的大树在地上投下一片不大的阴影，给唐盈盈提供了纳凉歇息的地方。其实，她也不是一直都坐在这里。刚开始，在康俊的鼓励下，她也尝试着去割了几把麦子，但也就不到半小时吧，阳光的暴晒让她出现了中暑的迹象，金色的麦田和金色的阳光在她眼前相互重叠，上面还点缀了无数灿灿发光的金星。

唐盈盈被程风和康俊架到旁边，灌了一些水之后，两人便嘱咐她必须好好休息。休息了半天，唐盈盈才缓过劲来。她此前从未想到自己一米六几的身高，平时能吃能跑能熬夜，居然一回归自然就成了彻底的弱鸡。当然，她也从未想过就这么一个简单的收割动作，居然能这么累人。无数次的弯腰、割倒麦秆，每一个动作都靠自己的关节和肌肉做支点，没几下就疼痛得令人想哭出来。

她开始不怀好意地打量康俊，他显然也是没干过农活儿的，一开始连刀怎么握都不知道，两只手配合得极不协调，就像刚学会走路的小孩，每一个动作都踉踉跄跄，让人拎着心。不过他适应得很快，虽然留在身后的麦茬仍然像被狗啃过的一样，但动作明显已经流畅了很多，速度也快了起来。唐盈盈便开始在心里给他计时，企盼康俊赶紧体力不支，好上田来陪她一起丢脸、一起纳凉。可计时越来越长，等了一个小时，又过了一个小时，那个看起来似乎并不比自己强壮很多的男人居然还在一次一次地弯腰、一步一步地前进，他身上那件浅色的高尔夫球衫被汗湿透了几遍，沾上了土，还沾上了麦穗的残叶，下摆有一部分被他扎进裤子里，完全颠覆了平时温文尔雅的精英打扮。目光追随得久了，唐盈盈最初不怀好意的心思不知不觉便淡了下去。在橙黄色的天色里，康俊的身影融进了同色系的麦田，模模糊糊剩下一个不太清晰的轮廓，与此相对应的，是唐盈盈唇角边愈加清晰的笑意。

她不再看田里劳作的人，微微合上眼，地上的沙土覆在她光着的脚背上，给肌肤带来了一种神奇的触感。风从东边缓缓吹来，卷着草木特有的气息，似有细细声响藏在里面，可真侧耳去分辨时，却又什么也听不真切。唐盈盈从未有过在乡间生活的经历，甚至她的父辈、祖父辈也早早就进了城，可若再往前呢？她的曾祖父、曾曾曾祖父总有人是面向着土地、靠着天时为生的。对土地的热爱，像是早已融进了她的血液，以前从未觉得，可现在，当她双脚踏在土地上时，竟得到了一种无法言语的心安。

晚霞初起的时候，三个饥肠辘辘的人终于把那亩田拾掇得差不多了，慢慢走回了程风家里吃晚饭。

程风的父亲师专毕业后一直在隔壁村做代课老师，直到程风小学快毕业了才顶上县中学的正式编制，举家搬到了县里。母亲原本是镇卫生所的赤脚大夫，后来下海做生意，赚了一些钱，在渭南和澄城都买了房。程风小时候是跟着爷爷奶奶在乡间地头长大的，一手抓课本、一手去河里抓鱼，七八岁的时候，一把木制皮枪插在裤腰上出门，回来就能用绳子拎一串麻雀，生活过得好不惬意。中学开始被父亲提在眼皮子底下念书，满腹牢骚，一有机会就往爷爷奶奶家跑，典型的隔代亲。后来，他考上了外地的大学，父母毫无准备地就觉得自己变成了空巢老人，爷爷奶奶见不着这个生龙活虎的大孙子在跟前，更是思念得很，便换成了程风父亲隔三岔五地往老宅子跑，陪爷爷奶奶干干活儿，主要还是陪着聊聊天。

南秀村有程和沈两个姓，他们自宋代起就在这里定居，各有自己的宗庙祠堂。程风爷爷在程家算是最长的一辈人了，老宅在村子东头，品字形的结构，北面的屋子待客用，东面和西面各有几间房子可住人，中间围着一个百来平方的院子。院子里里外外收拾得很整齐，一口颇有年头的深井，一棵柿子树，几只肥瘦不均的土狗横七竖八地躺着，是典型的农家院落。

餐桌就摆在院子中央，主食是当地的特色美食麦子泡。做法很简单，在煮猪下水的汤水里丢下新收上来的大麦籽，放上大油辣子，再加入一些豆腐、木耳、丸子、猪血等配菜，撒上香菜，香喷喷、热腾腾的一大锅，虽然做法简单粗鄙，但一粒粒的麦子极有嚼劲，一碗落肚就是一肚子饱满的幸福感。

程风爷爷招待贵客的重器是自己酿制的稠酒，给康俊和唐盈盈各斟了一碗。唐盈盈浅浅尝了尝，入口竟是甜甜的，一点也不呛鼻，倒有几分像是南方的酒醪。也是因为这酒好喝，唐盈盈便偷偷去看传说中固执又厉害的程风爷爷。老爷子倒不像原先自己想象中那般严肃，反而脸圆圆的，说起话来还有些小絮叨，看上去很有几分慈爱。

程风爷爷今年快八十岁了，身子还挺硬朗，只是耳朵有些背，得尽量贴近了说话。他一辈子没走出过家乡，最远也就是在儿子县城的家里住过几个月，实在适应不了，又闹着回来了。唐盈盈礼节性地跟他聊了几句，便实在没了话题，也不知道能再聊些什么。

然而爷爷捏着酒碗，看着一身泥土的康俊却很是顺眼，左一推杯，右一敬酒，两人聊得很投机。康俊入乡随俗的能力更是一流，酒过几巡，脸上微微泛着红晕，也不知是下午被晒伤的还是酒醉，竟一句接着一句地跟程风爷爷聊地里的收成。

"今年算是很不错，打下来的麦子拿去卖一些，自己再留一些，足够了。我就是担心以后，孩子们去了城里，就像撒出去的鸡仔，唤都唤不回来。地三年不耕，就要荒。我就算把家里的仓囤满，也不够他们吃几年的。"程风爷爷抿了一口酒，颇为伤感地说道。

康俊对爷爷的絮絮不休显得尤为耐心，真诚地安慰道："真不行了就回来，您不还给程风留着地吗，荒了就重新垦，种一季麦子跟着再种一季花生、番薯，院子里养几只鸡，有饭又有肉。只要有双手，怎么都不会饿着自己的。"

"我心里不踏实。"爷爷轻轻地摇了摇头，微白的发丝在晚风中微微摆动，他拿着筷子的手指了指门口，外面热闹得像在过节一般，尽是人们的欢笑嬉闹声，"康主任，你别看现在村里挺热闹的，哪哪儿好像都是人，但我心里头清楚得很，这些人都是回来帮着抢收的，忙完这几天就走。平时整个村子里安静得只剩下老人的咳嗽声了。说句没用的话，我真怀念程风小的时候，每天都能跟现在这样热闹，出门随便遛两步能跟十几个人打招呼。"

康俊微微含笑看着爷爷，端着碗跟爷爷碰了一下，语意诚恳地说："现在也很好，大家日子都过好了。"

"是，日子很好了，一日三餐，每餐桌上都能有肉，动不动还能喝上几杯。每个季节都能整上几件新衣，电视还能用就给换新的了，很好很好。"爷爷不住地点头赞许道，又端起碗咂了一口酒。默了一刻，院子里的灯光很亮，最大功率的灯泡把爷爷脸上每一个细微的表情都照得清晰。他的脸部肌肉分明是上扬的、笑着的，但眼睛里却浅浅流淌着难以掩饰的伤感。他微微垂下目光，落在自己的手上，粗糙的皮肤沟壑纵横，是积年劳作留下的印记："可我心里也恐得很，你看这片土地，一层一层的土，层层叠叠的，里面都是程家上人们的汗水。我这割麦、打麦的本事是我爷爷和爸爸手把手教我的，也是他们的父祖一代一代传下来的，靠着这份本事，我们这个村落延续了上千年，填饱了多少人的肚子。可是这一天接着一天的，我觉得自己被你们越抛越远，孤独得很。昨天看电视，电视上提倡说要延续文明，你说我这种田的本事算不算文明？"

"算。"康俊想也没想就肯定地说道。

"是啰，可这份种田的本事到我这里传不下去了，就要断在我手里了。我恐啊，整宿整宿地做噩梦，就梦见自己到了地下，老祖宗们围着圈地在问我，教会了吗？我不好回答啊，我说甚呢？孩子们都不想学，都去城里上班了。我怎么跟他们解释什么是上班啊？我自己也莫上过班哪。"爷爷一边说，一边端起酒碗，趁着饮酒的工夫，悄悄擦干了眼角的湿润，"我也是人老了，话多，唠叨，康主任你别介意啊。"

康俊微微沉吟，又笑着说："您的话比书本上的生动多了，今天是我第一次去田里干活儿，感觉真是不太一样。怎么来说呢，现代社会是一种物质资源非常丰富的文明，在城市里，我们能吃好一点，穿好一点，那是因为机器和技术的进步。土地上粮食产量提高了，我们不需要花那么多的力气才能收获那么一点点粮食，所以也就不需要那么多人一年到头地守在田里，指着收成活。所以从程风这一代人开始，很多人就不需要吃自己亲手种的麦子了，插秧和收割的手艺可能会差一点，大家都已经开始去学新的手艺了。律师呢，说白了也就是一门手艺活儿，跟村里杀猪的、磨刀的，村外面雕拴马桩的匠人没区别。但我们的根仍然在土地上，我们从来都没有离开过这片土地教会我们的道理。这么几百上千年过来，匠人们没饿死，除了手艺好，更重要的是我们一直坚守着老祖宗教我们的那些道理，要脚踏实地，要勤奋，要善良。您这些年教程风的这些，他以后也会教给他的儿子、孙子，再过几千年，这份传承也不会断。"

程风爷爷的耳朵有些不好，康俊一直侧着身子伏在他身旁说话。他的话并不难懂，爷爷手指粗大的关节在老榆木桌子上轻轻敲击了两下，伴着喉咙里发出的沉沉赞许："好、好。你说得好，你明白道理啊，明白得很。"他面上的表情越来越模糊，两只昏黄浑浊的眼睛却越来越清朗，映着远处沉沉的暮霭闲云，在唐盈盈眼里却构成了一片暗橙色的辉煌。

程风偷偷给了唐盈盈一个别有意味的眼神，唐盈盈回看了他一眼："什么？"

程风见暗示不成，用屁股拖着凳子挪到唐盈盈身边，沉着声音偷偷说道："要不然怎么说偶像就是偶像呢，我真是佩服死咱们主任了，这见什么人说什么话的本领真是无敌了。我上周还听他为了一份授权合同跟人在电话里狂飙英语吵架，今天就看见他在跟我爷爷讨论土地文明，如果不是他精分，那就是时空发生了错乱。"

唐盈盈对程风的话略表赞同，想了想，又说道："我也很佩服他这一点，还有就是今天，说下田，挽起裤脚就能干。以前他说我不接地气，眼睛里只有天上的月亮，我还不服气。今天看你们两人在田间老老实实劳动的样子，我真是觉得惭愧。自己这么许多年只顾着读书，工作后又一心扎在各种关系里，法学流派、法学理论倒是分得清，可最基本的谷麦薯却一个都认不出，典型的五谷不分，也算是读迂了的。"

程风听她这么一说，连连摆手道："您这可别赞我了，我要是有得选，绝对是不想干农活儿的，体验都不想体验。我刚才摸了摸我的腰，感觉里面的筋已经断了好几根，不然怎么会这么痛？"程风一面做出痛苦万分的表情，一面又往嘴里扔了一粒花生，咯吱咯吱嚼得香脆。

"你别哼哼了，康俊也没比你少干多少，他都没抱怨。"唐盈盈无奈地翻了翻白眼，觉得程风这小子真是说不到两句话，就没了个正形。

"你看他现在一副云淡风轻的样子吧，可我心里清楚得很，他这就百分百靠着自己的钢铁意志在支撑躯体。我作为一个精神上的弱者，怎么能比？"程风脸上毫无愧疚，反而带着一股不怀好意的笑容。

唐盈盈盯着他看了一会儿，笑意从唇角隐隐溢出，声音在闲闲晚风中显得格外轻松："不过我今天也发现一件事，你爷爷虽然唠叨了一点，但怎么瞧都并不像是真能逼你就范的。死也要赶回来割麦子这件事，我看你也就是个半推半就。"

程风见被识破，咧开嘴笑了笑："逼当然也是逼的，主要原因自然是我乖巧懂事。"程风又扔了一颗花生在嘴里慢慢地嚼，目光则定定地落在爷爷身上，语意漫漫地说，"我从小就是爷爷带大的，小时候爷爷在田里干活儿，就抓几只蚂蚱让光屁股的我蹲在田埂旁玩。老爷子辛苦了一辈子，到了秋风落叶的年纪，儿子孙子一个都不在身边，其实也蛮孤单的。一年三百六十五天，除了春节，真正能算得上农忙的也不过两三次，每次往返就算五天。一年花不了一个月的时间，就能给他一份慰藉，让他觉得我这个风筝还没断线呢。"他默了一会儿，一阵风忽而吹过，将院里那株柚子树的叶子带得簌簌直响，像是有无数只蝴蝶在树枝间扑腾飞起，树欲静而风不止，程风又补充了一句，"就算是奔波，想想这辈子又还能剩下几次奔波的机会呢。"

程风的话很暖，惹得唐盈盈眼眶湿湿的，她也不再说话，将自己面前那半杯稠酒一饮而尽，甜腻的液体顺着喉咙滑落进胃里，又漾起一阵暖暖的感觉。

吃完饭，几人各自洗漱了一番。村里夜间没有什么娱乐活动，各人便散去早早睡下了。唐盈盈住的是南面的房间，前一晚没休息好，如今一沾着枕头就迷糊地睡了过去。屋里没有空调，习习凉风从长窗吹进来，她竟睡得格外香甜。

到了半夜，风悠悠地停了。唐盈盈身上出了一层汗，湿腻得很不舒服，蒙眬中听见屋外有稀里哗啦的水声，还有人在说话；摸出手机一看，竟然才十一点多，想想平时这正是她脑细胞最活跃的时候，反正也睡不着了，便起身走了出去。

星星升起了，抬头一看，青灰色的天空像被缀满了璀璨的钻石，熠熠生辉，星辉不是统一的颜色，有白亮的，有昏黄的，还有浅橙色的，猛地扑到眼前，美到令人窒息。院子里有柿子花的清香徐徐萦漫，沁人心脾，又为这炎炎夏夜平添了几分清韵。

院子里支起了几张竹椅，康俊拿着一把蒲扇躺在唯一的躺椅上，一面轻轻摇着，一面指挥程风从井里提起一篮水果，看样子很是休闲舒服。

唐盈盈笑着说："劳动了一整天，你们居然还没睡，大半夜的还有精神在这里折腾。"

"就是累过头，才睡不着的。"康俊笑着说道，"我觉得身上的肌肉和骨头都像被炸药炸过一遍一样，百骸俱裂，屋里又闷热，哪里睡得着。让程风用井水湃了些水果，新鲜清凉，正好降降暑。"

程风把湿淋淋的篮子放在中间的椅子上，里面有苹果、梨，还有几个小香瓜。唐盈盈一见，便觉得可爱得很，也顾不上嘲笑康俊，自顾自地挑了个光滑圆润的苹果，也不削皮，一口咬下去，没有冷到冻齿，是恰到好处的凉爽，清甜的汁水充满口腔，燥热的感觉顿时消退了大半。她感叹道："怪不得现在城市人都向往回归田园生活，这样鲜美多汁的水果，这样壮美璀璨的星空，在深圳可是看不到的，再多钱也买不来。"

程风在旁边笑嘻嘻地说："您来这里住一两天，自然这么想，住一个月试试，再漂亮的星星月亮都看腻了，还是钱在口袋里踏实些。"

唐盈盈白了他一眼，没好气地说："你这么喜欢钱，当初怎么不报个经济或者是贸易专业，毕业后最差也能在银行里天天数钞。学法律又赚不了很多钱，风险又大，还累人。"

程风嬉皮笑脸地扯出一个坏笑，说道："当年高考没发挥好，这不是没考上那种能数钱的好专业吗。"

康俊在一旁听他们斗嘴，一面闲闲地摇着扇子，一面慢悠悠地揭穿程风："你就忽悠你们唐律吧，当初你老师推荐你来所里时，专门给我写了一封邮件，说你当年高考志愿每一栏填的都是法学，是志向坚定的典范学生。"

"哎哎哎，怎么能这样，个人隐私权还有没有了，怎么能随随便便就暴露了我的小秘密？"程风一手拿着一个苹果核，挥着手抗议道。

唐盈盈抓住了把柄，当然不会放过，立刻说道："你这什么意思，立志学法律很丢脸吗？有什么值得隐瞒的。"

程风从篮子里抓了个梨，嘎吱一口咬下去，汁水四溅。他偷偷瞟了一眼爷爷房间的门，笑眯眯地说："没有没有，这么荣耀的事怎么会丢脸。我虽然是爱钱的，却也是被法律与正义选中的孩子。"

唐盈盈早已习惯他的中二品性，很配合地笑着问："天选之子有什么征兆？是出生时天降红光还是自带天秤形状的胎记？"

程风无赖地笑了笑，又吃了几口梨，像是润好了嗓子，掰着手指数了一会儿，缓缓回忆道："这里头有个故事，且听我慢慢说来。那是在二十五六年前，我妈刚怀孕，我爸那时候还是隔壁村的一个代课老师，我妈是县卫生所的赤脚医生。两人日子过得苦哈哈，还天天秀恩爱。每天早上我爸就骑个自行车载我妈去上班，照顾得那叫一个无微不至，一家人都等着我顺利出生。我妈的医院里呢，当时住着一个老太太，六十多岁吧，骨癌晚期，药石无效，每天就只剩下受折磨了。其实家里也已经放弃治疗了，只用一些常规的药物维持着，但这挨着也是有一天算一天的。于是，老太太就天天变着法来求我妈，行行好啊帮帮忙啊，给她一个痛快吧，就算是积德了。在老太太眼里，毕竟我妈每天经手那么多病人那么多药，偷换个药，或者弄错个剂量不就行了。"

唐盈盈听到这里，心里一惊，连忙问道："那你妈没有答应吧？这可不算是什么积德的好事，协助他人自杀在我国是要按故意杀人罪来量刑的。"

"没、没、没，我妈一个大肚子怎么可能去干这种事。但她也不是个会当面拒绝人的，每次要不然就随便说几句应付过去，要不然就陪着一起抹眼泪，老太太反反复复地哀求，搞得全医院都知道了。背景情况就是这样，接下来发生的事情就悲剧了，有一天上夜班，上级医生给老太太开了一种新药，这种药是有一定过敏概率的，按照规定，注射前需要先做皮测，确定无过敏反应。老太太说下午医生已经做过了，就让我妈直接打，我妈当时不知道是孕傻了还是累糊涂了，竟然也没仔细核对，真就直接给推了一支。好巧不巧，老太太真就是过敏体质，当夜就出现了严重反应，抢救了半天也没什么效果，还没挨到天亮就没了呼吸。"说起往事，程风像是一同经历了那时的场景，捏着梨的手也缓缓垂下来，"这下我妈彻底吓傻了，再加上之前老太太的种种行为，别说是死者家属了，就连医院的同事们也都认为是我妈心软，答应了老太太求速死的心愿，并实施了行为。而我妈更是内心崩溃得一塌糊涂，一心就认为自己杀了人，捧着肚子在护士站站得跟一根木头一样。天亮以后，我妈被闻讯赶来的死者家属堵在了医院里，对方扬言一定要肇事的护士一命抵一命。几个医生护士也守不住门，气势汹汹的人群直冲了进去，我爸顺着水管爬到二楼，拼死挡在我妈前面，挨了很多拳头，大声朝那些人吼，再打就是一尸两命，却也不抵用。后来警察来了，驱散了人群，看我妈是个大肚子，也没带走拘留，只是立案调查了。"

唐盈盈神情复杂地看了看程风，思索了一会儿，又说道："如果按照故意杀人罪论处，那情况真的很不理想。但按照你的描述，应该是医疗事故致人死亡，如果确实存在严重过失，也是需要担负刑事责任的，量刑在三年以下。"

"是、是，但不管是哪个，我爸妈那时候哪里懂，只觉得自己杀了人，手上带了人命，马上就要被拖去抵命了。可就算自己活该，也不能连累了肚子里的孩子啊。两个人抱头痛哭了一夜，天亮的时候做了个决定，还是赶紧跑路吧，天大地大的，好歹一家三口能在一起。我爸也是条痴情汉子，什么都不要了，两人把家里值钱的东西随便拢了拢，就准备去浪迹天涯了。临行前，还是决定看看老人家，便偷偷回老宅见了我爷爷一面。"程风跟说书人一样，每说完一段，就暂歇一会儿。

唐盈盈急忙问道："那你爷爷是什么态度？"

"嘿，你们别看我爷爷是个泥腿子，没读过什么书，心里头却是极明白事理的。当时他就跟我爸妈说，千万不能犯糊涂，人若是犯了罪，就是欠下了一笔债，债是躲不掉的。今天不还，明天也得还，老天爷不会让你把债给带到坟墓里去的。在老爷子的坚持下，我爸妈放弃了亡命天涯的想法。后来警察通过大量的调查也查清楚了，检方最后以医疗事故罪起诉，我妈没按医疗流程做，存在过失，但杀人的主观故意是不存在的。后来她被判了两年，缓刑两年。宣判那天，我爸把家里所有的钱都赔给了死者家属，就留了半缸米，准备给我妈坐月子吃。我爸那几年也是拼了老命，上班上课，下班补课，隔三岔五还回村里种点土豆什么的。刑期结束后，我妈当然也是找不到工作了，但整个人却卸下了重担，就自己张罗起了小生意，竟然越做越好，收入没两年就超过了我爸。后来，我爸也因为上课上得很多，又有不少学生考出了好成绩，走狗屎运搞到了县里中学的正式编制，走路都能带风了。我们家每年还是继续给老太太家里送钱送东西，我妈总觉得有些愧疚，但现在人家也不怨我家了，去年还说要给我介绍对象。所以，有时候吧，我往回想想，这也就是一念之差的事，当时他们两人要是真的跑了，我这辈子也就是一颠沛流离的命了，还能过上踏踏实实的日子吗？"程风说到这里，停了停，微微叹息道，"所以你们说，人生在世一辈子，勤勤恳恳、辛辛苦苦、战战兢兢，图个什么？除了图钱，剩下的不就是保持心里头平衡的那一份公道？我从小就挺相信公道这回事的，也正是因为法律没有让我失望。我去读个法学，出来再做个律师，这算不算也是一种对社会的正向回馈了？"

院子里又悠悠吹起了凉风，带着树叶草木的清新自三人的面上轻然拂过，风动长林，莹莹虫鸣于草间，唐盈盈觉得心胸畅然爽快，她冲着程风赞许地点点头，又转过身问康俊："那你呢？当初为什么选择去学法律？"

康俊淡淡含笑，言语却没有一丝犹豫："因为当年班上最好看的女生选了法学，我觉得近水楼台先得月这句话总不会错吧。"

唐盈盈微微颔首，一股清浅的笑意浮现在嘴角，说道："我是被保送的，当时保送生只让上法学院，也没得选。"

两人说完，相视一笑，却见程风的脸色蓦地一沉，啧了一声，两道浓眉立刻曲成了下八字，音调无比哀怨道："你们俩是故意的吧？"

流云清浅，晚风拂过小院内一株一株的木，一枝一枝的花，惹得一地月光清影摇曳不定，瓜果的清香漫了开来，又令这幽幽夏夜平增了几分醇熟的韵味。康俊缓缓摇了摇扇子，四肢软绵绵地搭在躺椅上，眼睛望着星空，漫天的星光映进他的眼眸，碧碧波光、影影流动，尤为生动。"我有时候在想，与其说我们整天都在跟法律打交道，倒不如说我们整日面对的是人心之间最真实的欲望和矛盾。法律关系再复杂也是有限的，人心再简单，也是难以窥探全貌的。"

唐盈盈正用小刀剖了一只小甜瓜，缓缓地将一片果肉放进嘴里，听他这么说，便笑着接道："别说人心了，我刚毕业参加工作的时候，不仅搞不懂当事人是怎么想的，就连自己是怎么想的也经常搞糊涂。"唐盈盈手里拿着小水果刀，在桌子上随意示意道，"在很长一段时间里，我都有种被上帝抓了阉儿的无力感。法律诉讼是一种对抗性的游戏，双方当事人怎么看都像有一方是正义的，另一方是非正义的。如果我代表正义一方出战，那世上必然有另一个律师是代表非正义的。而我与那个律师的区别，完全在于当事人随机敲开的是谁的门。如果按照这种概率来算，那我就应该会有一半的人生在为正义而战，另一半则为黑暗战斗，这也太分裂了。"

康俊的眼风轻轻飘落在她身上，哈哈笑道："那后来呢，你怎么解决这个问题的？"

"其实也没解决，就是后来长大了，脑子里的世界不再是二元对立的，而是更复杂的利益纠缠体时，也就不觉得这是个问题了。"唐盈盈说起自己年少时思想的简单，觉得有些不好意思，笑了笑，又道，"你应该没有这种迷惑期吧，你像是那种一毕业就很清楚自己想要什么，工作是为了什么的人。"

康俊想也没想，脱口说道："工作当然是为了赚钱，不然吃什么。当然我也有过一段困惑的时期，那时候我就是不能准确理解当事人的意思。"康俊一边伸手拿了一片唐盈盈刚切好的苹果片，一边缓缓说道，"我在国外待了好几年，刚毕业回国的时候，总觉得国内人们的表述方式跟国外真的有很大区别。有的官司明明赢了，当事人却并不高兴，扭过头还能把律所给告了，有的时候则更麻烦，当事人支支吾吾，自己的诉求今天提明天改，没有个定数，签了协议、签了谈话记录也没用，过两天可能连人都找不着了。做事这么不得要领，业绩当然也好不了。我就开始反思：究竟哪里出了问题？"

唐盈盈听他这么说，便哧哧笑道："这问题还不简单吗，原因就是你洋墨水喝多了，水土不服。"

康俊无奈地白了她一眼，说："我当然知道是这个原因，问题在于我也不是黄皮白心的香蕉人，怎么就在文化兼容上出问题，搞得水土不服了呢？"

"那就是思维出了问题，大脑里安装的系统版本太高。"唐盈盈说完，觉得太得意了，心里异常高兴。康俊这个人平日里臭屁得要命，找到打击他的机会可相当不容易。

连续被撑了两次，康俊倒没有要跟她计较的意思，拈着浅浅的笑意继续说："你说得很准确，就是这个原因。西方法理学是基于海洋文明而建立起来的平等责权观，而中国人的智慧则孕育于农耕文明之中，对世界与自我的关系自有一套独特的理论。两者相互碰撞，当然不能毫无障碍地就水乳交融了，抗拒、不解、冲突都在所难免。想要精进业务，就必须弄明白当事人们究竟是怎么思考问题的，而真正想要了解中国人是怎么想的，还是得回到土地上。"

他这么一说，唐盈盈也微有同感，便不再胡扯戏谑，反而认认真真沉思了一会儿，又说道："我同意你的说法，城市化进程的猛然发力在中国也就是这三十多年的事，但中国自炎帝黄帝时期就开启了农耕文明，这在中国是一套完整的、延绵不绝的文化系统。历史沉淀下的思想只能缓缓演变，不可能被一刀切断。"她停了停，又补充道，"我们一直生活和工作在深圳，这基本上是一个建立在商业贸易基础上的城市，没有农业的历史，自由包容就是立市之本，按理来说，用法律思维去解决问题的阻力应该是最小的。但实际操作中却未然，或许正如你所说，我们接触的当事人，是工程师、设计师，是学者、白领，身份千千万万，骨子里的根却仍在土地上。我今天下午坐在田边，看见自己的脚沾上了土，第一次觉得你之前说我不看脚下的六便士，好像也是有些道理的。"

康俊凝神听她说话，片刻后又笑着说："你要是能在田里多劳动一会儿，收获还能更大。"

唐盈盈连连摆手："我是真不行，体力不支，就干了那么一小会儿，感觉已经搭进去半条小命了。"两人之间的气氛越发亲近，她笑了笑，又说，"现在我就打算坐享其成，听你说说你的感悟，也是一样的。"

康俊微微一笑，闲闲说道："'守土重迁'这个词，我们现在听起来会觉得又老土又过时，但当你一个人在地里干活儿的时候，你真的会有一种天与地之间除了脚下这片土，我谁都不需要的感觉。如果这个时候世界是一只大眼睛，从高高的天空中来看自己，人就像是土地上的一棵庄稼，今年播下什么种，明年就能收获什么果，人们笃信这种朴素的种因得果观念。程风的爷爷反复强调要勤恳耕耘，不能冒进，不能虚浮，要脚踏实地。因为今天迈出的每一步、滴下的每一滴汗，都会助力明日成果的生长，这正是祖先一代一代观察得出的结论。"康俊的声音在小院子里听起来有点悠远而深，又有些余音绕梁。

唐盈盈点点头，想了想，又补充说道："所以程风爷爷也在出现问题之后，劝他父母不要跑，自己种下的因，结出的果，即便苦涩难咽，但只要吃完了，下一季重新翻土播种，又会得到好的结果。"

两人相视一笑，康俊又说道："法律是社会中最普遍的良知，最朴素的公道就是善恶终有报。"

唐盈盈忽地笑了起来，顽皮道："等以后退休了，一定得把这些心得体会写下来，肯定比什么律师执业实操手册有意义。"

小小的院落中，蝉鸣似棉线在耳边延绵不断。康俊看了她一眼，静一静神，目光眺望远处无数起伏的山岭线条："窥得一斑，而得意忘形，自以为星辰大地尽数掌握指间，大约说的就是你现在这样。"他揶揄着，神色却仍然温柔可亲，"刚才说的是世界长了眼睛在看自己，换个角度想想，如果用自己的眼睛往外去看世界呢？"

唐盈盈之前倒没想过对于一件事情在从外向内观察之后，还能从内往外思考，但也只想了一会儿，她便明白了康俊的意思，接着说："在传统社会里，大家一辈子能打上交道的人都是熟人。所以一直说中国是个人情社会，如果从自己的角度往外看，世界就是一张私人关系网。"

康俊深深地看着唐盈盈，就差脱口说她孺子可教了。"在熟人社会中，我们用姓氏和血缘拉出一张呈同心圆状的关系网，最内圈是父母孩子，然后是兄弟姐妹，三亲、五服、十族就是对这种关系最简单的划分。越往外亲近关系递减，社会规则的适用力则递增。所以可以看到，越是关系隔得远的人，越是喜欢叫嚣正义。现代社会有键盘侠横行，古代社会押送犯人去法场，沿途也会有不少扔香蕉皮的围观群众。而对于越是亲近的人，处于自私的本性，则越希望他们能逃避一切规则和惩戒，就比如一个贪官，整个家族的人心里其实都知道他犯法了，但所有人不约而同地都用另一种说辞去解释这种违法行为，有的时候解释甚至是鼓励，赞成他能干、有本事之类。没有人会去举报，甚至连提都不会往法律上面提。"

唐盈盈微微一颤，眼前浮现张怡、苏美嫒以及与自己打过交道的数位当事人的面孔，最后又变成了汪瑶与方惟安。她缓缓合上了眼睛，心里头被照得雪亮，唇角却抑制不住地微微发颤。

康俊的目光在她面上凝了凝，却没有停下，只继续说道："现代社会，随着人们的迁徙，年轻人进了城，开始适应商品社会里的陌生人规则，通过契约建立联系，大家过得也挺好。很多年轻人甚至连亲戚该怎么称呼都不想搞清楚，这不是单纯的忤逆，只是生活和交际规则发生了变化而已。"康俊的目光停驻在唐盈盈的面上，似锦绣密密如织，"从更深远的方向上看，中国社会正在从传统人情社会向现代契约社会转变。程风的爷爷就像最后的莫西干人，站在两个文明的转折处，怅然若失。交在我们手里的任务则更加艰巨，如果一定要在赚钱之外给工作找一个意义，我想那就是竭尽所能地去帮助人们建立起基本的法治观念，把自己融成一粒粒能补天的石子，补上这段思想文化的落差。这或许就是我们这一代法律人的历史使命了。"

良久的沉默，唐盈盈几乎能听见自己的心跳，缓缓地一拍接着一拍。她已经很久都没有这样的感觉了，她也以为再也不会遇到一个人，说的每一个字都能压在她的心跳上，让她的整颗心嗡嗡地跟着一起跳动。唐盈盈觉得眼窝有些热，深深的笑意从眼底露了出来，对康俊道："我记得你第一次到所里来的时候，也说了一番这样的话，当时听得我一身鸡皮疙瘩都冒起来了。今天再听你说，肉麻还是有些肉麻的，但又好像都说到我心里去了。"

康俊没有接话，只轻轻地笑了笑，随手扬了扬那柄大蒲扇，目光遥遥落在远处的山影里。过了一会儿，他的目光又飘落在旁边，程风脑袋歪在椅背上，早已沉沉睡去，鼾声均匀地响着。康俊问道："我还想怎么刚才说话的时候，旁边尤其安静呢，程风这小子是什么时候睡着的？"

唐盈盈想了想，扑哧笑道："大概是你开始说法律关系再复杂也有限，人心再简单也不一定的时候。"

康俊面色微微一沉："算了，回屋去睡觉吧，总共就两个听众，已经催眠了一半。"

康俊说完，与唐盈盈同时站了起来，两人并肩立在树下，唐盈盈清晰准确地发现自己平视的目光恰好落在康俊的嘴唇下。他的下巴微微发红，可能是下午被晒伤的缘故。四周的夜忽地静了下来，月色如流水一般柔柔地从深墨色的天际滑落，凉风徐徐吹在肩头，带动发丝微微而动，在耳边絮散着细碎的声音，远处似有蝉鸣，又似有蛙叫。

康俊微一沉思，又坐了回去："还是再坐一会儿吧，我可没力气把程风这小子给背回屋去。"他堪堪避开唐盈盈疑惑的眼神，抬眼看了看漫天如璨的星光，很多余地补充道，"再看会儿星星吧。"

"好。"唐盈盈微微一笑，笑容便如那春光从山涧中怦然溢出，刹那间，人间冰雪尽融。

第17章
婚姻中的阴暗面

第二日，没设闹钟的唐盈盈睡到接近九点才醒，爬下床来，简单活动了一下，四肢还酸胀得厉害，脑子却异常清晰，可见昨夜睡得香甜。她急忙梳洗妥当，出门见康俊正站在一台石碾子旁，一只手时不时地从装着花生的小簸箕里摸两颗出来扔进嘴里，另一只手拿着一个小扫帚把磨台上的麦子扫进去。程风则吭哧吭哧地在绕着圈子推磨，重重的石磨碾过晒干的麦粒，几圈过后那麦粒便变成了白雪般的面粉滚出来，散发着诱人的香味。

唐盈盈见康俊一副很享受这农家生活的模样，便笑着说道："平时上班也没见你们这么勤劳，这一大早就开始干活儿了。来，给你们拍照，发个朋友圈积赞。"

程风的嘴歪了歪，苦笑着道："准确地说是康主任说他要吃新面馍馍，所以一大早就让我当牛做马地在这儿干苦力呢。"刚说完，却见康俊的眼风朝自己幽幽飘来，便立刻又改了口，"不是不是，是我为了报答昨天晚上主任把我扛回屋里，主动要求做牛做马的。"

唐盈盈眼睛一亮，噗的一声笑道："这句话必须发到朋友圈里，满足一下圈里腐女们的恶趣味。"

三人一边胡扯说笑，一边将新碾出来的粉扫拢了，又加了些水和成面团，上大火炕熟，蘸着辣子油吃了，便是一顿美味饱腹的早饭。

一上午闲闲地过去，康俊昨天快累趴下了，今天也不再提帮忙做农活儿的事，便与唐盈盈两人在村子里闲逛。碎金色的阳光从空中落下，浮在这座已有上千年历史的村落里，别有一种静谧悠然的味道。村里劳力都在忙活，只有些孩童和老人三三两两地聚在各家门口，也没人注意他俩。两人把村里的大路小径都走了一遍，也没什么新鲜的玩意儿。在村口见到一个放蜂人，两人又兴致勃勃地亲手割了一盘蜂巢，拿回家里好不容易挤了半碗蜜出来，尝了尝，倒是有不一样的风味。

吃过午饭，唐盈盈站在门槛石上，一面消食，一面百无聊赖地看着灰尘静静地从空中落下，浮起了令人迷醉的光彩。康俊也搬了张椅子坐在她旁边，捧着一个泡着大苦叶的搪瓷茶缸，双眼放空，悠悠地看着天上的云。闲散的日子，过一日似神仙，过两日便开始觉得心底有些似猫抓般难受。古人说山中方七日，世上已千年。可对于忙碌惯了的现代都市人来说，这山中无所事事的一两日，就已经像过了千日那般漫长。两人这么呆看了好一会儿，唐盈盈指着天边一团棉花云，叹道："那坨云看起来都比我要忙碌。"

正瞎想着，门口轰隆隆响起了一阵摩托车的马达声，随后又是呜的一声熄火声。没过一会儿，一个脸长长方方，长得像颗麻将的男人便推开门走了进来。

程风一见到来人，脸立刻绽成了一朵大牡丹花，带着洋洋的笑意，几个快步上前去，跟来人握住了手，两人相互捶了一拳，看得出关系很不错："哥，你怎来了？吃饭了没？"

来人显然就是来找程风的，也高兴地拍了拍他的肩膀，说："吃了，我听说你回家了，又没你号码，就直接闯门子来了。"

"嗯嗯。"程风应了两声，又转过身向康俊他们介绍道，"这是我大堂哥程强，他爷爷是我爷爷的哥哥。人家可比我有出息多了，当年高考是县里的状元，去西交大读的生物。毕业以后回老家建设新农村，在县里自己有好大一家工厂，做兽药的，可是位大老板。哥，这是我们所的主任康律师，这位是唐律师，两位都是贼拉厉害的律界精英。"

程强听程风这样说，双眼一闪，习惯性地便从口袋里摸出一包烟，要递给康俊。康俊笑而不收，他又递给程风，程风大咧咧地推了回去："还拿这个来祸害我，初中被你带着偷偷抽烟，咳出来的痰都是黑色的，被我妈一顿暴揍，早就戒了，别来引诱我。"

程强见烟送不出去，自己也不好点火，便又收回了口袋。程风爷爷从正屋里出来，见到程强，便唤他们几个过去。新沏了一壶茶，一轮相互问好之后，程强把茶缸端在手里，垂着脑袋，只一个劲地唉声叹气。

爷爷眼风轻轻瞥了他一眼，咳嗽了一声，问道："程强，我问你，听说你最近在闹离婚，是不是？"

程强正愁不知道怎么开口，见爷爷主动问起，便连忙接着说："是，日子过不下去了。想离，也麻烦。这不是听说程风回来了吗，他是当律师的，法子多，就来找他给拿个主意。"

程风对这个堂兄的事不太了解，嘴巴却一刻也不闲着，机关枪似的先来了一顿猛喷："什么情况啊？好端端的日子怎么就不过了，离什么婚啊？冰冰姐姐有什么不好？又漂亮又能干，是不是你，是不是你变心了，在外头有人了？我不干，这种缺德事可别找我。"程风一连串跟鞭炮一般的抢白，让程强脸上一阵青一阵白的。

"有、有、有什么人啊？没有，你别在那儿瞎说。"程强结结巴巴地辩驳道，"就是日子过不下去了，城里的两口子说不来话就能离婚，我都快四十了，家里也没生个娃出来，还不兴分开啊？"

"没娃能怪别人啊？说不定是你有毛病呢，离了也没用。别祸害人了。"程风毫不示弱，大声反驳道。

"我没毛病，去医院瞧过了，你能别在那儿瞎嚷嚷吗，待会儿别人就听见这么一言半句的，还不知会怎么给瞎传。你一个大城市回来的人，怎么这样说话？"程强皱了皱眉头，抗议道。

程风的声音低了些，态度却仍是抗拒得很："就兴你无赖，还不许别人说话啦。"

"你这也不能瞎说啊。我没毛病，身体好得很，牛冰冰她也没毛病。我们俩就是八字不对，怀不上孩子，试管也做了两次了，弄不成。我都想好了，我也不能占她便宜，我可以给她钱，家里一共有两套房子，澄城一套，渭南一套，我全部都可以给她，只要她同意离婚。"程强被程风瞎搅和，一下子就乱了节奏，索性也不顾面子，一股脑地全部说了出来。

"哎？"程风有些哑然，看着程强一脸认真的表情，自己却也不知道该怎么劝了，又不甘心这么哑了火，只好说道，"试管这个事是讲究运气的，一两次不成，要不就再试试，去北京试试。"

"不弄了，折腾人，牛冰冰也说再也不干了。我跟她就是这个命。"程强说到这个问题，像是有些伤感，默默从口袋里摸出一根烟点上，"何况，孩子也只是一个方面。我跟她是真过不来，这些年，我赚一百块，牛冰冰就能给我花掉两百块。你知道吗，我家光冰箱就有三台，里面塞满了各种各样的瓶瓶罐罐，只要是微商在卖的，说吃了能返老还童的，她都能信，全给买回来，一顿瞎吃。什么燕窝什么鱼胶，什么葡萄籽什么肉毒素，我都不敢细看，就怕在自己冰箱里翻出血淋淋的胎盘来。我看她也就差去吃人了。"程强吧嗒吧嗒地猛抽了两口烟，又继续诉苦，"我是做兽医的，这美容养颜的道理也知道一些，都是骗人的，根本吸收不了。我跟她讲，讲也没用，完全不听。还有，她远房的一个叔，五年前我就帮忙安排在一个实验场里帮忙，也没别的事，每天就是数数鸡、数数鸭、放个羊什么的，每个月我能给她叔一千八百块钱。她叔每天上班就提两个水桶来，一个桶拣鸡蛋装满，一个桶拣鸭蛋装满，下班路上就绕到集市上卖了。光这一项，她叔家里也起了新屋，这我也没什么话说，毕竟亲里亲戚，都得照顾着点。但她也得为家里多考虑考虑啊，我这些年是赚了点小钱，可也没金山银山来供她这样挥霍啊！前两年开始厂子效益就开始走下坡路了，去年欠银行的钱还不够还的，我跟合伙人也商量了一下，打算趁着设备和厂房还算新，一股脑给卖了。还完债，钱再分她一点，她以后也好嫁人。我这也是不行了，自己也得出去打工了。"

程风见程强一副可怜兮兮的模样，又觉得他的话也颇有道理，自然便起了几分同情之心，语气也不像之前那般生硬了，伸手拍了拍他的肩膀，劝慰道："要是真过不下去了，倒也没必要一定得凑合。好好说说，你也别把冰冰姐说成蛮不讲理的样子，有什么事不能协商解决的。"

程强的叹息悠远而绵长："讲不通。讲了好几个月了，她咬死了不肯离。我就想问问你，如果协商不成，这事该怎么弄，我是不是能上法院起诉离婚啊？"

程风皱了皱眉头，道："是可以，但，没必要吧？就到这一步了？"

程强扯了扯皱巴巴的衣角，又说道："总得备着，万一不行了，要上还是得上。"他的眼珠转了转，问，"要是真上法院离婚，得多久？"

"不好说，几个月吧。"程风不明白他为什么会这么问，迟疑着回答道。

两人正一问一答地说着话，在旁边一直默不出声的爷爷突然把茶缸往桌上狠狠一放，咔嗒一声，把屋里几个人猛地惊了一跳。

程风皱了皱眉头，看着爷爷，好声好气地问："爷，你怎了？"

爷爷盯着程强，斥责道："不许离！好好的日子放着不过，你折腾什么？"

爷爷的火气似乎来得莫名其妙，在场几个人都有些尴尬。程风以为爷爷又犯迁了，急忙解释道："爷爷，人家两口子真要是过不下去了，也不能用绳子把两口子扎一块儿啊？"

爷爷气得直吹胡子，狠狠地瞪了程风一眼，凶巴巴地说："你小子知道什么？现在就去打电话，让牛冰冰过来。听了公说的，也该让婆开口讲讲。"

牛冰冰过来得很快，不到一个小时，她就坐着她哥哥的摩托车到了程风家。她应该比程强小几岁，看上去却像是程强的姐姐。焦黄色的皮肤，脸微微偏长，脸颊凹进去，在视觉上将她的脸又拉长了一些，一双眼睛里满是心事。

牛冰冰也不说话，她哥哥牛和平倒是比较随和，主动向程风爷爷问好，又跟程风他们略略寒暄。两人坐定在一旁的椅子上，眼风却也不扫程强。

场面上的气氛颇有剑拔弩张的火药味，康俊和唐盈盈两个外人却谁也没想走，各自拉了一张椅子，认认真真地坐在旁边准备吃瓜。

程强拼命给程风使眼色。程风与程强本有少年时的友情，但这些年各自在异地发展，两人又有些不对路数，便断了往来。程风望了一眼人高马大的牛和平，心里暗自骂了程强一句屁蛋，便又咧嘴一笑，没心没肺地就开始说道："和平哥，冰冰姐，程强这家伙，始乱终弃，跑到我这里来说要离婚。原因呢，我听了半耳朵，好像也没什么大不了的，主要还是埋怨冰冰姐花钱多，不过这又是什么话，汉子赚钱不就是给婆姨花的吗？等我好好教育教育他，你们回去还是好好过日子啊。"

唐盈盈噗的一声，一下没忍住竟笑出声来，康俊倒是很仗义地伸出胳膊，恰好挡住了她那张过分明显的看热闹脸。

程强惊得下巴都要掉地上了，指着程风，气不打一处来："程风，你在说什么？我请你来做我的律师，帮我解决离婚问题，你说这些是什么意思？"

程风眼睛瞥了瞥程强，说："你是请了我，但我也没答应啊。冰冰姐也是我们从小就认识的，一直是县中一枝花，当初嫁给你，虽然不能说是一朵鲜花插在了牛粪上，那也是一朵牡丹花掉进了猪圈里。你居然还敢提离婚？日子过得想上天了吧，反正不管什么理由，我都觉得是你的错。"

康俊一脸坏笑漾在脸上，悄声跟唐盈盈说："你看程风很有两下子吧，几句话说下来，看着像是在骂程强，其实又给牛冰冰垫上了厚厚的台阶。接下来，无论两个人的结果怎样，他都能不遭人埋怨。"

唐盈盈点点头，也赞许道："是，我看他只需要再修炼五百年，就能到你的水平了。"

康俊琢磨了一会儿，也没明白唐盈盈这是在损他还是夸他，却见牛和平大声笑道："你们程家还算是有个明白人。程强，你跟我妹的婚姻，我就一句话放在这里，她说离，你就得离，她说不离，你们俩就得活着睡一张床，死了埋在一个窟窿洞里，没得商量。听明白了没？"

"我不离。"牛冰冰接着她哥哥的话说道，"我这辈子都不会离婚，我为什么要离婚？程强，你还敢跟我说离婚，你对得起我吗？"

程强也有些着急了，快速地说道："家里的房子和钱都可以给你，我净身出户，我走。冰冰，我跟你说过很多次了，你现在年纪还不大，手里有房子又有钱，再找一个不难，一点都不难的。"

"我不想找了，我结这一次婚还不够我糟的吗？"牛冰冰有些悲愤地说。

"你糟，我们正好分开啊，天天这么吵这么闹的，这日子还有意思吗？"

"我已经糟蹋在你手里了。这一辈子我反正就跟着你了，你得管我吃管我穿，管我的后半生。"牛冰冰的声音高八度地冲着程强吼完，就像是用尽了所有的力气，忽地一下冷漠下来，脸上没有一丝血气，也没有任何表情。

牛和平伸了伸手，本想安抚一下妹妹，却又觉得有些不合适，胳膊便从空中堪堪收回，沉着气说："好好说话，别一上来就歇斯底里，搞得人家以为你真是山野村妇。你也是读过书的人，有什么就说什么。"

"是，我读过书，我受过教育，我以前也有正经的工作，可现在轮到被人像丢破鞋一样，是为什么？程强，你摸摸自己的良心说说。"她的话极冰极寒，让人感受不到一点生机。程强却也不理睬他，只顾把玩手里的一根烟。牛冰冰看了一眼程风，又看着程风爷爷，说道："叔爷，我们家的事您多少也知道一些的吧。"

程风爷爷有些犹豫，但还是点了点头，说："你这些年也是不容易，我们都看在眼里。程风一直在外地，对很多事情不清楚，你也跟他们说说，谁对谁错，这事究竟该怎么办，让大家心里也有个明白数。"

牛冰冰脸上的肌肉微微向上抬了抬，语气尽量保持平静地说："我是十几年前的大专生，毕业以后就回到县水利局上班，虽然是个小小的办事员，但这工作旱涝保收，稳定得很。跟程强结婚的第一年，他开始搞他的兽药厂，局里改制分流，我被派去下面村的一个水电站上班，来回有五十多公里山路，特别难走。那年冬天，一次上班路上，我裤子湿了一大半，才发现全是血。原来我已经怀孕一个多月了，但崎岖的山路害得孩子丢了。我懊悔得不行，小月子也没坐好，天天就哭。程强的妈妈到县里来照顾我，她腰椎不好，每周要去两次医院。程强那时候厂子刚上路，整天蹲在里面试验新药，也没时间陪婆婆。于是，就跟我协商，干脆不上班了，先歇一段，既能照顾一下婆婆，我自己也得养养身体。我也是不想再去那个水电站了，怕再出什么意外，心想他一个人赚的钱比我多十倍不止，经济上没问题，我就同意了。"牛冰冰回想起从前的事，脸上流露出一种难以言传的复杂表情，像是后悔，又像是无奈，"辞职之后，现实的日常生活就是我跟婆婆整日相对。婆婆是个善良的女人，人勤快，话不多，没什么坏心眼，对我也很好。但她实在是身体太差了，我开始只是陪她去做腰椎的康复理疗，做着做着，陆续发现她的颈椎也不好，还有盆腔炎、肾囊肿、心脏病、肩周病，还有风湿、胃窦等一系列虽不至于致命却极其折磨人的毛病。在四五年的时间内，我带着婆婆几乎看遍了县里和省里医院的全部科室。这样的日子，你们大致想象一下吧，哪里是人过的？就比如，婆婆的胃不好，忌口的菜单有七八十项。我家每天早上是白粥，中午是面条，晚上是煮得很烂的菜饭。程强除了早餐在家吃，其余几顿都在厂里食堂解决。就我跟婆婆两个人吃饭，我也不可能另做，只能每天都跟着吃这样的食物。现在听着觉得清淡、健康，日复一日地吃就活生生是折磨。我觉得日子太难过了，就想找个工作回去上班。程强劝我，还是先生了孩子再说，不然一怀孕，又要辞职，麻烦。何况婆婆也是需要人照顾的，公公和婆婆感情不好，一见面就吵架，根本不肯来县里。就算学人家请个保姆来，能做的事很有限，顶多能领着老人去医院。但托关系找医生呢？商量治疗方案呢？这家医院治疗效果不理想，是仪器不行，还是主治医生没用心？诸如此类，凡是需要费神张罗和决策的事情，除了自己家人，谁也替代不了。婆婆的身体就像是温水煮青蛙，从一点点小问题开始，慢慢越来越多。我总以为熬过这段就好了，等她做完这个手术休养一段就好了，结果却是从腰椎的小毛病开始，到后来心梗住院，直至离世，前前后后整整七年，陪在她身边最多的人是我，并不是她在村里的丈夫，也不是她那个只想着赚钱的儿子。尽孝这个事情，我原来以为是谁的父母就是谁的责任，可这个词一旦变成日常生活中的一桩桩一件件需要解决的琐事，那就是家里女人的事。"

程强点燃了第三支烟，在烟火缭绕中，他抬起头回了牛冰冰一句："你整天就知道说这些，我在外面赚钱啊，每天那么辛苦，跑来跑去，我能怎么办？你反正也在家，照顾一下我妈有什么关系？你把孩子丢了的时候，我妈不也是给你做饭吃的吗？这么多年，你那么败家，我也没说过你，整天就知道说这些，好像谁欠了你似的。"

牛冰冰的眼睛死死地盯着程强，刚才还想努力稳住的情绪，现在也有些把持不住，她瞪着眼睛看着程强，怒道："你妈的事我没怎么怨过你，她是个好人，没欺负过我，一辈子也不容易，就算是我心甘情愿照顾她。可是你爸呢？"牛冰冰咬着牙齿狠狠地说，"你爸是从地狱里爬出来的无心恶鬼，没有心。"

程强怒了，猛地站起身来，胳膊高高抬起，作势就要打人。牛和平迅速地拦在他面前，瞪着他道："怎么？当着我的面还想动手？"

程强用手指了指牛冰冰，满脸的不屑："你们牛家的好教养，敢骂上人。"

"那也要看够不够脸做上人。"牛和平强硬地撑道。

"好了，冰冰你继续说吧。说事实，不兴骂人。"程风爷爷一派大家长的风度，及时制止了冲突。

牛冰冰缓了缓情绪，又继续说："婆婆去世后，程强的厂子也走上了正轨，钱是更多了，应酬也越来越多，整天都见不着人。我们那时候其实在做试管，想要个孩子。程强的父亲听到了，认为自己很快就要做爷爷了，就一定要来跟我们一起住。那时候他的年纪其实也不大，但他一直说自己一个人住害怕，其实我知道，是因为婆婆不在了，他也愿意跟儿子一起住了。公公跟婆婆不一样，公公是个性格火暴的人，稍有不满意就各种骂，带去医院检查，医生说他这是老年痴呆症，家里就请了专业的护理来照顾。公公看我闲在家里没事干，骂我是吸血鬼，整天吸他儿子的血。还各种作妖，他对来照顾他的护理又吼又骂，吓跑了几十个。他每天故意拉尿在裤子上、拉屎在床单上，让我给他洗，还大吼大叫说这都是女人应该做的事，他儿子能赚钱，难道你让他儿子来做？我受不了了，让程强将他送进养老院。他坚决不去，整天大哭大闹，又接回来两次，却也老实不了几天，又各种闹腾。还有一次，公公技术升级了，想方设法地竟然打了110报警，说养老院里虐待老人，不仅殴打老人，还在饭菜里下毒。这么一来，再也没有养老院敢接收公公了，只能带回家里来我们照顾。"牛冰冰说起这一段往事，不自觉地满脸都是泪，声音也抑制不住地开始发颤，"说是我们照顾，其实照顾老人的主力还是我，接下来的日子，不用我描述，你们也可以想象了。公公就像是一棵日渐枯萎的树，我是被绑在这棵树上的一只鸟，整个家就是一个囚笼。公公在我们家里待了五年，最后是因为一天早上起床后发现杯子里没有提前装好温开水，勃然大怒引发脑梗，在医院里躺了半年，受遍了医疗之苦后才离世的。他去世的时候，你们程家人都在场，他拉着程强的手说了什么，你们敢说吗？"牛冰冰环视四周，双眼鲜红得像是能沁出血来，咬着牙根一字一字地说，"他说，婆姨要是不能生娃，就早点离了另找，拖拖拉拉不是汉子。"

牛冰冰说完这句话，在场几个人都暗暗发出一声叹息，大家似乎明白了程强执意要离婚的原因，也隐约窥探到了一丝程强父亲生前行为暴躁的缘由。唐盈盈只觉得自己太阳穴上脉搏猛地一抽，她抬起头，看见牛冰冰满脸愤懑，牙齿紧紧地咬在一起，像是一只想把人撕碎的怪兽。

牛冰冰说完，也彻底哭成了泪人，整个人瘫倒在牛和平的胳膊上，一只手用力地指着程强："你是忠孝两全了，四十岁打算换一种生活方式重新开始，也打算换一个婆姨去生娃娃。凭什么你永远可以去做你想做的事，我永远就是要被牺牲掉的那一个？"

程强皱着眉头，满脸嫌弃道："离了婚，你也想干什么就可以干什么。"

"啊！"牛冰冰气疯了，一边跳脚一边指着程强骂道，"我想干什么？我一个四十岁的女人，跟豆腐渣一样，十几年没上过班了，手里只有一个什么都不是的大专文凭，没社保，没经验，我能干什么？我还能干什么？"她整个人像一只受了重伤的鸟，无力地伏在哥哥的胳膊上，一双翅膀用力却又徒劳地在空中扑棱，一下又一下，伴随着的是歇斯底里的绝望嗓音。

程风爷爷摇摇头，叹息道："你们家的事我这些年听过也看过，你是个好孩子。强子他妈病成那个样子的时候，旁人都近不了身，是你天天在医院守夜的。光这一个，我们做亲戚的都没有不给你竖大拇指的。强子，冰冰替你在父母跟前尽过孝、送过终，就是你们家的人了。我们老程家的传统，儿媳尽了父母孝就不能离了。别再提离婚的事了，回去，好好过日子吧。"

堂上只剩下了死一般的沉默，众人都不说话，只等着程强表态。然而足足过了一响，程强却依旧低着头不吭气。气氛凝重得像是深夜里的大海，平静的海面下汹涌着暗潮。程强抬起头看了一眼，从裤兜里又摸出一支烟，低下头，只顾抽烟，仍然一句话也不说。

牛和平有些按捺不住，冷冷侧目，看着自己的这个妹夫，恨不得一把将他拎起来丢进茅房，便扯着嗓子吼道："听见了没有？你要再提离婚，我就砸了你的厂子！"

正是这一句威胁令程强极度反感，他将手里的香烟在地面上用力搓灭，一副死猪不怕开水烫的表情看了一眼牛和平，语气上扬着说道："砸呗，有本事你就砸。反正我都卖了，现在是人家的厂了。想砸，尽管去。就看你有没有命，打不打得过厂里的保安了。"

"你！"牛和平暴怒地往前走了两步，继续威胁道，"那我就砸断你的狗腿！"

程强根本不怕他这一套，双眼直直地看着他，说："你真把自己当绿林好汉了啊，来啊，伤害罪是刑事罪，看法院给你判几年。你老婆孩子都不要了啊？"话一说完，方才还暴怒着的牛和平眼睛里很快流出了犹豫的神色。程强懒得再理他，径直走到程风爷爷面前，语气有些不耐烦地说："叔爷爷，您说她照顾了我爸妈，那婆姨孝敬公婆不是天地伦常的事情吗。我也一直有养家，她要什么我就给她买什么。我妈对她也很好，重话都没说过的。我爸是有些过分，但他那也是生病了，她一个做小辈的，怎么能这样责备上人？再说了，现在都什么年代了，离婚是属于个人自由的。我是真觉得日子过不下去了，我们性格不合，天天吵架，也要不来孩子，我得离，这是我爸的遗愿，也是法律赋予我的正当权利。"

听程强在那儿振振有词，唐盈盈气不打一处来，正打算开口反驳，却听见程风快了她一步："我去你个双标狗，冰冰姐照顾你爸妈就是天地伦常，你现在要离婚，就法律自由啦？改明儿，你捅死别人是不是叫快意恩仇，别人捅你就叫故意杀人啦？亏得我刚才还想帮你来着，我现在真想抽死刚才的自己。"

程强见事情已经摊开了说，索性也没什么顾忌了，重重地叹了一口气，道："那你要怎样？我没有强迫过她，所有的事都是她自己同意的，作为补偿，我也愿意把大部分的财产给她。做人我算是做到极致了吧，你们还想要我怎么样？"程强说完，目光在所有人脸上巡视了一遍，最后又落在牛冰冰的面上，唇角浮起一缕轻蔑的笑，"你们也应该看出来了吧，她之所以不肯离婚，一是谈钱，想我继续养她一辈子，二是因为恨我爸，故意想让我们程家断了香火。你们还帮她说话，有意思吗？我的话也索性摊开了说，同意离婚的话，我们明天就去把手续办了，房子和钱都可以留给你；要还是不行，就法院见，到时候一人一半，你就别嫌少。"

程强骑着他那辆突突直响的摩托车走了，牛家兄妹却还坐在那里，一副手足无措的模样，只会一个劲地叹气。

程风给两人的杯子里又续上了热茶，想了想，还是犹豫着说道："冰冰姐，我说句你不爱听的话，两口子闹到这个份上，基本也就是缘分到头了。他也不算是良心坏透，我看要不就收了房子收了钱，一拍两散拉倒。你这么漂亮，又没生过孩子，还怕找不到更好的啊。"

牛冰冰无力地摇了摇头，虚笑道："我自己什么样子我还不知道吗，女人过了四十还能找啥样的？我这几年每天都不开心，吃了很多抗抑郁的药，搞坏了身子，程强也知道，还有哪个男人会要我？"

"那就不结婚，自己过日子又有什么关系？"唐盈盈忍不住插嘴道。

牛冰冰看了她一眼，苦笑道："我跟您不一样，您是律师，自己赚钱够自己花，有没有男人都一样过。我不行，我赚不来钱，自己过，饭都没得吃。"牛冰冰拼命摇头，她想了想，又补充道，"你们听程强说得头头是道，什么房子和钱都给我，我心里的账算得很清楚，县里的房子本来就不值几个钱，便宜的那套十八万，贵一点的那套能卖个七十万吧，但两套房子前几年都被他拿去抵押贷款了，刨掉贷款，再留一套给自己住，其实也就勉强能把那套小的保住。他今年卖了厂子，其实也没卖起价格，外头一些债务还一还，还得跟几个合伙人分钱，留给我的也就只有这么一点。我坐吃山空能顶什么用？"牛冰冰一边说，一边犹犹豫豫地伸出了两根手指。

"二百万？"程风猜道。

"二十。"牛冰冰叹了一口气，看到程风吃惊的表情，牛冰冰的哀怨便更重了，"别看他好像挺能赚的，其实我家就是花架子大，里头是一个空壳。更何况公公这些年看病也花了不少钱，我们为了要个孩子也花掉了不少，生意不好做，一来二往的，还能剩几根毛？"

唐盈盈简单算了算，说："虽然不多，但也不是特别糟糕。毕竟是二十万的现金，过渡一下，你找份工作，倒也是足够了的。"

"我说话您别不爱听，但您这是站着说话不腰疼。"牛冰冰说着眼泪又潸潸落下，"我要是今年二十岁出头，给我二十万分手费，那我也没得说。可我今年四十了，什么都没有，这就是我后半辈子的命根子，就这么一点点，比叫花子好到哪里去？而且我咽不下这口气啊，凭什么程强就能什么都好？他有文凭有技术有经验还会管理，就算去外面打工，起薪就能给到五位数。唐律师、康律师，还有程风，我听说国外离了婚的女人可以向前夫索要赡养费的，我这种情况，给他们家做出了这么大的牺牲和贡献，能给法官说说情，也让他给我判一些赡养费吗？我也不多要，每个月两三千就行。"

三个律师相互看了一眼，都没说话。唐盈盈别过头去，只觉得胸口像堵上了一团又湿又黏的泥巴，闷得她就要喘不上气来。

程风只好赔着笑说道："你也知道那是外国啦，我国要是有这种赡养制度，我看别说是离婚了，压根就没有人敢去结婚。"

话说到这里，再接下去牛冰冰也是车轱辘话转来转去的，程风陪着牛家兄妹聊了许久。唐盈盈后来坐不住了，自己一个人跑去院子里生气。

院子的东角种了一畦蜀葵，高大的枝干，株株与人齐高，自下而上，渐次盛放着几朵碗大的花，朵朵娇艳欲滴，在蓝湛湛的天空下，更显秀美。唐盈盈此刻早已没了赏花赏风景的心情，只觉得胸中气闷得很，随手捡了一根树枝，蹲在地上便一面用树枝随意乱画，一面去戳那松软的沙土，不一会儿，竟在地上刨出了一个浅坑。

康俊跟在她后面也走了出来，看着她在地上戳戳戳了好一会儿，才忍俊不禁地问道："你这是干什么呢？打算在这里挖个坑把自己给埋了？"

唐盈盈站起来，用脚去踩那个浅坑，有些不好意思，却仍然气不顺："没有，就是生气，要真能把自己埋了做一只鸵鸟也不错。"

康俊去看她的脸，果然见她腮帮子微微鼓起，明晃晃的日光投在上面，更显得脸颊上的肌肤透亮，几缕碎发腻在如白瓷一般的脖颈上，流露出了平日里不常见到的女儿家的神色。康俊移开目光，浅浅含笑，又明知故问道："生谁的气呢？"

"两头都气。一边是狡诈无赖，一边是怒其不争，一桩官司里的两边当事人都这么让人不忿，也是难得了。"唐盈盈说完这句，用力将手中的树枝扔得远远的，又深叹了一口气，道，"但如果要认真地计较起来，我看还是程强更过分一些。"

康俊看着她，静静说："他都把好事做尽了，你还说他过分？"

听他这么一说，唐盈盈的眉心拧了起来，嫌恶道："把面子上的事都做完抹平了，里子却是一片狼藉。"

康俊眉眼带笑，目光凝在唐盈盈的脸上，继续问："里面怎么个狼藉法？"

唐盈盈从旁边拖了一张小杌子坐下，在脑子里迅速把整件事过了一遍，又将两人的说法给掰开来想了想，方才缓缓地说道："对于我们这一代人，家庭中最大的责任一是抚育年幼子女，二是赡养年迈父母。在社会服务体系尚不健全的情况下，这两件事是需要一个家庭的主要劳动力投入大量的时间和精力成本的。但两者还不一样，养育子女，往往是自我倾向的选择结果，通常三五年，孩子上学了，任务也就减轻了许多。但照料父母，尤其是公婆这样本无血缘与亲情的拟制血亲，基本上就跟做了一份长期苦工差不多。从感情上来说，我是同情牛冰冰的，她放弃了自己的社会属性，待在家里照顾了十几年多病的老人。无论怎样，这都是她为了程强妻子这个头衔而担下的义务，现在程强说离婚就离婚，且不说经济补偿的多少，只说这妻子名分一旦不存在了，再想想自己所有的牺牲，心里也是很难平静的。"说到这里，唐盈盈也觉得心头沉重，微微叹了一口气。

康俊静静站在一旁，阳光透过树荫落在他身上，在细腻的衣料上溅起一层金色的软光："那么，在你看来，由于做妻子的为公婆尽了孝、送了终，同时也因此放弃了自己职业发展的最佳时期，那么做丈夫的就没有离婚的自由了，这样理解对不对？"

这么一问，唐盈盈倒有些不知如何作答了，她又把事情前后细细想了想，迟疑道："你把问题一下子就绝对化了，让我怎么回答？这应该是一个双方协商的过程，一方替另一方承担了义务，势必也有自己的要求。无论他们说没说过，我想牛冰冰在最初做选择的时候，默认的是自己这辈子都是程强妻子这个身份了。"

"你说得没错，其实我的问题并没有什么难回答的。法律上婚姻的自由不可被剥夺，但在人情社会里，婚姻的聚散却是与社会评价互相绑定的。"康俊满脸的笑意，见唐盈盈仍有些迷惑，便继续说道，"程风刚才说到了点子上，整件事情的问题就在于程强双标了。世上有两种家庭，一种是讲情的，夫妻俩相互扶持，两个人的权利和义务混在一起，作为家庭的共同事务，进行统一分配和处理，这种挺好，符合中国传统家庭观念，但在这种模式下，付出和牺牲也是作为共同的成本由双方这个综合体来承担的。传统伦理文化中给予的补偿手段是与更三年丧不去，即为公婆尽过孝的人是不能被离弃的。这正是对于家庭中弱势一方的一种补偿。另一种家庭是讲法的，夫妻两个人各自有生活目标，没有大利益下牺牲小利益的必然，各自的权利义务划分清楚，各归各家，家庭只纯粹是一个庇护情感的港湾，这种也挺好，账目清晰，双方对对方都没有什么抱怨，也能和谐地往前走。最麻烦的是一会儿讲情一会儿讲法的家庭，就像程强这种，在事业上升时期，要求妻子做出让步来支持他事业的发展，等年纪大了，又开始有别的想法，就讲起法来了。"

唐盈盈点点头，方才还觉得闷得慌的胸口此时已舒朗开来，她笑道："你这么一说，就把问题给讲清楚了。但光说清楚了还不够，我心里仍然很不痛快。"

康俊好笑地看着她，半眯着眼睛，语气有些随意："不爽又能怎样呢？程强对这套玩得很流畅，他说得也没错，把房子和钱都留给了牛冰冰，即便起诉也判不了这么多。"

"是，从道理上看，他是无懈可击的，也许很多人也会认为更该被劝说的人是牛冰冰，她应该自立自强起来，靠一个男人活终究不成样子。但我们只说眼前的问题。"唐盈盈一边思考着，双脚又闲不住地去扒拉那个小坑里的土，她缓了一口气，又说道，"眼下就是，就算法条都没问题，人心却仍是不平的。"

康俊静默了一刻，眼里是渐次亮起的惊喜："所以，你也觉得事情有什么地方不对劲了？"

"是，"唐盈盈转过脸来，看着康俊，笑容平静得像深潭碧波，"我不信说辞上的完美，我更不信像程强这样一个自私到骨子里的人真能把一切都留给牛冰冰，再从头开始。少到令人咂舌的家产，还有迫切想要离婚的心情，这几种情况加在一起，最大的可能会是什么？"

潋潋阳明暖拂落，站在树荫下的两人相视而笑，答案在彼此心中早已透亮。恰巧这时，程风送完牛家兄妹回来，前脚刚迈进院子，立刻就被唐盈盈爽快的声音惊到："程风，查他！去查程强，我赌他正在偷偷转移财产。"

程风一脸蒙圈，愣了半天才跟上唐盈盈的思路，傻乎乎地问："啥？转移啥财产？"

康俊走过来，拍了拍他的肩膀，又抬手看了一眼时间，笑道："快去吧，我们明天就要走了，不把这事给鼓捣清楚，唐律怕是回去都得睡不好觉了。"

大半个月未见雨水的南秀村，在这天清晨迎来了一场意料之外的小雨，淅淅沥沥的雨丝飘飘扬扬，下了不到一个钟头，刚刚将地上的尘土浇得湿润，便又止住了。程家老宅的大厅里，横七竖八地躺着几条黄狗，程风坐在小杌子上，手里拿着一把齿都不齐的旧木梳挨个儿给犬儿们梳毛，梳过了的也不走，只蹭在他脚下，懒洋洋地等着捡从他指缝里漏下的花生粒。

与程风的闲散自如不同，牛家兄妹坐在旁边的椅子上，满脸的紧张与不安，牛冰冰的神色有些恍惚，怯怯地看了一眼牛和平，用手指搓揉着自己的衣角，整个人散发着一种沉闷的气息。牛和平心里头也是不踏实，站起来走动了几步，又往门口看了看，嘴里喃喃道："程强怎么还不来？"

唐盈盈和康俊各自在玩手机，手指敲得飞快，偶尔转过头看一眼程风。唐盈盈笑道："你要不要打电话催催？"

"我没他号码，"程风显然不想跟程强多打交道，大咧咧地说，"不着急，我看他也快来了。你们饿不饿啊，要不给你们弄个凉皮尝尝？我们边吃边等呗。"

"你们心情好，我没胃口，吃不下。"牛和平愤懑地说。

"我也吃不下。"牛冰冰犹豫地看了一眼屋里的几个律师，满脸的焦虑，说道，"程风，你真有把握？"

"有什么把握？"程风歪着脑袋笑着问，见牛冰冰一副欲言又止的模样，也不再嬉笑，只说，"让他跟你白头到老的本事，我确实是没有的。不过呢，赡养费我倒是可以帮你争取一下。"

"那也行，那也好。"牛冰冰手指仍然在搓搓着衣服的下摆，一面又不断地点着头，像鸡啄米一般。

唐盈盈见她这样，正想再说些什么，却听见门外传来一阵突突鸣鸣的摩托车声响，没一会儿，长着一张麻将脸的程强便大步走了进来。

"雨天，地不好走，晚了一步。"他一边拍着裤腿上的泥点子，一边说道，眼角打量着场上这排兵布阵一般的阵势，心里倒有几分虚了，冲着牛冰冰说道，"你说同意签字离婚了，还跑程风家里来干什么？咱有事回家弄不就行了。"

"我不放心，得有律师帮我看过我才签。"牛冰冰看了一眼唐盈盈，鼓着勇气说道。

"好笑，自家人信不过，反而去相信律师。难道我还会害你吗？"程强拍完裤腿，又把手上的灰尘拍落，然后从程风手里接过准备好的离婚协议书，一条一条细细看了起来。协议不长，两人没有子女，最关键的条款也就是关于财产分割的问题。看程强一字一句读得认真，程风翻了翻白眼，在旁边也没句好话，阴阳怪气地说："你快签字啊，我跟你也是自家人，你咋信不过？我还能害你吗？"

"哎，不对啊，这句话是什么意思？"程强指着关于共同财产处理里的一句话问道，"存款、房屋的处理我都没问题，说好了在偿还完共同债务之后都归牛冰冰所有，但关于其他财产，什么叫婚姻存续期间夫妻共同财产一人一半进行分割？什么叫夫妻共同财产啊，你里面都没说明白。"

在场的三个律师互相看了一眼，程风冷笑道："哟，你别告诉我你这都看不懂啊，不可能吧。这是最基本的法律常识，你一个做企业的还能不懂这个？"

"我做企业又不是做离婚，什么叫共同财产，我怎么知道。我可不能乱签。"程强目光有些发虚，合上了笔套，并不打算马上就签字。

程风的眼睛里全是狡黠的笑意："要不然我给你普个法吧，夫妻共同财产主要包括夫妻关系存续期间，一方或双方的工资、奖金，生产和经营收益，因继承或赠予所得财产，以及……"程风拖长了尾音，故意说道，"知识产权的收益。"

程强的眉心咻地一跳，稳住了声音，道："你别给我普法，我说了家产都给她，工资、奖金都在存款里，生产收益就是我那个厂，卖了的钱也给她，还有什么？我什么都不剩了，我身上穿的裤衩是不是也要留下来给她？"

"那倒不用，你别乱搅和。"程风摆摆手拒绝道，"你的个人物品都是你的。"

"这不就行了，家里有多少钱，都清楚得很。写清楚分账拉倒，还整这个多余的干什么？"程强一副不堪烦恼的样子。

程风回头看了看一脸笃定的唐盈盈和康俊，又看了看满脸不安的牛家兄妹，甩了甩脑袋，感叹道："既然大家都清楚得很，你就当这是一句废话呗，心虚什么？"

"我没心虚，我只是觉得没必要多来这么一句。"程强仍然不松口。

"我已经给你机会了啊，你还这么死鸭子嘴硬，待会儿揭你老底你可别哭。"

"什么老底？你要揭我什么老底？"程强摸出一支烟，慌忙地点上，嘴里却不松口，立刻给撑了回去。

程风叹了一口气，拿出自己勾写得乱七八糟的一张纸，照着上面的要点一一说道："我来给你捋一捋啊，你的兽药厂是十年前跟两个合伙人一起创办的，老黄出厂房土地，老罗负责销售，而你负责药品的研发。这些年来，你们厂销量最好的药有两款，一款给猪吃的叫多多仔，还有一款给鸡鸭吃的叫吃睡宝，占了全厂销售额的八成以上，换句话说，以前的钱基本上都是这两款药赚的。前两年，多多仔由于涉及生物伦理问题，在生产许可证到期后，被行政管理部门拒绝了续期申请。吃睡宝则由于市场上同类产品竞争激烈，销量逐年下滑，这两年销售成绩已经非常难看了。两款王牌产品都出现了问题，所以今年年初，你跟老黄和老罗提出停止经营，把厂子变卖了的建议。"

"对，你小子调查得很清楚嘛，那就应该知道这年头，行情不好，竞争又大，生意是越来越难做。不关了厂子还能怎么办？"程强又续点了一支烟，猛抽了一口，感叹道。

"你们打算关厂子当然没问题，老黄收回了土地，剩下的设备变卖了，你跟老罗把钱分了分，他很快被竞争对手挖去做了销售总监，年薪高得吓人。倒是剩下的你不太有着落，怎么看你都像是三个合伙人里最惨的一个。"程风一边说，一边看着程强，话锋突然一转，两只小眼睛眯成了两道缝，"但这又怎么可能呢？无论是多多仔还是吃睡宝，配方都在你手里呢。我找了牛冰冰的叔公了解情况，就是在你们厂里看鸡鸭捡蛋的那个。据他说，从去年开始，你就一直把自己关在厂里做吃睡宝的迭代实验，搞了七八个月，最后告诉大家没成功，要彻底放弃了，可是明明在你做实验的区域里，鸡鸭的生长势头都很好，体重毛亮的，蛋的产量都要更高一些。"

"你想说什么？这能说明什么问题？这跟我要离婚又有什么关系？"程强很不耐烦地打断程风的叙述，又将抽剩的大半截烟头往地上一丢，一脚踩上去，狠狠地碾了几圈。

程风嘿嘿笑了笑："你别急啊，我就来做个大胆的假设吧。假设你的新一代吃睡宝已经研发成功了，效果很好，鸡鸭吃了能吃能睡能长肉，只要推出，挽救一两个小兽药厂轻轻松松。那么这个时候，在你眼前就出现了两个选择。一是继续经营你的小厂，过以前的生活。但你也知道，这个厂说起来你是合伙人，但地是别人的，销售渠道也是别人的，能算在你名下的财产也就区区几十万元。生活呢，就更没劲了，也没有孩子，还特别想换个老婆。那么第二种选择就来了，将这个配方隐瞒下来，去外地找一个合作者。一家兽药厂的核心就是兽药配方，所谓得配方者得天下啊。我也大概了解了一下情况，按照吃睡宝之前的成绩，保守估计新一代产品的配方你完全可以坐地起价，三百到八百万买断，谈得好的话，甚至能再加上技术股份。这样的价格足够你换个地方，鸟枪换大炮的了。不过这些都没问题，这年头，知识就是哗啦哗啦的钞票。你的算盘打得最好的地方是你迅速地提出了离婚，希望用两套不值钱的房子和一点现金就将现任老婆打发掉，换个地方，顺便把老婆也换了。我跟你说啊，想得别太美，你这配方所得的收益，牛冰冰也有一半的。"

程强目不转睛地看着程风，嘴角轻轻地勾了勾，土褐色的脸皮上便剜出了一个冷笑："这都是你的猜测，是你的大胆假设，你没有证据，我说你完全是在胡说八道。"

程风的语气漫不经心，又从旁边捞了一只大黄狗过来梳毛："我知道，不过呢，我也没打算去做什么小心求证的事，反正拖着你就是了。"又旧又破的木梳子在黄狗的背上一下接一下地篦过，程风的声音听起来特别无赖且欠揍，"你这么着急想离婚，无非就是想避开婚内财产认定。只要是婚后出手，牛冰冰再去主张它的研发期是在婚姻存续期内就很麻烦了，对吧？嘿嘿，不过呢，我告诉你一个坏消息，离婚这事吧，真没你想的那么简单。我给你解释一下离婚诉讼流程吧，就算你现在立刻跑去法院起诉离婚，等法院排期、开庭、审理、宣判，其间这么多流程，我今天补充一个证据材料，明天拉肚子身体不舒服申请一个延期，有的是办法拖你三五个月。就算开庭了，离婚官司第一次审理，只要不存在严重家暴、虐待成员什么的情况，法院一贯是判不离的。接下来再给六个月的冷静期，也就是在这六个月里，没有新情况新证据，不得再提离婚请求。这么一来，我算算啊，拖上一年轻轻松松啊。现代生物技术的发展那是一日千里，有的是大实验室大机构在做开发，你这么个小作坊里弄出来的配方，现在可能还是个新鲜货，可再在手里捂上一年，就难说了。对方还会不会想买？会不会已经被别的替代产品超越了？难说得很啰。"

程强的脸色一点一点地变青，一点一点地失去血色，一支未点燃的烟夹在手指之间，巍巍欲坠。日影无声无息地从东缓缓转向西面，在他的身躯上留下深色的轮廓。"五百万，我卖给了西安一家制药厂，他们再聘我做技术顾问，每个月一万五的工资。"程强终于点燃了那支烟，也坦白了他隐瞒的事情。他的脸色像被野火烧过的焦土，喉咙干涩哑然："这是我最后一次机会了。五百万，是我日日夜夜关在臭死人的鸡棚鸭棚里熬出来的。三年的实验，光捏鸡屁股就捏了几十万次，其间我又失败了多少次。我坐在鸡粪里绝望的时候，她帮过我什么，凭什么要分给她一半？"

"她在帮你照料双亲，不然你以为你哪来的时间，可以心无旁骛地去搞研究？"唐盈盈的声音凛然响起。

"我给她钱了啊，房子和厂子的钱都给她，还有，这些年她花了那么多钱，也没给我生个娃，但这些账我都认了，给她了。请个保姆也用不了这么多钱吧？"程强一脸坦然地说道。

见他这么说，唐盈盈真是被气得想打人，冷笑着说："她是你的妻子，不是你的保姆和雇员。我简直不敢相信你居然还是从高等学府里毕业的高才生，你究竟有没有尊重过婚姻，有没有尊重过你的妻子？"唐盈盈倒吸了一口气，言语间则越发严厉，"你以为妻子就是买菜买东西，合适就用不合适就换吗？你们一旦领了那本红本子，就意味着只要这段关系存在，你们两个人就必须风险共担、利益共分。这是一条基本原则，谁也僭越不过去。这也是一条对家庭共同利益的指导性思维，是这些年牛冰冰愿意放弃自己的工作，留在家里照顾你父母的前提和基础。你现在什么都不管不顾，当真觉得只要是你嘴里讲出来的就算是道理了吗？"

程强被唐盈盈噎得无语，程风趁势继续发难："我之前还没想到你竟然是一个这么不要脸的自私鬼。口口声声说跟冰冰姐不合适，日子过不下去。我问你啊，你如果觉得跟她不合适，在你妈、你爸需要照顾的时候你怎么不提离婚？哦，人家有用的时候就无所谓，现在你发达了，觉得自己厉害了，就来提离婚啊。离婚你他妈的也给人好好离啊，有一点儿小钱就想藏着掖着，面子上还要成全自己一副处处为对方着想的样子。我的天，真是世世代代，啥时候都不缺陈世美啊，我真该找个狗头铡把你给铡成两截。"

程风越说越来劲，连带着唾沫星子四处飞溅，颇有一副要把程强给活活喷死的感觉。牛和平则阴沉着一张脸，见程风骂得差不多了，一把抓起桌子上的离婚协议，往程强面前狠狠一拍："签吧，该是我妹妹的钱你一分也别想少。签完赶紧分，有你这么个杂碎妹夫，我出门都觉得丢人。"

或许是迫于场上压力，或许程强也想明白了耗下去他并不能占到什么便宜，在思考了半小时之后，他默不作声，从地上捡起笔，签完了协议。程风倒不愿放过，又在旁边补充道："我可先警告你，别再耍心眼了，你说是五百万，要是以后发现是八百万，冰冰姐随时可以把钱追讨回来的。"

程强重重把笔一扔，目光像冰霜一般扫过牛冰冰，道："没瞒住是我的大意，又有什么必要再去骗你们。牛冰冰，算你命好，这辈子能嫁给我，离个婚还能分走几百万。你全村上下看看，能有几个女人有你这么好运气的，一辈子都不可能见这么多的钱吧。离了我，看你以后还能再有这好的运气不。"

牛冰冰原本一直沉默着，如今被他这句话一刺激，竟像一只野兽一般忽地跃起，低吼一声便冲着程强扑去。在场几个人惊得呆立住，程强手脚倒是敏捷，下意识地便往一旁躲开，牛冰冰的双手只能死死地抓住他的一只胳膊。牛和平赶忙拦在两人之间，牛冰冰低下头，拼了死力狠狠地咬了程强一口，鲜红的血液与一个男人痛苦的惨叫同时喷射了出来。

唐盈盈也上前帮忙，与牛和平一起按住牛冰冰，程风和康俊也怕再出事，连忙隔开了程强。牛冰冰的嘴唇上还带着血的鲜红，热泪喷薄而出，绝望而哀恸："我这十几年，活生生瞎了眼，嫁了一个狗还不如的你。我拿你爸妈当亲人，你们谁也不拿我当人。我离了你，还要感谢你给的几百万？我的好运气？我呸！我宁可把钱都还你，你还我青春，你还我希望啊！"牛冰冰坐在地上，双手不停地捶打着地面，失态地放声大哭。这十几年来的抑郁和难过随着泪水一并流出，在旁的几个人没人开口，也没人知道该怎么去劝慰。大家只能静静地待在一旁，看着她发泄似的痛哭，哭声从高昂的痛诉渐渐转成低沉的呜咽，或许只有在经历过这样的绝望之后，才能够换来决然的新生。

后来，程强被程风打发走了，时间如一格一格的日影，在地上缓慢地爬行。牛冰冰哭得累了，也哑了喉咙，只呆呆地坐在地上，一动不动，像一截早已腐朽的木头，浑身上下没有半点生气。

康俊走过去，在牛冰冰面前蹲了下来，递给她一张洁白柔软的纸巾，又看着她一点点地把脸上风干了的泪痕擦去。

牛冰冰被一个斯斯文文的陌生男人这样盯着看，总觉得有些不好意思，低头说道："康律师，让你看笑话了，我们乡下长大的不太讲究。"

康俊笑了笑，道："没人看你笑话，今天狼狈的人是程强。世上不是所有人都能讲道理的。对于程强，就不用指望他能回心转意，体谅你的付出。而对于你来说，该拿的钱必须拿，该出的气也不能憋着。分掉程强两百多万，这就是在他心头扎的一刀，胳膊咬上一口，他也不能拿你怎么办，这几日的疼痛只好自己忍着，多少也算是出了一口气。"被他这么一说，牛冰冰原本如暗夜一般晦涩的面孔上，也轻轻地漾出了一点笑意。康俊又盯着她看了看，温和地接着说道："分了钱，出了气，接下来就该想想以后的路了。"

牛冰冰咬了咬嘴唇，双目红彤彤的，似乎还没想过这个问题，心里则在迅速计算着，道："我也不知道该怎么办，我年纪这么大了，什么都不会。这些钱或许够养老的吧，但不能生病，生病可花钱了。"

唐盈盈听到这话几乎要绝望，那边的康俊倒是很有耐心，认认真真地问："你今年多少岁？"

牛冰冰嗫嚅道："三十九……四十了。"

康俊点点头，面上仍是那副温和如春水的笑容，道："你今年四十岁，我不能告诉你你还很年轻，还跟二十岁、三十岁一样，有大把的时间和希望。所以，你必须很谨慎地对待你接下来的人生，因为你没有太多的机会再去做错误的选择和错误的牺牲了。"

"我……我知道。"牛冰冰低着头，手指仍然在不知所措地搅动着。

"但四十岁跟二十岁有一个相同的地方，就是它仍然是一个人很好的起点。

创业、投资、打工，这些事情虽然对现在的你来说都有一定的门槛，幸运的是这门槛却并没有高得让人跨不过去。你可以尽可能地去做你想做的又有一定收益的事情，这样，在三五年之后，你会发现婚姻不是一生的饭票，自己的双手才是。"外头阳光耀目，屋里弥漫着金色的光线，康俊的声音像是浮在金色的光芒上，坚毅笃定又温暖人心，"当然，你也可以选择一个有能力有本事的男人结婚，有人可以去依靠、有人可以照顾自己未尝不是一件好事。只是你一定要牢牢记住，下一次无论是谁让你做出自我利益的牺牲，你都必须认真评估，看自己是否能够承受这份牺牲带来的最坏结果。这不是在告诉你不能再相信别人，而是说这次婚姻教会你最重要的道理就是，无论何时都不能把自己放到毫无还手之力的境遇里。"

康俊的话像是漆黑的炉灶中被一点一点吹起的火星，最初只有眼睛可以看到的微弱的橘黄色，但慢慢地，橘色越来越亮，漫成了橘红的火焰，令站在旁边的人都能清晰地感受到它的温度。牛冰冰暗沉的眼底再次泛起晶亮的光泽，一颗感激的心也只剩下了不住地点头。

程风用胳膊碰了碰唐盈盈，摩挲着肩膀说道："主任这碗鸡汤太浓郁，连我都有点消化不良了。"

唐盈盈则良久无言，只静静地看着半蹲在地上的康俊。屋外的日头已升至头顶，早间落在地上的雨水如今变成了一股湿暖的水雾，从门口漫进了屋内，裹在唐盈盈的身上，有种久违了的湿热感觉，连带着在她的心底漫过一阵接一阵的欣喜。

从陕西回到深圳，唐盈盈又恢复到熟悉的节奏中，就像从飘逸舒适的云端重新跌回原有的人际交织的网络里。每日面对看不完的材料，开不完的会，她恨不得在脚底装上一对风火轮，走路能用飞的。

在这样忙碌的节奏下，似乎方惟安的存在早已可有可无。但唐盈盈心里却十分清楚，在她去北京那天，方惟安也因为生意上的事情从福建去了日本，一待就是十天。这些天里，每天晚上他就跟个代购商一般，给唐盈盈发各种商品的图片，有衣服、包包，还有一些化妆品，询问她喜欢什么款式，他在日本帮她买。唐盈盈每次都只回复短短的一条："谢谢，不用了。"接下来又止不住去想象他如何在紧张的行程中，费尽力气抽一点时间去商场瞎逛，拍下这些照片。这么一想，唐盈盈又觉得有些过意不去，便补发一条："注意休息。"

两人就这么客气地相处着，或者可以说，这些日子，两人就这么尴尬地互相关心着，像是在守着情侣之间约定俗成的交流义务。

六月的深圳，天气已经很热了，每日太阳从升起到落山，到处都像蒸腾着白蒙蒙的热气。这一日下午，方惟安带着一大筐新鲜荔枝以及大堆日本零食来到所里。唐盈盈外出开会去了，没见着人，倒是程风热情地帮他将水果和零食分发给所里众人，引起了一阵阵的欢呼。可当程风掬着一捧鲜嫩欲滴的荔枝敲开康俊的门时，却出乎意料地碰了一鼻子灰。"我吃荔枝上火，不用给我。"康俊的目光冷冷的，很快便回到了电脑屏幕上。

唐盈盈回到所里的时候，天色已半灰了，从面西的窗口望去，浅浅的晚霞在郁青色的天空上勾出了一点斑斓色调。她前脚刚跨进办公室，便听见方惟安在后头唤了一声："盈盈。"

唐盈盈没防备地一惊，转身去看他。方惟安一身棉麻的休闲打扮，自然而轻松，身姿挺拔得令人羡慕，肌肉线条饱满而有力，唯有眼眶有些混沌的黯色，看起来有些憔悴。他朝她走了几步，唐盈盈却下意识地往后退了两步，方惟安有些惊讶，便也止步了，一脸温和地看着她。这几步的距离，让面对面的两个人更尴尬了。

"你回来了？"唐盈盈露出一个客气的笑容，客气地问道。

"是，今天中午到的深圳。"方惟安的目光凝在她身上，想了一刻，又接着说，"我刚才听程风说才知道，你之前这段时间也不在深圳。这样也好，挺好的。"

唐盈盈想起之前确实没有跟他说自己的行程，他也没问过，便笑了笑，道："为什么好？"

方惟安的笑意浮在面上，虚虚掩住了如针戳刀割一般的心疼："这样就不会太像我什么都不管地把你丢在深圳，自己出去这么多天才回来。"

他这么说，唐盈盈的眼眶里便兀地腾起一阵雾气，她转开头，默了一刻，方才说道："我不是小孩，你去哪里，我在哪里，我们各有各的安排，谈不上丢下不丢下的问题。"

方惟安又向前走了两步，站在她跟前，手轻轻地扶住她的肩膀，声音像拂过枝头的微风："我知道，但我心里内疚极了。上次你生病了，我没赶去医院照顾你，是我不对。"

听他提起上次的事，唐盈盈缓缓地脱开了他的手掌，勉强笑道："只是小病，打完针第二天就好了。"

方惟安收回胳膊，苦笑着继续解释道："其实我第二天就打算回深圳的，但一直联系不上你，我就打给康俊，他说你已经没事了。我那个时候才知道汪瑶居然跑去找你了，真的不是我让她去的，我不至于这么糊涂。我们当时在车站，她在旁边听我打电话，后来找了借口骗我上车，自己却跑了。我到了福建，帮他们交了保释金，又接到日本销售商出问题的消息，麻烦事一桩紧接着一桩，真的是一片狼藉，兵荒马乱的。"

方惟安寥寥几句交代完，唐盈盈听来倒像是在听旁人的事情，唇边的笑意清冷黯然："你这是想说，我们之前有很多的误会和不得已的错过？"

"不是，"方惟安又走近了一步，语气坚定道，"我只是想说，对不起，都是我的错。如果可以，原谅我这一次。"

熟悉的呼吸声在耳边均匀地响着，唐盈盈的心口像压了一块沉重的石头，搬不走、挪不动，屏住了她呼吸的空间。她沉默不语，避开了这个男人温热的气息，眼角却见办公室的磨砂玻璃门外，有不少脑袋的影子正在鬼鬼祟祟地拱来拱去。唐盈盈皱了皱眉头，问道："他们在干什么？"

方惟安也看了一眼，想了一刻，便有些不好意思地笑道："我今天过来，给你的同事们带了一些小礼物，他们好像都很兴奋，一直追着我问是不是打算今天求婚。我……可能没回答好，他们就当我是默认了，这会儿估计都在等着看我下跪呢。"唐盈盈心里气闷得很，一时也没说上话来，方惟安便又靠近一步，玩笑道，"我现在不敢提求婚的事，但如果你肯不生气，我现在就跪下。"

"别闹了。"唐盈盈的心情越来越坏，她伸手抓起桌上的水杯，将里面的凉水一饮而尽，内里的烦闷方才消下去大半。她看了一眼方惟安，又说道："这房间里太闷了，我们出去走走。"

两人并肩而行，从小区出来，穿过一个不大的街心公园，很快便步入街道上熙攘的人群。乌云在城市的上空一点一点地聚拢，夜风低低地带动街道两旁的行道木，风里夹杂着夏夜特有的草木清香。唐盈盈的心跳得很快，脸颊热辣辣的，听着方惟安的声音竟有一种飘忽天外的感觉："这天像是快要下雨了。你饿吗？要不我们先去吃饭？"

满街的男男女女，有亲密倚靠在一起的，有打闹嬉笑着的，唯独他们这一对，正在平静地尴尬着。唐盈盈抬头看了一眼天空，摇摇头："没这么快下的，这还满大街的人呢。我们走一走吧，我还不饿。"

"好。"方惟安也没多余的话，只答应了一声。两人间有片刻的沉默，在街道喧闹的背景声中，尤为扎心。他看了一眼身边的唐盈盈，先开口说道："我对汪家的态度令你很难过，这确实是我没有做好。但我保证以后汪家是汪家，我们是我们，你跟汪家的所有人都不会再有接触，不会再有交集。你相信我，我会更努力地去赚钱，保证我们的小家庭富裕和美。"

这或许就是他最真实的表态了，唐盈盈的心跳忽地就缓了下来，声音里是掩饰不住的灰心与伤痛："方惟安，我们都是成年人了，做这种超出自己能力范围的保证又有什么意义？"方惟安听她这么说，还要解释，却被唐盈盈的目光制止了，"你和我都知道，你根本保证不了。对于汪家的任何一个人，你都无能为力。你对所有事情都设置了边界，唯独对他们，是无原则地放任。"

"对不起。"方惟安的声音又哑又低，"你知道，我一直在努力。但对于汪家，我始终有亏欠。我没有办法做到对他们置之不理，他们与我不仅仅是认识，我对汪静的亏欠总得有个出口。"

"我不是在责备你，这是你自己选择的救赎方式，别人没资格去评论。"唐盈盈微微一笑，路灯的流光里泛起一圈一圈的浮影，框住了两人曾经相处的所有美好。"这些天我也想明白了，我不是圣母，我有我自己的喜欢和厌恶，我不能包容你的所有。确实，你与汪家的关系倾轧到了我们俩的交往，汪瑶的跋扈也好，汪静影子似的存在也好，都让我难过，让我很不舒服。这让我打心底里生起一个念头，也许我和你真的就只能走到这一步，再也无法前进了。"天上的乌云比刚才又更浓重了一些，气压越发低沉，压得这世间的人有些喘不上气来。大雨未至，但唐盈盈心里早已滂沱不堪，她用力向上抿住嘴，脸上的肌肉弯成了微笑的形状，"但汪家人终不是最重要的，一份感情里更令人绝望的是，你清清楚楚地知道，自己再怎么努力，这两个人也不会幸福了。"唐盈盈用手捂住自己的胸口，竭力地说道，"方惟安，我不能回避我的感情，我正是这样看待我们俩的关系的。"

从泪光里望出去，城市似乎扭曲了形状，灯火霓虹被拉扯成了一段一段的光点。方惟安握着唐盈盈的手像是被冻僵了一般，无力地任由她的手臂从中滑落，他怔怔地看着唐盈盈，凝泪的双眼里有隐忍的目光，声音不再有平日的厚重与笃定，反而空洞得令人心疼："其实，我这几天也一直在想，你会不会愿意原谅我。可能是想得太多了，脑子里的自己都分裂成了两个小人。一个小人说盈盈一定会原谅我的，我们还能像以前一样。这个小人一说话我就高兴，高兴得我都止不住笑。另一个则特别喜欢泼冷水，动不动就说盈盈是个多好的姑娘啊，你配不上她，她应该得到更好的感情，每天都开开心心，她脸上的笑容多么好看，而你除了成天给她添堵，你还能干什么？两个小人天天在我脑子里吵来吵去的，我觉得自己都快神经衰弱了。直到刚才那一刻，他们俩忽然都变成哑巴了，我又突然觉得这份安静好可怕。"方惟安的脸有着坚韧的线条，语气里则是最温柔的唏嘘。

唐盈盈的眼眸中薄泪浅浅，湿润了睫毛的根部，却坚韧地没有掉下来。她站在一片阑珊灯火中，呼吸变得又轻又长，说："所以，我们不要说分手。方惟安，我们没有办法牵手往前走一步，那就往后退一步，再做回朋友。我们不要删掉彼此的号码，不要拉黑对方，就这样正常地告别。只是在一个路口，你继续往前走，我掉头回去，谁也不用看着谁的背影离开，再回头的时候，我们都重新回到了人群里。好不好？"

"好。"方惟安沉默了一刻，含着伤痛笑着点点头，脸上淡然得如一碧清波，心里却崩塌如山倒。

两人徐步向前，数着呼吸的节拍，再是放慢节奏，这么一段路也到了尽头。

"那么，再见。"唐盈盈笑了笑，如约转过身，便往回走。刚走出去十几米，一阵骤风吹过来，眯住了眼睛。她伸手去揉，肩膀上被重重的雨滴连砸了几下，一场阵雨陡然降落。身边的路人惊成了林间的鸟兽，抱着头，用包挡着脑袋，以各种姿势各自奔跑着躲雨。

唐盈盈突然就笑了起来，心想分手必在下雨天这个定律居然也发生在了自己身上。她从背包里摸出雨伞，将那万千雨丝都隔绝开了，然而，就在她弯腰给双脚套上防水套的时候，两串眼泪竟毫无征兆地落了下来，直直掉进地上的水洼中，激起一圈涟漪，又跟雨水混在了一起。就像告别在人群中的两个人，从此人海茫茫，谁也不再是特别的那一个。

唐盈盈强忍住不回头，继续往前走，经过商场门口时，她看了一眼明亮的玻璃幕墙。在方才走过的路口，一个挺拔的身影仍然站在那里，雨雾朦胧间，他没有按照约定继续走，也没有躲雨避开，只是呆呆地立在那里，看着唐盈盈一步一步地走远。

雨水从天空无穷无尽地落下，将一日的暑气尽数洗净。唐盈盈昂起头看了一眼天空，泪意倒流回眼眶里，鼻子根部一阵微微酸涨。她快走了几步，在绿灯跳闪的时间里穿过街道，再过一个弯，她知道自己离开了被目光注视的范围。

就这么心里空落落地走着，唐盈盈有些茫然。想回家洗澡睡觉，想找人吃饭，想找个地方大哭一场，她拼命否定着脑子里一个接一个冒出来的念头。双脚不自主地走进律所所在的小区，雨势已经收了大半，清新的空气充盈天地，被雨水从枝头打落的玉兰花、三角梅乱铺了一地，连带着它们独有的芬芳，被沉沉的脚步碾进了泥土里。

律所的同事们大多在暴雨落下之前就赶回家了，偌大的房子没剩几盏灯光。唐盈盈撑着伞，转了弯，朝东南角的窗口看了一眼。那个房间，以前是李睿的，现在则归了康俊，这些年来，屋内亮着的灯一直是唐盈盈心安的照明，然而此刻，它却熄灭了。唐盈盈望着黑洞洞的窗口，空落的心又往下沉了沉。在小径上独自站了一会儿，她甩了甩被雨淋湿的发尾，试图将那腻着皮肤的凉意甩开，然后迈开脚，打算回办公室加班去。

走到大门口时，却见康俊正站在那里，灯光透过门栏前一株蜿蜒攀植的紫薇藤，将他一脸的困扰照得分明。唐盈盈收了伞，走到他旁边，见他正目不转睛地打量眼前这延绵不绝的雨，便问道："怎么了？你没带伞吗，要不我的借你？"

"不是，"康俊的目光里似乎有无数的犹豫，他浅浅笑一下，又若无其事地说，"今天车子停得有点远了，地上太湿，我正在犹豫，要是这么走过去，会脏了鞋，要是脱了鞋蹚过去又会脏了脚。我还没想好究竟要牺牲哪个。"

唐盈盈望了望天空，也琢磨了一刻，回答道："等雨停容易，等地面干那可太不容易了。你得赶紧想出第三种办法来。"

"我……正在想。"康俊似乎真的很在意他脚上那双小羊皮的鞋子。

唐盈盈也不说话，与他一起站在门廊下看雨。雨轻飘飘地继续洒落，微微有风，带动着那千条万道银丝，忽而向左，忽而向右，过了一刻，又骤然收住。唐盈盈向外伸出胳膊试了试，雨已经停了，只有数粒雨滴伴着紫薇花瓣滑落下来，溅在她光洁的胳膊上，腻起一阵清凉。抬头看看，乌云散开，一轮清隽的尖月挂在空中，微薄的月光温柔地拢住了躲雨的两个人。

"雨停了。"唐盈盈轻轻地说。

"看到了。"康俊叹了一声，扭过头来，微微下垂的眼眸里全然只有唐盈盈的身影，他的神色有些迷醉，却又透着无限的温柔，"我刚才说谎了。我看见你和方惟安出去了，心里就像虚了一块，什么文件也看不进去。我看你的车还在，就等在这里，怕你不回来，又怕你们俩一起回来。后来看到下雨了，我还在想真不错，这是分手戏的标配呢。高兴了不过五秒钟，又想到可是下雨了，你就可能不回来了，心里又觉得有些难过。"

唐盈盈怔怔地看着他，一秒，两秒，再下一秒便笑着哭了出来，在泪水滑落脸颊的那一刻，康俊一把将她搂进怀里，深深地吻住了她的双唇。

呼吸在这一刻便停止了，世界变得极安静，耳边只有残落的雨滴与花瓣一起落地的扑簌声。他的手指修长而有力，隔着薄薄的衣衫，唐盈盈能清晰地感受到他掌心透来的炽热温度。他的气息透着一股清爽恬淡的味道，微微有香，亦深深令人沉醉。过了许久，康俊稍稍减了拥住她的力度，但两人只分开了一瞬，他又将她搂进怀里，用下巴去磨蹭着她额前柔软的头发。唐盈盈抵在他的胸口，带着微微哽咽的语气："太傻了，我也许真的就直接回家了。"

"你明天还会来的。"康俊憋着笑说。

"那一开始你为什么不直接说？"

康俊看了一眼外头湿漉漉的天地，笑容里洋溢着绵绵长长的幸福："开始我在想要怎么说，还没想好雨就停了，再不说你就要走了。"

第18章
Rowan的悔意

这一天，办公室的空调温度有点低，林小云给裸着的两只胳膊套上了一件针织外套。桌前的文件堆积如山，几乎全是新加坡JW集团的相关文件，大部分是英文的，这对外语本就不太过关的小云来说是个很大的挑战。不过幸亏有冯锐妈妈支付的报酬，尾款一到手里，她便又给自己报了个线上英语课程。白天上班，晚上加班或上课，令小云每日都有种累到虚脱的感觉。看了不到半个小时，眼皮就沉重得跟灌了两瓶胶水一般。她摊开自己的单词本，将文件里面她不会的词一个一个挑出来，记在上面，比多年前备战高考时还要认真。她用手指遮住中文解释，一个一个去背，看得入神时，没留意自己额前的一缕头发从马尾里逸出来，落在了脸前，仍然认认真真地做着抄写。

忽然，一只手伸了过来，缓缓地、温柔地帮她将这一缕发丝撩起，又体贴地挂在了她的耳后。林小云抬起头看见程风一张灿若春风的笑脸正注视着自己，大惊失色尖叫道："你干吗啊？"

程风也像是被她的尖叫声给吓到了，抽筋似的往后一跳，不停地拍打着自己猛烈起伏的胸口："你吓死我了。"

"你才吓死我了。"林小云回过神来，声音也恢复了正常。

程风盯着林小云看了一会儿，像是有点犹豫，自言自语道："对嘛，你这才是正常反应嘛。"

"什么意思？谁不正常了？"林小云眉头微微一皱，见他神神道道的样子，便好奇地问。

程风用嘴努了努康俊的办公室，脸上一片茫然地说："刚才我、唐律还有康主任在开会，唐律的头发也是像这样忽地掉了下来，一旁的康主任想也没想，顺手就这样帮她捞起来了，唐律不仅没骂他，还冲他笑了笑。这两人之前的电磁感应场，不太对劲。"

听他这么一说，林小云也顺着程风的目光看了看，猜测道："你的意思是，他们两人——恋爱了？"林小云吞吐着说出程风的猜测，双眼扑闪扑闪的。

程风用手指搓了搓自己光滑的下巴，沉思道："我也这么怀疑，可是，我还没有证据。"

林小云跟着程风笑了笑，暗暗却犯起了嘀咕：唐律真是什么都好，前几天刚跟有钱又很man的方总分了手，现在就跟康主任传出了绯闻。两个都是好得无可挑剔的结婚对象啊。这样想着，她的一颗心便跟被人用力挤捏的柠檬一般，渗出了一层层酸透了的汁水，又想：优质的未婚男都喜欢唐律这样能力强自己又有点钱的女人，娶回家又省心又体面，什么时候好姻缘才能轮到自己呢。这么一来，她八卦的心情便陡然消失了，情绪晦暗地拍了拍程风："说不定是你自己想多了，被康主任这样又帅又多金的男神撩起头发，那就是心情愉快地被撩一下。被像你这样的撩一下，分分钟就得定性在性骚扰上。"

"哎哎，同事之间能少一点伤害，多一点友爱吗？我这么一个大好男青年，不要随随便便把我跟色狼挂钩。"程风像是很受伤，抗议道。

林小云笑了笑，任由他胡乱嚷嚷，也没心情跟他玩笑，只坐了回去，做了个止音的手势，正色道："行了，大好青年，我现在要做功课，没空跟你闲聊。请找到证据后再来找我八卦。"说罢，她低下头，又继续沉浸在材料里。

程风也觉得没趣，目光牢牢地盯在康俊办公室的那扇虚掩的门上，脖子伸成了大清早打鸣的公鸡，恨不得把自己的耳朵割下来扔进去，听一听里面的两个人究竟正在说些什么。

事实上，初陷恋情的唐盈盈与康俊没想过要搞什么地下恋，也没想要正儿八经地把这段关系昭告天下。对于他们来说，谈个恋爱，就是两人自己的事情，怎么舒服怎么来就是了。

当然，这只是他们俩单纯地这么想。这种坦荡，最终都变成了程风每日份的狗粮。三人在一起开会，康俊顺手就能从抽屉里摸一罐红枣出来，丢两个到唐盈盈的杯子里。可程风举着杯子巴巴讨要时，却遭到康俊的无比嫌弃："你一个大男人吃什么红枣？"程风愣愣地看着康俊那张脸，咽了咽口水，也咽下了那句"你一个大男人抽屉里不还藏着一罐红枣吗"。

三人一同出门，从前唐盈盈都是坐在后排的，可现在，副驾成了她的专属座位。这也罢了，有次去见一个惠州的客户，唐盈盈一上车，竟然熟练地从副驾座的储物盒里拿出一双十分合脚的拖鞋换上，又摸出一个丝质眼罩戴上，全副武装地在车上补觉。程风趴在座位间的缝隙里，惊得嘴巴都合不上，心想这算是两人恋情曝光的实锤吧。但他也不敢出声问啊，因为康俊把车上的音乐都关了，就怕影响唐盈盈休息。

岁月就这样静静地流淌着，律所的工作一如既往的繁忙。几名律师在自己的生活轨道上辛勤耕耘，却也总能在每日工作到头昏眼花时，留出一段时间来品一品生活的滋味。

这天中午，康俊跟唐盈盈外出跟客户吃了午饭回来，地道的北京菜，两人都喜欢，吃得饱饱的，便绕着小区的小径闲闲散步，一面消食。此时，天气正好，正午时分，浅金色的光从茂盛的枝丫间流泻而下，散落了满地斑驳不堪的光影。康俊牵着唐盈盈的手，眯着眼睛任由这夭夭凉风缠绵拂过脸上："我昨天给老陈写了封邮件，特意知会他一声，我们俩在一起了。"

"嗯？"唐盈盈想到陈君那副慈爱的面容，心里便觉得暖乎乎的，"老陈怎么说？"

康俊的眉梢眼角都泛着笑意："他说他就知道自己不会所托非人。瞧瞧他多会说话，就这么一句话，功劳就是他的了。"

风物旖旎，唐盈盈看着康俊满脸得意地计较，也开怀笑道："陈律什么时候回来？我感觉已经好久没有见到他了。"

"他在北欧住得不想挪窝了，我想除非是我们结婚这样的大事，不然他轻易是不会回国的。"

"什么结婚？你可别瞎求婚啊，被拒绝了就没机会了。"唐盈盈双颊一红，嘴上威胁着，却藏不住笑意朗朗。

康俊盯着她，伸手假意去拧她的脸颊："我没瞎求婚，但我看你比我还紧张，别担心，迟早是会求的……"

错错缕缕的光影，将两人的柔情耀成了一片和美与盛大，风正好，云正好，年华正好，身边的人也正好。突然间，两人听见"哧——"的一声，一辆白色的奥迪Q5像失控了的子弹一般，猛地从小区门口斜斜地扎进来，半截车身便驶上了一旁的绿化带，撞倒了一块低矮的灌木。随后，那车被一股强劲的后撤力勒住，歪歪斜斜地停稳了。

　　唐盈盈吓了一大跳，定睛去看，车架上蓝色的粤B车牌与黄色的香港车牌上下挂着，粤牌的数字与港牌的字母在阳光下有些看不清楚，模糊的轮廓落进唐盈盈的眼睛里，竟然有几分熟悉。再经过一秒，唐盈盈一身的冷汗便莫名地冒了出来。未等她惊出声来，旁边的康俊早已一个跨步跃出，直直朝着那辆乱闯的车冲了过去。

　　两人距离车不算太远，康俊费力地拉开驾驶座的车门，满脸都是汗珠的Debra浑身脱力般地从车内跌出来，正好落在刚刚赶到的唐盈盈胳膊里。唐盈盈见到这场面，彻底吓坏了，一面大声地冲着围过来的保安和人群喊："快打120！快救人！"另一只手则忙不迭地去解Debra身上的安全带。安全带扣在座椅的右侧，唐盈盈的手摸了半天，却摸到一片湿润的冰凉，再一细看，乳白色的座椅上一大片血红，Debra整条裙子都湮在血里。

　　唐盈盈几乎就要惊呼出来，却又生生把那声惊叫咽进了喉中。时间从这一刻开始，突然变得很慢很慢。她呆呆地去看Debra的脸，她从未见过这样狼狈不堪的Debra，修理整齐的眉毛像被人揉成了一团丢在眉骨上，毫无生气地撇着，从脑门到鬓边全是大颗粒的汗珠，将平日清逸飘扬的发丝粘了大半在脸上。康俊的动作则快她一步，一边掏出手机联系医院，一边与几个前来帮忙的路人小心翼翼地将Debra转移到后座上，还不忘帮她扣紧安全带。他看了一眼几乎还愣在原地的唐盈盈，大声地说："来不及等救护车了，我们开车送过去，几分钟就能到。"

　　唐盈盈被他大声喝醒，这才缓过神来，急忙爬进后座。康俊猛地一个倒车，车便如一支离弦的箭，稳稳地开了出去。

　　在去医院的路上，唐盈盈在后排握住Debra的手，两人手心里全是冷腻的汗，Debra竟还能挤出一个勉强的笑，艰难地说："开车到附近，突然肚子特别疼……疼。快通知Rowan。卡在包里。"她一面说着，一面似又有蚀骨般的剧痛袭来，咬着牙再也说不下去了。

　　唐盈盈一边点头，一面安慰她别说话，不要怕。再抬起头时，康俊已经连闯三个红灯，将车稳稳地停在了医院就诊大楼门前。

由于之前通知过，几个医护人员已经等在了门口，迅速将Debra挪到担架车上，七八个人一路狂奔似的往手术室方向跑。唐盈盈与康俊也跟在后头跑，两人交替着向医生补充Debra的基本情况。康俊说话的时候，唐盈盈便偷偷去看躺着的Debra，无力下垂着的眼睑显示着她已经失去了知觉。跟床的护士不断在报血压数、脉搏数，每个数字听起来都是那么的不乐观。在电梯里，护士又绑了一个小小的仪器在Debra高高耸起的肚皮上，仪器刚一稳定，便立刻发出尖锐的报警声。

"胎心没有了。"护士抬起头对医生说道。

"立刻剖宫产。你们谁是家属？可以签字吗？"医生似乎完全来不及向他们说明病情、交代风险，只说了这一句。

"已经通知家属了。我是她朋友，我可以签字。请尽快手术。"康俊来不及考虑太多，沉稳地回答道。

医生将康俊上下打量了一番，似乎想说什么，却也没说，点了点头，便开始打电话协调手术室、紧急找人，焦急的语气和紧张的神态无一不在说明情况不仅非常紧急，而且不容乐观。

到了手术室的楼层，一出电梯，大伙儿又是一阵狂奔。唐盈盈和康俊被一道浅蓝色的门拦在了手术室门口。

四周都静了下来，唐盈盈一颗心里只剩下慌，空洞洞的慌。她低头看了看自己手上沾到的鲜血，脑子跟放空了似的，突然冒出一个荒谬又好笑的念头：Debra这样的人居然也会流血？但很快，她又被自己下一个念头给吓到了：Debra这样的人，也是会死的。就像……

当这个念头冒出来的时候，唐盈盈觉得周遭的一切都凝住了。她全身瘫软地歪在康俊的怀里，愣愣地盯着墙壁上的电子钟一格一格地跳动，像蚂蚁爬过的时光。她的视线里全是医院那浅蓝色的墙壁，耳朵里却只听得见自己心跳的声音。

再过一会儿，世界，除了自己血管发出的嗡嗡流血声，好像什么都不剩下了。

手术进行得很快，从铺布到取出孩子，不过十几分钟的时间。男孩，胎龄三十四周，体重四斤多，像一只很小很瘦的小猴子，蜷成小小的一团。护士将他裹在被子里，露出的手掌就跟唐盈盈的指甲盖一般大小，还可以清晰地看到青紫色的血管。护士抱着他只给唐盈盈他们看了一眼，便迅速送去了NICU（新生儿重症监护病房）。

随后，医生也走出来，取下口罩，看了一眼唐盈盈和康俊，又往他们身后看了看，眉头便蹙了起来："家属怎么还没到？"

"孩子的父亲今天在澳门，现在已经往医院赶了。产妇的父母都在国外，没想到会这么快生，之前没有回国的准备，不过现在已经赶去机场抢票了。"见到孩子，康俊便放了一半心下来，沉稳地一一回答道。

"哼，孕晚期了身边一个人都没有，还自己开车在路上瞎转，现在的人不拿生育风险当回事了吗？"医生很是不满，将康唐二人教育了一顿，方才拿出两张纸交到唐盈盈手里。两人低头一看，浅红色的文件头，竟是两张病情危急的告知书，刚才放下一半的心又迅速被拎了起来。

医生指着其中一张，向他们详细说明道："既然家属还没有到，我就先跟你们说一下情况，待会儿你们负责转述一下。这里有两份通知书，一份是孩子的，一份是产妇的。总体来说，目前的情况算是幸运的，孕妇发生了胎盘早剥，十分危险，但幸亏在很短的时间里到了医院，并且及时地取出了孩子。孩子的体重也超过了两千克，也算是不错的。但毕竟是早产，新生儿评分只有六分。一生下来就发现有呼吸急促的症状，可能是吸入了羊水到肺里，也可能发生了别的并发症和风险，我们现在把孩子送去NICU进行观察，你一会儿让家属签一下这张通知书，详细阅读后面的须知，同时也做好一定的心理准备。"

唐盈盈头点得跟捣蒜似的，一一把要点记下，又死死地盯着医生看，比起新生的孩子来，她更加关心Debra的情况。"那产妇现在情况怎样？"她急忙问道。

"你别急，我正要说。"医生皱了皱眉头，又接着说道，"产妇是经产妇，年纪比较大了，上一次分娩时还发生过羊水栓塞的情况，这次又经历了胎盘早剥，是属于需要密切观察的高危人群。手术刚刚做完，我们现在正在密切观察，如果接下来……"

医生正想跟唐盈盈再说说手术的过程，只听见身后嘀的一声，手术室的门突然被拉开，一个身穿浅蓝色手术服的护士很是着急，隔着口罩对他们紧张地喊道：

"刘医生，您快来看一下，产妇出血止不住，越来越多了。"

刘医生一听，哪里还敢耽误一秒，顾不得跟康唐二人交代半句，转身就扎进了手术室里。

唐盈盈的心像坐过山车一样，猛地被抓住，高高抛起，稍稍平稳还没两秒钟，又突然来了一场变故。她呆呆地看着手中的那两张薄薄的纸，抓着纸的手还有红彤彤的血色。她抬起头，有些木讷地问康俊："你说，产后出血危险吗？"

康俊哪里能说什么，只好哄孩子似的一把将她搂进怀里，手掌温柔地摩挲着她颤抖不已的肩膀，稳稳地说："不会有事的，产后出血不是什么疑难杂症，止血的方法有很多。我刚才查过了，这个刘医生是妇产科主任，做过的剖宫产手术估计得有上万台了，厉害得很，没事的，不用怕。"

唐盈盈神色复杂地看了他一眼，再也说不出话来。

手术室前面的走廊是没有窗户的，一条窄窄的过道完全靠人工照明。空气里隐隐弥漫着医院独有的气味，几个空调出气口黑洞洞的，向外头喷吐着凉风，吹在身上，有一种像是带着霉味的幽凉。这股幽凉一点一点地沁进肌骨里，待的时间久了，便会让人觉得就连体内的五脏六腑都要生出一股僵硬的寒意来。

手术一直在进行，时不时会有护士出来说一下进展。Debra一直处于紧急状态中，出血一直止不住，加大缩宫素用量之后也没有明显的好转，试过用纱条填塞，血液浸透纱条后仍然继续涌出，目前出血已经超过了三千毫升。医生给Debra开设了五条静脉通道，连续不断地输入红细胞悬液、血浆、生理盐水。如果接下来的情况还没有好转，就要考虑切除子宫来保命了。但目前还没有到这一步，医生还想再争取一下。

唐盈盈不算是个悲观的人，但看着手术室门口亮着的那一盏指示灯，她总忍不住一阵一阵地心里发虚。万一、万一，她不忍去想真的会有什么万一的结果，脑子里不断回想的全是方才Debra从车里跌落出来的画面，以及自己那满手鲜血的湿腻。她强行咽了咽口水，将这份酸楚的感情忍进了心底。但很快，一股更加强烈的恨意顺着自己一脉一脉的心跳涌了上来，使她的牙齿完全失控般地上下撞击、颤抖着。

又过了一会儿，康俊在一旁接电话了，唐盈盈听见在电话里Rowan着急得像个疯子。他告诉康俊，过关的人太多，他来不及去排队，又折回去租了一架直升飞机飞过来，再过个十来分钟就能降落在医院楼顶的停机坪上。康俊告诉他孩子已经出来了，Debra正在手术中，大出血，具体情况等他来了再说。

唐盈盈双手用力抱紧自己的两只胳膊，紧贴着走廊的墙壁站着，企图用这个虚弱的动作去对抗等待的恐惧。她的牙齿用力地咬着下嘴唇，下巴都被绷成了失血的青白色。

又过了十几分钟，像是一个世纪那么久，手术室的门打开了，医生走出来说情况。唐盈盈的太阳穴突突地跳着，眼睛看着医生的嘴巴一张一合，就像菜场里被鱼贩子抛在砧板上的鱼，十分搞笑。她的耳朵听到有嗡嗡的螺旋桨声音传来，越来越清晰，越来越近，她扶着墙站了起来，大脑在一瞬间有些失血，眼前的画面变成了一片会游动的惨绿色。她抬了抬脚，两条腿像踩在云里一般，漂浮着往前踉跄了两步。

她咬了咬牙，一边扶着墙，一边往上走。用力推开天台的铁门，直升飞机猛烈的气流顷刻灌了进来，将她吹得东倒西歪，烦躁不堪的心情就像被钻出了火苗子，噌噌地就往脑子里烧。唐盈盈咬着牙，聚焦了视线，才看清楚西装革履的Rowan正动作轻盈地从机舱里跳下来，随后又快步地朝她走过来。唐盈盈迎了过去，当他走到自己跟前时，她忽然抡起胳膊，使出了全身的力气，嘭的一声，狠狠地给了Rowan一个耳光。

人类的皮肉相互撞击，发出了令人骇然的声响，不断旋转着的螺旋桨似乎也在这一刻哑了神，吱吱呀呀地停了下来，偌大的天台停机坪上只剩下了呼呼风声。

Rowan彻底吓呆了，连带着机组人员都呆在了当场。他看着半身都是血的唐盈盈，头发散乱着，脚上只穿了一只鞋，正用极恨的目光看着自己。Rowan的心脏瞬间失血，最坏的念头侵占了他的大脑。

两人相持了半刻，Rowan如同失去了灵魂的僵尸直愣愣地朝唐盈盈走了一步。随后赶过来的康俊见此状况，连忙将唐盈盈护在身后，将两人隔在了安全距离外，另一只手上还拿着她方才跑丢的鞋。"Rowan, stay and calm down!"康俊紧紧地盯着Rowan说道。

"Bert……"Rowan转过目光看向康俊，只说了个名字，喉咙就哽到什么话也说不出来，刚才被打的那侧脸颊迅速肿起，他的眼底闪现着湿润的光泽，满脸都是哀求的模样。他似乎已经接受最坏的结果，Debra在生孩子的过程中去世了，为了给他们齐家留个后，她奉上了自己的性命。他看着康俊的嘴唇好像动了动，又好像什么声音都没有发出，他说了什么？Rowan木然地摇摇头，是也不是那么重要了，Debra不在了，什么都不重要了。Rowan恍惚了一刻，心里想，这是天台吧，要是从这里跳下去，自己是不是就可以去天堂跟Debra做伴了？可自己的灵魂这么坏，这么重，还上得了天堂吗？能遇到Debra吗？自己是不是永生永世都不能再见到自己的妻子了？妻子？Debra已经不是自己的妻子了……一瞬之间，Rowan想到了很多很多，回忆的画面如洪水一般涌过来，侵占了他所有的意识。一瞬之后，他的脑子里只剩下了一片嗡嗡的哭声。

康俊无奈地看了一眼唐盈盈，她方才满脸的盛怒，都随着那一巴掌烟消云散了。此刻，她正在有条不紊地穿鞋。康俊叹了一口气，走到神志恍惚的Rowan跟前，拍了拍他的肩膀："Debra没事了，刚才医生说血已经止住了。Hey，Rowan。"他一连说了三遍，Rowan才迷迷糊糊地反应过来。

"Debra冇事啦？"Rowan难以置信地欣喜问道。

"没事了。"康俊再次给了他肯定的答案。Rowan回过神来，又一脸疑惑地将目光转向唐盈盈。

唐盈盈冷冷地站在那里，天台上的风将她的衣角吹起，上面隐隐还带着殷红的血色。她面上的表情清冷如霜，声音里掺着猎猎风声，透着令人心惊的严厉："齐公子还没有被人这么当众打过吧？我平时也喜欢讲道理，但今天只想泄愤，所以就动手了。"康俊也是第一次见人能把这么无赖的话说得如此大义凛然，"但也不完全说是为了泄愤。Debra生下了你们齐家梦寐以求的孙子，你们得偿所愿，所有人都皆大欢喜。在这样天大的喜事面前，除了今天，再也没有机会能让你去记得，Debra为了生这个孩子流了多少血、遭了多少罪。我这样说并不是为了诉苦，也不是为了替她邀功，这些都没有意义。我就是希望你从今天开始可以记住，生孩子不是你们嘴里轻飘飘的一句子嗣延绵，那极可能是需要一个女人捏着鲜血和性命去搏杀的一场战役。如果你仍然记不住，那就至少记住Debra今天流的血和遭的罪。"音色朗朗地说完，唐盈盈摊开双手，上面的血迹早已凝结成块，又随着掌纹裂成了破碎的形状，像是一朵朵燃起的噬人火焰，除了令人心惊的恐惧，别的什么也没有。

Rowan的面孔缓缓地褪去了方才的惊讶与疑惑，他怔怔地看着唐盈盈，嘴角轻轻一动，声音仍然半哑着说："我知道，我不会忘记的。"

　　唐盈盈见他这样说，便向一旁移了一步，Rowan一阵风似的朝手术室冲了下去。

　　天台上风声猎猎，潋潋的阳光从天空倾下，像油画里浓重的金色，在人间染上了一层暖金的色调。康俊凝视着唐盈盈，忽而低头一笑，声音柔缓地叹道："我真没想到你竟然会动手。"

　　唐盈盈微微摇了摇头，满脸的惋惜在细腻的阳光下更加彰目："我想打他已经很久了。我知道世上是有比他更糟糕的、糟糕得多的男人，但就是Rowan这样的，最令人惋惜，也太可恨了。你看当时的Debra不哭不闹离婚，看起来是一场和平分手，却未必是不伤心的，恰恰可能是因为心里都碎透了，才硬撑着要端个好看的姿态离开，舍不得让它的结尾稀碎零落。"唐盈盈无声微笑，又心疼地说，"要是两人分开后，一直平平安安各自海阔天空，那也就算了。可今天我看见血人儿一样的Debra从车里跌出来，我登时就不行了。理智、形象、风度我统统可以不要，也得打他一顿，出了这口气。"

　　天台上剧烈流动的空气中隐隐混着医院特有的消毒水味道，康俊拥她入怀，笑意忍不住地从嘴角飘逸出来："那现在你出了这口气了吗？"

　　唐盈盈侧过头，一朵云恰到好处地遮住了刺目的阳光，她微微合着眼，翻涌沸腾的心绪在康俊的怀里慢慢平稳下来，笑着说："真的好很多了。"

　　病房里淡淡地弥漫着一股素雅的香味，晨曦透过轻薄透明的窗纱，被滤成了满屋交错的金粉色光线。在过去的一夜里，Debra迷迷糊糊地醒了几次，房间里有人跟她说了些话，她似乎还吃了点东西，被搀扶着上了两次厕所，除此之外就是沉沉的睡眠，又香又甜，是连梦都舍不得来打扰的安睡。现在她刚刚醒过来，晨光刺得她甫睁开的双眼瑟瑟发痛，下意识地就要伸手去挡，微微一动作，便惊醒了靠在床边的Rowan。

　　他帮她把床头摇起，又慌不迭地端来一杯温水，放好吸管，让起身不便的Debra只要微微低头就能喝到。Debra喝完，他又将杯子拿走，目光如蜿蜒流淌的溪水般一刻也不离开Debra。

"BB呢？"Debra眼睛还有些蒙眬，大脑也有些迷糊。她扭头看了一眼身旁空空的婴儿床，哑着嗓子问道。

"在楼上，护士们在照顾他，BB的状态很好。出生到现在已经拉了好几次，吃奶也棒，现在应该在睡觉。"Rowan一只手紧紧地握住Debra的手，腾出来的手则摸出了手机，给她看新生儿的照片。虽然还在保温箱里，但孩子一个小小的肩膀露在外面，圆鼓鼓的，看起来颇有几分健壮的感觉。

"Anita她们来看过弟弟了吗？"Debra满是慈爱的目光流连在手机屏上，头也不抬地问。

"她们吵着要来，我没同意，怕她们吵到你休息。反正也不急在这一两日。"Rowan的声音里满是温存和关怀，"饿了吗？我让人送些吃的进来，不过这几天你只能吃流食。我也尝了尝，虽然看着不好吃，味道其实还可以。"

"还不饿，只胃里有些空落落的发慌，还是再喝点水吧。"Debra往外抽了抽自己的手，却被Rowan握得很紧，动也动不了。她只能用另一只手接过Rowan递来的水杯，目光落在了他有意避开的侧脸上。

"你的脸怎么了？"Debra疑惑地问。

"哦，这边吗？"Rowan尴尬地笑了笑，顺手拿起放在一旁的冰块袋胡乱压在上面，"昨天跑来看你的时候，撞墙上了。怎么一夜了都还没消肿？"

Debra好笑地问："撞在一面五指形状的墙上了？"她盯着Rowan那高高肿起的脸，上面红丝丝的一大块，经过一夜，边缘虽然已经很模糊了，却还是能勉强分辨出手指的形状。

Rowan尴尬地笑了笑，心想再不解释清楚就更麻烦了。于是他把椅子往前拉了拉，靠近Debra，笑着说："我不是有意要告状啊，这是被你们那唐律师打的。她看上去个头不大，没想到手劲不小，一巴掌，我眼前就只能看见星星了。"

Debra也吃了一惊，问道："盈盈打你？为什么啊？"

"因为我活该。"Rowan一脸的坦然，大半个身体靠在床沿上，将Debra的手小心地焐在自己双手的掌心里，一双清澈明眸布满血丝，言语里是令人揪心的疼痛，"我昨天吓死了，真的。我刚下飞机，唐律师二话不说，上来就一个耳光。我看她半身的血，以为你出事了，心脏都不会跳了。Debra，我错了，我现在特别后悔，不是，我早就开始后悔了，我不该为了要个儿子那样逼你，我一定是鬼上身了，我是神经病。"

Debra微微一笑，对骄傲的Rowan不断的忏悔，她似乎并不太在意："你会这样说，也只是因为你现在有了儿子，理想圆满了。其实没有必要，我没怎么恨你，当初离婚也不是赌气冲动。"她又盯着他肿起的脸，忍着笑说，"盈盈也是急坏了吧，我帮她向你道歉。"

Rowan的眉心猛地一抽，握着Debra的手便更用力了："我没怪唐律师，我也没有觉得圆满，比儿子更重要的是妻子，是我之前想错了。Debra，你原谅我一次啊。"Rowan焦急地解释，慌慌张张地恳求对方的原谅，抬眼却见Debra脸上静若止水，对他的话并没有什么反应，还微微低着头在喝水。他定了定神，声音里也多了几分柔和，用不太流利的普通话，缓缓叙道："我知道现在你不那么容易相信我了，但我这段时间真的有努力去搞定这个问题。我们离婚以后，我心情一直都不好。每天都不想回家，看着我们的房间就觉得又空又冷，心里好难过。我觉得似乎是我错了，但又不知道自己究竟是哪里错了，但我也不知道能去问谁，这个问题就这么一直压在我心口上。有一天呢，我突然想到了一个好办法，我为什么不去网上问问啊，于是我就找了一个人气超旺的论坛发帖，问大家，我就想要个儿子，有错吗？结果来回复的网友居然超多，大家齐刷刷地反问了我一个问题，你家有皇位需要继承吗？"

Rowan说到这里，竟把Debra逗笑了。她刚笑出来，肌肉牵动伤口剧痛，便又转成了呲着气的叹息："不是所有问题的答案都可以上网找的。你怎么这么呆？"

Rowan心疼不已，一脸无奈道："我也没别的办法了，不过我看大家这样回答，真的有启发到我。我就想啊，这样的话，那我就该去问问家里真的有皇位需要继承的人，看看他们怎么想，或许他们能够理解我的想法。"Rowan平平静静地说着，完全顾不上一旁的Debra满脸愕然，像是在说一件不值一提的小事。

Debra扶额叹息道："我真是拿你没办法，居然会这么去理解。你没干出什么出格的事来吧？"

Rowan笑了笑："我开始是打算给日本皇室写信的，不过后来有个朋友得知我的想法，就安排了我与日本内务厅的退休女官枝子女士见面。枝子为日本皇室服务了四十多年。她听完我的话，拿出随身带着的一只琥珀，里面有两只甲壳虫，她告诉我在日本这叫情侣琥珀，里面有两只正在恋爱的小昆虫，活着的时候被人摆成想要的造型，再被滴上滚烫的松脂，一点一点凝固成形。看起来两只小虫子还栩栩如生，琥珀晶莹剔透，其实它们已经死去很久了。皇室的生活就是琥珀呀，把活生生的人粘住，摆给别人看。齐先生，能包裹住生命的除了松脂，还有荣耀呀。所有你视为荣耀的东西，最后都可能变成噬夺生命的束缚哦。"

Debra眼中微微一酸，两汪晶莹的清泪在眼底显露，她轻声说："枝子女士，真是一位非常聪慧的人。"

Rowan伏在床边，将她白澈如玉的手放在自己的胸口："是的，她的话让我想了很久。一直以来我都说生男孩来延续姓氏是中国人的精神信仰和理想，我要生个男孩来继承我们齐家的家业。我以前理所当然地这么想，从来没觉得有什么错。但我敢再往深里想一想吗？究竟什么才配叫'理想'？应该是那些凭借自己的努力去争取、去获得的才能叫作理想。把风险百分百押在妻子身上，丈夫去搏那百分之五十的概率，这只配叫自私的妄念。我口口声声说爱女儿们，要宠着她们，给她们最好的生活，要鞭策儿子担负重任，这话多可笑，为什么我要默认女儿们就比不上男孩？为什么我早早就要假设到他们成年的时代，男女观念仍然会这样失衡？如果我们齐家的财富、地位，还有这些令人羡慕的生活是荣耀，那就让它们成为我们和孩子们自由的基石，不要再把它们融成松脂，再将我们变成琥珀了。"Rowan的声音温暖如洋，像是她最爱的花香蕴在耳边，"我想明白了这些，也就明白了当初为什么你一定要离婚。但我现在反悔了，我当初无论如何都不该松开你的手。我昨天告诉了爹地，这个BB是你拼死生下来的，名字由你来取，不会姓齐，最好可以跟你姓杨。以后BB也不一定要继承我们齐家的企业，他想学什么都可以。金融这么枯燥的，还是艺术好，画画、音乐，看他自己的天赋在哪儿，我都会支持。等他长大，想不想结婚、想不想生孩子都随便他，我不对他提要求。如果生男算是一条代代传承下来的恶念，那就让它终结在我这里吧。Debra，爹地已经被我气得住院了，我也顾不上他，他想得明白是这样，想不明白也是这样。我现在只求你，跟我一起给三个孩子一个完整的家，好不好？我保证，这一次，我一定不会弄砸了。"Rowan说着，声音在强烈的情绪中颤抖、哽咽着。他在床前跪下，解开衣领、露出了挂着两人婚戒的项链。他把其中女士的那枚戒指取下来，小心翼翼地用衣袖擦了擦，抬手时又抹了一把脸，摩挲了一会儿，郑重地举着，"Debra, marry me, again, please."

天边一朵云在风的吹动下，浮浮飘走，露出后头金黄色的光芒，那光遥遥地从一尘不染的窗口洒落，粼粼灿灿，将满屋子都笼进了一片明媚的光晕中。Debra的侧脸在这样的光线下莹润如玉，泪水糊住了视线，眼前一片氤氲氲氲，像是被蒙上了一层白雾。沉默了良久，她婉然一声叹息，缓缓道："Rowan，你先起来吧。"

"你先说yes，我再起来。"Rowan似乎觉得不妙，凝神看着Debra，仍然坚持道，"Say yes，好不好？或者有别的要求，你说，我都同意，只要你回来。"

Debra莞尔一笑："你已经很好了，Rowan，这是我认识你二十多年来，你最令我惊喜的一次，也让我觉得我们这么多年的感情，没有白白浪费。我没有别的要求，如果说当初我们分开时，我心里还有一个不深不浅的坑，那你现在已经把它填平了。但是感情的事情，实在由心不由人。"

Rowan听她前面的话，脸上还持着微笑，却在最后一句，登然失色："不，这都由得我们，我们还相爱着，对不对？我们还有三个孩子，我们还有很多需要一起度过的日子，say yes，我求求你。"

Debra微微含笑，柔软的团纱落地窗帘将渐渐升腾起的热浪挡在了外头，加湿器的喷口里无声地吐出细密水雾，在被滤过的阳光下如流水般静静徜徉，有种岁月静好的真切感觉。但Debra的话却简单得令人心碎："你知道我不是那种可以把东西粘好就当作什么都没有发生过的人。裂过又修补好的手镯戴在手上，我只要一有空就会努力去找那道裂缝残留下的线索，耗费了无数精神。我不想自己的婚姻也这样。错过了便是错过，何必两个人再费上好大的力气，重新在一起，然后用余生去盯着那曾经破碎的地方。"

她说完，两人间有片刻的沉默。Rowan方才满是期待的目光开始一点一点晦暗下去："Debra，我……我们，我舍不得。"

Debra像是没听到他的低喃，只微微沉吟，继而又笑着说："其实我并不在乎孩子究竟姓什么，所以宝宝还是姓齐，等他出了保温箱，你带去给爷爷看看，请爷爷帮他取个名字。其他的，还是维持我们之前的协定吧，只要在孩子的成长中，父母不缺位，同样是一种圆满的家庭。"

Rowan怔怔地看着Debra，嘴角无力地向下撇着，像是下一秒就会哭出来一般。Debra稳稳地将身体支了起来，忍着心里的不舍，面上保持着一片和静与微

笑："好了，说了太多话，我现在不仅渴，而且很饿了，你得快去帮我弄点吃的
来。"

次日，唐盈盈在Debra的病房里摆弄着花瓶里新换上的鲜花，叹息如流水般延
绵不绝："太可惜了，啧啧，早知道你最后还是拒绝了Rowan，我就不冒着生命危
险去打他了。"

"冒着生命危险吗？"Debra坐在床上，手里端着一碗清淡的鸡汤，瓷质的汤
匙轻轻地碰在碗壁上，发出细细的叮当声，"我怎么听说康俊一直跟在你后面，
护得紧得很？"Debra的笑意在唇边绽成了花，"我竟然都不知道，你们就在一起
了，不过这样很好，我很为你高兴。康俊是个长了颗七窍玲珑心的人，一定能把你
照顾得很好。"

唐盈盈的脸皮涨了涨，低低垂下眼皮，笑意深深地说："他少压迫我一点就
不错了，'照顾'这两个字我就不指望了。他今天一早又去新加坡出差了，挥一挥
衣袖，顺手给我留下了七八个待处理的文件。"

Debra疑惑道："哦？JW的事吗，是出什么问题了吗？"

唐盈盈耸一耸肩膀，笑道："我哪里知道，听说是JW的大老板召见，康俊乐
坏了，硬说是自己之前成绩优秀引人瞩目，大老板才一定要认认他的脸。"

"黄循吗，东南亚橡胶大王，他主动约康俊见面？真有意思。"Debra想到
JW这个如榕树根系一般复杂庞大的家族企业，正想再多问几句，却听见有人在咚
咚敲门。

唐盈盈一开门，见林小云正拎着一个大大的保温桶站在门口，便先一步惊疑
道："小云？你怎么来了，今天你不是也要去新加坡吗？"

"是的，我今天还有点事情，康主任让我乘晚上的航班。我想着还有点时
间，就过来看看。"林小云的笑意像被笼上了一层湿润的雾气，黯淡无光，一边说
着，一边将保温桶打开，取出里面的东西，"我做了一些猪脚姜，我听人说，广东
这边产妇生完孩子都要吃这个，补血又补气。猪蹄我用开水烫过了，自己又挑了一
遍毛，姜是去菜场买的老姜。老板说老姜劲头足，效力大。一起煲足了五个小时，

入口即化，肯定不会腻的。您尝尝看。"林小云挽起袖子，盛出了满满一碗，红褐色的猪蹄上挂着浓郁晶莹的汁水，看来便是下了功夫做的。

Debra将手里的汤碗放下，将那一大碗猪脚接了过来，拿在手里，却不急着吃，只和颜悦色地看着林小云。她一身浅灰色的职业套装将干瘦的身材虚虚地裹住，脸上精心化过妆，两只眼皮上均匀地涂着小烟熏的眼妆，眼白里却满是血丝，眼角的脂粉被擦去了大半，泛着哭过的微红。Debra微微沉吟，像是不经意地问起："钱鹏的案子是今天宣判吧，怎样了？"

突然被问到这个事，林小云的眉心咻地一跳，头垂得更低了，牙齿咬着下嘴唇，音色沉闷地说："一审判决下来了，无期。"

虽然早就知道钱鹏的事情很麻烦，但这个判决结果仍然出乎意料，唐盈盈惊道："怎么判得这么重？"

林小云沉默了一会儿，再抬起头的时候，微红的眼睛已涨成了更深的血色："要是一般的非法集资也不至于这样重判，问题在于平台上有接近七千万的资金不知去向，检方认为被钱鹏他们非法转移了，有恶意的盗窃行为。法院采信了这个观点，两罪并罚，因此就重判了。"

"那这钱究竟去哪儿了？之前我记得钱鹏说是被投资人于总给转移了，警方追查了吗？"唐盈盈对钱鹏案件了解过大概情况，便关心地问道。

林小云咬着牙说道："追查了。于总一周后便回国了，立刻报了案，声称自己也是受害者，被钱鹏的虚假项目骗了几百万的投资，亏惨了。对于转移客户资金的事，他一口咬死自己什么都不知道，全是钱鹏的一面之词。"

唐盈盈想了想，又问道："就是说双方各执一词。数字交易都是网上操作的，平台资金的流进转出都有痕迹，账户的进账银行也有流水单，对于技术侦查来说这并不是难事。经侦部门稍微用点技术手段，是人是鬼很快就能查出来的。"

"话是这样说，但在实际操作上来说，困难太多了，查了两个月也没有查出来。"林小云黯然叹息道，"转移客户资金用的是管理员账号。理论上来说，平台管理员没有权限动客户个人户头里的钱，但钱鹏弄的这个数字货币交易平台本身就有很多的安全漏洞，经侦分析后得出结论，一是在平台构建的时候给予了管理员过多的权限，用户如果使用初始设定，就等于默认管理员有某些项目的自主交易权，这点在平时正常操作的情况下并不算什么，但经侦认为正是有人利用了这个权限，通过管理员账户释放了木马病毒，从而黑进了客户的个人户头，在短时间内就将大批客户的钱转走。简单来说就是，管理员自己充当黑客，砸开了自己后院的围墙，这样一来，事情的性质就变得特别恶劣了。"

"会是钱鹏做的吗？"唐盈盈不懂技术，但林小云这么一描述，她也明白了七七八八，倒吸了一口凉气。

林小云漠然地摇了摇头，有些不知所措地说："钱鹏说是于总，于总说自己什么都不知道。您知道他们那个公司当时管理特别乱，管理员的账号和密码几个创始人都知道，于总也知道，都能进入后台。登录记录显示，管理员账号是在美国登录并进行违法操作的，时间跟钱鹏在美国的时间正好对得上。由于境外运营商的保密协定，警方不能确定更具体的IP位置，只知道个大概。资金被转出后，平台的交易被迅速锁死，显示的是前一天的资金数字，其实当时里头已经没有钱了。事发时正好又是国庆长假，也没几个客户发觉，手法很老到，应该早就做好准备了。"

"那这些钱被转到什么地方去了，这个是可以追查到的吧？"唐盈盈想了想，又继续问。

"转进了境外的银行，分散在十几个户头，每个户头平均停留了十几分钟，又被转走了，一看就是地下钱庄的手笔。经侦沿着一条线一直追查，都是在境外私人银行兜圈子，转了几个圈之后，不是消失不见，就是对方银行不提供协助，都查不到了。经侦那边也真是尽力了，可到最后也没有找到任何的线索指向是于总所为。既然这样，钱鹏本身嫌疑就大，又身为公司法人代表，责任只能他来承担。"林小云说到这里，像是在竭力压抑自己的情绪，声音断断续续的，"我跟钱鹏办完离婚手续之后，就再没有见过他，我不知道他现在怎样了。但这是无期啊，他一辈子都出不来了。他是个混蛋，志大才疏又整天想着一夜暴富，但他真的没这么聪明能够想到这一出，更没有能力找到专业公司来帮他干这么一票。我甚至觉得他连地下钱庄是干什么的都不知道。何况，何况他又何必这样做呢？一辈子都赔进去了，父母又那么可怜，现在还捂着自己压根就花不上的钱干什么呢？我不信，我真的不相信是他做的。"

"这只是一审，二审还有机会，我相信天网恢恢，是谁的罪谁也逃不掉。"唐盈盈的心里五味杂陈，心情很是复杂，一时间也不知道该说些什么去安慰林小云。

林小云的神色木木的，含着说不出的苦楚："上诉的事我跟王律师也沟通过了，就目前的情况来看，如果没有新的、颠覆性的证据出现，二审也就是个流程。现在钱鹏的钱都花光了，这个事情还牵扯到境外，光是出去一趟取证的费用就能吓死人。我的情况也不好，那么多外债压着，我不能不还别人的钱，全拿去填他这个无底洞。王律师也给我说了一句心底的实话，上诉咱们还是上，反正上诉不加刑，但再多的指望也就不必了。"林小云说完，紧紧抿着嘴唇，良久才有一声凛然的叹息，像是对着唐盈盈，像是对着Debra，更像是对着自己，"盈盈姐，您一直说天下是有正义的，可就算有，那也是有价格的，不是为穷人准备的。有钱人会有一万种脱罪的办法，但穷人呢，连多复印一套上诉材料都要掂量着费用。这正义还怎么去争？"

她这话说完，三人都沉默了。唐盈盈更是愣愣地对着眼前那一捧鲜花发呆，许是被花香熏得久了吧，眼底竟有些微发涩。过了好一会儿，她心里实在是不忍，亦有一丝的不甘心，又问道："管理员账号只需要账号和密码就能登录？"

林小云想了想，有些迟疑："不是，他们有一个验证码接收器，小小的，像个U盘，每两分钟自动生成一组口令作为登录的验证码，算是物理防卫。这个接收器由钱鹏保管，他说一直没离开过身边。也正是因为这个，检方几乎就认定了他监守自盗的行为。"

唐盈盈无力地点点头："那就是了，动机、手法、可能性唯一，证据链完整。在目前的证据条件下，法院对钱鹏的定罪和量刑都是合理的。"

新加坡有着世上最漂亮的摩天大楼群，密密麻麻林立在中心金融区，形成了这座花园城市的代表。其中，最高的丹戎巴葛中心独享着一段绝美天际线，东座顶层几套便是JW集团董事会主席黄循的办公室。黄循掌着JW这把舵已经五十多年了，当初他从父亲手里接过JW时，它还不过是一家只有两百多人的橡胶加工厂，到了他六十大寿的时候，JW就已经成为毫无争议的东南亚橡胶之王。而今年，黄主席七十八岁了，JW大部分具体的工作已经分到了大儿子黄令德、小儿子黄令凯以及职业经理人John Lee身上，他自己则活成了老神仙的模样，仍然保持着充沛的精力，每天上午接见三批客人，下午通常还会安排一个高层的茶会。

林小云是凌晨到的新加坡，此刻已经换上干净整齐的衣服，又仔细地化了妆，将脸上每一丝憔悴和晦气都用厚厚粉膏遮住。她与康俊一早就到了JW，在候客厅等了好一会儿，秘书Tina便领着他们往那扇又高又大的中式雕花木门走去。进门前，Tina又取出一个闪着蓝光的小吸尘器，将康俊和林小云身上细细地吸扫了一遍。"冒犯了，实在对不起，康律师。黄总有严重的花粉过敏，小黄总要求检查每位来访的客人。"Tina的普通话带着浓重的东南亚口音，笑容却跟声音一样甜美如蜜。

　　康俊很体谅地笑了笑，客气地说："没关系，黄总能有时间接见我，是我的荣幸。"康俊没说假话，JW前年收购了深圳一家轮胎生产商天轮集团，整装后在A股和港股同步上市，这两年市场和资本双丰收，为JW带来了丰厚的收益。今年年初，黄循便筹划将天轮与JW海外部合并，业务上无缝对接，彻底打通一条中国与海外的交易通路，并交由自己的小儿子黄令凯负责。而这一块业务的法律服务，几经挑选，黄令凯在好友Rowan的大力推荐下，选中了陈君所，由Debra带着林小云具体负责，费用丰厚。双方刚开始合作还不到一个月，康俊突然就被通知安排了今天见董事会主席。Debra刚生完孩子，只好由康俊替她过来。临时安排的会面就连黄令凯自己也吓了一跳，这份殊荣当然可以理解为黄循对天轮的重视，但也少不了有些别有用心的人会解读为黄循对自己儿子的不放心。

　　黄循的办公室极大，大得像一个植物园，里面总共有三层，中间挑空，一道旋转楼梯沿着一个圆柱形的巨大绿植柱盘旋而上，绿植柱上种植着各类草木、蕨类，只见叶不见花，绿绿莹莹，一片生机盎然。在柱子顶端还设置了两三个人工泉眼，清清淋淋的泉水从里面汩汩冒出，便将整间屋子的空气都给过滤了一遍。

　　黄循等在东边的会客区，一身棉麻的中式衣裤，典型的南方人的干瘦身材，手掌却很温润厚实，与康俊握了握，又将他打量了一番，不辨喜厌地说道："康律师比我想象中要年轻呀。"

　　这句话听上去便有几分试探的味道，康俊倒无所谓，亦含着浅浅的笑，回道："黄总您这间办公室生机勃发，也远比我想象中的有趣。"

　　黄循一双眼睛眯成了两道弯弯的小月牙："康律师是个有品位的。人人都说丹戎巴葛中心寸土寸金，顶层物业更是千金难求，我花了将近一个亿新币买下这些物业，视野倒是不错，可是这里太高了，离天太近了，就会觉得离地太远，就又花大价钱让人设计了这套屋内的生态养护系统，生生不息，我觉得很好，符合中国人的一套风水运转理念。"

康俊嘴上应酬着，心里则突然想起脾气暴躁的齐家老爷子来。黄家公子跟Rowan是好友，这黄老爷子跟齐家老爷子看上去也是一个路数，上来先给你整一套风水玄学，用以显示他们深不可测的经济实力，也不知道是不是一个师父教出来的。不过，腹诽归腹诽，面子上康俊倒像是饶有兴致，凑近了看那些绿植，果然护养得精细。上百种植物样貌各不相同，又是垂直种植，每一株都用细线固定在营养土上，这工作说难不难，却是件需常换常新的细致活计。康俊啧啧赞道："每一株都打理得很好，虽繁杂却不乱，最难得的是这么多的草木，一朵杂花都长不出来，可见黄总的园艺师是个善做事的。"

黄循微微一笑，踱步至康俊身边，望着满眼的郁郁葱葱，笑着说："我这个人就是这样，很纯粹很简单。绿叶我喜欢看，就养一屋子，花，不行，就让它连门都进不来。"

这次连旁边站着的林小云都忍不住在心里暗暗吐槽了："这独裁的架势，咋不上天呢。"

康俊对这一套早已经习以为常，持着一脸自然无比的笑意，领首道："那也是应该，JW帝国里，要说有谁能做到纯粹的，也只有黄总您一个。"

黄循见康俊很是上路子，满意地点了点头，目光微微一转，便顺着绿植柱旁的楼梯信步而上："康律师来看看上面的风景吧。"

康俊跟在黄循的后头，林小云有点尴尬，不知道自己是不是也该跟上去。迟疑了一刻，她还是决定将自己的空气属性坚持到底，也跟着上了楼。

那台阶又缓又稳，每一阶都打磨成粗糙的表面，又贴上了木板加以装饰和防滑。"有不少人跟我说，这楼梯上上下下几十步，很不安全，让我改装个电梯。我就跟他们说，商场如战场，又有哪一步是安全的？我小的时候，家里有一片非常大的胶林，出产的胶品质好量又多。可在我十三岁那年，不知道从什么地方来了几只老虎，伤了好几个工人，大家便不敢再去园子里割胶。我急得要命，每天拿着棍子，跟工人们一起组了个护卫队，守在园子里，打算等老虎来了就跟它拼了。后来还真遇上了，人跟虎打了一架，人输了，一个工人在我面前被活活咬断了两条腿。我被救回来以后，胶园更没有人敢去了。我每天躺在床上，心里着急得不行，觉得老虎就是我这辈子最大的敌人。"黄循走到最高层的玻璃窗前，整个城市的风景豁然出现在眼前。

"后来怎么把老虎撵走的？"康俊也走了过去。

"后来我父亲回来了，见我躺在床上一蹶不振的样子，气得哭笑不得。他没有找人去打老虎，反而把家里的钱凑了凑，又找人借了一些，凑了一笔巨款，找到了当时的政府，希望他们把在建的城市道路规划改一点，把那条路向东挪十几里，这样就可以从我家的胶园门口经过，这笔钱就算是商家的捐赠，政府很快同意了。我还很不理解：找人打几只老虎才几个钱，干吗要花费这么多，害得我们连过年的新衣服都要紧着买？我父亲告诉我，如果我被几只老虎吓得脑子里只剩下了老虎，那我这辈子就走不出这片胶园。很快，开始修路了，人来车往的声音吓跑了老虎。路通了以后，产品从胶园到加工厂省下了一天的车程。别的胶园还没反应过来，我们就已经跟马六甲的港口公司合作生意了。"回顾了往事，黄循转过头，盯着康俊，徐徐说道，"活到我这把年纪，时时回味，当时觉得老虎已经是天大的危险了，哪里知道后面还会经历那么多数都数不过来的危机。'风险'这个词我是不怕的，有危险才有机会，当初收天轮的时候，我也知道那里面烂账少不了。但是，我更看重的是进入中国崛起的时机，事实上，这两年天轮的报表已经证明了这点。"

康俊恰时地点头给予肯定："是，收购天轮，扩展JW下游产业，顺势打开了中国内地市场的大门，光这一步，您就和同行拉开了至少五年的距离。"

黄循对康俊的赞叹只微微一笑，伸出了三根手指："你算多了，最多只有三年的距离，但令凯接下来这步如果走得顺利，那JW未来十年的日子应该就不会太难。"

康俊听他这么说，便连忙表态道："我们所也会帮助小黄总，做好法律上的把关工作。"

黄循对康俊的表态闪了闪笑意："我听说过你，康律师，以前在北京，你曾经利用协议流程上的疏忽，以低于市场百分之三十的价格帮国商贸易拿下一块土地。你这个年纪，有能力有魄力，是难得的人才。"

康俊谦逊地笑了笑："黄总谬赞了，我只做了分内的事，主要还是配合客户的工作。"

黄循这几十年在商场纵横，什么样的人没见过，知道对付康俊这样聪明又滑溜的角色,最好是单刀直切,反正该说的也说得差不多了。这样一想,黄循的目光在康俊身上转了转,直言说道:"我这辈子,也算是见惯了危险的,最重要的一条保命心得就是,会计和律师一定要是自己人。业务做差了,无非是少赚一笔两笔,但法律风险这扇门要是没关严实,那可就不是几只老虎袭击胶园的问题了。"

话说到这里,康俊也明白了黄循今天与自己见面的意思,他不动声色地说:"黄总,我们所的业务能力在同业里是首屈一指的。天轮的项目会由合伙人Debra亲自把关,我也会全程跟进。"

"专业能力,我并不担心。"

"Debra与小黄总也认识十几年了,我们总不能对不住这份交情。"康俊试探着提到。

黄循的嘴角微微地弯了弯,眼底骤然闪过一丝光芒。他没有再看康俊,目光顺着窗外的光线,遥遥落在了远处楼群的尽头,声音也像是从远处顺着风飘落过来的:"在JW,大家都叫我黄总,令德为大黄总,令凯为小黄总,以示区分。"黄循没有正面回应康俊,只悠悠地说了这么一句闲话。这意思却显而易见,小黄总毕竟还不是黄总,而他对法律问题只想要第一手的忠心,而不是被咀嚼过的信息。

父子相疑,对于外人来说,最好的办法就是不掺和。康俊看了看窗外令人骇然的高度,云朵似乎都变成了触手可及的空气。他沉默了一刻,像是在纠结又像是在犹豫,但最后还是很快做出了决定,笑道:"黄总是个谨慎的人,我呢,是个做事的人。您这样说,看来是打算给我加钱了。"

林小云从小便恐高,不敢靠近那扇巨大且令人眩晕的玻璃窗。她站在四五米远的地方,康俊和黄循的对话她听得清清楚楚,却没有人在意她的存在,她真像是一团人形空气一般。可是这场上的气氛,吓得她根本连汗都不敢乱冒,所有的紧张都被强行逼到了脚底,早上出门时刚换的新丝袜,如今好像洇湿了一大片,腻腻地贴在脚底板上。

也不知道过了多久,终于听见黄循开口道:"钱,自然是早就准备好了。"

傍晚的克拉码头被音乐和欢乐围绕着,紫色、红色、黄色的灯光将码头两岸十九世纪风貌的建筑装点得热闹非凡，汤汤流过的新加坡河在夜色中散发着淡然矜持的美。位于上游的夜店区都用一种膜状的天棚覆盖，像一把把巨大透明的遮阳伞，在夜晚灯光的映照下，又成了一只一只五彩斑斓的大蘑菇。

康俊与林小云找到了当地最著名的珍宝海鲜馆。林小云点了一只两公斤的辣椒帝王蟹，半斤白灼活虾和一些蔬菜。康俊想了想，又加了两杯Singapore Sling，装饰着十几种水果的橙红色鸡尾酒端上来，他还不忘介绍道："琴酒、柠檬汁、樱桃白兰地再加苏打水调制而成，喝起来非常清爽，也很有东南亚的风味。"

林小云试了试，连忙点头道："好喝，在国内没什么机会喝鸡尾酒，跟主任出差就算是来见世面了。"

林小云一贯嘴甜，钱鹏出事后，她在工作上越发谨慎，而平时做人也更加小心翼翼地去讨好他人了。康俊笑了笑，看着一大盘红澄澄的辣椒帝王蟹端上桌来，分了一大块给林小云，又往自己盘子里弄了一只大钳子。可就在准备动口前一瞬，康俊方才还饥肠辘辘的感觉突然神奇般地消失了，他想了想，脱下手套，端着酒杯沉默不语。

林小云有些疑惑，也不敢自顾自地大快朵颐，连忙也摘了手套，小心翼翼地问："主任，怎么了？"

康俊喝了一口酒，心事重重地说："我现在突然有些后悔，其实刚才应该直接拒绝黄总的。"他顿了顿，又抿了一口，说，"实在也是没办法抵挡金钱的诱惑，黄总给的价格太锃锃发亮了。"

林小云有些讶异，勉力咽下一口口水，心想：在原先的基础上一下子增加了百分之五十，服务内容和责任条款却没有变化，这位黄总这么慷慨，为什么要后悔？但她不敢直接说，想了想，试探性地问道："我其实有点不明白，这位黄总一副很独裁的样子，他这样就算是收买我们了吗？我们以后要向他效忠？"

"大致是这么个意思吧。"康俊点点头，但他不太喜欢"效忠"这个词，又自嘲道，"谁说钱买不来人心的，我看现代社会，花钱买忠心是最快捷方便的。"

林小云点点头，连忙附和道："是呀，陌生人社会谁也不认识谁，没那么多恩怨情仇纠缠的。既然服务可以出售，那倾向性自然也可以货币化。"她又琢磨了一会儿，说，"只是我不明白，黄总这样做是不是多此一举了？难道他连自己儿子都信不过？"

康俊想了想，便微笑着向她解释："黄总把JW做成了帝国，日子久了，也就生出了古代帝王的心思来。他有两个儿子，最后谁接班还没定。储君不明，人心就难免浮动。小儿子负责的天轮是JW这些年最大的利润黑马，在天轮问题上，黄总与小儿子黄令凯的利益只能说是高度统一，但毕竟还是会有分歧。天轮既然关系到JW未来十年的发展，他必然不能把这摊事情彻底放手给小黄总。监控的方法有两个：一是查看账目，可以知道项目的经济状况，缺点是干预的力度有点大，可能会招致小黄总的不满；二是监控风险，天轮未来每项重大决策以及重大项目合同，必定需要经过我们审核，研判了事情的风险之后才会组织实施。所以，只要我们这个环节对黄总是完全透明的，那他就能继续稳住JW这把舵。即便哪一天天轮要触礁了，JW这艘航母也能及时转向，避开风险。"

林小云听得似懂非懂，却连连点头，半是赞叹半是感慨道："黄总考虑得真是周全，既收住了控制权，又没有伤害小黄总的面子。"她想了想，又在心中算计了一遍，补充道，"还给我们增加了营收，这是三赢的好事呀，您怎么好像不太高兴呢？"

"我高兴。"康俊口不对心地说，继而又轻叹了一声，"只是觉得麻烦，JW的水不太清澈。原本我们就是低头做事，做完收钱，不论是非。现在收了黄总这么一笔钱，以后遇到事情就得多想一步，平白多搭进去很多精力。这么想一想，刚才答应得太快，这笔生意像是有点亏了。"

林小云也笑了起来，说："您这是在嫌价钱要低了吗？"

"不是，"康俊的胃口好像又回来了一些，敲开蟹壳，用叉子刮出里面的蟹肉，一边吃一边说，"要是有一次时光倒流的机会，我一定会跟黄总说我不干，给再多钱也不想去费这个神。"

"为什么啊？这么好的生意，求都求不来的。"林小云疑惑地问道。天轮这个项目确实回报丰厚，Debra将林小云列为项目跟进人，每月的提成就能有接近两万块钱，林小云可舍不得这样的好机会。

"强势的帝王日渐老去，正值壮年的大小黄总都想拿到JW的控制权，光听着就很像清宫剧里康熙九子夺嫡的故事。"康俊吃了一口蟹肉，点评道，"既然要夺嫡，就必定少不了给对方挖坑、下个小黑手什么的。你想想这有多麻烦。最要命的是，万一哪天黄总被一阵花粉给呛没了，JW进入争遗产的阶段，那就更麻烦了。"康俊向来是不积口德的，如今心情不太愉悦，说起话来就更难听了。

"那您说谁会成为最后赢家，拿到JW的控制权？或者黄总一分为二，两个儿子一人一半？毕竟这只是一家公司，随时可以拆分，又不是独一无二的帝位，一定要争得你死我活。"

"我看黄总没分家的意思，估计也是华人老一套的想法，宁拆骨头不分家，要不然他也不会设置John Lee这么一根定海神针。"康俊点评道。

"John Lee是什么作用？他只是职业经理人，凭什么能跟大小黄总在JW三足鼎立？"林小云见康俊在分析JW的内部形势，恨不得立刻拿出小本子来做记录。

"就凭他是个职业经理人，是颗活子。黄总在的时候，可以用他来平衡两个儿子的势力，不让一方独大。一旦黄总想交权了，让John Lee效忠谁，另外一个还有还手的余地吗？"康俊冷冷地说。

林小云惊得半天说不上话来，觉得这简直就是史书上的权谋戏码。"这，这也太复杂了，黄总把自己的儿子也当成棋子摆弄了。有必要这样做吗？如果真有那么一天，被放弃的那一个该多伤心。"

康俊冷冷地笑了笑，言语也冷若冰霜："人只会对自己的利益负责，这样做黄总的利益才能最大化。于公，两个儿子永远不知道最终鹿死谁手，就会在业绩上一直玩命地表现，为JW争取最大的利益；于私，只要一天不公布答案，他就能一直有两个孝顺可爱的儿子拼尽全力撒娇打滚地讨好他。"

康俊的话令林小云背脊上渗出了一层凉汗，方才在黄总办公室里的回忆一下子也蒙上了凉飕飕的感觉，世外桃源般的装潢瞬间变幻成了盘丝洞。"生在富贵家也不容易，处处都是算计。"林小云忍不住感慨了一句，可一转念，又觉得，不管怎么说都还是出身富贵的好。毕竟一辈子锦衣玉食，即使最后没拿到JW的大头，难道吃穿上还能短了谁的吗？钱，更多的钱，这是人这一辈子努力的永恒动力，对穷人来说是如此，对富人来讲也没什么两样。要是钱鹏出生在这样的家庭里，他还需要不顾一切地去搞什么数字货币吗？最后身陷囹圄，白白成了别人的替罪羊。

康俊见林小云心事重重的样子，便用手中的叉子轻轻敲了敲桌面，提醒道："想什么呢？"

林小云一惊，连忙小心翼翼地赔笑："我在想，您不是一直说麻烦就是律师的衣食父母吗，麻烦越多，价格越高。怎么现在反而抱怨起来了？"

康俊的眉头微微一蹙，他看看天边的云，近处的灯，又盯着林小云看了看，沉吟许久，才实话说道："Debra刚生完孩子，休养身体怎么也得好几个月，她再拼，也拼不过精力有限，所里暂时也没有更得力的人可以帮忙。这个项目，涉及天轮和JW两方，有些复杂，这也是黄总不太放心的地方。但事到如今，我们也只能硬着头皮上了。对于这个形势，我只能说，接下来，有关JW或者天轮的任何小事，哪怕是芝麻大点的事情，都必须慎之又慎、步步小心，千万不能掉进别人的坑里去了。"

林小云重重地点了点头，她明白，康俊说了半天，说到底还是对她不太放心。不过，她自己也觉得没什么可抱怨的，毕竟这是她第一次跟进这么大的项目，前方会遇到什么，她心里一点底也没有。林小云攥紧了拳头，看着康俊，说道："我一定会努力的，我想，天轮的幕后再复杂，我能接触到的肯定也就是一些具体的合同、具体的法律意见书，我只要每件都做到严格审核、客观公正、谨慎注意，大标的的项目及时向您请示，应该就不至于出大的乱子。"

康俊看着林小云一脸严肃的表情，心里反省着自己刚才是不是把话说夸张了，当真吓着林小云了。不过从目前的效果看来，倒还是不错的。他偷偷忍住笑意，嗯了一声，再次强调道："天轮被JW收购前，在业内的口碑就不算太好，轮胎生产企业本身就是制造业，生意的路子一贯比较野。前两年谈收购的时候，一个重要条件就是公司高管必须保留三分之二以上。实际上，小黄总为了平稳过渡，只进驻了少部分人员，天轮的管理架构基本没有大改。也就是说，里头还是那些人，开会不是讲理讲法，而是比嗓门比历史奉献。这种场合，你一定要有心理准备。"

"我不怕。"林小云坚定地说，"明枪明挡，从来都不是最难的。唯一有些可怕的就是暗箭难防。我也有些担心自己经验不足、技不如人，被人挖了坑都不知道。"

"那你就只要记住四个字，守住底线，也就没别的什么了。"康俊温和地看着她，仍然是那副笑意淡淡的模样。

第19章

斩断人情盘剥

康俊从新加坡返程时，正好遇上机场航班大面积延误，在樟宜机场生生被困了五个多小时。百无聊赖之下，他便给唐盈盈发信息、打电话、开视频，足足一副自己登不了机也得拉上她陪自己等的架势。唐盈盈被他搞得完全不能工作，无奈地对着摄像头叹道："你再折腾，今晚我就得熬夜加班了。"

康俊在那头像是受到了什么启发的模样，举着手机笑道："熬夜？这可不行，对皮肤不好，对健康也不好。这样吧，我现在带你去逛免税店，挑几款面膜，再挑几瓶精华，保管用完你皮肤光滑，没有熊猫眼。"

唐盈盈见屏幕里的康俊果然起身往化妆品专柜走去，对柜姐彬彬有礼地说起自己的需求，她心里也只剩下了哭笑不得四个字。体谅他等飞机太过无聊，只好配合地选了几款自己平时用惯了的，后来见康俊一副不厌其烦的模样，还在耐心地让柜姐介绍产品的功效和使用方法，唐盈盈便又多选了几件贵妇款，并恶狠狠地说，这账都算在康俊身上。

康俊丝毫不在意，一边让柜姐包起来，一边邀功似的说："我出这趟差可狠赚了一笔，再怎么挥霍我都不心疼。不过，看在我这么宠妻的分上，你得再陪我多聊一会儿。要不我再给你去挑个新包包？飞机还有好久才让登机啊。"

唐盈盈几乎笑出声来，道："你打发一趟延误的钱，够买几个来回的机票了。"她说完，抬头看了看窗外，深圳正逢暴雨，外头黑漆漆一片，雨水像是发了狠劲，重重地拍打在玻璃窗上，发出令人骇然的声响。

两人隔着屏幕正说笑着，程风敲门进来，瞅了一眼唐盈盈，脸上一副欲言又止，又不得不说的模样："唐律，有人找你。"

唐盈盈有些疑惑，看了一眼手表，问："谁啊？没记得有谁约了要来见面啊。"

程风尖着眼睛往她手机屏幕偷看，做贼一般地小声说："是方总来了，现在门口等着呢，他说你的手机一直打不通。"

窗外的雨忽地变大，猛烈的雨声透过玻璃窗瞬间充斥了整间屋子，唐盈盈原本那份闲散的心境一下就凉了下来。她也再顾不上跟康俊胡扯闲聊，急匆匆说了几句便挂了电话，再一抬头，半湿着上衣的方惟安一只脚已经迈进了屋里。

"盈盈。"他只轻轻唤了一句，声音带着微微的苦涩，便不再说话，自己找了个地方坐下，伸手扯了两张纸巾，便去擦拭身上洇湿的水渍。他的头发被雨水打湿了大半，四横八叉地在头顶张牙舞爪，下巴上一反常态的胡茬暴露了他连日的奔波憔悴，不过短短两三个月的工夫，整个人竟像老了数岁一般。

唐盈盈斟了一杯茶递到他跟前，又抽了一条干净的毛巾换走了他手里烂成一团的纸巾，示意他先去擦干发梢上不住滴落的雨水。忙乎了好一会儿，她才盯着他，温声问道："出什么事了？"

茶香袅袅如雾，透着沁人心脾的温热芬芳，方惟安停下手里的动作，怔忡片刻，竟流露出一丝为难的神色："遇到了一件事情，很棘手，本来不想来麻烦你的，但是，除了你，我身边也再没有人能帮上忙了。"

唐盈盈屏住呼吸，静静地盯着他看。在她的记忆中，方惟安永远是处乱不惊的那一个，无论遇到多大的麻烦，他总能一笑对待，冷静果断地做出决断。而现在眼前的他，慌乱得像个毛头孩子。能使他这样的，除了汪家的人，又会有谁呢。唐盈盈心下微凉，目光微微移到一旁，话到嘴边也添上了几缕不悦："你不是一个轻易会让自己失控的人，是汪瑶吧，她又闯什么祸了？"

话一出口，屋内便沉沉静了下来，外头的雨势越发猛烈，两人之间都多了几分尴尬。

"她确实特别能惹麻烦。"方惟安苦笑了一下，像是为了宽慰自己，也像是为了缓解这凝滞胶着的气氛，他低头喝了一口茶，将茶杯放回桌面上，声音空洞得像山底幽深的大洞，"不过这次祸闯得有些太大了，现在她已经被拘留，涉嫌抢劫，别人告诉我，判刑会在十年以上。"

"啊？"唐盈盈大惊失色，"她疯了？这胆子也太大了。"

"她没有抢劫，她只是去同学家，两人起了一些冲突。她自己现在也很后悔，觉得冤枉，想不通为什么就要面临这么严重的刑罚。"方惟安盯着唐盈盈，语气里却是掩饰不住的焦急。

在方惟安的讲述中，所有的事情都起源于一场失败的表白事故。

汪瑶班上有个男同学叫作郭扬，家境优越，相貌俊俏，在校内算得上是男神级人物。喜欢他的女生很多，汪瑶也是其中一个。周五下午，汪瑶想着第二天是自己的生日，便想约他一起去庆祝。从放学开始，郭扬身边一直有同学，找不到机会，汪瑶便跟着他一路回到郭家。

郭扬住在香蜜一个别墅小区里。那天下午家里只有郭扬的双胞胎姐姐郭眉在家。汪瑶鼓足勇气，趁着郭扬在门口换鞋时上去搭讪。她装作自己找朋友走错了路，若无其事地跟郭扬打招呼："你也住在这里啊？好巧。"

"嗯，是啊。"郭扬平时对汪瑶并没有什么好感，随便应付了一声，就打算进屋。

汪瑶则在他转身要关门的一瞬，挤到门口，一边自顾自地往里走，一边还说道："我来找个朋友，好像走错路了，能借你家卫生间用一下吗？"

郭扬无奈，看在彼此是同学的分上，只好给她指了楼上的卫生间，随后，郭扬也不想再理她，拿了个篮球就出门了。

汪瑶从卫生间出来后，正好遇上郭眉，汪瑶有意套近乎，向郭眉介绍自己，并说明天是自己的生日，打算搞个小型派对，希望郭家姐弟能参加。

郭眉与郭扬、汪瑶同校不同班，对汪瑶的名声素有几分耳闻，自然也不客气，一口拒绝了她的邀请。汪瑶不死心，还想缠着不走，又提出想参观一下郭家的房子。郭眉对汪瑶就越发鄙夷了，话越来越难听，告诫她不要再骚扰自己的弟弟，更不要痴心妄想。汪瑶很是不高兴，说郭扬对自己也是有意思的，让郭眉不要横加干涉，却立刻遭到郭眉的反讽，称自己的弟弟喜欢什么样的女生自己还会不知道吗？绝对不是你这样又黑又小，还涂个死亡芭比粉的唇膏，活像一只非洲大马猴的人。又告诉汪瑶她确实曾经出现在姐弟俩的谈话中，那是郭扬跟她说班上来了一个转学生，都高三了，连they are和there are都读不清楚。一个被人嘲笑的对象有什么资格学人家表白谈恋爱？只有像裴蕾那样的女孩才是郭扬心中的女神，汪瑶连人家鞋底的泥土都不配，要不然郭扬怎么理都没理，自己就走了。

少年的喜恶总是这般激烈且直白，郭眉平日也是傲娇惯了的，嘴巴又毒又坏，说话速度又快，汪瑶根本来不及反应，自尊就被她扔在地上毫不怜惜地疯狂践踏。

郭眉呱啦呱啦一顿骂完，又一副嫌弃无比的样子，指着汪瑶连拖鞋都没穿的双脚，说她脚上的汗把自己家的实木地板都弄脏了，快出去。汪瑶恼羞成怒，怒火在这一刻达到了顶峰。她咒骂着猛推了郭眉一把，撞翻了屋内的书架。郭眉气急败坏地爬起来想要回击，汪瑶又一把抓起桌上的手机，反手往郭眉额头上一砸，郭眉当场血流如注。

伤完人，汪瑶也有些后怕，没留意方才抓着的是郭眉的手机，随手就放进了口袋里。下楼的时候，郭家养的一条柯基犬见小主人被打，直冲到汪瑶面前狂吠，还企图去咬她的裤脚。汪瑶练拳多年，此时心情糟糕透了，猛地又被吓了一跳，对小狗抬腿就是一脚，没有控制力度，脚劲又大，直接踢断了柯基犬的几条骨头，造成它内脏破损大量失血，当天晚上就死在了宠物医院。

郭扬的父亲是深圳一家上市公司的法务总监，回家见到女儿被打成这样，爱犬又被踢死了，异常愤怒，立刻就报了警，声称自己女儿在家中遭到了暴力抢劫。警方上门查看后，确定了郭眉脸上的伤、柯基犬的死亡，同时在汪瑶的宿舍里找到了郭眉丢失的手机。抢劫罪是恶性犯罪，当天汪瑶就被带走，依法拘留。

这是汪瑶对方惟安讲述的事情经过，但在警方对受害者的笔录中，却没有汪瑶与郭眉交谈的情节。郭眉对警方说的是，她突然看见一个陌生人影在二楼房间里，便上去查看，发现汪瑶在房间里乱翻东西，就上前喝问她在干什么。汪瑶二话没说就推了自己一下，又抓起桌上的手机砸了自己的脑门。随后，在郭眉反应过来之前，她就带着手机逃跑了，还在楼下踢死了家里的小狗。

事情发生后，汪家自然又是方寸大乱，赶紧让方惟安把事情解决了。方惟安先是去找郭家，希望能和解了事，赔偿条件都好说。但郭家也是不缺钱的，全家人还沉浸在柯基犬无端丧命的悲痛中，方惟安上门了几次，无论怎么说，对方根本不肯松口。郭扬爸爸告诉他，对于整件事情，前期警方的调查工作已经基本完成了，现在移交给了检方，很快就会提起诉讼。他们之后也会提起附带民事赔偿，对于案发经过的口供不会改了。无奈之下，方惟安只好找律师咨询案情，一连问了几个，他们都告诉他，检方一旦采信郭眉的说法，这样的案情，极有可能被认定为入户抢劫，最后的量刑在十年以上。当然这个案子他们也不是不能接，但是不能对最后的判决结果做任何承诺。

汪家得知情况后，老两口气得不行，扯着嗓子便骂方惟安，说他害死了自己一个女儿还不够，另一个女儿让他好好照顾，结果竟然是锒铛入狱，那跟废了又有什么区别。他们日夜不休地连哭带闹，逼得方惟安走投无路，只好回来找唐盈盈帮忙。

唐盈盈缓缓将面前一大本整理成册的材料合上，不语，只深深地看了方惟安一眼，才问道："两人的供述内容相差不大，你知道郭家为什么要特意隐去两人起争执的那一段吗？"

方惟安木然地看着她，摇了摇头。

唐盈盈的声音平静而冷冽："抢劫罪是指用暴力、胁迫或其他方式，强行抢走他人财物的行为。汪瑶对郭眉先动了手，导致她受伤，随后又拿走了她的手机，这样看来被认定为抢劫，没有什么太大问题，通常的量刑在三到五年之间。入户是抢劫罪的加重情节，一旦被认定入户，起刑便是十年。但法律对于入户的判定有着严格的规定，因访友办事等原因经户内人员允许入户后，临时起意实施暴力夺取财物的行为，不能认定为入户抢劫。在汪瑶的叙述中，可以很清楚地看出，她进入郭家，主要目的是邀请郭扬，并表白。但郭扬在她进入房间后很快就走了。在郭眉的叙述中，隐去了两人交谈的这一段，汪瑶进入郭家的目的就不明了了，从她后面的行为来看，说她是为了获得财物，才用欺骗的方式入户也很合理。小小的差异，在对入户这一加重情节的认定上，天平便有了极大的倾斜，最后她很有可能被认定是为了盗取财物才进入郭家，被发现后，由盗窃行为转化为抢劫。那就是十年以上刑期，那些律师没有骗你。"

方惟安的脸在这一刻变得煞白。他抬头看着唐盈盈，两人四目相对的瞬间，彼此都感受到几分尴尬，不约而同地避了开去。方惟安哑着嗓子说："十年啊，会毁了汪瑶一辈子的。她不可能为了一部手机去抢劫，她自己的手机跟郭眉的那部一样，是我上个月刚给她买的，新款的iPhone，她有了，怎么可能还去抢呢？"

"她有了，并不意味着她就不会想再要一部。法院是一个讲证据的地方。现在的证据对她很不利。"唐盈盈憋了一肚子气，静了静，又压着火对方惟安说道，"我不知道案发当时她究竟是出于怎样的心态，但我只能说这都是她自己种下的因产生的果。你认为只不过是两个孩子起了几句口角，可她踢死了人家的狗是事实，出手打伤了人也是事实。她这样的行事风格，世上会有一百个人放过她，但总会有一个人去跟她较真，让她承担起肆意妄为的后果。"

方惟安听她发泄完，也不应声，只怔怔地盯着她，语气里是恳切的哀求："盈盈，你能帮帮她吗，做她的辩护律师？我除了你谁也信不过了。我知道她做事没有分寸，有时候很出格，可是，这罚得太重了，十年的时间，一个小女孩从入狱到出狱，人生就已经毁完了。"

话音刚落，唐盈盈的眉心猝然一跳，一股无名火腾地涌了上来。她站起身来，颤声说道："你来请我去做她的辩护律师？我为什么要帮她？我不是神仙，我也不是菩萨，我没有那么多的慈悲心肠。我极不喜欢汪瑶，我更加讨厌你这种对她一味纵容的态度。我现在没立场去说你们什么。但照着我自己的心来说，看到她被拘留了，我很高兴，只想高呼一句，苍天有眼。我为什么要帮她辩护？我去帮她辩护对得起我自己吗？当初我生病在输液的时候，她是怎么来我面前耀武扬威的？方惟安，在你心里是不是对我有什么误解？我头顶上没有光圈，我不是天使，我有自己的喜欢和憎恶，我明明确确地知道，汪瑶就是我讨厌的那一个，最讨厌的那一个。你还让我去帮她辩护，我真要接了这个案子，那我可以告诉你，世上一百万个律师都会比我更尽职。因为我现在跟郭家人的想法一样，管她究竟干了什么，就特别想让她蹲上十年大牢。"

唐盈盈发泄似的说完，像一只鼓着气的河豚，怒气冲冲地站在那里，双手抱在胸前，等着方惟安的反应。唐盈盈此时心里只有一个想法，自己居然有这么多话，这些话说出来的感觉真是太好了，浑身舒坦，神清气爽。风度和姿态是什么？都比不上将自己长时间的憋屈释放来得重要。

方惟安怔怔良久，双眼盯着唐盈盈看了许久，忽而他一低头，再抬头时，脸上竟挂着一丝释然的笑意："好，我明白了。我真是病急乱投医。好，你肯说出这些话来，很好。这才是你鲜活生动的样子，我之前真以为我们活成了没恨过也没爱过的分手情侣，那样就太可悲了。"他说完，便也站起身来，将毛巾放在茶几上，转身就要走，"还是谢谢你，汪瑶的事我再想想别的办法吧。"

唐盈盈皱了皱眉头，转眼见窗外风雨依旧猛烈，她想让方惟安等雨势小一点再走，可话还没说出口，方惟安的身影便消失在了门口。他一出去，唐盈盈心里又像空了一块，赶忙到窗口往下看。猛烈的雨丝里，方惟安用手徒劳地遮了遮头，涉水快走了几步，天空中落下的暴雨和地面的积水迅速将他淋得透湿，他打开车门，迅速钻了进去。车灯亮起，车子却没有很快开动，而是静静地又停了好一会儿。在暴雨中，一台车子就那样缩在雨中，被雨水肆无忌惮地击打着。

唐盈盈的心被揪了起来，她一动不动地看着窗外，天黑如墨，雨水如注，隔着玻璃都能感受到外边的水汽迎面扑来，眼前的景色似乎也变成了水中幻影，一张一歙地配合着自己的气息，潺潺跳动。又过了几分钟，方惟安的车子开走了，在水天一色中，划开了一道深深的痕迹。

唐盈盈回过神来，又重重地叹了一口气，余音袅袅如深秋衰草："行了，别跟贼似的，我早就看到你扒在门缝那儿偷听了。"

一直轻手轻脚的程风忽地止住脚步，静静站在她身后，面有难色地解释："我不是故意偷听的，都是康主任。他听到方总来找您了，强行命令我来偷听你们在谈什么，然后向他汇报。"

唐盈盈的眼风冷冷地扫过程风的脸，扶着窗框的手指微微颤动着，她竭力抑制住自己的情绪，满脸不屑地骂了一句："狗腿子。"

程风见她情绪有些松动，便从旁边拖来一张靠椅，反坐在上面，嬉笑道："不过还真是解气，汪瑶这个磨人精也有今天。当初她那么得意忘形，还给我挖坑，想把我送进监狱里。天道轮回啊，现在轮到她被人收拾了。哈哈哈，让我再高呼一声，报应啊。"他哈哈笑完，目光偷偷去打量唐盈盈脸上的神色变化，想了想，又一本正经地说，"不过唐律，您是怎么想的，怎么能把送上门的机会给推了呢？这官司该接啊。"

"接什么？不接。"唐盈盈自己也在思索，嘴上却没好气地反驳道。

"不接那就亏大了，接了才划算，您看啊，"程风掰着手指头给她算道，"咱们把案子接下来，首先呢，可以问方总要一笔巨额诉讼代理费，然后呢，我们再去看守所给汪瑶拍几张落魄照片，这小恶魔，穿着橘色马甲照相肯定特别好看。再然后，咱们该玩玩该吃吃，坐等她的十年判决下来。算算看，这样加起来，之前的仇差不多就可以一笔勾销了，总比你刚才就这么空口骂一顿来得解气吧。"程风朝她摊了摊手，眼里清隽有光，脸上却是无赖极了的模样。

唐盈盈又好气又好笑，哼哼地笑了两声，心中方才的憋屈却也因此消散了不少："我至于为了这种没意思的复仇，赔上自己的职业尊严吗？"

程风面上依旧笑着，若无其事地挠了挠脑袋，眯起眼睛看着她："对这种人间恶魔讲什么尊严啊？关注点永远只有两个，第一是看她会不会死，第二是看她怎么死。"

"我都不知道你居然这么恨她，我怎么记得当初是你扛死了一定要放过她的？"唐盈盈坐在椅子上，低垂着目光，随口说道，又顺手挤了点护手霜，将细腻的乳液慢条斯理地在掌心和手指间抹开。

"我当初的策略呢就叫作放虎归山，目的是让她遇到下手更狠的武松。现在她不就遇上一个咬死也不会放过她的厉害角色了吗？"程风依旧嬉皮笑脸地说。

唐盈盈没什么心情跟他胡扯，两只手掌叠在一起，斟酌了一会儿，又面色沉沉地问程风道："你相信汪瑶抢劫了吗？"

"不信啊，当然不信。她被方总这么照顾着，物质上就没短过，也没缺过，胃口已经被养得很大很大了，自视又高。你说她想攀个高帅富，这我相信，可为了一两个物件铤而走险？她又不傻，没这个必要。再说要个手机还不容易吗？开开口就有了。"程风一副浑不在乎的模样分析道，又看了一眼唐盈盈，笑着说，"不过这些重要吗？请把关注点继续保持在她要倒霉了，我们好好吃瓜、好好看戏上，好吗？"

唐盈盈默然看着眼前的空气出神，眼睛里流露出复杂而笃定的神色："我是挺希望她出门就遭个雷劈什么的，但坐十年的牢，我又觉得她罪不至此。"她说完这句，又陷入了深深的沉默。

程风坐在她面前，一动不动地盯着她看，脸上似笑非笑的表情凝成了一只大嘴猴似的咧嘴："这话没有逻辑，被雷劈应该比十年刑期更严重吧？"

唐盈盈的眼风轻轻扫了他一下，没好气地说："我现在是让你给我挑逻辑毛病了吗？你别在这儿一个劲地拿话来勾我，有什么想法，就坦坦荡荡地说出来。"

程风一凛，立刻往回缩了缩脖子，双手在嘴巴上做了一个拉上拉链的动作，却仍然说道："不能说，我这也不是下钩子，而是一直在给您搭台阶呢。反正这个案子您最后肯定会接的，可要是我太直白地说出来，您指不准就不肯下了。"

唐盈盈哭笑不得，站起身来就想要骂他。程风手脚灵活，一个转身就闪到了门口，一边往外跑，一边喊道："懂了懂了，要台阶干什么，我直接把方总追回来不就完了。"

康俊直到第二天凌晨才回到深圳，只睡了两三个小时，一大清早便在厨房忙着给唐盈盈准备早餐。

　　唐盈盈一夜睡得安心，早上迷迷糊糊地刚起来，就被康俊揉进了怀里："今天做了英式松饼，炒好了鸡蛋，还有果汁，不仅摆盘漂亮，而且营养丰富，特别适合需要辛劳一天的唐律师。"

　　唐盈盈瞧了一眼餐桌，果然林林总总摆满了，便嗔怪道："你昨晚才回来，自己都没睡好，这么早起来折腾什么呢，我去楼下买个面包也就打发了。"

　　康俊素来舒展的眉头遽然皱起："那怎么行？那样不仅对身体不好，也不能体现我对你无微不至的溺爱。"他含着浅浅的笑意，晨曦犹如一掬清水，从软纱质的窗帘上哗然倾泻，将两人拢进了柔柔的光线中。

　　"溺爱吗？还是有什么别的企图？"唐盈盈笑着看了他一眼，用餐刀将炒蛋切成了小小的方块，叉上一块放进嘴里，缓缓品尝。

　　康俊清朗的眉目藏不住狡黠的笑意，他伸手拧开桌上的蜜罐，在松饼上涂了一层又厚又浓的蜜酱，美滋滋地说："哪有什么企图，我现在就只想找一把小刷子，正面刷刷，反面刷刷，用这甜腻甜腻的蜜酱涂满你的心。"

　　唐盈盈扑哧一下，顷刻笑趴在桌上，身体笑得抖动不已："现在已经腻得受不了了，就快要甜齁过去了。"笑了半晌，她看着康俊那张清爽简净的脸，说道，"那我来帮你说吧，程风肯定已经跟你汇报过方惟安来找我的事，我的想法很简单，汪瑶的案子我还是想接，但不是因为我对方惟安余情未了，只是纯粹对这个案子好奇，想去看一看究竟。"

　　康俊注视着她，浅浅笑道："我以为你会说是为了自己心中的公平与正义，觉得汪瑶蒙受了冤屈，一定要帮她洗清罪名。"

　　"这或许是一个原因吧，但我没把自己看得这么神圣伟大。从我知道有汪瑶这个人起，她闯的祸要是严格依法累积起来，十年的牢狱之灾都算是便宜她了。但就事论事来说，就算一个人犯了罪，也不能随便什么罪名都往她身上扣吧。我也真的想看看自己对于这么反感的当事人，还能不能做到尽职尽责。"唐盈盈想了想，又继续微笑着说道，"还有另外一个原因，就是汪瑶当初的嚣张跋扈对我的刺激还是蛮大的，总觉得有什么东西梗在心头，不吐不快。这次，我也是想看能不能在这个案子中，与自己的这块心结达成和解。"她说到这里，稍微顿了顿，忽而又自嘲道，"我是不是太贪心了？一个案子而已，又想为公道，又想为自己，但我真心里就是这么想的，对你完全没有保留。"

康俊注视着她，唇角含着一缕微笑。他想过唐盈盈不会因为自己的提议放弃决定，但他没有想到的是，这个女人会直接将自己心里所想剖开来给他看。他端起杯子喝了一口白开水，又伸手摸了摸唐盈盈的头发，眼睛里藏着怜惜的情绪："你说的这些我都同意，但你能不能多在乎一下我？我可不愿意你因为要做案子，整天都跟方惟安混在一起。"

"吃醋了？"唐盈盈有些讶异，笑着问道。

"嗯，很吃醋。"康俊一本正经地说。

"我们的康主任是这么没信心的人吗？"唐盈盈继续玩笑道。

"不是信心的问题，这是一个风险防范的问题。方惟安无论从哪个方面来说，都是一位非常有魅力的男人。"康俊继续一本正经地说。

"你比他更有魅力，我更喜欢你。所以，既然有你在，我又怎么会被次一级魅力的男人吸引走？"唐盈盈依旧笑着说。

康俊也被她这句话逗笑了："你这是霸道总裁哄骗小女生的路数，对我可不管用。"

"才不是。"唐盈盈听他这么说，轻轻奸笑了一下，立刻伸出胳膊，一把搂住康俊的脖子，用力地在他的嘴唇上吻了下去，蜜酱的甜腻迅速在两人唇齿之间蔓延开来。一吻之后，唐盈盈放开手，邪邪地道："这才是霸道总裁的路数。"

康俊微微一怔，一刻之后反手又将她搂回来，重新吻了下去，这一吻又深又长，令唐盈盈几乎要呼吸不过来。康俊用手掌托着她的后颈，含糊地说道："那我只能说，你还不够霸道。"

两人欢笑成一片，满屋子气息旖旎，欢颜如蜜如斯。

而等唐盈盈上午跟方惟安一起到了看守所，在会见室里见到汪瑶时，一早上的好心情便消失殆尽了。

汪瑶的脸看上去灰灰的，神色颓败得很，完全没有最后一次见面时那份耀武扬威的嚣张气焰。在会见室里，汪瑶一看见唐盈盈走进来，立刻从椅子上跳了起来，指着方惟安大声骂道："你疯了吗？方惟安，你说一定会帮我找个好律师，就是她？她怎么能做我的律师？"

"你给我住嘴。唐律师是我能找到的最优秀的律师了，这个案子交给她，我才能放心。"方惟安皱着眉头呵斥道。

"你放心，我不能放心，这是我的官司。方惟安，你究竟安的什么心，你是不是希望我能早点被关进去，这样以后就不用麻烦你了，所以才故意找她来的？你真够阴险的。"汪瑶的嗓音仍然洪亮，且十分具有穿透力，一阵劈头盖脸地指责。方惟安哪里是她的对手，三言两句之后，便不知道说什么，只别过头懒得再理会她。

唐盈盈见到这情形，便让方惟安先出去。她在汪瑶对面的桌前坐下，撑着一张满是职业笑容的脸，牢牢地盯着汪瑶，语气不急不缓地说："我要是你，现在就该走苦情路线，装个可怜，楚楚动人什么的，让方惟安不忍心放弃你。你再这么沉不住气，成天骂骂咧咧，总有一次会把他激怒，一走了之，懒得管你这摊子烂事。你要知道，他只消随便出个国，手机一关，谁也找不到他，回来只说自己工作忙，没顾上你，那时候你恐怕已经在服刑了。你家人再气不过，还能咬死他吗？"

汪瑶被她的话气得脸都变形了，叫嚣道："你是想来看我笑话的吧？我偏不给你看，你给我出去，我要换律师。我不要见你。"

"律师费又不是你付，我这个律师你偏换不走了。"唐盈盈双手托着下巴，脸上仍是职业笑容，"你现在呢，只有两条路：一条是好好配合我，试着赌赌，看我会不会很有职业操守地放下对你的嫌弃，尽心尽职地处理这个官司；另一条呢，就是怎么都不配合，我也会定期过来探望你，然后我什么也不会做。当然，如果你选择第二条，我就会告诉方惟安没问题，一切尽在掌握，你会被无罪释放的。这个承诺可是没有哪个律师敢做出的。就算最后判决出来，结果与承诺大相径庭，我也仍然是那句话，他还能咬死我吗？"

汪瑶气急败坏，恨不得立刻掀了面前的桌子："你好恶毒！你是故意的，你们都是故意的，都想整死我！"她一边叫唤，一边眼泪簌簌地往下落。

唐盈盈心里有些厌烦，冷冷地看着她在那胡乱哭喊了一阵，便将手中的笔重重地往桌上一放，打断道："行了，别再浪费时间了。你要再这样哭闹，我五分钟后就出去。"

"你现在就走。"汪瑶红着眼睛呵斥道。唐盈盈一听，二话不说，立刻将笔记本等物收进手提包里，站起身来就要往门外走去。但她刚走到门前，慌了神的汪瑶在后头再次哭了起来："你别走，你回来！我不要坐牢，我好怕，我没有抢劫啊！"

唐盈盈在门口犹豫了一刻，转身回去。会见室里的空气很潮湿，吸进鼻子里，总觉得有一股四处在发霉的味道。看着眼前哭成泪人的汪瑶，唐盈盈面无表情地递了一张纸巾过去，等了一会儿，又平静地说："好了，别把眼泪流在会看不起你的人面前。你既然没有抢劫，就把事情说清楚，为什么别人一定要说你进屋是去抢东西的。"

"我现在说不清楚了。我已经被审问过好几次了，郭家人都特别恨我，我想，大概就是因为那条狗吧。他……他们说，那条狗在他们家养了快十年了，感情很深厚，基本就是家庭成员了，结果被我给踢死了，现在全家恨得都想杀了我。"汪瑶啜嚅道，"可我当时也是气过头了啊，那只狗冲着我狂叫，我也怕它会咬我，脚下就没收住劲。我真不是故意想踢死小狗的，我没那么残忍，我平时也会喂流浪猫的。我……"汪瑶说到这里，像是说不下去了，声音开始哽咽。

"在我国，宠物算作饲养者的私人财产，那条柯基犬是当初郭扬父亲花十二万买来的，你顺手拿走的那部手机，价值六千元，再加上郭眉摔倒时毁损的一些东西，总共十几万的财物，不算少，但也没有多到赔不起。但根据目前受害人的表述，以及检方的意见，这是要把你往十年以上的罪名上定，你想过原因吗？"

"我不知道，我只觉得这法律很不公平，我去他家真的只是去找郭扬说事的，他姐姐那样说话，太侮辱人了。我也是气昏了头，才会动手推她的。我没有想要抢劫，我的手机跟她的一模一样，我以为那是自己的，才拿错了。你能再去跟他们说说吗，我可以把钱赔给她啊，我加倍赔还不行吗？他们也太没有道理了。"汪瑶提起当天发生的事情，仍然很是不忿。

唐盈盈冷冷地看着她："法律很公平，这个事情你看着很小，但你侵害的法律权益却很大，性质特别恶劣。伤人、踢狗、拿走手机，这伤害了郭眉的人身权和财产权，更重要的是，这些都发生在她的家里，你还伤害了她的居住权。简单来说，如果一个公民，在自己家里，财产和人身都不能保证安全，那这个社会是不是也太可怕了。因此，为了保障这种权益，《中华人民共和国刑法》规定，入户抢劫罪一旦被认定，起刑就是十年，重的可以判到无期甚至死刑。这跟抢劫的金额没有关系，法律惩罚的是你这个侵害法益的行为。"

听了唐盈盈的解释，汪瑶似乎冷静了一些，她用手指抠着桌面，语气也不似方才那般激烈："可我去他家真的只是想跟他说说话。我喜欢郭扬，他高大帅气又阳光，是我喜欢的那类男孩，但他姐姐怎么那样呢，说了那么多难听的话。我受不了这个，一下就生气了。"

唐盈盈对她的这些情绪和抱怨并不在意，一边翻看记录，一边问道："你在进入郭家之前，与郭扬曾有过一番对话，你说自己是在那个小区里找朋友，后来迷了路，正好遇到了郭扬，就说自己想借用一下厕所。但根据调查，你在那个小区除了郭扬，根本没有认识的人，对不对？"

汪瑶迟疑了一刻，低着头说："我是跟着他回家的，我也是想找个借口进他家，可以好好跟他说话。没想到我一上楼，他转身就出门去了，我当时也很尴尬。正好遇到了郭眉，我想不能白来一趟吧，就想跟郭眉聊一聊，谁知道她的嘴巴那么臭。"

"你骗人进屋的这个小谎言，你觉得无关紧要，现在却令你的处境变得很被动。它让你解释不清自己进屋的真正目的了。"唐盈盈冷静地说。

"我是去表白的！"事到如此，汪瑶也顾不上要不要脸了，歇斯底里地叫道。

"你知道吗，在郭眉的表述里，完全没有你们交谈的这一段。在郭扬作为证人的表述里，也称跟你并没有太多的私交，在学校几乎都没说过话。他只是看在和你是同学的面上，借你用了一下厕所，还叮嘱过你，用完后就自己出去。"唐盈盈又翻了翻资料，继续说，"而且根据你自己的说法，第二天是你的生日，想邀请郭扬陪你过，事实上你的生日明明是在七月。我想问问你，你究竟还说了多少谎话？"

"我家都是过旧历生日的，我真的已经都说实话了。郭扬现在肯定向着他姐姐说话，他们全家都想让我去死。"汪瑶的眼泪扑簌扑簌地又往下掉，她用袖子一抹，将眼眶和鼻头擦得更红了，饱满的脸颊上泛着粉红色，完全是一个懵懂天真少女的模样。

唐盈盈心下也有些不忍，盯着她的眼睛说道："那你跟郭眉的对话，你有什么证据能证明吗？"

"我没有，屋里就我们两个人，我总不能二十四小时录音吧。"汪瑶也有些着急。

"这样的话，最后呈现在法官面前的事实将会是，你通过欺骗的手段进入了郭扬家里，用手机砸伤郭眉后，强行将手机带走，又在楼下踢死了郭家的宠物狗。检方一旦以入户抢劫的罪名对你提起诉讼，被定罪的概率会很高。"唐盈盈向汪瑶做了总体情况的分析和解释。

汪瑶急切地问："如果不被定罪为入户抢劫，我会被怎么处理？"

"那可能会是一般的抢劫，或是损害他人财物及伤人，量刑估计在三至五年。"唐盈盈评估了一下，告诉她。

"那就是无论如何我都要坐牢？"汪瑶惊叫道。

唐盈盈方才泛起的一丝可怜此刻也不见了，她冷静地看着汪瑶，冷冷地说："要不然呢？你真的以为法律是玩笑吗？不仅这一次，包括上次你污蔑程风的时候，都是在玩火，随时可能烧死别人也烧伤自己。"说完这句，她看着汪瑶脸上怔怔的表情，索性又补上一刀，"我还得提醒你，郭眉的父亲是法律专家，郭眉和郭扬作为受害者，在配合警方调查时，所有证据都严丝合缝，有争议的空间很小。"

"那我死定了？"汪瑶惊恐地说道，她现在也看出来了，唐盈盈不是在吓她，方惟安之所以信不过别的律师，恐怕也正是因为案情太棘手了。汪瑶死死地拉住唐盈盈的胳膊，哀求地问道："盈盈姐姐，之前是我不对，我不懂事，我胡来，我乱七八糟的。我知道错了，真的知道错了，你原谅我啊。不，我不敢求你原谅我，但你这次一定会帮我的，对不对？十年，我是真的赔不起啊。"

汪瑶的声音在会见室里嗡嗡地响着，唐盈盈的矿泉水瓶一直没有拧开，握在掌心里，瓶子里水纹叠荡，一时间她的思绪也被震得凌乱。

与汪瑶谈完，唐盈盈坐方惟安的车从看守所出来。阳光炫亮，翠色茵茵，一串接一串的树影掠过车窗，像极了两人颇不宁静的心绪。

车内的气氛有几分凝滞，方惟安看了一眼对着车窗沉思的唐盈盈，带着几分歉意地问："情况是不是真的很糟糕？我们还有胜算吗？"

被他一问，唐盈盈回过神来，苦涩一笑："是很不乐观，我暂时也还没想到有什么合适的突破口，毕竟她的行为都已经摆在那里了，造成的结果也已经是既成事实。再怎么说她没有恶意，恐怕也没什么大用处。"

方惟安沉默了一会儿，歉歉地说："是，她已经被我纵坏了，性格急躁，沉不住气，也吃不得亏。"他又想了想，说，"其实我也想过，她一直这么胡闹下去不是办法，要是这次能给她个教训，从长远来看也不是什么坏事。长个记性，以后也知道不能由着性子胡来。但二十岁后的十年，她会错过读书、恋爱，甚至影响结婚，这个代价太沉重了。她出来以后，怕是人生就再没有翻盘的机会了。"

唐盈盈心里烦闷得很，张口便讽刺道："那要不然，我帮你去跟法院商量一下，刑期还是十年，改到六十岁退休后开始服刑？那时候人生格局已定，蹲监狱就当去养老了。你看行不行？"

方惟安被她这么一说，也不作声了。

唐盈盈的气仍未消，又看了他一眼，见他还是从前的那副模样，之前累积起来的委屈情绪登时从心底翻了上来，便继续道："方惟安，你要是还是这个态度，汪瑶就算被关上一百年，也长不了记性。无论她被判多久，只要你是她的保护伞一天，她这恣意妄为的脾性就改不了。还有，如果对这件事情细细追究起责任来，汪瑶有错是不假，但你这种没有界限的忏悔，又何尝不是帮凶？看似是在对汪家好，实际上是会害死他们的。汪家还有个弟弟，一旦汪瑶被判刑，我想你的悔意恐怕会更重吧，一定会将所有的悔意加倍偿还在汪家的小儿子身上。没有谁是宠不坏的，在你过度补偿情绪下长大的孩子，今天他二姐的样子，就是需要他引以为戒的未来。"唐盈盈一顿发泄完，见方惟安脸色微微一沉，便咬了咬牙，索性将后半句话也说了出来，"你当真不怕吗？把汪家的弟弟妹妹纵成这个样子，你真不怕以后汪静来找你问责？"

方惟安踩了一脚刹车，车子在路边猛地停下来，强大的惯性将两人向前猛地一抛。所有的声音在这刻静了下来，只剩下车窗外不知愁楚的蝉鸣。方惟安熄了火，手肘撑在方向盘上，手指按着太阳穴，无力地说："盈盈，你说的我明白，可你明白我吗？我现在觉得自己怎么做都是错。"

车外的艳阳顺着全景天窗落进来，形成了淡蒙蒙的一层光影轻纱，唐盈盈盯着他看，不过两三个月的时间，原本光彩熠熠的皮肤竟也铺上了一层枯色。唐盈盈深深叹息，世上不是每个人都能逍遥自在地活，各有各的烦苦，各有各的不知所措。她原本以为离开了方惟安，就能离开这一摞令人心烦的事，可偏偏又接了这么个案子。

唐盈盈心里异常清楚，比起汪瑶的官司怎么打，方惟安的态度才是最可怕的，不把他与汪家的关系理顺了，以后类似的麻烦恐怕还会源源不绝。唐盈盈看了一会儿车内飞舞变幻的光线，平顺好气息，心中更添了一分沉静："其实我也很不喜欢刚才的自己，尖酸刻薄，逞着口舌之利，站在道德高地上一味地去苛责别人。对不起。"

　　"不用道歉，这不是你的问题，从一开始到现在，都是我没有做好。"方惟安从来没有像现在这样沮丧过，"但我也是真的不知道该怎么做才合适。"

　　"你与汪家的问题并不难处理，只是你一直在用这种不合适的补偿来给自己疗伤，结果是你自己的伤没好，反倒把汪家人也给搅得混乱了。"唐盈盈微微一笑，转眼见方惟安一脸不知如何回答的样子，想了想，"真想解决这个问题，不过就差你的一个决心。你也不用先下这个决心，我先说说我的想法，看能不能给你一些启发。"

　　方惟安点点头，虚浮地笑道："好。"

　　唐盈盈斟酌了一会儿，说道："我们不要把问题往前移，老去想你欠了汪静多少。也不要把它往后无限延，我们在一个合理的范围内来考虑这个问题，就是在目前的状况下，你与汪家的关系该怎么处理。我们来做一个定性，假设现在汪静还活着，你们又结了婚，这应该就是你与汪家最亲近的距离了吧？"

　　方惟安点点头，微声"嗯"了一下。

　　"那我反过来问，如果你是汪家的女婿，真的是汪瑶的姐夫，你还会这么纵着她胡来吗？"

　　"不会，"方惟安肯定地说，"这种情况下，我不欠他们的。大家平等交往，在需要的时候给予适当的帮助就是了。"

　　"好，在正常情形下，你的思路其实很清晰，问题就在于你的歉意模糊了双方的界限，反而把关系弄糟糕了。你的歉意越大，他们就会越觉得自己可以予取予求，同时神话你的能力。而一旦你没有做到，又会揪起你的歉意，形成一个恶性循环。这也是目前这条令所有人都觉得辛苦、痛苦的路。"唐盈盈停了停，又说道，"你应该做的，就是明晰彼此的界限，完成自己在与汪家最亲近的身份上能够尽的义务，就已经足够了。更多的，你需要让汪家人自己去对他们的生活负责，也留出足够的空间给你自己去生活。"

　　"最亲近的身份上的义务？"方惟安重复了一遍。

"就是假设你是汪瑶的姐夫，你会承担汪家的哪些义务？我们可以清楚地划分出来。"唐盈盈解释道。

"这种人情账又怎么算得清楚？"方惟安仍有些模糊。

"那要看你怎么算，七大姑八大姨的算法只会算出一个无底洞，但在法律上，这些义务甚至可以直接算出一个数字来。"唐盈盈笑了笑，又说，"你这样想，汪家目前四口人，需要考虑的有三个方面，汪家父母的养老问题，弟弟妹妹的教育问题以及风险保障问题。养老问题，需要参照当地生活成本和人均收入，以及汪家父母退休后的收入情况，计算出一个能够保障他们基本生活的费用，可以一次性支付或分期支付，作为二老的养老补充，这是有现行公式可以计算的，总体也不会太高。"

方惟安听她说完，点点头，说："老家的生活成本不高，保障基本生活的话，一个月有几千块钱，两个老人家就能生活得很好了。"

唐盈盈也点点头，继续道："好，那我们来看第二个问题，是教育问题。这个一下说不上个准数，出于对小辈的鼓励，以及你的经济状况，我建议双方签订一份协议，承诺你将承担汪家两个孩子的教育支出。无论他们读到什么层次，本科、硕士，甚至博士，甚至出国留学，凭学校录取通知书，你都将负担所有学费及合理的生活费。"

"这个可以，我也希望他们能好好读书。即便出国费用会高一些，我也愿意承担。"方惟安点点头表示赞同。

"具体细则可以再约定，也可以设置一些奖惩机制。"唐盈盈补充道，"最后对于风险的防范其实就更简单，给四人各买一份保险，把意外和大病都包进去，他们几个互为受益人，防范未知风险。除了以上三块，不再有更多的经济帮扶。"

方惟安静静地听她说完，犹豫了一会儿，道："这，会不会太少了？"

唐盈盈浅浅一笑："你说这样少，人心就会永远不知道多。你能做到的也就是这些，更多的责任，应当他们自己承担。想要过更高层次的生活，也应当自己去争取，而不是趴在你身上，像吸血虫一样，没有界限，没有尽头。"

方惟安沉思了一刻，苦笑道："那如果按照这样说，汪瑶现在的问题，我都不能去管。"

"对。"唐盈盈直视方惟安，"如果你不管，她在动手之前就会有所忌惮，也就能学会对自己的行为负责，也能慢慢学会怎样在这个危险四伏的世界里，小心谨慎地过完这一辈子。"唐盈盈见方惟安沉吟不已，便又说道，"当然，并不是说这次就真的不管她了，官司上我还是会尽力帮她争取她该有的权益。但你也正好可以与汪家做一个全面的切割。在官司结束后，无论结果如何，双方都将按照新的模式相处。这是对你们彼此最负责任的一种方式了。"唐盈盈说完，清亮的眼眸温和地看着他，笑意暖暖似煦煦阳光，一身面料柔软的衬衣裹在身上，衣料相褶间拢住了依稀阳光，也拢住了方惟安的目光。

方惟安略一沉吟："我明白，是该跟汪家父母好好谈一谈了。"他说完，目光遥遥落在远处，略牵了牵嘴角算是一笑，"你能陪我一起去一趟福建吗？我怕我一见面心又软了。"

唐盈盈怔了怔，她没想过方惟安迅速就提出了请求，脑子里的思绪像春天忽然发出的柳条，乱晃乱转，满脑子的乱线。正在她不知道该拒绝还是答应的时候，方惟安又说："我没有别的意思，你知道汪家一直是我的软肋，我真的需要你。我们一早出发，坐高铁过去，两个多小时就能到，办完事当天就能回来，不会有很多需要我们独处的尴尬时间。"

浅浅的凉风从车中穿堂而过，伴着青青绿色，格外使人心静。唐盈盈犹豫了一会儿，最终还是点了点头："好吧，我跟你一起去。毕竟汪瑶的案子我也是该好好做一下家访。要是真到了山穷水尽的时候，可能就只能对法官卖可怜博同情了。"唐盈盈想起这令人头疼的官司，无奈地说。

第二天，唐盈盈起得极早，乘坐第一班高铁到漳州，下车后，方惟安安排好车，又开了半个小时，到了小山岛。

这里景色极美，渔村伴着海，海水颜色果冻一般，层层透明。车子到的时候正好遇上渔船回港，宽阔平坦的海面被阳光照得橙黄，由远处驶过来的小船背着阳光，场面壮阔而美丽。近处的沙滩上，渔民和游客正在赶海，拿着桶、篓、铲子等工具，去沙滩上捡拾那些行动迟缓的贝类海鲜，那场景宛如一幅充满生机和活力的油画。车子沿着海岸线转了几个弯，停在了一个小小的海湾前。方惟安下车，指着不远处水面上一排排层层叠叠、错落有致的竹竿林，向唐盈盈介绍道："那里就是紫菜田，现在天然紫菜已经很少了，人们只好在海上扎起竹竿，进行人工养殖。汪瑶的爸爸年轻时是渔民，身强力壮，整天跟船出海。后来有一次遭遇了风暴，从甲板上被抛进海里，撞在礁石上，腰椎受了重伤，勉强捡回一条命。巨额的医药费让他们家一夜返贫，欠下了大量的债务。那时候汪静大概就跟汪瑶现在这么大，先是想偷渡出国，去赚洋钱，后来被海外的亲戚劝住，又给她介绍了雇佣军里的活儿，算是堂堂正正赚洋钱了吧，家里条件也慢慢好了起来。她爸爸有钱去做康复，后来身体恢复了，却再不能跟船出海，便改行在海里种紫菜了。"回忆起往事，方惟安的话语里总是流露出清浅的忧伤，"种紫菜辛苦是辛苦，但总归稳定些。上半年海田里养海带，下半年种上紫菜，一年下来收入也抵得过城市里的一个小白领。"

唐盈盈一面听他说，一面点点头，举目极望，下面是蓝色的海水，上面是层层叠叠的云中透出的一束束金色光芒，将海面上一丛丛养殖紫菜用的毛竹映照得金光闪闪。碧海蓝天之间，有几个人影乘着小船在竹竿林间穿越，甚是有趣。她正想赞叹几句，耳边突然响起一阵如同鸭子呱呱乱叫的抒情声："啊，这天，啊，这海，怎么这么美，怎么这么好看？人人都说穷山恶水出刁民，谁又能想到，这里青山秀水的，也能出汪瑶。"

唐盈盈与方惟安刚因美景而松懈下来的心情，被程风这么两句话就给彻底破坏了。唐盈盈看了看死皮赖脸、半路被康俊强行加进来的程风，就有一种令人发不出来的火："你不是一直在睡觉吗？现在睡醒就开始念诗了？"

"早上起太早了，不得不补觉。睡够了，现在可以干活儿了。"程风嬉皮笑脸地躲过唐盈盈话里藏着的不悦，摩拳擦掌道。

方惟安只温厚地沉默着，在前面带路，三转五下，便到了汪瑶家里。

汪家是近两年新修的民居，家里的家具、电器大多是用旧的，唯有一台电视机是崭新的六十五英寸大曲面屏幕，放在客厅中央，很是醒目，也与周遭环境有些格格不入。

汪家父母对方惟安的此次来访有种不知所措的紧张，汪妈妈在桌上摆上了橘红糕、蛋花酥、马蹄酥等几样茶配，又新泡了一壶铁观音给三人斟上。夫妻俩一直生活在小山岛，依海为生，能听懂少量的普通话，但自己只会说闽南话，唐盈盈和程风都听不懂，便让方惟安一句一句地翻译。

汪爸爸先是对方惟安叽里呱啦一顿说，方惟安告诉唐盈盈，他说了两件事。一是问汪瑶什么时候可以放出来，是不是要赔钱？赔完就让她赶快回家，以后都不要出去了。二是，这次子孙有难，都是因为过年的时候圣王没有拜好，他已经联系好本地的一家祠庙，希望方惟安能拿出一些钱来，以汪家的名义捐赠了，这事就过了。

唐盈盈听汪家父亲是这么个思路，心里一沉，深深看了方惟安一眼。程风立刻插在两人中间，对唐盈盈耳语道："我知道圣王，就是齐天大圣孙悟空。女儿犯了事，去修猴子庙，这真是厉害了。"

唐盈盈叹了一口气，对他说："你这么低声干什么，说响一点，看人家拿不拿扫帚把你打出去。"程风吐了吐舌头，没敢再多嘴，跟着唐盈盈的目光去看柜子里摆着的汪家几个孩子的奖杯、奖状。一看之下，竟吓了一跳："看不出啊，这汪家简直是武术世家啊，三个孩子，散打、拳击、武术大赛，县里的奖项快拿全了。"

汪家父母听出来程风的惊叹，被海风吹得黝黑的面皮也难得地绽出了欣喜的笑容。不过很快，程风盯着奖状的眼睛像突然亮起的灯泡，像发现了新大陆一般低着声音对唐盈盈说："大姐叫汪静，二姐叫汪瑶，小弟叫汪进德，这仨名字，啧啧，意味深长啊。"

唐盈盈没有理会程风，只转过头去对汪家父母说："我是汪瑶的代理律师，基本情况方惟安也向你们说过了，我这次过来，是希望能够多了解一些汪瑶和家里的情况。"

方惟安在一旁帮忙翻译，只见汪瑶母亲絮叨不已，从自己出嫁开始说起，说到与汪爸爸怎么从一穷二白的情况，拉扯起了一砖半瓦的房子，叹息之声不断穿插其中。虽然有方惟安帮她一边整理一边翻译，但听起来仍然有不少车轱辘话，颠三倒四地重复。唐盈盈倒不着急，耐着性子听她一句一句说，方惟安一句一句翻。汪妈妈哀叹道："我们老两口真的是命不好，我一共生了三个孩子，到头来也就剩下进德这一个了。三个孩子里，汪静最能干也最懂事，小小年纪就出去赚钱，那些年，家里的债大部分就是靠她寄回来的钱给还上的。汪瑶是二女，出生的日子就不好，大家说她出生那天美国死了太多人，阴气重，她这辈子会有很多磨难，现在果然印证了。但她对进德是真的好啊，自己还没桌子高的时候，就会照顾弟弟了。进德是个有福气的，出生的时候正好十斤，一两不多一两不少，那时候谁家都知道汪家生了个十全十美的大胖小子。"

唐盈盈听到此处，眉心猛地一跳，问道："汪瑶出生的日子是哪一天？"

"七月二十四日。"汪妈妈想也没想立刻回答道。

　　唐盈盈见过汪瑶的身份证，上面的出生日期是二〇〇〇年七月二十四日，但印象里，这跟美国死了人并没有什么关系。她又翻了翻之前的记录，案发日是八月二十二日，汪瑶说第二天是她的生日。唐盈盈拿出手机翻了翻万年历，有一个大胆的念头突然冒了出来，她急忙再问道："你再说清楚一些，她出生那天，美国究竟为什么死了很多人？"

　　汪妈妈被唐盈盈的语气吓住了，迟疑地看了一眼方惟安，小心地说："具体的我也不清楚，说是美国有两栋楼被飞机撞了，死了好几千人。我什么都不知道啊！"

　　"九月十一日世贸大楼被袭击那天吗？可那是二〇〇一年，汪瑶究竟是哪年生的？"唐盈盈大惊，紧紧地抓着她问。

　　"汪瑶本来是属蛇的，但这个属相很不好，蛇是防着猴子的，进德就是属猴的。进德一出生，在月子里就发了一场高烧。我们可急坏了，让仙人查了一下，就是被蛇冲撞，赶紧花了一笔钱，小蛇改大蛇，变成了龙。这样就能保证一家平安顺利。"汪妈妈一脸无辜的表情。方惟安也觉得事情有疑，详细询问了起来，汪妈妈倒也没太多隐瞒，跟方惟安解释了事情的来龙去脉。

　　两人交谈完毕，方惟安沉默了一会儿，整理好思路，才对唐盈盈说道："汪瑶确实是二〇〇一年九月十一日出生的，这边一直习惯用农历算法，所以汪妈妈说的是七月二十四日。汪瑶出生的时候，计划生育抓得很紧。为照顾风俗人情，如果家里第一个生的是女儿，一般会允许再生一个。汪家由于前面两个都是女儿，要是汪瑶上了户口，就不能再生了，所以，他们就一直让她黑着。后来，弟弟进德出生了，赶紧给进德先上了户口。二〇〇七年的时候，汪瑶父亲出了事，家里经济一落千丈。本来汪瑶这时候也要上小学，户口的事不能再拖了，可家里怎么可能交得起罚款，索性就不让她念书，留在家里照顾父亲和弟弟。二〇〇九年的时候，汪静寄回来的钱把家里的债还了大半，又额外附上一笔，要求父母无论如何一定要让汪瑶去念书，父母才去找人托关系帮她补上了户口。填出生日期的时候，别人告诉汪妈妈，如果填九月出生，那就要算下一个学年入学。汪妈妈心想，小学原本也没什么好学的，就是让小孩玩的。多读一年书，她就要晚出来工作一年，再加上一直觉得汪瑶出生的日子很晦气，索性就把她的出生日期写成了二〇〇〇年，省了一年的时间，日后还能早点出来干活儿赚钱。就这样，一天正经学都没上过的八岁的汪瑶，直接变成了九岁的四年级学生。而家里一直用虚岁给她过生日，属相什么的都对得上，所以她自己也一直没有发现这里面有什么问题。"

唐盈盈查看着万年历，心中的大石也落了一半下来，道："这样就清楚了。她后来知道七月二十四日是农历日期，想换算成自己的公历生日，于是查了二〇〇〇年七月二十四日农历对应的日期，所以才会在二〇一九年八月二十二日去邀请郭扬参加自己第二天的十九岁生日会，事实上她当天还没满十八岁。你们身为她的父母，心也真是大，自己女儿究竟哪一年出生的都能不告诉她。"

汪妈妈听完，脸上也没见什么愧色，只是淡淡地说："我们乡下养孩子，比不上你们城里人仔细。自从汪瑶出生，家里的麻烦事就没有消停过，后来进德大了才好些。这种小事又有什么好说的？"

唐盈盈听她这么说话，心里顿时升腾起一阵凉凉的伤感。她忽然在这一刻开始有些同情汪瑶，出生在这样的家庭，家里所有的资源都倾向给那个男孩，一对父母将自己漠视如斯，也难怪她行为乖戾。她不断去挑战别人的底线的行为，恐怕也只是为了引起旁人的注意而已。

这么一想，唐盈盈便觉得房中的气息憋闷不已，方惟安与汪家父母那如同外国语似的快速交谈，就像一队钉着铁掌的马队，叮叮噔噔地从她脑门上踏过，惹得她两侧的太阳穴一阵接一阵地抽痛。

唐盈盈喝了一口热茶，心里暗自有了把握。她转而对汪家父母严肃地说道："好了，汪瑶的事情已经差不多了。这次过来，还有第二件事情，是处理方惟安与你们的养助关系。我起草了一份协议，你们也认真地看一下，有什么不懂的地方，我和程律师可以详细为你们解释。"

方惟安一听提到这事，神色便有一些不自然。唐盈盈看了他一眼，一双如漆墨般的明眸里，目光笃定，便让他觉得放心不少。汪爸爸是识字的，有些不明白的地方，问了问，便也搞清楚了整份协议的意思。汪爸爸点了一支烟，沉默了一会儿，才对方惟安说："也就是说，除了上面列明的这几点，我们再有什么要求，你就不帮我们了？修圣王庙的钱呢？"

"不给。"唐盈盈抢在方惟安开口回答前，用刚学会的否定词斩钉截铁地说道。

汪爸爸立刻就跳起来了，跟方惟安吵吵嚷嚷地不知道在争论些什么。方惟安回了几句，但语速明显比不上汪家父母，很快就落败了，只剩下汪爸爸在那儿一个劲地猛说。方惟安来不及翻译给唐盈盈和程风听，他们两人就像看哑剧一样，愣愣地在一旁观战。

　　这么左来右往地吵闹了十几分钟，唐盈盈猛地敲了敲桌子，喝道："别再吵了。我也听不懂你们在争吵些什么，不过猜也猜得到，无非就是说方惟安害死了汪静，理应照顾你们全家一辈子。我今天也就是来跟你们说清楚，你们这个理应的理究竟是什么样的？真的是对得起人心、对得起上天的道理，还是在假借女儿的死，趁机勒索，无休无止，令人厌烦？！"汪家父母能听懂的普通话有限，唐盈盈这段显然有很多地方他们没明白，一脸茫然地看着她。唐盈盈便冲着方惟安道："你说给他们听，把我刚才的话，还有接下来说的，一字不差地翻给他们听。"

　　在场几个人被她的语气给吓住了，静悄悄地不敢言语。一息凉风从半扣着的窗下穿过，带着海边特有的咸咸气息扑进屋内。唐盈盈语速不慢，方惟安的声音跟在她后面，一句一句重复着她的话："汪静去的是战场，战场就意味着即使自己的行为毫无瑕疵，也可能无端丧命。方惟安那个小组，十二人去两人回，死亡率高于百分之八十。这就是获得天价报酬的风险。她的去世，你们怪方惟安送了项链，怨汪静自己疏忽大意，却怎么就不往你们自己头上想想？要不是当初你们让长女扛起全家的重担，揣着性命去战场上赚钱，她又怎么会遭遇不测？你们究竟生的是怎样一副心肠，还能心安理得、若无其事地一次又一次提起她的死？"这番话唐盈盈早就想说，但此前顾着彼此的脸面，并没有撕破来讲。

　　汪家父母沉默了一会儿，汪妈妈小声辩驳道："我们能有什么办法？她爸爸出了事，家里没了经济来源，汪静这么懂事，要去那个地方，我们心里其实也很舍不得。"

　　唐盈盈也懒得跟他们说这些，继续说道："但这些都是你们汪家自己的事，跟方惟安没关系。我只是需要你们明白，如果你们觉得方惟安对汪静的逝世负有责任，那就请拿出证据来。我们可以去法院寻判决，也可以去圣王庙里见人心。整天只会空口往方惟安身上栽罪名，绑架别人的善意和愧疚，是世上最可耻的犯罪。"

　　汪爸爸想了想，道："我们也没有要求他什么很过分的事情，你不要把我们说成在敲诈勒索他一样，所有的补偿都是他自愿的。"

"是他自愿的，现在也是他心甘情愿负担起你们家的养老、教育以及风险支出。所有的赠予都是无条件的、自愿的，只是换了一种方式而已。如果你们没有什么更过分的想法，又为什么不同意呢？"唐盈盈目光灼灼地盯着汪家父母。

"你这是在威胁我们吗？"汪爸爸想了一会儿，突然想到一个可能，急忙说道，"你现在的意思是不是如果我们不接受这种协议，汪瑶的事情你们就不管了？"

唐盈盈心里有些想笑，在这样的逻辑下，要做一个坦荡的坏人果然需要承担不小的心理压力。她笑了笑，冷静地说："我不阻止你们这么去想，我需要提醒你们的是，方惟安与你们没有血缘关系，法律并不要求他对你们承担赡养义务，包括这次为汪瑶支付律师费在内，都是他的善意赠予。"

"善意？"汪爸爸冷笑道，"我看你们都不是什么好人。"

汪爸爸说完这句话，像是很生气，常年被海风吹刮而又黑又皱的脸上怒气腾腾的。方惟安想说几句软话缓和气氛，却被唐盈盈一把阻止。

"我是不是好人没关系，我只是一名律师，只对我当事人的利益负责。在汪瑶的官司里，她是我的当事人，我会尽可能帮她争取在那件纠纷中最大的利益。但一码归一码，在方惟安对你们家的赠予问题上，他现在是我的当事人，他的权益和道理，我会帮他辩驳清楚。"唐盈盈深吸了一口气，又说道，"换句话来说，目前这样的赠予方案既不是为了获得你们的原谅，也不是希望你们能感恩，完全只是方惟安单方面给汪静做的一点事。你们可以接受，也可以不接受，这是你们的自由。但如果你们再用这种道德陷阱继续胡搅蛮缠，我会建议方惟安撤销对你们的所有赠予，包括为汪瑶支付的律师费，所有的后果你们需要自己去承担。当然，你们也尽可以去跟所有人说，方惟安受到无良律师的怂恿，成了一个没有良心的人。这个骂名我来替他背，等你们骂够了，耗尽了别人的耐心，我们再坐回这张桌子前来谈，那时候就不会再有一份这样的协议摆在面前了。"

唐盈盈的话字字落地有声，如一粒一粒滚圆的珍珠跌落玉盘中，激起的铮铮之音让方惟安心头猛地一动，他抬起头去看她，目光凝在她的脸上，再也移不开了。程风觉得自己一身的汗毛都竖起来了，半张着嘴，在一旁什么也说不出来。

汪家父母思索了一会儿，两人也商量了一下。汪爸爸又提出一个新的条件："我知道，一直让方惟安照顾我们，他也是有压力的，他想换一种方式，我也能够理解。我和汪静妈妈的想法是这样的，进德今年十六了，他是汪静生前最疼爱的弟弟，再过两年也要说对象结婚的，这年头女孩都势利得很，没有像样的房子，怕是说不上好对象。你之前也答应过要送他一套房的，我们现在也不要求在深圳了，就在漳州市里，给他买一套结婚的房子。我们也把这条加进去。"

方惟安想了想，还没等他开口，唐盈盈立刻说道："不行，汪进德除了受教育的钱，别的都要自己去赚。别说是一套房子了，他哪天念完了书，自己出来要工作了，就是一顿盒饭的钱都得自己想法子去赚。"唐盈盈说完，看了一眼欲言又止的方惟安，只好又对他解释道，"我知道你是什么想法，漳州市里一套房子是不贵，几十万就能全款买下。但你想想，汪进德十六岁就有了这样一笔固定资产，谈女朋友的时候凭着这套房的底气，也许真能因此相上一个不错的女孩结婚。但接下来呢，他不会有机会去理解一个正常的乡镇青年要买上房、安上家需要付出多少努力。你帮他过了人生中的这一道关，那接下来所有的考验你都准备大包大揽了吗？如果不是，那这一次的揠苗助长就是对汪进德正常成长轨道的严重干扰。汪瑶的前车之鉴就在这里，这个教训就算汪家父母不明白，你还要继续？"

方惟安想了想，脸上讪讪一笑，很自然地说："是，你说得对，我之前想错了。"说完，他便下了决心去跟汪家父母沟通。双方沟通得仍不是特别顺畅，汪家父母时不时会唉声叹气，不住地摇头，但再也没有方才那种将方惟安逼问得无处可逃的情况了。

唐盈盈也不再管他们，目光凝在门外院落中一株鸡蛋花树上。这个季节，鸡蛋花开得正盛，淡黄与米白相间的花朵立在枝头，更衬得宽大的树叶绿意莹莹。她细细琢磨着汪瑶的案子，一时之间竟有些发怔。

程风不失时机地凑上来跟唐盈盈聊天，也不管她在不在思考问题，直接问道："汪瑶的事情您有把握了？"

唐盈盈回过神来，看了他一眼，淡淡地反问道："你说呢？算是有一些把握了。汪瑶二〇〇一年九月十一日出生，在二〇一九年八月二十二日犯案，还没有满十八岁，依法是可以从轻或减轻判刑的。"唐盈盈又笑了笑，"算她运气不错，就算要被判，至少也不是十年了。"

"她运气真的很好啊，不过这一家人也是绝了，自己女儿的生日都能不告诉她。唉，不过不告诉也是对的，要是汪瑶那个魔头知道自己还是未成年，还不知道会犯出什么事情来。"

唐盈盈不语，又看了一眼正在为儿子的房子做最后努力的汪家父母，心中对汪瑶的同情就更重了一层："汪瑶会变成今天这个样子，也是这样的成长环境造成的，虽然可恨，也是可怜。官司怎么处理我们先不说，等汪家把协议签了，再让他们去找汪瑶的出生证明。不知道医院的档案还在不在，这些材料还都得送一下公证，估计你明天得留在这里办事。"

"哦，"程风应了一声，继而又有些惊讶，"我跑公证当然没问题，但问题是，今天回深圳就变成您跟方总两个人了？"

"嗯，"唐盈盈皱了皱眉，"这算什么问题，今天本来都不想带你来的，要不是康俊……"

"对，您既然已经知道我是康主任派的钦差大臣，还把我留下，这是不是太像故意把我支开，要跟方总来一段二人旅程了？"程风笑滋滋地说。

唐盈盈将程风上下打量了一番，嗤笑道："康俊果然没看错你啊，你们两人在捕风捉影这方面真是气味相投。"

程风毫不在意唐盈盈的讥讽，继续说："我无聊不无聊无所谓，关键在于，您刚才那句'这个骂名我来替他背'，太震撼了。我一直盯着方总看呢，他的脸色登时就变了。嗯，怎么来形容呢，我们假设他头顶上像神仙一样有个气场光圈什么的，平时就应该是那种铁青色，那一刻，腾地一下变成了粉红色。"

唐盈盈端起茶杯喝了一口，特想找根针把程风的嘴给缝上："就你看见啦？铁青色变粉红色？你开过天眼啦？"

"啧，我就是这么个意思，意思就是这句话对直男的杀伤力满级，小心方总对您旧情复燃。左手老康，右手老方，烦死您。"程风微微点着头，评论道，"安全起见，要不您让方总一个人回去，您也晚一天走。要不就您先回去，让他留下来陪我办事。"

唐盈盈沉吟一会儿，说道："我当时不是这个意思，这句话平时说得也多，我们帮当事人挨骂名的时候还少吗？要真是会引起误会，那我找机会跟他说清楚。"她又想了想，摇摇头说，"还是按照这样的计划，你留下把材料都准备齐全了，我们先回深圳。虽然有未成年人减刑这一条，算是突破了第一道防线，但我还是希望能争取更进一步，看能不能跟郭家人见个面，问清楚当天发生的情况。"

程风听她这样说，猛地一拍脑门就向后倒去："算了，我已经提醒过了，你们孤男寡女一路同行，回到深圳，您能救汪瑶，但谁也救不了您了。"

第20章

吃一堑，长一智

与汪家的协商很费劲，汪家父母反反复复的，但方惟安倒是令人意外地坚定，只按照唐盈盈的建议去谈，再不轻易松口。等方惟安与汪家签完协议，汪妈妈再翻箱倒柜地找出汪瑶的出生证明时，已经是傍晚了。三人从汪家出来，一团巨大的火烧云从天空一直漫到西边的海平面上，海面上光影激滟，晚归的船和人拥在堤岸上，自然形成了一个临时的晚市，人声嘈杂，刚捞起的海鲜在水箱里翻滚跳跃，有些直接跌落在地上，被来采购晚餐食材的人捡走。晚市的繁闹，意味着小镇上人们一日辛劳的结束。

在汪家附近，三人找了一家民宅改建的旅馆安顿程风住下。唐盈盈送他入住，又详细叮嘱了几句明天要办理的事情，方才离开。

走出旅馆，方惟安正在门口等她，一脸平静地说："今晚从漳州回深圳的高铁票卖光了，一张都抢不到。我刚才找了认识的黄牛，他们手上也没票，最早要明天的了。"

"啊？"唐盈盈方才只顾着办事，忘记提前订票了，连忙掏出手机查了一下，果然都没票了。"那怎么办？应该还有大巴，赶紧买大巴票吧。"她头也不抬地问。

"大巴太挤了，人又多，坐着也不舒服，还不如我们自己开车回去。"方惟安指了指身后的车，言语里透着说不出的温和，"我刚才跟租车公司联系过，这台车我续租两天，在深圳还车。从这里到深圳，全程八个小时，我来开。你在车上正好睡一觉，休息好，就到深圳了。"

晚霞正美，两人的头顶有一株正在怒放的玉兰花，霞光从密密的叶间透过来，将两人拢进了一片斑斓的光影中。唐盈盈累得要命，从早上五点多就去赶火车，一直忙到现在，太阳穴的两侧血管突突地跳动，手和脚就像黏在身体上的四根铁柱子，直直就要往地上坠。她真的很想一把拉开车门，把鞋给踢了，躺在后座上，什么也不想什么也不管，赶紧睡觉。但程风之前的警告，再加上眼前的情景，真是让她不能不警惕。

唐盈盈重新扎紧了被晚风吹乱的头发，神色漠然地说道："方惟安，我突然想起来，我之前只跟你说了我代理汪瑶案子的费用，帮你跟汪家协商签订合同的服务费用，我们还没说好呢。现在事都办完了，你应该把钱给付了。"

方惟安嘴角微微一动，话语却愈加温柔："没关系，费用多少你说了算。或者，我可以把我的银行卡给你，你直接转账，密码是你的生日。"

唐盈盈只觉得心脏里的血噌地一下就冲到了头顶，仿佛自己下一秒就要脑梗了："方惟安，你不要给我来余情未了这一套。我们已经不是男女朋友了，我也有了新的恋情。我接汪瑶的案子，以及我帮你去处理汪家的事情，仅仅是两件寻常的工作而已，没有其他的意思。"

方惟安对唐盈盈的话并不感到惊讶，仍然是那副淡然的神情道："唐盈盈，你也不要给我说公私分明这一套。我们确实不是情侣了，但又有什么关系？我仍然可以再次追求你。至于你的新恋情，我也听说了，康俊算是一个还不错的人吧，但我不认为你真的会喜欢一个娘娘腔的男人。"

唐盈盈的眉头皱在了一起，不悦地说："方惟安，你知不知道你这样说别人很没有礼貌。"

方惟安对唐盈盈的反应有些惊讶，似乎还有些好笑："说他娘娘腔吗？这不是我说的，是你说的。"被他这么一提醒，唐盈盈忽然想起来，康俊刚上任那会儿，她确实没少抱怨所里的娘炮新主任风骚又浮夸。如今想想，只不过一年多的时间，竟已物是人非了。又想起自己的这个评价要是被康俊知道了，不知道他会不会找自己的麻烦，他可不是什么大度的人。唐盈盈呆立在那里，只顾自己心里想着，脸上尽是甜甜的微笑，倒忘了方惟安还在旁边。

方惟安沉默了一会儿，仿佛有一丝不悦横亘在他的眉心，很快这份情绪又被温柔所替代。他又往前走了一步，盯着唐盈盈的脸，坦然地说："盈盈，我不如别人那么会说甜言蜜语，能整天逗你开心。我甚至是一个不敢对生活有太多奢望的人，但很幸运的是我遇见了你，让我觉得自己每天的心跳都有了节奏。这段时间，我每一天都在后悔，我的生活就只剩下了吃饭、睡觉、工作，其他的地方空茫茫一片，比死亡还要安静。我当时不该同意让你走，哪怕当初我们再多坚持一下，到现在，我们之间的问题解决了，以后就可以顺利地走下去。这样我的心里也不会空出这么大一片冷飕飕的遗憾。"

唐盈盈的神色因一整日的奔波而显得憔悴，在霞光的映照下透出一层绯红色的决然，她凝视着方惟安目光灼灼的双眼，坦然道："方惟安，我很感谢你把我放在了这么重要的位置上，但我与你之间的事，上次我已经明明白白完完整整地跟你说过了。我们的分开，汪家是原因，但更重要的是，当我站在你面前时，身体的每一个细胞都在告诉我，不是你。对于一段感情来说，这已经是终点了。"远处的太阳被一个浪头覆盖过去，天空中也只剩下了漏在云层里的几缕霞光，唐盈盈含嫣一笑，遥遥地朝汪家屋子的方向看了一眼，温言说道，"我们今天几乎花了一整天的时间去让汪家接受这份更理智也更合理的协议，过程艰辛，我也有些言辞不注意的地方，或许令你产生了误解，但我解决这件事情的出发点，不是为了扫清我们两人感情发展的障碍，只是不想辜负你的委托。如果一定要说我有什么私心，那也是站在朋友的立场上，我希望你能够在与汪家分割的过程中，学会怎么与遗憾告别，无论是汪静还是我。"

风依依掠过，树上一朵开败了的玉兰花飞旋着落在了方惟安的衣服上，很快被弹起，又顺着唐盈盈的长裙落在了地上。他的目光渐渐凉下去，唇角却依旧含着苦涩的笑："可你还在我眼前，我还是喜欢你。"

唐盈盈轻轻叹息一声，心想感情这个事，有前有后，无论开始还是分手，两个人总是很难步步整齐。这也不能强求，时间总会冲淡一切，她浅浅一笑，又说道："那我希望这个喜欢是对朋友的那种喜欢，或者是出于对一名优秀律师的欣赏，这两种我都能接受。"她笑了笑，不想再继续这个话题，"好了，我今天说话太多，真的太累了，整个上呼吸系统都快冒烟了。我已经订好了大巴票，我们分路回去，我会自己打车去车站。你晚上开车注意安全，明天上午十点，我们郭家门口见。"唐盈盈笑着说完，一面从车里拿出了自己的东西。

方惟安拦在她面前，正色道："盈盈，你不用避嫌成这样。大巴太辛苦了，还是跟我一起自己开车回吧，我不会对你做什么，你上车好好睡觉，我可以不找你说话。"

唐盈盈将背包轻轻往身上一甩，笑道："我当然知道一路回去我们也不会发生什么。只是八个小时的车程实在太长了，我们的关系本身就有些复杂，不仅我们独处得难受，以后也很难说清楚。有人可能会觉得身正不怕影子斜，但我却觉得瓜田不纳履、李下不正冠，对于明知容易引起误会的事情，还是尽量避免吧。"她看了一眼方惟安，又玩笑道，"事实上我是很想让你去坐大巴的，不过我今天实在太累了，开八小时夜车我也开不了，所以还是让你自己开回去吧。夜间行车注意安全，道路千万条，安全第一条。"

方惟安还想拉住她再说些什么，却见一辆出租车停在了两人面前。唐盈盈向他挥了挥手，迅速拉开车门，车子便卷尘而去。

方惟安捡起了落在地上的那朵玉兰花，开败了的花有股浓烈至腐朽的香味。他捏在手里，怔怔出神了一刻，将花放到车上，脚踩油门，车子便朝着车站的方向驶去。

从漳州驶出的大巴开了整整一夜，终于在晨曦刚露的时刻抵达深圳银湖车站。唐盈盈随着人流走出来，一出站，见到康俊一身米白色的中袖衬衣，正在门口等她。硬扛了一天一夜的疲惫顷刻向四肢百骸涌过来，唐盈盈半软着就倒进了康俊怀里："我晕车了，生平第一次晕车，是从昨天后半夜开始的。司机给了我一个塑料袋，我吐啊吐啊，吐了半夜，五脏六腑都要吐出来了。"

康俊嗅了嗅怀里的人，一脸嫌弃的表情："果然好臭，像是一只从垃圾堆里捡回来的死老鼠。"嫌弃完，又用手怜惜地抚了抚唐盈盈乱成一团的头发，"大巴车上空气浑浊，你又累了一整天，这样很容易晕车的。走吧，我带你回家，到家了我帮你洗头，帮你吹头发，然后你好好睡一觉，醒来又是风姿飒爽的唐律师了。"

"我不睡了，洗个澡换件衣服，差不多就要去郭家了。你不知道郭扬他爸爸多难约，死磨硬泡了好久才同意今天上午见面，要不然我也不用拼死了昨天赶回来。"唐盈盈抱怨完，又不爽地说，"法务总监的谱怎么能这么大？我以后也找个大公司，做个法务，让别人也叫我唐总好了。"两人一边说一边走。

"现在也可以叫你唐总啊，要不我今天跟大伙儿说一下，以后不许叫唐律了，都改叫唐总。"康俊一本正经地说笑道。

"那还是不要了，换这么个称呼，谁知道你又会压多少营收在我头上。"唐盈盈连忙拒绝，见车里放着一杯咖啡和一袋三明治，转过头便将一夜没洗的脸往康俊洁净的衬衣上蹭，"我不要吃咖啡和三明治，我的胃难受得很，我要吃热乎的早餐。"

康俊一手搂住她，另一手去开车门，宠溺地说道："我知道，这是我的早餐，我在家里给你煮了粥，鸡丝芡实粥，我照着网上的做法煮的，养胃又好喝，回去就能喝上了。"

唐盈盈顺手摸了摸康俊的脑袋，笑道："真贤惠。"

康俊无奈地笑了笑，又憋着坏说："不过，唐律师，我有个建议，你今天能坐后排吗？"

"为什么？"唐盈盈疑惑道，忽地反应过来，气呼呼将副驾车门拉开，一屁股坐了进去，"偏不，竟然嫌弃我。我偏要坐前面，后排更容易晕车。"

康俊笑了笑，也坐了进去："我开车，怎么可能让你晕车。"

郭扬、郭眉的父亲今年刚满五十岁，相貌俊朗、身姿挺拔，常年从事法律事务，脸上总带着一种不怒自威的严肃。他将唐盈盈和方惟安领进书房，三人在小茶几旁入座，郭总自顾自地烧了一壶水，摆弄着几上的工夫茶具，而家里的保姆却给两位客人端上来两个一次性纸杯，里面是另外沏的红茶。

郭总冷漠地打量着两位来客，淡淡说道："之前方先生已经来过多次，我的态度也讲得很明白了。整个事情已经远远超出了孩子间的纠纷，伤人、伤狗、夺取财物，给我们一家人造成的，除了物质上的损失，还有巨大的精神伤害，郭眉和她妈妈在家里哭了一个礼拜。蕊蕊是我们一家人的掌上明珠，我们养了十年，平时有什么好吃的都要先紧它吃，给它买的狗粮都是托朋友从欧洲带回来的，比从国外代购婴儿奶粉还麻烦。她这么一脚就给踢没了，这跟杀了我们一位家人又有什么区别？"

方惟安连忙道歉："是的，这个事情汪瑶自己也特别后悔。我不是在替她说情，她犯下这样的错误，确实很难让人原谅。对于这只宠物狗的死，我们愿意尽我所能给予赔偿，包括当初购买宠物狗的支出以及你们一家人的精神损失。"

郭总捏着茶盅给自己斟了一杯热茶，冷冷笑道："方总好大口气。我之前也说过了，我家不缺这点钱。等检察院提起公诉后，我也会附带要求民事赔偿，最终都看法院怎么判，判多判少我们也都认了。"

唐盈盈摊开文件，想了想，说道："郭总，我明白你们的想法，关于民事赔偿部分，你们不愿意协调解决，我们也不强求。只是在关于认定汪瑶入户抢劫的问题上，我有几个疑问，希望能够当面问问郭扬和郭眉。"

郭总皱了皱眉头，不耐地说："所有的事情，警方之前不是都详细问过了吗？你现在又多此一举做什么？"

唐盈盈笑道："入户抢劫是重罪，即便是检察院提起诉讼时也会斟酌再三。我们作为当事人，再谨慎一点总是没错的。何况，真是百分百的纯粹事实，又何必在乎多此一问呢？"

郭总琢磨了一会儿，便点点头，将两位孩子叫了过来。郭扬一米八几的个头，眼睛清澈明亮，鼻梁高挺，皮肤微微有阳光晒过的痕迹。他上身穿了一件略显宽松的篮球T恤，下面是一条薄薄的运动长裤，歪坐在沙发上，透着少年特有的不羁。郭眉看上去倒是文文静静，一头齐肩的黑发，虽与郭扬是双胞胎，两人的长相相似处倒不多，她反而更像她父亲，尤其是一对又小又薄的嘴唇，未闻其音，就觉得她说话的速度必然极快。

郭总向二人介绍了唐盈盈和方惟安，得知来意后，郭眉翻了翻眼皮，神态里尽是不屑与傲慢："你又不是警察，我没有配合你的义务。"

郭总连忙呵斥了女儿的没有礼貌，唐盈盈却不以为忤，只微微一笑："我今天不是来做调查的，只是有几个问题，想来向你们请教一下。"

她话说得极有礼貌，郭扬显然是性格更加温厚的那一个，便道："那你问吧。"

唐盈盈将几张打印出来的照片摆在桌上，指着其中一张说道："这是案发当天，你们屋外监控摄像头拍到的画面，这张比较清楚，是汪瑶离开房子时拍到的全身，我看这张照片的时候，就觉得有些奇怪。"

"有什么奇怪的？"郭扬少年心性，注意力很快就被唐盈盈给吸引过去了。

"她穿了一条雪纺质地的吊带连衣裙，上身裹得很紧，下摆又很短，理论上来说，这样的裙子运动起来会非常不方便，胳膊不方便抬起，裙摆太短又要担心走光。如果事先就打算好了要去盗窃或者去抢劫，那么穿一套运动装不是更方便？"

唐盈盈缓缓地说。

郭扬眉心一动，郭眉便狠狠瞪了他一眼。郭扬紧跟着便笑了起来："或许她就是个神经病呢，反正她在我们班上口碑一直不太好，做出什么违背常规的事来都不奇怪。"说完，他似乎又有点心虚，补充道，"何况，我也不知道她怎么想的啊。"

唐盈盈并不在意，只叹了一口气说道："看得出来，郭扬，你是真的挺不喜欢汪瑶的。"

"谈不上喜不喜欢吧，就是没感觉。要不是她这次来我家闯出了这么一场祸事，我压根就不想跟她扯上什么关系。"郭扬认真地回道。

"那你喜欢什么样的女孩呢？"唐盈盈似乎在问一个不着边际的问题。

郭扬犹豫了一会儿，有些不好意思："我还没想好呢，但我喜欢女神。"

唐盈盈笑了起来，又问："女神也有很多款呢，清淡的，浓艳的，你会更喜欢哪种？"

郭扬想了想，又答道："清淡的吧，我不喜欢女孩子化妆。"

唐盈盈点点头，接着问："那你记得汪瑶到你家那天，化了妆吗？涂了什么颜色的口红？"

郭扬愣了愣，很快又回答道："死亡芭比粉，我最讨厌的颜色。"

唐盈盈手中的笔啪嗒一声扣在了桌子上，她依旧是一副笑容盈盈的模样："你在说谎。"她的目光直视着郭扬的表情，"汪瑶的唇膏是上楼后在卫生间里补的，你那时候已经离开了，怎么可能看到她涂了什么颜色的唇膏？是你姐姐告诉你的对不对？她跟你说了她们两人在楼上起了争执，她讽刺汪瑶皮肤黑还涂粉色唇膏。何况'死亡芭比粉'这个词，不像你这样的男生会用的。"

郭扬脸色一变，马上默了声，又连忙去看郭眉，两个年轻人脸上的慌张与心虚一览无余。

郭总眉头微微跳动，他忽然意识到这个女律师今天来他家里就是为了套话的，便打断道："唐律师，这不算什么疑点吧。唇膏的颜色，这么小的事情，可能是郭扬记错了，也可能是后来他姐姐跟他提过。这样证明力的证据，可帮不了那个小姑娘。"

唐盈盈目光盯在郭总脸上，语气不卑不亢："我知道这离能够拿到法院去还差得远，但是郭总，您心里不生疑吗？汪瑶说她跟郭眉起了口角冲突，一怒之下才动手的。但郭眉一口咬定两人一句话都没说过。两个人之间到底发生了什么，只有她们两人知道，但一定有人在说谎。我当然知道您相信您的孩子，可是另一种可能呢，是不是也值得考虑一下？"

郭总也看着唐盈盈，眼前这个年轻的女律师，语气没有咄咄逼人的感觉，而是不急不缓，却给人一种势必要探明真相的决心。他拿起工夫茶的盖碗，转了一圈，将面前三个茶盅斟满，盏中茶呈黛青色，映得春草花纹的碗底清亮透明。他做了一个请的手势，方惟安和唐盈盈各自拿起茶杯，浅浅尝了一口。

郭总看了一眼自己的一双儿女，对唐盈盈说道："唐律师的来意，我已经清楚了。不过很不好意思，今天又要让方总和唐律师白跑一趟了。我们两家的纠纷，现在既然已经有警方介入，我还是相信警方侦辨是非的能力。白的是白的，黑的是黑的，灰的就是灰的，清清楚楚，明明白白。什么行为领什么罚，法院也会有个公道的判决。唐律师这民间侦探的把戏，我建议还是不要再拿出来了。"

唐盈盈也笑了笑，丝毫没有要生气的样子："郭总说得对，世上没有滴水不漏的事，我也相信法律一定会给孩子们一个公道的，这也是他们接触这个社会的第一堂法律课。"

说完，也不用郭总多催促，唐盈盈与方惟安便起身告辞了。走出郭家大门，门口的凤凰树上凤凰花开得一片绚烂到极致，正午的阳光在绿叶与柔软的花朵中点点灿灿，煞是好看。唐盈盈回头看了一眼郭家二楼的窗口，默然无语。

方惟安盯着她看了一会儿，问道："盈盈，你刚才是什么意思？这些疑点你要告诉警察吗？"

唐盈盈微微一笑，用脚踩了踩道路上的落叶："告诉了也没用，那个郭总说得没错，光凭这个，证明力还远远不足。"她又抬头看了一眼，笑颜明媚地说，"我刚才主要是为了诈郭扬、郭眉，看他俩的表情，我猜这次汪瑶还真是蒙冤了。"

"可这有什么用呢？"方惟安仍是不解，"我们没有证据。"

"嗯，这种证据挺难找的，汪瑶和郭眉，两个人各有一套说辞，除非一个人肯改口供。"唐盈盈笑着说，"我们刚才都看到了两姐弟的表情，你说最了解他们的郭总，又怎么会不知道。赌一把吧，我猜郭总之前并不知道姐弟俩串供的事。"

方惟安想了想，又说："可就算之前不知道，现在知道了，他也可能选择继续包庇两个孩子，并不一定会去改口供啊。"

唐盈盈沉思了一刻，又笑道："所以我才说赌一把啊。我们不能只去做有百分之一百把握的事，那不叫尽力。只有为了像今天这样有百分之二十概率的事情去努力，才能算是不留遗憾。"她又想了想，"只要郭眉肯说实话，局面就大不一样了。当然，如果赌输了，那就认命，好歹还有一个未成年人减刑在下面垫着，结果也不会太难看。"

方惟安怔怔不语，晴光缕缕如漫天金线飞溅，小区的行道旁，初开的月季花掩在碧绿的枝叶中，煞是好看。清淡的芬芳漫在空气里，令人心肺舒怡。方惟安盯着它们看了许久，目光都有些模糊了。他抑住心中的感激之意，微声说道："盈盈，谢谢你。"

唐盈盈扬了扬头，朝着太阳的方向，落了满脸的温暖："说是赌，也不是在盲赌。我这几天翻尽了这位郭总的公开资料，他大学毕业后就入职了现在的公司，从法务助理做起，一步一步，踏踏实实地做到了今天法务总监、副总裁的位子上。这些年，他们公司的一把手换了好几任，他却一直稳如泰山。有着这样经历的人，应该比任何人都更厌恶风险吧。我想，或许我们可以把概率再提高百分之十五。"

送唐盈盈和方惟安离去后，郭总又回到了书房里。三人相对而坐，空气中压力沉沉，气氛胶着凝重。郭总看了一眼郭扬，满脸乌云密布，仿佛下一刻就要迎来一场雷电暴雨。"谁的主意？"他沉沉地问。

郭扬和郭眉互看了一眼，两人平时哪里见过父亲这般严肃，都哑了嗓子。最终还是郭眉胆子大一些，小声地反驳道："爸爸，你别听那个律师胡说，汪瑶到我们家里来，就是为了偷东西的。她还打伤了我，踢死了蕊蕊。我们得给蕊蕊报仇啊。"

郭总的目光转移到郭眉身上，如同两道锋利的刀刃，将她全身上下都剐了一遍："我再问你一遍，汪瑶进到我们家以后，你们有没有交谈过？有没有发生过口角？"

郭眉有些怯怯，身体不由自主地往后躲了躲："爸爸，这有什么关系？她做的那些不都是事实吗？我们没冤了她。"

郭总盯着自己这漂亮的宝贝女儿，只见她圆圆的脸上一双如墨丸般的眼眸睁得大大的，掬着两湾清波，又委屈又可怜地盯着自己，他心头一软，更重的话也说不下去了，便扭头去叱问儿子："郭扬，你来说。事情经过究竟是怎样的？"

郭扬一脸的无奈，只好一五一十地说："其实也差不多就那样吧。我真的挺烦汪瑶这个人的，她到处跟人说喜欢我，搞得我都快成班上的笑话了。那天她跟着我回家，说要借厕所用，我也不好拒绝啊，但又实在不想搭理她，所以她一进门，我就走了。真的没想到，她会遇上郭眉，两人还能吵起来。"他看了一眼郭眉，又说，"不过这也不能怪郭眉，汪瑶真的很没有教养的，又莽又蠢，仗着自己练过几天武术，横行霸道。郭眉只是帮我说话，让她以后别再来烦我了，她就能对郭眉动手，这样的人不收拾还干吗。"

郭总的脸色越发沉重了，他盯着儿子，又问道："所以，你知道她们两人吵过架。好，那你们现在告诉我，是谁的主意，在录口供的时候，故意把这段给隐瞒了？"

郭扬和郭眉相互看了看，郭扬低下了头不作声。郭眉嘟着嘴，不满地说："是我，是我行了吧，是我让郭扬配合的。我就是故意的。现在不是一切都很顺利吗，汪瑶很快就会被判刑了。十年真是便宜她了，还不够还蕊蕊一条命的。"

郭总冷笑道："那你想怎么样？还打算让她一命抵一命啊？"

郭眉扬了扬头，却被郭总如冰霜般寒冷的脸色给吓到，吞吐着咽下了后半句话："我也没这个意思，但是，蕊蕊死了。"她突然号啕大哭起来，"我想蕊蕊，它原来每天晚上都在我床边睡觉的，我一伸手就能摸到它软乎乎的毛。这些天，我半夜一伸手，都是空的。爸爸，我真的恨死了那个汪瑶。还有她打我的这一下，好痛的，缝了十几针，在额头上，以后还不知道会不会留疤。"

"行了，别哭了。"郭总猛地一拍桌子，实木桌面立刻发出嗡的一声巨响。郭眉被吓得噤了声，站在那里，双手捏着衣角，一副茫然无措的模样。郭扬也调整了坐姿，端坐在椅子上。郭总站起身来，从他的位置正好能看到窗外依墙生长的几株芭蕉，宽阔而翠绿的树叶遮住了窗沿，时不时会飞来几只羽毛瑰丽的小鸟，站在叶子上啼唱几句，又振翅飞起，飞得那么高，仿佛冲进了白绵绵的云朵里。他缓了缓视线，扭头看见璧人般的一双儿女，刚才汹涌而起的怒火变成了嘴边的叹慰："你们俩都坐好，我平时工作忙，很久没跟你们好好聊聊了。今天是个好机会，有些道理我必须跟你们讲清楚。"

"爸，你是要批评我吗？我做错了。"郭眉红着眼眶说道。

郭总满脸慈爱地看了她一眼，语气也温和了几分："你是做错了，但我不打算批评你，你的错误是任何一个你这个年纪的孩子都很难避免的。因为你们心里都太看重'爱恨情仇'这四个字，喜欢一个人，恨不得飞蛾扑火，整个人都奉献上去，而要是讨厌一个人，又希望能手刃了他。这份属于少年的快意恩仇，我也经历过，所以我羡慕、尊重，不加干涉。"他顿了顿，手掌轻轻地在桌面上拍了拍，语重心长道，"郭眉呀，快意恩仇的事，不是不能做，但不能为了图这一时的痛快，去踩法律的雷线。你想替蕊蕊报仇，你要是有本事，合理合法地去做，我不反对。但是你现在这个做法，我只告诉你三个字，不划算。"

郭眉微微一震，又有些迷惑，便问道："爸爸，我不明白。"

郭总看着她，继续说："我不跟你讲那些大道理，我们就事论事来说。汪瑶伤了你，那是她的错，是她涉嫌触犯了法律。如果警察在询问你的时候，你没有隐瞒，全都说的是实话，那你就是一个干净的受害人，经得起一万次的询问，无所惧怕。但你隐藏起了部分真相，这个动作是很容易完成，却让你变成了跟汪瑶一样的人，用你的不法，去惩戒她的罪行。这意味着什么？这就相当于你为了杀掉一只老虎，先把自己的大腿砍下来，引诱老虎过来。你最后是把老虎给砍死了，但你自己也可能因为失血过多而丧命，用你的一条命换老虎的一条命，你觉得划算吗？"

郭眉摇了摇头，又反驳道："可是爸爸，没有人会知道啊。汪瑶没有证据，没有人会信她说的。"

郭总叹了一口气，又道："不要高估了自己的智商，也不要低估了别人的判断力，最重要的是不要小瞧了罪行对你的吞噬力。"郭总盯着郭眉，用郑重的语气说道，"你最喜欢的莎剧《麦克白》里有句话是怎么说的，things bad begun make strong themselves by ill。为了掩盖一滴血的罪恶，最后会杀掉上万人。你看你和郭扬现在为了掩盖这个谎言，就经不起唐律师来询问汪瑶唇膏的颜色，接着，为了解释唇膏的颜色，你们又要费尽心血，去编更多的谎言出来。隐瞒事实这件事本身还只是小错，但为了弥补这个小问题，你走上了这条路，最后一步一步就会酝酿成大错。"

郭眉思索了一会儿，仍有一些不忿，又说道："那我跟郭扬以后什么都说不知道就是了，我不相信她能找出什么有用的证据来。"

郭总的眉心轻轻一蹙，看着自己正处于叛逆期的女儿，再次耐心却又增加了几分严厉地说道："郭眉，你一直很优秀，是爸爸的骄傲。你的格局和眼界不能这么狭隘。一个汪瑶不算什么，一只柯基犬也算不了什么。我看重的是你面对问题的态度，是为了这样一个小纷争就不惜把自己搅和进去，还是能够稳住自己的情绪，知道世上什么事情才是对自己最重要的。"

　　郭眉被郭总的严词吓了一跳，连忙叫了一声："爸爸。"

　　郭总缓了缓情绪，又温和地说："你这样做，是能害汪瑶多坐几年牢，看似大快人心，但我不希望你能从这种方式里尝到甜头。你从小学起就立志长大后学法律，明年高考后，你就要准备去法学院学习，毕业后，去法院、检察院、律所，或是像爸爸一样在企业做法务，成为一名法律工作者。我可以明白地告诉你，那个时候，你想借助法律手段去害死一个人，会比现在容易一百倍。偷换个证据、伪造个签名，甚至设计一个简单的圈套，很轻松就能报复那些你不喜欢的人。如果常年身处这样的诱惑里，你凭什么保证你次次都成功，次次都不被人察觉？"郭总看着郭眉，郭眉低下头，睫毛闪了闪，却什么话也没说。郭总叹息道："我可以确定地告诉你，没有办法。那个时候，你能靠的只有自己从来就没有动过这种歪心思、脚底没有沾过这条路上的泥。郭眉，爸爸对你有更高的期望，期待你以后飞得更高，更自由。那么，今天我就一定要亲手把你这对畸生出来的翅膀给折断了。"

　　郭眉听父亲说到这个份上，再也不敢撒泼乱扯了，只垂着头，眼眶涩涩的，也不敢哭，只好瓮着声音应了一句："我知道了。"

　　郭总见女儿像是真心明白了，便也不再多说，转过身，又开始骂儿子。对待郭扬，郭总的态度明显就不这么客气了："我们再来说说你吧，郭扬，你太令我失望了。"郭总的目光冷飕飕地将郭扬上下扫了一遍，惊得他立刻从沙发上站了起来。

　　"爸，我错了。"郭扬主动认错，"我不该配合郭眉去整汪瑶，我错了，我以后不会了。"

　　郭总冷冷一笑："那是郭眉的问题，你是同伙，我也懒得骂你。我看不起你的是，你怎么会这样去处理感情问题？你早就知道汪瑶喜欢你，她都跟到家里来了，你还能躲出去？你想回避到什么时候？为什么不能当面跟她把事情说清楚？"

　　郭扬有些惊讶，无辜地说："爸，你不了解汪瑶，她是个胡搅蛮缠的人，我跟她说不清楚。"

郭总怒道："好个说不清楚，那我问你，你堂堂正正跟她说了没有？拒绝了没有？你要是不喜欢她，一定有足够多的办法让她知道。世上没有那么多不要脸死缠烂打的追求，大多数人都是懂得知难而退，衡量利弊的。你分明就是在享受被女生追求，捧着你托着你的暧昧感觉。"

"爸，你别这样说我，我没有。"郭扬嘴上说是否认，可句尾的"没有"两个字竟犹如蚊吟，他也有些委屈了，"我也不知道怎么处理和女孩子的关系啊。"

郭总见儿子高高大大，一副心性未定的模样，有些着急，语气便又重了一些："郭扬，一个男人要是整天身边都是乱七八糟的感情线，黏黏糊糊，处理不好，那我告诉你，他这一辈子也休想有什么大出息。"

郭扬心中的委屈越发大了，耷拉着脑袋说："不就是个汪瑶嘛。"

"哼，我说的是汪瑶吗？是你待人接物的基本态度。你不喜欢汪瑶，因为她喜欢你，你就觉得她低你一头了？她的家庭不如我们，你就看不起她，连对人起码的尊重都不给，她进门后，你自己能转身就走？郭扬啊郭扬，爸妈从小是这么教你礼貌的吗？心思龌龊，行为上不了台面。我看你这样的处事方式，日后也就是吸引汪瑶这个level的女生了，还想什么女神呢，你配得上吗？"郭总一面骂，郭扬的脑袋越垂越低，下巴都快抵到胸口了。郭总沉默了一会儿，也怕自己的话太重伤到儿子的自尊，便也不好再说，只缓了口气，"行了，这个问题你以后自己慢慢体会吧，你得给我记住，汪瑶也好，女神也好，其他异性也好，当权掌事者也好，遇到了，你都给我挺起胸膛来，堂堂正正地去处理，不要做个连去面对都不敢的懦夫。"

"知道了，爸爸。"郭扬被最后一句话激起了情绪，大声说道。

"我也知道了。"郭眉看了父亲一眼，急忙跟在郭扬后面也说了一句。

郭总点了点头，又沉思了一刻："明天，我带你们去警局，你们老老实实把事情的发生经过说清楚，把之前的口供改正过来。"

郭眉大吃一惊，道："爸爸，那我会不会被追究责任啊，我这样算不算伪证罪？"

郭总笑了笑："现在知道怕了啊？很好，得个教训。这比看到汪瑶入狱还让我高兴。"他看了一眼郭眉，又说道，"不过法律也是有弹性和包容度的，如果事事碰着边就要追究法律责任，那社会不仅没有了弹性，光这司法成本也是吃不消的。何况，你们还有爸爸在，我会给你们处理好的。"

几天后，郭总带着郭眉、郭扬到警局补录了一份口供，说明了当日郭眉和汪瑶发生口角的事实。由于检方尚未正式起诉，再加上郭总从中大力斡旋，警方未追究两人的责任，只是对郭眉做了口头教育。随后，唐盈盈又向检察院提交了汪瑶的真实年龄证明材料、拥有相同型号手机的证据，检方综合材料后，排除了汪瑶入户抢劫的主观故意，初步决定以故意伤害罪和故意损毁他人财物罪对汪瑶提起诉讼。

　　此时，汪瑶已经在看守所里待了将近四个月了。唐盈盈最近一次去看她，原本桀骜张扬的汪瑶就像换了一个人似的，皮肤比之前白了不少，脸也圆了一些，气色虽然不太好，却少了几分之前的刻薄面相。她老老实实地坐在桌子对面，小心翼翼地问："盈盈姐，我什么时候能上庭啊？"

　　唐盈盈笑了笑，说道："下个月吧，等着急了？"

　　"嗯，我就想快点知道自己会接受什么处罚，有了结果，我心里也就踏实了。"汪瑶说道。

　　"最后的刑期不会太长。我跟检方沟通过，他们的量刑建议应该会在一到两年，看能不能争取到缓刑。当然，我希望你这次是真心悔过了。案发时你还未满十八岁，所有的刑事判决会严格保密，日后你读书就业都不会受到影响。"唐盈盈一一向她解释道。

　　汪瑶如鸡啄米一般点头，急忙说道："我是真的知道错了。盈盈姐，我第一次知道失去自由是这么可怕的事情。我每天只能坐在那里，房间里是看不到太阳的，也没有风。我就开始数数，数到六十，就过去了一分钟。数到六百，也才十分钟。我那天问跟我同一间屋子的人，可不可以拿到安眠药，她们都以为我想自杀。其实不是的，我只是想吃点药，让自己可以多睡一会儿，睡得多了，醒的时间也就少了，好像自己就能早点出去。"她说着说着，两行眼泪就掉了下来，"我出去以后，一定规规矩矩的，我再也不犯浑、不乱来了。我会好好学习，考大学的。"

　　唐盈盈看着她一副可怜兮兮的样子，觉得有些开心又有点好笑，问："行了，你这是真的知道错了吗？"

　　"真的真的，我以后真的不敢了。你相信我。唉，你也很难再相信我了吧。

但我知道你去过我家，我爸妈已经告诉我了，以后方惟安只会给我读书的钱。我想过得好一点，都得靠自己。"她沉默了一刻，又说道，"这段时间，我也反省了一下自己，我当初那样说你确实挺讨人厌的，可我是真的特别害怕方惟安不管我了。这辈子从来没有人会像他这样，我提什么要求都可以，这让我觉得我可以像汪进德那样活着。"

汪瑶的话像一只小手，不轻不重地在唐盈盈心头掐了一把，惹得一阵酸涩。她嗯了一声，心里对这个小姑娘的怜意又重了几分，道："你没必要去羡慕你弟弟。他是他，你是你，你未必就不能活得比他精彩。"

唐盈盈说完，汪瑶的嘴唇动了动，唇型似乎说了"谢谢"两个字，却没有发出声音。汪瑶想了想，又问道："我这次闯的祸，方惟安是不是要替我赔很多钱？我想过了，这些钱我以后是要还他的，我可以写欠条。"

唐盈盈手里把玩着一支笔，盯着汪瑶看了看，微微一笑，又说道："关于赔偿的问题，我刚才还在犹豫有个情况要不要跟你说。你已经在看守所里待了快四个月了，等正式开庭宣判那一天，估计就差不多被关半年了。最后的刑期判下来，折抵掉你刑拘的日期，估计相差不会太大。所以，我一直在跟检方争取，希望能有社工跟进你的状况，看能不能给你争取到相对不起诉。这也就是说检方知道你确实是犯罪了，但情节显著轻微，刑拘也有近半年的时间，态度良好，可以不予起诉。之前关了也就关了，只要这个决定一做出，你就能出去。毕竟对于你这个年纪的孩子，惩戒也只是教育的一种方式。"唐盈盈顿了顿，又说，"但是检方也提出了一个条件，要求我们与郭家就民事赔偿这部分达成谅解，毕竟有附带民事赔偿诉讼的话，就不能获得相对不起诉。我跟方惟安又找了几次郭家，开始他们是无论如何都不肯接受调解的，最近一次倒是松口了，同时提出了一个天价的赔偿数，就是那只柯基犬身价的一百倍。方惟安还是很高兴，不过他手头一下也没这么多钱，就盘算着卖掉手里的一套房子，也要争取把你救出来。上周他已经把房子挂出去了，调了两次价，急于出手。"

汪瑶一面听着，一面眼泪扑簌扑簌地往下落，她顾不上擦，不一会儿身上那件T恤的领口便被洇成了深色的一圈。"让他不要卖，我愿意多坐几个月牢。"她哭着，声音带着浓重的颤音，哽咽不已，"是我没有学好，他不要这样帮我，这样欠下的钱，我以后也还不上。"

"他没打算让你还，方惟安觉得这是他欠汪静的。跟你家的关系他已经做了明确的分割，他也说了，在这一笔之后，他心里就真的能放下了。"唐盈盈不动声色地说，盯着汪瑶的脸色，又补充了一句，"不管你父母怎么想，方惟安说汪静心里最疼的就是你这个妹妹。"

汪瑶再也把持不住自己的情绪，趴在桌面上哭了很久，哭声零落，双肩不停地抽搐颤动，身体缩在又宽又大的衣服里，更显得瘦小不堪。她这副模样，让唐盈盈无端想起在雨中无处躲雨的鹌鹑，平日看着只觉得羽毛蓬松，肥墩墩的一副张扬的模样，一旦被雨淋湿，那瘦弱可怜的狼狈相才能让人想到，这不过是一只连飞都飞不动的小小鸟。

不知哭了多久，汪瑶终于抬起了头，她用胳膊胡乱蹭掉脸上的泪水，神情笃定地对唐盈盈说："盈盈姐姐，你带手机了吗？我有话想对方惟安说，你可以帮我录个视频吗？"

唐盈盈想了想，点点头，拿出手机，对汪瑶说："好，你说吧。"

汪瑶捋了捋头发，对着镜头在脸上挂上一个勉强的笑容，但很快笑容就不见了，换上了一张平静无波的脸，她开始说话："方总，你好。我是汪瑶。"她顿了顿，像是不知道接下来该说些什么，犹豫了一会儿，才继续说，"我们第一次见面是在五年前的春节，姐姐带你回家吃饭。虽然你给我买了很多东西，我还是不喜欢你，因为我觉得你就要把我的姐姐给抢走了。爸妈都让我叫你姐夫，我咬紧了牙齿也不愿意，我觉得世上没有人配得上我的姐姐。半年后，你又来我家，带回来的是姐姐的骨灰。"汪瑶说到这里，气管像是被堵住了一般，喘了半天才缓过来，"我快恨死你了，你为什么没有把她活着带回来？你为什么要送她那条项链？我恨你，如果可以，我真的想杀了你。姐姐是这个世上对我最好的人，我从小到大头上的辫子都是她帮我扎的，这样的姐姐，你居然让她死在了战场上。我怨不了别人，我只能怪你。我不管这对不对、有没有道理，我不要道理，我只要姐姐。后来我发现，这种恨，很值钱。我只要一说，你马上就会给我买东西，买任何我想要的东西。你好像很怕我，其实我知道你跟我一样，只是一直不能接受姐姐已经去世了。我开始叫你姐夫，不是为了别的，就是为了钱，干什么能比这样钱来得更快呢？慢慢地我也就习惯了，我觉得你是一个无所不能的大老板，可以摆平所有的问题。我甚至想象姐姐的灵魂已经附着在你身上，正在用另一种方式继续照顾我。所以我讨厌唐律师，我害怕她的出现，会让你忘记死了的姐姐。后来你们终于分手了，我还没高兴两天，就闯祸了。我才知道，你不是无所不能的，你也是个普通人，你不能让我从看守所里出来，为了帮我，你一样需要卖房筹钱。我也知道了，我其实也是一个普通人，我也有人关心，有人会竭尽所能去帮我。"汪瑶边说边哭，声音又中断了。

唐盈盈静静地看着她，等了好一会儿，汪瑶平复情绪，又接着说："谢谢你，也谢谢唐律师。我不要和解了，方惟安，你不要再去筹钱。我现在已经堂堂正正地满了十八岁，姐姐十八岁的时候已经扛起了一家人的重担，我不会连自己该担的这点责任都受不住的。还有，"汪瑶收了收几乎已经失控的嘴唇，目光端正地看着镜头，"姐姐的死，我真的不怪你，我早就已经不怪你了。你也不要再埋怨自己了。"

　　唐盈盈从看守所出来，外头秋意疏朗，她将这段视频发给了方惟安，对方沉默了许久，一直到晚上，才回复了两个字，"谢谢"。

　　一个月后，法院对汪瑶做出判决，故意伤害罪和故意毁损他人财物罪成立，处有期徒刑两年，缓刑一年。

　　拿到判决书的那天，唐盈盈端着一杯凉透的咖啡在办公室里沉吟不语。办公桌上仍然是堆积如山的材料文件，重新换洗的窗纱上透过来的阳光有些灰蒙蒙的。康俊漫步进来，一把拉开窗帘，秋日的阳光像换了副筋骨一般，欢笑着如万千小精灵跳进屋里。"刺眼。"唐盈盈伸手挡了挡耀目的光线，亲昵地抱怨道。

　　"我发现你昨晚又通宵了，一宿没睡，目光都是虚的，能不怕光吗？"康俊责备道。

　　"睡不着，忐忑不安。"唐盈盈窝在沙发上，楚楚可怜，"我心想也别浪费这失眠的时间了，索性起来干活儿，没想到一干就到天亮了。"

　　康俊一只手翻看着汪瑶的那份判决，另一只手去揉唐盈盈的脑袋："判二缓一，还不错，小姑娘很快就能出来了。民事判赔十二万，也还好，方惟安承受得起。"他转过目光，又凝在了唐盈盈脸上，"判决下来了，那么唐律，你心头的那个梗放下了吗？"

　　唐盈盈轻快一笑，低头喝了一口凉透了的咖啡："放下了，我想，所有人应该都已经放下了。"

第21章
资本背后的阴谋

混合着青竹、绿茶和茉莉芬芳的香薰缓缓从水雾喷口向四周弥散开来，入口处的正面墙壁被浅色的木纹装修包裹住，沿着墙壁生长出的绿藤植物给静谧的屋子装点出了勃勃生机。香港机场港龙航空头等舱候机厅玉衡堂是全球闻名的机场贵宾候机厅，休息室沿着航站楼一路延伸，每个座位都非常宽阔。林小云是第一次进入机场的贵宾候机厅，在她从前的认知里，机场是一个塞满了急躁人群的场所。候机厅大部分时间都被空调吹成了一个大大的雪洞，硬邦邦的椅子上或坐或趴着各式各样的人在打电话、改文件、看剧集或者打游戏。她完全没想到，一墙之隔的贵宾室，竟然这么安静。椅子又软又大，温度不高不低，走过水吧台，还有一大片的自助美食区，提供五六十种食品。林小云不好意思拿太多，只拣几种自己没吃过的尝了，又发现居然还有淋浴室，便又好奇地进去洗了一把脸，重新化了一遍妆。镜子里的那个自己，面容已经自然瘦成了锥子脸，林小云抚了抚自己的下巴，淡淡一笑，又觉得还不如不笑的时候好看。

她看了一眼窗外，停机坪上的飞机都没动，雨点打在旁边的落地玻璃上，发出滴滴答答的声响，溅在玻璃窗上的水滴更密集了。航班再继续延误下去，到新加坡就得半夜了。她这么想着，身边一位旅客喃喃说道："这场雨至少还得下两三个钟，等雨停了，再排队出港，估计飞机起飞也得是半夜了。"

林小云循声望去，一个约莫四十岁的中年男子正微笑着看着她，身穿一身考究的浅色西服，不圆不方的头留着寸头，鼻梁上架着一副无框眼镜，标准的成功人士打扮。林小云一看到他的脸，头便像被榔头猛击了一下，嗡地直响。虽然只见过一次，但林小云认得他，这不就是投资了钱鹏、又将他打入地狱的那个魔鬼于总于海吗？林小云有些慌张，她不知道对方认不认识自己，毕竟两人只是在钱鹏创业初期，在那个简陋到不行的办公室里打过一次照面。之后，于总没再去过鹏币生辉，或许去了，也没碰到过林小云。再后来，官司出来了，林小云主动躲得远远的，两人更是完全没有了交集。但林小云对他却是熟悉得很，在鹏币蒸蒸日上的那段时间里，林小云在网上搜遍了于海的新闻和图片，对这张脸再熟悉不过了。实在没想到，浮世茫茫，这样两个人竟然会在这里遇上。

林小云握了握因为紧张而失血到冰凉的手掌，几乎是下意识地说："我要乐观一点，认为雨应该很快就能停，然后飞机插个队就能起飞了。"

于海饶有兴致地将她上下打量了一番，笑道："我觉得我们可以打个赌，你飞哪里？"

"新加坡。你想赌什么？"林小云平静地回答。

"正巧了，我也是去新加坡。你的普通话说得很好，应该不是香港本地人吧？"于海试探性地问道。

林小云将手里的水杯稳稳地放在吧台上，微笑着说："不是，深圳飞新加坡的航线都爆满了，没法子，才转的香港机场。"

于海的眼睛微微一闪，再次将林小云上下打量一番，思考了一刻，笑着说："我们以前似乎见过？"

林小云面上的惊讶倒不再是装出来的，她皱了皱眉头，音色清清地说："你也常飞新加坡的话，或许我们在航班上碰到过。不过我真是没什么印象了，这段时间在JW开各种会，大会小会的，见的人太多了。"

"哦，原来你是JW的，这就难怪了。"于海目光深深地笑了笑，似乎事情的发展出乎他意料地顺利，他顿了顿，目光在林小云周围微微转动，"这两年东南亚的目光都盯着中国的资本，明天JW开投资者大会，只提前一周给投资者们发会议邀请，头等舱往返、四季酒店的住宿规格。深圳也算是近水楼台，半个资本圈的人都过去了。动作快的抢到了深圳直飞的机票，稍慢一点的就只能来香港转机，所以呀，这两天飞新加坡公干的人，十个里有六七个是去参加JW会议的。"

林小云听他说着，面上的笑容越发虚伪："这样说来，你也是JW的客人啰？"

"我跟黄公子是朋友，但这次的会议我就不参加了，只是从新加坡转个机飞美国。不过，我也算是个圈里人吧，所以对这类消息还比较敏感。"于海笑着说，从口袋里掏出一张名片递到林小云手里，"你好，我叫于海，在深圳搞投资的。"

林小云接过名片，内里便如煮沸了的开水一般翻腾不已，果然是他，烫银的仿宋字体印着他的头衔，深圳前海星海创投管理有限公司总经理于海。林小云记得在钱鹏那里也见到过一模一样的名片，当时正是这张名片给正在苦苦奋斗的两个小青年带来了无限的希望。林小云低着头，脑子飞速地思考着，该不该说破自己的身份？瞒着，或许这是一个机会，可以接近于海，运气好的话，说不定能弄清楚钱鹏案件的真相。可当真瞒得住吗？她沉默了，一呼一吸之间，林小云想起了钱鹏，同时也想起了自己因为那个男人而欠下的巨额债务，以及这数月来的狼狈境地。空气中怡人心脾的香味萦绕在鼻尖，原本是为舒缓精神而特意调制的香氛，此时却像一股强烈的力量在拉扯着林小云的大脑。怎么办？该怎么说？

于海见她半天没有吱声，倒觉得奇怪了，盯着她瞧了半晌，又笑着问道："怎么了？"

林小云回过神来，表情猛地一肃，便将手里的名片递回了于海手中，站起身来要走，音色冷冷地说："我知道你们公司，星海投资嘛，我前男友之前找过你们，你们还给他投了一笔钱，令他一夜暴富。不过呢，这并不是什么好事，他暴富之后迅速换了个网红脸，跟我分了手。不好意思，于先生，虽说这也不能怪你们，但我看见星海这个名字就很来气。"说完，她转身便要走。

于海只愣了一秒，便反应过来，伸出手拦住林小云，又在她脸上仔细打量了一番，仍有些迟疑地问："你……你前男友叫什么名字？"

"钱鹏，他做了个项目叫鹏币生辉，听说可赚钱了，现在该上市了吧。作为投资人，想必你们收获也不小。"林小云脸上几乎没有表情，死死压住心底的紧张，快速地说道。

"啊，你是钱鹏的那个女朋友，叫小什么的，我说怎么看着有些面熟呢。"于海猛地拍手，恍然道。

"是前女友。"林小云平静地纠正道。

"是，是，前女友。那你可能还不知道钱鹏的事吧，他最近可倒了血霉了，公司被查抄，人也进去了，连累我那些投资也打了水漂。"于海苦着脸说。

林小云稳了稳心神，止住脚步，细细的眉毛向上扬起，带着一点紧张又装作感兴趣地问："是吗？那那个女人呢？"

于海看了看林小云，觉得很好笑，却还是耐心地解释："应该是跑了，我听说钱鹏之前都领了证准备结婚了，一看到他被抓，对方迅速就提起离婚，一脚把他给踹了。具体情况我也不清楚，只是听说有这么回事。话说回来，我也是受害人啊，他那个破项目害得我们赔了不少钱，还差点惹上官司。"

"活该。"林小云恨恨地说。她在心里迅速过了一遍自己的说法，应该没有问题，这招偷龙转凤虽然大胆了一些，但这种亲密关系是没办法核查的，他只能听到一些风传。钱鹏是经济案嫌疑人，法院为避免嫌疑人的亲属受到骚扰，对其家庭成员信息是严格保密的。她一口饮尽了手里的饮品。

"是活该。"于海随即附和道。

"这就叫作现世报，陈世美就不会有好下场。"林小云像是不解气一般，又多骂了一句。

于海不再接腔，目光虚虚地在林小云身上转了几个圈，帮她倒了一杯果汁，亲手递过去，温和地说："真没想到，居然会在这里遇到你。我说一句马后炮的话，离开他算是运气好，他被判了无期，后半辈子都得在里头待着了。"

"他干了什么呀，被判得这么重？"林小云用牙齿咬着玻璃杯的外沿问。

"这个可就说来话长了，反正他那个什么鹏币交易，从一开始就是为了诈骗搞出来的。不过手段还算高明吧，我好歹也是做技术出身的，都被他给瞒住了。"于海的话里颇有懊恼的感觉。

"被他瞒住的可不止你一个。这么一说，还真是，幸亏我跟他分得早，不然还不知道怎么被他连累呢，万一律协搞株连，把我的证给吊了，那就完蛋了。"林小云哧哧笑着说。

于海面上浮现出极大的兴趣，他拍了拍脑袋，笑道："是，我有点印象，之前仿佛听说过你是做律师的，啊，那去JW不是去给他们增资的，而是……"

"我们所是JW的外聘律所。"林小云笑盈盈地递了一张名片过去，语气里也多了几分亲近，"您刚才说得没错，大伙儿现在的目光都盯着中国市场，JW算是很有战略眼光的，今年开始就跟我们所合作了，由我们把关国内法律事务。后天的会，我们也得去凑个热闹，跑跑腿、打打杂什么的。"

于海看了看林小云的名片，像是发现了新大陆一般，粲然一笑："林律师谦虚了，JW称霸东南亚轮胎市场好多年，陈君所也是深圳名律师事务所。林律师年纪轻轻就能在这样的好地方工作，又负责这种级别的客户，一定是人中龙凤，前途不可限量呀。"

林小云谦虚地笑了笑："于总过誉了，您是投资界的老前辈，以后有机会还需要您多多提点。"

于海直接掏出了手机："提点不敢说，这样都能遇到只能说是缘分，以后我们相互交流，或许真有机会找到合作契机呢。可以的话加个微信吧，日后联系也方便些。"

林小云迅速划开手机屏幕，点了几下，滴的一声，通过了于海的好友认证。

自从在机场偶遇，林小云和于海又发了几轮信息，大多是些闲话，讨论些天气、奇闻，于海也主动提起如果林小云有需要，他可以帮她引见一些圈内的人。林小云并不是傻瓜，于海超乎寻常的热情势必是别有所图。只是他图什么呢？林小云下意识地摸了摸自己的脸，一连半个月的加班让她本应圆润光滑的脸爆了一大片闭口痘痘，摸在手心里疙疙瘩瘩的，将原本就不太高的颜值又折损了不少。林小云苦笑了笑，要是换作半年前，她对自己也不至于这般没有信心。只是这半年里，她从云端直接掉落在地上，摔了个零碎，对人对事也不再如从前那般天真了。不过，她不是不知道于海并不像他表现出来的那么温和亲切，却还是很喜欢跟于海聊天的感觉，对方的每一句话都端着一份体贴和讨好，令她觉得十分舒适，话题也是拣她爱听的说，她能这样轻松聊天的"朋友"已经很稀少了。有的时候，林小云也会思考自己接近于海的目的，究竟是为了搞清楚钱鹏案子的真相，还是仅仅因为她和于海两个人原本就相互吸引。

林小云再接到于海的电话已经是半个月之后了，于海约她出去坐坐，话说得很巧妙，说是自己公司附近开了一间很装叉的日料海鲜店，放着深圳湾大片的生猛海鲜不理，每天硬是从日本空运鱼啊虾啊之类的过来，价格贼贵，还天天爆满，恨不得摇号入席。他运气好，今天订到了两个位，希望林小姐能赏脸来尝尝日本鱼虾跟本地鱼虾的差别。

林小云捂着嘴笑了许久，话说到这个份上了，"好吧"两个字说出口也不用承担什么心理压力。她对着镜子仔细地化上妆，换上了一条浅玫红色的纱质连衣裙。又对着镜子扭了扭，大大的裙摆随着她的步子摇曳生姿，比起平日里死气沉沉的黑白灰，这才是女人该有的模样。

　　于海的反应恰到好处地满足了林小云的虚荣心，他虚眯着双眼，笑着说："林小姐，你刚才走进来的时候，我简直不敢认，还以为有剧组来这儿拍戏呢。我还怕我今天带的礼物不合适，现在看来，倒是很好。"于海一边说，一面将两个浅白色的手提袋递了过去。

　　林小云见着袋子上印着黑色的MiuMiu标志，打开一看，是一条粉色的褶皱连衣裙，还有一套白色的套装小短裙，带着MiuMiu鲜明的设计特色，精致、华丽，又充满青春的活力。林小云脸上的笑意便像花朵一般悦然绽放，嘴上却疑惑道："这，不太好吧？他家的衣服都不便宜。"

　　于海满不在意地挥挥手，又温和地笑了笑："其实这是美国的合作商送的礼物，说是这个牌子当季的新款裙子，让我带给我太太。这大概就是一个美丽的误会了，美国华尔街那些人，每个人都是十几二十的小女朋友，自然适合这个风格。我家太太都四十了，徐娘已老，哪里穿得了这样的小裙子，出去还不给人笑话死？我也不认识别的什么年轻姑娘，想来想去，也就只能借花献佛，请小林律师笑纳，你必须得帮我这个忙啊，省得我带回家去还不知道该怎么跟太太解释。"

　　这话让林小云十分舒服，心里暗自揣度，于海出手送礼也是不凡，价格自然是一个方面，但送礼送到女人心头上，又将话说得这么圆的，才是真的高手。

　　他选的这家日料店客人很多，但每个隔间都做得很精致，私密性绝佳，白棉纸糊的推拉门上描绘着精致的日本山水画。厨房上菜也快，一道接着一道摆上来，粉嫩的鱼生入口即化，特有的日本白豚鱼肉被厨师卷成了花朵的形状，放在干冰上。林小云伸手夹起便要蘸酱，一下子被于海拦住："这种肉不要加味，直接放进嘴里，也别着急咽，让口腔的温度和唾液慢慢地融化它，你仔细品品，应该还能品出牛奶的味道。"于海耐心地教她。

　　林小云照着他的话做，舌尖一点一点地勾起，将那团如冰激凌一般的鱼肉化在嘴里，过了十几秒，当真有一阵甜丝丝如牛乳般的味道漫进了味蕾里。"好神奇，我真不知道世上还有这种东西，牛奶和鱼，太厉害了。"林小云赞叹道。

"这种鱼只生活在日本海的一个内湾里头，那里特别多乱流，寻常小渔船的鱼枪到不了这种鱼生活的深度，深海渔船又开不进那个内湾。为了捕捉这种鱼，只能特别制作一种底盘特别重的长形渔船。为了捕一种鱼而特制一种船，可想而知这鱼的身价该有多高。所以啊，很多时候我们不知道、没见过的东西，只是因为经济能力不能支撑我们去接触到这些稀罕物，寻常百姓过日子，能看到的也只是普罗大众都买得起的柴米油盐酱醋茶。"

　　林小云很赞同他的话，连连点头，又伸手去夹了一块鱼肉花，顺口问道："您说得没错，我也好奇，这鱼这么稀罕，究竟多贵呀？"

　　于海笑了笑，筷子轻轻地指了指林小云夹起的那一块："像这么大一块，四位数。"

　　"日元？"林小云问道。

　　"人民币。"于海浅浅地笑道。

　　林小云放下了筷子，出门前粘在眼皮上的假睫毛有些许错位，刺得她眼睛有些痛。她伸手揉了揉，又眨了眨眼睛，借着这个动作偷瞄了一眼于海的表情。接着，她尽量让自己的语调显得平静一些，问："于总，我就是一个平常人家的孩子，您现在带我吃这么贵的东西，又送我这样的厚礼，该不会是想追我吧？"

　　于海哈哈大笑，又将林小云上下打量了一番，笑道："要是早个十年，像林律师这么优秀女孩子，我挤破脑袋也要试试看啊。可现在人老了，心更老，风花雪月的心思也没了。我就想多结交一些朋友，嗯，特别是年轻并且优秀的朋友，在你们身上找到当年我自己的影子。"

　　林小云听他这么说，便放下警惕，将那块鱼肉再次夹起放进嘴里，等咽下之后，才笑着说："于总应该有很多这样的朋友吧，您是投资人，应该每天都会有怀揣着梦想的年轻人来找您，希望您能成为他们的天使。"

　　于海笑了笑，点点头，继而又像是有些失望地说："是，来找我的人很多，那个词怎么形容的？如过江之鲫。大创业时代嘛，有点想法的年轻人都不愿意打工了，赔上一辈子朝九晚五的时间去赚那一点死工资，还不如把自己的想法拿出来，说不定一搏就财务自由了呢。不过呢，这里头绝大多数都是南郭先生，手上没二两货，嘴上净是风口、时代潮流、大趋势什么的，说话的样子很阿基米德，都像是来我这里找个支点，然后就能撬动地球一样。"

林小云很自然地被他的话给逗笑了："于总，这样说话可就有些不厚道了。"

"我这是实话，说白了投资就是在沙堆里找金粒的活儿。前些年行业形势好的时候，大家投项目就跟撒种子似的，总觉得一万个项目里只要有一个能发芽、生根、开花、结果，就能赚到钱，那九千九百九十九个都不算亏。这几年，资本也在过冬，挑项目比挑对象还谨慎，天使轮下去没动静，心里头也跟被扎了个血窟窿一般，哇哇地疼啊。"于海说完这句，端起桌上的小杯清酒轻抿了一口，放下杯子，目光凝在了林小云脸上，又继续道，"所以，像我这样，在这个行业里摸爬滚打了十几年后，最重要的不再是看项目值不值得投，而更加看重眼前这个人日后是否能成事。"

林小云被他盯得脸上微微发烫，有些不好意思地问："那在您看来，究竟要什么样的人才可以成事呢？"

"这个不能一概而论，现在的时代很多元，任何一个人说不定都有可能找到一个属于自己的角度，成功登顶。"于海笑得云淡风轻，像是很随意地说，"不过呢，在我的眼睛里，这些最后能够获得社会认可的人，都有一些共同的品质。首先，是要对金钱有强烈的渴望。"

"那世上谁还能不爱钱啊？"林小云下意识地脱口而出。

于海笑着摇摇头，语气变得又轻又低，微带磁性的嗓音，像是有着无限诱惑的力量："我说的这种渴望跟你说的还不太一样，世上有些人对金钱的渴望、对更好物质生活的期待就像一团火一样，从心底发出，一直烧着自己，不论遇到什么风浪，它都不会熄灭。就拿我自己来打个比方，当然这个比方不是特别好，因为我也不能算是特别成功，只能算是实现了一点财务的小自由。我平时爱好喝点红酒，刚工作那会儿，穷得叮当响，自己只买得起超市里二十几块一瓶的红酒，又酸又涩的。跟当时的老板出去跑生意，招待客户时喝的是几百块一瓶的红酒，我当时觉得已经非常棒了。但客户说这酒一般，喝完舌头上还是微微有种发苦的感觉，红酒五千以下的就不好入口。我听得咂舌，觉得五千一瓶的酒该好喝成什么样啊。后来我做出了一点成绩，也有人开始带着好酒来宴请我，金融圈虚华得很，上万一瓶的酒也是寻常的事。但是你知道吗？我这个时候的心思已经不在杯中酒的滋味上了，我只想去品尝一下那种拍卖行里几百万一瓶的天价红酒，特定的年份特定的果园。我就想要喝那样的酒，哪怕明明知道，那些酒入口的滋味可能跟当年在超市花二十几块买的酒一样，但我就是想要得到这些酒，或许更准确地来说，我希望拥有得到这些奢侈品的能力。你明白我的意思吗？"

林小云的手有些颤抖，于海的话，她太明白了，每一个字她都理解，每一个字都像是早早就写在了她的心里，现在又被于海念了出来。但她不敢表现得太过明显，她有些紧张，手指下意识地摩挲着杯壁，笑了笑："我想我应该可以明白您的意思，钱鹏也算是这样的人吧，心里极度渴望财富，渴望从父辈的贫瘠中彻底走出来。不过这种人下场好像不怎么好呀，不压抑自己的欲望，很容易就会铤而走险，被金钱迷住眼睛，什么荒唐的事都做得出来。"

于海摇摇头，有些惋惜地说："钱鹏是挺可惜的，不过他离我说的还很远，他对财富的态度更像是一种穷久、穷怕了之后的饥渴，纵容这样的心态野蛮生长的话，极容易为了获得财富而不顾一切。现在的社会跟从前不一样了，经济秩序日渐完善，法律红线疏而不漏，只有像林律师你这样聪明又能干的律界精英才是未来社会资源倾斜的方向。"

被人在这么近的距离当面夸奖，林小云连耳根都涨得通红，她的声音里有些怯意："于总过奖了，我……我并没有您说的这么好。"

于海十分真诚地说："是你谦虚过度了。我这个人别的长处不敢说，但总算是识人无数，看人不会错的。"他的目光虚了虚，像是思索了片刻，又道，"林律师的潜能或许你自己都还没察觉。这样吧，下周在海南有一个论坛，其实也就是圈内人的小聚会，林律师如果有空，不如跟我一道去转转，拓拓人脉嘛。"

林小云自然知道这种机会难得，嘴上却仍有些迟疑："于总圈子里的聚会，我一个行外人出现，会不会太冒昧？"

于海的眼睛虚眯着，脸上带着无限鼓励的神采："哪里谈得上冒昧呢？资本圈说白了就是一群大老粗，恰好需要像林律师这样的人才来点化点化。"

从深圳到海口不到一个小时的飞行时间，一出机场，一大团比深圳更加湿热的空气迎面扑来。美兰机场离市区不太远，来接机的司机是一个本地小伙子，浅褐色的皮肤，话不多，车开得很稳。林小云看了看车外，满目翠意，生机盎然，高高的椰子树挺拔地站成行，枝叶繁茂的棕榈树在暖风中摇曳着形状奇特的宽大叶子，这种值得印在旅游明信片上的画面一下便让她紧张的情绪放松了下来。

于海见林小云看车外看得入迷，便指了指远方一些半旧不新的建筑，笑着说："这几年海南发展得很快，虽然房产限购，但新建的楼房仍然跟春笋一般往外冒，高速路也已经基本覆盖全岛了，不过这还远远不能跟二十世纪九十年代的海南相比。那个时候，南下淘金，这个'南'字指的可不是深圳，而是更加炙手可热的海南。多少人的致富梦，最后归于尘土，也归于了留在这里的这些烂尾楼。"于海目光蔼蔼，语气中颇有惋叹之意。

林小云扭过头，看了看于海，笑道："那算是父辈的热血岁月了，对我来说特别遥远，就像历史书里的知识点一样。于总您的年纪，也应该没有亲身经历过那场泡沫的消散吧？"

"没有，我那时候还在学校念书，是两耳不闻窗外事、伸手不知油盐贵的青涩年纪。"于海笑了笑，眼角骤然绽开的鱼尾纹将他这些年的沧桑显露无遗，他想了想，娓娓说来，"但是，我这个人对商业上的败局特别有兴趣，这些年自己做了不少案头工作。前人的教训，永远比经验更加值得学习。过去的十年，不，过去的二十年，中国经济以惊人的速度在崛起。我们走过了貌视法规、只求发展的年代。你要知道，二十年前，开车行驶在这里，无论看到什么，司机都是不敢停车的，哪怕是救助在路边临盆的产妇，也要冒人财两失的风险。没有秩序，一切秩序在那个时候都被认为是发展的枷锁，只要能赚钱，没有什么特例是不可以开的。资本野蛮生长了几十年，却顾所来径，苍苍横翠微，早就到了该好好学习规矩的时候。如今这个时代，机会比从前还要多得多，但原先那套玩法已经不行了，在新的商业逻辑里，模式创新和法治规范才是商业运营的两大轴心，现代资本想要玩得转，就要站有站相、坐有坐相、行止有度，至少得看起来像个正经人，跟法律做朋友、做伙伴。当然，首先的一步就是资本家要多跟律师交朋友。"

于海说得真好啊，他的话就像窗外暖暖的微风，吹得林小云心中一阵澎湃。她掩着嘴，尽可能优雅地笑了笑，玩笑道："我学了这么久的财会，一直都以为资本的首要且唯一目的是追逐最大的利益。像于总这样将法治和规则挂在嘴边的资本家，还真是不多见。"

于海也笑了，轻轻地摇摇手指，说道："你这句话里有两个问题。第一，优良的法治环境和资本逐利的本性并不矛盾，相反，只有在被法律认可且保护的前提下获利行为才是风险可控并可以持续的。从这个角度来说，任何一个资本行业的从业者，都是欢迎法律来进行监管的。第二，"于海笑了笑，"我不是资本家，放到以前，我算是个资本掮客，现在的名称好听点，叫作资本的搬运工。"

林小云非常配合地婉婉而笑，精心描画的眉毛轻轻上扬，如远方烟霭悠远的山峦。从中线高速下来，换了国道，车身便颠簸了几分，又开了接近一个钟头，外头的人越来越多，很快车子便驶入镇市集的中心，被杂乱不堪的自行车、行人堵在了市集上。林小云皱了皱眉头，摇下玻璃窗，裹着烂熟水果味道的空气噗地涌了进来。这是一座典型的中国南方乡镇，红绿灯被淹没在久未修剪的绿化带里，闪烁着毫无指示意义的灯。夕阳从远处洒下片片金辉，落在镇中心的两家商超呈辐射状向外排开的小摊子上，红的绿的水果，青的紫的蔬菜，还有热气腾腾的食物，行人并不着急赶路，悠闲地在市场上随意逛着，满是生活的烟火气息。

林小云摇上玻璃窗，疑惑地问："不是直接去三亚吗，怎么到这里了？"

于海看了看天，笑着说："这里是琼中，在海南岛的正中央，今晚在这儿过一夜，明天早上先带你去看个东西，然后再接着赶路。"

林小云见他这般安排，虽然有些不快，却也没说什么。三人下榻在镇上最大的酒店，号称是最大，但在林小云的眼里却连普通二星级的标准都不够，房间角落里全是一堆一堆的灰尘，被单上劣质洗涤剂的味道害得她一整夜都没睡踏实。

说是第二天早上，其实三四点的时候，林小云就被房间的电话给叫醒了，迷迷糊糊地跟在于总后头办了退房。海南小哥又拉着他们俩往更偏僻的地方开。起初还能看到一些灯光，又开了半个多钟头，视力所及范围内，就只有自己车辆照出去的两道车灯了。林小云脑袋清醒了，有些后怕地问："于总，您该不是准备把我给卖了吧？"

坐在副驾上的于海哈哈大笑，指了指前方："现在才反应过来，怕是已经晚了。不过你运气好，我不是人贩子，所以你也别害怕，我只是想带你去看看橡胶林。"

凌晨四点多，车子在林子入口处停了下来，于海和林小云从车上下来，这正是橡胶林最美的时刻，太阳还没有升起，天泛着浅浅的青白色，寥寥几滴星光，地上翠色茵茵，鲜少见到野花，倒是一些不知名的菌菇簇拥在一起，很是可爱。林小云穿了一双浅口的平底鞋，才走了几步山路，鞋里便落进一些沙石，硌得脚底很不舒服。她虽生长在小城，却自幼对这天然野趣毫无兴趣，又走了几步，她抬眼看了看前面，一大片树林里全是一束一束头灯的光亮，在林子里晃来晃去，从浓密的山雾里透出来，远远地看着有些模糊。

"这是在干什么？"林小云指了指林间闪动的身影问道。

"在割胶，海南有全球品质最好的橡胶林。每天凌晨三点，胶农就要进林子割胶了，也只有在凌晨，胶汁才会分泌。等太阳出来，胶汁就流得慢了。"于海走近一棵橡胶树，伸出手指蘸了蘸胶杯里的白色乳液，随意地捏了捏，又在树皮上蹭掉。

"天然橡胶？"林小云对农村的经济产品一无所知，隐约记得这是一种期货产品，在经济学的课程里见到过。她一脚深一脚浅地跟在于海后面，追问道，"您这是想要投资橡胶林吗？我没什么概念，天然橡胶的市场行情好像还不错。"林小云搜肠刮肚地想着关于橡胶的常识。

于海并不直接回答，他拍了拍身边一棵粗壮的橡胶树，笑着说："像这样的六年开胶树，按目前的行情，一年采胶八个月，可以卖到一百多块钱。当地农民家要种上个几百棵，每年也能进账个小几万，当然也很辛苦，半夜就得进林子割胶，一到台风天还得担心树被吹倒。当然，最基层的经济活动都有这个毛病，管理成本太高，产力受限严重，不能算是特别有效的买卖。"

这么一说，林小云就更糊涂了，她随手拍死了两只停在胳膊上的蚊子，洁白的胳膊上留下两摊黑色的印记，令她烦躁不堪，只恨不得能快点离开这里："不想投资橡胶林的话，您来这里干什么呢？"

于海笑了笑，并不作声。他继续往前走，遇到割胶的农民还会攀谈几句。当地人说海南方言，外人完全听不懂，司机小哥将它们翻译成普通话，都是关于今年雨水的情况、收胶的价格，还有村子里年轻人的婚姻状况，在林小云那儿，也跟外语似的，不知所谓何用。就这样一边走，一边看，晨雾渐渐淡了下去，头顶的日光变得炫亮耀眼，于海带着林小云翻上一个山包，摆脱了树干对视线的阻碍，在此微微可以远眺。

"人类的经济活动是一层一层叠加的，相互咬合、相互影响。你看这一棵一棵的橡胶树，把树皮割开，会有乳白色的树胶流出来，收集起来，去水、提纯之后，成为纯胶，这是第一层。进一步加工之后，做成轮胎、乳胶制品、医疗制品，销售往全球，这是第二层。经营这些产品的公司做大了上市了，进入金融市场，又产生各种金融衍生品，这就是第三层。所以你看看，这里的胶农在树干上割一刀，就跟坐在深圳写字楼里的交易员在电脑上点出一个买卖指令的成败息息相关。"于海一边走一边说，"我这个人比较实在，对年报、财报这种被人为加工过的书面信息不太感冒，我更喜欢到事情发生的源头亲眼看看，这里的信息才是最真实的。"

林小云细细想了想于海的话，不由得点头赞道："于总的意思我大概明白了，现在许多基金经理、咨询顾问都会到项目现场实勘调研，也是希望能够掌握准确的信息，便于决策。"

于海点点头，目光里深含孺子可教的意味，又继续说："一棵橡胶树的产量受当年降水量的影响很大，下雨天多了，原胶里的含水量就高，能提纯出来的纯胶就少。再有，如果当地年轻人外出打工的多，家里只留下了年老的劳动力，割胶的频率便要下降，产量也会受损。产量与市场价格直接相关，按比例取样，如果统计模型做得足够精准，理论上我们是可以准确预判出市场上橡胶的价格走向的，同时也可以判断出下游产业生产成本的增减。"

"对。"林小云赞同于海的观点，想了想，又举例道，"像JW，每年都花费大笔的预算委托调查机构做一系列的调研，不仅是原料产业，还包括下游的消费市场调研。"

于海轻蔑地笑了笑，摇摇头："这些调研报告都是做给不了解情况的股东看的，目的是将股价支撑住。那些报告我看得多了，千篇一律，都是装帧华美、用词讲究，真追究起来，里头实打实走下来做的问卷又有几份？"于海顿了顿，又说，"当然，这也不能完全怪咨询公司。国内几个咨询公司都是中外合资的，这些年赚了不少钱，但对中国人的这套玩法还没有完全适应。再者，一个项目的咨询费几百万，看着是不少，但加上返点回扣、高层拿走的那一大半，最后能落到调查员手里的还剩几毛几块？一万份问卷，能有一百份是当真找人做的就不错了，还不够去填容错率的消耗呢。"

对于海说的话，林小云是十分赞同的，现实确实如此，虽说防作弊机制在不断完善，但总不可能盯到每一个环节，这些人总是有办法投机取巧的。想到此处，林小云也只好笑道："这确实也没办法。我曾听一个做咨询的朋友说，客户给了三千块的经费预算，让做一万份白领午餐的调查问卷，三天完成。哪里可能嘛，我朋友只能在群里发几个红包，求着帮忙填几份，剩下的就随意炮制了。"

于海语重心长地说："你说要是基础数据都这么靠不住，结论又有多少水分呢？"

"所以，于总今天特意带我来橡胶林转转，实地考察橡胶产量，我猜您如果不是打算重仓做橡胶期货呢，就是有意要入股JW了。"林小云想了想，说出了自己的猜测。是嘛，橡胶可不就是轮胎大王JW最正儿八经的上游吗。

山间的晨风将橡胶树叶刮得呼呼作响，于海米色衬衣的领子也从后头被掀起，光影转合间，他带着笑意的面容无端端流出了一抹狰狞之色，但也只是一瞬，在林小云正怀疑自己是否看错的时候，他又迅速恢复了平日惯见的温润模样，伸出手在林小云肩头轻轻地拍了拍："准备出发，我们去三亚，吃海鲜去。"

三亚市，位于海南岛的最南端，一湾椰影三面海，水琼天碧处处花，从高速路下来，满眼都是现代化建筑的整洁与干净。车子沿着海岸线行驶了许久，婆婆摇曳的椰影映在地面上，细腻的沙滩呈现出奶油一般的质地，辽阔的海有着深浅不一的蓝色。隔着玻璃向远处望去，天高云淡，光就像是一条绸带在眼前飘舞着。

作为旅游胜地，三亚最不乏奢华的旅游度假会所，高档酒店、温泉浴池、高尔夫球场，都是国际顶级的配置。林小云便被安排住进了这样一家度假酒店里。这里的环境设施与昨晚的县城小旅馆有着天壤之别，房间宽敞而幽静，人脸识别技术被运用在了屋内的各种设备上。自动打开的大门，刚一进去便有甜美的女声伴着舒缓的轻音乐轻轻响起："林小姐，欢迎入住美丽湾酒店。我是您的管家小美，您有任何需求都可以吩咐我去做。11808房间的于先生为您设置了提醒，宴会将于两个小时后在西座宴会厅举行，希望您能正装出席，小美也将提前十五分钟再次提醒您。"林小云的心颤了颤，几乎以为自己到了未来世界，想了一刻，才明白这只不过是AI技术在现实场景里的运用。

她脱了鞋，光着脚踩在又厚又软的白色毛绒地毯上，一阵接近酥麻的快感从脚心漫了上来。她掏出手机，选了几个最能拍到屋内设施的角度自拍了几张，想发朋友圈晒一晒富贵，但写文字的时候，她犹豫了，她此刻的心情太复杂了，她不知道该怎么去描述。这里的一切都是她喜欢的，在这样的环境里待着的每一秒，都让她无端端地有想哭的幸福。她将脸埋进了松软无比的被子里，被熏过的床褥散发着轻盈的花香。林小云用牙齿咬住那质感优良的床单，用力扯了扯，拉扯出几道褶皱，十分真实的感觉。她突然想起了大学时读过的《浮士德》，里面有太多美好的、鼓舞人心的诗句，但她只记得一句："就算要出卖灵魂，也要找个付得起价钱的人。"灵魂，如果有，真应该拿出来好好卖一卖，买卖合算的话，说不定她那笔欠债就能还清了；接着，她又想起了康俊的话："人的一生都是在用有限的资源去追求尽量多的结果。"那如果这个结果可以选择，为什么不能是尽量多的金钱？林小云笑了笑，她又想到了于海，从前没有真正接触过，竟然不知道他是个这么有意思的人。她百分之一百认为自己就是那种对富足的物质生活充满期待的人，她只想一辈子都住眼前这样的房子，再也不要住进昨晚那种破酒店了。到了最后的最后，她终于想起了钱鹏，心中微微一滞，有一种别扭的情绪霸占了整个大脑。

林小云跳下床来，走近窗户，质地轻柔的白纱窗帘自动向两边缓缓拉开，露出海天一色的外景。她这才发现卧室与大海竟然这么近，仿佛是齐着海平面一般，细细碎碎的浪花从远处层层叠叠地铺展开来，极目远眺，林小云几乎清晰地看到了远处一粒正圆形的水滴在浪花中高高溅起，忽地又消失不见，这种微细易逝的感觉就像曾经在她手心里短暂停过一瞬的幸福。

林小云在窗前站立了许久，后来，她尝试性地说了一声："小美？"

悦耳的女声顷刻响起："林小姐，有什么吩咐？"

"我想泡个澡。"林小云盯着浴室里那个又大又圆的浴缸说道。

"好的，我马上为您准备。"

美丽湾的西座餐厅是个四面全玻璃的建筑，一半建在海里，一条白色的栈道延伸出去，栈道旁边停着几艘小游艇。林小云将自己好好拾掇了一番，换上了于海送的那条MiuMiu粉色褶皱连衣裙，长长的耳坠落在裸露的肩头，很符合现代审美观念中对名媛形象的勾勒。于海也换了一身装扮，一条亮灰色的长裤，配了一件抽象图案的衬衫，外面还套了一件白色的休闲西装，这种二十世纪流行的装扮配在他一米八的个头上，出奇地有种复古的时髦感。

聚会的规模不大，二三十人的小会，男男女女的，看他们的穿着与谈吐，档次应该不低。内容却乏味得很，音乐、红酒、雪茄、珠宝展，象征着奢侈生活的元素堆积陈列而已。林小云参加这种聚会的机会并不多，强打着精神应付了一阵，加了七八个微信，连备注都来不及做，便被已经应酬完的于海领着走到了栈道上。

"在里头待着没意思，我们出海去吹吹风吧。"于海笑了笑，露出两排洁白整齐的牙齿。

"好。"林小云伸手捋了捋被海风吹乱的头发，又有些不舍地回头看了一眼满屋子的宾客，"我以为您带我来是多认识认识人的。"

于海跳上一艘游艇，又伸手将林小云拉了上去，说："这些人大多自己还在寻找资源呢，真想认识，以后有的是机会。"他将鞋子一脱，跳进了驾驶舱，呼啦几下，这艘小艇便带着一股白沫尾流呼啸着奔了出去。开出去十几里，周边的风景便全然不同了，除了茫茫的大海，什么都没有，太阳斜斜地挂在西边天空上，被形状各异的云朵胡乱遮住了。于海关了引擎，也走到甲板上来，世界变得好安静，海风带着海浪一层一层地卷着，天地之间，就像只剩下了他们两个人。

"喜欢游艇吗？有没有想过有一天能有一艘写了自己名字的游艇？"于海拿了一罐冰啤酒递给林小云。

林小云将冰凉的易拉罐握在手心里，漫入皮肤的湿润和冰凉让她的大脑迅速冷静下来，她粲然笑道："于总，您别吓唬我。这游艇很贵的，您可千万别说要送我一艘。"

于海也跟着哈哈大笑起来，笑容掩饰了他骤然收紧的眸光，只留下嘴角一丝狡黠的笑意："送，我是送不起的。但我相信你很快自己就买得起了。"

林小云的表情有些不自然，唇角微微抽搐了一下，出口便是浓浓的疑惑："是吗？"她伸手摸了摸刷过防水胶的栏杆，厚实的质感摩擦在手心里，有种令人踏实的感觉，"按照我现在的收入水平，不吃不喝，大约需要存一个世纪的钱。"

于海温和一笑："买游艇的，可没人靠工资收入。"

林小云眼中的笑意像是阳光沁在了海水里，星星点点闪着光："看来于总是有意要给我指一条通向财富的捷径了。我总是有些担心，通常暴富的途径都踩在法律的红线上。我胆子小，钱鹏的后尘是万万不敢步的。"

于海脸上的笑意更浓了，又好奇地将林小云上下打量了一番，沉沉开口道："林律师的戒备很严呀，别把我先设想成坏人了，我做的每一件事都是能在阳光底下摊开来说的。你说暴富的途径容易踩着法律的红线，我却不认同，法律不是铁板也不是铁笼，它既不会限制人们的想象力，也从不以限制经济活力为目的，从古到今、从西到东，还没有哪句法条说日入斗金就构成了犯罪吧？"

林小云点点头，笑着说："当然没有。看来是我多虑了，还请于总多多指教。"

于海的目光遥遥，含着师长般慈爱与鼓励的神色盯着林小云："指教不敢当，林律师应该听说过Muddy Waters（浑水调研公司）吧？你认为Carson Block算不算是一个聪明人？"

林小云当然知道声名赫赫的浑水公司，被称为中概股杀手。其创始人Carson Block从十年前便开始调查在美国上市的中国概念股，并陆续发布股评质疑其公开信息中存在大量财务造假、合同不实等欺诈信息，导致一大批中概股股价大跌。而他这么做并不是为了追求真相，而是赤裸裸地为了谋利。股价大跌，浑水公司通过做空，在极短的时间内获得巨量的财富，这种谋利的方式也成为被写进了教科书的经典案例。林小云微微沉思，又笑了笑："Muddy Waters的做法没有问题，法律也挑不着它的毛病。况且在美国那种成熟的金融环境下，他们的这种行为甚至被许多人认为是有利于资本市场发展的。可问题是，"林小云顿了顿，"中国不一样，中国的股市没有做空机制，Carson Block也没有狙击过A股。"

于海对林小云的态度很是满意，他微微点了两下头，对林小云的结论却并不急于评价，继续说："Muddy Waters这个词取自成语浑水摸鱼，Carson是个中国通，他非常清楚中国企业做账的思路与西方那种锱铢必较的态度不一样。我们总是有应付不完的特殊情形和难以言传的无可奈何，从这个意义上说，这摊水原本就是浑的，水浑了当然好摸鱼，还有些鱼天生属性特殊，不仅个头大，还有两栖功能。"

林小云一脸茫然地看着于海，她觉得她隐约听懂了于海的话，但细细一想，又不知道他话里的关键点在哪里。

于海继续开导道："等待一家企业做大做强，过程是极其缓慢的，等待一只股票从三毛涨到三块，可能需要花费一辈子的时间，中途还有许多无法控制的因素。但一只股票从三十跌到三块，却是极富操作性的，百分之九十的向下获利空间，也许只需要几个交易日就能做到。A股是没有做空机制，但港股有，那么那些

A+H的企业，便是天生的好鱼。"

在这一瞬间，林小云突然彻彻底底地明白了于海的意图，同时也彻彻底底地明白了为什么自己会出现在这里，她的背后淳起了一层鸡皮疙瘩。JW前几年花血本买了内地的一个壳叫作天轮集团，一来是为了向下延伸产业链，二来也是为了更加方便地获得中国资本。天轮集团由小黄总负责，日常法律业务聘了陈君所。前年，天轮完成了IPO（首次公开募股），A股和港股同时上市，运转情况出乎意料的好，目前股价达到了发行价的二十多倍。在A+H的模式下，A股与港股的涨跌趋势是相互绑定的，一方跌则另一方势必也下跌。同时，由于港股在机制设计上比A股更加成熟，港交所容许"沽空交易"，也就是说卖方可以通过租赁证券再卖出的方式完成卖空，从而向下套利。"您是想做空天轮。"林小云竭力保持平静，一字一字地说。

"林律师果然聪明，几句话就参透了其中的关窍。"于海笑着说。

"可我是天轮的法律顾问，这种做法有悖职业道德。"林小云脸色苍白地拒绝道，她也真正明白了于海这段时间为什么愿意在她身上花这些心思，不是因为她能干、魅力出众，而是因为她与天轮的关系。

"我并不需要你泄露什么内部机要，当然你很可能会因为接触过一些合同，对天轮的事情更敏感一些，这也不算什么大事。"于海轻描淡写地想模糊这层关系。

但无论怎么粉饰，就如之前他说的所有关于守法的道理一样，这个行动的本质就是涉嫌了违法。林小云咬着嘴唇，说道："天轮也未必就存在问题，他们每年的年报和审计都是由业内顶级团队完成的，条理分明、思路清晰。我也只是一个小小的法律顾问，经手一些日常经济合同，公司的核心战略和财务报表我是看不到的。"

"如果连拿出来的东西都做不漂亮，这些什么所谓的四大、四会还怎么漫天要价？"于海听也不想听，直接打断道，"我说过，我从来就不信这些写在纸上的数字，我只相信被验证无误的真相。"他看了一眼林小云，语气稍微缓和了一些，解释道，"天轮很多年前在海南拿下过一大片地，面积很大，但位置不太好，原本是打算做地产开发的，搞了几年也没动静。他们被JW接手以后，打算改建成一家轮胎厂，前期可行性报告里有规划建设年产千万套以上的生产线，这个规模在整个东南亚片区都算是不小了，当地政府还将此列入年度重点工程了。不过呢，今年春天放假到现在，半年多的时间，工地一直没有恢复开工。你说，这种状态下的 incomplete construction 通常意味着什么？"

"现金流吃紧。"林小云脱口接道。

"对，暗示着现金流吃紧了，而且天轮也无力再继续给它输血。"于海看着林小云，笑着说。

林小云回避了他的目光："这只是猜测，并不能证明什么。"

"别的地方也露了些端倪，比如今年雨季比往常长了三分之一以上，天然橡胶的产量下降了许多，价格涨得很快，几乎是一天一个价，但无论是JW还是天轮都没有调低今年的预期收益，甚至没有增加生产成本的预算，而是拼命营造行业形势一片大好的景象来支撑股民的信心。"于海轻轻松松地说，"当然，这些都是孤证，说服力不够。但我敢断定，天轮一定是一条肥美的大鱼，想捞起这条鱼，我需要编织一张大网———一份有理有据、足以让市场相信的调查报告，而这份报告，我期待林律师你的表现。"

"我？"林小云知道于海的意思。他所说的做空，关键的步骤有三个。第一，向券商借入相应的股票并以当时的价格卖掉，称为融券，这需要大量的资金，应该是于海的事。第二，对外公布股价调查报告，报告的内容应该是真实的、可考据的，指出公司在生产运营中存在的致命问题，从而证明其经营情况不足以支撑目前的股价，造成股民恐慌，进而导致股价猛烈下跌。这份报告就是于海所称的"网"。第三，以下跌后的股价再次购入该股票，还给券商。两者之间的价差便是获利。运气好的话，这么一进一出，短期的收获便能够上亿。

见林小云有些犹豫，于海脸上的笑意更加浓烈了："其实我调查过你，林律师。JW那边对你的评价很高，做事认真、很拼，出手的东西也很专业。从技术上，我完全相信你可以完成这个事情。同时，我也对你的背景简单了解了一下，其实跟钱鹏结婚又迅速离婚的并不是别人，就是你吧？"

林小云的思路一下子被打断，脸腾地涨得通红，她愕然看着于海，不知道该怎么作答，也不明白他是怎么知道的。

"对不起，我不是有意想去刺探你的隐私，只是我在挑选合作伙伴的时候，基本的背景调查还是要做的。要知道这个也并不太难，当时你那么高调，给全所的同事都发了喜糖，又怎么瞒得住呢？"于海唇边的笑意像冷冷的白霜，透着掌控一切的冷漠，"不过我一点都不生气你骗了我，反而觉得你要比你看上去厉害得多。能够在伴侣最危难的时候迅速摆脱他，全身而退，这并不是一般女孩子能有的果断。而你在偶然的情况下遇到我，没有尴尬，也没有厌恶我，反而用一个最能让我接受的理由，迅速拉近了和我之间的距离，这种手腕足以令我看到你的能力。当然，我最看好你的一点是，你现在很缺钱。听说钱鹏的事让你背上了七位数的债。七位数的债务，这意味着如果你不能快速嫁入豪门，前半辈子就得跟好吃的、好喝的，好看的衣服和包包说再见了。"于海的声音轻轻没在海风里，断断续续地传来，却又像是一根细线，充满了蛊惑的力量，"跟我合作，融资融券的准备工作由我来完成，我尽量把资金池做大。先期，我会给你支付一笔费用，不多，但足以支撑你完成前期的调研工作。调查报告完成后，我会找一家公关公司进行发布，你的名字不会出现，这当然也是为了保护你。只要报告写得精彩，你与这场游戏的关系根本就不会有人知道。平仓后，所得收益，我给你三个点。林律师是聪明人，脑子好又有能力，这桩事情又没有什么风险，我当真想不出你有什么拒绝的理由呢，难道你跟更好的生活有仇吗？"

林小云面色难看，在被于海揭穿自己小秘密的时候，她几乎崩溃了，却没想到，对方只是轻轻提了一下，便放过了。在利益面前，无论是化敌为友还是化友为敌都是常态，这点小心思又算什么？她咬了咬牙，心里默默盘算，做空股价是一项收益非常非常高的动作，假设于海这次能获利一个亿，三个点就是三百万，一份报告卖上天价，又有什么不可以呢？林小云手心用力攥了攥，指尖刺在掌心的皮肤上，带来决断的力量："两成。所得收益，我要拿走二十个点。"

于海皱了皱眉头，在他说出话来之前，林小云迅速将被海风吹乱的头发拢到了耳朵后面，音色冷冷地说："于总，我不是廉价劳动力，也没有兴趣在您设置的这场资本游戏里赚个保姆老妈子的钱。既然是合作伙伴，那就请拿出一些合作的诚意来。小打小闹地赚点零花钱，犯不着我下大气力。"

于海有些吃惊，不住地打量眼前这个身材娇小的女人。这些天的相处，他一直觉得这个女人最大的特性无非就是爱慕虚荣与言听计从，自己是完全掌握节奏的，没想到真正到了关节点上的谈判，她的贪婪竟远超自己的想象。于海稳了稳心神，轻轻笑了两声，故作轻松地说："林律师，这个价格我可接受不了。说是合作，其实你那块工作，我也可以通过购买服务的方式完成，比如找一家咨询公司什么的。"

　　林小云蔑然一笑，湿润的海风不断吹在她的脸上，打湿了她额前的刘海，变成一簇一簇的湿发沾在皮肤上。她脸上闪过某种势在必得的自信，缓缓地说："是吗？或许您是能从咨询公司那儿买来一份凑合应数的东西。不过，一分价钱一分货，于总比我还清楚，您看上去有很多选择，但能够在最短时间内摸准天轮脉搏的，最优选择只有我。我要不值这个价，就不值得您此前费的这番心血。"

　　于海曾经见过一幅名画，一只斑斓大虎温顺地站在花园里，惬意且放松地嗅着花坛里的一朵蔷薇花，那只虎享受的状态像极了一只乖巧的家猫，让人完全忘记了它有着森森的獠牙与嗜血的本性。然而，一旦机会来临，猛虎会以你想象不到的速度伸出利爪。于海的嘴角勾起，他喜欢林小云的这种性格，在资本的游戏里，贪婪永远是最强劲的驱动力，能让一切不可能都变成可能。"OK。对于聪明能干的人，是值得花费大价钱的。我期待林律师的表现，希望你这把刀又快又准，放出足够多的血。"

　　林小云也笑了笑，拉开那罐啤酒，扬起头，咕嘟咕嘟喝了一口，冰凉的液体滑入喉咙，迅速击退了她浑身翻腾不已的燥热。

　　林小云在JW有一个小小的格子间座位，是小黄总特意让人安排给陈君律所的，也让林小云每次来新加坡出差，有了一个体面的地方可以处理工作。她从心底就很喜欢新加坡这个地方，现代、洋气，每个月有一到两次的机会过来，她总是尽可能地多待上几天，就算什么也不干，坐在干净整齐的街道旁看着行人发呆，她也觉得很有意思。

　　不过最近一个月，她再没有这样的闲情逸致。与于海的合作，正在偷偷摸摸地进行着。林小云依靠近水楼台的便利，研究了天轮这两年来的所有经济合同，汇总数据，再根据合同的实际执行情况，反复揣摩天轮项目的领航人小黄总的真实处境。到了晚上，她再用一台没有网卡的笔记本快速地写着关于天轮的经济分析报告，常常一写就是一夜。起身的时候，东方天际刚刚泛白，晨风吹来，微微蕴凉，卷着一缕海滨城市独有的气息。林小云扭了扭脖子，从背脊到胸口满是凉凉汗意，做空股票这回事，未必真如于海所说的那样合法，一个不慎，破坏金融管理秩序罪的帽子就压了过来，重了不好说，最轻的处理也是吊销律师执业证。

林小云的手指用力搓磨着握在掌心里的杯子。除了恐惧，她更渴望放手豪赌一把，若是胜了便是大获全胜；若是输了……她冷冷一笑，脑子里闪过这段日子以来查阅过的天轮账目，它早就是个烂摊子了，账面好看，实际亏空得一塌糊涂，只靠着一些会计技巧，把财报数据做得完美好看，上周A股和港股竟开出了一周的阳线。小黄总把证券市场当成了自家的提款机，那自己也不过是做一回说皇帝没穿衣服的小孩而已，又有什么大不了的呢？林小云又低头看了看手里的马克杯，在过去的二十几年里，她一直乖巧、压抑地活着，内心最大的愿望就是得到周边所有人的认可，嫁个出色的老公，过上高质量的精致生活。但自从钱鹏被捕之后，她的这种想法慢慢变了。她时不时会做上可怕的梦，梦里的自己变成了一个大妖怪，全身的血脉与经络都暴在眼前，里面又生长出许多枝丫，它们疯狂地往地上扎，完全不受自己的意识控制。对于这样的噩梦，林小云害怕极了，而只要不睡觉，整宿整宿地工作，那噩梦就不会出现。

林小云拉开了酒店的窗户，清晨的城市正在缓缓苏醒，耳边的声音愈加嘈杂起来，通宵刚归与早起通勤的人们在楼下打了照面，便朝着各自的方向匆匆赶路，半天的云彩被霞光渲染成了五彩流金的模样。林小云观望了一刻，呼地拉上窗帘，戴上一双美容手套，将电脑里完成了的文稿拷进一个崭新的U盘里，又放了半浴缸的水，随手就将那台笔记本沉了进去。

忙完这一切，林小云拖着行李箱办了退房，将装着U盘的信封存在了前台。依照之前的约定，今天于海会让人去前台拿走这份材料。

明天，就是他们开始狙击天轮的日子。

林小云则带着行李去了JW，她订了今天晚上的航班回深圳，下班后直接从JW去机场，还得老老实实朝九晚五地上一整天班。

平凡无奇的一天，一直到下午四点多，林小云正准备收拾东西出发去机场，刚在手机上订好一台出租车，桌上的电话便响了起来。出乎意料的，竟是黄总的秘书Tina，黄循临时要见她。

林小云心事重重地挂了电话，赶紧把车退了，忐忑不安地坐电梯来到顶层。黄循每天的会见早一天便全部安排好了，临时召见不是没有，却也轮不到林小云这样的小角色。她担心跟于海合谋要做空天轮的事被发现了，又想那也不至于惊动老爷子亲自来收拾她吧。

她一边胡乱地想着，一边用手揉了揉笑得僵硬的脸，电梯清脆地嘀了一声，已经到达了顶层。

这是她第二次走进黄循的办公室，中央的绿植柱翠翠茵茵，水雾缭绕，依旧是那般沁人心脾。唯一与上次不一样的是，绕着那一圈沙发，堆了许多包装精致的礼物盒，大大小小，五颜六色，像是圣诞树下的琳琅礼物。其中有几个已经被拆开了，黄循独自一人正美滋滋地把玩着一尊黄田玉雕成的佛像。

"林律师，你来啦，坐吧。"黄循看上去心情极好，指了指沙发，让林小云坐下，又微微动了一下手指，让Tina出去，空大的房间里只留下他与林小云两个人。

林小云心头一紧，目光落在那尊佛像上，紧张兮兮地也不知道说什么，只好生硬地夸了一句："好漂亮的佛像啊，一定很贵吧。"

黄循笑了笑，手指在佛像的面部摩挲了几下，恋恋不舍地说："是啊，令德去年在香港拍下来的，花了不少钱。后来又放到庙里供奉了一整年，今天才拿来送给我，着实是花了一些心思的。"

林小云急忙奉承道："儿孙孝顺，黄总您的福气全公司的人都羡慕得很。"

"嗯。"黄循应了一声，也没有接着说什么，只一声不语地把佛像放在了茶几上。天色欲晚，暮霞垂落，浑金的色彩从厚重的云层里透出来，有一抹落在了黄循的侧脸上，将这位垂暮老人的脸映得半明半晦。黄循许久没有说话，林小云的心脏几乎已经跳到了嗓子口，她大着胆子去看这位JW帝国的掌舵人，权力似乎并没有给他带来更多的青春。他脸上的皮肤已经松弛得如同一块抹布，从额头蔓延到脖子，上面密密麻麻地布满了老人斑。他每一次的呼吸都会带来喉咙处松垮皮肤的微微振动，唯有一双浑浊的眼睛仍然泛着敏锐如刀剑般的精光。

林小云心头又是一惊，在她偷偷打量黄循的时候，黄循的目光也牢牢地盯在她的脸上。"林律师，"黄循终于说话了，"我要立一份遗嘱。"

林小云悬着的心忽地放松了下来，原来找她来是为了立遗嘱的事。"好，您吩咐。"林小云语气平静地说。

黄循又看了她一眼，忽地笑道："你不问问我为什么选中你们来帮我准备遗嘱的事？"

"您这么做当然是经过了深思熟虑的。"林小云急忙接了一句，微微沉思了一会儿，说道，"大家都知道您不立遗嘱，早年间有次杂志采访，您特意解释了这个问题，您说希望两位黄公子能依靠自己的本事和能力去赚家产。您每年则会根据他们上一年度的业绩情况，奖励一定的股权。到最后，两位各自积累在手里的股权就自然形成了您的遗嘱内容。我记得那篇报道的最后，记者还盛赞了这种方式，称其他人也应该考虑让富二代们赚取家业，而不是等着父亲将饼分到自己的手里。"

黄循哈哈一笑，这段时间他只听别人说到陈君所对接的三名律师专业谨慎，他一直以为是对康俊和Debra的称赞，倒没有想到眼前这位年纪小小的律师，功课居然也做得这么全面了。黄循眼角的皱纹绽成了两朵盛开的菊花，他指着周边大大小小的礼物盒，高兴地说："这都是我年轻时候的想法了，我是一个固执的人，从小就信奉男人要勇猛向前，靠自己的力量去得天下。我对孩子的教育也一贯如此，坐享安逸的事，想也别想。"黄循说起年轻时的壮志，还是一副雄傲的姿态，橙红色的夕阳从背后照在他身上，像是给这位老人披上了万丈霞彩。"但是，我今天已经七十九岁了。"黄循看着一地的礼物盒子，惆怅之情溢于言表，"八十了。"

林小云从来没想到黄循这位商业巨擘会像这样猝不及防地在自己面前流露出温情与柔软的一面，她怔了一刻，下一秒，很快又聚上了满脸的笑意："黄总，我祝您生日快乐，福如东海、寿比南山。"

黄循摆摆手表示感谢，又嘱咐道："遗嘱的事情涉及JW各个方面，请林律师务必保密，先着手准备先期材料，盘算出可由我分配的资产，等这部分工作完成后，还需要康律师再过来一趟，那时候我会告诉你们我的分配方案。"

林小云点点头，她忽然明白黄循之所以放着常年与JW有往来的法务和律师不用，偏偏指定了陈君所，看中的正是自己的底细干净。"我明白。"林小云清晰地应承道。见黄循也没有更多的嘱咐，她站起身来，就准备告辞。起身时没留意，碰到了旁边一个纯白色的方盒子，林小云连忙道歉。黄循倒是不在意，笑着说："帮我拿过来，我来看看这是谁给我准备的礼物。"

林小云将盒子抱了起来，不重，正正方方的形状，上面并没有名签。她将盒子摆在茶桌上，笑道："看来这是有人要给您一份惊喜了。"

"惊喜吗？那我猜就是Gibert这个小机灵鬼了。"黄循一边说，一边拉开了丝带，打开盖子。是整整一盒白色的百合花，每一片花瓣都晶莹剔透，若卷若舒，绽得饱满，将中间那一束鹅黄色的花蕊彻底暴露出来，随着盒盖被打开，安装在盒子底部的风扇也同时启动，一阵浓烈的香气卷裹着屋内静谧的空气扑面而来。

林小云浑身的血液都被冻住了，她僵硬地转动脖子去看黄循。黄循脸上还残留着方才的微笑，很快这抹笑意就被肌肉狰狞的抽搐扭转，他的脸迅速变得通红，双手掐住脖子，胳膊上开始出现大面积的红疹。他似乎已经要呼吸不过来了，喉咙里不停地发出"呃呃"的嘶吼声。

林小云回过神来，一把将盒子重新盖上，抱起远远地丢到了角落里，同时，她大声地呼喊："Tina，快救人！快喊人！"

随着她的呼救声，办公室那扇沉重的木门被人推开，迅速跑进来几个穿着白大褂、戴着医护口罩的人，手里还推着一架轮椅。Tina跟在他们后头，满脸都是焦急的表情。

林小云怔怔地看着他们给半瘫在沙发上的黄循注射了一针，又合力将他搬上轮椅，呼呼啦啦地就往外走。她脑子竟有一刻转不过来，完全没有反应过来发生了什么事，只愣愣地看着Tina，说道："怎么来得这么快？"

Tina苦笑着看着她，挥了挥手，旁边两人按住林小云，还没等她叫出声来，就在她的脖子上扎了一针。林小云的意识逐渐模糊，在合上沉重的眼皮之前，她看见Tina那张不太好意思的脸上嘴唇一张一合，声音变了调地说："对不起，我也没想到他会临时要见你。"

下一刻，林小云的五官就什么都接收不到了。

第22章
大富之家的隐痛

　　两天之后，天轮股价暴跌，H股一下便跌掉了百分之三十四点七。同时，天轮的母公司JW向公众披露消息，董事会主席黄循两日前因身体原因紧急入院接受治疗，目前状况尚未稳定。这无疑是对天轮股价的再一次补刀，一时间众议纷纷。

　　这场风暴也波及了陈君所。晚上十点，三楼的会议室灯火还亮着。空调开得很足，将屋外湿热的空气隔绝得彻底。已经熬了一天一夜的程风目光矍矍，像只老山鹰，眼睛盯着电脑屏幕，两只手也不闲着，正笨手笨脚地磨着咖啡豆。一旁的Debra则将鞋脱了，袖子叠得高高的，坐在自己常坐的椅子上，一只手翻看着资料，另一只手支在额头上，眉头轻轻地向中心拧着。

　　康俊已经喝了第五杯咖啡了，衬衣的扣子解开了三粒，薄薄的衣料似乎拢不住他浑身的烦躁。他嘴里咬着一支笔，顺手又点开了会议室的电脑，几篇文字资料出现在屏幕上，他快速地解释："昨天上午，一家境外的调查机构突然发布了一份关于天轮公司的调查报告，报告称天轮公司涉嫌大客户数据造假，他们在年报中称自己是世界几大汽车品牌的长期轮胎供应商，而事实上他们仅仅与这些品牌做过一些短线供货，诸如此类。下午一开盘，该公司又发布了一篇关于天轮公司的股价评论，从成本、原材料到市场前景以及母公司JW的战略调整分析，认为目前天轮公司的股价被严重高估，实际价值应该在目前股价的五分之一左右。两篇报告的具体内容你们自己看一下，很明显是要做空股价的打法，选择在盘中发布，没有给天轮公司留反应的时间。被人突然来了这么一下，而且有消息说接下来会有新的调查报告陆续公布，这两天，天轮和JW的人估计都要通宵了。"

说到这里，Debra补充道："是，我下午跟小黄总通了电话，说如果需要我们做什么，可以随时找我。不过他们也应该有自己的应急团队。"

康俊深深地看了Debra一眼，道："我们与JW的合作，止步于天轮的内控风险，外部也仅仅做一些经济合同的审核。资本市场的事情，我们没有插过手，就让他们自己去操心吧。我现在比较担心的是另一个问题。这两篇报告我都认真看过了，平心来说，文章写得很好，立论准确、证据翔实，几乎可以媲美当年Carson Block狙击东方纸业的调查。"康俊顿了顿，屋内的气压也随之下沉了几分。他看了唐盈盈一眼，像是有些难以控制自己的情绪，用一种奇怪的语调说道："林小云的这份能耐，之前咱们倒是没发现。"

唐盈盈一听，心里大吃一惊。她最近一直在忙一桩故意伤害致人死亡的案子，今天下午刚见完当事人，就被临时叫回来开会，对天轮和林小云的情况还一无所知。她不敢置信地看了康俊一眼，又看了看Debra，一面迅速地读着材料上的文字，一面迟疑地问："这……这两份报告是小云做的？不会吧，她人呢？"

康俊不再说话，程风在一旁解释道："打她手机没人接，信息也不回。我打电话去她家问，她爸妈说昨天接到她的电话，说自己这段时间太累了，打算去马来西亚旅游几天，休息一下，手机信号可能会不好，有事发微信，就不打电话了。我严重怀疑她这要不就是跑路了，要不就是找个地方避风头了。反正对我们来说，是失联了。但她父母倒是能联系上她，这情况就是想报警也报不了啊。"

唐盈盈听他这么说，心情开始变糟。Debra拍了拍她的肩膀，又接着解释道："下午Bert跟我说的时候，我也不太相信，但仔细看了看，确实很像。不过现在也只是我们的猜测。你知道，一个人的行文用字受固有的习惯制约很深，熟悉的人很容易就可以看出撰写者的语言特点。这两篇报告加起来有一万多字，我把其中可疑的地方高亮标了出来。你看，所有应该用'准备'这个词的地方用的都是'预备'，'准备'和'预备'这两个词大多情况下可以互换，但细究起来意思还是有些微的差别。小云可能是受到方言的影响，非常喜欢用'预备'而不是'准备'，类似的还有金额后面跟一个是字，用'说道'代替'说'的用法，等等。这是第一。第二个是其中的论据段落，每一个论据段落都是以引用他人言语的方式来结尾的。这种写法应该是源自英语新闻的写法，在中文写作中并不多见，偶尔为之也没什么，但每段都这么写的人，除了小云，我还没见过第二个。"

"小云确实是有习惯这么做，说了她很多次也改不掉。"唐盈盈接上Debra的话。她已经快速地翻阅完了两篇报告，事实上即使Debra不指出这两个特点，她也会得出与他们一样的结论。语句的节奏、用词的习惯、行文的整体感觉，身为带林小云入行的师父，唐盈盈通读一遍下来，心里竟落实了七八分。她的心开始纠结成一团。"小云为什么要这么做？去参与做空天轮，是为了钱吗？我不敢相信，她是JW聘请派驻天轮的律师，这种做法是很有问题的。"唐盈盈嘴上喃喃问道，心里却同时也在问自己，当真不敢相信吗？林小云是什么样的性格，又是什么样的经济处境，为了钱铤而走险，做一些打擦边球的事，难道不是很顺理成章？

　　唐盈盈这么一问，在场几个人都不说话了，这种沉默又变成了一道沉重的压力，添在了唐盈盈的心上。程风张了张嘴，又默了声，再想了一会儿，还是说道："小云是不是被人骗了呀，别人交给她这么一个调查的项目，结果目的是攻击天轮公司。"

　　Debra断然否定："不可能，小云可不是傻子。"

　　"那就只能是为了钱了。"程风迅速放弃了立场，下结论道。

　　他这样一说，唐盈盈的脸色便又沉了一分，她也想找出林小云这么做的别的原因，可想来想去，都逃不过经济问题这个理由。康俊听他们议论完，两只手自然地交握在一起，两个大拇指相互转了几圈，他一双眼眸乌沉沉的，落在唐盈盈脸上："要是真坐实了林小云有份参与做空天轮，那我们所就算惹着大麻烦了。大家一起说说看，有没有什么好的解决办法。盈盈，你有什么想法？"

　　说是大家一起说，但最后还是点了唐盈盈的名字。Debra没有开口，身体向后靠，将椅子的后背压出了一个自然的角度。程风也没敢胡扯，斟酌了半天，小心地说："最好能先确定一下。"

　　唐盈盈僵硬地一笑，缓出了一口气，只觉得自己体内像是生出了一股冰凉的寒意。她明白这个事情性质的恶劣，康俊的担心也不是杞人忧天。她微微活动了一下脖子，从半开的窗户往外望，夜色一如往常，漆黑的夜空上悬着一钩细细小小的新月，纤弱无骨，却又如泣如诉。"我暂时没有什么有用的想法，我还没有消化这个事情。我只能说我的第一反应，我不相信小云会为了钱背叛职业，如果真的是她做的，我宁愿相信她是有别的苦衷。"

　　康俊像是料到她会这么说，又问道："你这种看法是全凭自己的直觉，还是另有原因？"

唐盈盈扬起头，犹豫了片刻，说道："我说了，这只是我对事情的第一反应，没有实际的证据，也没有靠谱的原因。"她停了停，又继续道，"但我想说，这是林小云。她不算是一个多厉害的人，做事总是用力过猛，有些虚荣，心里总是渴望得到更多的关注。可是我跟她共事了四年，我知道她有多爱这份工作。我愿意去相信她绝不是一个会为了钱踏破法律底线的人。"

康俊整个人像是陷进了柔软厚实的椅子里，双手无意识地相互摩挲着，没有人知道他在想什么。沉默了一刻，他看了看唐盈盈，语气冰冷严肃，像是在尽力压制最后一丝对女友的歉意："如果是很大一笔钱呢？足够多的金钱会吞噬掉人对职业的敬畏之心。对不起，你信得过林小云，可我信不过人心。"

康俊这样说完，算是表明了自己对这件事情的态度。他的目光避开了唐盈盈，沉默了一会儿，开始布置下一步的工作："Debra，要辛苦你去一趟新加坡，弄清楚林小云究竟有没有参与这场做空风波。程风，请你核查一遍我们与JW的所有往来资料，包括林小云的公用邮箱。一旦有发现，我至少希望所里能在一个比较主动的位置，第一时间与她划清关系，所有行为都是她的个人行为，而非公务行为。同时，所有责任也应由她自己承担。"

Debra微微一怔，继而点点头，答应道："没问题，我明天一早就飞去新加坡。"

程风也连忙答应："好的，我今晚就开始整理。哦，不，我先睡两个小时，起来就开始查阅。"

布置完工作，Debra和程风便起身离去。时间已经过了十二点。毕竟已是深秋，白日里再怎样燥热，到了此刻，夜早已凉透了这座城市。风吹在树上，树叶扑簌乱舞，像一只只不听话的小鸟，不只是树叶，就连树枝也跟着东倒西歪，有些悬悬欲断的样子。唐盈盈静坐在那里，脸色苍白得难看。康俊走到她面前坐下，握住了她冰凉的手，又缓缓地将她的手心按在了自己的脸上，静静地说："盈盈，对不起，我不是不愿意支持你，只是，我不能拿所里的声誉和前途去冒这个风险。"

唐盈盈抬起头，见灼亮的灯光将康俊的脸映得越发白亮，她抬起另一只手捂住了康俊另一侧的脸颊，忍着心头强烈的酸楚，点点头，又挤出了一丝微笑："我明白。你不支持我是对的，我什么证据都没有。我尊重你的决定。但我也会去努力找证据，我真的不相信林小云会这么干。如果能够找到令人信服的证据，你得更改今天的态度。"

康俊沉吟了片刻，微微点头，又想了一会儿，说道："好，我答应你，但你一定要能说服我。"

唐盈盈也点了点头，整个脑子昏昏沉沉，困倦极了，她缓缓合上双眼，上半身斜倚在康俊身上。不知是外间的夜凉，还是室内的冷风，寒彻了衾衣。她忍不住地想：林小云，你现在究竟在哪里？

Debra在第二天中午独自一人抵达了新加坡。在机场的出口处，一位长相甜美的年轻女子高高地举着一块接站牌，上面写着Debra的名字，落款则是JW集团。Debra心想，JW如今正兵荒马乱的，这套接站的礼仪倒是一如既往。

那女子将Debra带到了一辆黑色的保姆车前，拉开后座的门，没想到黄令德竟早已坐在了里头。Debra一惊，脚下微微一滞，只犹豫了半刻，便跨了上去，笑道："我这是享受了多高的规格，竟劳动大黄总亲自来接机。"

黄令德今年四十五岁，身材不高，与风流倜傥的弟弟不同，微微发福的肚子给人一种敦厚温和的感觉。他的眼睛细细小小的，长相更接近他多年前去世的母亲。"冒昧了。我知道杨律师你今天过来，也没有更好的办法约你见面，事急不拘礼，有得罪的地方还望你海涵。"黄令德微微前倾着身子，向Debra歉意十足地说。

Debra微微一笑，刚刚上车坐定，车子便呼的一声开了出去。未等她出声询问，黄令德便苦笑一下，声色哀痛地说："我们家发生'玄武门政变'了。"

"什么？"Debra眉头猛地一锁，被黄令德的话吓了一跳，急忙问道。

"令凯疯了，他前天找人掳走了老爷子，现在谁也见不着，是生是死都不清楚。董事会昨天起由John Lee临时履职，令凯则说老爷子在病床前给他签了授权，要把董事会交给他。Lee不认只按着手印的授权书，两人从会议室吵到办公室，彻底乱成了一锅粥。"黄令德像是很着急，扯了扯衬衣的领口，简要地将这几天的形势告诉Debra，"天轮的股价现在跌成了这个样子，拖着JW的股价也一路暴跌。所有的事情都乱套了，再这么下去公司就要完蛋了啊。"

Debra对黄家内部两兄弟争权夺势的事情早有耳闻，她耐心地看着这位脸上写满了焦急的黄家大哥，一句话接一句话都在说公司内部的纷争，只好打断道："现在黄总的情况怎样了？令凯是怎么把他带走的？是去医院了吗？"

黄令德被她这么一问，马上反应过来，急忙说道："是什么情况，我现在也什么都不知道。他只对外说，老爷子忽然花粉过敏，整个人都抽了过去，幸亏Tina及时找到医护人员进行了脱敏治疗，现在情况还不稳定，禁止一切探望。可问他是哪家医院他也不说，我翻遍了全城的医院，哪里都没有，我也不知道他究竟把人藏哪儿了。"

Debra暗暗琢磨了一会儿，有些担心地问："老爷子的过敏问题这么多年了，一直很谨慎地对待，怎么会突然接触到过敏源，一下子就到了要去抢救的地步？"

"哼，我也觉得蹊跷，这些问题我看除了黄令凯，谁也回答不了。"黄令德阴阳怪气地说，他又看了一眼Debra，脸上浮起一层阴鸷的笑意，"还有，令凯这套说辞完全是bullshit，我到今天才知道Tina竟然是他的人，说话完全向着他。这颗棋子埋得好深啊，什么及时施救，骗小孩子的吧？我看这从头到尾都是他自导自演的一场戏。这边天轮暴跌，那边老爷子就被他控制起来了，哪有这么巧的事？我看分明就是他眼见天轮账目亏空的那一套瞒不住了，于是狗急跳墙，想逼老爷子把手里的股份和董事会主席的位子给他。这套把戏，一千多年前的玄武门已经演过一遍了，轮到他现在也想效仿李世民，搞个篡位夺权。"黄令德一边说，一边又将领口的扣子扯开了一粒，车内的空调也不能给他烦躁的心情降下温度。

Debra按了按涨痛的太阳穴，一时间无话可说。她对黄家兄弟这套整天争来争去的把戏厌烦不已。黄令凯是Rowan的朋友，跟她也认识很多年了。早年间，黄令凯也曾与Rowan合作搞一些项目，希望能够借着齐家的资源盖过他大哥一头。但结果都不甚理想，其中自然有项目自身经营管理的问题，却也不乏黄令德在其中挖坑，黄令凯为求业绩好看，急躁冒进的缘由。后来，Rowan也抱怨过几次，说与令凯只能做朋友，合作太难。这次天轮的项目，Debra当初也是犹豫了许久，经不住黄令凯三番五次的拜托，没想到最终还是被他们兄弟相争的戏码影响了。

黄令德见Debra沉默不语，心里便更着急了，他的两只眼珠子向下转了半圈，又从口袋里摸出了手机，一边翻一边说："老爷子出事后第二天我就去找了监控，当天那一层楼的所有视频都被令凯删除了，你说他是不是心虚？不过，他忘记了我们的监控录像都是有备份的，我又找人修复了当日老爷子办公室门口的监控视频。你来看看，这一段是老爷子被急救人员推出来的录像，我暂停一下给你看，是不是有什么问题？"

Debra眼睛紧紧盯着屏幕，图像不算特别清楚，角度有点偏，几个戴着口罩的人跑来跑去，在他们中间，被搀扶着的一个身影看起来却特别眼熟。只是那人头上戴了一个帽子，又被旁人的胳膊挡住了脸，一时之间不能确定面容。Debra心里一惊，指着画面问道："这个人是谁？"

黄令德邪魅一笑，不阴不阳地赞道："果然好眼力。"他又打开了另一段视频，说道，"这段视频是刚才那出戏之前二十分钟拍到的，你自己看看。"

这次的画面里就只有两个人了。一个是一身白色职业套装的黄总秘书Tina，她手里拿着一个小小的吸尘器，正在仔细地做着最常规的花粉检查。配合她的动作的则是另一个身材纤细的女子，那女子转过了身子，脸正好朝着摄像头的方向。熟悉的脸，不是林小云又会是谁？！Debra脸色哗的一下便沉了下去，声音也有些变调："林律师当时在屋里，她现在又在哪里？"

黄令德脸上的表情很是嫌恶，扭过头，说道："如果你们现在也联系不上她，那她应该就是跟老爷子一起被令凯控制起来了。"他想了想，嘴里一半是恳求一半是威胁地说道，"杨律师，我知道你跟令凯认识很多年了，我也听说过你在圈内的能力，所以我希望你能好好劝劝他，天轮的事老爷子未必会追究他的责任，让他别一错再错下去了。何况我们是兄弟，我也不可能一口饭都不留给他的。早点让我见到老爷子，凡事都还有商量的余地。万一真的走到那一步了，别说是你，就是整个新加坡的律所押到他身上，也未必救得了他。"

车子平稳地向前驶去，在接下来的行程里，Debra没有再说一句话。她其实很想直接让黄令德自己去对黄令凯说这番话，但她没有说，她的思维完全被林小云占据了。林小云意外地出现在了事情最关键的地方，又随着黄循一起失联了。而她身上同时又有狙击天轮股价的重大嫌疑。这究竟是巧合，还是别有阴谋？Debra现在无法判断。她一面在心里将事情又重新捋了一遍，一面看着车窗外不断后退的街景，开始急切地希望接下来与黄令凯的见面能够给她一个更加明确的答案。

黄令凯在城西有一家会员制的酒舍，只接受预约，不接待路过客。下午三点，酒舍里异常地安静。屋内照明用灯都被关掉了，只剩下墙壁上的一些背景光，以及吧台上方低低垂挂着的几盏造型奇异的灯。这份幽暗迷走的感觉，再配上酒舍内只有十几度的控温，让里面冷得几乎像个雪洞，与外头明媚刺眼的炎炎夏日形成了强烈的对比。黄令凯坐在一张高脚凳上，也没了平时逍遥洒脱的劲头，头发微微向后拢着，两鬓间竟罕见地露出了几缕花白的发丝。他捏着一只细长的酒杯，静静地看着Debra从门口走进来。

"Debra，谢谢你能在这个时候赶过来。"黄令凯站起来，伸出手轻轻地与Debra握了一下，又接着说，"我现在特别需要你的帮助。"他的声音有些嘶哑，眼睛里满布血丝，但他还是勉强地笑了一下，以表现自己的善意与欢迎。

Debra推开了酒保递过来的一杯鸡尾酒，盯着黄令凯，沉吟了一刻，开门见山地说："你大哥在机场堵住了我，他告诉我，你现在控制了你父亲，同时还带走了我们所的林小云律师。"Debra往前一步，目光越发严厉，"请你告诉我，这些都不是事实。"

黄令凯只愣了片刻，一连串冷笑声在他的胸腔中犹如气泡冒出水面一般汩汩作响："他告诉你我掳了人？那他告诉过你，他做了什么吗？我告诉你，就是他找人做空了我的天轮，他想搞死我。"

Debra的心猛地一下跌落在地上，脑子里浮现出黄令德方才那副焦急又隐藏不住得意的神色。"是你哥恶意做空天轮的？"Debra重复地问了一句，忽而又进一步想到一个令人恐惧的可能——那林小云的同时失踪莫非是黄令凯的报复？

她不敢贸然提问，却见黄令凯脸上浮出了怪异的笑容。黄家两兄弟长得很不像，一个矮胖一个高瘦，性格也相去甚远，一个寡言一个跳脱，但唯有这阴沉沉的笑意竟如出一辙，像是有人用一个模子用力按在两人脸上一般，令人看上去就有种背脊发凉的感觉。"有意思吧？这就是兄弟相残。其实，我早就盯上他了，上个月开始，他就偷偷摸摸地把自己手里的股权和一些房产质押出去，折换出不少现金握在手里。我还以为他想投资什么项目呢，就找人暗地里查他。一查就有意思了，我发现他跟深圳一个叫于海的投资客勾勾搭搭的。那个于海名声极差，坑蒙拐骗无一不干，手里根本就没什么好项目。我正打算看他怎么跌个狗吃屎呢，后来慢慢发现了端倪，原来他打的是我天轮的主意啊。想用这招来打低天轮的股价，他想搞死我。"黄令凯咬牙切齿地跟Debra解释，目光阴阴森森的，仿佛下一刻就要扑上去咬人了，"不过，我会怕他？我转身就给他来个釜底抽薪，哈哈哈哈哈哈。傻眼了吧？都傻眼了吧？这下可怎么办呢？"他像是在嘲笑黄令德，但语气中没有太多的得意，更多的是发自心底的慌张与恐惧。他静了一会儿，又端起酒杯，猛地喝了大半杯酒下去，一股浓烈的酒精味冲了出来。

Debra侧了侧头，看着这位昔日在校园里风采无双的黄二公子，心想他自己在天轮里做了这么多手脚，若非如此，也不至于被人一击即中。这么一想，原本的一点同情也淡了，心底只剩下一片哀凉。"下一步你准备怎样，逼老爷子签字，让他把股权和财产都转给你？不同意的话，你准备打他，还是杀了他？"Debra平静得没有一丝情绪的波动。

黄令凯猛地站了起来，原本白净的脸此时不知是酒精的作用还是别的，竟涨成了深红色。他跌跌撞撞地像是站都快站不稳了，一只手撑住吧台，另一只手则指着Debra，情绪激动地说："Debra，你不要摆出一副来批判我的模样。我所做的一切都是合法的，他是老子，我是儿子。老子生病了，我做儿子的给他找个清静的地方休养，我来照顾他，有什么问题？天经地义，这是法律给我的监护权，对不对？你是法律专家，你来告诉我，我有没有这个权利？"

Debra的眉头皱了起来，头撇向旁侧："你喝多了。"

"我没有。"黄令凯断然否认，他盯着Debra看了一会儿，突然笑道，"你什么时候成了我大哥的说客，来劝我回头？搞没搞错啊？他这个时候了还在装敦厚大哥、孝顺儿子啊，这就没意思了。而且我没想对老爷子怎样，我就是特别想跟他聊聊，问问他这么多年来，做我们两个的父亲做得开不开心？两个儿子，再加上两边的孙子孙女，全家上下十几口人，整天伺候佛爷一样围着他。他讨厌红色、粉色、橙色、紫色、黄色，你去我们家衣柜里看看，连一条这几种颜色的内裤都找不到。他喜欢青色，我们的孩子们天天就跟一堆韭菜似的。还有，还有你知道吗？他每年要过两次生日，春天一次、秋天一次，每次我们都得想方设法给他准备礼物，讨他欢心，对，就是讨他欢心。为了讨得他的欢心，我和黄令德像狗一样活了几十年。小时候他让我们比学习成绩，大了就比业绩，连结婚对象的家产数都是我们的比拼项目。而他给了我们什么呢？整天就只会拿个萝卜挂在我们前面晃啊晃的。去年天轮的业绩那么好，全公司上下都在夸我，你知道他赏了我什么吗？三百万的股权以及大年初一陪他去上香的机会。"黄令凯的双眼涨得通红，在酒精的作用下，言语越发凌乱，"就这么点枣儿似的玩意儿，老大一家嫉妒得眼都要冒光了。我是很讨厌黄令德，但我更讨厌他，我就特想问问，他这四十多年来，究竟是在养儿子呢，还是在养蛊？”

黄令凯的情绪越说越激动，音调也随之越来越高，在空洞的室内引起了嗡嗡的回响。Debra冷冷地看着黄令凯在眼前颠颠歪歪，屏息静气了许久，方才说道：“无论如何，你不能去走极端。”

“我没有走极端，是他逼我的。不过不要紧，他只要同意把JW给我，以后我还能像供佛爷一样供着他。Debra你不懂，你幸运多了，Rowan家里只有他这一个儿子，好的歹的都是他的。我家不同，我家的一切都得靠自己，谁的手段高一点，就能得多一些；谁的心地慈善一点，就死无葬身之地。”黄令凯渐渐抚平了情绪，语调淡漠而冷静。酒舍里只有他们两个人，身后的墙壁是一片深红色的背景画，上面有粉紫色的晚霞、深橙色的土地，大片大片殷红的枫叶布满了整个画面，就像有人着意燃起的火焰。

Debra的目光掠过黄令凯，她看到了弥漫在他脸上那渴求认同、渴求怜悯的神色，但在此刻，她连半分的同情都不想给他。“You disgusted me.”Debra的声音仍然没有任何的情绪起伏。

黄令凯脸上立刻抽了一下，像是恼羞成怒，下一刻就要发火，怒气满满地盯着她：“你说什么？”

Debra站起身来，毫不畏惧也毫不退缩，平平的目光盯着他：“你听见我说的话了。别人的错都不是你犯罪的理由，你想用自己受过的痛苦和委屈来给自己辩解，OK，这种自我麻醉式的说辞别来跟我说。你可以找一个更黑更小的屋子，躲在里面一遍一遍地只对着自己说，试试看这样做，能不能减少半分你心里的罪恶感。”黄令凯愣了一刻，想反驳什么，Debra却不给他开口的机会，又继续说，“何况，我今天也不是来管你们的家事的。我来问你要人，你把被你们带走的林小云还给我。她可不姓黄，你没有理由非法禁锢她。”

屋内的空调出风口呼呼地朝外喷着冷气，黄令凯自嘲似的冷笑了两声，唇角的笑意像罂粟花一般，好看又充满罪恶。他重新坐回凳子上，拎过酒杯又抿了一口，冷冷地说：“林小云现在不能走，我需要一名律师为我做证。不过，你放心，我保证不会伤害她。我聘请她，只等老爷子一签完文件，酬金和人我都给你。”

Debra一直吊着的心算是放下了一半，看来黄令凯并不知道林小云可能参与了做空天轮，她被一起带走只是碰巧，而不是报复。她思索了一刻，又说道："不行，你没有权力剥夺她的人身自由，你这是绑架，我可以报警。"

"报警？"黄令凯拿着酒杯在脸前转了几圈，好笑似的看着Debra，"Debra，你不要说这么幼稚的话了。警方靠得住吗？在新加坡，林小云就是一个外国人。你知道这样的人口失踪案在新加坡警方那儿立案要多长时间吗？就算立了案，找到她又要多长时间？"他说完，将手里把玩着的酒杯往桌上一放，发出噔的一声清脆的声响，"你要是跟他们一样来逼我，我就什么都保证不了。"

Debra看着丧失了大半理智的黄令凯，缓了一口气，冷冷地问："那你需要多长时间？"

黄令凯见她松了口气，连忙解释道："不会太长的，一个礼拜，哦，不，十天吧。老爷子一定会松口的。到时候，我按每天十万块钱的酬金付给林律师，算是补偿。"他顿了顿，又补充道，"我不会亏待她的，也绝对不会强迫她、虐待她。她住在大房子里，好吃好喝。谁让老爷子发病的时候，她正好在屋里，我当时就只能把她一起带走了。真的，你相信我。我跟Rowan几十年的交情了，我也不想给自己惹上不必要的麻烦。"

Debra沉沉地盯着黄令凯，心里思索了一刻，又说道："我要见见林小云，我必须确认她的状态。"

黄令凯的目光猛地一收，心里飞快地盘算了一番，微微点头道："可以。我马上安排，让你们做一次视频通话。"

镜头里的林小云站在一面纯白色的墙面前，身上也是一件白色的衬衣，整个人都像是要淹进了背景里。她齐肩的头发整整齐齐地束成了马尾，扎在脑后，没有一点油腻也不见半分凌乱，给人的第一印象是这几天的日子应该过得还算可以。

Debra拿着黄令凯的手机，对着屏幕笑了笑，和善地问出了第一组问题："小云，你现在怎样？他们有没有欺负你？你在什么地方？"

林小云的目光向上抬了抬，应该是看了一眼负责监控自己的人。很快，她也笑了笑，语气平和地说："Debra，我现在一切都OK。他们没有欺负我，对我很客气。我在一间大套房里，像是酒店的套房，但具体是什么地方我也不知道，这里窗帘平时都是拉上的。黄总也在，他的房间里有医生、护士。昨天开始，黄总的情况好一些了，但还没有醒过来。小黄总来过一次，跟我道歉了，说他自己确实没想到会把我也带了过来。但既来之则安之吧，只要黄总醒了，把JW的股权转让文件签完，我就能走。"林小云冷静简略地把事情说了一遍。

Debra心想林小云的话条理清晰，可见目前的状态应该还是安全的。黄令凯在一旁耸了耸肩膀，做了个口型，道："说了吧，没骗你。"

"好，你安全我就放心了。"Debra盯着林小云说道。几天没见，林小云仿佛比之前更加瘦了，又细又长的脖子露在外面，两块锁骨清晰易见。她的脖子上戴着一条细细的项链，一个微笑形状的吊坠横跨在锁骨之间。她像是有些局促，右手的手指不停地去捏那道坠子。Debra心下一动，又问道："你父母说曾经收到你发报平安的信息，是你发的吗？"

Debra其实是想进一步确认林小云目前的通信状态。林小云沉思一刻，老老实实地回答道："是我发的，房间里可能屏蔽了手机信号，我打不了电话，也收不到信息。但我要求每天给父母发几条信息，他们也同意。"

Debra抬起头，冷笑了一声，对黄令凯说："这可不是正常的工作状态吧？"

黄令凯却是一脸坦然的表情："我已经最大限度给予林律师自由了，但必要的隔离手段还是要做的。要知道，我那个大哥现在正满世界地找人呢。"

Debra深深看了他一眼，却也没精神再与他啰唆，目光回到屏幕上，盯着林小云，犹豫了半刻，像是谈起一桩新闻一般说起："你知道天轮最近被人狙击了吗？股价暴跌。"

林小云像是正在等着这个问题一般，她的脸上没有惊慌与讶异，平静幽深的表情与她的年纪有些相悖，但摩挲着项链的手指还是暴露了她心里的慌。"我听说了，说是我被带到这里第二天就发生了股价暴跌的事情。还挺巧的是不是？或许不是凑巧吧，世上所有的事情都是相互联系的。也许这个事情的因就是那个事情的果，也可能这个事情的果又成了那件事情的因。谁也说不准，对不对？"林小云平静地说道，她的双眸熠熠发光，如同两湾深不见底的碧水，最上面一层波光粼粼，有无数金色的光点在跳跃，越往下看，则是一层又一层渐次变深的绿。

Debra心里咯噔一下，细想了一会儿林小云目前的处境，继续说道："我不知道他们是怎么跟你说的，但我刚才跟小黄总聊了一会儿，按照他的说法，估计你还得再在那里待上大半个月，你自己是怎么个想法？"

林小云点了点头，冲着Debra微微笑了一下，隔着信号，她的声音听上去既空洞又虚无："我知道，我不害怕。前两天我还有些害怕，今天能够见到您了，我就一点都不害怕了。"她顿了顿，右手放了下去，换上左手，仍然在不停摩挲着颈上的那根项链，"只是有点遗憾，下个星期就是钱鹏二审的开庭日了，您知道他一审被判了无期，二审要是没有更多的证据，维持原判的可能性很高。我上个月还去看过他一次，他真的是无辜的。平时那么狂傲的一个人，在我面前哭成了小孩子，边哭边说要是有刀他就把自己剖开给我看，他真的没有拿那七千万。那个场面，我都有点被吓到了。"林小云无奈地苦笑了一下，从眼底又泛上来一层晶莹的光，"我毕业以后跟着唐律师和您做事也有四年多的时间了，学到了很多东西，我们也帮不少受冤的当事人争取到了他们应得的权利。可钱鹏这次，我好像做什么都是徒劳，不仅帮不上忙，就连开庭都要错过了。"林小云的嘴唇不受控制地微微颤动，含泪的双眸一直盯着Debra，像是声嘶力竭又像要拼尽全力地恳求，"Debra，要是不耽误您时间的话，您可以帮帮钱鹏吗？"

Debra心里大为震惊，她没有想到，在好不容易争取到的这一点通话时间里，林小云没有让自己为她争取更多的自由和权益，反而反复哀求和拜托的都是钱鹏的官司。

Debra心里疑云缠绕，她还想再多问几句，却被黄令凯拿走了手机，挂断了视频。"好了，现在确定林律师人身安全没有问题，你这下该放心了吧。"黄令凯其实并不知道钱鹏是谁，只是林小云反复提起这人的样子让他觉得有些不安，这个时候，他最怕的就是节外生枝。

Debra心不在焉地应了他一声，又反复警告他现在已经涉嫌非法禁锢了，再不要做出什么不能回头的事，黄令凯都一一答应。Debra也不想跟他纠缠更多，出了他的这间酒舍，便订了最近一班回深圳的航班。

趁着候机的时间，Debra先给康俊打了个电话，大致说了一下黄家发生的事情。康俊跟她的态度一样，觉得大黄小黄怎么咬，都不关所里的事，他更关心的是林小云，一是人身安全，二是涉事究竟有多深。

Debra想了想，说："黄令凯目前倒还是坦荡的，虽然监视了我们通话的全程，但对于林小云的处境和状态，却没有骗人。暂时来看，如果没有极端情况发生，他倒不至于会威胁到小云的人身安全。关于狙击天轮的事，我也问了，只是当时黄令凯就在我面前，我不能问得太直接。小云倒是没有否认，但紧接着她又谈起了钱鹏的二审。千头万绪的，现在形势不算太明朗，她又在黄令凯手里，我们能得到的信息暂时就是这样了。"

康俊在电话那头沉思了一刻，心情很是不悦，便说道："林小云向来心思多，接手天轮项目前我再三嘱咐，黄家关系复杂，做事要多斟酌，不能莽动。如今看来，我的这份苦心怕是白费了。"

气氛有一刻的凝滞，Debra沉默了一会儿，又抬手看了看时间，说道："我倒没有你这么悲观，小云给我的感觉像是承认了她与做空事件有关，但似乎别有所图。这样吧，我一会儿的飞机，大概晚上八点能到深圳，到所里大概九点。你让盈盈和程风一起等一下我，小云给了我一串数字，我还没想明白是什么意思，我们开个会，一起参详一下。"

"好，"康俊似乎也想了一会儿，说道，"不过盈盈下午出去了，估计赶不回来。我们三个人先碰一下吧。"

Debra有些愕然，片刻之后，失笑道："也行。"

四个小时后，心情不轻松也不美好的Debra回到了深圳。在陈君所的小会议室里，她又跟康俊补充了一些细节，接着在白板上写了几排数字，每一排都是八个。Debra向康俊和程风解释道："小云跟我说话的时候，手指一直放在脖颈的位置。我开始以为她是紧张，所以有这么个摸项链的小动作，后来发现她几根手指的形状是在变化的。我才意识到，她是在给我传递一组密码，一共八位数，08797680，左手和右手各自比画了一遍，我应该不会记错。"Debra用笔将一头一尾的数字圈了出来，又说道，"中间六个，应是清晰无误的，但一头一尾这两个，我不能确定是数字0还是字母O，也可能是字母D。"她用手比画了一下，笑道，"这三个用手指比画出来好像都一样。"

程风反坐在椅子上，歪着脑袋左右上下地看着那一串串的数字，说道："那她有没有说这串数字是什么东西？"

Debra想了想，摇摇头道："没有。当时那种情况，她不好说，我也不好问。

不过她这么费劲地告诉我，应该是比较重要的信息吧？"Debra目光沉沉地又看了一眼白板，"我看像是一组密码。"

程风在电脑上将这组数字搜了一遍，也跟着点头道："毫无规律的组合，那也只能是密码了。林小云的办公室电脑、公用邮箱我这几天都打开看了一遍，没有什么有价值的信息。这个也不像是银行卡密码啊！"

康俊皱了皱眉，道："她告诉我们银行卡密码干什么？"

程风缩了一下脑袋，笑道："也是，她银行卡里估计也没多少钱。"他又看了一眼这组数字，一边摸着光滑的下巴，一边琢磨道，"也不可能是她手机密码，那就有可能是什么微博啊、论坛的账号密码，反正一定是某种我们能够接触到的东西。不然给了我们也没意义啊。"

康俊见程风一副认真琢磨事情的样子，便说道："一定是我们能接触到的，但这个范围就比较大了。我想我们可以更大胆一点，再缩小一点范围，先从只有我们能接触到的账号入手，毕竟这种可能性会更高一些。目前，我也只能想到这些。"他轻轻一笑，说，"被法律事业耽误了的黑客程，这个任务就交给你了。你负责把这个问题的答案找出来。"

程风看了一眼墙上的白板，郑重其事地点了点头："收到，这样的重任，舍我其谁？定不辱命！"说完，他又惨惨一笑，"其实，我也只能把所有可能试一遍，运气好的话，说不定能在账号被锁前给试出来。"

程风领了任务，一阵风似的旋出了屋子。

夜近深沉，邻居的灯光渐次湮灭在了沉沉的夜幕中。Debra四肢瘫软地倒在椅子上，从一个斜斜的、远远的角度看着康俊。他正在思索着事情，眉毛微微拧起，两只胳膊相叠抱在胸前，一支白板笔夹在两支手指之间，上下不停地摆动。

"Bert。"Debra叫了他一声，才发现自己的嗓子已经累到沙哑了。她将椅子转了半个圈，手指在桌面上叩了叩，见康俊转过头来，才道："我真是累得不行了，大脑已经全线罢工了，所以没办法去琢磨你的想法，直接听你说吧，为什么要瞒着盈盈？"

康俊的眉心锁得更紧了，他没有立即回答，站在那块写满数字的白板前，又踌躇了良久。气氛低沉沉的。一刻之后，康俊拿起白板擦，擦掉了板上的字迹。在正中间的位置写上了两个字"于海"，他扭过头，问Debra是否知道这个人。

Debra点点头，立刻又摇了摇头，笑道："黄令凯今天跟我提过，黄令德就是与这个人合作搞了一场做空把戏，好像是深圳的一个投资商。别的我就不知道了。"

康俊微微点头，随手就在"于海"的左边画了一个圈，里面写上了"黄家""JW"和"天轮"三个词，用一根短短的线将圈和于海连在了一起。紧接着，他又在"于海"的右边画了一个圈，对Debra说："他不仅是黄家大儿子的同伙，他还有一个我们知道的身份，就是钱鹏那个虚拟货币项目的投资人。"说完，他便在圆圈里写上了"钱鹏"两个字。

Debra已经数不清这是今天第几次的震惊了，好像就连掌控震惊的神经都觉得很疲惫了。她将额头埋进手心里，问道："这个于海就是那个于总？"

"是。"康俊点点头，"深圳前海星海创投管理有限公司总经理，投资了鹏币生辉项目。他在圈内口碑很不好，投资过的项目里有不少爆雷的，甚至还有创始人失踪不见，家属闹到他公司去的。"

"那小云怎么跟他扯上关系了？"Debra疑惑地问。

康俊沉着脸，在于海的名字下面画了一条很短很短的线，线的末端又写上了"林小云"三个字。他想了想，又用两条线将"林小云"跟左右两边的圆圈连上了。现在，白板上的这几个人，构成了一个形状对称的闭环结构。"这或许就是林小云说的巧合和意外。"康俊后退了几步，退到与Debra平行的位置，神色又冷又肃，"我做一个最好的假设，如果林小云不是因为贪财，而是真像你说的有什么苦衷，那她也许就是为了去给钱鹏翻案。"

Debra盯着白板，沉思了一刻，同意康俊的猜测，说："小云反复说钱鹏是冤枉的，还拜托我去看看钱鹏。只不过，我不明白，这两件事情有什么联系？还有，我也不明白，这又为什么不能让盈盈知道呢？"

康俊虚无地笑了笑，他坐回自己的位子，捧着自己那个白瓷金边的马克杯，喝了一口冰凉的咖啡，目光垂着，言语也没有温度："钱鹏的官司跟我们没有关系，我们不是他的代理律师。林小云无论是出于什么样的目的，她都已经玩出一场以身饲虎的把戏，把自己搅和进了麻烦里。所里要跟她撇清关系，就已经够让我头疼了，我可不想再搭一个盈盈进去。"

Debra有几分讶异地看着康俊，笑着说出口的话又颇带几分抱怨："你这口气听上去怎么这么冷血？满腹心思就是要带着你的盈盈远离是非，完全不想去管林小云的死活。"

"林小云吗？"康俊无奈地微微合上双眼，"我并不觉得她会有什么大危险。她只是暂时失去了自由而已，黄令凯敢让你跟她通话，就说明他根本没想过去伤害她。何况，黄总这严重过敏的病已经有几十年的历史了，我真不信这只老狐狸在这几十年的时间里，只学会了怎么去躲花粉，连一个应急方案都没准备。"

被他这么一提醒，Debra也跟着想了想，道："我今天就觉得哪里不对劲，果然是令凯太顺利就得手了，恐怕还有后手。"

康俊揉了揉发涨的太阳穴，说道："所以，现在看来，我既不是特别担心林小云，也对黄家的事情一点兴趣都没有。我在意的是，林小云就这么把钱鹏和于海的球给抛了过来，而我的那个傻盈盈，不管里面是什么，都一定会接。"

Debra温然一叹，说："以她的性格，那是肯定的。不过，即便接了，也未必就是什么坏事。钱鹏的案子是有疑点的，只是一审时在证据上吃了大亏，要是二审时能找到新证据，未尝不是一次洗冤的好机会。"

"洗刷冤情是执法者的事，是警察和检方的工作，钱鹏不是我们的当事人，林小云也不是。我们现在最聪明的做法就是装傻，别什么都不管不顾地把自己给蹚进去了。"康俊仍然一副冷冰冰的模样。

话说到这里，Debra也觉得有意思了。她打量着眼前的这个人，想了半晌，只觉得脑袋累得直疼，索性笑道："那这就奇怪了，你要是真的压根就不想管，又为什么让程风去查那组密码？"说到这里，Debra像是突然明白了什么，哑然失笑，"你该不会是打算让我们去做聪明人，自己去做个笨人吧？"

康俊挥了挥手，否认道："查还是要继续查清楚，不然我心里总有些不放心。但这事暂时还得瞒着盈盈，我……信不过她。她这个人对正义有一种近乎飞蛾扑火的天真，即使被烧到了翅膀，也不会停下来。"康俊站在白板前，用笔重重地在于海的名字下面画了一个实心的黑圈，湿润的笔迹形成了一个浓重的黑点，像是一个深不见底的黑洞，"当初钱鹏案发的时候，我就查过于海这个人。七年前，他在内地曾涉嫌一桩电信诈骗案，开始只是被列为相关第三人要求出庭，后来又被转为第四被告。开庭前，被害人的父母孩子都不见了。开庭当日，被害人在距离法院两条街的路口，冲着红绿灯下跪磕头，声称自己是混蛋，冤枉了好人。法院不得已对被害人之前的口供都不予采信。最终，于海成功脱罪。后来，他开始转做风险投资，投资的项目大多是这些打法律擦边球的，钱鹏是其中一例，做空天轮又是一例。无论他现在看上去多么像一位合法的成功商人，但做事的底层逻辑仍逃不开依靠大风险博暴利这一套。跟这样的人对着干，会面对什么，你和我都很清楚。"

Debra微微一怔，犹豫了片刻，却什么话也没说。

康俊停了停，他抬起头，目光虚虚地落在纯白的天花板上，语气又轻又缓："在法律的框架内，怎么玩都是各凭本事，各显身手。但如果对方是个屡有犯规记录的惯犯，那就不得不多考虑几分自身的安危。即使盈盈只是所里的一位律师，我也会劝她，实在不行就放弃。何况她现在还是我的女朋友，深渊面前，我认为自己有责任将她护在身后。"

夜静悄悄的，屋内屋外是同样的寂静无声。室内的空气有些许的凝滞，无频闪的白色灯光从屋顶落下来，像是静止了的水，波澜不动。Debra微微一笑，叹道："看来人与人之间的相处与尊重，当真是一生的学问。Bert，在同龄人中，你已经算是够通透聪慧的了，却仍然差了一根筋没通。"Debra转了转僵直发硬的脖子，轻笑道，"不过我今天真是太累了，没有力气跟你解释。你自己多想想吧。你如果真的打算用这种思路去爱唐盈盈，我怕你们会终成陌路。"

Debra说完，也不管康俊脸上的表情究竟有多愕然，翩然起身，自顾自地拎起小包，便出门回家去了。

风吹过屋外秀竹，掠起一阵沙沙响声，像是有无数雨点从万丈高空中落下。康俊扭头去看，星光满天，那一河的星影仍在，他的心略略安定了些，又呆站了半晌。他蓦然走到窗前，探身出去拉被风吹得不住摆动的窗户，隔着玉兰花树，他看见二楼有一扇窗户正透着浅黄色的光，远远看去，就像一粒珠光熠熠的夜明珠，漂浮在漆黑的海面上。

康俊皱了皱眉头，他当然知道那正是唐盈盈的办公室。一看时间，已经凌晨一点多了。按照之前的消息，唐盈盈下午忙完之后应该早已经回到家里睡觉去了。谁知道她又溜了回来，偷偷在办公室加班。

康俊走下楼，轻轻地推开了办公室的门，里面一片狼藉，感觉唐盈盈把半个书架的书都拿下来了，跟桌上的资料混在一起，白茫茫的纸间，摆着一台笔记本电脑。她脚上的鞋都脱了，光着脚踩在地上，一只手迅速地敲打着键盘，另一只手则拿着荧光笔在不断打印出的资料上做着标记。

她忙碌得太过专注，完全没有注意到康俊在她身后已默默站了许久。夜深人静，天上的云缓缓移动，将一轮弦月露了出来，投下的银白月光，与屋内的灯融在一起，像是添了几分剔透。康俊怕霍然开口会惊到她，便后退了几步，踩出了重重的脚步声。

唐盈盈扭过头，只给了他一个恬静的笑容，便又埋进了资料当中，一面跟他说道："我今天去见王律师了，原来林小云前两周真的跟他联系过，让他千万不要放弃钱鹏的案子，还说或许很快就会有新的证据了。"唐盈盈拿过放在一旁的茶杯，喝了一口水，又继续道，"真不知道小云想做什么，我晚上问Debra情况怎样，她只说小云是安全的，只是通信受阻，具体的事情就让我来问你。不过，我也没顾上，你看，我把钱鹏的卷宗资料都拿回来了。"唐盈盈指着小山一般的卷宗，吐了吐舌头。

康俊不悦地扫了一眼："老王这是什么意思，他不干了吗，怎么把所有的事情都推给你了？"

"哈哈，老王尿了，说这个官司吃了小半年，他已经黔驴技穷了，现在唯一的希望就是等林小云带着关键证据从天而降。我当然就鄙视了他这种守株待兔的做法，老王也就一个顺水推舟，让我也一起想想办法。"唐盈盈说话的时候，眼睛忽闪忽闪的，十分得意。

康俊避开了她的目光，嘴里淡淡地问："那你有没有比王律技高一筹呢？"

"别瞎说，这个案子的细节和账目资料我都还没看完呢。"唐盈盈笑了笑，又说，"不过我下午跟老王把线索大概梳理了一遍，跟之前想的一样，两个核心点。一是那个U盾，验证码接收器，这是一道物理防线，一直在钱鹏身边，很难证明他是无辜的。二是那七千万，至今找不到下落，就不能证明犯案的是别人。难呀难，这两个环节被扣死了，也不知道解题钥匙在哪里。"唐盈盈一边说，一边锁着眉头，像是在苦苦思索。

"我这边暂时也没什么有价值的进展。"康俊缓缓地说，夜露微凉，两个人靠得很近，呼吸可闻的距离间，仿佛萦着一股淡淡的花香，幽幽地荡进了心扉。康俊伸手摸了摸她皎洁明润的脸，手指在她眉心处缓缓摩挲。"别皱眉，以后留下印记就变成皱纹了。"他轻捏着语气说道。

唐盈盈明媚一笑，顺势就将整张脸蹭进了他的手里，像小猫一般磨蹭了几下，又拔出来。"不行，你的手又软又暖，像枕头一样，靠上去眼皮就自然合上了，困死困死。不行不行，快拿开，快去帮我搞杯咖啡来。"她笑着抗议道。

康俊有些心疼，起身把杯子放在了胶囊咖啡机下，按下开关，又扭头去看她，略微有些抱怨地说："累了就先回家休息，明天再弄，也不急在这一时。"

"谁说不着急的？"唐盈盈头也没回地说道，"下个星期五，二审开庭。之前还有个庭前会议，要对上庭证据进行预审。如果庭前会上不能拿出新证据来，那二审就真的只是一个流程了。"

康俊端着咖啡走了过来，情绪复杂地看着唐盈盈："但你现在还一头雾水，手上什么牌都没有。"

"我认真地查，就一定会查到破绽。"

"你是不是有点理想主义了？法律正义如阳光，普照之下，澈然明亮，却也有照不到的角落。你不用给自己这么大的压力。"康俊沉沉地说道。

"我同意你的说法。"唐盈盈正对着电脑，也顾不上回头，"我也不是完全不能接受失败，但至少要在我拼尽全力之后吧。要不然，对不起当事人，还特别对不起我自己。"

康俊坐到唐盈盈面前，目光凝在她脸上，唐盈盈抬头看了他一眼，嫣然一笑，继而又觉得他有些碍事，就想撵人，鼓着脸说："要不就帮忙，要不就别妨碍我工作。"

康俊笑了一声，仍是不动："我就坐在这里看着你，看你为了一桩跟自己不搭界的官司还能拼到什么地步。不，唐律师，是我一直好奇，你核能一般的工作动力究竟是从哪里来的？"

"为了钱，为了名誉，为了成就感，为了正义，为了对抗生命的虚无。这些理由里，你选一个喜欢的吧，反正我都可以。"唐盈盈抬起头，又笑了笑，抱怨道，"康律师，我发现你今晚很闲，闲得都有些无聊了。如果你实在不想回家，可以坐到旁边去吗？你坐在这里，真的很让我分心。"

康俊轻轻一笑，还想再说话，却见唐盈盈霍地站起，将他连人带转椅拉到了旁边的角落里，等他反应过来，唐盈盈又将一卷胶带放到了他的手心里，威胁道："不许再动，不然就封上你。"说完，自己却忍不住一笑，轻轻在他的额上亲了一下，笑意灿烂，像绽放在春光里的迎春花，又可爱又动人，"已经用吻封印住啦，真的不许再来骚扰我了。"说罢，她转身，赤着双脚回到了自己的座位上，留下康俊一脸懵懂，怔怔愣愣地只能从背面看着她。

开始他的目光总是锁在她那双洁白的光脚上，又细又白的脚踝，弧线优美的脚弓，一个一个脚趾像奶白色的葡萄，踩在深灰色的地毯上，俏皮可爱。看得久了，康俊的心也缓缓地静下来，只觉得满室凝光的静谧中，唐盈盈那略显消瘦的身子竟有一种明澈澄净之美，抑或是一种之前未被他发觉的力量。

第一缕晨曦在东边微微露了一个头，将青色的天映出一个浅色的半圆形。康俊倚在平时待客用的沙发上睡得正香甜，唐盈盈身上裹着风卷进了他怀里："忙了一夜，好饿啊。"她一双眼睛里全是血丝，两块不大不小的乌青浮在眼下。

康俊拍了拍脑袋，很快清醒过来："走，我们出去吃点东西。"他一边说，顺手摸了摸唐盈盈的手和脚。在空调房里待的时间太久了，她的四肢凉得像冰块一般。康俊默不作声地将自己的外套披在了她的肩头。

五点还差十分，最勤快的早餐铺也还没开门。唐盈盈想了想，说："不去找什么好吃的了，门口的7-11是二十四小时营业的，去那儿吃份鱼蛋再吃个面，垫垫肚子就行了。"

康俊对这种快餐食品向来反感，但这个时候，似乎也没其他的选择。两人走出门，晨曦未露，脚下的路湿漉漉的，每一口吸进肺里的空气都含着满满的水汽。温度也舒服，晨风吹在身上，像一双双含着暖意的小手，焐热了被空调吹得冰凉的肌肤。

康俊端着一碗咖喱色的鱼蛋和一份车仔面出来。唐盈盈坐在店门口的台阶上，清洁工人刚刚打扫过的地面，看起来特别干净。

接过食物，唐盈盈像是真饿了，夹起一个鱼蛋就往嘴里塞，吃得有些急，像被噎住了一般，又就着康俊的手喝了好大一口矿泉水。"谁说咖啡是通宵的贴心伙伴？事实证明，熬夜喝咖啡，第二天准胃疼。"她笑着抱怨道。

康俊又气又无奈，窝了半夜的火再也忍不住，盯着唐盈盈的脸看了一会儿，蕴蓄着火气说道："为了工作把自己累成这样，唐盈盈，你究竟想干什么？"

唐盈盈对他突如其来的怒气有些摸不着头脑，怔怔地问："你怎么了？"

康俊见她的嘴角还留着半点黄色的咖喱，傻愣愣的模样，心里又是一软："盈盈，我真的很心疼。这样吧，钱鹏的案子你给我，你回去睡觉，林小云的事，你也不要管了，我会处理好。"

唐盈盈见他一脸的认真，不像是在开玩笑，便也敛起了笑意，问道："什么？为什么？"

"因为你现在需要休息。我之前说让你找出证据来说服我，也就是那么一说。你是对的，我知道林小云一直想替钱鹏翻案，这个案子确实有疑点，于海是有前科的。但是，我不想看到你为了这个案子累成这样。所以，我来帮你，我帮你把你要的正义找出来，好不好？"他说完，两人的脸像是同时变成了调色盘，一点一点越来越阴沉，像有无数的疑云同时聚在了两人的脸上。

"康俊，我没有那么娇弱，不会熬几次夜就玩完的。"

"我知道。"

"我也有足够的经验去处理这个事情，不会在专业上出问题。"

"我知道。"

"我对钱鹏可以放下偏见，尽心尽力去帮他做辩护，替他争取到法律给予的权益。"

"我也知道。"

"那你在干什么？最近我都觉得你很奇怪，感觉就是很反对我去插手这个事一样。"唐盈盈皱起眉头，问出了心里的疑惑。

康俊看着她清秀的五官，还有说话时会微微翘起的嘴唇，这都是他最喜爱的模样。与此同时，一股对危险的恐惧忽地从他的心底漫了上来。律师这个行业，一贯游走在两方最尖锐的矛盾冲突之间，说不危险是假的。报纸上、网络上，每年受到打击报复的律师不算少数。康俊深知这一点，一定程度内的风险也不是不能承担，但明知道这次的风险超过预期，他又怎么舍得唐盈盈身处其中？康俊按了按额头，脑子里又出现了Debra对他的警告，纠结再三，还是说道："盈盈，那个于海不是善类。我有一些担心。"

"是心疼，还是担心？"唐盈盈静静地问道。

"既是心疼，也是担心。"康俊盯着她的双眼，稳稳地回答，"你是我的女朋友，我希望能保护你，照顾你。"

　　流光卷着晨曦与清露在他们中间缓缓飘过，时间才过了一瞬，却像过了许久。唐盈盈看着他，微微一笑："男人的责任就是照顾好女人，要做个能挡住风雨的人，做个让妻子觉得温暖的人。这应该就是你从小受到的男性教育吧。说实话，我挺感动的，但同时，心里又有一些惴惴不安。"唐盈盈微笑着看着他，目光隐隐流动，像是有无数心事欲语还休，沉默梗在了两人之间。

　　"这哪里错了吗？"康俊疑惑不解地问道。

　　唐盈盈抬起脸看着他，深吸了一口气，慢慢地说："不是对错的问题，这就是我们的社会文化，男人必须照顾好女人，是天经地义的真理。社会把勇气、独立和承担分给了你们，同时把美丽、温柔还有善解人意这些期许给了女生。我二十岁之前，跟绝大多数女生一样，对未来憧憬得最多的画面就是穿着最美的婚纱，在万众瞩目之下，嫁给自己的王子。后来，我慢慢发现这画面里，有婚纱、有王子，唯独没有我自己。再后来，我长大了一些，接触了许多女性当事人，又慢慢发现，结婚之后，社会就不再给我们提供更多的期待了，仿佛所有女人都死在了婚礼当天。"

　　康俊默默地看着她。他明白她的意思，也明白她的惶恐："不会的，我保证以后你既会是康太太，也会是唐律师。"

　　唐盈盈忍了忍酸涨的眼眶，看着他，莞尔一笑："原本我是真没想过，不过我现在却有点担心，你会拿康太太的帽子换走唐律师。"

　　康俊轻轻将她搂进怀里，安慰道："不会的，我保证。"

　　被康俊身上的热气噏地一熏，唐盈盈的泪几乎就要忍不住落下来："我刚来深圳的时候，觉得深圳就是深圳，从南山到盐田、从福田到龙岗都是一样的。有几次与朋友见面，我总是嘱咐他们出门一定要带伞，但每次对方都没带。我一直很纳闷。过了几年，我才想明白，深圳是个狭长的地方，有的地方临海，有的地方靠山，东边日出西边雨，十里不同天。我出门的时候，可能头顶上乌云密布，而对方出门，看见的却是晴空万里。我们虽然同在一个城市，但每个人所处的环境不同，做出的判断也不一样。"唐盈盈盯着康俊，他的脸上有从晨曦间透出的光芒，双眸熠熠，正在认真听她说话，"你问我，为什么要这么努力工作？我其实不知道该怎么跟你说。如果这个社会对女性的价值期待都是美丽、温柔这样的一些附属性质，那么努力工作就给了我足够的底气。因为在诉讼的对抗里，性别差异几乎已经被抹去，这是怎样一种难得的机会，让我可以拥有与男性对等的力量，去面对这个世界。这份力量，给了我一种比爱情更稳固的安全感。"

康俊看着她，徐徐点了点头，又说道："我明白。"

唐盈盈看着眼前的男人，嘴角微微弯起，笑意嫣然："你不够明白，不然就不会擅自提出要保护我。我不是故意拒绝你的好意，可是再怎样周到的保护最终都是徒劳。你能为我挡一时的风雨，那这一世的风雨呢？我从来都不需要你在天劫来临的时候，能够替我挨上一劈。或许我更期待的是，你就站在我身边，让我克服女生怕冷、怕黑、怕脏、怕累的弱点，让你的勇气促生我的独立，让我不再畏惧，来多少次风雨雷电都不怕。"唐盈盈笑着低下头，默了一刻，坚强又轻松地说，"我也不知道你能不能体会我的这份心情，毕竟你的天空里是没有雨的。"

辽远的天际，日色一点一点明亮起来，鱼肚白的天空出现了一个混沌不清的日影，很快，这个轮廓越来越亮，绽出万道金丝，街道忽地亮了起来。嘈杂的人声在耳边越来越多。一阵凉风吹过，头顶上曼曼如羽的凤凰花被拂落无数，浅红、粉橘的花瓣落在两人肩头，像是共历了一场花雨。

康俊默而无语，只将手轻轻抚在唐盈盈的头发上，他的唇角微微牵动，引出了一丝和煦胜过朝阳的笑意。正待开口，手机却在口袋里嗡地响了一声，康俊掏出手机，只看了一眼，便转过头，对唐盈盈粲然一笑。

唐盈盈有些疑惑，目光顺势落在了他的手机上："怎么了？"

康俊笑道："走吧，唐律师，叫上三份早饭，我们去会议室，边开会边吃。程风这小子有两下，才一夜的工夫，就有线索了。"

唐盈盈更加莫名，疑惑地愣在了原地："程风有了什么线索？"

康俊将她牵过来，边走边笑道："我可以告诉你，但你不许生气。"

在康俊的办公室里，程风穿了一件印着动漫人物剪影的T恤，兴奋不已地说着自己的想法："苍天不负苦心人，啊，不对，苍天不负我锦鲤程。我昨天半夜突然有一个想法，林小云给我们的那串密码，会不会是它的！"程风大声地喊出了最后两个字，同时身体猛地向后一转，做出了一个柯南指认真凶的动作，右手食指稳稳地指向了康俊的书柜。顺着指尖的方向看去，一个又圆又白的小机器人正站在第二层书架上安安静静地休眠，根本不在意这屋里人类的情绪波动。

"它需要密码？"康俊吓了一跳，疑惑地问。

"它是不需要，但登录它的云端账号就需要了。"程风解释道，"当时您不是让大家都去领一个吗，唐律没要，我就把多的那个给了林小云，还告诉她每天跟它聊天，一年聊满五百小时有一笔补助费的。然后呢，前几天，柏博士实验室的人还真给我打电话了，说林小云的账号已经够五百小时了，可惜联系不上她人，问我有没有办法。我当时也没当一回事，现在突然想起来，这个机器人就相当于一个语音终端，它绑定了一个我们的云端账号，通过这个终端输入的语音文件是可以在云端查看的。只要有账号和密码，就可以在电脑上登录进去。而这个密码，好巧不巧，正好就是八位的。"程风的眼睛里闪起了两粒星芒一样的光，满是期待地看着康俊。

"那你试过了没有？"康俊问道。

"没有，我不知道林小云的账号名。"程风搔了搔头，无奈道，"这个得去问一下柏博士，她那儿肯定能找到。"

康俊迟疑了一下，唐盈盈接着问："这会不会涉及泄露用户隐私？"

"不算吧，"程风继续搔头，"我们现在就相当于是拿着钥匙找锁眼，假设这真是林小云的云端密码，那么我们可以认为是她默许授权了我们登录进去。如果不是，那反正也打不开，只能再找别的了。"

康唐二人想了想，觉得在理。康俊马上给柏潼打了个电话，向她说明事情的缘由。柏潼倒是爽快，很快找到了林小云的账号名发给康俊，并向他解释，云端里的录音内容实验室也查看不到，只是由AI程序进行关键词检索提取后做分析，分配到每个账号的内存是三百兆，也就是最多保留大约一百小时的录音内容。同时，柏潼还告诉他们，云端的密码必须是字母和数字的组合，有六次试错机会。

"有六次啊，考验人品的时候到了。"程风想了想，在电脑上迅速敲击了几下，第一次提示错误，他不好意思地笑了笑，又连续错了两次，他擦了一把汗，手指都开始有些发抖了。"假设中间的数字是随机的，那一头一尾应该是个有意义的单词。"程风灵机一动，第四次输入的D879768O正是密码。

见页面提示登录成功，三个人同时松了一口气。程风打开文件夹，里面密密麻麻的都是录音文件。"啧，林小云平时也真够孤独的了，在家肯定没事就抱着机器人疯狂说话。我就好多了，我下班回家觉得孤独的时候，都让我的左手跟右手说话，总还有点剧情往来嘛。"程风嘴里一边嘟嘟囔囔地抱怨着，一边下载里面的录音文件。

康俊看了看，说道："量还是不少的，大部分应该是无效信息，排查检索的工作比较辛苦。一百个小时，我们三个人分一分，各自是三十多个小时的量，就算一点五倍速听完，也是一天的时间了。嗯，抓紧干吧。"

"林小云你最好在里面留了些有用的，要是让我光听你说一整天的八卦，回头我一定掐死你。"程风一边说，一边抓阄似的将文件分装进了三人的U盘里。

到了下午，戴了一整天耳机的三个人都有些头昏脑涨，脚步虚浮地又聚在了康俊那里。程风一脸怨气，重重地将他那个U盘拍在桌上，咬牙切齿地说："林小云，等她回来我一定要捏死她。"

唐盈盈吓一跳，问道："怎么了？她跟机器人说你坏话了？"

程风脸色惨惨地说："她还不如说我坏话呢，担心她会疯狂说八卦真是高估她了。我这堆录音里有一大半全是她的哭声。你们能想象吗，各种各样的哭声，撕心裂肺的哭、边骂边哭、小声地哭、咬着东西哭、吃着东西哭，我他妈听了几个小时女人的哭声，现在感觉脑子里已经住进了十八只女鬼，环绕立体声地对我进行声波轰炸。"

唐盈盈捂着嘴狂笑了好一会儿，觉得一天的疲惫都要被笑意冲散了。她拍了拍程风，同情地问道："除了哭声呢，你那里没有任何有效的信息？"

程风翻了个白眼，掏出一张纸，说道："刨除哭声以及她抱怨自己减肥失败和好看的衣服买不起这些内容，她提到了两次钱鹏。第一次是说希望把钱鹏切碎了当猪肉卖，换些钱来给自己还债；第二次好一点了，说自己现在每个月也能存下些钱了，当初他们如果好好工作，也不至于会到今天这一步。"

康俊点了点头，沉默了一会儿，微笑道："你那儿确实没有什么有效的信息。盈盈呢？"

程风做了个自刎的动作，软软地瘫倒在了一旁。唐盈盈敛了笑意，说道："我这里大部分的内容也是小云的一些日常生活记录，看来她已经习惯将这个机器人当作语音日记本了，机器人也是贴心，只偶尔回应两下，大多数时候都是小云在自说自话。其中有几条也许有用，我摘录出来了，你们看一下。"

两人凑了过去，在一张纸上，一段接着一段，是唐盈盈记录下来的林小云的语音内容。

"王律师第二次劝我去看看钱鹏了。一审判决下来以后，钱鹏一直想跟我见面，我不想。见了能说什么呢？他肯定又要求我照顾他父母。我连自己都还照顾不好呢，我为什么要管别人？我欠他的了吗？就因为在危急关头，我踢开了他，我就欠他的了？好笑得很，夫妻本是同林鸟，大难临头各自飞。这个道理钱鹏都不懂，还去创什么业？哼，他创什么业啊。原本的工作一个月也有一万多的工资，旱涝保收的。麻辣烫、小龙虾、网红奶茶，我们想吃什么就可以吃什么。房子买不起就租呗，去搞这些干什么……

"……今天乘地铁下班，路上人超级多，我全程脚尖离地。出地铁口的时候，有一个年轻的女孩在拉大提琴，她拉得真好听啊。小时候我妈妈也送我去学过琴，学了一年多，没天赋也没兴趣，就放弃了。当初要是能坚持下来，现在我也可以当众演奏了吧？在路上吃了晚饭，一个人的酸菜鱼，现在城市里的人都这么孤单了吗？酸菜鱼都推出单人套餐了。今晚的夜空是我来深圳以后见过的最美的夜空，还有一轮特别明亮的月亮，我快忘记了，月亮可以这么大这么亮，怪好看的。还有……我今天去见了钱鹏，他哭了。"

看到这里，程风倒吸了一口气，说道："呀，小云还是去见了钱鹏啊？我还以为他们恩断义绝了呢。"

唐盈盈沉吟了一会儿，道："其实小云一直关心钱鹏官司的进展。你别打岔，最后一段比较奇怪。"

最后一段写的是："我应该去买彩票试试，我肯定是被福星附身了吧？先是JW破天荒地给我买了头等舱的机票，然后在休息室我居然遇到了于海。他还主动跟我搭讪，我真想抓住他问问，钱鹏的那七千万他藏到哪里去了。可是我没有。我跟他交换了微信，然后今天他就来约我去吃日本料理了。……一个人会给另一个人带来什么？于海给钱鹏带来了希望和牢狱之灾，钱鹏给我带来了债务和伤痛。于海又会给我带来什么？我又能给他什么？"

唐盈盈见二人看完，便说道："小云说的是真话的话，她是在机场偶遇的于海，于海还很主动地跟她搭讪，后来还约她出去吃了饭，看来两人确实有联系。"

康俊抿着嘴沉思了一刻，又翻看了一下自己的手机记录，心中暗想："世上哪里有这么恰到好处的偶遇？林小云去JW是临时通知的，机票是JW订的，没有走深圳，而是走的香港。假设大黄总和于海早就有做空天轮的计划，而林小云被他们挑作了执行人，那这次的偶遇就是大黄总故意制造的。"但这种揣测有些阴谋论，也没有什么意义，康俊没有明说出来，只是淡淡地说："客观来看，林小云过手了天轮的所有经济合同，有法律和经济学的专业背景，又欠着一屁股债，确实很合适去做那几份调研报告。"

程风张了张嘴，说道："大黄总和于海看人真有眼光。"

唐盈盈闭上眼睛，揉了揉额头，语气有些虚无地问康俊："你那边的情况如何，有没有什么有价值的信息？"

康俊微微勾起了嘴角，笑着说："我比程风稍微好一点，大半的内容是听林小云练习英语。我开始还以为她在说什么，认真听了一会儿，原来是在念报纸。"

这次轮到程风高兴了，他拍手道："这怎么叫比我好一点，明明好太多了。英语口音再蹩脚，也好过咿咿呀呀惨兮兮的哭号声啊。"

康俊静静地瞥了他一眼，冷冷地说："我说的好一点指的是，林小云在里面留了一段话，我想或许就是她想让我们找到的。"唐盈盈和程风听他这么说，都立刻打起了精神，只见康俊沉默了一会儿，慢慢地说，"林小云说，这个世上大家最喜欢玩的游戏就是钓鱼游戏，有渔夫、鱼饵还有鱼。渔夫用虾米钓小鱼，小鱼钓大鱼。在这场游戏里，最聪明的是渔夫，最卑微的是鱼饵。每个人都以为在这场游戏里自己的身份是渔夫，可以戴着手套把别人当成鱼饵去套取利益，却没有想到，鱼饵要是用用力，说不定就把渔夫拉下水，去喂了大鱼。于海，我是个不起眼的女人，长相一般、身材一般，连MiuMiu的裙子都没有穿过。我也没有什么背景，遇到的所有麻烦都得自己去解决。但我心里最微茫的正义之光，从来都没有熄灭过。你从钱鹏那里拿走的七千万，我一定会找出来。"

唐盈盈和程风陷入了长久的震撼中，康俊将胳膊支在胸前，神情泯然，同样一言不发。

唐盈盈缓过神来，正要说什么，一旁的程风先啪啪啪地鼓了几下掌："主任，教科书式的模仿与演绎啊，刚才我还以为您林小云上身了。您的声音传到我脑子里已经自动转化成了林小云的声线，好震撼。"

康俊白了他一眼，无比嫌弃地说："那是你脑子里的十八个女鬼做了后期配音。"

"你们能别闹了吗，在说正事呢。"唐盈盈看着康俊，想了想，说道，"看来小云会去参加天轮的做空计划，真的是为了钱鹏，为了找出那七千万。"

"嗯。"康俊点点头，两道眉毛微微蹙起，像是在快速地思索。

唐盈盈也想了一会儿，又道："可这是两件完全不搭的事，她又要怎么把它们联系在一起呢？"

她看了一眼程风，程风连连摆手："我不知道，别问我。两位数以上的加法我都得靠计算器，这种资本运作的游戏，门在哪儿我都看不到。"

康俊像是得到他的提醒，放下了戒备的手，轻轻一笑："是啊，我们都不知道这个游戏怎么玩，但我知道有一个人肯定知道窍门在哪儿。"

"谁？"唐盈盈和程风异口同声地说。

"Rowan的父亲，齐老爷子。"康俊的脸上蕴着浅浅的笑意。

唐盈盈的脸色立刻沉了下来，额头上出现了万道黑线："你在跟我开玩笑吗？我之前打过齐公子、撑过老爷子。齐家门外十里地，都是我的禁区。"

康俊好笑地道："你现在知道怕了啊，当初的勇气哪儿去了？"说罢，又毫不在意地搂过唐盈盈的肩膀，安慰道，"别怕，有我呢，我和你一起去。"

唐盈盈神色哀哀，目光复杂地看了一眼康俊，心里的腹诽翻江倒海："我觉得齐老爷子也没多喜欢你。"

第23章
金融不是游戏

再次踏进齐家的大门之前，唐盈盈做了几次悠长而彻底的深呼吸，好不容易稳定住自己怦怦乱撞的心，又伸手从包里摸出了一支YSL暗红色丝绒质感的唇釉，仔细涂好，希望这稳重大气的颜色能给她带来一些正面的心理暗示。

齐家一楼的会客厅还保留着英治时期钟爱的圆拱形窗户，窗外是一片茂密的芭蕉树。两人刚落座了一会儿，扭头往外看，方才还晴空万里的天气，如今在天边竟添上了几道乌云。不知何处来的风将宽大的叶子拨弄得前后乱撞，在浅蓝的玻璃上勾勒出淡青色的光影。屋内的气压很低，紧紧地贴在人的耳膜上，令人有一种酷秋初醒的烦闷。院子里有不知名的虫儿传来一阵阵哑哑的鸣叫声，细小且密集，让唐盈盈本就不堪的心情更加难以言说了。

细碎的脚步声从门口传来，唐盈盈一抬头见是一身休闲装扮的Debra，紧张的心情不由放松了些许。

Debra满脸都是笑意，对二人说道："我昨天跟老爷子把事情说了个大概，他没吱声，我说今天你们会亲自过来，他也没反对。我今天一早就把Ethan带过来了，老爷子心情好得很。"Ethan就是Debra的小儿子，唐盈盈几乎已经脑补出了齐老爷子逗弄孙子的慈爱画面。

唐盈盈连连点头，说道："是、是，我待会儿一定态度诚恳，谦卑虚心地向齐老先生请教。"

Debra与康俊对视一眼，还想说什么，却听见背后沉稳的脚步声响起。齐老爷子穿着一件宽松的中式衣服，深色缂丝面料配上中式盘扣，再配上不怒自威的表情，像足了从前港片中的黑帮大佬。

几人寒暄了几句，齐老爷子坐定，目光悠悠地从唐盈盈脸上划过，顺势便落在了康俊身上，声音里是如雨后泥土般冰凉凉的湿润："康律师是稀客，上次在你那儿喝好茶，杭州的明前毛尖，根根都是芽中嫩芽，清爽鲜嫩，只是味道难免寡淡。你今天来尝尝我这儿的，也是好茶。英国人以前在马来西亚有一大片茶园，经营了上百年，这种品质的茶一年只产不到五百斤，不是熟客，想买都不知道去哪里买。"

听他这么一说，康俊把原本放了一半的杯子又举了起来，轻轻地放在鼻子前端嗅了嗅，又浅浅地尝了一口，笑意盎然道："国外的茶跟中国的茶还真是不一样，倒不是茶叶本身的差异，而是在做法上大相径庭。中国的茶从采摘到揉捏再到烘焙炒制，只求最大限度地保留茶叶本身的清香。国外从理念上就不同了，怎么香甜怎么来，一斤的茶叶，能配上五斤的花果一起烘焙，香是香了，好喝也是好喝，就是果香太浓了，掩盖了茶叶原本的清香，让人分不清是在喝果汁还是品香茗。就皮囊和骨子都是中国人的我来说，我还是喜欢中式的清淡。"

唐盈盈一颗心都吊了起来，连连给康俊使眼色，心想："祖宗啊，我们是来求人的呢，您能拿出一点求人的柔软姿态来吗？"

果然，齐老爷子的脸立刻蕴上了一层乌云，说道："康主任对茶道很有自己的一套理解，看来我家这套茶，是入不了你的法眼了。"

"并不是，如果我不想弄清楚这西洋的茶道，又怎么敢上门叨扰齐老爷子。"康俊表情诚恳地说，"果香和茶香，以我现在的水平，也只能将它们区分开来，而在齐先生这里，则可以将它们融会贯通。就如金融与法学的问题，我品得出，却鉴不透，到了关节处，不得不请教行业中的尊者，希望齐先生能为晚辈指点迷津。"

唐盈盈一颗心就像在坐过山车，方才被高高抛起，现在又猛地落下，心里念叨："康大律师，您有话不能好好说吗？这样玩急刹车，别人心脏病都要被吓出来了。"

齐老爷子倒是不反感这种急刹车带来的征服感，语气上也软了不少。康唐二人抓住机会，将林小云提供的信息详细讲述了一遍。齐老爷子半眯着眼睛，一言不发，手指的关节轻轻击打着桌面，像是在思索，也像是在评估整个事情。

"你们这个小林律师挺有意思的，年纪轻轻还能有这种手腕。康主任手下人才辈出啊。"齐老爷子半合着双眼，声音沉沉入耳，令人分辨不清是褒是贬地评价道。

康俊心想，这老爷子果然有两下子，这么快就已经破了这盅中之谜，此刻却还要拿会儿乔，想了想，也只能顺着他的毛捋："是，林律师人很聪明，也勤奋。如今能得到齐先生的赞许，看来运气也是不错的。"

齐老爷子抬了抬眼皮，冷冷道："我也不是完全赞许她，她这一套操作，只能勉强说下网的功夫还可以，收网的力气却不够，还把自己给栽进去了，有点得不偿失。"

康俊继续顺着毛捋："是，她还年轻，希望能得到齐先生的提点。"

齐老爷子眼中的火芒忽地一跳，转瞬又暗淡了下来，旋即站起身来，用不容置疑的语气说道："我也没什么可以提点的，看他们自己的命吧。"这句话冷冰冰的，像冰块丢在石板上，叮噔地响了响，他便转身要走。

唐盈盈和装了半天孙子的康俊相视一看，又看了一眼同样摸不着头脑的Debra，气氛顷刻陷入无限的尴尬。唐盈盈心里一着急，也顾不上其他，急忙大声说道："您是不是也跟我们一样，完全看不懂林小云在干什么啊？"

唐盈盈这句话一说完，齐老爷子的脚步便停了下来，康俊和Debra双双用手扶住额头，避免了直视这更加尴尬的两个人。

齐老爷一步一步走到唐盈盈面前，目光将她上下打量了一番，不怒不愠地问："唐律师，我记得你。你觉得我会看不懂一个黄毛丫头的手法？"

"这个……不好说，长江后浪推前浪，金融运作手法日新月异，有些新操作前辈不懂也正常。"唐盈盈也索性豁出去了，目光虽然仍有些闪躲，嘴巴却不受控，几乎是想到什么说什么。

齐老爷子的脸上有一瞬的怒气飘过，下一刻又变成了毫不在意的冷笑："就算我看不懂林小云的操作，难道还看不懂你这拙劣的激将法吗？"

唐盈盈的脸白了白，脑子从未转过这么快地回了一句："您看，您果然承认自己看不懂林小云的操作吧。"

康俊和Debra此刻心里冒出了同一个念头——齐老爷子恐怕八字缺苦，命中犯唐。

见齐老爷子下一秒便要盛气大作，Debra连忙上前圆场道："您别再逗他们了，我们都知道，这世上的金融游戏都不过是您脑中的一撇一捺。现在除了您，还有谁能解开这个谜题呢？您看，康律和唐律也是着急了，钱鹏的二审就在这几天，他们整周都在连轴地加班，我的工作量也增加了不少，连周末都没时间带Ethan去上亲子课了。"

　　一听到Ethan，齐老爷子的脸色便好转很多。Debra顺势又说了几句好话，哄得他坐回沙发上，吩咐用人重新上了茶，这次倒不是进口的水果茶，而是地地道道的武夷岩茶。茶香氤氲中，齐老爷子缓缓开口问唐盈盈："唐律师，你知道为什么香港被称作金融中心吗？"

　　唐盈盈对于金融的理解大约也就限于聊天水平，如今被点名问到，思量片刻，也只好硬着头皮回答："我知道金融是一个对诚信、规则要求最高的行业，香港拥有完善的金融秩序和司法体制，也有全球最先进的支付运算系统，金融环境安全稳定，金融活动活跃健康，所以，被称为金融中心。"

　　齐老爷子抿了一口茶，又深深地看了她一眼，显然对这个回答很不满："唐律师啊，这不是在考试答题，金融中心的本质很简单，就是钱在这里。香港有来自全世界各个地方的钱，所以被称为金融中心。"齐老爷又环顾了一下四周，慢慢地说，"而所有的金融问题，从本质上看也就是这一个问题，钱在哪里。"

　　一言开窍大概说的便是这样的感觉。唐盈盈有一些醍醐灌顶似的清醒，不敢再说话，只眼巴巴地看着齐老爷子，希望他能再多说一些，将事情解析得更清楚明白一些。

　　齐老爷子像是知道他们的心思，停了停，又慢吞吞地说："金融活动就是把一堆钱从一个地方滚到另一个地方，路上可能有损耗，也就是你蚀了本，也可能有增益，就是我们常说的滚雪球，坐大了本。为了保证每一次资金滚动的轨迹安全不混乱，在现有的技术下，每一笔钱的来龙去脉都有迹可查，所以有一种钱是不敢轻易入市的。"

　　"黑钱。"唐盈盈立刻反应道。

　　"对，"齐老爷子点点头，"就比如于海手里的那七千万赃款。他现在把它藏了起来，通过一些手段、借助一些协议，也许就藏在了境外某家私人银行里，就像把一个雪球藏进了一堆雪里，因为线索断了，所以警方找不到。从于海的角度来说，等风头过了，再把钱慢慢洗白，慢慢拿出来花，可以做到干干净净、神不知鬼不觉。但是，洗钱是需要时间的，七千万想要洗得白白净净，没有个二三年的工夫，于海他洗不干净。于是，这就有了林小云的计划，她打算借助做空天轮这个事情，去逼于海动用这笔还没洗白的钱。这就是她说的，于海给她设了个局，想拿她当手套去赚天轮的钱，她反过来想用这个局，逼于海从雪堆里把那个脏雪球给牵出来。只要他动了，警方通过交易账户，就能锁定这笔资金，顺藤摸瓜找到这笔钱的出处。这样也就能解决她小男朋友的那个案子了。"

齐老爷子这么一解释，犹如一道雪白的闪电劈过夜空，唐盈盈和康俊脑子里所有的线索一下都串起来了。唐盈盈什么话也说不出来，眼中只有满满的震惊。

"但是这样也未必能成功啊，做空天轮是需要资本投入，但于海不一定会动这笔他明知不能动的钱啊。"Debra反应快，将事情细细想了一遍，又提出了自己的疑问。

"哼，那个林小云怎么打算的，我怎么知道。我刚说了，这丫头下网的能力还凑合，收网的力道却不够。"齐老爷子端起茶杯抿了一口，嘴里哼哼道。

唐盈盈眼睛一亮，急忙问："那要是您来做，这个网会怎么收？"

齐老爷子像是没听到她的问话，自顾自地嘴里继续骂骂咧咧："那个什么于海是个什么东西，黄循的大儿子也是个败家子，居然伙同外人来败自家的钱。两个臭小子，毛还没长齐呢，就学人做空，我看他们是还没学会空这个字怎么写。"

Debra无奈地笑了笑，想起唐盈盈对港股的交易规则并不太熟悉，便解释道："港股和A股不一样，它有一套向下做空的机制，也就是如果你预期未来某只股票会下跌，你可以先向证券清算公司借入一定数量的某只股票，然后在股票市场上以某个价格卖出，在股票价格下跌后再买回来相当数量的该股还给证券公司，价差就是盈利。"Debra一边说，一边拿出了一张纸，迅速在纸上画写道，"我们拿天轮来做说明，在报告发布之前，天轮的股价高位价格大约是七十元一股，假设于海这个时候找券商借了一万股，并以七十元的价格卖出，此时他的仓位是负一万股，同时抵押给券商七十万元。这个质押可以是钱也可以是物，甚至可以是加了杠杆的保证金。建好仓位后，开始向公众发布报告，揭露天轮虚假账目等一系列问题，导致天轮股价暴跌，跌到了现在四十元一股。如果这个时候他平仓，他就只需要在市场上花费四十万元买回一万股，还给券商。券商扣除一些交易手续费和利息后，会将之前的七十万元还给他。这样，一进一出盈利就是三十万元。当然，于海和黄令德大费周章地玩了这么一出，自然不可能只用几十万入市。如果他们同时再入手一些衍生品，买空股票期货，获利的价格有可能会非常惊人。"

唐盈盈心下凉凉，点点头，又问道："于海是为了谋利，那大黄总这么做是为了什么呢？"

Debra的目光清粹冷冽，道："他的意图还不明显吗？把天轮的股价打下去，摧毁黄总对小儿子的器重，他再用盈利的钱低价购入天轮股票，从背后一把抽掉弟弟的脊梁骨。如果天轮也成了他的囊中之物，JW里还有谁玩得过他？"

只不过，黄令德的计划一启动，黄令凯那边也同时有了反应，迅速掳走黄总，将局势拖进了一场僵局里。唐盈盈又倒吸了一口凉气，她还没想过自己面对的居然是这么复杂的一场局中局，脑子里就跟塞进了一团纠缠在一起的乱藤，一根藤压着另一根藤。好不容易算是理顺了思路，又听见齐老爷子那沉沉的声音在骂人："黄家这两个儿子都是吃饱了没事干，都在一条大船上，偏偏要去拆了这边的钉子补自己那边，嫌船沉得不够快吗？还有你们那个什么小林律师，当市场是小孩子的游乐场吗？空、空、空，每个人都想做空别人来获利，却不知道做空就是在玩火，每个人都以为可以先烧死别人，眼睛却看不到自己身上也燃着火焰呢。"

Debra尴尬地一笑，又用软话去劝齐老爷子，让他别生气，在交易市场中迷失了心智的人多如牛毛，气也气不过来。说了好一阵，齐老爷子那一阵火气才像是歇了下去，只鼓着脸在一旁默然不语。Debra想了想，又说道："你们想过没有，做空的风险其实是远高于做多的。比如我在一只股票十块钱的时候买进，我最大的风险就是这只股票跌到了零，亏损是百分之百。但如果我在它十块钱的时候做空，建仓后，它并没有按照我的预期猛烈下跌，反而是上涨。那么当它涨到二十块钱的时候，就已经亏损百分之百，涨到三十块钱的时候，亏损就是百分之两百。即使这个时候及时地止损平仓了，也要拿出两倍的成本去填这个坑。"

Debra这么一说，康俊的眼睛立刻一亮，目光连忙转向齐老爷子。齐老爷子此刻火气减了不少，像是沉浸在自己的回忆中，沉沉地说："恶意做空就是在玩火。一九九八年，香港金融战的时候，国际炒家索罗斯就企图做空恒生指数和期指，几乎是几天之间，从一万八千多点跌到六千多点。这指数意味着什么？这是百万香港人辛苦累积的财产和这座城市未来的命运。最后，港府和央行联手，央行用稳定的人民币保护了香港，而港府几乎是动用了所有能动用的外汇储备，全盘吃下，割肉止血似的买入，才将指数稳定在了八千点。炒家从此没有了做空机会，期货合约到期，加上杠杆作用，大败离场。二十年前这血腥的一战，教会了我这一代金融人一个最简单的道理，金融不是可供谁随意操控的暴利工具，它背后的稳定和安全比什么都重要。看上去只是盘上的一个小数点，实际上它的背后是万家灯火，牵扯的是买这只股票的万千股民的身家财产。黄家大儿子心术不正，小儿子浮躁不顶事，再配上一个嗜血的饿狼于海，和来搅局的林小云，凑出了这么一桌牌面，我光是看一眼就够了。"齐老爷子的话音沉沉，给屋里的每一个人都带来了沉重的思考。屋外的天色又黯淡了几分，低压的云系卷着风，带着室外的草木香味幽幽传来。齐老爷子不说话，其余三人也屏着呼吸，毫无轻松可言。

须臾之后，齐老爷子重重地叹息了一声，说道："你问我我会怎么做，抓于海这么个小毛贼有什么难的？Debra刚才说了，他借来的股票难道就没有持有成本了吗？只要天轮的股价不跌反涨，挨不过一周，我看他不仅要赶紧把那七千万掏出来，挨到最后恐怕连裤子都要输掉了。"

这便是事情的关节了。康俊"嗯"了一声，又沉思了一会儿，道："可即使知道了窍门，对于我们来说，也拧不动这个开关。"

齐老爷子轻轻地看了他一眼，一双看尽了世事沧桑、涨跌起伏的眼睛里尽是混沌难解的色彩。几个人再没有说话，默了一刻，齐老爷子站起来，冲着来客摆了摆手，一言不发地离开了会客厅。

Debra送康唐二人出门。天色一片阴沉，Debra徒劳地劝慰道，办法一定比困难多。唐盈盈期期艾艾地点点头，心情复杂得一言难尽。

两人离开齐家后叫了个车，十几分钟的车程，便到了中环。此时的风已经很大了，卷着地上的沙尘，又裹着从海面吹来的水汽，织成了一缕一缕的风带阻绊着两人的脚步。唐盈盈仍然走得很快，康俊跟在后头，只觉得她衣袂飘起，像随时就要乘风而去的仙鹤，又觉得她像一只在风中摇曳不定的蝴蝶，柔弱的身躯被吹得东倒西歪的。康俊心中骤然一酸，伸手去牵她，她却停下脚步，一下便撞进了他的怀里。

有轰然的雷声滚过天际，康俊一愣神，见唐盈盈目光凝在前方，顺势望去，立法院门前那尊正义女神像凛凛然出现在眼前。女神像由浅灰色岩石雕刻而成，右手握利剑、左手轻提一架天平，脸庞线条清晰流畅，表情肃穆，双眼被一条布蒙住，她看不见这人世间的贫富与喜恶，人们也看不到她的心思与所想。

唐盈盈呆立了许久，仰着头，目光凝在塑像上，哗哗的风从两人身边驰过，凌乱了满头发丝。康俊望着她，眼眸中她的身影也像两个小小的塑像，固定在了一大片流转生辉的眸光中。终于，唐盈盈泄了一口气，软软地倚靠在康俊的胸膛上："正义女神是每个法学生心中的图腾。我每次路过这里，总想抬头看看她，觉得肚子里有好多话想跟她说。但今天，我什么都说不出来。"她的视线在狂风中变得有些模糊。

康俊定定地看着她，任由她发泄无端而来的情绪。末了，他用手掌细细地将她的头发捋顺，露出洁净的脸庞。他闭了闭眼，又睁开，严肃认真地说道："我知道你心里有种难解的郁闷。我们每个人心里都有一尊Themis，圣洁而光亮，但我们每个人又都得在这个世上混沌地活着。"康俊的手指怜惜地穿过她如流波一般光顺的头发，微微沉吟，终于叹息道，"走吧，还有大量的工作在等着你。我们没有必要在一尊塑像面前浪费时间和精神。"

康俊的脸上有坚定的神色，他紧紧地抱住唐盈盈，箍得那么紧，给了她一种足够真实的力量。唐盈盈扭头又看了一眼那女神像，无悲无喜的表情，凌然于世间尘烟之上，她郑重而坚定地点点头，说了一句："好。"

回到深圳后，唐盈盈立刻进入了一波脚不着地的奔波与忙碌。每天在检察院与市经侦大队间来回奔波，一个行李箱的材料被反复拿出来看，又反复更新内容。她嘴里咬着一个三明治能开过两个红绿灯路口，按照程风的说法，今年中秋节唐律最渴望收到的礼物应该是一对风火轮，呼哧一下，十公里的路程就跑完了。

唐盈盈也懒得回击他的调侃，只是将一堆又厚又重的文件猛地压在了他的头上，面对他的嗷嗷大叫，唐盈盈也只有一句话："后天就是庭前会，我们抓紧时间，把所有的证据再检查一遍。"

而天轮的股价也在连跌四日后奇迹般地稳住了，有消息说，这是有大庄家入市护盘，小散户赶紧跟着买就对了。这么一来，上午刚刚企稳的曲线，到了下午竟微微有上扬的趋势。原先发布调研报告的那家机构见势头不妙，又迅速抛出了两份揭露天轮内幕的调研报告。可惜这份报告漏洞百出，JW公关部立刻组织还击，并直指有人在恶意做空天轮。接下来的几个交易日，又有几家基金公司趁乱加入战局，从天轮的生产原材料橡胶入手，快速买入橡胶的短期看跌期权，想从外围进一步打击天轮股价。但是他们买多少，就有人反方向跟买多少，一来二去的，彼此交易价格总维持在一个稳定的区间里。

新加坡这一间酒店套房里的气氛沉闷得像暴雨降临的前夕。黄循三天前就已经醒了，精神很不错，吃饭、上厕所、冲凉，行动自如，有空还要沿着房间遛遛圈，活动活动腿脚。但他不跟人说话，一句话都不说。

黄令凯来了好几次，哀求过、哭闹过、威胁过，甚至怒吼过，他把收集到的大哥黄令德的"罪证"铺在黄循面前，哭着说自己是被欺负得走投无路了，自己才是两个孩子中更乖的那一个。他又带来了自己小时候的家庭录像，用大大的投影机在房间里播放，稚嫩的童声和欢笑的背景音充斥着整个屋子，他想用温情的招数软化父亲。他也愤懑不堪地将自己从小到大获得的一摞摞证书、奖状堆在桌上，不断地告诉父亲，他有多努力、有多出色，JW交给他才是最正确的选择。然而，黄令凯就像舞台上的小丑一般，穷尽了所有招数，黄循仍然像个木雕人偶，没有任何反应，仿佛他已经丧失了听力、视力，也没有了任何情绪的表达。

这么熬了几天，黄令凯的心态首先崩溃了。他转而对在一旁全程冷眼旁观的林小云下手："林律师，我马上让我爸给我签股份转让协议，你作为见证的律师，我也需要你在上面签字。事成之后，我给你五百万。哦，不，你来开价，你要多少？"

林小云盯着已经走火入魔了的黄令凯看了好一会儿，又将目光转向黄循。那个曾经在JW里威风八面的老帝王，如今木木讷讷地坐在那里，像具尸体，眼睛里没有半分华采。

黄令凯等不了林小云的沉默，用手钳住她的胳膊，指着黄循，大声地说："你看到他了，老爷子就快不行了，他的家产迟早都是要给我的。我是他的亲生儿子，现在签字和过几天签字又有什么不同？你不要担心，我把你当自己人，林律师，你是我的人，只要帮我顺利接管了JW，我可以给你公司首席法务的位子。"

林小云在他说出"你是我的人"的时候，忍不住笑出了声。她并不是想激怒黄令凯，而是纯粹觉得这句话很好笑。她自己都有些迷糊了，究竟她是谁的人？黄循曾多给了律所一笔钱，要求他们直接向他汇报，那她应该是黄循的人。随后，她又跟于海合作，跟着大黄总一起做空天轮，这么看来，她似乎也是大黄总的人。现在，小黄总又说，只要她肯给他做证，以见证人身份签了这份转让协议，她就是他的人。真是太好笑了。林小云笑得眼泪都流出来了，越是经历多了荒谬的事情，她心底那个声音就越清晰，她淡淡地看着黄令凯，说道："我谁的人也不是，我就是我自己的人。"

　　黄令凯也有一刻发怔，马上改口道："OK，你是你自己的人。那你也需要工作，需要赚钱吧？你帮我签这个字，也是你分内的工作，对不对？"

　　"你可以这么说，但我没有看到黄总有任何要将股权转给你的意思表示，我又怎么做见证呢？"林小云歪着头，一派天真烂漫，像是在说一件好笑的事情。

　　黄令凯急了，怒吼道："你不要敬酒不吃吃罚酒，你以为全世界就只有你一个律师能签字了吗？"

　　林小云冷笑道："但全世界都知道我是和黄总一起被带走的，你硬要舍近求远，难道不是司马昭之心吗？你又不怕你的这份文书在法庭上不被采信？"

　　黄令凯愣了一会儿，立刻软了下来，好言说道："那你要怎样嘛？你要怎样才肯签字呢？"

　　林小云怜悯地看了一眼黄循，沉默了一刻，又转身盯着黄令凯，步步逼近地说道："在看到黄总点头之前，我是不会签字的。我知道你的打算，我一旦签了这个字，你下一秒就会一桶花粉浇到黄总头上，害死他。由于黄总生前没有留遗嘱，这份有Tina和我两位见证人的协议将作为有效遗嘱被执行。你打的就是这个算盘，对不对？"

　　黄令凯嘴角不停地抽搐，举起胳膊对着黄循指指点点："是他逼我的，你亲眼看到他怎么逼我的了！我这几天好话都说尽了，我都给他跪下了，我求他，他油盐不进，完全不理我。我还能怎么办，你告诉我啊！"

　　林小云对他的歇斯底里并不理会，望着眼前的那一堵白墙，心中泛起一阵腻烦："你别来问我，就算他逼得了你，也不意味着你就逼得了我。一个签字一条命，这个交易我不干。"

黄令凯像是抓住了她话里的漏洞，立刻兴奋地说："那要是他先死了，你签不签？"

林小云烦躁地看了他一眼，眼中尽是嫌恶与生趣恹恹："你可以把我也杀了。"说完，她便扭过头去，仿佛自己也跟黄循一样，回避了所有矛盾与问题，自顾自地变成了一尊塑像，只盯着眼前的一盆绿萝怔怔发呆。西面的窗户逐渐明亮起来，被窗帘遮住的夕阳还是从缝隙中透了进来，带着金橘色的温暖色调，洒落在翠绿的叶片上，就连叶尖上的水滴也被映成了金黄色。这样的色调在一天之中只能看到一次，看到的时候便意味着这一日已要落幕了。

过了许久，黄令凯那喋喋不休的声音终于在耳边消失，这间布置奢华的屋子终于又恢复了先前的静谧。在这个一年四季只有夏日的城市里，傍晚时分的暖风最怡人。墙壁的顶端留了几个小孔，是新风系统的出风口。外界的风细细地飘进来，拂在林小云的脸上，像极了一把柔软的小刷子，轻轻拂过她脸上的绒毛，惹得她细密的泪珠从眼角一滴一滴地渗下来。

七天的时间，她的心情从最初的惶恐到期待，再到灰心到绝望，心中所有明亮的地方都被一点一点磨成了灰烬。她从来不知道失去自由是一件这么可怕的事，她几乎被断绝了外界的一切消息。她急迫地想知道天轮怎样了，钱鹏怎样了，Debra有没有收到自己的信息，于海那边又怎样了？而下一刻，她又害怕起来，本能地不想知道一切。谁能料到自己在最后关头会被带走？这太倒霉了！这一下就令自己布下的那个计划，变成了一个笑话。救钱鹏，参与做空，自己当时究竟在想什么？林小云每次想到这里，就有一种站在悬崖旁边的眩晕感，像个闯了大祸的孩子一样，对未来充满了恐惧。她总是想，也许从这间屋子出去之后，她就会被关进另一个小屋子，跟钱鹏一样，漫漫无期地度过下半辈子。她试图用所有的理智来分析，自己这种情况算不算从犯，会不会被判刑，会判几年？于海会不会发现她后面的几份报告故意留了许多破绽，又会不会报复她？但她想不清楚，越来越想不清楚，一想起这个事，心里就只剩下无穷无尽的恐怖。

清醒的时候，她也曾将自己的思路一条一条摆出来，梳理整齐，试图去源头寻找她想救钱鹏的原因。是因为爱情吗？不是的，林小云清楚地明白她对钱鹏早就没了相恋相爱的热情，即使钱鹏此刻清清白白地站在她面前，她也不会再跟他走下去。那……是亲情吗？林小云觉得这更是个荒谬的想法，没有血缘哪来的亲情？他们俩只是谈了几年不好不坏的恋爱，根本没有那种血浓于水的蚀骨深情。那原因是什么？或许就是受不住自己良心的日夜逼问吧。林小云闭上眼睛，绝望地想起自己从前读过的一则寓言故事，从前有两个人一直同行着，忽地一个人掉进了沼泽里，另一个人拼了全力逼迫对方松开拉着自己的手，毫发无损地爬了出来。他回望了一眼掉进泥沼中的同伴，并没有为自己的侥幸逃脱而庆幸，反而一遍又一遍地回到原地，坐在沼泽旁放声大哭。

人与人，若是不经事，或许也就这么潦潦草草、浑浑噩噩地过了一辈子。若遇上了事，百转千回之后，最想做的竟是迫得自己发出光来，有照亮对方的一瞬。

揣着这么糟糕的情绪，每天还要看黄家父子在眼前上演逼宫闹剧，林小云烦透了，她似乎听见自己的脑袋里发出砰砰的两声，神经就像因拉扯过紧而忽然断裂的琴弦一般，崩盘了。她捂着脸呜呜地哭了许久，鼻子被揉得红彤彤的，又伸手抽出一张餐巾纸，按在自己的脸上，拿开的时候，黄循正站在她面前，一言不发地盯着她看。

林小云看了一眼黄循那木雕似的表情，转开了脸，背过身用力擤了一把鼻涕。伴随着吸嗦的擤鼻涕声，黄循那苍老的声音如雨滴落在宽大的芭蕉叶上，低低沉沉地在她耳边响起："林律师，不用担心，一切都在掌握中。"

这是她被带到这儿的一个星期来，黄循对她说的第一句话。

林小云知道，黄循在这个时候主动跟自己说话，至少意味着他心里对她有了一些信任。要是换作从前，林小云会对此兴奋不已，但此刻，她实在没什么心情。JW的黄总，这个原本像神祇一般高不可及的人物，在这七天的时间里，也褪尽了华彩，灰扑扑的，跟普通老头似乎没什么区别。

林小云瞥了黄循一眼，目光中是深深的怜悯和不耐。她自己心情不好，语气自然也不善："黄总，你的大儿子在做空你的公司，你的小儿子把你关在这里，每天跳着脚逼你给他签协议。我不认为一切都还在你的掌握之中，或许说，事情早就脱离了你的掌控。"说完，林小云报复式地看着他，任由黄循的情绪猛地冲上顶峰，又猛地坠落下来，脸上的血色一点一点褪去，额头上青筋暴出，又缓缓歇了下去，与苍老的肌肤一起，变成灰蒙蒙的颜色。

"家门不幸，让你看了笑话。"黄循没料到自己的好心竟惹来这么一顿，他不想失了风度，便冷冰冰地回击道。

林小云呵呵一笑，仰了仰头，将又要流出的泪水倒逼回眼眶里，她的音色苍苍，透着一种难以言说的绝望："要是可以，我真不想看到你们的这出笑话。你们继续高高在上地待着，不好吗？我也可以像以前一样觉得有钱人什么都好，吃什么、穿什么、用什么，都可以拣着顶尖的品牌买。穿LV的人凭什么有烦恼？住这样大房子的人，还会有什么不高兴的理由？你们为什么要来叫醒我，来告诉我，没钱的人心甘情愿做钱的奴隶，等有钱了也一样是奴隶，只不过被禁锢的深浅不同而已？"

　　黄循这么多年，为所欲为惯了，哪里受得了这样一个不起眼的小姑娘的奚落，当下便拉下脸，心情大为不悦地说："林律师，我自问对你还算不错。现在我们也算是共落难，你何必把话说得这么难听？"

　　林小云心情更不爽，说："你对我还不错，所以你觉得只要你施恩了，我就一定要跪着感恩吗？不好意思，我今天没心情跟你玩这套贤君忠臣的游戏。我对你们家的股权也一点兴趣都没有，我现在就想出去。"林小云自己心里烦，看着黄循就更烦，心里觉得要不是这个独裁老头逼反了二儿子，自己也不会这么被动。既然找不到别人算账，她心里的不爽索性就全撑在了他身上。

　　黄循听她这么一说，反而不气了，坐了下来，好声好气地说："我对你施恩，我给你饭吃，我给你钱花，难道你不该感恩吗？这个道理有什么不对？"

　　林小云见他竟摆出了一副想好好理论的模样，恹恹地说："您给我饭吃，是因为我能提供您想要的东西。就像您每个月发给我工资，我也总得朝九晚五，一周上满五天班吧。我出售智力和劳动力的服务，您购买这项服务，一个卖方、一个买方，我们地位平等，我有什么好感恩的？您整天在JW里待着，周围都是对您百依百顺的人，玩命地向您表达忠心，这也不是对现有的这份劳力交易感恩，而是希望让您花更大的价钱去买他们现有的劳动价值，又怕您不干，自然要装出一副感恩戴德的模样来供养您这份高高在上的心情。日子久了，您竟然真的信了。"

　　黄循一个八十岁的人，思维方式与价值理念跟林小云自然不同，他这个人一向自负，在JW倨傲了几十年，可如今，他虽然不认可，却隐隐觉得林小云说的并不是毫无道理。倒不是这个女孩有什么过人之处，只是这个时代变了，黄循从小见到的师徒式、忠义礼信式的那一套雇佣关系，正在被现代社会自由平等的劳力服务关系所取代。黄循沉默了一会儿，又说："你对老板与员工的关系倒是有自己的见解。"他停了停，又说道，"却未必是对的。虚幻的平等只是你们教科书上骗人的谎言。这个世界真正的游戏规则始终是围绕着利益进行的，在这个规则下，什么是强者？强者就是拥有bargaining power的人，是在谈判桌上互撑，损失永远都更小的那一方。什么又是弱者？弱者就是随时可以被替代，没有话语权，没有还价空间的人。从这个意义上来说，强者对弱者不是平等的交易关系，而是一种恩赐。"

林小云微微歪了歪脑袋，看了他一眼，说道："那您跟小黄总，谁是强者？"

黄循毫不客气地说："当然是我，从前是我，以后也是我。"

林小云云淡风轻地笑了笑，说道："没有人会希望自己永远处于弱势的地位。您在工作上、生活上都要跟自己的儿子争个强弱上下，现在他打出囚禁强逼的牌来，您又能怪得了谁？黄总，JW上上下下再加上我这样的外聘人员，也有几千人，他们每天仰仗着您吃饭，但其实他们每个人身上都长了一双腿，想走随时都可以走，唯独大黄总和小黄总是例外。您说这份家业会由他们来继承，这是您眼中的施恩，又何尝不是砍掉了他们自由的利刃？"林小云说着说着，觉得自己的心情也随之豁达了。四周静谧，仿佛能听到窗外鸟雀扑棱翅膀的声音，林小云看着黄循，之前心中那份烦躁的情绪已慢慢退去。每个人都有每个人的不容易，有钱也好，没钱也罢，让人心在浊浊俗世中纠缠不清的，从来不仅是简单的金钱问题。黄家父子如此，自己亦是如此。

黄循颤抖的嘴唇动了动，过了好一会儿，才听见他的声音："我怎么教儿子，轮不到你一个小丫头来多嘴。"

林小云轻轻哂笑，心中的叛逆更盛，她盯着黄循，不让她说她偏偏就要继续说："黄总，我记得我们第一次见面的时候，您讲过一个老虎的故事。您的父亲教会您，眼中要有远方，不要只看着这几只老虎。我那时候超崇拜您，我看过关于您的所有报道和自传，了解得越多，我就越觉得，这些年，您自己把自己活成了老虎。JW是很大，但其实JW也不大。将两位公子拘在里面，您的奖惩规则全然没有离开过JW的范围，年复一年，一直如此。我不去揣测您的想法，但在我的老家，这叫作用鱼塘养龙，您还一下养两条。如今见到大小黄总互相厮杀，又有什么奇怪的呢？"

黄循听完林小云的话，又恢复了木雕似的表情，沉沉地默了下去。伴随他沉默的，还有墙壁上缓缓西沉的阳光。阳光一格一格地往下落，那光越来越微茫，像褪了色的旧布，在雪白的墙壁上映成一片蒙蒙的灰色。黄循终于叹了一口气："他们错了，怎么能都怪我？"

这一声说不出是自责还是抗拒的叹慰，令林小云感慨地一笑。她也不再说话，只是缓缓地闭上了眼睛，任由身体在柔软的沙发上缓缓地陷了下去。

在唐盈盈刚入职的时候，李睿曾经跟她说，一名优秀的律师，大部分的力气应该用在开庭前，审阅材料、收集证据、制定诉讼策略、准备书面文件，甚至可以说庭前工作就几乎能够决定官司的成败了。毕竟中国的司法制度与欧美不同，指望靠庭上的雄辩来改变审判结果不是不可能，只是跟中彩票一样，概率太低。

而对于证据材料较多、案情重大复杂的情况，法院通常会在开庭前组织控辩双方展示证据，听取双方意见，以便简化庭审中的程序性环节。在现行的司法体制下，辩护律师虽然与公诉方观点对立，在法庭上相互对抗，但任何一个有经验的律师都明白，公诉人与律师，是这个法律共同体中最相像的两个职业了，积极沟通，彼此相互尊重是比针锋相对要好得多的策略。更何况，案子已经到了二审，双方的对抗就更没有那么尖锐了。在一审中，支持公诉的检察员称为公诉人，二审中则称为出庭检察员。之所以称谓不同，是因为检察机关在二审程序中角色定位也不一样了。二审中的检方已经超脱了一审中"指控犯罪"的职能，更大的作用是支持抗诉或者听取上诉意见，对一审判决起到监督实施的作用。这微妙的关系变化，律师在律圈中待得越久，越能掌握其中的分寸。

钱鹏二审的庭前会就在今天召开，由一位姓苏的审判长主持，负责钱鹏案件的彭检和袁检出庭，唐盈盈与王律师出庭，钱鹏因精神状态不佳，未参加此次庭前会。

这几个月来，几个人频繁见面，彼此都很熟悉了。苏审判长按流程主持会议，对法院管辖没有异议，同意公开审理本案，没有提出非法证据排除申请。

唐盈盈的目的很清晰，在这次会议上，她提出对一审时的所有证据进行重新鉴定。

这个要求一说完，袁检便按住了脑袋，非常不耐烦地说："唐律师，你在搞什么？你要是有新证据就拿出来，在这里炒陈饭很有意思吗？这里所有的证据，送审前查了一遍，一审查了一遍，移交的时候又查了一遍。再查，它们也不能开出花来、长出嘴来。"

唐盈盈笑了笑，说："我们之前向检察院提了补充侦查的请求，您也不多支持支持我工作。看吧，现在又来抱怨我没新证据，我空手空脚的，哪里给您变去。"

彭检这段时间也被唐盈盈磨得没脾气了，肃然说道："你之前的申请我看了，要求对于海境内外的账户进行实时监控，他是案外人，你又提供不了他与本案有关的确凿证据。要是这都能批，那不就是滥用技术侦查手段吗？"

唐盈盈这些年在公检法之间磨砺，早已练就一身"赖皮"的本事，她摆摆手，又无奈地对彭检说："您看，我又没有侦查权，拿不出新证据，我也没别的法子，只好在现有的证据上多做文章了。"

彭检笑道："唐律师，我可是看着你出道的，当年清秀文静的一个小姑娘，怎么现在变成这么个赖皮模样了？这么空口白赖地就跑来拖时间啊？"

唐盈盈倒是正色起来，诚恳地说："我不是在拖时间，何况又拖得了什么时间呢？钱鹏被判了无期，拖不拖都是一辈子。我只是希望法检能在这个案子上更全面、更天衣无缝一些，毕竟无期是重罪，反复核验证据，也是国家律法对一个公民的应有之义了。"

她这么一说，苏审判长便郑重了一些，又问道："你是对之前的证据检验工作有什么意见吗？或者，有什么新的想法？"

唐盈盈笑了笑，翻出一张文件，指着上面的图片说道："这个U盾是给钱鹏定罪的关键证据之一，我希望能够对它进行更全面的再检。"

"更全面？"袁检皱了皱眉头，说道，"这个U盾，经侦队信息中心测试过三次，移交到我院以后，院里的数据中心又检测了两次。是原版U盾，上面也只有钱鹏一个人的指纹，还能怎么全面？"

唐盈盈咬了咬牙，说道："可是，你们从来没有把它拆开了查啊。"

彭检、袁检都很讶异，袁检道："拆了？拆了就是一堆电子芯片，查什么？"

这个想法是昨天程风向她建议的，这似乎已经是没有办法的办法了。当时唐盈盈的表情就跟现在眼前几个人的一模一样，满脸的莫名其妙。她心里并没有十分的把握，只好硬着头皮说道："查芯片的焊接点，查硬件缓存信息是不是被人复制过。原版是原版，但它是原版，并不意味着世上只有这一个接收器，如果它曾经被人复制过，那么唯一的物理防线这个设定就不存在了。"

屋里陷入一片沉默，两位检察官也不再说话，都将目光转到苏审判长身上，这位经验丰富的法官似乎正在思考。唐盈盈又连忙补充说道："多检一遍也许只要耽误一两天的时间，但万一有发现呢？押在它后面的可是我当事人后半辈子的人生啊，慎之再慎，请慎之再慎啊。"她又看了众人一眼，正色说道，"如果检方坚持，那我就申请请独立司法鉴定机构对关键证据重做一遍检验。"

这根本算不上威胁，更像是一种赖皮。苏审判长叹了一口气，说道："唐律师，你的心情我可以理解。但即便查出来这个接收器曾被人复制过，这也是孤证，甚至不能排除就是你当事人自己复制的可能。你想好之后要怎么办了吗？"

唐盈盈无奈地露出了职业的笑容，在开口的时候，一个念头突然闪过，要是李睿在世，听到她接下来说的这句话，恐怕是要打人的："等查出结果来了，我再想吧。"

彭检的叹气声像一阵狂风吹过空桶，他无奈地将大手一挥，道："查吧查吧，再查一遍。"

从法院出来，一脸严肃的王律师脑门上写满了崩溃，他看了看唐盈盈，说道："我还以为你刚才能拿出些更有利的证据来说服他们呢。"

唐盈盈苦笑了一下，也是满脸的无奈："我也想，但我是真没有。所以我只能赖皮了。反正多求一下，也没什么损失，万一就柳暗花明了呢。"她又摊了摊手，承认道，今天这一招也是死马当活马医了，能拖几天是几天吧。目前天轮的股价倒是不再下跌，但于海身上的肉有多少，能撑到什么时候才会去动那七千万，谁也不知道。况且，现在检方还没有对于海的账户进行调查，接下来还有的是磨嘴皮的工作。

两人唉声叹气了好一会儿，又互相鼓励了一番，便各自去取车。唐盈盈来得晚，车停得很远，找了老半天，在一树绿荫下，她终于摁响了自己的车，同时也看见了站在车前面的方惟安。

"你怎么在这里？"唐盈盈愣了一刻，又往四周望望。

方惟安脸上有沉静的神色，身上的衣服被日光染出了莹润通透的色泽："我在等你。"

唐盈盈的眼睛闪了闪，笑道："你别是又惹上什么麻烦了吧？"

方惟安盯着她，轻轻一笑，道："不是我惹上麻烦了。我想，应该是你惹上什么麻烦了。"

"我？"唐盈盈有些惊讶，完全迷惑不解。

方惟安见她一副懵懂的模样，微微抬了抬下巴，说道："去那边走走吧。"

从法院的东门出来，便是一条长长的海滨路。有好大一块草地，沿路种植了一排半人高的鸡蛋花树，伴随着细密的海浪声，令人不知不觉便有种放松的闲情。

"今天中午，你小区的物业在巡楼的时候，发现你房间的门窗大开，还以为是你走得急忘记关了，就想联系你，你的手机却打不通，只好找到了我。"方惟安慢慢地向她解释为什么会来找她。

唐盈盈低头看了看手机，今天来法院开会，她将手机调了静音，几个小时没注意看，家里竟然遭贼了。"怎么会这样？我出门的时候，明明都关了啊。"

"我去你家里看过了，是被人故意打开的。每个房间的空调都开到最大，冰箱的门也打开着，洗衣机在空转。我检查了煤气，倒是没动，我想，这是有人想给你留个警告。我也联系不上你，就去找了程风，他支支吾吾的，只说你来了法院，我便在这里等你，顺便又检查了一下你的车子。"方惟安的脸色沉沉，又严肃又认真地说，"盈盈，你最近是不是在处理什么危险的案子？"

唐盈盈的头皮一阵发麻，涩涩地笑了笑，避开了方惟安的目光，漫不经心地说："我经手的大多数案子都挺危险的。有的涉嫌杀人，有的涉嫌放火，有的在庭上就扬言一定会报复，甚至还有些当事人对结果不满意，也怪在我头上。一串炸药包拴在腰上，我能怎么办？"

方惟安静静地看着她，并不接受她的敷衍，继续追问道："你别打岔，你心里知道这是怎么回事，也知道是谁在给你警告，对不对？"

唐盈盈嘴唇微微泛白，海风将她的头发吹得凌乱，声音也显得有些缥缈："知道了又如何？知道了，我就不做了吗？"

猛烈的海风似乎将两人的距离拉开了一些，方惟安向前迈了半步，坚定的声音在她耳边嗡嗡响起："对，这只是一份工作，而回避危险是人类的本能。"

唐盈盈想了一刻，又虚虚地笑了笑："可我并不是很害怕。我生活在深圳，这是一线城市，道路上、楼梯里到处都是摄像头，每个片区都有巡警，很安全。他们除了吓唬吓唬我，还能怎样？"

方惟安冷冷地听她说完，又将自己的手机拿给她看："这是我在你小区的物业中心调出来的监控镜头。这个是进入你家的人，灰衣灰帽，戴着口罩，去街上随便找一个年轻人来，穿成这样，没有人分辨得出。你去报警也只是做一个登记备案，对保证你的安全没有任何帮助。这次留个警告的意思，就是告诉你，想进入你的房间做些什么，对他们来说，根本不是难事。"方惟安停了停，又抬起胳膊，用手指了指旁边的海面，音色愈加冰冷，"你说深圳安全，那你看，一艘船艇从这条海岸线出去十二海里，就是公海。船上遵循旗船国法律，杀了你往海里一丢，找都没处去找。这又有多难？"方惟安用双手抓住唐盈盈的胳膊，将她的身子扳过来朝着自己，语气里满是焦急与担心，"盈盈，你相信我，安全永远是相对的，危险才是恒定的，这两者的界限取决于你惹上了多大的麻烦。"

唐盈盈心里凄凄楚楚地想，七千万，甚至更多，算不算得上个大麻烦？但她不敢说，只好强行抿出了一个笑容，说道："方惟安，我不是不怕，我是已经害怕了千百次，现在也就没什么好怕的了。"她从他的手中挣脱出来，上半身靠在栈道旁的立柱上，风将她的衣服用力往后吹，扯出了一个瘦弱的身形，"我执业的第一年，办了一个交通肇事的案子，肇事者轧断了我当事人的一条腿，肇事后积极施救，没有逃逸，最后被判了一年，民事判赔六万。从法院出来的时候，被告人亲属骂我，说都是我咬着不放，害得她老公要去坐牢，毁了一辈子的前途，她不会放过我，等她老公出来，一定要搞死我。当事人父亲指着我的鼻子骂我没本事，他儿子一条腿才让对方关一年，换回六万块钱，还不断逼问我是不是收了对方的黑钱。那天法院的人特别多，法官、检察官、办事的、过路人，都看见我像只老鼠一样被指责、被怒骂，我一句话都说不出来。你说我当时委屈不委屈，怕不怕？怕。但害怕之后呢，哭吗？我告诉你，人如果在害怕了一百次之后，仍然没有放弃，心底就会生出一个理念来——此心光明，何惧之有？"

方惟安注视着她，仍不放弃地说："但危险是实实在在的，它不会因为你的坦然和光明而自动退缩。"

唐盈盈弯弯的笑眼里有薄薄的泪光："是，可我也不会退。法律不只是一套规范体系，它也是一系列的文明理念。法律人是这个社会上最容易有理想有情怀的。你或许觉得我太理想主义了，但我最初选择了这个职业，我期待它给我的回报就是荣耀，荣耀本身。要让我因为恐惧去放弃荣耀，那是不是意味着我这半生的努力都要徒废了？"

　　身旁海的声音纯纯潺潺，近处细腻得如同虫蝇低语，远处则是一扇一扇壮阔如许的海浪。方惟安长久地沉默，目光如流波一般凝在她的脸上："盈盈，我知道我劝不动你，但至少让我在你身边，我能保护你。"

　　唐盈盈微微一惊，连忙推辞道："谢谢你的好意，但这就太麻烦了，我刚才想过了，我手上这个案子，快则一周，慢也就是十来天的工夫。宣判完，谁都没玩头了。这段时间，我打算直接住到所里去，无论白天还是晚上，绝不单独行动。我们所里来来往往那么多人，不会有什么问题的。你放心了吧？"

　　方惟安沉思了一刻，又说道："不放心，那我也住到你们所里去。"

　　唐盈盈猛地往后退了两步，苦笑道："方总，你别吓我，你这么一说，我现在真的有点害怕了。我自己满脑袋的事还处理不过来，你再来这么一下，是想让我去跳楼吗？"

　　方惟安笑了笑，朝她走了一步，停在一个极近的距离。唐盈盈觉得一股熟悉的男性味道带着呼吸的节奏，劈头盖脸地压了过来。她急忙别开脸，方惟安猛地抓起她的手，在她的手腕上扣上了一条串珠样式的手链。"别动，这是我们公司定制的定位手链，卫星加基站。万一发生危险，我可以第一时间找到你。"方惟安认真地说，"你戴着这条手链，我就不去你们所里住。"

　　唐盈盈原本还有些抗拒，听他这么一说，便将手举起来摇了摇，不满地皱了皱眉头，说："这不就跟我邻居家孩子的定位手表一样？还长得像条狗链。"

　　"比市场上的定位手表要精确。"方惟安不满地解释。

　　"那岂不是我的行踪你都能掌握了？那我得考虑一下，我的个人隐私能不能就这么暴露给你。"唐盈盈仍然皱着眉头说。

　　方惟安真是有些不耐烦了，他双手握住唐盈盈的手腕，将她往自己身边又拉近了一些，压着粗重的呼吸，命令式地说道："你说最多就半个月，忍忍吧，好让我放心。"

唐盈盈猛然抬起的目光撞到了方惟安浓烈的神色，脸忽地一红，连忙将胳膊从他手里抽出来，逃似的退出去十几米，顾不上直往嘴里灌的海风，大声说道："行了，谢谢方总。"

陈君所本身就是一栋别墅改建的，洗浴室、折叠床自然是标配，但毕竟比不得家里用得习惯，唐盈盈只睡了两晚，便直呼腰疼。"还有脖子，昨天落了右边脖子，今天是左边疼。"一大清早的，唐盈盈扭着脖子，跟康俊抱怨道，"方惟安是不是有点小题大做了？于海搞我干吗？我觉得我应该还是安全的吧。要不今晚还是回家睡吧，这张折叠床太硬了，硌得我骨头疼。"

康俊端着一杯咖啡站在窗边，目光则一直跟着她的手腕前后摆动。这倒不妨碍他一条一条地回答唐盈盈的问题："你说折叠床硬，我不也陪着你睡了两天沙发吗，你试试那软成棉花的沙发，起来身上更疼。于海什么目的？他就想二审平平安安过关，不要节外生枝，谁是多生出的枝丫，就砍掉谁。你说你安不安全？"他低下头喝了一口咖啡，语气不爽地说，"你这条手链真难看，跟狗链子一样。"

"哈，"唐盈盈立刻抓住了他话里的重点，连忙表示赞同，"对对，我也是这么说的。不仅丑，还特闹心，方惟安说是有定位的功能，但谁知道他会不会多装一个窃听器进去呢。"

康俊一听，翻了翻白眼，说道："方惟安没那么无聊。何况他想窃听什么，听我们俩有多恩爱吗？闲来无事给自己找刀子扎？"

唐盈盈跳了起来，指着康俊叫道："你也知道很无聊啊，那你还老针对它？"

康俊摁住了在眼前晃来晃去的唐盈盈，轻描淡写地说："我嫌它扎眼是人类情绪的正常表达。方惟安有什么不放心的，他能保护你，难道我不能？"

"你能，我还是更信任你。"唐盈盈认真地说。

康俊看了她一眼，又冷冷地说："你说这话，以为我会信，还是你自己能信？"

唐盈盈继续认真地说："你信不信我都得这么说啊，你要实在觉得扎眼，那我还是还给他吧。"她说完，真就要把手链取下来。

康俊按住她的手，想了想，说道："你还是戴着吧。"他走到窗口，将窗帘拉开，往外看去。小区围墙外，沿着街停了一排车，灰的、黑的、白的，大多是常见的普通车款。康俊不知道哪辆是方惟安的，但他心里几乎可以确定，方惟安一定会在唐盈盈的附近。定位手链只是一部分，如果一旦发生危险，他不能在短时间内赶到，这定位的意义就不大。康俊放下了窗帘，一口将杯中的咖啡喝完，平静地说："我忍着它的扎眼，你也忍着我对它的日常diss。"

唐盈盈哭笑不得，正要再说什么，手机忽地响了起来。唐盈盈迅速划开屏幕，惊呼道："彭检？"

康俊的精神也提了起来，问道："这么一大早，难道有什么惊喜？"

唐盈盈讲完电话，站在那里沉思了一会儿，抬起头来的时候，脸上还有一些难以置信的疑惑："彭检让我一上班就去找他，重检的结果出来了。"

彭昊检察官的办公室不大，后头的书柜和资料柜被材料塞得满满的，地上还堆着十几摞卷宗材料。正中间墙上挂着一个不大不小的国徽，辉煌夺目，让每个进去的人都不自主地屏住了呼吸，不敢造次。

他坐在唐盈盈和王律师的对面，将一份报告放在了桌面上，脸上是一如往常的肃然："你的猜测没错，这个接收器被人动过手脚。芯片的六个焊脚都有重新焊接过的痕迹，我们的技术员也重检了芯片的数据，虽然得到的数据不完整，但几乎可以肯定，这个芯片是被克隆过了。"彭检沉沉地看了他们俩一眼。

王律师反应快，连忙说道："也就是说，这种验证码接收器有两个一模一样的，那我们是不是可以这样推测，当日有人在美国用管理员账号登录了鹏币系统，系统同时向两个接收器发送了一组验证码，这说明当日登录平台的另有他人？"

彭检抿着嘴，挥了挥手，说道："严格来说，我们现在也只是不排除有一个克隆接收器存在，但究竟有没有，在谁的手里，这个人又用它做了什么，这些问题，我们都不知道答案。"

王律师无奈地往自己额头上一拍，绝望地叹了一口气，又倾身逼近彭检："那查呀。"

彭检看了他一眼，没好气地说："我要你说？已经查了。"他又翻了翻，继续说，"在接收器外壳的内部，除了一些灰尘杂质，法证科还找到小小的一块凝固油脂。经过化验，从里面的构成物来看，这是一种男士发油。不过具体是什么牌子，又是谁用的，没有线索。"

"是于海。"唐盈盈咬着嘴唇说道。

彭检看着她，无奈地一笑："我知道你一直怀疑他，但是这不能完全指向他。"

室内的气氛像是大雨过境前的闷热，几个人坐得很近，似乎呼吸都能相互影响一般。

"您想要的铁证我是没有，但是您睁开眼仔细看看。"唐盈盈盯着他，一字一字地说完，呼啦一声，手中的资料一扬，她抓住其中一张，上面是几个鹏币生辉公司主要负责人的照片，"钱鹏、马鹿，还有鹏币公司的这几个创始人，每个人都留的是板寸。一厘米不到的头发用什么发油？只有于海，他是中分。"唐盈盈的手指重重地落在了于海的照片上。

彭检沉思不语。

唐盈盈缓了一口气，又说道："真的很重要，彭检，这是七千万和一个冤案，要是这笔钱能被追回来，可以补偿多少个家庭？"王律师在一旁扯了扯她，唐盈盈不理会，又继续说，"这是活生生的现实，不是什么推理小说，我们不是到最后一刻才能知道幕后黑手是谁，大家心里其实都有七八分怀疑，钱鹏没有能力搞出这样的操作，于海是最大的可能。技侦手段是要慎用，但我们差的就是证据了。彭检，你帮帮我们，盯住于海的账户，一定会有线索的。"

王律师在旁边急忙拦唐盈盈："唐律，你这样说话可不对，咱们不要有偏见，我们要用证据说话。"

唐盈盈扭过头去："我现在也是在恳求他们帮我们去找证据啊。"

彭检有气无力地抬了抬眼皮，又用手指抠了抠耳朵，不耐烦地对唐盈盈说："你这是求人的态度吗？我正在想要怎么把于海的账户监控起来，我们院里的技术不如经侦的人，但经侦那边整天案子多到飞起，忽悠他们可不容易。"

唐盈盈愣了愣，反应过来之后立刻扯出一个大大的笑容。王律师则忍俊不禁，在一旁连忙提醒道："彭检，注意言辞、注意形象。"

彭检白了二人一眼，想了想，又问道："我争取今天把手续办好，让经侦那边派两个骨干，盯住钱鹏的交易户头。你们也想想，补侦是需要时间的，这条线即使是清晰的，搞不好也要在国外兜上一圈，你们要不要向法院申请延期审理？"

唐盈盈想了想，很是犹豫地说："说实话，我有些担心，怕打草惊蛇。一旦二审的流程有变化而被于海察觉到，我怕他会把那笔钱藏得更深。"

三人又是一阵沉默。彭检抬头看了一眼日历，算了算时间："那我们就这边先继续按程序走，那边调查火力全开，希望能在开庭前有所收获吧。"

他说完，用红色的铅笔在开庭日期上画了一个圈，唐盈盈数了数，还有五天。

唐盈盈在办公室里睡得腰酸背痛，林小云在新加坡的套房里睡得倒是香甜。除了每天早餐里的生鸡蛋加咖啡、土司会令她的胃无比怀念国内的小笼包、酸辣汤、豆浆油条、烧卖、菜包，别的事情似乎在这几天无所事事的消磨中，都已经被接受了。

林小云洗漱完，迷迷糊糊地从自己的房间里走出来，却赫然发现黄循正穿戴整齐地坐在客厅的沙发上，手里拿着一把镊子，一张一张地翻看着今天的报纸。

林小云觉得情况有些不对劲，慌里慌张地将周围打量了一遍，之前小黄总留在屋里负责监视和照顾的几个人都不见了，换上了几张新面孔，正一言不发地站在黄循身后，像一尊尊拱卫天神的卫士。林小云舌头有些打结，脑子也不会转了，她安静地在旁边站了好一会儿，黄循终于翻完了报纸，头也没抬地瓮声说道："今天我们换个地方吃早餐。"

"可以吗，去哪儿？"林小云彻底清醒了，这还不明白吗？在她睡觉的时候，已经换天了。黄循的人换掉小黄总的人，接管了这间屋子的控制权。老头坐在那里，气定神闲，又恢复了从前不可一世的气度。

黄循瞥了她一眼，觉得好笑似的说："林律师，你该不会真觉得我这辈子就走不出这扇门了吧？"

林小云连连摇头，完全不知道怎么回答这个问题。

黄循没有再问她，只缓缓地说："春秋时候，有个霸主叫齐桓公。年纪大了，病危的时候，被自己最宠信的近臣关在宫里，筑起高墙阻断他外出的道路，最后他活活饿死，直到身上的蛆都爬出来了，才被人发现。有这样的历史写在前面，我还能让它在我家发生一遍吗？"

林小云又拼命摇头。

黄循有些惋惜地说："过敏问题是娘胎里带出来的，年纪越大越厉害，也没法子根治。可既然这是本人的一大弱点，那我就要把它练成最后一道防线。我早就设下了一套危机处理办法，一旦我入院，这套程序就会被启动，Lee会封冻JW的所有资金和决策，我的基金会将接管我的个人证件，同时全力搜寻我的下落。总算这群笨蛋没有太蠢，在我老死之前找到了这里。你明白了吗？"

林小云拼命点头，又摇了两下头。

黄循冷冷地盯着她，慢吞吞地说："是不是不明白我为什么要跟你解释这些？"

林小云又拼命点头，又拼命摇头。

"省得你个乳臭未干的小丫头认为我老糊涂，都要来教导我怎么教儿子了。"黄循的语调中似乎没有情绪起伏，却给林小云带来了巨大的心理压力。

林小云拼命摇了摇头，脸上的笑比哭还难看："我……我没有，我以为我们那是在闲聊。"

黄循又盯着她看了一会儿，音色比方才还要冰冷："Lee说老大找的写手就是你？很好，想不到你跟我们家还有这么深的渊源。"

林小云的脸猛地变得惨白，膝盖不住地发软，感觉下一秒就要软瘫在地上了："对……对不起，我鬼迷心窍，我当时是想……"

黄循摆摆手，打断了她徒劳的解释："不要跟我解释，这笔账我会找你们康律师算的。走吧，现在要去吃早餐了。"黄循说完，便往外走去，走了几步，又回过头，将她上下打量了一番，问道，"你会打高球吗？"

滨海湾高尔夫球场由南非著名设计师Phil Jacobs操刀，根据自然地形的起伏，设计了九十一座壶状沙坑。漫步在球道上，柔软的草苗踏在脚底，迎面而来的是悠悠的海风，一切的设计只为给打球者提供极端舒适的体验。

可惜林小云并不会打球，连球杆都没有摸过。所以她只好留在俱乐部的露台上，看着黄循跟别人的背影慢慢走远。可怕的是，俱乐部的早餐也是吐司、咖啡。露台的下面是一湾浅浅的人工湖，沿湖栽种了一片艳丽的兰花，花的姿态倒映湖中，很是好看。林小云探头出去看了看，倒影中的自己，就像一只被拔光了毛的鸡，正孤零零地被晾在水池上，不知道下一刻是被人油炸还是水煮。

唉。林小云心里想，既来之则安之，反正情况也不能更差了。

黄循的球技很不错，逆着海风的球打出去，也能画出预想的曲线，落在目标位置。他的同伴运气就没这么好了，几个球出去，总是偏差一点，又偏差了一点。

黄循心情舒朗地哈哈笑道："狮城的风跟维港的还是有些区别的，你打得不顺手，也正常。"

他这么一说，同伴便像是要证明自己一般，球杆虚瞄了瞄，利落地转身、击中，白色的小球直接落进洞里，引来旁边球童们的一阵掌声。"又有多大区别呢，还不都是买进卖出？"齐元德轻轻一笑，顺手接过球童递来的毛巾，将额头上的汗珠擦去。

两人走向下一个球洞，黄循笑着说："孩子们太闹腾了，一个两个的，正事干不好，败家都是能手。到头来，还是老朋友靠得住。Lee在香港见了一圈基金经理，唯有你最有诚意。"

齐元德微微一笑，手臂挥动，又打出一记高球："那是因为我最看好你们。股价这个东西，不好说啊。跌到底了，翻个身就会往上弹。先伏再起，空间不就来了？天轮是有问题，但有问题有什么关系，它不是有个好爸爸吗？几篇外围报告就想把它搞到底，只能说是他们把这个市场想象得太脆弱了。"他的目光悠悠地瞄了会所方向一眼，轻蔑地说，"何况还是几份灌了水的报告呢。"

黄循笑了笑，道："你看得准，在底部建仓，帮我稳住了趋势。接下来，我要让你赚上一笔。"

齐元德看了他一眼，也笑了笑，道："你最好让我赚到开心，要不然，小心我也送你一盒百合花。"

黄循愣了愣，继而用哈哈的笑声掩盖了一闪而过的尴尬。两人沿着湖边漫步，清风悠扬，是一年中难得的好气候。他们两人几十年前便认识了，从来只是生意上偶有来往，倒谈不上有什么私人交情。可如今，齐元德愿意用资金帮他托盘，两人的关系便猛地往前走了一大步。黄循的情绪却似乎有些惆怅："公司的事，无非就是亏和赚这两个结果，简单。家里的事，怎么搞都是亏，麻烦得很。"

齐元德略带同情地看了看他，安慰道："孩子们都是一样的，不给你闹腾闹腾，怎么证明他们长大了呢？家家都一样。"

黄循仰头看了看天，像是有些犹豫，又像是有些难为情地开口道："我原本已经想开了，打算趁自己还镇得住场，把家业给分了。令德沉稳一些，想让他守城，JW的主营业务就给他。令凯跳脱，就给他天轮和JW国际，好好开疆拓土，好好折腾去。如今这俩小子一闹，我又想不开了。我这轮太阳还没落山呢，哪里轮得到他们这轮明月升起？JW是我自己打下的江山，最终还得我这把老骨头自己守着。"

齐元德好笑道："那你打算把他们俩怎么办？还不在家整天给你闹死。"

黄循沉默了一会儿，怒道："流放。都给我流放了。"他像是在说气话，其实早已深思熟虑，"令凯这个逆子，在美国读了这么多年书，也没读出个样子来。等风波过了，只好扔去中国大陆，再上个商学院，回炉重造。一分钱生活费我都不给他，自己打工去。"

齐元德笑道："你儿子都四十多岁的人了，还能听你的？"

黄循冷笑道："他就算今年四百岁那也是我儿子。不听老子的话，我立刻可以告他非法拘禁，坐牢还是读书，总会选吧。"他敛住笑意，顿了顿，又叹息道，"我现在更头疼的是老大，这也是个不争气的，用处不大，本领也没有。只能我拉下这张老脸来，让你帮个忙，给他找个基金公司、证券公司，唉，就是街头卖保险的也行。他既然这么想玩金融，那就好好学学看看，搞清楚什么是金融。"

齐元德几乎要笑岔了气，他手指着黄循，乐了半天，才憋出来一句："你呀你，气归气，为子孙还是计深远啊。这就打算把你们家老大交给我培养了？"

黄循对齐元德漫不经心的态度很是不满，白了他一眼，说道："行还是不行，给句话。"

齐元德拎着杆子往前走了几步，笑了笑，说："当然也不是不行，但我也有我的条件。"

"说。"黄循有些惊讶地说道。

齐元德叹了一口气，意味深长地说道："你家令德有你这么一个好老爸，闯了祸也有人兜，跟他一起做空的人就没这么好命了。"

黄循想了想，又皱了皱眉头，说："你是打算替谁说情，于海？"

齐元德用无比嫌弃的目光看了看黄循，下巴往远处一抬："林小云。"

"哦，这个小律师啊。"黄循鼻子里哼了一口气出来，"她是JW给天轮聘请的法务，利用职务之便获取天轮的内部信息，还撰写报告来搞天轮。哼，罪大恶极。"

齐元德冷静地说："对，就是这个小律师，你抬抬手，不要为难她。"他顿了顿，又说道，"她是Debra的助理，你要是起诉她，Debra肯定得着急。然后Rowan就会来闹腾我，我就也家无宁日了。"

黄循冷笑道："这理由真牵强。"

齐元德面对揭穿面不改色，翻了翻白眼，道："我就要这么说，你能拿我怎样？反正我们是交易，你管我是什么原因想帮她。"

黄循哈哈一笑，也朝远方看了一眼，说道："我也不骗你，我没打算追究这小丫头的责任。她做的事虽然可恶，说话也不太有礼貌，但终究还是讲义气的。令凯之前那样逼她签字，她怕自己一签完字，我就死了，还是顶住了没签。这样的人，已经不多了。"

齐元德看着黄循，点点头，道："那就好。"

黄循看了一眼齐元德，又将目光移开，不远处是碧波微澜的水面，清澈见底，很是动人："不过，我没打算放过他们律所。特别是那个叫康俊的，多收了我那么多钱，还是教出了个这样的属下，我得找他好好算算账。"

齐元德疑惑道："康俊吗？"

黄循有一丝警觉："对，怎么，你还要护他？"

齐老爷连忙摇了摇头，嘴角勾着笑意，浅浅说道："当然不，我又不喜欢他，你好好算吧，多算点。"

天轮的涨跌，在庞大的港股市场里，就是一场小小的战役，像大海中翻腾起的一朵小浪花，还没怎么看清楚，就扑腾一下没了踪影。

周一早间经济晨报，JW董事长黄循康复出院，精神矍铄。为制造效果，还特意牵出一匹小马驹，八十岁高龄的黄循骑着马在公众和媒体面前小跑了一圈。在接下来的一个小时内，JW掌舵人体康身健的新闻迅速登上各媒体的显要位置。

早市一开，天轮的新闻发言人向公众发布公司下阶段的发展战略，同时展示了一张新的园区设计图。图上建筑设计新颖独特，园区范围不仅是现停工的那部分，还囊括了旁边另一块面积更大的土地。发言人告诉媒体，之前园区建设停工并不是像报告中所说，是由于资金链断裂，而是正在协商拿下旁边这块土地，建设规模更大、设备更先进的生产园区。昨天，地拿到了，现在也就能向大家展示这张新的规划图了。

发布会现场，噼噼啪啪一阵拍摄的声音。

天轮集团无疑是今日股市的焦点。从上午九点开始，多头组织了一轮又一轮的轧空，疯狂抛单。不到十一点，天轮的股价便从四十七元港币被推高至八十二元。空头后继无力，勉强抛了几个大单出来，立刻被吞噬干净，也就不敢再继续对抗。

下午，JW宣布解除黄令德集团副总经理的职务，由在业界有"金牌经理"之称、同时也是黄令凯大学同窗的Gordon接任，这又引起了圈内一波震惊，纷纷猜测JW最终将由小儿子黄令凯接棒。

收市时，天轮股价突破百元，空头输得血本无归。

黄循的雷霆手段给两个儿子活生生地上了一课。黄令凯西装革履，头发梳得油亮，如同一个提线木偶一般出现在媒体前面，笑意轻盈地回答了所有问题。而前一晚，他则在父亲的重压下，写下了悔过书，对自己的行为供认不讳。为了不去坐牢，他同意了父亲提出的所有要求。

黄令德则缩起了脑袋，不在公众面前露面。在父亲暴跳如雷的吼骂中，他早早就把自己做空的资金割了肉、平了仓，身价缩水至之前的三分之一。

而远在深圳的于海就没这么好运了，他并没有收到黄令德准备跑路的消息，而是跟所有股民一起看到新闻才发现事情就要完蛋。他疯了一般不断调高交易价格，令他心凉的是，无论每次输入的价格会割掉他多少肉，系统都无法撮合交易，股价永远涨在他前面。

他几乎想去跳楼，但他没时间。每一秒钟的耽搁都是数以万计的损失，他还得继续操作。办公室里电话铃声大作，于海砸了电话、砸了手机，终于在下午追上股价，强行平了仓。粗算了一下，亏了两个多亿。

于海虚脱地瘫在沙发上，他绝望地看了一眼电脑屏幕，喉结里发出夜枭一般呵呵呵的冷笑。

尾 声

深圳与纽约时差十二小时，与伦敦时差七小时，与新加坡和香港没有时差。经侦大队技术科办公室这几天晚上灯火通明，彭检肉身坐镇，陪着他们熬了几个通宵。沟通、发函、锁定目标账户、锁定可疑资金，接着又是电话、发函、打印流水凭证。一轮一轮的排查，一组人合计消耗了五箱泡面、上百杯咖啡以及两瓶眼药水，终于，在这天凌晨找到了那七千万资金的流向。

一年前，于海在用管理员账户登录系统后，黑进了客户个人的资金交易界面，设计了一千多笔虚假交易，将七千多万资金分散进几十个账户，又汇成四笔，分别存入了美国和香港的银行。三天前，这四笔资金同时打进了于海名下的证券户头，用以平掉因做空天轮而产生的巨额亏损。也正是最后这一次动作，让经侦人员抓住线头，反向追查，拉起了整条盗窃、转移、隐匿资金的证据线。

经过几天几夜的奋战，当厚厚的一沓证据资料摆在桌面上时，所有的结果已然清晰，法律终归是会给世间一份公道的。彭检站在窗口点了一支烟。窗外是青白色的光线，整个天空蓝得很透明。东面与地平线相接的地方缓缓地出现了一抹似锦的红霞，这一丝微微的光线从云里冲荡出来，一点一点扩大范围，把天地渲染出了一片似玫瑰酒般耀目的光彩。

抽完这支烟，他从口袋里拿出手机，在这一个清晨拨通了唐盈盈的电话。

十月二十九日上午十一点，市人民法院开庭审理鹏币生辉集资诈骗案。审判长进入法庭，宣读公诉人、被告人、辩护人的权利与义务，并宣布开庭。

审判室里光影交错，人在里面说话，耳边总会有嗡嗡的回响。钱鹏的脸洗得很干净，坐在上诉人的位子上，远远地朝坐在旁听席上的林小云感激地笑了笑。

林小云与康俊、Debra、程风等人坐在一起。发觉钱鹏正在看自己，她别开了头，目光落在正在做法庭陈述的唐盈盈身上。唐律师一身职业装扮，深色西装搭配同色长裤，站在那里侃侃发言，专业又美丽。

"尊敬的审判长、审判员，辩护人对于本案指控非法集资的犯罪事实，没有意见，被告人也表示认罪。现在争议的焦点主要是集资所得那七千万的去处。本案是一桩由创业风险引发的案件。被告人对国家政策把握失控，对项目涉及的资金风险掉以轻心，从而引发了此案。本案被告人钱鹏原本是一名IT技术人员，为追求更好的生活，效仿国外科技创业者，创立了鹏币生辉公司。在实际运营中，由于缺乏相关管理经验，导致了购买者的经济亏损。他深刻地认识到了自己的错误，愿意倾其所有赔偿给亏损了的受害人。但对于非法集资所得的七千万元，被告人并没有进行非法挪用。一审中认为具有排他性的证据，即验证码接收器，在补充侦查中，也被确认曾被人复制过。因此，并不能以此确定被告人对这笔财产实施了盗窃行为。同时，在进一步侦查的过程中，警方找到了那七千万的具体下落，即被鹏币生辉公司的投资人于海，转移到了海外私人银行。今日，由于于海证券账户亏损严重，不得已动用了这笔钱，才被警方锁定，查到了资金流转的整条轨迹。相关的证据，已在昨日提交给了法院。根据以上情况，一审对上诉人钱鹏作出无期徒刑的判决，量刑过重。根据罪刑相适应的原则，请求审判长对上诉人钱鹏的犯罪事实进行重新审理认定。"唐盈盈说完，拿起桌上的矿泉水喝了一口。

坐在一旁的王律师立刻朝她竖起拇指，悄声说了一个字："赞。"

唐盈盈白了他一眼，道："我是来做你的助手的，应该你做这份发言。"

王律师憨厚地一笑："功劳都是你的，这高光时刻我也不能抢了你的风头，就该让你上。"

轮到出庭检察员彭昊发言，彭检郑重地说："提请法庭注意，在一审中，判决证据是清楚无误的。但鉴于二审新提交的两份证据，与一审认定的事实是矛盾的，且对量刑有重大的影响，因此建议二审法院发回重审。"他看了看手中的材料，目光清澈地看着唐盈盈，说道，"根据这份资金侦查情况，将督促警方对嫌疑人于海进行进一步审问。根据审问结果，公诉人在重新提起诉讼的时候，再决定是否追加于海为被告。"

唐盈盈对彭检感激地笑了笑。审判长随即当庭宣判，做出撤销一审判决、发回一审法院重新审理的裁定。

唐盈盈一直紧紧握着的手此刻终于放松了。

等唐盈盈一众人从法院走出来时，程风连蹦带跳地抱着一大捧鲜花送到唐盈盈手里，说道："恭喜您，唐律师。"

唐盈盈看着怀里的一大捧花，哭笑不得："只是发回重审，就能高兴成这样？"

程风坦然地说道："当然值得庆祝。小云全须全尾地回来了，案子发回重审了，这至少是第一阶段的胜利。"

康俊走在旁边，笑了笑说："虽然这花丑了点，不过也是可以庆祝一番的，倒不是为了官司的胜利，而是庆祝终于不用再睡沙发了。以及，我们终于有时间去接一些能赚钱，又没这么危险的案子了。"

一旁的林小云原本满脸的喜气，听他这么一说，不由自主地将头垂了下来，悄声说："对不起。这都是我的错。"

林小云昨天刚从新加坡回来，康俊还没机会教训她，此刻见了，自然语气不善："幸好你还知道认错，黄总已经给我发了邮件，责令我这周必须到新加坡向他当面解释整件事情，并协商接下来要怎么办。还有，有人给律协写了举报信，举报你在执业过程中存在泄露客户机密的问题。我这个礼拜跪完黄爷爷，还得去跪律协爷爷。"

Debra也有些讶异，在一旁问道："谁举报的，JW吗？"

康俊没好气地说："应该不是，我想应该是于海吧，他是知情人。我们明着来，他暗地里把咱们一锅给端了，多简单。"

程风一听，立刻说道："哇，这个于海还真不要脸。"

这么一说，Debra也跟着有些担心了，她不忍心也去责备林小云，只对康俊说："那我跟你一起去新加坡。"

林小云低垂着脑袋，下巴紧紧压住喉咙，呼吸都有些艰难。"对不起。"她声若蚊吟。

唐盈盈拍了拍她的肩膀，安慰道："行啦，麻烦是麻烦一些，但一定能处理好的。康主任，你的批评和教育工作等回去了再做，现在我们要干的是找个地方吃顿丰盛的午餐。"唐盈盈捧着一大束花，早就觉得胳膊又酸又累了，见大家表示赞同，她便一面往外走，一面嘱咐道，"我去把花放了，顺便把我的车开过来。程风，你找一下附近口碑好的餐厅，饭菜要好吃，环境也要一流的那种。"

Debra笑着说："我正好知道有这么一个地方。程风、小云，你们俩坐我的车。"

康俊也点点头，又说道："好。那顺便把方惟安也叫上吧。"

唐盈盈刚走出两步，听他这么一说，又折了回来，问道："为什么要喊上他？"

康俊用手指拎起了唐盈盈腕上的手链，没好气地说："案子结束了，难道这条链子不该还给他？今天给了正好，省得你们再约见面一次。"

唐盈盈哭笑不得，转眼见旁边的程风一脸憋不住的笑意，只好挥挥手，说道："行吧，我也正好有机会谢谢这段时间他对我安危的关心。"

说完，唐盈盈先走出去几步。康俊本也要跟上，却正好遇到法院里几个熟人，绊住了脚步，彼此亲热地寒暄了几句。

这日风很大，日头很烈。唐盈盈抱着一捧鲜花，独自往外走去。她今天来得晚，车场里没有了位子，她只好把车停到了对面的海滨路上。

潋滟阳光洒在她黑色小羊皮的鞋面上，泽起了许多细碎如钻的光，仿佛一步接着一步，她都踩在了光点上。

康俊从热情的社交中回过神来，遥遥地望着唐盈盈的背影。她已经走到了海滨路上，猛烈的海风将她的头发吹起，发丝在空中飞舞，透着浓烈的金色阳光，画面美得像一幅油画。康俊忽地觉得自己的呼吸沉重了几分，他按了按胸口，只觉得一阵心慌。

再抬头，唐盈盈已经坐进车里了。刹那间，康俊突然意识到一个问题，她的车根本就是压着路边停的，而那一面就是大海。

脑中这么一想，在目光的尽头，唐盈盈的小车缓缓地旋了个角度，正要倒出来。海滨路的岔口上哧的一声，一辆急速行驶的面包车疯了似的一个大转弯，从红绿灯处一路狂驰，车的右侧恰好撞向唐盈盈的车子。车轮在路上转出一道深深的压痕，轰的一声，毫无悬念地落进了一旁的海水里。

康俊与唐盈盈的心同时有了失重的感觉。

不远处，林小云和程风的惊呼声被压进了喉咙，康俊一个跨步迈过前面的花坛，疯了似的冲向唐盈盈的落海点。程风回过神来，也紧随其后。

　　唐盈盈从猛烈的撞击中回过神来，她试着拉了拉门把手，车门被外面巨大的水压压得死死的，动也动不了。她心里很是着急，车内的水位在不断上升，开始只是如泉眼一般汩汩地冒着水泡，随着水压不断增强，孔隙中的水流越来越猛烈，拼命地往里灌。车内暂时还有空气，唐盈盈被呛了一口水，拼命将头向上伸，在车内水位上方把鼻腔里的水给咳出来。但也只有几秒的缓歇，车子撞到岸边的礁石，猛地翻了个面，海水似乎一下便淹没了整个车厢。唐盈盈强迫自己冷静下来，憋着气，费了半天力气，才把自己从安全带中解放出来。

　　她又尝试去拉车门，还是跟方才一样，纹丝不动。她有些绝望，这时候她看见车窗外面，康俊正拼命地朝她游过来，跟在他后面的，还有程风。唐盈盈指了指车门，两人点点头，一起用力，脚踩在车身上，身体扳成了三角形，但车门还是纹丝不动。两人又尝试向一个方向使劲，还是不动。

　　康俊扯了扯程风，向上指了指。程风不明所以，康俊又扯了扯他，同时隔着玻璃对唐盈盈做了一个"等我"的手势，两人便一起游了上去。

　　岸边已经聚集了许多看热闹的人。康俊爬上岸，抹了一把脸，对着程风，也是对着在场所有人大声地喊道："车子翻过来了，内外压力不可能平衡，门打不开！快找东西去把车窗砸开！"

　　众人一听，到处摸索，递过来一些手机、书本，还有高跟鞋之类的物品。Debra在一旁急忙喊道："快找石头，找大石头！"

　　康俊往四处张望，街道洁净如洗，在这水泥森林一般的都市里，能找到的无非是花坛里用来压土的鹅卵石。

　　海水已经没过了唐盈盈的脸部，她肺里的氧气在一点一点地减少。一片迷蒙中，唐盈盈看见自己的手漂浮在了清澈透明的海水中，五根手指，根根如玉笋，透着白色的光。她动了动，整个世界只剩下哗哗啦啦的水声。下一刻，她动也动不了了，世界、白光都在慢慢离她远去。

　　康俊从一个司机大哥手里接过一个小锤子，又跳进了海里。他游到沉车的位置，拼命用锤子砸玻璃。水的阻力很大，每次锤子落下去都消耗了大量势能，锤尖砸在玻璃上，只发出了轻轻的嗡声。

唐盈盈觉得自己就快要睡着了，眼皮又沉又重。她看见了康俊的脸，他正趴在车窗上绝望地锤打着，嘴里咕咕地吐出了一串泡泡。她不能确定这是康俊，在她的记忆里，康俊是不会有这样绝望的表情。他永远是冷静的，蕴着笑意，温柔地对抗着这个世界。绝望的神色，她在李睿脸上见过。那一季的寒冬，他坐在轮椅上，一点一点看着自己失去对身体的控制。他看向自己的时候，眼睛里温柔如春风，眼底却是深深的绝望。

唐盈盈合上了双眼，一点一点失去了对自己身体的控制，也无可奈何地由着意识慢慢流逝，李睿的脸在她眼前开始变得模糊，取而代之的，是方惟安的脸。

方惟安像一条剑鱼一般踩着水流朝自己游了过来，他用手摸了摸车窗，冷静地将康俊推到一旁。接着，他从后腰上摸出了一把枪，小小的，很趁手，瞄了一个角度，干脆利索地扣动扳机。砰的一声，子弹击打在玻璃上，车窗立刻碎得七零八落。他伸手抠开车门，一把将唐盈盈拉了出来，负在背上，又如一条人鱼一般快速地游上了岸。

唐盈盈的意识慢慢回转，有人正在猛烈地按压她的腹部，捏着她的鼻子往她口腔里吹气。她奋力睁开眼睛，看见的是一个模模糊糊、湿漉漉的世界，她又睁了两次眼，终于看清楚了，眼前便是康俊的脸。

周边的人群发出一阵欢呼，唐盈盈的视线慢慢恢复正常，她看见了红着眼眶的林小云、正从包里拿出大围巾的Debra、浑身湿成落水狗一般的程风，还有，人群的缝隙里，似乎有一个熟悉的背影轮廓。她缓缓地伸出了手，康俊半跪在她身旁，将她紧紧搂进了怀里。

正午地面的温度很高，在烈日的蒸腾下，两人身上似乎都腾起了一层白茫茫的水汽。康俊抚着唐盈盈的背，她用力咳出了肺里剩余的残水。耳朵里似乎还有些积水，嗡嗡地响，令程风的声音听上去总有些不真实的感觉。"要不然我怎么能有锦鲤的外号呢，那时候我正好在跟方总打电话说中午吃饭的事。我也来不及说别的啊，冲着话筒就吼了一句，唐律掉海里了！噌噌地，这才多久，十分钟有没有？他就赶到了，啥都没问，嗖的一声就跳进海里去了，再过半分钟，跟个英雄一般就把您给背上来了。我看到你们浮上来的那一刻，眼泪都要掉出来了，真不骗您，我都几十年没哭过了。"

唐盈盈心里猛地一沉，扭头便要去找方才自己看见的那个身影，却只有一片绿荫与阳光。林小云见她这样，连忙说："方总已经走了，我让他再等等，他却说您已经没事了，他也要换衣服，有什么事以后再说吧。"

唐盈盈看了康俊一眼，康俊接过Debra递来的围巾，将唐盈盈裹得严实，又摸了摸她湿漉漉的头发，说道："你也先换衣服吧，还得去警局报案。之后，我陪你去找他道谢。"他深吸了一口气，说，"或者，你自己去。"

唐盈盈笑了笑，淡淡地说："我们一起去。"

阳光从头顶洒下来，落在唐盈盈肩上，激起一层轻薄的暖意，又落在她手臂上，将她腕上那串浅金色的手链折射出了数点耀目的光芒。

钱鹏案在发回重审后，检察院经重新侦查，以非法吸收公众储蓄罪对钱鹏等人提起了诉讼。由于钱鹏认错态度良好，积极配合追缴不法所得，一审判处钱鹏有期徒刑五年，钱鹏放弃上诉。

同时，检察院以盗窃罪对于海提起诉讼，另经警方查明，当日撞击唐盈盈系于海雇人进行的报复行为，故以故意杀人罪对其提起诉讼。由于盗窃财物数额特别巨大、社会影响特别恶劣，一审判处于海无期徒刑并收缴犯罪所得。法院清算拍卖了于海个人名下的资产，共计四千五百多万元，全部返还给了鹏币案的受害者。

另一边，律协对林小云泄露客户信息的举报进行了调查，受害方天轮集团积极配合，提供了相关材料。最后，律协认定林小云在执业过程中，存在泄露商业秘密的行为，给予停止执业六个月的处罚，同时给予陈君所警告处罚。

林小云自知有愧，向康俊递交了辞呈。

康俊收下辞呈，又问她接下来是什么打算。

林小云说，自己还是得去赚钱。母亲和姨妈收到法院追回的钱款，再加上自己这些日子还的，债是清了，但自己也一切回归原点了。

康俊点点头，也没再说什么。等她快走出门的时候，他又重复了之前的那句话："无论做什么，一定要记住法律的底线在哪里。"

一个月后，林小云接到前海一家投行发来的offer，入职为初级助理分析师。在入职培训上，她惊讶地发现，大黄总黄令德就坐在她身旁。

林小云未来的故事，就是另一个故事了。

警方在打捞起的车辆上，发现了弹道痕迹。而在此之前，方惟安已经在程风的陪同下，去警局主动承认了持枪并用枪的行为。枪是登记在方惟安的安保公司名下，但他私自携带的行为仍然触犯了枪支管理法。

公安部门吊销了方惟安公司的枪支许可，将此案移交到检察院。检察院考虑到他主动承认的行为，以及并未造成严重后果，对他做出酌情不起诉的决定。

拿到决定书的那天，方惟安与程风一起抽了一支烟。

程风很鸡婆地问方惟安，是不是还对唐盈盈余情未了。

方惟安看了他一眼，反问道：你怎么知道是余情，而不是深情？

程风很激动，手里的烟都要夹不住了。

方惟安又说道，可惜，是什么情现在也没有机会了。城市里的生活他并不喜欢，下个月，他打算去南美开发贸易线。

程风一听，更激动了，连忙说，别走这么着急啊，我还打算跟你学点功夫呢。

方惟安问：你学功夫干什么？

程风笑着说，我要去办刑事案件了，接触的都是杀人放火的恶性案件，不学点功夫傍身，那多没安全感。

方惟安笑了笑：那你得跟你们唐律师好好学习，她心里的安全感怎么永远都那么充盈？

程风未来的故事，也是另一个故事了。

康俊在黄循跟前赔小心赔好话，伺候了好几天。双方又在会议室里、商务饭局上相互撑了好几场。回到深圳时，他早已经是疲惫不堪。

唐盈盈给他递来一杯咖啡，关心地问："黄总放过了林小云，转头来为难你了？"

康俊扯开衬衣的扣子，翻了个白眼，叹息道："不然他这口气要怎么出呢？我这几天可被他骂惨了，他之前不是额外付了一笔钱吗，现在提出来让我把那笔钱翻个十倍还他。这我当然不能同意，拉锯战似的磨了几天，终于达成共识，未来五年，我们所将以每年十万元的顾问费，负责JW在中国的法律事务。同时，他们在云南又收购了一家企业，也给我十万，让我负责这摊收购案。这不只是血淋淋的跳楼价，还把我当苦力使唤。"康俊似乎心痛无比，捂住了胸口。

唐盈盈惊讶道："那你以后要经常去云南出差了？"

康俊靠在沙发上，眼睛滴溜溜地转，语气恹恹地说："前期肯定得在那边待着。走一步看一步，黄总总不能一直监视着我的行踪吧。"

唐盈盈笑了笑，眼睛闪了闪，说道："说起来，这祸都是林小云闯的，但她今天离职，你也没告诉她这些。"

康俊闭着眼睛说道："我并不打算找她追究，又跟她说什么呢。"他想了想，站起来，喝了一口咖啡，说道，"接下去的路，我希望林小云能平稳有序，不要再去走极端。"

唐盈盈轻轻地说："以前你劝小云赶紧离婚的时候，我是真的没想到你居然算是个善良的人。"

康俊无奈地一笑，说道："这就是你个人的误解了。我没那么坏，也没那么善良，千万不要对我期待过高。比如，你知道我现在在想什么吗？"

唐盈盈摇摇头，道："不知道。"

康俊忽地端正坐好，面对面地凝望着唐盈盈，缓缓地问："Do you want to be my partner？"

唐盈盈愣住了，她没有想到康俊会在这个时候问这样的问题，她扭过头，左看看，右瞧瞧，这只是一间普通的办公室，没有任何的花哨布置，也不像有什么惊喜藏在里面。她想了一刻，迟疑地问："你就这样求婚？"

康俊扑哧一声，轻松而放肆地笑了出来："等我求婚很久了吧？可惜这次仍然不是，我是在问你要不要做律所的合伙人律师。"

唐盈盈有些懊恼，恨恨地站起来，不想理他。

康俊从后面抱住她，轻轻地，用带着蛊惑的声音说道："唐律，say yes。跟我一起把陈君所做下去，多帮我分担一些营收的压力，帮我们的客户争取到他们应得的权利。让我们肩并肩地战斗下去，为利益、为正义。"

唐盈盈在三十三岁的时候，成了陈君所的合伙人律师。